Knaur.

Knaur.

*Im Knaur Verlag sind folgende
Bücher der Autorin erschienen:*
Der Duft der Kaffeeblüte
Das Mädchen am Rio Paraíso

Über die Autorin:
Ana Veloso, 1964 geboren, ist Romanistin und lebte viele Jahre in Rio de Janeiro. Bereits ihr erster Roman, *Der Duft der Kaffeeblüte,* war ein großer Erfolg. Heute lebt Ana Veloso als Journalistin und Autorin in Hamburg.

Ana Veloso

So weit der Wind uns trägt

Roman

Knaur Taschenbuch Verlag

Besuchen Sie uns im Internet:
www.knaur.de

Vollständige Taschenbuchausgabe April 2009
Copyright © 2008 by Knaur Verlag.
Ein Unternehmen der Droemerschen Verlagsanstalt
Th. Knaur Nachf. GmbH & Co. KG, München
Der Roman erschien im Club bereits unter dem Titel »Lebwohl, Lisboa«.
Alle Rechte vorbehalten. Das Werk darf – auch teilweise –
nur mit Genehmigung des Verlages wiedergegeben werden.
Umschlaggestaltung: ZERO Werbeagentur, München
Umschlagabbildung: getty images/Doug McKinlay, Maria Teijeiro
Satz: Adobe InDesign im Verlag
Druck und Bindung: CPI – Clausen & Bosse, Leck
Printed in Germany
ISBN 978-3-426-63641-1

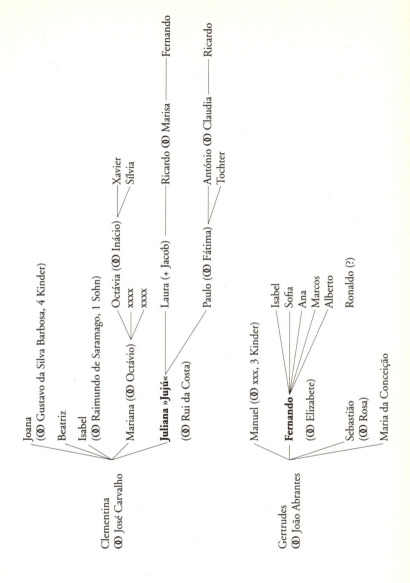

Für meine Eltern

Está tudo na cabeça

Beja/Alentejo
Silvester 1899

Jujú zitterte.
Sie kauerte mit angewinkelten Knien an der Mauer des alten Kastells, die Arme um die Beine geschlungen. Vergeblich versuchte sie sich einzureden, dass sie schon ganz andere Gefahren gemeistert hatte. In dem Gestrüpp am Fuße der Mauer raschelte und knisterte es. Wenn das nur keine Ratten waren! Die Mondsichel, die hin und wieder zwischen den Wolken hervorblitzte, tauchte die unheimliche Szenerie in ein trübes Licht. Außerdem juckte sie die wollene *manta*, die Fernando ihr als »Verkleidung« umgehängt hatte. Doch weder wagte Jujú es, sich zu kratzen, noch das unsichtbare Getier zu verscheuchen. Sie verharrte reglos und traute sich kaum zu atmen. Denn am meisten fürchtete Jujú sich davor, erwischt zu werden. Allein beim Gedanken daran, welche Strafe ihr in diesem Fall drohte, schüttelte es sie durch und durch. Unter Aufbringung all ihrer Willenskraft gelang es ihr immerhin, zu verhindern, dass ihre Zähne klapperten.
»Hast du etwa Angst?«, flüsterte Fernando. Es klang herablassend, ganz so, als sei es für ihn – dank der Überlegenheit seines Geschlechts und seines reifen Alters von beinahe zehn Jahren – völlig selbstverständlich, sich mitten in der Nacht vor schaurigen Festungsanlagen herumzudrücken.
»Angst? Pah! Mir ist kalt.« Jujú wunderte sich selber, wie beherrscht ihre Antwort klang. Natürlich fürchtete sie sich, und wie! Aber den Teufel würde sie tun, Fernando gegenüber auch

nur eine Silbe darüber zu verlieren. Nie wieder würde er sie mitnehmen, und um nichts in der Welt würde Jujú auf die Abenteuer verzichten, die sie nur in Fernandos Begleitung erlebte. Ihre einzige gleichaltrige Freundin, Luiza, hielt nichts davon, Baumhäuser in den Wipfeln von Korkeichen zu errichten oder im kniehohen Weizen Verstecken zu spielen. Und auch Jujús ältere Schwestern – Mariana, Isabel, Beatriz und Joana – waren kaum dazu zu bewegen, etwa das Flüsschen über glitschige und wacklige Steine hinweg zu durchqueren. Sie hielten sich für vornehme Damen. Nur sie selber, die jüngste der Carvalho-Töchter, schien aus der Art geschlagen, eine Tatsache, die Jujú in diesem Augenblick bedauerte: Wäre sie doch bloß zu Hause geblieben, in der Sicherheit ihres weichen Bettes, in den Schlaf gelullt von den regelmäßigen Atemzügen Marianas, mit der sie ein Zimmer teilte.
»Wann können wir endlich wieder hier weg?«, fragte sie leise.
Fernando lag eine beleidigende Antwort auf den Lippen, doch er schluckte sie herunter. Warum sollte er Jujú seine Verachtung darüber spüren lassen, dass sie jünger als er und noch dazu ein Mädchen war? In Wahrheit hatte auch er Angst, und er war froh, dass er nicht ganz allein in diesem Versteck hocken musste. Dank seiner Freundin konnte er sich stark fühlen.
»Sobald die Luft rein ist. Ich sehe gleich mal nach.«
»Glaubst du, dass die Dona Ivone uns gesehen hat?«
»Ich glaube nicht. Und wenn, dann hat sie dich ganz bestimmt nicht erkannt. Mit diesem Umhang siehst du aus wie ein Bauernmädchen – und sie kennt dich ja nur in Spitzenkleidern.«
Dona Ivone war die Gouvernante auf der »Quinta do Belo Horizonte«, dem Gut von Jujús Eltern. Als die beiden Kinder beschlossen hatten, in der Nacht auszubüxen, hatten sie nicht bedacht, dass sich Bekannte ihrer Familien ebenfalls in Beja aufhalten könnten.
Wie dumm von mir!, schalt sich Fernando. Es war die Silvester-

nacht, da lag es doch auf der Hand, dass auch andere Leute sich das Feuerwerk ansehen wollten, das in der Kreisstadt stattfinden sollte. Für zusätzliche Schaulustige sorgte ein kleines Zigeunerlager vor den Stadttoren, in dem allerlei Lustbarkeiten geboten wurden. Es gab eine Wahrsagerin, einen Gewichtheber und sogar einen dressierten Affen. Am meisten war immer vor dem Zelt von »Mademoiselle Angélique« los. Manchmal standen die Männer dort Schlange, und Fernando hatte nur eine sehr vage Ahnung von dem, was im Innern des Zeltes passieren mochte. Er hatte es bisher nicht geschafft, dort hineinzuschauen. Fernandos Hauptaugenmerk jedoch galt ohnehin einer anderen Attraktion: einem Apparat, der durch einen Mechanismus, den Fernando unbedingt noch genauer erkunden musste, einen simplen, kupfernen *tostão* in eine schmucke Münze mit Prägestempel verwandelte.
»Komm. Ich glaube, wir können es jetzt wagen.« Er nahm Jujú bei der Hand und zog sie hoch.
Sie lugten um die Ecke, schreckten jedoch gleich wieder zurück. Eine Gruppe lautstark palavernder Männer, offensichtlich angetrunken, schwankte über die Rua Principal in ihre Richtung. Sogleich verzogen sich die Kinder wieder in die Mauernische. Das war zu viel für Jujús Selbstbeherrschung. Ihre Zähne begannen zu klappern.
»Hier, du Mimose.« Fernando nahm sein Lammfell ab und legte es Jujú um die Schultern.
Dankbar sah sie ihn an. Sie wusste, dass er wusste, warum sie zitterte. Bestimmt nicht vor Kälte – es war zwar frisch, doch so eisige Temperaturen wie in der vergangenen Woche herrschten nicht mehr. Aber das Fell, unter dem beinahe ihr ganzer schmächtiger Körper verschwand, bot ihr mehr als nur wohlige Wärme. Wenn sie es über den Kopf zog, wäre sie in Sicherheit.
Einige Minuten lang schwiegen die beiden Kinder. Jujú dachte an das Festessen, das auf Belo Horizonte heute gegeben wurde,

und es wollte ihr beim besten Willen nicht mehr einfallen, wie sie freiwillig darauf hatte verzichten können. In dieser »denkwürdigen Nacht«, wie ihre Mutter es genannt hatte, hätte sie ausnahmsweise einmal länger aufbleiben dürfen, doch sie hatte es vorgezogen, sich müde zu stellen. Mariana, die ein Jahr älter als sie war und die, wenn sie nicht gerade aß, immerzu schlief oder döste, hatte sich bereits ins Bett gelegt, und Jujú hatte den Eindruck, dass die Erwachsenen sowie ihre anderen beiden Schwestern insgeheim erleichtert waren, die beiden »Kleinen« los zu sein.

Es war lächerlich leicht gewesen, aus dem Fenster zu klettern und durch den Obstgarten zu dem Weg zu schleichen, an dem Fernando und sie sich verabredet hatten. Sogar ein paar Münzen hatte sie vorher aus der Börse ihrer Mutter stibitzen können, so wie Fernando es ihr aufgetragen hatte. Jujú wusste, dass das eine Sünde war. Das Abenteuer jedoch, das ihr Fernando für diese Silvesternacht versprochen hatte, war ihr jede Sünde wert gewesen. Jetzt allerdings zweifelte sie an der Richtigkeit – und dem Sinn – ihres Vorhabens.

Fernando war ebenfalls nicht mehr überzeugt von seinem eigenen Plan. War es ihm noch heute Nachmittag völlig unkompliziert erschienen, einfach das Maultier zu nehmen und darauf mit Jujú die wenigen Kilometer bis Beja zurückzulegen, so hielt er es jetzt für eine blöde Idee. Es war zwar unwahrscheinlich, dass seine und die Abwesenheit des Tieres bemerkt werden würden, doch das allein war ja kein Grund für einen Ausflug wie diesen. Sie wollten in Beja das Feuerwerk sehen, sie wollten die Kapelle spielen hören und sich bei den Zigeunern umsehen – und das alles war kaum zu bewerkstelligen, wenn sie sich vor Entdeckung fürchten mussten. Jujú würde Stubenarrest bekommen und er selber eine so heftige Tracht Prügel, dass er noch tagelang blaue und grüne Flecken hätte, für die ihn wiederum die anderen Kinder hänseln würden.

Selbst wenn es ihnen gelingen sollte, ein wenig von dem bunten Treiben in dieser Nacht mitzuerleben, so war das Abenteuer damit längst nicht überstanden. Der Rückweg würde noch beschwerlicher sein als der Hinweg. Der Mond spendete nur wenig Licht, das Maultier würde nach den ungewohnten Geräuschen eines Feuerwerkes noch bockiger sein als vorher, und Jujú würde sich so fest an ihn klammern, dass er kaum Luft bekam.

Aber sollten sie es wirklich bis hierher geschafft haben, ohne sich auch nur ein winziges bisschen zu amüsieren? Eine Idee nahm in Fernandos Kopf Gestalt an: Vielleicht konnte er allein kurz zu den Zigeunern huschen und wenigstens ein Andenken an diese Nacht mitnehmen. Jujú würde ihn dafür hassen, dass er sie allein ließ, und sei es nur eine Viertelstunde, aber mit ihr zusammen zu gehen wäre zu gefährlich.

»Gib mir einen *tostão*«, raunte er ihr zu.

»Wofür?« Jujú warf ihren langen Zopf nach hinten und starrte den größeren Jungen mit dem ganzen Stolz ihrer sieben Jahre an. Fernando erwiderte ihren herausfordernden Blick nicht. In gespieltem Desinteresse kratzte er mit einem Stöckchen Muster in den staubigen Boden. »Gute Frage. Gib mir lieber zwei *tostões*.«

In der Ferne hörte man die blecherne Musik der Blaskapelle, die vor dem Rathaus aufzuspielen begann.

»Was willst du denn damit?«

»Weißt du nicht, was heute für eine Nacht ist?«

»Es ist Silvester?«

»Ja, aber diesmal ist es ein besonderes Silvester. Morgen fängt ein neues Jahrhundert an.«

Jujú riss ihre Augen auf. »Und dafür muss man Eintritt bezahlen?!«

»Nein. Aber für zwei Kupfermünzen kaufe ich uns das ganze Jahrhundert.«

1908 – 1916

1

Schwerfällig sank José Carvalho in den Ledersessel vor dem Kamin. »Einen Brandy, schnell!«, rief er dem Dienstmädchen zu, das ängstlich an der Tür zum Salon auf Anweisungen gewartet hatte. Sie goss ihrem Patrão eine großzügige Dosis ein und reichte ihm das Glas mit zitternden Händen. Die Launen des Senhor Carvalho ängstigten sie zu Tode.
»Glotz mich nicht an, als wärst du eine Kuh! Los, verschwinde!«, herrschte er das Mädchen an.
Anunciação stolperte davon. Tränen waren in ihre Augen getreten, so dass sie nur schemenhaft die Senhora wahrnahm, die ihr auf dem Flur entgegenkam.
Dona Clementina ließ sich ihre Verwunderung nicht anmerken, weder die über das Verhalten des Dienstmädchens noch die über das frühe Erscheinen ihres Mannes. Normalerweise ließ er sich vor Sonnenuntergang nicht im Haus blicken. Es musste etwas wirklich Außergewöhnliches vorgefallen sein, wenn ihr Gatte sich freiwillig so zeitig von den anderen Schwadroneuren im Café »Luíz da Rocha« verabschiedet hatte. Wie um sich für die Begegnung mit ihrem offensichtlich aufgebrachten Mann zu rüsten, hob Dona Clementina das Kinn, strich in einem Reflex ihr dunkelblaues und makellos gebügeltes Wollkleid glatt und setzte eine verständnisvolle Miene auf. José hasste neugierige Frauen – mit keiner Silbe und mit keinem fragenden Ausdruck auf ihrem aristokratischen Gesicht würde sie ihm ihre wahre Gefühlslage preisgeben. Dona Clementina verging schier vor Neugier.
»Mein Lieber, wie schön, dass du schon zu Hause bist!«, begrüßte sie ihn. Sie beugte sich über die Kopflehne seines Fauteuils und hauchte die Andeutung eines Kusses auf seine Stirn.

»Muss ich mir Sorgen wegen deines frühen Kommens machen? Geht es dir gut? Deine Stirn fühlt sich heiß an.« Manchmal wunderte Clementina sich über sich selbst. Wie glatt ihr diese kleinen Lügen inzwischen über die Lippen gingen! Vor 24 Jahren, als Frischverheiratete, wäre sie nicht nur dabei errötet, sondern hätte anschließend ihr Vergehen auch dem Padre Alberto gebeichtet.
José Carvalho stierte auf die flackernden Holzscheite. Er nahm einen großen Schluck aus seinem Cognacschwenker, bevor er schließlich, wie zu sich selbst, sprach.
»Um mich brauchst du dir keine Gedanken zu machen. Nur um die Monarchie. Dom Carlos ist tot. Und der Thronfolger ebenfalls. Am helllichten Tage erschossen, in ihrer Kutsche.«
»Mein Gott!« Dona Clementina bekreuzigte sich und sank in den zweiten Sessel, der vor dem Kamin stand. »Der König, tot! Und der Infante Luís Filipe! Heilige Muttergottes, was für eine Tragödie!« Sie erhob sich und goss sich ebenfalls einen Brandy ein, ein untrügliches Anzeichen dafür, dass die Nachricht sie zutiefst erschüttert hatte. Sie trank sonst nie etwas Stärkeres als Süßwein, und den auch nur bei besonders festlichen Anlässen.
»Dieses Republikaner-Pack!« Hasserfüllt schüttelte José den Kopf.
»Wer sind denn die Mörder? Hat man sie schon gefasst?«
»Gefasst? Die königliche Garde hat sie auf der Stelle erschossen!«
Dona Clementina nickte und bemühte sich, ihre Selbstbeherrschung zurückzuerlangen. Sie würde sich nicht durch dumme Fragen den Unmut ihres Mannes zuziehen. Sie wusste, dass José ihr von sich aus früher oder später die ganze Geschichte erzählen würde. Er gab sich gern weltgewandt und politikerfahren, obwohl er von den Geschehnissen in Portugal und der Welt nicht mehr verstand als das, was ihm der Redakteur Isidoro Vieira vom Lokalblatt *O Bejense* erzählte. Und Isidoro wieder-

um, vermutete Clementina, schrieb alles aus den großen Lissabonner Zeitungen ab.
Sie selber hatte nicht viel für Politik übrig, wie sie sich auch für sonst nichts sonderlich interessierte, was nicht direkt sie selber, ihre Familie oder ihren Besitz betraf. Dieses Attentat jedoch empfand sie als unmittelbare Bedrohung. Wenn, wie sie es bereits 1892 erlebt hatte, ein Staatsbankrott die Folge der Umsturzversuche wäre, dann würden auch sie es zu spüren bekommen. Ihre Réis wären dann im Ausland so wertlos, dass sie bei ihren Reisen nach Paris, London oder in andere europäische Metropolen nicht mehr jedes Stück würde kaufen können, das ihr oder einer ihrer Töchter gefiel. Aussteuertruhen von Louis Vuitton, Tafelsilber von Christofle, Waterford-Kristallkelche, die zarte, spitzengesäumte Leibwäsche aus dem Hause Montfort, gewagte Hüte von der renommiertesten Hutmacherin in ganz Berlin oder handgeschöpftes Büttenpapier aus Zürichs elegantester Papeterie – all das müssten sie sich dann verkneifen. Ganz zu schweigen von den luxuriösen Etagen, die sie für die Dauer ihrer Aufenthalte in den feinsten Häusern anzumieten pflegten, sei es im Hôtel de Crillon, im Sacher oder im Savoy. Das war einfach unausdenkbar!
»Mãe, Isabel weigert sich, mir ihren grünen Hut zu geben! Dabei hatte sie es mir fest versprochen. Ich habe ihr letzte Woche ja auch meinen gelben Seidenschal geliehen, und ...«
»Still!«, wurde Mariana abrupt in ihrem Redeschwall gebremst. Erst jetzt bemerkte die pummelige 16-Jährige, dass sie anscheinend einen ungünstigen Zeitpunkt erwischt hatte, um ihre Mutter um Hilfe zu bitten. Ihr Vater schaute sie an, als sei sie ein Gespenst. Um einer Konfrontation aus dem Weg zu gehen, verließ sie den Salon so schnell, wie sie hereingeplatzt war.
In der Halle erwartete Isabel sie mit einem hämischen Gesichtsausdruck. »Das Petzen hat dir wohl nichts als Ärger eingebracht, was?«

»Du eingebildete Pute! Glaub bloß nicht, dass ich dir jemals wieder etwas leihen werde. Und du kannst dir ab sofort auch einen anderen Dummen suchen, der dir deine Aufsätze schreibt. Oder deine Liebesbriefe.« Obwohl Mariana zwei Jahre jünger war als Isabel, hatte sie nicht nur die schönere Handschrift, sondern auch das bessere Sprachempfinden, eine Gabe, mit der sie sich bei ihren Schwestern gerne den einen oder anderen Gefallen erkaufte.
»Was ist denn da drin los?«, wollte Isabel wissen. »Seit wann sitzen Papá und Mamá tagsüber allein vor dem Kamin?«
»Ich habe nicht den leisesten Schimmer. Wenn du nicht so feige wärst und Angst hättest, dass Mamá dich zwingt, mir den Hut doch zu leihen, würdest du selber hineingehen und fragen.«
»So wichtig ist es nun auch wieder nicht.« Mit einem schnippischen Grinsen drehte Isabel sich um und stolzierte davon.
Marianas Unterlippe zitterte bedenklich. Von allen Menschen auf der Welt schaffte es nur Isabel, sie mit einer kleinen verächtlichen Geste oder einem gemeinen Wort derart aus der Fassung zu bringen. Als sie erneut Stimmengemurmel aus dem Wohnzimmer hörte, vergaß sie jedoch für einen Moment ihren Ärger auf die ältere Schwester. Auf Zehenspitzen schlich sie sich an die Tür und hielt das Ohr daran.
»Prinz Manuel ist gerade einmal 18«, hörte Mariana ihre Mutter sagen, »so alt wie Isabel. Wenn er ebenso unreif ist wie sie, dann gnade uns Gott.«
Mariana kicherte still vor sich hin. Über die Implikationen des Gesagten verlor sie keinen weiteren Gedanken. Allein die Tatsache, dass ihre Eltern Isabel für unreif hielten, drang in ihr Bewusstsein. Der Nachmittag war gerettet. Der 1. Februar 1908 würde in ihrem Tagebuch als Festtag gekennzeichnet werden.

Am Abend jedoch war Marianas gute Laune einer betretenen Stimmung gewichen, wie sie die ganze Familie erfasst hatte. Schweigsam saßen alle sechs – Joana lebte seit ihrer Hochzeit im vergangenen Herbst nicht mehr bei ihnen – an der langen, ovalen Tafel. Dona Clementina hatte in ihrem Tischgebet für die Seelen des ermordeten Königs und seines Sohnes gebetet, den lieben Gott darüber hinaus aber auch um Erbarmen gegenüber den verirrten Attentätern angefleht. José Carvalho hatte daraufhin das Gebet mit einem Schlag seiner Faust auf den Tisch unterbrochen, etwas, das noch nie vorgekommen war und seine Frau wie seine Töchter gleichermaßen verunsicherte.

Außer Mariana war allen der Appetit vergangen. Dona Clementina stocherte lustlos in ihrem Essen herum, während ihr Mann sich mit widerwillig verzogenem Gesicht eine Gräte nach der anderen aus dem Mund zog. Nach einigen Bissen hatte er genug davon und legte das Besteck auf den Tellerrand. Die älteste der im Haus lebenden Töchter, die 19-jährige Beatriz, tat es ihm sofort nach. Sie imitierte ihren Vater ständig, wohl in der Hoffnung, ihm damit zu Gefallen zu sein und von ihrem wenig einnehmenden Äußeren abzulenken. Doch wie sie es auch anstellte, nie war es richtig.

»Iss, Beatriz«, forderte er sie nun auf. »Schlimm genug, dass du so eine große Nase hast. Da musst du nicht auch noch zum Klappergestell werden. So finden wir nie einen Bräutigam für dich.« Mit einem Seitenblick auf die sehr schlanke, drahtige Dona Clementina fügte er hinzu: »Die Männer mögen wohlgerundete Frauen.«

Beatriz schluckte eine wütende Antwort herunter und nahm tapfer ihr Besteck wieder auf.

»Ich kenne wenigstens einen Mann, der Beatriz so mag, wie sie ist«, platzte Mariana heraus. Jujú und Isabel verdrehten die Augen. Unter den Schwestern war es ein offenes Geheimnis, dass der schielende Sohn des Verwalters Beatriz den Hof machte. Aber die Eltern mussten ja nicht unbedingt etwas davon erfahren. Anders als befürchtet jedoch hakte José Carvalho nicht wei-

ter nach, sondern beschränkte sich auf eine herabwürdigende Antwort, die der Wahrheit unfreiwillig nahe kam.
»Mit der Sehkraft des Trottels scheint es nicht zum Besten zu stehen.«
Jujú und Isabel unterdrückten ein Lachen, während Mariana laut losprustete. Beatriz starrte mit regloser Miene auf ihren noch halb vollen Teller. Sie runzelte die Brauen über ihren eng zusammenstehenden Augen und schluckte an den Beleidigungen ihres Vater ebenso schwer wie an dem Essen. Vielleicht sollte sie doch mit João durchbrennen? Sie war es langsam leid, dass immerzu auf ihr herumgetrampelt wurde. Was konnte sie dafür, dass sie kein Puppengesicht wie Jujú hatte, nicht das sonnige Gemüt Marianas, nicht die kokette Art Isabels und nicht die natürliche Eleganz Joanas? Warum hatte ausgerechnet sie die Nase ihres Vaters und die dürre Statur der Mutter geerbt? Warum vereinten sich gerade in ihr das spröde Wesen der Alentejo-Bauern mit einem scharfen Verstand, der ihr diese Ungerechtigkeit in aller Klarheit vor Augen führte?
»Es gibt heute Abend wahrhaftig keinen Grund zum Lachen«, rügte Dona Clementina ihre Töchter. Sie tätschelte Beatriz' Arm: »Und du brauchst den Teller nicht leer zu essen, wenn du satt bist.« Sie hatte größtes Verständnis für die Appetitlosigkeit ihrer zweitältesten Tochter, und insgeheim gefiel ihr der hochgewachsene, schlanke Körper von Beatriz viel besser als etwa die gedrungene Gestalt Marianas.
»Darf ich deine Kartoffeln haben?«, fragte Letztere nun. Die Schüssel war leer, der Teller vor ihr bis auf den letzten Tropfen Sauce ausgewischt.
»Wenn du weiter so viel Essen in dich hineinstopfst, wird dich auch kein Mann wollen«, herrschte José das Mädchen an.
»Aber hast du nicht eben selber gesagt, dass ...«
»Üppige Rundungen an den richtigen Stellen, ja. Aber mit

einem Doppelkinn und der Form eines Weinfasses wirst du keine gute Partie machen.«

»Was sind denn die richtigen Stellen?«, wollte Mariana wissen, nicht im Geringsten getroffen und mit unvermindertem Appetit auf den Teller ihrer Schwester schielend.

Wieder lachten Jujú und Isabel verhalten, doch Dona Clementina beschied sie zu schweigen.

»Das reicht jetzt. Ich glaube nicht, dass das ein angemessenes Thema für ein Tischgespräch ist. Juliana«, wandte sie sich an ihre Jüngste, »berichte uns doch von deinen Fortschritten am Pianoforte. Ich habe dich gestern spielen gehört, es klang schon sehr gefällig.«

»Ja, Mãe, ich denke, ich habe bei Senhor Geraldo viel gelernt. Inzwischen spiele ich die Arpeggien der Etüde No. 11 in Es-Dur schon sehr flüssig.« Das war eine maßlose Übertreibung, aber Jujú wusste, dass jetzt nicht der richtige Zeitpunkt war, sich über die Schwierigkeiten von Chopin, den langweiligen Klavierunterricht oder gar die Blicke des Lehrers zu beklagen, die weniger auf ihren Fingern als vielmehr auf ihrem Dekolleté lagen.

»Das wurde auch Zeit«, warf ihr Vater ein. »Dieser Kerl kostet mich ein Vermögen – und das ewige stümperhafte Geklimpere war kaum noch zu ertragen.«

»Nun, mein Lieber, allzu oft musstest du es dir in letzter Zeit ja nicht anhören, nicht wahr?« Kaum, dass sie es ausgesprochen hatte, ärgerte Dona Clementina sich über ihren Mangel an zur Schau gestellter Sanftmut. Sie wollte ihren Mann nicht für seine Eskapaden zur Rechenschaft ziehen, schon gar nicht vor den Kindern. »Ich meine, bei deinen vielen Verpflichtungen bist du ja kaum zu Hause. Denn sonst hättest du vielleicht auch schon bemerkt, dass nicht nur Juliana, sondern auch Isabel sich einer bemerkenswerten musikalischen Neigung erfreut.«

José Carvalho sah Isabel zweifelnd an. Er bekam zwar nicht viel

von dem mit, was seine Frau und seine Töchter den ganzen Tag zu Hause trieben, doch ein Narr war er nicht. Und eines war sicher: Wenn es einen Menschen auf der Welt gab, dem jedes Talent für die Musik abging, dann war es Isabel.
Diese sah ihren Vater aus den Augenwinkeln an, schaute jedoch sofort wieder weg, als sie seine Skepsis wahrnahm. Nervös nestelte sie an ihrer Serviette herum. Wenn ihr Vater herausbekam, was es mit ihrer plötzlichen Musikalität auf sich hatte, nähmen die Klavierstunden ein abruptes Ende. Und der gute Geraldo auch. Dabei waren die Stunden mit ihm das Einzige, was Isabel ihr ereignisloses Leben in der Provinz als halbwegs erträglich erscheinen ließ.
Seit sie im letzten Jahr aus dem Internat nach Hause zurückgekehrt war, hatte sie um sich herum nichts als Bauerntrampel in unmodischen Kleidern gesehen. Der Blick auf endlose Hügel mit Weizenfeldern, die andere als »goldene Pracht« empfinden mochten, tat ihren Augen weh. Die Schafe, die sich an den Olivenhainen tummelten, oder die Schweine, die unter den Kork- und Steineichen nach Eicheln stöberten, empfand sie als persönlichen Affront gegen ihren verfeinerten Geschmack. Und mit ihren Schwestern konnte sie schon gar nichts anfangen. Ihr Vater hatte völlig recht: Beatriz war eine verknöcherte alte Jungfer, die, wenn sie auch nur ein bisschen Würde an den Tag legen würde, ins Kloster gehen sollte, anstatt sich dem Werben eines Burschen auszusetzen, der weit unter ihr stand; Mariana war fett, träge und so arglos, dass es einem davon speiübel werden konnte; und Jujú, die sie seit deren fünfzehntem Geburtstag in Gegenwart der Eltern immer Juliana zu nennen hatten, war ja noch ein Kind. Eines allerdings, gestand Isabel sich eifersüchtig ein, das ihr bei Geraldo ernsthaft Konkurrenz zu machen schien. Die lüsternen Blicke, die ihr Verehrer Jujú zuwarf, waren ihr durchaus nicht entgangen.
»Ja, die Fortschritte, die Isabel bei Senhor Geraldo macht, sind

ganz und gar erstaunlich«, befand Jujú nun mit einem spöttischen Lächeln. Besonders die in Anatomie, fügte sie im Geiste hinzu. Sie hatte die beiden einmal gesehen, wie sie in verkrampfter Umarmung auf der Klavierbank saßen, hatte sich jedoch schaudernd abgewandt, bevor ihre Anwesenheit bemerkt wurde. Von all ihren Schwestern mochte sie Isabel am wenigsten. Nie würde sie verstehen können, warum Isabel, die Hochmütigkeit für eine erstrebenswerte Tugend hielt, ihren vermeintlichen Stolz so weit vergessen konnte, dass sie sich von einem Widerling wie Senhor Geraldo küssen ließ. Genauso wenig konnte sie nachvollziehen, warum Isabel ständig auf Mariana herumhackte und diese bei jeder sich bietenden Gelegenheit drangsalierte. Der heutige Vorfall mit dem Hut war ganz typisch gewesen. »Du dicke Qualle wirst ihn mir nur ausleiern«, hatte Isabel behauptet, und Mariana hatte den Kopf, der natürlich auch keinen größeren Umfang als der von Isabel hatte, vor Scham abgewandt, weil sie wieder einmal mit den Tränen kämpfte. »Wenn Heulen schlank machen würde, wärst du dünn wie ein Streichholz«, hatte Isabel der flüchtenden Mariana nachgerufen, die sich jedoch schon kurz darauf, dank einer Hand voll Pralinen, wieder im Griff hatte.

Warum war Mariana aber auch so ein Naschmaul? Jujú fand es schade, dass der Leibesumfang ihrer Schwester in den letzten Jahren solche Ausmaße angenommen hatte. Sie hätte wirklich hübsch sein können, mit ihrem Kussmund, den großen braunen Augen, dem herzförmigen Gesicht und den herrlichen schwarzen, glatten Haaren, um die sogar sie selbst Mariana manchmal beneidete. Jujús eigenes Haar war gelockt und störrisch und hatte sie schon manches Mal zur Verzweiflung getrieben, weil es sich nur unter größter Mühsal glätten oder zu seidigen Wellen legen ließ.

»Nun ja, meine Fortschritte bei Senhor Geraldo«, griff Isabel nun die süffisante Bemerkung ihrer Schwester auf, »müssen dir ja ›erstaunlich‹ vorkommen – für einige Stücke fehlt dir sicher noch die nötige Reife, liebste Juliana.« Sie legte einen so ironischen Ton in »Juliana«, wie sie es auch bei einem Kind getan hätte, das sie hätte siezen müssen.

Jujú lag eine beißende Antwort auf der Zunge, doch Beatriz kam ihr zuvor. »Von den Kostproben deiner ›Reife‹, Isabel, haben wir alle für heute genug.«

»Das trifft sich ausgezeichnet, da ihr mehr davon auch nicht mehr werdet genießen können.« Damit stand Isabel auf und verließ, ohne die Erlaubnis ihrer Eltern abzuwarten, das Speisezimmer.

»Isabel!«, brüllte José ihr nach, doch das Mädchen ließ sich davon nicht aufhalten.

Dona Clementina legte ihre schmale Hand auf den Unterarm ihres Mannes. »Lass nur. Ich kümmere mich später darum.«

Das egozentrische Wesen ihrer mittleren Tochter war ihr schon immer ein Dorn im Auge gewesen, war jedoch zugleich ein Grund, sich gerade um ihre Zukunft wenig Sorgen zu machen. Isabel war eigennützig und ehrgeizig, zwei Charakterzüge, die ihr in der Verbindung mit dem jungen Lissabonner Anwalt Raimundo de Saramago zugutekommen würden. Zudem war sie recht hübsch – noch jedenfalls, denn Dona Clementina erkannte an den oft zusammengekniffenen Lippen und dem allzu häufigen Runzeln der Stirn einen vorzeitigen Verfall dieser jugendlichen Aura. Isabel würde in zehn, höchstens fünfzehn Jahren streng und verbittert aussehen.

Viel mehr Grund zur Besorgnis bestand derzeit bei Juliana. Sie war zweifelsohne die schönste ihrer Töchter, obendrein war sie mindestens so intelligent wie die arme Beatriz. Sie würden für Juliana einen hervorragenden jungen Mann finden, aus noch besserer Familie womöglich als Isabels Doutor Raimundo, von älterem Adel als ihr Schwiegersohn Gustavo, der mit Joana in Porto lebte, und mit mehr Vermögen, als sie selbst es hatten.

Seit Juliana endlich aufgehört hatte, wie ein Bauernlümmel auf Bäume zu klettern oder mit lehmverklumpten Schuhen zum Nachmittagstee aufzukreuzen, waren ihre Chancen bei den möglichen Bewerbern um ein Vielfaches gestiegen.

Wenn Juliana nur nicht so geheimniskrämerisch wäre! Dona Clementina ließ sich nicht von dem Liebreiz, dem unschuldigen Augenaufschlag und der neuerdings beinahe damenhaften Art ihrer Jüngsten hinters Licht führen. Irgendetwas heckte Juliana aus, das spürte Dona Clementina. Hoffentlich hatte nicht wieder dieser unmögliche Junge aus dem Dorf damit zu tun. Aber nein, selbst Juliana war mittlerweile alt genug, um zu erkennen, dass ihr Freund aus Kindertagen heute nicht mehr viel mit ihr gemein hatte. Ein ungehobelter Kerl ohne Manieren und ohne Bildung, das war er, noch dazu, so hieß es, das Ergebnis eines Fehltritts seiner Mutter. Heilige Jungfrau Maria – und so einer hatte es gewagt, sich überhaupt in der Nähe von Juliana aufzuhalten! Wenn sie ihr nicht im vergangenen Jahr den Umgang mit dem Burschen verboten hätten, würde Juliana ihn wahrscheinlich immer noch auf dem Rücken eines Maultieres begleiten, sich Flöhe holen und mit aufgeschrammten Knien herumlaufen. Doch obwohl sie dem schlechten Einfluss anscheinend erfolgreich entgegengewirkt hatten, führte Juliana irgendetwas im Schilde. Und Dona Clementina würde herausfinden, was es war.

»Dürfen wir uns jetzt auch zurückziehen?« Mariana leckte sich die Finger ab, mit denen sie sich den letzten Happen ihres Tortenstückes einverleibt hatte. An dem Dessert, dem letzten Versuch der Köchin Leonor, die Familie heute doch noch zum Essen zu verführen, hatte sich außer ihr niemand beteiligt.

José Carvalho nickte ungeduldig und gab seinen Töchtern mit einer Handbewegung, die dem Wegwedeln eines Insektes fatal ähnelte, die Erlaubnis zu gehen. Dona Clementina nickte ebenfalls. »Ja, das dürft ihr. Und vergesst nicht, den armen König

und seinen Sohn in euer Abendgebet mit einzuschließen. Und den jungen Manuel, auf dessen Schultern jetzt alle Verantwortung für das Fortbestehen unseres Königreiches liegt.«
Mariana sah ihre Mutter ernst an. Ja, für den Prinzen würde sie gerne beten. Sie hatte Bilder von ihm in ihrem Tagebuch gesammelt, Fotografien, die sie aus den ausgelesenen Zeitungen ihres Vaters ausgeschnitten hatte. Er war ein unbestreitbar hübscher junger Mann, mit einem weichen Gesicht, warmen braunen Augen und einer Miene, aus der Sensibilität und Vernunft gleichermaßen sprachen.
Beatriz hob die Augenbrauen, eifrig bemüht, Gehorsam in ihre Mimik und Gestik zu legen. »Aber ja. Gute Nacht, Pai, Mãe.« In Wahrheit grübelte sie darüber nach, wie sie unauffällig das Haus verlassen konnte, während ihre Eltern im Salon saßen, die Dienstboten noch in der Küche oder im Haushaltstrakt beschäftigt waren und ihre Schwestern die Zimmer in der ersten Etage bevölkerten und dort womöglich gerade aus den Fenstern sahen. Warum auch waren Jujú und Mariana nicht ins Internat gekommen, so wie Joana, sie selbst und Isabel?
Auch Jujú nickte beflissen. »Ja. Schlafen Sie gut, Mamã.« Sie ging zu ihrem Vater und gab ihm ein Küsschen auf die Wange. »Ihnen auch eine gute Nacht, Papá.« Sie hatte gelernt, wann es angebracht war zu widersprechen und wann zu schweigen. Und jetzt war es eindeutig klüger, sich still zurückzuziehen. Sie wäre gerne noch länger hier bei den Eltern geblieben und hätte die Gelegenheit wahrgenommen, endlich einmal mit ihnen allein zu sprechen, ohne dass Mariana dazwischenplapperte, Isabel sie verhöhnte oder Beatriz mit ihrer Erwachsenheit angab.
Sie zog sacht die Tür zum Speisezimmer hinter sich zu. In der Halle war es düster, doch Jujú fand auch so den Weg zur Treppe und zu ihrem Zimmer – sie hatte sich oft genug im Dunkeln aus dem Haus geschlichen. Für den Bruchteil einer Sekunde dachte sie daran, welche Strafpredigt die Dienstboten erwartete, weil

sie nicht die Lampen entzündet hatten. Oder hatte Isabel in ihrer Boshaftigkeit einfach das Licht gelöscht? Sie schüttelte diesen Gedanken gleich wieder ab. Was kümmerte es sie?
Leise betrat sie ihr Zimmer. Seit Joanas Hochzeit hatte Mariana deren Zimmer bekommen, und Jujú hatte endlich ihr eigenes Reich. Der Raum hatte sich seitdem völlig verändert. All die Puppen, Spitzenkissen und Schächtelchen, mit denen Mariana sich gerne umgab, waren verschwunden. Ihren Platz hatten jetzt Bücherregale eingenommen, bis auf den letzten Quadratzentimeter angefüllt mit Lyrikbänden, Romanen, Lehrbüchern, Atlanten, religiöser Literatur, Notenheften. Auch einige fremdsprachige Werke waren darunter, desgleichen Fachbücher über Technik, Wirtschaft und Ingenieurswissenschaften. Jeder, der einen Blick auf den Inhalt der Mahagoniregale warf, musste Jujú für eine sehr wissensdurstige junge Dame halten. Doch Gelehrsamkeit war nicht der Grund für die Vielzahl an Büchern. Jujú nutzte vielmehr ihr Privileg, sich so viele Bücher aus Lissabon schicken lassen zu können, um es mit jemandem zu teilen.
Sie setzte sich auf ihr Bett, streifte die Schuhe ab und ließ sich hintenüber auf die Matratze fallen. Sie starrte eine Weile an die Decke. Beten sollte sie. Aber was scherte sie das Gerede über Monarchie und Republik und Umstürze? Außerdem würde das halbe Land heute Nacht für das Seelenheil der Ermordeten beten.
Sie dagegen würde Gott um etwas ganz anderes bitten.

2

Jujú lag mit geschlossenen Augen im Schatten des Olivenbaums. Sie hatte die Arme unter dem Kopf verschränkt und lächelte versonnen. Fernando kitzelte ihr Gesicht mit einem Grashalm. Er hätte stundenlang damit fortfahren können, hätte sich ewig am Anblick von Jujús gekrauster Nase, ihren leicht zuckenden Lidern und ihren süßen Grübchen berauschen können. Wie oft hatten sie sich hier schon getroffen, wie oft sich diesen harmlosen, verliebten Spielereien hingegeben – und doch glaubte Fernando, dass er nie genug davon bekommen würde. Auf der ganzen Welt konnte es kein hübscheres Mädchen geben, und ein schlaueres schon gar nicht. Deolinda mochte sich einbilden, das begehrteste Mädchen im Dorf zu sein, aber mit Jujú konnte sie es nicht aufnehmen.
»Ah, ich halte das nicht mehr aus, Fernando!« Jujú schlug die Augen auf und fuhr sich mit beiden Händen kräftig durchs Gesicht, um das kribbelige Gefühl hinwegzuwischen. Wie immer, wenn sein Gesicht dem ihren so unerwartet nahe war, durchfuhr sie beim Blick in seine Augen ein kleiner Blitz. Sie waren von einem unvorstellbar reinen Grün, das dank der langen dunklen Wimpern nur umso intensiver leuchtete. Fernandos Augenfarbe war früher, als sie noch jünger waren, den anderen Kindern Anlass für hässliche Spötteleien gewesen. »Wechselbalg« oder »Bastard« hatten sie ihn gerufen, wahrscheinlich nur das dumme Geschwätz von zu Hause wiederholend. In der *aldeia*, im Dorf, hatte es noch nie jemanden mit so grünen Augen gegeben, und die Leute konnten sich diesen Umstand offenbar nur mit einem Seitensprung von Gertrudes Abrantes erklären. Obwohl Fernandos Mutter nicht müde wurde zu erzählen, dass ihr Urgroßvater den Spitznamen »olho verde«, Grünauge, getra-

gen hatte, und obwohl sie eine gottesfürchtige Frau und treusorgende Mutter war, wurde sie den Makel des Verdachtes, eine Ehebrecherin zu sein, nie los.

Neben den Qualen, die Fernando als Kind deswegen auszustehen hatte, nahmen sich die Beleidigungen, mit denen Jujú gelegentlich bedacht worden war, geradezu lachhaft aus. »Dein Vater ist ja gar kein richtiger Mann«, hatten die Kinder gefrotzelt, »fünf Töchter und kein einziger Sohn!« Allzu oft war Jujú das nicht passiert, denn eine der ersten Lektionen der Dorfkinder war gewesen, dem Patrão und seiner Familie nie anders als unterwürfig gegenüberzutreten.

Ach, das war alles lange her. Und die wenige kostbare Zeit, die ihr heute noch mit Fernando blieb, wollte Jujú nicht mit solchen Erinnerungen verschwenden – genauso wenig wie mit störenden Gedanken an eine Zukunft, in der nach dem Willen ihrer Eltern kein Raum für Fernando mehr sein sollte. Sie wollte sich hier und jetzt ihren angenehmen Empfindungen hingeben. Sie wollte die Frühjahrssonne, die durch die silbrig schimmernden Blätter des Olivenbaums auf ihr Gesicht fielen, warm auf ihrer Haut spüren, wollte dem Gesang der Vögel lauschen, den Duft der aufblühenden Natur in sich aufnehmen und bei alldem die Zärtlichkeiten, mit denen Fernando sie bedachte, genießen. Sie schloss die Augen erneut.

Zuerst spürte sie seinen heißen Atem an ihrem Hals, dann seine Lippen. Als er zart an ihrem Ohrläppchen knabberte, bekam sie eine Gänsehaut. Er kannte ihre Schwächen und Vorlieben genau, wusste, wo und wie er sie berühren musste, damit sie vor Verlangen aufseufzte. Fernandos Hand, die er um ihre Taille gelegt hatte, wanderte vorsichtig nach oben. Jujú ließ ihn gewähren. Es war nicht das erste Mal, dass er ihre Brüste streichelte, und wäre sicher nicht das letzte Mal. Doch sosehr sie seine Liebkosungen genoss: Weiter würde sie ihn nicht gehen lassen. Auf keinen Fall wollte sie das Schicksal Luizas teilen. Ihre frü-

here Freundin war nach einem Techtelmechtel mit einem benachbarten Gutsbesitzersohn schwanger geworden. Vor kurzem hatte sie ihn geheiratet, nachdem sie, gerade 16-jährig, den Segen der Eltern, der Behörden und der Kirche für diese Ehe erhalten hatte. Luiza hatte bei der Hochzeit rotverweinte Augen und einen sichtbar gewölbten Bauch. Ihr Bräutigam, selber erst 19 Jahre alt, blickte wütend und trotzig drein.
»Fernando, nicht.« Fernandos Hand war unter ihren Rock geglitten und bewegte sich langsam von der Wade hinauf zu ihren Oberschenkeln.
»Ja, ich weiß.« Widerstrebend ließ Fernando von Jujú ab. Er wusste, dass sie recht hatte, und er war dankbar, dass immerhin einer von ihnen beiden über genügend Willenskraft verfügte, ihrer Begierde einen Riegel vorzuschieben. Aber Himmel, er würde das nicht mehr lange aushalten. Jujús milchweiße Haut, ihre runden, nicht allzu üppigen Brüste und ihre samtige Stimme erregten ihn aufs Äußerste.
Er ließ sich enttäuscht auf den Rücken rollen und verschränkte ebenfalls seine Arme unter dem Kopf. Er war 18 Jahre alt, es wurde höchste Zeit, dass er endlich zum Mann wurde. Und diese Erfahrung, so hatte er sich bereits vor zwei Jahren vorgenommen, als Jujú aufhörte, nur eine kleine Freundin für ihn zu sein, wollte er mit keiner anderen als ihr teilen. Damals, nachdem seine Stimme tief geworden war und sein Barthaar zu sprießen begonnen hatte, nachdem er in die Höhe geschossen und sein Körper ihm fremd geworden war, hatte er Jujú plötzlich in einem ganz anderen Licht gesehen. Und ihr war es umgekehrt auch so ergangen. Sie, die zur ungefähr gleichen Zeit wie er eine körperliche Veränderung erlebt hatte, mit der ihr Denken und Fühlen noch nicht Schritt halten konnte, war ihm gegenüber zurückhaltender geworden. In ihre Freundschaft, die immer durch Komplizentum gekennzeichnet gewesen war, hatten sich Schamhaftigkeit und Distanziertheit eingeschlichen.

Bei ihren gemeinsamen Ritten auf dem Maultier hatten sie sich unbehaglich gefühlt – bis sie ganz darauf verzichteten. Das Baden im Stausee war mit einem Mal kein großer Spaß mehr, sondern eine äußerst beunruhigende Angelegenheit gewesen. Jujú hatte schließlich als Erste zugegeben: »Fernando, ich geniere mich zu Tode. Lass uns etwas anderes unternehmen.«
Doch bei den anderen Treffen war es kaum besser gewesen. Wenn er sie auf bestimmte Stellen in den Büchern hinwies, die sie ihm heimlich lieh, wurden sie sich ihrer Nähe schmerzhaft bewusst. Wenn sie nebeneinander herliefen und er wie zufällig ihren Arm streifte, zuckten sie beide zurück. Wenn sie einander dabei erwischten, wie sie den anderen aus den Augenwinkeln taxierten, schlugen sie die Blicke beschämt nieder. Und an manchen Sonntagen, wenn der Patrão und seine Familie die Dorfkirche mit ihrer Präsenz beehrten – meist blieben sie in der heimischen Kapelle, wo Padre Alberto eine Andacht für sie abhielt – und Fernando und Jujú dort einander entdeckten, konnte selbst die wortgewaltigste Predigt sie nicht in ihren Bann ziehen.
Fernando erinnerte sich nicht mehr genau, wann und wie sie schließlich zueinander fanden. Merkwürdig, dass er eine so entscheidende Wendung in seinem Leben nicht bewusst wahrgenommen haben sollte. War es während des Karnevals im vergangenen Jahr passiert, als die gesamte Familie Carvalho in Beja erschienen war, um sich den Umzug anzusehen, und Jujú einmal mehr die Gelegenheit ergriffen hatte, sich unter die Dorfleute zu mischen? Da hatten sie sich umarmt, das wusste er noch. Oder doch im letzten Mai, als er erstmals eigenhändig die Rinde einer Korkeiche abgelöst und Jujú danach stolz seine schwieligen Hände gezeigt hatte? Sie hatte daraufhin die Innenfläche seiner Hände geküsst, und zwar so zärtlich, dass die Botschaft unmissverständlich war.
Jujú hatte jede Einzelheit jenes Tages, an dem sie Fernando ihre

Gefühle für ihn offenbart hatte, noch ganz deutlich vor Augen, und genau jetzt, da sie unter dem Olivenbaum lag und Fernandos noch immer beschleunigten Atem hörte, dachte sie daran. Ein Nachmittag im Spätherbst 1906: Die Störche flogen in großen Schwärmen Richtung Süden. Auch das Paar, das das Nest auf einem der Schornsteine von Belo Horizonte bewohnte, war schon in sein afrikanisches Winterquartier aufgebrochen. »Sie bleiben ein Leben lang zusammen«, hatte sie gesagt und Fernando dabei tief in die Augen geschaut. »Und jedes Jahr bauen sie an ihrem Nest, bis es ganz groß und ganz stabil ist.« Fernando hatte ihren vielsagenden Blick erwidert und nur geantwortet: »Ja.« Es war die kürzeste und schönste Liebeserklärung, die Jujú sich überhaupt denken konnte.

Fernando richtete seinen Oberkörper auf und stützte sich auf die Ellenbogen. Mit zusammengekniffenen Augen versuchte er die Uhrzeit auf dem Kirchturm abzulesen, der etwa 500 Meter Luftlinie von ihnen entfernt war.

»Ist es wirklich schon fast Mittag?«

»Ich fürchte, ja. Gleich werden wir es ja hören.« Jujú drehte sich auf die Seite, bettete den Kopf auf ihren angewinkelten Arm und musterte Fernandos Gesicht von unten. Wie männlich er geworden war! Sein Kinn war kantig und trug den dunklen Schatten eines Bartwuchses, der für sein Alter schon sehr ausgeprägt war. Seine Haut war, trotz des eben erst zu Ende gegangenen Winters, gebräunt, sein Haar tiefschwarz und glänzend. Jujú sah andächtig auf seinen Adamsapfel, der sich jetzt auf und ab bewegte. Fernando schluckte – und sie wusste bereits, was jetzt kommen würde. Sein Pflichtbewusstsein war wirklich zum Aus-der-Haut-Fahren.

»Ich muss los. Meine Mutter regt sich furchtbar auf, wenn ich nicht pünktlich zum Essen erscheine. Und meinem Vater habe ich versprochen, heute nach der undichten Stelle im Dach zu sehen.« Wenn er jetzt nicht ging, würde Fernando nicht länger für sich garantieren können. Abrupt erhob er sich. »Und außerdem kommt heute mein ältester Bruder zu Besuch und stellt uns seine Braut vor.«

»Ach, Manuel heiratet? Aber er kann doch höchstens … 19 oder 20 Jahre alt sein.« Jujú erinnerte sich vage an den Burschen, der mit Muskelkraft wettmachte, was er an Geistesgaben nicht besaß. Ein stämmiger Kerl, beliebt bei seinen Saufkumpanen, unzuverlässig auf dem Feld. Er war vor einiger Zeit in den Ribatejo gegangen, wo ein entfernter Verwandter ihm Arbeit geben wollte. Hier fand er keine mehr.

»In *unseren Kreisen*«, Fernandos Ton troff vor Ironie, »ist das ein ganz normales Alter zum Heiraten.« Fernando reagierte immer ungehalten, wenn Jujú ihm zwischen den Zeilen zu verstehen gab, dass sie die Sitten in der *aldeia* befremdlich fand. In *ihren Kreisen* heirateten die Männer erst, wenn sie ein Studium abgeschlossen und vielleicht sogar eine Weile im Ausland verbracht hatten – von einzelnen Fällen abgesehen, in denen sie früher als geplant heiraten mussten.

»Ich habe doch gar nichts gesagt«, beschwerte Jujú sich. Dabei wusste sie genau, dass sie es sehr wohl gedacht und nur nicht ausgesprochen hatte. Sie zuckte mit den Schultern. »Na, dann beeil dich am besten. Wenn mich nicht alles täuscht«, damit sah sie zum Kirchturm, »ist es schon fünf vor zwölf.«

Doch Fernando wollte nicht gehen, solange diese leicht angespannte Stimmung zwischen ihnen herrschte. Er nahm Jujús Hand und zog sie hoch. Schwungvoll kam sie auf die Beine. Sie begann ihre Frisur zu ordnen, aus der sich einige Locken gelöst hatten. Fernando fand sie in diesem Moment unwiderstehlicher denn je. Er zog sie nah zu sich heran, um ihr einen Kuss zu geben, aber Jujú lehnte sich zurück und zwinkerte ihn an.

»Vier vor zwölf.« Wenn sie erst anfingen, sich zu küssen, würde es ihnen noch schwerer fallen, sich voneinander zu verabschieden.

Abrupt ließ Fernando sie los und drehte sich um. Er griff nach seinem Hut, den er auf einen Ast des Baums gehängt hatte, schüttelte die *manta* aus, auf der sie es sich bequem gemacht hatten, und stapfte davon. Er wandte sich nicht mehr zu Jujú um, auch dann nicht, als sie ihm nachrief: »Morgen Abend, am Erdbeerbaum?«
Die Glocken schlugen zwölf.

Als Fernando zu Hause eintraf, saßen seine Eltern und seine jüngeren Geschwister bereits am Tisch. Schweigend löffelten sie ihre *migas*, die Brotsuppe, die in letzter Zeit fast ausschließlich auf dem Speisezettel stand. Seine Mutter bereitete sie immer auf andere Weise zu, mal mit Knoblauch, mal mit Disteln, doch auch das konnte nicht über die Dürftigkeit der Mahlzeit hinwegtäuschen. Fernando konnte sich kaum erinnern, wann es bei ihnen zum letzten Mal Schweinefleisch gegeben hatte. Er ließ sich auf seinen Holzstuhl fallen und goss sich aus dem Tonkrug einen Becher Wein ein. Die anderen würdigten ihn kaum eines Blickes.
Sein Vater löffelte mit mürrischem Gesicht seine Suppe, die kräftigen und stark behaarten Unterarme auf den Tisch gestützt. Er schlürfte dabei laut. Sein Kopf befand sich unmittelbar über dem Teller. Fernandos Mutter war aufgestanden, um eine weitere Portion aufzufüllen. Sie stellte den Teller vor ihrem zweitältesten Sohn ab. Fernando sah nicht auf. Sein Blick war auf ihre Hände gerichtet – starke, fleißige, geschickte Hände, Hände, mit denen Gertrudes Abrantes tagaus, tagein Wäsche wusch, den Boden scheuerte, die Hühner in ihrem Hinterhof fütterte oder sie, wenn an besonderen Tagen eines geschlachtet wurde, rupfte. Hände, mit denen sie früher die Köpfe ihrer Kinder gestreichelt hatte, als diese sich noch nicht zu alt für derlei Zärtlichkeiten gefühlt hatten, und Hände, mit denen sie die Schläge ihres Mannes abgewehrt hatte. Seit Fernando seinem Vater über

den Kopf gewachsen war und die Mutter verteidigte, wagte João Abrantes es nicht mehr, seine Wut an seiner Frau auszulassen. Jedenfalls nicht in Gegenwart Fernandos.
Noch immer starrte Fernando auf die Hände seiner Mutter, die inzwischen wieder auf ihrem Platz saß, einen Laib Brot an ihren ausladenden Busen drückte und davon eine Scheibe abschnitt. Das Brot bestand mehr aus Schrot als aus feinem Weizenmehl – und das, dachte Fernando, hier in der Kornkammer Portugals. Es war genauso zäh und hart wie die Hände seiner Mutter, an denen das Leben verheerende Spuren hinterlassen hatte. Die Haut war spröde und rot, die Nägel waren rissig. Er dachte an Jujús zierliche, weiße Händchen, an die elegant manikürten Nägel, und mit einem kaum wahrnehmbaren, tonlosen Seufzer wandte er den Blick von seiner Mutter ab. Er würde Jujú nie heiraten können, solange er ihr nichts Besseres zu bieten hatte als eine Zukunft, in der sie solche Hände bekommen würde – Hände, an denen all die Entbehrungen und die ganze Hoffnungslosigkeit der kleinen Bauern abzulesen waren.
»Du bist spät. Hast du dich wieder mit diesem Mädchen rumgetrieben?«, murmelte sein Vater mit vollem Mund.
Fernando antwortete nicht. Er war achtzehn Jahre alt und seinen Eltern keine Rechenschaft schuldig über jeden der Schritte, die er unternahm. Er war der tüchtigste Arbeiter im Haus, der jeden schwer verdienten Réis daheim ablieferte, damit sein Vater ihn in der Schenke lassen konnte. Er hätte längst sein Recht auf größere Essensportionen einfordern können, oder er hätte fortgehen sollen, um im Norden oder sogar in Lissabon sein Glück zu versuchen. Aber wie konnte er? Die Familie würde hungern, seine Mutter würde halbtot geschlagen werden, und er selber würde ohne Jujú ohnehin kein lebenswertes Leben führen.
»Antworte mir gefälligst!« Endlich sah João Abrantes von seinem Teller auf. Was er sah, gefiel ihm nicht. Sein Sohn – wenn

es denn seiner war – stierte ihn aus seinen teuflisch grünen Augen an und wirkte wie einer, der sich zu fein für dieses Haus geworden war. Die Mädchen im Dorf waren verrückt nach Fernando, weiß der Himmel, wieso. Jedenfalls hatten ihm schon zwei seiner Freunde, der Schuster Joaquim Tavares und der Korbflechter José Ferreira, beide Väter heiratsfähiger junger Mädchen, entsprechende Andeutungen gemacht. Und nicht genug damit, dass Fernando bei den Weibern einen Stein im Brett hatte, nein, er musste auch noch so ein Klugscheißer sein, der seinen Vater andauernd belehrte.

Fernando ließ sich schließlich zu der Andeutung eines bejahenden Nickens herab.

»Das ist nicht gut, Junge. Für dieses reiche Mädchen bist du nur ein Abenteuer, ein lustiger Zeitvertreib. Wahrscheinlich gibt sie bei ihren Schwestern und ihren Freundinnen damit an, dass sie mit einem Kerl aus der *aldeia* angebändelt hat, und dann kichern sie alle zusammen und finden das Ganze aufregend verdorben.«

Das war die längste zusammenhängende Ansprache, die Fernando in den letzten Jahren von seinem Vater gehört hatte – und eine der vernünftigsten. War er etwa um diese Zeit noch nüchtern? Obwohl Fernando einsah, dass die Worte seines Vaters nicht einer gewissen Lebensweisheit entbehrten, ärgerten sie ihn. So ein albernes, verwöhntes Geschöpf war Jujú nicht! Er kannte sie, kannte sie so gut und schon so lange, dass er an ihren echten Gefühlen für ihn nicht den geringsten Zweifel hatte.

»Und eines Tages«, fuhr sein Vater fort, »wird sie einen Mann heiraten, der zu ihr passt, und sie wird sich schämen, dass sie jemals einem Bauern wie dir Zudringlichkeiten erlaubt hat, und dann wird sie dich für ihr eigenes schlechtes Gewissen bestrafen. Sie wird dich behandeln wie einen Hund.«

Du liebe Güte, was war denn mit seinem Vater los? Das klang ja fast so, als spräche er aus eigener Erfahrung.

»Wird sie nicht«, stieß Fernando wütend hervor.
»Wenn sie ihn behandelt wie einen der Jagdhunde ihres Vaters, dann wäre das doch nicht das Schlechteste.« Sebastião klopfte sich auf die Schenkel, aber niemand sonst am Tisch fiel in sein Lachen mit ein. Der 16-Jährige bemerkte nicht, wie fehl am Platz sein Einwurf gewesen war. »Ha, dann dürftest du Wildschweinkeulen abnagen und ungestraft Kaninchen im Wald jagen. Und dich vor aller Augen von ihr streicheln lassen. Und dich an ihrem Bein reiben.«
»Still, du Nichtsnutz!«, meldete sich die Mutter zu Wort.
»Aber ich habe die beiden gesehen, wie sie …«
»Das reicht.« João bedachte seinen jüngsten Sohn mit einem Blick, aus dem Ungeduld und väterlicher Stolz zugleich sprachen. Der Junge war zu vorlaut, aber ansonsten machte er sich prächtig. Von seinen drei Söhnen war Sebastião derjenige, der seinem Vater am meisten ähnelte.
»Ich habe es auch gesehen«, kam es leise aus Marias Ecke. Maria da Conceição war das Nesthäkchen und die einzige Tochter der Abrantes'. Alle vergötterten sie. Sie sah aus wie die Madonna auf den Heiligenbildchen, die sie sammelte, und sie benahm sich auch so. Nie erhob sie die Stimme, nie ließ sie sich von den Streichen ihrer älteren Brüder aus der Ruhe bringen, immer half sie der Mutter klaglos bei den Arbeiten im Haus und im Hintergarten. »Das ist eine Sünde, was ihr da macht«, sagte sie nun zu Fernando.
»Zuzusehen ist auch eine Sünde.«
»Ich habe es ja nicht mit Absicht getan.«
»Und ich habe nicht das getan, was du zu sehen geglaubt hast.«
»Schweig! Deine Schwester ist dreizehn! Was glaubst du wohl, wie viel sie sich eingebildet haben kann, hä? Wenn sie sagt, sie hat euch dabei gesehen, dann wird es wohl so gewesen sein.«
João Abrantes rückte geräuschvoll seinen Stuhl vom Tisch ab.

»Und ich will nicht, dass sie es noch einmal sieht, verstanden? So, und jetzt an die Arbeit. Fernando, Sebastião, ihr repariert jetzt endlich das Dach. Demnächst regnet es.« Dieser Vorhersage widersprach niemand. Die Wetterprognosen ihres Vaters waren fast immer richtig. »Und Conceição, du hilfst deiner Mutter beim Abwasch.«
Dieser Aufforderung hätte es nicht bedurft. Das Mädchen war bereits aufgestanden und trug das Geschirr ab. Niemand sollte sehen, wie rot ihr Gesicht angelaufen war. Das derbe Gerede hatte ihr Schamgefühl verletzt – und sie war selber schuld daran. Jetzt tat es ihr leid, dass sie Fernando verraten hatte. Er war doch ihr Lieblingsbruder.
Nachdem João seine Anweisungen erteilt hatte, nahm er seinen Hut vom Haken im Eingang und verließ ohne ein weiteres Wort das Haus. Alle wussten, wohin es ihn zog.
Gertrudes Abrantes goss Wasser in die Spülschüssel und hing ihren eigenen Gedanken nach. Wenn Fernando und die kleine Juliana tatsächlich das taten, was alle zu glauben schienen, dann musste sie dringend ein ernstes Wort mit ihrem Sohn reden. Nachher würde er noch Schande über ihre eigene und über die Familie des armen Mädchens bringen, und wohin sollten sie dann gehen? Hier in Milagres hatten sie es gut. Sie bewohnten ein vergleichsweise geräumiges Häuschen mit einem Garten, in dem sie Aprikosen und Melonen, Kartoffeln, Zwiebeln, Karotten, Grünkohl und Tomaten zogen. Auch ein paar Rebstöcke hatten sie. Sie hatten keine Probleme mit dem Verwalter des Patrãos, er gab ihnen immer Arbeit und behandelte sie gerecht. Sie waren alle gesund und fleißig und verdienten mit vereinten Kräften genug, um sogar noch ein paar *tostões* für Marias spätere Mitgift zurückzulegen. Das heißt, zumindest Gertrudes sparte die wenigen Münzen, die sie in den Sommermonaten auf den Feldern verdiente – ihr Mann zog es vor, seinen Verdienst zu großen Teilen in den gierigen Schlund des Wirtes zu werfen.

Demnächst gäbe es auch wieder mehr Fleisch zu essen. Wenn erst der Juni kam und mit ihm die arbeitsreichste Zeit des Jahres begann, wenn der Weizen gemäht und gedroschen wurde und die Korkeichen geschält wurden, dann hätten sie wieder Geld genug, um ein Schwein zu kaufen, es zu schlachten, zu pökeln und davon bis in den Herbst hinein zu zehren. Dann die Weinlese, anschließend die Olivenernte – ja, jetzt ging es wieder bergauf. Wenn nur Fernando den Verstand besäße, endlich von diesem Mädchen abzulassen!

Gertrudes Abrantes wischte die nassen Hände an ihrer Schürze trocken. Sie band sich ein Kopftuch um und ging durch die Hintertür hinaus in den Garten, um die Wäsche von der Leine zu nehmen. Während sie prüfend die Laken betastete, in denen sie noch eine Spur Feuchtigkeit zu fühlen glaubte, betrachtete sie ihre Söhne. Sie hatten die Leiter ans Haus gelehnt. Fernando kniete auf dem Dach und löste vorsichtig einen zerbrochenen roten Ziegel. »Bestimmt vom Frost«, rief er seinem Bruder zu. Sebastião stand auf einer der mittleren Sprossen der Leiter, nickte und nahm die Scherben entgegen.

Gertrudes wurde von Wehmut ergriffen. Richtige Männer waren sie schon, beide mit tiefen, wohltönenden Stimmen, stämmig der eine, von schlankerem Wuchs der andere. Beide hatten breite Schultern und muskulöse Gliedmaßen, und beide neigten, das sah man schon jetzt, zu dem gleichen Übermaß an Körperbehaarung wie ihr Mann. Dabei war es doch noch gar nicht lange her gewesen, dass sie die Jungen an ihrer Brust genährt und auf ihrem Schoß geschaukelt hatte, dass sie ihre Kindertränen fortgewischt und ihnen mit alten Märchen Respekt vor dem lieben Gott sowie den Geistern der Ahnen eingeflößt hatte, dass sie ihre weichen Bäuchlein gerieben und in ihre roten Bäckchen gekniffen hatte.

Sebastião war als Kind unkompliziert und fröhlich gewesen, und daran hatte sich bis heute wenig geändert. Fernando dagegen er-

innerte nur noch selten an den ständig lachenden kleinen Jungen von früher. Er war verschlossen und eigenbrötlerisch geworden. Es lag etwas in seinem Blick, das Gertrudes nicht verstand, ja, das ihr Angst einjagte. Doch genau darin lag das Geheimnis seiner Anziehungskraft. Sie mochte seine Mutter sein, aber sie war auch eine Frau, und sie erkannte durchaus, welche umwerfende Wirkung Fernando auf die Mädchen hatte.
»Du Dummkopf!«, beschimpfte er jetzt seinen Bruder vom Dach herab.
Sebastião betrachtete zerknirscht den neuen Dachziegel, der ihm heruntergefallen und dabei zerbrochen war.
»Los, hau ab. Ich kann dich hier nicht länger gebrauchen. Allein komme ich besser zurecht.« Fernando kletterte geschmeidig von der Leiter. Er ging zu dem Haufen mit den Ziegeln, der an der Hauswand aufgeschichtet war. Dann schien ihm einzufallen, dass er irgendetwas aus dem Schuppen benötigte, ein Werkzeug vielleicht. Er drehte sich auf dem Absatz um 180 Grad und ging an der Hauswand entlang in Richtung Schuppen.
Gertrudes sah es kommen und rief noch: »Halt!«
Doch ihre Warnung kam zu spät. Fernando war bereits unter der Leiter hindurchgeschritten.
Seine Mutter hob den Blick flehend zum Himmel: Bitte, Senhor, lass uns kein Unglück widerfahren! Doch darauf, dass der Herrgott sie erhören würde, schien Gertrudes nicht zu vertrauen. Als sie die klammen Betttücher von der Leine löste, zitterten ihre Hände.

3

Das Schicksal lässt sich nicht beschummeln.
Es mag sich eine Weile unsichtbar machen, aber nur, um dann mit doppelter Wucht zuzuschlagen. Es lauert immer hinter der Ecke, hinter der man es am wenigsten erwartet, und man darf es nie dadurch herausfordern, dass man seine Existenz ignoriert oder gar leugnet. Diese Lektion hatte Gertrudes Abrantes schon in jungen Jahren gelernt, und bis heute, da sie auf ihren 44. Geburtstag zuging und zwei Enkelkinder hatte, ließ sie sich nicht in diesem Glauben beirren. Mochte ihr Leben derzeit in ruhigen Bahnen verlaufen, mochten ihre Söhne auch noch so erfolgreich, ihre Tochter ein Goldschatz und ihre Enkel die reinste Freude sein – Gertrudes wusste mit unerschütterlicher Sicherheit, dass irgendein Unglück nahte. Die Zeichen waren nicht zu übersehen: Erst das Ausbleiben des Storchenpaares, das immer auf der Kirchturmspitze genistet hatte, dann das unheimliche Himmelsspektakel im Mai 1910, als ein Komet die Erde passierte. Ein drittes, ähnlich besorgniserregendes Ereignis dieser Art, und etwas Furchtbares würde passieren.
Fernando belächelte den Aberglauben seiner Mutter. Ihm selber schien das Schicksal durchaus gewogen – obwohl er dies weniger einer himmlischen Fügung als vielmehr seinem eigenen Ehrgeiz, Fleiß und Können zuschrieb. In den vergangenen beiden Jahren hatte er alles darangesetzt, sich auf dem Latifundium des José Carvalho unentbehrlich zu machen. Es gab kein Gerät, das er nicht reparieren konnte, keine Maschine, deren Funktionsweise er nicht kannte, keinen Motor, den er nicht genauestens untersucht hätte. Die Lektüre all der Bücher, die ihm Jujú über die Jahre mitgebracht und die er nachts bei Kerzenlicht gelesen hatte, wenn Sebastião längst schlief, trug nun

Früchte. Weil er sich die Bücher nicht selber hatte aussuchen können und weil Jujú nicht viel von Technik verstand, hatte Fernando auch die abwegigsten Werke, die sie ihm manchmal gab, verschlungen – mit dem Ergebnis, dass er auf keinem speziellen Gebiet ein wirklicher Experte war, dafür aber umfangreiche Kenntnisse in den verschiedensten Bereichen besaß. In Lissabon hätte er mit seinem Wissen Furore gemacht, hätte Gleichgesinnte treffen und mit ihnen über Brückenkonstruktionen, Telefone, Lokomotiven, Aerodynamik, Dieselmotoren, Radioaktivität, Statik, Funkwellen oder die Errichtung von Staudämmen fachsimpeln können. Hier, in Milagres, galt er bloß als Verrückter.

Immerhin erkannte man, dass Fernandos naturwissenschaftliches Genie sowie sein technisches Verständnis durchaus hilfreich sein konnten und dass seine Verrücktheit nicht auf einem Mangel an Intelligenz, sondern auf einem Überschuss derselben beruhte. Viele nannten ihn daher – halb spöttisch, halb respektvoll – »*engenheiro*«, Ingenieur. Nicht, dass er allzu viele Gelegenheiten gehabt hätte, seine Begabung unter Beweis zu stellen. Weit und breit war noch nicht ein einziges Telefon in Betrieb. Es gab immerhin eine Eisenbahnlinie, und es gab in den Dörfern rund um Beja ein einziges Automobil, nämlich das des Patrão, das immer, wenn es über die ungepflasterten Wege rumpelte, einen kleinen Volksaufstand verursachte – und dabei wussten die Leute nicht einmal, dass es sich um einen veritablen »Silver Ghost« handelte. Nur auf dem *monte*, dem Gutshof der Carvalhos, umgab man sich mit allerlei technischen Errungenschaften, die aus England oder Frankreich importiert wurden. Wusste man mit einem der Geräte nicht weiter, rief man Fernando. Bezahlt wurde er für diesen Zusatzdienst selbstverständlich nicht – es hatte ihm eine Ehre zu sein, die kostbaren Spielzeuge des Patrão instand zu halten.

Wäre Fernando nicht als Sohn eines Tagelöhners geboren worden, wäre er nicht so erpicht darauf gewesen, in der Nähe von Juliana Carvalho zu bleiben, und hätte er es nicht als seine Pflicht angesehen, der Mutter schützend zur Seite zu stehen, so hätte sich ihm sicher bereits eine Chance geboten, sein Wissen gewinnbringender zu nutzen. Doch hier im sanfthügeligen Süden Portugals, weitgehend abgeschnitten von fortschrittlichem Gedankengut und den Segnungen der modernen Technik, sah Fernando, der alles andere als ein Phantast war, nur eine Lösung. Er musste gute Miene zum bösen Spiel machen und alle Gelegenheiten nutzen, zum *monte* zu gehen und seine technischen Fertigkeiten zu verbessern – und dabei vielleicht einen Blick auf Jujú zu erhaschen. Vor allem aber musste er mit jenen Fertigkeiten brillieren, die auf dem Land von vorderstem Interesse waren. Er musste der fähigste Landarbeiter werden, den es je gegeben hatte. Er verbot sich jegliche Träumerei von einem anderen, weniger eingeengten Leben und zwang sich dazu, auf dem Boden der Tatsachen zu bleiben – denn dieser Boden war fruchtbar und ertragreich und brauchte Männer wie ihn.

Fernandos eiserne Disziplin zahlte sich aus. Es gab keine Tätigkeit auf den Feldern, in der er nicht der Schnellste und Produktivste gewesen wäre. Trotz seiner Jugend gehörte er bereits zu den besten Korkeichenschälern des Baixo Alentejo, und er hatte nicht vor, sich auf seinen Lorbeeren auszuruhen. Er wollte vierzig Bäume am Tag schaffen, genau wie der alte Luís, dessen Geschwindigkeit und Geschick legendär waren. Er wollte so viel verdienen, dass er in nicht allzu ferner Zukunft einen eigenen kleinen Hof pachten konnte. Er wollte jeden Réis sparen, wollte die Türschwelle der Schenke nur übertreten, um seinen Vater heimzuschleppen, wollte sich weder von den Vergnügungen der Jugend noch von den politischen Debatten der Männer oder gar von den düsteren Prophezeiungen seiner Mutter in seiner Zielstrebigkeit bremsen lassen.

Bei alldem hatte er es gelernt, seine unverminderte Liebe zu

Jujú nicht mehr nach außen zu tragen. Seine Offenheit hatte ihm und ihr in der Vergangenheit nichts als Ärger gebracht. Doch Dona Gertrudes durchschaute ihren Sohn. »Solchen Hochmut bestraft der Herr. Du sollst dein Los hinnehmen und nicht nach den Sternen greifen. Was willst du mit einer Frau wie der kleinen Carvalho? Kann sie deine Hemden waschen, dein Essen kochen, das Haus weißeln?«

Fernando wusste, dass sie recht hatte. Dennoch nahm seine Verbissenheit nur noch zu. Er würde es schaffen! Er wollte sich aus eigener Kraft aus der Fron und dem Elend der Besitzlosen befreien. Er würde alle Demütigungen herunterschlucken. Er würde sich auf keinen Fall einem Streik anschließen, auch wenn er insgeheim mit den Aufrührern sympathisierte. Zehn Réis für die Arbeit eines ganzen Tages, wer sollte davon menschenwürdig leben können? Man würde ihn ja doch nur ins Gefängnis werfen oder ihn von dem Land verjagen, das ihm nicht gehörte, das er aber als seines empfand. Nein, vorerst würde er nichts unternehmen, das seinen Aufstieg und seine Treffen mit Jujú gefährdete.

Fernandos Rechnung ging auf, wenngleich es ihn viel Geduld gekostet hatte. Im Sommer des Jahres 1910 rief ihn der Verwalter der Carvalho-Ländereien zu sich.

»Du bist ein tüchtiger Bursche.«

»Danke, Senhor Felipe.« Fernando betrachtete unbehaglich seine staubigen Stiefelspitzen.

»Dein Vater und deine Brüder taugen nichts, aber du bist anders.«

Fernando wagte nicht, ihm zu widersprechen.

»Du bist noch sehr jung, neunzehn, zwanzig?«

»Zwanzig Jahre, Senhor Felipe.«

»Bald großjährig, gut. Du bist klüger als alle anderen Männer hier. Und du schuftest wie zwei. Einer wie du könnte es noch weit bringen.«

Fernando sah von seinen Stiefeln auf und hob fragend die Augenbrauen.
»Ich möchte dich als meinen Stellvertreter einstellen.«
Fernandos Herz klopfte bis zum Hals, doch er schwieg. Es war besser, abzuwarten, was der Verwalter ihm zu sagen hatte.
»Ich selber kann mit meinem Rücken nicht mehr so viel über die Felder reiten. Die Disziplin verkommt.«
»Ihr Sohn könnte Sie unterstützen«, warf Fernando ein. Es erschien ihm sonderbar, dass ausgerechnet er für diese verantwortungsvolle Position in Betracht gezogen wurde. Der Verwalter zog verächtlich die Mundwinkel nach unten, äußerte sich aber nicht weiter dazu. Fernando fand es sehr weitsichtig von ihm, und sehr tapfer, das Wohlergehen des eigenen, bekanntermaßen faulen Sohnes zugunsten des Wohles des Latifundiums zu opfern.
»Was ist mit Humberto? Oder mit Tiago?«
»Humberto ist ein sehr guter Arbeiter – aber er kann weder lesen noch schreiben oder rechnen. Und Tiago entwickelt sich zum Trunkenbold.«
Diese Einschätzung teilte Fernando. Er nickte bedächtig. Was seine Kompetenz anging, hatte er nicht den geringsten Zweifel daran, dass er selber der Beste für die Position war. Aber würden die anderen ihn auch respektieren? Was würde Sebastião tun, wenn sein Bruder ihn zu größerer Schnelligkeit antrieb? Wie würden ihn die älteren Arbeiter behandeln, wenn er ihnen etwa mitteilen musste, dass der Tageslohn niedriger ausfiele als im letzten Jahr – was, so glaubte Fernando, sich unter einer umsichtigen Verwaltung und Bewirtschaftung leicht verhindern ließe? Und die Frauen, die auf den Feldern die leichtere Arbeit übernahmen, wie zum Beispiel das Markieren der nackten Stämme der Korkeichen mit der letzten Ziffer des Jahres, in dem die Bäume geschält wurden – würden sie ihn nicht belächeln?

Felipe Soares schien Fernando anzusehen, was hinter dessen Stirn vorging. Er lächelte.
»Noch bin ja ich der Verwalter. Du sollst meine rechte Hand werden. Und glaub mir: Wenn du erst einmal diesen Posten hast, dann werden die Leute dich auch mit dem nötigen Respekt behandeln. In spätestens einem halben Jahr wird niemand mehr etwas dabei finden, dass so ein junger Spund ihm vorgesetzt ist. Und du selber wirst auch in die Rolle hineinwachsen.«
Die Menschenkenntnis des Felipe Soares war weitaus größer als die von Fernando. Der Mann wusste, wann er es mit einem starken Charakter zu tun hatte. Und dieser Bursche – das war ihm viel klarer als dem Burschen selbst, der nie den Umgang mit Macht gelernt hatte – war eine geborene Führungspersönlichkeit. Ein kluger, ehrgeiziger Einzelgänger, der noch dazu über ein charismatisches Äußeres verfügte. Fernando musste das nur noch selber erkennen. Und das würde er. »Außerdem«, fuhr Felipe fort, »willst du auf ein Gehalt von 500 Réis im Monat verzichten?«
Fernando glaubte, sich verhört zu haben. Ein festes monatliches Einkommen war an sich schon nicht zu verachten – aber ein so hohes! Es war mehr als doppelt so viel, wie er in einem guten Erntemonat verdienen konnte.
»Ich, äh«, stotterte er, »fühle mich sehr geehrt, Senhor Felipe. »Und ich will alles tun, um Ihr Vertrauen in mich zu, äh …« Ihm fehlte das richtige Wort.
Felipe grinste und reichte ihm die rechte Hand. »Auf gute Zusammenarbeit, *engenheiro*.«
Fernando schlug ein.

Ganz so einfach, wie der Verwalter geglaubt hatte, wurde es nicht. Fernando sah sich mit Problemen konfrontiert, die er nie für möglich gehalten hätte. So wenig Schwierigkeiten ihm ein defekter Pflug oder ein lahmendes Pferd bereiteten, so schwer tat er sich mit den Anfeindungen und Intrigen der Arbeiter. Sie machten sich gar nicht erst die Mühe, ihre kleinen Diebstähle vor ihm zu verheimlichen. Aus reiner Not hatte er selber früher Weizen gestohlen oder kleineres Wild in den Wäldern des Senhor Carvalho gejagt, und er hatte Verständnis für die Leute. Aber mussten sie es so offen tun? Sie brachten ihn absichtlich in einen Gewissenskonflikt. Abends, zurück in der *aldeia*, schnitten sie ihn. Er hatte nie viele Freunde besessen, aber jetzt hatten sich sogar Carlos und Zé von ihm abgewandt, so dass ihm nun nichts anderes übrig blieb, als sich erst recht seinen »Studien« und Experimenten zu widmen. Er baute für seine Mutter ein Gerät, in dem sie mit nur wenigen Drehungen an einer Kurbel ihre Wäsche waschen und schleudern konnte. Es funktionierte erstaunlich gut, wurde aber selten in Gebrauch genommen, da seine Mutter es für Teufelswerk hielt. Er bastelte kleine Modelle von Flugzeugen und fühlte sich so seinem Idol, dem kürzlich in seiner Wright verunglückten Flugpionier und Automobilbauer Charles Stewart Rolls, näher. Und er grübelte endlose Stunden über seine Zukunft nach.

War es wirklich realistisch, sich auf eine Braut zu kaprizieren, die sich ihm bereits entfremdete? Er bemerkte durchaus die kleinen Anzeichen dafür, dass ihre Erziehung und ihr Lebensstil, der dem seinen so wenig ähnelte, Jujú über die Jahre verwandelt hatte. Irgendwann wäre er ihr nicht mehr gut genug. Wofür quälte er sich eigentlich so, wenn sogar seine Familie von ihm Abstand nahm? Sein Bruder tat so, als kenne er ihn nicht, sein Vater sprach in der Wirtschaft abschätzig über ihn, seine Schwester hielt ihn für unchristlich. Nur seine Mutter liebte ihn bedingungslos, das wusste Fernando, auch wenn sie es angesichts der Umstände nicht zu zeigen wusste. Auf den Feldern war er ihr und allen Nachbarn vorgesetzt, und sie musste sich viele Klagen über Fernandos Herzlosigkeit anhören.

Am schwersten zu schaffen aber machten Fernando die Ge-

meinheiten des Schielauges. João, der einzige Sohn des Verwalters, sabotierte die von Fernando vorgeschlagenen und von Senhor Felipe für gut befundenen Modernisierungsmaßnahmen, wo er nur konnte. Er goss in böser Absicht Wein über die Rechnungsbücher, die im Verwalterhaus lagen, so dass Fernando erneut Zahlenkolonne um Zahlenkolonne eintragen musste. Er verabreichte den Rindern in den Stallungen, zu denen er ungehinderten Zutritt hatte, eine giftige Substanz, so dass die Tiere vor Schmerzen brüllten und einige von ihnen sogar verendeten. »Bedankt euch beim *engenheiro*«, erzählte João herum, »er wollte ja unbedingt, dass wir das neue Kraftfutter aus England ausprobieren. Da seht ihr, wo so etwas hinführt.«
Joãos Feindseligkeit ging so weit, dass er Fernando sogar zu erpressen versucht hatte. »Ich habe euch beobachtet, dich und die feine Dame vom *monte*. Es wäre lustig zu sehen, wie der Senhor darauf reagiert.«
»Noch lustiger wäre es zu sehen, wie Beatriz reagiert, wenn ich ihr erzähle, was du mit Deolinda treibst.«
Jujús ältere Schwester war noch immer nicht verheiratet, und ihre Chancen sanken mit jedem Tag. Sie war hässlich und strahlte Freudlosigkeit aus. Das einzige Vergnügen in ihrem altjüngferlichen Dasein war der Traum von einer Ehe mit João – und der setzte darauf, dass Senhor Carvalho ihm seine Tochter eines Tages aus schierer Verzweiflung zur Frau gab. Erführe Beatriz davon, dass ihr Geliebter ihr keineswegs treu ergeben war, sondern die Freizügigkeit Deolindas in vollen Zügen genoss, würde João sein Ziel, Schwiegersohn des José Carvalho zu werden, nie erreichen.
»Außerdem«, setzte Fernando noch giftig hinzu, »bist du in Deolindas Gunst deutlich gesunken. Dieses Mädchen will einen erfolgreichen Mann – und ich scheine ihr ein besserer Kandidat zu sein als du. Jedenfalls umgarnt sie mich, dass mir schon ganz schwindlig davon wird …«

»Du ... du Bastard! Du Ausgeburt des Bösen! Ein Blick in deine Augen reicht, um zu sehen, was für ein Satan du bist!«
»Und glaubst du etwa, dass sich in deinem Blick die Gnade des Herrn offenbart, Schielauge João?«
Die Schlägerei, die João daraufhin begann, endete unentschieden: Die Kampfhähne wurden getrennt, bevor sie sich gegenseitig umbringen konnten.
Am 6. Oktober 1910 wurde die Republik ausgerufen.
Das war das Zeichen, auf das Gertrudes Abrantes gewartet hatte. Das Ende der Monarchie, das von den meisten Männern in der *aldeia* frenetisch gefeiert wurde, erschien ihr wie ein Vorbote auf das Ende eines anderen Abschnittes, das Ende vielleicht sogar des Lebens eines ihrer Nächsten. Sie sollte recht behalten. Nach einem Trinkgelage stürzte ihr Mann so unglücklich, dass er sich aus eigener Kraft nicht mehr aufrichten konnte. Dies passierte in einer Dezembernacht, die kälter war als alle, an die man sich in der Gegend erinnern konnte. João Abrantes erfror.
Das Leben im Hause Abrantes wurde immer unerträglicher. Zwar musste jetzt niemand mehr die Wutausbrüche des Vaters befürchten, zwar aßen sie regelmäßig Fleisch und weißes Brot, doch die Atmosphäre war bedrückend wie nie zuvor. Die Witwe Abrantes und Fernandos Schwester Maria da Conceição sahen in ihren Trauerkleidern wie Krähen aus, und ihre zunehmende Isolierung innerhalb der Dorfgemeinschaft entlud sich zuweilen in boshaftem Geschnatter. Sebastião war unmittelbar nach dem Tod des Vaters ausgezogen – ein Onkel seiner Verlobten besaß in Évora einen kleinen Krämerladen, in dem er eingestellt wurde. Fernandos älterer Bruder Manuel war mit seiner Frau und den mittlerweile drei Kindern nach Afrika, nach Angola, gegangen. Er hatte sich bei der Eisenbahn hochgedient und sollte nun beim Aufbau eines Schienennetzes in der Kolonie mithelfen. Somit war Fernando der einzige verbleibende Mann im Haus. Seine Chancen, in absehbarer Zukunft diesem tristen Dasein zu

entfliehen, schwanden gen null. Zunächst musste Maria unter die Haube kommen, danach würde er seine Mutter eventuell bei Verwandten unterbringen können, die er natürlich für ihre »Nächstenliebe« entlohnen würde. Erst dann konnte Fernando seinen eigenen Weg gehen. Ah, Lissabon! Oder vielleicht sogar Brasilien?

Das folgende Jahr jedoch brachte noch keine nennenswerte Veränderung mit sich. Den Acker pflügen, Weizen säen, mähen und dreschen, Korkeichen schälen, Wein lesen, Oliven ernten, Schafe scheren, Ziegen melken, Eselskarren instand halten, Ochsenhufe verarzten – das Leben bestand aus einer einzigen Abfolge von jahreszeitlich bedingten Pflichten und Lasten. Der sich immer wiederholende Zyklus von Kälte und Wärme, Hunger und Sattheit, Hoffnungslosigkeit und Freude trieb Fernando in seiner Monotonie in den Wahnsinn. Wollte er die nächsten sechzig Jahre das Gleiche tun? Wie hielten die Leute das aus? Rannten die Weiber deswegen so viel in die Kirche und die Männer in die Schankwirtschaften?
Fernandos einziger Trost war der Rolls-Royce »Silver Ghost« von 1909. Die Luxuslimousine war ein Meisterwerk der Automobilkunst, und Fernando liebte das Fahrzeug mit einer Intensität, die beinahe seiner Leidenschaft für Jujú gleichkam. Hätte seine Arbeit ihm die Zeit gelassen, so hätte er sich stundenlang mit dem Wagen beschäftigen können, zu dem er dank seiner Position und seines Rufs als *engenheiro* als einer von sehr wenigen Männern auf der Quinta Zugang hatte. Mit seinen sechs Zylindern und 48 PS brachte es das Gefährt auf stolze 80 Stundenkilometer – wenn die Straßenverhältnisse es erlaubten. Hier, auf den buckeligen und kurvenreichen Wegen des Alentejos, kroch das Automobil mit maximal 30 km/h durch die Landschaft. Nichtsdestoweniger hinterließ es dabei eine große Staubwolke und brachte die Pulks von zerlumpten Kindern, die dem

Wagen hinterherrannten, zum Husten. Die technischen Details des Silver Ghost – seine doppelte Zündanlage mit Magnet und Zündspule, seine hinteren Dreiviertelelliptikfedern oder seine Konuskupplung – waren Fernando mehr Anlass zur Andacht als alle Wunder Christi zusammengenommen. Der teure Duft des Sitzleders, der Glanz der Armaturen und die Eleganz der Formen verleiteten ihn manchmal zu minutenlangem Innehalten. Allein das Trittbrett war anbetungswürdig, und über die schwungvoll gerundeten Kotflügel glitt Fernandos Hand in selbstvergessenen Momenten mit derselben Hingabe, mit der er Jujús Busen streichelte.

Seine Faszination für den Wagen entging auch José Carvalho nicht. Es belustigte den Patrão, zu sehen, mit welcher Begeisterung der junge Gehilfe seines Verwalters jede Aufgabe übernahm, die mit dem Automobil zusammenhing, und sei es nur, dass er das Leder mit Wachs geschmeidig reiben sollte. Dass Fernando jemals mit seiner jüngsten Tochter befreundet gewesen war, hatte er verdrängt. Anders ließ es sich wohl auch kaum erklären, dass er Fernando, nachdem Felipe Soares im Februar 1912 unerwartet einer Grippe erlegen war, zu sich rief.
»Ich brauche einen neuen Verwalter.«
»Ja, Senhor.«
»Kennst du einen Mann, der dieser Aufgabe gewachsen wäre?«
»Im Moment fällt mir niemand ein, Senhor.«
»Mir schon. Ich will, dass du den Posten übernimmst. Traust du dir das zu?« Im Grunde war es José Carvalho gleichgültig, ob Fernando Abrantes sich die Arbeit zutraute. Er wusste, dass der Bursche das Zeug dazu hatte. Felipe hatte ihm oft genug erzählt, wie strebsam und verantwortungsbewusst Fernando war. Und am eigenen Geldbeutel hatte José Carvalho es ebenfalls schon gespürt. Das Bewässerungssystem, das Fernando sich ausgedacht hatte, hatte die Erträge im vergangenen Jahr deut-

lich gesteigert. Der Junge kannte jeden Quadratzentimeter seiner Ländereien – und würde außerdem viel weniger kosten als ein erfahrenerer Mann von außerhalb.
»Ja.« Fernando sah dem Patrão fest in die Augen. »Danke.«

Als Fernando an diesem Abend nach Hause kam, strahlte er über das ganze Gesicht. Der Stolz darauf, mit gerade einmal 22 Jahren als Verwalter eingesetzt zu werden und damit sämtliche entsprechenden Altersrekorde zu schlagen, war ihm überdeutlich anzusehen. Doch die Freude währte nicht lange.
Seine Ankündigung, sie würden in Kürze in das Verwalterhaus ziehen, das viel größer und komfortabler war als ihres, wurde mit Stirnrunzeln aufgenommen. Fernando blickte enttäuscht in das verhärmte Gesicht seiner Mutter. Dann sah er seine Schwester an, in deren engelsgleichem Antlitz er erste Spuren von Verbitterung auszumachen glaubte. Musste sie unter der Vereinsamung, die er seiner Familie aufgebürdet hatte, so sehr leiden? Aber nein, was bildete er sich da nur wieder ein? Conceição war wunderhübsch, ein Bild mädchenhafter Unschuld, und an Verehrern würde es ihr gewiss nicht mangeln.
»Wir können nicht in das Verwalterhaus ziehen«, schleuderte sie ihrem Bruder nun entgegen. »Wie kannst du so etwas auch nur in Betracht ziehen? Willst du das Andenken an deinen Vater beschmutzen? Hier, in diesem bescheidenen Haus, lebt er fort, in jeder Holzdiele, die er verlegt hat, in dem Haussockel, den er blau gestrichen hat, oder in dieser Kachel am Kamin, die er dort angebracht hat.«
Fernando war fassungslos, fing sich jedoch schnell wieder. Er verzichtete darauf, zu erwähnen, dass er selber die Bodendielen und die Azulejos über dem Kamin verlegt hatte.
»Wenn es so ist, meine liebe Schwester, dann, so fürchte ich, musst du mit Mutter in die Schenke ziehen. Dort wird er

sicher noch mehr Spuren seines irdischen Wirkens hinterlassen haben.«

An einem stürmischen Apriltag, zwei Monate nach diesem Streit, zog die Familie in das Verwalterhaus. Als sie wenige Tage später von der Tragödie erfuhren, die sich just in jener Nacht, der des 14. auf den 15. April 1912, ereignet hatte, glomm ein boshaftes Funkeln in den Augen seiner Schwester auf, ganz so, als fühle sie Genugtuung darüber, dass über dem Einzugsdatum ein so schwerer Schatten lag. »Du wirst auch untergehen – genau wie die Titanic«, verkündete Maria da Conceição ihrem Bruder.
»Mit euch an Bord ganz sicher«, konterte er.
Seine Mutter bekreuzigte sich.

4

Erdbeerbäume, *medronheiros*, gedeihen am besten im Halbschatten größerer und stärkerer Bäume. Oft bilden sie ein kräftiges, zuweilen sogar undurchdringliches Gestrüpp. *Medronheiros* sieht man häufig an Waldlichtungen oder am Wegesrand. Es handelt sich streng genommen nicht um Bäume, sondern um Büsche, die aber, wie etwa im Monchique-Gebirge, sehr hoch werden können.

Der größte Erdbeerbaum, den Jujú je gesehen hatte, war der auf der Anhöhe zwischen Milagres und Várzea. Aus einer Laune der Natur heraus stand dieses weit verzweigte Gewächs dort völlig isoliert inmitten eines Weizenfeldes und war schon von weitem zu sehen. Jetzt, im September, waren seine Früchte, die Baumerdbeeren, reif. Die *medronhos* schmeckten Jujú nicht besonders gut, dennoch zupfte sie eine rote Beere nach der anderen ab und steckte sie sich in den Mund. Mit irgendetwas musste sie sich ja die Zeit vertreiben, bis Fernando aufkreuzte.

Es war fünf Uhr am Nachmittag, und in dem langen Schatten, den der *medronheiro* in Richtung Osten warf, ließ es sich gut aushalten. Jujú hatte eine Decke auf dem stoppeligen Boden ausgebreitet, doch einige der kurzen Getreidehalme drangen durch den Stoff und piksten sie. Ein paar Fliegen umschwirrten sie, angelockt wohl von dem süßen Duft der Früchte, die bereits zu Boden gefallen waren. Jujú scheuchte sie mit ihrem Hut weg. Wo blieb Fernando nur? Länger als bis sechs Uhr hätte sie heute keine Zeit für ihn: Auf Belo Horizonte hatte sich Besuch angekündigt. Jujús Abwesenheit würde auffallen, und ihre Mutter würde wieder unangenehme Fragen stellen. Ausgerechnet jetzt ließ er sie warten! Bald wäre sie fort, dann würde sie nur noch von Fernandos Lippen, seinen kräftigen Händen und seinen un-

ergründlichen Augen träumen können. Jede Minute mit ihm wollte sie auskosten – und er trödelte herum!
»Warten Sie auf jemanden, Menina Juliana?«
Jujú zuckte zusammen. Fernando hatte sich ihr unbemerkt von hinten genähert. Sie hatte erwartet, ihn aus Richtung Várzea kommen zu sehen.
»Himmel, Fernando! Du hast mich erschreckt! Wo kommst du überhaupt her?«
Er setzte sich auf die Decke, legte die Arme um sie und zog sie eng zu sich heran. Ihre Lippen waren dunkelrot und schmeckten nach den Früchten des Erdbeerbaums. Auf der Haut ihres Gesichtes spürte er einen Hauch von Schweiß, die feinen Härchen an ihren Schläfen kringelten sich.
Jujús Ärger über sein spätes Kommen verflog sofort. Wofür brauchte sie seine Erklärungen oder Entschuldigungen, wenn sie solche Küsse bekam? Dafür lohnte sich die Warterei allemal!
»Ich wurde im Stall gebraucht – eine Kuh hatte Probleme beim Kalben.«
»Mein Gott, Fernando. Was für ein Thema, um einen Kuss zu unterbrechen und die Liebste damit zu belästigen! Erspare mir bloß die Einzelheiten.« Sosehr Jujú Fernandos pragmatische Art auch bewunderte und so gern sie sich seinen Tagesablauf schildern ließ – manchmal war er einfach zu direkt. »Gibt es eigentlich irgendetwas, wobei du entbehrlich bist? Ich bin sicher, dass die Männer es auch ohne deine Hilfe geschafft hätten.«
»Eben nicht. Das Kalb lag ...« Fernando unterbrach sich rechtzeitig, als er Jujús bösen Blick wahrnahm. »Ach, komm her, *meu amor*.« Er umfing ihren Oberkörper mit beiden Armen und drückte sich fest an sie. Er beugte den Kopf, um ihren schlanken, weißen Hals mit kleinen Küssen zu bedecken. Dann wanderten seine Lippen zu ihrem Ohr hinauf. »Ich habe eine Über-

raschung für dich«, flüsterte er und fuhr mit der Zunge leicht über ihre Ohrmuschel. Durch das dünne Gewebe seines Hemdes und den feinen Stoff ihres Kleides spürte er, dass Jujús Brustwarzen sich aufrichteten.

»Ich habe auch eine für dich.« Aber noch nicht jetzt, dachte Jujú. Noch würde sie ihm diese Überraschung nicht mitteilen. Noch wollte sie die schöne Stimmung des Spätnachmittags nicht dadurch zerstören, dass sie ihm von den Plänen erzählte, die ihre Eltern mit ihr hatten. Es würde ihm das Herz brechen.

»Du zuerst«, hauchte sie ihm ins Ohr.

»Ich habe den Fotografen Afonso dazu überredet, mir einen Sonderpreis zu machen und am Sonntag nach der Messe sein Atelier für uns zu öffnen. Und dichthalten wird er auch. Wir können endlich eine Fotografie von uns beiden anfertigen lassen, wie findest du das?«

»Großartig.« Jujú grübelte kurz darüber nach, was Fernando wohl gegen Afonso in der Hand haben mochte, dass dieser Geizkragen sich auf solche Konditionen einließ. Doch sie äußerte die Frage nicht. Stattdessen entfuhr ihr ein unbedachter Seufzer: »Wir werden das Bild auch brauchen.«

Fernando sah sie fragend an.

Es nützte nichts. Jujú würde nun doch schon mit der Sprache herausrücken müssen. »Wir ... werden eine Weile voneinander getrennt sein. Ich soll für mindestens ein Jahr nach Paris gehen.«

»Oh.«

»Ja, oh.«

»Das kannst du nicht machen. Sollen all die Jahre meiner Plackerei umsonst gewesen sein?«

»Fernando – ich habe keine andere Wahl. Dona Clementina besteht darauf. Meine Großtante und Namenspatronin, Dona Juliana, lebt in Paris und wird mich in die dortige Gesellschaft einführen.«

»Damit du den erstbesten schnöseligen Franzosen heiraten kannst!«

»Das ist wohl die Idee, die dahintersteckt, ja.« Jujú war selber nicht sehr angetan von der Vorstellung, in der fremden Stadt herumgereicht und angepriesen zu werden wie eine wertvolle, aber leider verderbliche Ware. Auch die lange Trennung von Fernando fürchtete sie. Andererseits freute sie sich auf das bevorstehende Abenteuer. Sie war jetzt zwanzig Jahre alt und hatte für ihren Geschmack eindeutig zu wenig von der Welt gesehen. Ihre bisherigen Reisen in die europäischen Großstädte waren viel zu kurz gewesen, um auch nur eine Ahnung von dem Leben dort zu bekommen.

»Aber du gehörst zu mir!«

»Und das wird ewig so bleiben. Hast du so wenig Vertrauen zu mir, dass du glaubst, ich könne dich innerhalb eines Jahres vergessen?«

Fernando zuckte mit den Schultern. Er war sich vollkommen im Klaren darüber, dass eine junge Frau in einer Stadt wie Paris der einen oder anderen Versuchung erliegen musste. Wenn es kein Mann war, dann das kulturelle Leben oder die luxuriösen Geschäfte auf den Prachtboulevards. Und was hatte er ihr dagegen schon zu bieten? Konnte ein Olivenhain etwa mit den manikürten Parks der französischen Hauptstadt konkurrieren, über die er in einem Reiseführer gelesen hatte? Die weiß-blauen Alentejo-Häuschen mit den pompösen Stadtvillen? Die sengende Sommersonne mit dem frischeren, belebenden Klima im Norden? Der Duft der Wildblumen auf den Frühlingswiesen mit den kostbaren Essenzen und Wässerchen der feinen Pariser Parfümerien?

»Ich werde Afonso absagen.«

»Herrgott, Fernando! Jetzt haben wir so lange gewartet, da kommt es auf ein weiteres Jahr ja wohl auch nicht an.«

»Genau. Deshalb werde ich das Geld, das ich für die Fotografie ausgegeben hätte, zurücklegen. Wenn du zurückkehrst, bin ich eine gute Partie, verlass dich drauf. Wenn ich dann nicht mit einer anderen verheiratet bin.«

Jujú erschrak angesichts des Zorns, der aus Fernandos Augen blitzte. Sie stand auf, richtete ihr Kleid und ihr Haar und zog an der Decke, auf der Fernando noch saß. Er verlagerte sein Gewicht so, dass sie die Decke aufheben und ausschütteln konnte. Das tat Jujú mit einer solchen Vehemenz, dass Fernando Grashalme und kleine Steinchen ins Gesicht flogen. Er nahm es mit unbewegter Miene hin.

»Ich muss jetzt gehen. Wir bekommen Besuch. Und du brauchst anscheinend Gelegenheit, um einmal gründlich über dein Verhalten nachzudenken.« Manchmal kam es Jujú fast so vor, als klänge sie wie ihre alte Gouvernante, Dona Ivone. Sie hasste sich dafür.

Ihre Gäste waren unterhaltsame Zeitgenossen. Es waren Winzer aus der Nähe von Porto, mit denen José Carvalho einen Exklusivvertrag über die Lieferung von Kork abschließen wollte. Der Winzer, Adalberto da Costa, wollte eine eigene Korkenmanufaktur errichten. Die Weinberge allein schienen ihn nicht mehr zu befriedigen. Er sah allerdings nicht wie jemand aus, der von permanenter Unzufriedenheit befallen war: Er war sehr dick, hatte gerötete Wangen und eine Halbglatze, von der er alle paar Minuten die Schweißperlen abwischen musste. Er lachte sehr laut und sehr viel. Seine Frau, Dona Filomena, war eine untersetzte Person mit üppigem Busen und einem für ihre ausufernden Formen zu klein geratenen Gesichtchen.

Nachdem die Männer das Geschäftliche besprochen hatten, gesellten sie sich zu den Damen im Salon. Dona Filomena bestaunte gerade den Inhalt der Vitrinen. Die feinen Porzellan-Figurinen versetzten sie ebenso in Entzücken wie die Kristall-

Vasen oder die manuelinischen Silberleuchter. »Dona Clementina, welche Schätze Sie hier horten!«, rief sie aus.
»Das muss ich auch sagen«, warf ihr Mann ein. »Ihre Töchter sind einfach zauberhaft!« Er sah kurz zu Jujú hinüber und machte damit deutlich, dass sein Kompliment vor allem ihr galt.
»Danke, mein lieber Senhor Costa. Wir schätzen uns auch sehr glücklich, dass alle fünf so wohlgeraten sind.«
»Fünf?«, entfuhr es Dona Filomena.
»Ja, zwei unserer Töchter sind schon verheiratet. Joana lebt mit ihrem Mann, Gustavo da Silva Barbosa, in Porto. Vielleicht kennen Sie die Familie? Sie ist von altem Adel.«
»Der Name ist mir selbstverständlich geläufig, doch ich hatte noch nicht das Vergnügen, die Familie persönlich kennenzulernen«, sagte Dona Filomena.
»Und unsere Tochter Isabel lebt in Lissabon. Ihr Mann, Doutor Raimundo de Saramago, ist ein großer Rechtsgelehrter.« Das war stark übertrieben, aber Dona Clementina konnte ihren Schwiegersohn vor fremden Leuten ja schlecht als Winkeladvokat bezeichnen.
»Tja, und wie es aussieht«, fuhr sie fort, »werden Beatriz, Mariana und Juliana ebenfalls nicht mehr lange hierbleiben.« Auch das entsprach nicht ganz der Wahrheit. Beatriz war ein äußerst schwieriger Fall, Mariana noch zu unreif für eine Ehe, und Juliana gab sich störrisch, wenn man ihr einen Heiratskandidaten vorstellte. Doch es konnte ja nie schaden, sich rar zu machen beziehungsweise die Töchter als begehrt und umschwärmt darzustellen.
»Ach«, schloss sie, »es ist ein schweres Los, das man als Mutter von fünf Töchtern zu tragen hat. Irgendwann fliegen sie alle aus, und man bleibt allein zurück.«
»Wem sagen Sie das, Dona Clementina, wem sagen Sie das? Ich habe selber drei Töchter und drei Söhne, und fünf von meinen Kindern haben schon eine eigene Familie gegründet. Nur mein

Jüngster, Rui, lebt noch bei uns. Aber sagen Sie, meine Liebe, sind Ihnen nicht Ihre Enkelkinder ein unversiegbarer Quell der Freude?«

»Oh doch!« Dona Clementina war kaum in der Lage, Konversation über ihre Enkel zu führen, die ihr ohnehin kein gar so reiner Quell der Freude waren. Joanas drei Kinder bekam sie selten zu Gesicht, und Isabel war das Mutterglück bislang verwehrt geblieben. Viel mehr beschäftigte Dona Clementina das, was sie gerade nebenher erfahren hatte. Die da Costas hatten einen ledigen Sohn – und eine Verbindung zwischen ihren Familien wäre das Beste, was ihnen überhaupt passieren konnte. Sie musste unbedingt Näheres über diesen Rui erfahren, ohne dass es allzu sehr auffallen würde. Vielleicht ergab sich während des Essens eine Gelegenheit. Und sie musste Juliana ein wenig ins Rampenlicht rücken.

»Juliana, mein Schatz, möchtest du uns nicht ein wenig mit deinem Klavierspiel erfreuen?«

»Sehr gerne, Mamã.«

Jujú setzte sich an das Klavier, während alle anderen Anwesenden sich auf den Sofas und Sesseln niederließen und an ihrem Portwein nippten.

»Eine Schönheit ist sie, Ihre Juliana«, flüsterte Dona Filomena ihrer Gastgeberin ins Ohr. Die beiden Frauen sahen sich an. Sie wussten, dass sie denselben Gedanken hatten. Mochten die Männer sich mit öden Verträgen, komplizierten Klauseln und langatmigen Verhandlungen beschäftigen – sie, die Frauen, würden dieselben Ziele auf ihre Weise erreichen.

»Später müssen Sie uns unbedingt mehr von Ihrem Sohn erzählen«, flüsterte Dona Clementina nun der anderen Dame zu. Nicht dass er – Gott bewahre! – irgendeinen schwerwiegenden Makel hatte. Nun, sollte er äußerlich wenig ansprechend sein, würde er vielleicht sogar mit Beatriz vorliebnehmen. Dona Clementinas Laune hob sich merklich, und das lag ganz sicher nicht an dem heiteren Musikstück, das Jujú zum Besten gab.

Beim Essen war es schließlich Mariana, die die Sprache auf den Sohn der da Costas brachte. In Situationen wie diesen war Dona Clementina wirklich froh, dass ihre Zweitjüngste ein so unbedarftes Wesen war. Mariana war gerade volljährig geworden, doch häufig benahm sie sich noch immer wie ein Kind.
»Wie alt ist denn Ihr Sohn? Der, der noch bei Ihnen lebt?«, fragte sie unvermittelt und unterbrach damit eine angeregte Diskussion über die Wirtschaftspolitik des Teófilo Braga.
Dona Filomena ging freudig auf die Frage ein. Sie fand politische Gespräche abscheulich.
»Rui ist dreiundzwanzig. Die jungen Damen reißen sich um ihn, aber er will erst noch seine Studien in Oxford vertiefen, bevor er sich bindet. Er hat in Coimbra den Magister in Ökonomie *cum laude* abgelegt.«
Das war mehr als deutlich. Dona Clementina fand zwar, dass es der Senhora Costa entschieden an Subtilität mangelte, freute sich jedoch darüber, dass sie nun so viel über den Jungen erfahren hatte.
»Wir hoffen, dass er, wenn er sich erst die Hörner abgestoßen hat, in unser Geschäft mit einsteigt«, ergänzte Adalberto da Costa. »Unsere anderen beiden Söhne zeigten leider keinerlei Interesse. Einer ist Professor für Altertumskunde, der andere ist Offizier bei der Marine.«
»Komisch, dass sie alle so ganz und gar unterschiedliche Begabungen haben«, stellte Mariana vorlaut fest.
»Ja, das ist richtig«, erwiderte Dona Filomena. »Wir führen das darauf zurück, dass sie sich nicht gegenseitig Konkurrenz machen wollten. Als Kinder ähnelten sie einander nämlich sehr.«
»Im Gegensatz zu uns.« Mariana wich den Blicken von Beatriz und Jujú aus, die es, wie sie wusste, nicht gern mochten, wenn

über sie gesprochen wurde. »Keine von uns sieht der anderen ähnlich, und in unseren Charakteren und Interessen unterscheiden wir uns alle vollkommen voneinander.«
Dona Filomena lachte. »Das wiederum ist auch komisch.«
Bevor Dona Clementina dazu kam, sich über die Bedeutung dieser letzten Aussage größere Gedanken zu machen – verbarg sich dahinter etwa eine infame Beleidigung? –, wurde die Tür des Speisezimmers aufgerissen. Fernando Abrantes stürzte herein.
»Patrão, kommen Sie schnell! Der Wagen ist verschwunden!«
José Carvalho sprang von seinem Stuhl auf. Er lief sofort zur Tür, legte den Arm in einer väterlichen Geste um Fernando und führte diesen nach draußen in den Flur.
»Was fällt dir ein, so hier hereinzuplatzen? Wir haben wichtige Gäste.« In seinem Ton war plötzlich gar nichts Väterliches mehr. José Carvalho war außer sich vor Empörung. Sein Gesicht nahm eine gefährlich rote Farbe an. Wie sollte Adalberto da Costa ihn als Handelspartner ernst nehmen, wenn er, José, nicht einmal in der Lage war, sein eigenes Personal unter Kontrolle zu bekommen?
»Aber ich dachte …«
»Du hast offenbar überhaupt nicht gedacht. Das kannst du jetzt nachholen. Denk nach, wer den Wagen genommen haben könnte, wo er sich befinden könnte. Oder geh zur Guarda und erstatte Anzeige. Der Silver Ghost ist in der ganzen Gegend bekannt wie ein bunter Hund. Wenn er gestohlen worden sein sollte, kann der Dieb nicht weit damit kommen. Und jetzt verschwinde!«
Erst durch die schroffen Worte kam Fernando wieder zur Besinnung. Als er gesehen hatte, dass das Automobil nicht mehr an seinem Platz stand, war er in Panik verfallen. Spontan war er zum Haupthaus gerannt, hatte das Dienstmädchen an der Haustür beiseitegeschubst und war atemlos zum Speisezimmer ge-

laufen. Oh Gott! Wie konnte er nur? So etwas war ihm nie zuvor passiert, ihm, Fernando Abrantes, dem Inbegriff der Selbstbeherrschung und des rationalen Denkens! Er hatte sich zum Idioten gemacht, und das vor aller Augen. Er stöhnte innerlich vor Scham auf.

»Was für ein ungehobelter Kerl war denn das?«, fragte Dona Filomena pikiert.
»Unser Verwalter.« José Carvalho verzog keine Miene. Er hatte nicht vor, sich durch Entschuldigungen noch weiter in die Defensive zu bringen.
»So einen jungen Verwalter haben Sie?«, wunderte sich Senhor Adalberto. »Mir scheint, er ist dieser Verantwortung noch nicht ganz gewachsen …«
Das schien Jujú ebenfalls so. Was für eine Blamage! Doch etwas anderes beunruhigte sie noch viel mehr als der ungehörige Auftritt. Als Fernando durch die Tür gerannt kam, sah sie ihn plötzlich mit ganz anderen Augen. Als hätte eine unsichtbare Hand einen Schalter in ihrem Gehirn umgelegt, erschien ihr Fernando mit einem Mal gar nicht mehr wie der, den sie kannte und liebte. Nicht ihr kluger, vernünftiger Freund war das gewesen, sondern ein verunsicherter Untergebener. Nicht ihr attraktiver Geliebter war im Speisezimmer erschienen, sondern ein derber Bauer. Mit dem Mann, der ihr bei ihren heimlichen Treffen auf den Feldern oder im Wald immer wie ein Ausbund an Virilität, Kraft, Schönheit und Intelligenz vorkam, hatte der Bursche vorhin nicht die geringste Ähnlichkeit.
Wie konnte das sein? Lag es an der Umgebung, an den feinen Teppichen und der festlich gedeckten Tafel, dass Fernando hier so fremd wirkte? Warum war ihr nie zuvor aufgefallen, wie bäurisch er sich kleidete und gab? An seinem Gürtel hatte eine Trinkkelle aus Kork gehangen, wie sie die Arbeiter zum Schöpfen von Brunnenwasser benutzten. Sein schwarzer Filzhut war

staubig und sein Gesicht von unvornehmer Bräune gewesen, seine an den Knien ausgebeulte Hose verschmutzt.

Das Tischgespräch drehte sich inzwischen um Rosengärten, so viel bekam Jujú noch gerade davon mit. Beide Ehepaare sowie Mariana beteiligten sich rege daran. Nur Beatriz schwieg. Sie musterte ihre jüngere Schwester aus den Augenwinkeln und schien genau zu wissen, welcher Sturm in Jujús Innerem tobte. Jujú stocherte lustlos in ihrem Dessert herum. Der Schock über die plötzliche Erkenntnis, dass Fernando vielleicht gar nicht der strahlende Held war, den sie immer in ihm gesehen hatte, war ihr in die Knochen gefahren und hatte ihr den Appetit geraubt. Wie konnte sie Fernando mit den Augen der anderen gesehen haben, sie, die doch ihn und seine Vorzüge genauer kannte als irgendein anderer Mensch auf der Welt? Wie schäbig von ihr, und wie flach!

Oder entsprach dieser abrupte Perspektivenwechsel vielmehr dem, wie sie ihn auch schon bei unvorteilhaften Kleidern erlebt hatte – dem hellgelben Seidenkleid etwa, das sie im letzten Sommer unbedingt besitzen musste, weil der Schnitt so gewagt und der Stoff so edel war? Dass es ihr gar nicht gut stand, hatte sie ignoriert. Wenn sie sich vor dem Spiegel drehte, das Hinterteil ein wenig herausstreckte, den Busen zurechtrückte und hier und da ein wenig zupfte, fand sie, dass es sehr kleidsam war. Dann aber hatte sie einen zufälligen Blick auf ihr Spiegelbild in den hohen Fenstern im Salon erhascht und erkennen müssen, dass das Kleid an ihr überhaupt nicht gut aussah. Sie hatte es danach nie wieder getragen.

War es so mit Fernando? Hatte sie ihn sich all die Jahre nur schöngeredet? Passte er in Wirklichkeit gar nicht zu ihr?

»… nicht wahr, meine liebe Menina Juliana?« Adalberto da Costa ergriff ihre Hand und riss sie aus ihren Gedanken. Er hatte sich bereits erhoben und schien sich verabschieden zu wollen.

»Verzeihen Sie bitte meine Unaufmerksamkeit, ich weilte im Geiste noch in den Rosengärten«, fiel Jujú spontan ein.
»Mein Mann und ich würden uns jedenfalls sehr freuen, wenn Ihre sehr verehrten Eltern uns auch einmal am Douro besuchen würden – und Sie wären uns natürlich ebenfalls sehr willkommen.«
Die kleine Gruppe stand inzwischen an der geöffneten Haustür. Der Chauffeur der da Costas hatte den Daimler vorgefahren und hielt die Türen für seine Herrschaft auf.
»Danke, Dona Filomena, das ist zu freundlich von Ihnen. Aber ich glaube, meine Eltern haben für mich bereits andere Reisepläne gemacht.«
»Aber Schatz, Porto liegt doch auf dem Weg nach Paris!« Dona Clementina zwinkerte Dona Filomena verschwörerisch zu, als diese sich während des Einsteigens noch einmal umdrehte. Von dieser kleinen Geste geheimen Einverständnisses nahmen nur die beiden Damen selbst Notiz – und Fernando.

Fernando hatte den Verbleib des Wagens in Erfahrung gebracht und wartete im unbeleuchteten Scheunentor darauf, dass die Gäste abfuhren und er seinem Patrão endlich Bericht erstatten konnte. Er war hundemüde und fühlte sich nach einem langen Tag im Staub und in der Hitze schmutzig. Sein Geist jedoch war hellwach. Und was er gerade gesehen hatte, verriet ihm alles. Es war Zeit für ihn, zu gehen.

5

Oberstleutnant Miguel António Alves Ferreira rieb sich die Hände. Sein Protégé erwies sich immer wieder als Glücksgriff. Was hätte er getan, wenn sein Fähnrich nicht zur Stelle gewesen wäre, um den Defekt am Vergaser seines Hispano-Suiza Roadsters zu beheben? Und wie hätte er den Flug in der Bleriot überstanden, wenn der junge Mann nicht rechtzeitig das klemmende Seitenruder gerichtet hätte? Gar nicht auszudenken! Noch dazu konnte er sich auf dessen Verschwiegenheit verlassen. Fähnrich Fernando Abrantes hatte zwar etwas Düsteres an sich, etwas Verschlossenes, das dem Oberstleutnant nicht ganz geheuer war – er selber war ein offener und fröhlicher Mensch –, doch diesen Makel wollte er aufgrund der vielen Vorzüge seines Schützlings gerne in Kauf nehmen.

Abrantes war intelligent, verstand sich außerordentlich gut auf technische Fragen und war im Gegensatz zu ihm selber geduldig genug, sich so lange mit kniffligen Reparaturen zu befassen, bis alles wieder in perfekter Ordnung war. Es war überaus faszinierend zu sehen, wie sich die großen Pranken des ehemaligen Landarbeiters in chirurgische Präzisionsinstrumente verwandelten, sobald es einen feinen Draht zu isolieren oder die Nadel eines Höhenmessers auszutarieren galt. Auch verzog Abrantes nie eine Miene, ganz gleich, was man ihm auftrug. Er verlor kein überflüssiges Wort und wirkte nicht wie einer, der seine Nase in anderer Leute Angelegenheiten steckte. Und: Er schien weder Freunde noch Geschmack am Feiern zu haben. Dieser letzte Punkt war Ferreira besonders wichtig. Wenn er Abrantes zu privaten Chauffeursdiensten heranzog oder ihn vor Rundflügen die Maschine checken ließ, konnte er keinen geschwätzigen Mann gebrauchen, der in weinseliger

Laune die intimsten Geheimnisse seines Vorgesetzten preisgab.

Jetzt beobachtete Oberstleutnant Ferreira den jungen Mann, wie er mit ernstem Gesicht die Dellen an den Tragflächen der Bleriot prüfte, die ein Hagelsturm in der vergangenen Nacht verursacht hatte. Der Fähnrich war vollkommen auf seine Aufgabe konzentriert. Die Frau an Ferreiras Seite würdigte er keines Blickes. Und das, fand Ferreira, war schon beinahe beleidigend. Evelina, seine Geliebte, war schließlich eine Wucht. Ihre rasanten Kurven ließen keinen Mann kalt, und es gefiel ihm, wenn er Neid in den Augen anderer Männer wahrnahm. Aber nun ja, Abrantes war eben anders. Er kannte Abrantes inzwischen gut genug, um zu wissen, dass dieser eine intimere Beziehung zu Flugzeugmotoren hatte als zu Frauen – oder auch zu Männern, bei Gott!, das passierte beim Militär nicht selten – und dass er für Evelinas Reize anscheinend unempfänglich war. Vielleicht war das auch besser so, denn umgekehrt schien Evelina durchaus Gefallen an dem Burschen zu finden. Aus ihren Augen sprach Bewunderung, wenn nicht gar Begierde, während sie Abrantes' geschmeidige Bewegungen verfolgte.

»Lassen Sie es gut sein, Abrantes. Wir werden eine kleine Platzrunde drehen, und danach wissen wir mehr.«

»Wenn Sie erlauben, Oberstleutnant: Vielleicht ist sogar eine Platzrunde zu viel, zumal für die Dame. Es könnte Schwierigkeiten geben, womöglich sogar zum Strömungsabriss kommen. Lassen Sie mich erst ein paar dieser Dellen provisorisch ausbeulen, das erscheint mir sicherer.«

Es gefiel Ferreira nicht, dass Abrantes ihm in Evelinas Gegenwart widersprach, aber er sah ein, dass der Vorschlag nicht einer gewissen Vernunft entbehrte.

»Also gut, Abrantes. Wie lange brauchen Sie noch dafür?«

»Ich denke, in einer halben Stunde ist der Apparat flugtauglich, Herr Oberstleutnant.«

»Schön. Dann sputen Sie sich, wir kommen in einer halben Stunde zurück.« Ferreira legte den Arm besitzergreifend um Evelinas Wespentaille und verließ mit ihr das Rollfeld.

Fernando sah den beiden kurz nach und widmete sich wieder den arg mitgenommenen Tragflächen. Es ging ihn nichts an, was Ferreira außerhalb der Dienstzeiten trieb. Aber er war froh, dass sein Vorgesetzter sich so extravagante Hobbys wie die Fliegerei leistete – und dass er als stellvertretender Vorsitzender des *Aero Club de Portugal* ihm, Fernando, Zugang zu den modernsten Flugzeugen erlaubte. Wenn es wahr war, dass im nächsten Jahr eine *Escola Militar de Aeronáutica* in Vila Nova da Rainha gegründet werden sollte, wäre Fernando bestens vorbereitet. Er wollte einer der ersten in Portugal ausgebildeten Militärpiloten werden. Und wenn er dafür noch so viele Evelinas oder Rosalindas oder Luisinhas auf der Rückbank des Hispano-Suiza kichern hören musste.

Es hätte schlimmer kommen können.

In Wahrheit, gestand Fernando sich ein, hätte es sogar kaum besser kommen können. Er musste sich selbst immer wieder daran erinnern, dass er unglaubliches Glück gehabt hatte. Wie schnell man vergaß, wenn erst ein Zwischenziel erreicht war! Kein Gedanke mehr an die Zeit und die Arbeit, die man investiert hatte – und keine Spur von dem ekstatischen Gefühl beim Erreichen eines Erfolges, das man sich erhofft hatte. Anstatt angesichts der gemeisterten Etappe Stolz zu empfinden, hatte Fernando nie etwas anderes gefühlt als brennende Ungeduld: Weiter, weiter!, er musste schneller vorankommen, musste höher hinaus! Würde sich das endlos so fortsetzen? Würde er niemals echte Freude fühlen, wenn er ein Ziel erreicht hatte? Wohin würde ihn seine Unzufriedenheit noch tragen? Oder musste er vielmehr lernen, aus dem Kampf selber Befriedigung zu ziehen? Wäre nicht der Gipfel die höchste Belohnung, sondern lag das Geheimnis darin, dass man den beschwerlichen Aufstieg genoss?

Nein, nicht der Weg war das Ziel. Das Ziel war, innerhalb kürzester Zeit eine so spektakuläre Karriere hinzulegen, dass er damit sogar vor José Carvalho würde bestehen können. Und vor allem müsste er vor Jujú bestehen. An jenem Abend vor rund zwei Jahren hatte er mit schmerzhafter Schärfe erkannt, dass ihre Liebe keine Zukunft hatte. Ihr Blick, als er im Speisezimmer aufgetaucht war, hatte ihm alles gesagt. Sie schämte sich seiner. Und in dem Blick, den die beiden Damen einander zugeworfen hatten, war alles Weitere abzulesen gewesen: Sie hatten irgendeinen Plan ausgeheckt, gegen dessen Umsetzung er allein, ohne Jujús Unterstützung, machtlos gewesen wäre.
Die Erinnerung an diesen Abend setzte ungeahnte Energien frei. Fernando klopfte, drückte und hämmerte in so fieberhafter Eile an dem dünnen Metall der Tragfläche herum, dass diese schon nach knapp 20 Minuten wieder ganz passabel aussah. Wenn der Rundflug, mit dem Ferreira seine Evelina zu beeindrucken suchte, turbulent würde, dann konnte es keinesfalls am Gerät liegen, sondern höchstens am Wetter. Er schaute zum Himmel auf. Dicke Kumuluswolken ballten sich dort. Ferreira musste sich beeilen. In wenigen Stunden würde ein Gewitter losbrechen. Wenigstens dafür, dachte Fernando, waren die an Sense und Hacke vergeudeten Jahre gut gewesen: Seine Wetterprognosen stimmten immer.

Am Morgen trommelte Regen auf die Fensterscheiben. Das Gewitter vom Vortag hatte sich nicht richtig ausgetobt. Es hatte weder einen klaren Himmel noch kühlere Luft hinterlassen, sondern alles in einen erstickenden Dampf gehüllt, der jetzt aus tiefgrauen Wolken wieder zur Erde herabfiel. Fernando setzte sich auf das knarrende Feldbett und erlaubte sich einen Moment des Nichtstuns. Der Landmann in ihm freute sich: Ein allzu heftiges Gewitter hätte der ohnehin schon verhagelten Ernte endgültig den Garaus machen können. Der angehende

Pilot dagegen war enttäuscht: Heute früh hätte er wieder mit Ferreira zum Flugplatz fahren sollen.

Die Kammer war perfekt aufgeräumt, seine Uniform war tadellos in Schuss, und bis zum Frühstück hatte er noch ein paar Minuten Zeit. Sein Zimmergenosse war in der Krankenstation. Nichts und niemand störte ihn, als er die Fotografie hervorzog und sie andächtig betrachtete. Jujú blickte ihn aus aufgerissenen dunklen Augen an, die ihr Erschrecken widerspiegelten, als der Blitz ausgelöst worden war. Fernando lächelte in sich hinein. So kannte er sie gar nicht. Auch das glatt zurückgekämmte Haar war untypisch für sie. Aber wusste er eigentlich noch, wie sie wirklich war? Gelegentlich passierte es ihm, dass er sich mit geschlossenen Augen Jujús Züge vorzustellen versuchte und es ihm nicht gelang. Er hatte ihren vollen, ein wenig zu breit geratenen Mund vor Augen, er sah die kleine Nase, auf der sich, wenn sie unvorsichtig war, Sommersprossen bildeten, und er sah ihre braunen Augen mit den wundervoll geschwungenen Wimpern. Aber beim Zusammenfügen der Details zu einem Gesamtbild hatte er manchmal Schwierigkeiten. Es war, als entwischte ihm das Gesicht immer dann, wenn er kurz davor war, es als Ganzes einzufangen. Das war kein gutes Zeichen. Oder vielleicht doch? Bekäme es ihm nicht besser, wenn er Jujú, die Familie Carvalho, Belo Horizonte und überhaupt seine ganze unglückliche Vergangenheit einfach vergaß? Das war es doch eigentlich, was er sich an jenem Abend im September 1913 vorgenommen hatte.

Mit unumstößlicher Gewissheit hatte Fernando seinerzeit plötzlich gewusst, was zu tun war. Und wie alles in seinem Leben ging er auch diesen Plan mit großer Schnelligkeit und Effizienz an. Er meldete sich zum Militärdienst – dem er bislang als Familienoberhaupt immer hatte ausweichen können. Seine Mutter zog zu Sebastião, seine Schwester ging bei dem Pfarrer in Stellung. Beide nahmen die Veränderungen in ihrem Leben nur unter größtem Gejammer hin, und alle, ausnahmslos alle Leute in der *aldeia* und auf dem *monte* hielten ihn für übergeschnappt. Wie konnte er, dem eine so glänzende Zukunft bevorstand, der bereits in jungen Jahren so viel erreicht hatte, alles hinwerfen, um Soldat zu werden?! Er selber teilte diese Zweifel nicht. Was gab er schon auf? Eine Jugendliebe, die unter den ungünstigen Umständen zu zerbrechen drohte; das Zusammenleben mit zwei Frauen, die ihn nicht verstanden, um die er sich aber natürlich weiterhin finanziell kümmern würde, sobald sein Sold dies zuließ; und eine Position, die ihm auf viele Jahre ein vergleichsweise sorgenfreies Leben erlaubt hätte – aber nicht den geringsten Raum für Träume ließ.

Erste Zweifel waren ihm allerdings bereits bei der Musterung gekommen. Splitternackt hatte er sich mit anderen Männern in einer Reihe aufstellen müssen, und die Begutachtung durch den Arzt war so menschenverachtend, dass Fernando sich fühlte wie Schlachtvieh. Erste Lektion: Scham oder Intimsphäre existierten nicht im Vokabular des Militärs. Stoisch ließ Fernando die erniedrigende Prozedur über sich ergehen. Er wurde vermessen, gewogen und abgehorcht, man besah sich sein Gebiss und seine Weichteile, er musste alberne Turnübungen sowie Hör- und Sehtests machen. Nach alldem wurde festgestellt, was Fernando auch vorher schon gewusst hatte: Er war in ausgezeichneter körperlicher Verfassung.

Danach kamen die Untersuchungen, mit denen die geistigen Kapazitäten festgestellt werden sollten. Analphabeten wurden von vornherein in die unterste Kategorie eingestuft. Wer halbwegs lesen und schreiben konnte, musste sein Allgemeinwissen sowie seine Kenntnisse in den Grundrechenarten unter Beweis stellen. Die Tests waren so lächerlich einfach, dass Fernando, nachdem er einen Blick auf die Fragen geworfen hatte, sich weigerte, den Prüfungsbogen auszufüllen. Als Mann ohne höheren Schulabschluss hatte er automatisch den für diese Bewerber entwickelten Bogen vorgelegt bekommen, ungeachtet seines wahren Bildungsstandes.

»Ich möchte gern denselben Test machen wie die Männer mit höherer Schule.«

»Tenente.«

»Wie bitte?«

»Sie haben mich bei jeder an mich gerichteten Frage, Bitte oder Äußerung mit meinem Dienstgrad anzusprechen.«

»Jawohl.« Nach kurzem Zögern verbesserte Fernando sich. »Jawohl, Tenente.«

»Also, was wollten Sie mich fragen, Abrantes?«

Fernando wunderte sich über diese Nachfrage. Der Mann hatte doch genau verstanden, was er von ihm wollte. Was für eine Schikane! Vielleicht war das Militär doch nicht das Richtige für Leute wie ihn, der er seit jeher bürokratische Umwege und protokollarische Umständlichkeiten für entbehrlich gehalten hatte. Doch er riss sich zusammen und machte ein zerknirschtes Gesicht.

»Verzeihung, Tenente. Ich habe zwar keine höhere Schule besucht, Tenente, bin jedoch durchaus nicht unwissend. Darf ich den schwierigeren Test ablegen, Tenente?«

»Nein.«

»Darf ich fragen, warum, Tenente?« Fernandos übertriebener Gebrauch der Anrede schien den Tenente selber nicht im Geringsten zu stören.

»Sie machen die Prüfung, die man für Sie vorgesehen hat. Sollten Sie die fehlerfrei bestehen, was ich sehr bezweifle, dann wird in Ausnahmefällen ein weiterer Eignungstest empfohlen.«

»Jawohl, Tenente.« Fernando beugte sich über das Blatt Papier und begann, die kinderleichten Fragen zu beantworten. Er kam sich dabei noch idiotischer vor als beim ewigen »Tenente«-Sagen. Nach wenigen Minuten hatte er alle Fragen beantwortet. Eine einzige davon hatte ihm ein gewisses Unbehagen bereitet.

»Welcher glorreiche portugiesische Seefahrer«, hieß es da, »hat als Erster das Kap der Guten Hoffnung umrundet und den Seeweg nach Indien entdeckt? In welchem Jahr vollbrachte er diese Leistung zum Ruhme seines Vaterlandes?«

Fernando wusste, dass er einfach nur »Vasco da Gama« und »1498« hätte niederschreiben müssen. Doch es widerstrebte ihm, die unglücklich formulierte Frage so hinzunehmen. Das Kap der Guten Hoffnung war bereits zehn Jahre zuvor von Bartolomeu Dias umsegelt worden, wie jedes Kind in Portugal wusste. Andererseits war ihm bewusst, dass Haarspalterei ihn hier kaum weiterbringen würde. Er entschloss sich, die Flucht nach vorn anzutreten: Anstatt auf den Fehler in der Frage einzugehen, schrieb er eine knappe Abhandlung zu den Pionierleistungen in der portugiesischen Seefahrt (unter besonderer Berücksichtigung der Leistungen Bartolomeu Dias') und die herausragenden Navigationsfähigkeiten von Vasco da Gama. Hierbei legte er einen Schwerpunkt auf die nautischen Geräte des ausgehenden 15. Jahrhunderts, ein Thema, mit dem Fernando sich immer schon gern befasst hatte. Hier war er in seinem Element – und konnte den Prüfern zeigen, dass er sehr viel mehr wusste als die Wurzel aus 81 oder die Hauptstadt von Schweden. Trotz der unverlangt langen Antwort gab er seinen Bogen als Erster ab.

Am nächsten Tag bat ihn ein Offizier, der dem Tenente eindeutig übergeordnet und ihm auch intellektuell überlegen war, den schwierigeren Prüfungsbogen auszufüllen.

Dieser Offizier war Ferreira gewesen. Fernando mochte den Mann auf Anhieb. Er war ein umgänglicher Mensch, der nicht sehr viel Wert auf die Einhaltung der hierarchischen Strukturen legte, sondern sich trotz seines hohen Ranges lieber mit intelligenten Untergebenen abgab als mit dummen Gleichrangigen. Dass Fernando in der Gunst des Oberstleutnants höher stand

als der Tenente, und zwar allein aufgrund seiner geistigen Gaben, verschaffte ihm einen gewissen Trost. Für Ferreira galt Wissensdurst mehr als Drill, Klugheit mehr als Gehorsam und Begeisterung fürs Fliegen mehr als alles andere. In Fernando hatte er den perfekten Ziehsohn gefunden – und Fernando in Ferreira den optimalen Ausbilder.
Seinen Kameraden gefiel es nicht, dass ein so hohes Tier Fernando »adoptiert« hatte und ihn förderte. Ihnen gefiel auch nicht, dass Fernando sich in sämtlichen Disziplinen während der Grundausbildung als Ass hervortat, und noch viel weniger gefiel ihnen, dass er sich von ihnen absonderte und sich aufführte, als hielte er sich für etwas Besseres. Ausgerechnet er, der sich mit seinem breiten Alentejo-Dialekt gleich als Bauernlümmel zu erkennen gab und der seine freien Tage damit verbrachte, seine einzige »gute« Hose zu flicken!
Fernando focht das alles nicht an. Er kannte das schon. Seine »Freunde« daheim hatten genauso reagiert, als er zum Verwalter ernannt worden war. Wie Sauen in ihrem Dreck suhlten sich die Leute lustvoll in ihrem Neid, und in all dem Schlamm, den sie dabei aufwühlten, übersahen sie, dass sie ganz allein für sich verantwortlich waren. Fernando konnte nun wirklich nichts dafür, wenn Pedro seinen Sold beim Kartenspiel verlor oder wenn Roberto dem Wein so sehr zusprach, dass er jeden Morgen verschlief. Er hatte keinerlei Verständnis für Müßiggänger, Faulenzer, Trinker oder Spieler – schon gar nicht, wenn sie, wie die meisten seiner Kameraden, aus Beamtenfamilien kamen. Sie hatten nie eine Missernte für ihren unstillbaren Durst auf Wein und den Patrão für ihre kargen Mahlzeiten verantwortlich machen müssen. Sie alle waren zur Schule gegangen, hatten im Winter genügend Brennholz gehabt und sich im Sommer an Flussufern und Stränden erfrischen können. Keiner von ihnen hatte je bei 42 Grad im Schatten mit gebeugtem Rücken auf einem Weinberg schuften müssen, nur um am Ende des Tages

ein paar Tostões in die schwielige Hand gedrückt zu bekommen, mit denen man gerade mal einen Laib Brot bezahlen konnte. Oder einen Liter des Weines, von dem man an diesem Tag genug geerntet hatte, um zig Liter daraus zu keltern.
Als um Punkt sieben die Glocke schrillte, die zum Frühstück in die Messe rief, schreckte Fernando aus seinen Erinnerungen hoch. Er legte Jujús Porträt zurück in die Bibel und diese in die Schublade des Nachttischs. Er stand auf, strich die Decke auf seinem Bett glatt und hastete los.
»Abrantes«, begrüßte ihn Roberto mit schadenfrohem Grinsen, »du hast doch wohl nicht etwa verschlafen?« Er sagte es so laut, dass jeder im Raum es hören konnte, trotz des lauten Geklappers von Besteck und Geschirr auf den schlichten Holztischen.
»Natürlich nicht. Du weißt doch, dass ich ›übernatürlich‹ bin und gar nicht schlafe.« Damit griff Fernando ein Wort auf, das er kürzlich zufällig aufgeschnappt hatte, als die anderen sich anscheinend über ihn das Maul zerrissen hatten. Er empfand es durchaus nicht als beleidigend. »Allerdings habe ich einen ziemlich natürlichen Hunger.« Er nahm sich eine wellige Scheibe Brot aus dem Korb, bestrich sie mit der bedenklich dunkelgelben Butter sowie etwas Marmelade und verzehrte sie mit großem Appetit. Die Beschwerden seiner Kameraden über die Qualität des Essens konnte er nicht recht nachvollziehen. Alles in allem war die Versorgung gut. Es gab reichlich zu essen, und es gab täglich Fleisch. Alles, was darüber hinausging, wäre Fernando dekadent erschienen.
»Und wie kommt es, dass du schon hier bist, Almeida? Wie mir scheint, sogar in nüchternem Zustand?« Fernando sah Roberto dabei nicht an, sondern widmete sich ganz seinem Brot, von dem er erneut einen großen Bissen nahm. Er hatte die Frage ebenfalls so laut gestellt, dass jeder sie mitbekam.
»Abrantes! Almeida! Noch ein Ton, und ich lasse Sie die Latrinen putzen!«

Keiner von beiden hatte bemerkt, dass Major Correia Pimentel den Raum betreten hatte. Jeder fürchtete den Major und dessen drakonische Strafen für geringfügigste Abweichungen von der Disziplin oder auch nur der Hausordnung.
»Sehr wohl, Herr Major!«, riefen Fernando und Roberto in schönstem Gleichklang, die von ihren Plätzen aufgesprungen waren und vor Pimentel stillstanden.
Den Rest des Frühstücks nahmen sie schweigend ein. Dabei wechselten sie gelegentlich ein komplizenhaftes Grinsen über den Tisch hinweg. Jaime warf Fernando einen Teil der Zeitung zu, wie er es jeden Morgen tat. Sie hatten zwar keine Muße, alle Artikel genüsslich durchzulesen, doch die Zeit reichte, um die Schlagzeilen zu überfliegen und zumindest grob über die großen Ereignisse des Weltgeschehens informiert zu sein. Jaime las immer zuerst den Wirtschafts- und Kulturteil, Fernando das Vermischte aus aller Welt, in dem häufig über neue technische Errungenschaften berichtet wurde. So hielten sie es auch an diesem Morgen.
Eine kleine Notiz erregte Fernandos Aufmerksamkeit. Ford fertige seinen Verkaufsschlager, das Modell T, fortan im Drei-Schicht-Betrieb, hieß es da. Es gebe den Wagen auch nur noch in schwarzer Farbe, da diese am schnellsten trocknete. Fernando schüttelte ungläubig den Kopf. Die Gier der Amerikaner nach Automobilen würde die Welt verändern, so viel stand fest. Er dachte einen flüchtigen Moment lang mit Bedauern an den herrlichen Rolls seines ehemaligen Dienstherrn, den Schielauge João in volltrunkenem Zustand aus der Garage entwendet und gegen einen Baum gefahren hatte. War das wirklich erst zwei Jahre her? So viel hatte sich seitdem geändert.
Fernando sah auf die Uhr, die über der Tür hing. Sieben Uhr 24. Es blieben ihm noch genau sechs Minuten, bevor er sich auf dem Hof einzufinden hatte. Er sah schnell durchs Fenster, an dem die Regentropfen herunterliefen, und beschloss, ausnahms-

weise bis zur letzten Sekunde zu warten. Er faltete ungeschickt die Zeitung zurecht und warf dabei beinahe seine Tasse um. Unkonzentriert überflog er die Titelseite. Die Weltpolitik war nicht unbedingt ein Gebiet, auf dem er glänzte. Die Zeiten waren schon in Portugal turbulent genug, da brauchte er sich nicht noch mit den Problemen von Ländern zu befassen, die jenseits seines Horizontes lagen. Diesmal allerdings las er den Leitartikel ganz durch, angeregt durch dessen marktschreierische Aufmachung: Am Vortag, dem 28. Juni 1914, war in Sarajewo ein tödlicher Anschlag auf den österreichisch-ungarischen Thronfolger, Erzherzog Franz Ferdinand, und dessen Gemahlin verübt worden. Verantwortlich gemacht wurde eine serbische Untergrundgruppe mit dem pathetischen Namen »Schwarze Hand«. Ein mulmiges Gefühl beschlich Fernando, doch er verdrängte es sofort. Was die Habsburger auf dem Balkan trieben, hatte für ihn nun wirklich keine Relevanz.
Nicht einmal der weitsichtigste und weltklügste Mensch konnte zu diesem Zeitpunkt ahnen, welche Kettenreaktion dieses Attentat in Gang setzen würde – und wie viele Millionen Menschenleben es in letzter Konsequenz fordern würde.

6

Die europäischen Großmächte befanden sich im Krieg. Mit- oder gegeneinander, wer wusste das schon so genau zu sagen? Jeden Tag, so schien es Jujú, wurden neue Allianzen geschlossen, wurden Freunde zu Feinden erklärt und umgekehrt. Über den wievielten Balkankrieg hatten die Zeitungen neulich berichtet? Wer hatte da noch den Durchblick? Doch es gab auch andere Nachrichten, solche, die weniger widersprüchlich waren. Der Panamakanal war eröffnet worden. Ein Erdbeben in den italienischen Abruzzen hatte an einem Tag 30 000 Menschenleben gefordert und die Tuberkulose in Portugal in kaum zwei Jahren nur unwesentlich weniger. Ein gewisser Albert Einstein hatte mit seiner »Allgemeinen Relativitätstheorie« angeblich die Physik revolutioniert, die Frauen in Dänemark hatten das Wahlrecht erhalten. Und der Champagner wurde knapp.
All das hatte Jujú gleichmütig hingenommen. Nicht einmal der Anblick all der Uniformierten, die auf den Straßen von Paris herumliefen, hatte sie sonderlich berührt, geschweige denn sie geängstigt. Zwar hatte sie die Präsenz so vieler junger Männer, die ihr nachpfiffen und sie mit Blicken verschlangen, als anregend empfunden, aber im Grunde war ihr auch das als nebensächlich erschienen. Die Männer spielten Krieg. Für sie persönlich hatte das kaum eine Bedeutung. Sie schämte sich im Stillen für ihre Teilnahmslosigkeit, sah aber in den Gesichtern anderer Frauen, dass sie ähnlich dachten. Die Zahlen, die in den Zeitungen die Verluste beschrieben, blieben anonym, solange kein Verwandter und kein Freund gefallen war. Und Jujú kannte nicht einen einzigen Mann, der überhaupt in diesen Krieg gezogen war.
Portugal hatte sich auf die Seite der Alliierten geschlagen, nahm

aber nicht direkt am Krieg teil. Von den französischen Männern, die Jujú in Paris kennengelernt hatte, war ebenfalls nicht ein einziger betroffen. Sie studierten, führten Geschäfte oder ergingen sich in Müßiggang wie eh und je. Es war, als leugnete die höhere Gesellschaft, dass ein Krieg im Gange war. Nur daran, dass bestimmte Delikatessen knapp geworden waren, merkte man, dass außerhalb der Stadt nicht alles zum Besten stand – doch das erhöhte nur die Wertschätzung von Gänsestopfleber oder erlesenen Weinen.

Jujú war bei Ausbruch des Krieges sofort zurück in den Alentejo beordert worden. Sie hatte ihre Abreise aus Frankreich nicht bedauert. Es war eine angenehme Zeit dort gewesen, sie hatte sich in Gesellschaft ihrer Tante Juliana wohl gefühlt, und sie hatte einige neue, interessante Bekanntschaften geschlossen. Dennoch war ihr gesamter Aufenthalt in Paris ihr merkwürdig hohl vorgekommen, als fehle irgendetwas. Was oder wer das sein mochte, hatte Jujú nicht zu sagen gewusst. Ging sie im Kopf alle Menschen durch, die ihr je etwas bedeutet hatten – ihre Eltern, ihre Schwestern und auch Fernando –, so fand sie keinen einzigen davon geeignet, diese Lücke zu schließen. Aus diesem Grund hätte sie auch nicht behaupten können, dass ihre Heimreise sie mit großer Vorfreude erfüllte. Es war ihr völlig egal gewesen, wo sie sich aufhielt.

Das änderte sich schlagartig, als Jujú ihr altes Zimmer auf Belo Horizonte betrat. Erst hier kam ihr deutlich zu Bewusstsein, wie die Zeiten – und sie selber – sich verändert hatten. Die Erkenntnis traf sie vollkommen unvorbereitet, und beinahe wäre sie in Tränen ausgebrochen. Vor Rührung? Vor Melancholie? Sie wusste es nicht. Sie wusste nur, dass sie als dummes Mädchen gegangen und als junge Frau zurückgekehrt war.

Der Duft von gestärkter Wäsche, der in der Luft lag, war unverwechselbar – ein Hauch von Lavendel, der sämtliche Erinnerungen an eine längst vergangene Zeit heraufbeschwor. Gedankenverloren fuhr Jujú mit den Fingern die Linien nach, die sie einst in ihren Schreibtisch geritzt hatte. Zwei ineinander verschlungene Herzen, die krummen Initialen JC auf der einen, FA auf der anderen Seite. Nicht zu fassen, dass sie dafür den kostbaren Sekretär aus Kirschholz ruiniert hatte! An den Wänden hingen Drucke von Blumenzeichnungen, die mit den botanischen Fachwörtern versehen waren. Meine Güte, mit so etwas würde sie ihr Zimmer heute nicht mehr dekorieren. Und auch den Bücherschrank würde sie einmal ordentlich entrümpeln müssen, es standen ja noch Schulhefte von ihr darin! Die Gardinen – üppig gebauschte Stores, darüber ein mit goldenen Fransen verzierter Alptraum in Altrosa – sagten Jujú mittlerweile ebenso wenig zu wie der Orientteppich auf dem Boden oder der Bezug des Sessels in der Fensternische.

Je länger sie sich in dem Raum umsah, desto mehr schwand Jujús diffuse Traurigkeit und machte einem Tatendrang Platz, der nicht minder unerklärlich war. Warum wollte sie hier noch umräumen und umdekorieren, wenn sie doch ohnehin nicht mehr lange hier wohnen würde? Denn eines hatten ihre Eltern ihr unmissverständlich zu verstehen gegeben, kaum dass sie zurückgekehrt war: dass sie möglichst bald heiraten solle.

Es war trotzdem schön, wieder daheim zu sein. Jujú begriff, dass sie all das sehr wohl vermisst und es sich nur nicht eingestanden hatte. Die goldenen Hügel, zwischen denen die rot gedeckten Kirchtürme hervorragten, oder die dicken Oleanderbüsche, die am Wegesrand in einer Pracht blühten, von der Pariser Gärtner nicht einmal zu träumen wagten: Das war ihre Heimat. Und in der war sie tiefer verwurzelt, als es einer höheren Tochter mit internationaler Ausbildung zustehen mochte.

Jujú ging oft spazieren. Viel bewusster als früher nahm sie den staubigen Geruch der Erde wahr, die Geräusche von entfernten Ziegenglocken und nahem Insektengeschwirr, den Anblick der Arbeiter, die die Korkeichen von ihren Rinden befreiten. »Dreißig Jahre alt muss eine Korkeiche werden, bevor man sie erstmals schälen darf. Und dann muss man immer wieder neun Jahre warten bis zur nächsten Ernte.« Die Worte, mit denen Fernando ihr vor langer Zeit erklärt hatte, warum der Kork so kostbar war, klangen ihr noch in den Ohren. Sie hatte das alles schon gewusst, aber nicht gewagt, seine stolze Ansprache zu unterbrechen. In jedem Jahr wurden andere Bäume geschält, so dass es in jedem Wald immer solche gab, die frisch abgeerntet waren und, ihrer schützenden Rinde beraubt, beinahe nackt aussahen, sowie solche, die nach neun Jahren wieder ihre knorrige Hülle trugen, deren die Menschen sie bald berauben würden. Welcher Baum reif für das Schälen war, erkannte man an der Ziffer, mit der er markiert wurde. Ein Baum etwa, auf dem groß und in weißer Farbe eine »2« prangte, war 1912 geschält worden und würde erst 1921 seine Rinde wieder hergeben müssen.

In Jujús Lieblingshain befanden sich Korkeichen aller Größen und mit allen Ziffern. Die mit der »6« waren dieses Jahr fällig. Ihnen die Rinde abzunehmen erforderte großes Geschick und viel Kraft. Die Arbeiter mussten mit einer Axt so in den Kork schlagen, dass er sich in größeren gerundeten Platten vom Baum ablösen ließ, ohne dabei jedoch den Stamm zu verletzen – geschweige denn sich selbst. Es geschahen immer wieder hässliche Unfälle.

Doch nicht nur ihre Streifzüge durch die heimatliche Landschaft begeisterten Jujú. Erstaunlich fand sie ebenfalls, wie sehr sie die Gesellschaft ihrer Familie genoss. Hatte sie früher ihren Vater und seine autoritäre Art oft als lästig empfunden, so unterhielt sie sich jetzt gern mit ihm. Jedenfalls wenn es nicht zu lange dauerte und sich kein anspruchsvolles Gespräch entspann. Dann nämlich neigte er noch immer dazu, sich als allwissend aufzuspielen und sie wie ein naives Kind abzukanzeln. War ihr früher ihre Mutter als zugeknöpft erschienen, so bewunderte sie heute ihre Haltung. Für eine Frau, die drei Söhne noch als

Säuglinge begraben und fünf Töchter aufgezogen hatte, war sie in bewundernswerter Form und hatte um sich herum eine Aura großer Würde errichtet. Die vermeintliche Steifheit interpretierte Jujú jetzt als den Ausdruck von Charakterfestigkeit und Stärke. Sogar Beatriz, zu der sie nie ein inniges Verhältnis gehabt hatte, was wohl an dem Altersunterschied von vier Jahren lag, wirkte auf sie nicht länger wie eine rechthaberische große Schwester, sondern wie eine alte Freundin, mit der sie zahlreiche Gemeinsamkeiten hatte. Warum war ihr früher nie aufgefallen, dass Beatriz und sie die Liebe zu Rosen teilten oder auch die Vorliebe für die Farbe Grün?

Am schönsten aber war es, Mariana nach einem Jahr endlich wiederzusehen. Sie war zwar, zusammen mit Dona Clementina und Beatriz, zu einem kurzen Besuch nach Paris gekommen, doch da hatten sie kaum Gelegenheit gehabt, sich auszutauschen. Tante Julianas Wohnung war zu klein, um weitere Gäste aufzunehmen, so dass Jujús Mutter und Schwestern in einem Hotel gewohnt hatten.

Mariana hatte sich weder äußerlich noch in ihrer Art nennenswert verändert, dabei hatte auch sie ein Jahr im Ausland verbracht. Wenn überhaupt, dann hatte die feuchtkalte englische Luft nur Marianas ohnehin schon feinen Teint noch blasser werden lassen, was ihr überaus gut zu Gesicht stand. Gleich bei Jujús Ankunft bestürmte Mariana sie mit Fragen zu den Männern, zu den mondänen Veranstaltungen und frivolen Vergnügungen, für die Paris berühmt war. Jujú musste sie enttäuschen.

»Du hast doch bei deinem Besuch gesehen, wie ich dort gelebt habe: immer schön behütet von Tante Juliana, die mit Argusaugen darüber gewacht hat, dass ich nur ja nicht mit den ›falschen‹ Leuten Umgang pflege. Die Kavaliere, die sie für würdig befand, mich auszuführen, waren allesamt Langweiler.«

»Ach Jujú, tu doch nicht so. Ich kann das nicht glauben. Tante

Juliana ist schließlich alles andere als eine Betschwester …« Mariana gluckste leise.
Diese Einschätzung war nicht ganz von der Hand zu weisen. Jujú hatte ebenfalls den Verdacht, dass Tante Juliana ihr Witwendasein mehr genoss, als sie es nach außen hin zeigte, doch sie ging dabei äußerst diskret vor. Und für Jujús Umgang mit Männern legte sie offenbar gänzlich andere Maßstäbe an.
»Mag schon sein. Aber die jungen Männer, die sie mir vorgestellt hat, waren wirklich nicht das, was du dir unter heißblütigen französischen Charmeuren vorstellst. Außerdem fanden die Treffen immer in sehr sittsamem Rahmen statt. Von wegen Varietés oder verruchte Spelunken – in deren Nähe bin ich nicht mal gekommen. Stattdessen habe ich in so vielen konservativen Salons mit potenziellen Schwiegermüttern Konversation machen müssen, dass ich jetzt die allergrößte Lust hätte, mal auf ein ganz bescheidenes, fröhliches Dorffest zu gehen.«
»Ach, Jujú, ich auch! Aber es ist wie verhext: Dieser furchtbare Krieg hat auch hier in Portugal alle Leute in so eine merkwürdige Stimmung versetzt, obwohl wir doch gar nichts damit zu schaffen haben. Die jungen Männer rennen in Scharen zum Militär, und ein Fest nur mit Frauen und Greisen …«
Jujú setzte zu einer Antwort an, doch Mariana fuhr gleich fort: »Na ja, du wirst sowieso damit beschäftigt sein, den lieben Rui zu unterhalten. Mamã hat die Familie da Costa eingeladen – sie will jetzt endlich Nägel mit Köpfen machen.«
»Ach du liebes bisschen! Wann kommt er denn?«
»Soviel ich weiß, kommen er und seine Eltern übers Wochenende hierher. Wie ist er denn so? Ich habe ihn ja nie kennengelernt, nur seine Eltern. Wenn er denen ein wenig ähnelt, ist er bestimmt sehr nett.«
»Ja, nett ist er.« Jujú hielt kurz inne. Was konnte sie sonst noch über einen jungen Mann sagen, der nach ihrem ›erfolglosen‹ Aufenthalt in Paris zu den aussichtsreichsten Hochzeits-

kandidaten gehörte, obwohl sie ihn erst zweimal gesehen hatte? Bei der ersten Begegnung, auf ihrem Zwischenstopp in Porto, war sie zunächst positiv überrascht gewesen, wie attraktiv Rui war – sie hatte schon die Vermutung gehabt, es könne sich bei ihm um einen Ladenhüter handeln. Aber nein: Er schien es einfach nur nicht sehr eilig zu haben mit dem Heiraten. An Verehrerinnen mangelte es ihm ganz sicher nicht, gut, wie er aussah, und geistreich, wie er sie unterhielt. Jujú mochte ihn spontan leiden. Auch bei ihrem zweiten Treffen – eine geschäftliche Angelegenheit hatte ihn nach Paris geführt – war sie angetan gewesen von Ruis Witz, seinen Umgangsformen und seinem Erscheinungsbild. Aber zu keinem Zeitpunkt hatte sie je wacklige Knie bekommen, wenn sie an ihn dachte. Er war nett, hübsch, unterhaltsam. Sonst nichts.
»Mehr fällt dir zu deinem künftigen Ehemann nicht ein, als dass er nett ist? Ehrlich, Jujú, das ist ein bisschen dürftig.«
»Erstens: Wer sagt, dass ich ihn heirate? Zweitens: Gibt es eine Eigenschaft, die wichtiger bei einem Ehemann wäre als Nettigkeit? Und drittens: Antworte nicht darauf, erzähle mir lieber, wie die Engländer so waren.«
»Well ...«, begann Mariana, und beide Schwestern verbrachten die nächsten Stunden, indem sie einen Lachanfall nach dem anderen bekamen, weil Mariana die Marotten des englischen Landadels aufs Köstlichste parodierte.

Filomena und Rui da Costa trafen am Samstagnachmittag ein. Sie waren erschöpft von der langen Anreise, und ihr Automobil – ein Rennwagen der Marke Klein-Duesenberg »Jimmy Junior« – war völlig verstaubt von der Fahrt über die holprigen Wege. Seit Wochen hatte es im Alentejo nicht geregnet.
»Dona Clementina, Senhor Carvalho, wie schön, dass wir uns endlich wiedersehen!«, freute sich Dona Filomena. »Mein

Mann ist leider verhindert, aber er bestellt die allerherzlichsten Grüße. Meine Güte, sehen Sie sich dieses abscheuliche Automobil an! Mein Sohn behauptet steif und fest, es handle sich um ein ganz außergewöhnliches Fahrzeug, aber ich kann Ihnen versichern, dass dies nur gilt, wenn man nicht gezwungen ist, über dreihundert Kilometer darin zurückzulegen. Noch dazu mit einem Fahrer, der es sich in den Kopf gesetzt zu haben scheint, alle Geschwindigkeitsrekorde zu brechen!«
»Sie Ärmste«, bedauerte Dona Clementina ihren Gast, »kommen Sie erst einmal herein, machen Sie sich frisch und trinken Sie einen Café, dann werden Sie sich gleich besser fühlen. So etwas aber auch … Warum haben Sie nicht ein komfortableres Gefährt gewählt oder sind mit der Eisenbahn gekommen?«
»Seien Sie froh, dass Sie keine Söhne haben, meine Liebe! Die jungen Männer verfallen auf die haarsträubendsten Ideen, sobald es sich um Technik handelt. Und als Mutter ist man machtlos gegenüber dieser Leidenschaft.«
Rui hatte die Fahrt deutlich weniger mitgenommen als seine Mutter. Im Gegenteil. Als er ausstieg, waren seine Bewegungen geschmeidig und seine Wangen gerötet, wie nach einem Tennismatch, das er ohne große Anstrengung gewonnen hatte. Seine Kleidung sah aus, als ob er sich gerade erst umgezogen hätte. Kein Stäubchen, keine Knitterfalte verunzierte den hellen Anzug, der geradewegs von einem Maßschneider auf der Londoner Savile Row zu kommen schien. Auch sein Haar, das er mit Pomade glatt an den Kopf gekämmt hatte, war tadellos frisiert. Neben seiner Mutter, die leicht derangiert wirkte, sah Rui aus wie ein junger Gott, dessen perfektes Antlitz weder durch Hitze noch durch Schmutz oder körperliche Strapazen auch nur den geringsten Schaden nehmen konnte.
Mariana starrte Rui mit offenem Mund an, als handelte es sich um eine Erscheinung. Erst als er sich an sie wandte, um sie zu begrüßen, fand sie zu ihrer unverblümten Art zurück. »Ja, mich

freut es auch sehr, dass wir uns endlich einmal persönlich kennenlernen. Ich habe schon so viel von Ihnen gehört – aber kein Mensch hat mir erzählt, wie gut Sie aussehen.«
Dona Clementina verdrehte die Augen, Jujú stöhnte leise auf, José Carvalho warf seiner Zweitjüngsten einen vernichtenden Blick zu. Die Gäste dagegen schienen sich an der Bemerkung nicht zu stören. Dona Filomena lächelte Mariana wohlwollend zu, und Rui selber antwortete diplomatisch: »Während mir von Ihrer Schönheit sehr wohl berichtet wurde.« Mariana errötete und sah in diesem Moment tatsächlich hinreißend aus.
Ihren ersten Eindruck von Rui revidierte sie allerdings bereits beim Abendessen. Das Gespräch drehte sich vor allem um den Krieg, und obwohl keiner der beiden anwesenden Männer über nennenswerte militärische Kenntnisse verfügte, versuchten sie sich gegenseitig darin zu übertrumpfen, die raffiniertesten Schlachtpläne und die realistischsten Szenarien zu entwerfen. Sowohl José Carvalho als auch Rui da Costa vertraten dabei den Standpunkt, dass der Zweck immer die Mittel heilige und dass es auf das eine oder andere Menschenleben mehr oder weniger nicht ankäme – die meisten armen und dummen Männer taugten schließlich nicht zu mehr als zu Kanonenfutter.
Mariana, die sich irgendwann von der Unterhaltung der Männer abgewandt und mit den anderen Frauen Anekdoten über das Reisen ausgetauscht hatte, bekam die überheblichen Ansichten Ruis nur am Rande mit. Aber das reichte ihr, um sich empört an ihn zu wenden.
»Sie als gefeierter Kriegsheld wissen natürlich, wovon Sie reden. Aber was tun Sie, wenn das Kanonenfutter nicht mehr zur Verfügung steht, um Ihre Weinberge abzuernten?«
»Verzeihen Sie, Menina Mariana, wenn unser Gespräch Ihre zarte weibliche Seele verletzt haben sollte. Ich fürchte, Sie haben da etwas Grundlegendes missverstanden. Es würde jetzt zu weit führen, Ihnen die genauen Hintergründe zu erklären. Aber

zu Ihrer Beruhigung sei gesagt, dass unsere Landarbeiter unseren Weinbergen weiterhin treu sein werden: Portugal befindet sich nicht im Krieg.«

»Und außerdem«, ergänzte José Carvalho, »ist das wirklich kein Thema, das eine junge Dame zu interessieren hat.«

Die Männer warfen sich einen komplizenhaften Blick zu. Mariana glaubte bei Rui darin weniger männliche Solidarität zu erkennen als vielmehr den Wunsch, sich bei ihrem Vater einzuschmeicheln. Ihr missfiel der Ausdruck in seinen Augen zutiefst.

Jujú hatte von Marianas Einmischung in die Unterhaltung der Männer nichts mitbekommen. Sie lachte aus vollem Hals über die Beobachtungen, die Dona Filomena während einer Reise durch die Schweiz gemacht hatte und die sie kichernd zum Besten gab. Ihr fiel auf, wie sehr Dona Filomena und Mariana sich ähnelten – beide waren den leiblichen Genüssen äußerst zugetan, beide waren erfrischend offen und hatten einen entwaffnenden Humor –, und für den Bruchteil einer Sekunde dachte Jujú, dass Mariana die viel bessere Schwiegertochter für die da Costas abgeben würde. Aber nein, der geschniegelte Rui würde wohl eine repräsentativere Frau bevorzugen.

Andererseits: Zu ihr selber schien er sich kaum mehr hingezogen zu fühlen als zu Mariana oder den anderen Damen in ihrem Haus. Er war immer freundlich und machte allen hübsche Komplimente, ließ jedoch niemals erkennen, dass gerade Jujú es ihm besonders angetan hätte. Vielleicht wurde auch er von seinen Eltern zu der vorteilhaften Verbindung gedrängt? Welche Geheimnisse, fragte Jujú sich, verbargen sich wohl hinter Ruis glatter Fassade?

»Den schönsten Blick darauf«, hörte sie nun ihre Mutter sagen, »hat man von der Veranda des Salons. Wenn Sie möchten, begleitet Juliana Sie dorthin. Es ist wirklich ein außergewöhnliches Spektakel.«

»Wenn Ihre Tochter so freundlich wäre …« Rui sah Jujú auffordernd an. Er bemerkte an ihrer fragenden Miene, dass sie nicht wusste, wovon die Rede war, und erklärte: »In der bergigen Landschaft meiner Heimat hat man selten die Gelegenheit, einen richtig schönen Sonnenuntergang zu beobachten. Hier dagegen«, er deutete auf die leuchtend rosafarbenen Blüten des Oleanderstrauches vor dem Fenster des Speisezimmers, die im Licht der letzten Sonnenstrahlen förmlich zu glühen schienen, »kann man das Schauspiel offensichtlich bis zur letzten Sekunde auskosten.« Er rückte bereits mit dem Stuhl vom Tisch ab, während er sprach.

Dona Clementina nickte ihrer Jüngsten aufmunternd zu.

»Ja, es ist wirklich zauberhaft.« Mehr fiel Jujú nicht ein. Ein so plumpes Manöver hätte sie bei Rui nicht für möglich gehalten. Sie erhob sich und ging zur Tür. Rui folgte ihr. Beide waren sich bewusst, dass alle Blicke auf sie gerichtet waren, als sie den Raum verließen, der neiderfüllte von Beatriz ebenso wie der erwartungsvolle von Dona Clementina und der zweifelnde von Mariana. Jujú hätte ihre Mutter erwürgen können. Auf der anderen Seite musste sie darüber schmunzeln, dass ihre stets auf perfekte Etikette bedachte Mutter es zuließ, dass eine ihrer Töchter unbeaufsichtigt mit einem jungen Mann zusammen war, und sei es auch nur für wenige Minuten.

Rui warf Jujú einen spöttischen Blick zu, als sie auf der Veranda ankamen. »Unsere Mütter sind so leicht zu durchschauen, nicht wahr?«

»Das stimmt. Aber wir müssten ihr Spiel ja nicht mitspielen.«

»Warum tun Sie es dann?« Rui hatte eine Braue hochgezogen und schien ehrlich an ihrer Antwort interessiert zu sein.

»Ich schätze, aus denselben Gründen, aus denen auch Sie es tun.« Doch welche mochten das sein? Vernunft? Es war für beide nicht nur an der Zeit, sich zu binden und eine Familie zu gründen, eine Ehe zwischen ihnen brächte auch vom gesellschaftlichen und vom wirtschaftlichen Standpunkt aus nur Vor-

teile mit sich. Oder war es der Mangel an Alternativen? Jujú bezweifelte es. Sie selber mochte sich ja weniger umschwärmt fühlen, als es ihr ihrer Meinung nach zustand, aber bei Rui konnte sie sich das nicht vorstellen. Er war ein Mann. Er konnte seine Gefühle und seine Leidenschaften ausleben, ohne dass immerzu eine Mutter oder eine Tante über die Schicklichkeit seiner Handlungen wachte. Als jemand von untadeliger Herkunft, der eines Tages ein Vermögen erben würde, konnte er sich außerdem den Luxus erlauben, aus Liebe zu heiraten. Wieso tat er es dann nicht? Irgendwo saß jetzt sicher ein Mädchen, das sich die Augen ausweinte, weil Rui eine andere umwarb.
Er sah blendend aus, wie er im rötlichen Licht der Abendsonne stand, eine Hand lässig in der Hosentasche, die andere in einer fragenden Geste ans Kinn gelegt. Einen Augenblick lang sah er so aus, als wollte er das heikle Thema weiter vertiefen, doch dann verzog er die Lippen zu einem schmalen Lächeln. »Es ist sehr warm hier draußen. Lassen Sie uns wieder hineingehen.«
»Oh nein. Sie haben uns das eingebrockt – und jetzt werden wir hier brav den Sonnenuntergang bestaunen. Stellen Sie sich nur die Enttäuschung unserer Mütter vor, wenn wir schon so bald wieder zurückkämen.«
Rui lachte leise und nickte. »Sie gefallen mir, Menina Juliana.«
Sie gefallen mir auch nicht schlecht, Senhor Rui, dachte Jujú.

Zwei Tage später, nachdem Mutter und Sohn da Costa abgereist waren, wirkte Belo Horizonte auf Jujú merkwürdig verwaist. Das Anwesen und die Ländereien waren ihr, als sie Rui herumgeführt hatte, lebendiger erschienen, malerischer und romantischer. Jetzt, ohne den Glanz, den Ruis Bewunderungsausrufe dem Besitz verliehen hatten, sah sie wieder seine Schattenseiten: die ausgedörrte Erde, die von der anhaltenden Trockenheit welken Blätter, die an den Reben verschrumpelnden Trauben.
Sie ritt mit Mariana über die Felder. Ein paar hundert Meter

vor ihnen trieb ein abgerissener Hirte eine armselige Rinderherde über das Land. Sie wirbelte eine enorme Staubwolke auf und hinterließ nichts außer einer Spur von Kuhfladen sowie den blechernen Klang ihrer Glocken.

»Das Land verkommt«, sagte Mariana. »Findest du nicht, dass alles ein wenig verwahrlost aussieht?«

»Ich glaube, das kommt uns nur so vor. Nur in unserer Erinnerung sehen wir eine bunte und abwechslungsreiche Landschaft. In Wahrheit war sie schon immer karg und monoton.« Jujú wusste nicht, ob sie an ihre eigenen Worte glauben sollte. Vielleicht spielte ihnen wirklich ihre Erinnerung einen Streich. Auch war es denkbar, dass ihre Auslandsaufenthalte in England und Frankreich ihre Wahrnehmung verändert hatten. Die anhaltende Dürre tat ein Übriges, um das Land seiner betörenden Düfte und seiner intensiven Farben zu berauben. Wahrscheinlich aber hatte Mariana recht. Früher hatte hier alles gepflegter ausgesehen, obwohl es nur Kleinigkeiten waren, die auf mangelnde Sorgfalt hinwiesen, ein niedergetrampelter Zaun hier, ein abgeknickter Zweig dort, oder auch das rostige Ackergerät auf dem Platz hinter der Scheune, wo immer streunende Hunde herumschnüffelten.

»Der neue Verwalter taugt anscheinend nicht viel. Fernando hat damals alles viel besser in Schuss gehalten.«

»Ja, den Eindruck habe ich auch«, erwiderte Jujú. Sie wunderte sich darüber, dass Mariana sich überhaupt mit derlei praktischen Dingen beschäftigte. Bis vor kurzem hatte ihre Schwester an nichts anderes als an Poesie und tragische Romanzen gedacht.

»Es ist schade, dass er gegangen ist, findest du nicht?«

Daher wehte also der Wind! Plötzlich verstand Jujú, worauf Mariana hinauswollte. Gar so sehr hatte sich ihre Schwester demnach doch nicht verändert.

»Ja, vor allem ist es schade für Papá.« Jujú warf Mariana einen skeptischen Blick aus dem Augenwinkel zu. Sie hatte nicht vor,

sich mit diesem Kindskopf auf ein Gespräch über eine alte, beinahe vergessene Jugendliebe einzulassen. »Aber für Fernando wird es wohl das Beste gewesen sein.«
»Vielleicht. Aber war es auch für dich das Beste?«
»Bitte, Mariana, was soll das? Hätte ich ihn heiraten und ihm seine *migas* in einem Kork-Henkelmann aufs Feld hinterhertragen sollen?«
Marianas Augen waren schwärmerisch in die Ferne gerichtet. »Er war ein wunderbarer Mann – klug, gutaussehend, mutig …«
»Herrje, geh doch zu ›Marianas Fenster‹ am Kloster und tu es dort deiner Namensvetterin gleich. Schmachte ein bisschen und denk mal darüber nach, wie es sein kann, dass du auf demselben emotionalen Stand bist wie eine liebeskranke Nonne aus dem siebzehnten Jahrhundert. Ich finde das jedenfalls nicht normal.«
»Erstens glaube ich nicht, dass es in Herzensangelegenheiten einen großen Unterschied zwischen dem siebzehnten und dem zwanzigsten Jahrhundert gibt. Zweitens leide ich ja nicht um meinetwillen. Ach, Jujú, ihr wart ein so schönes Paar!«
»Wir waren nie ein Paar. Es ist nichts zwischen uns passiert, wovon nicht auch Mamã erfahren dürfte. Wir waren ineinander verschossen, ja, aber ehrlich, Mariana: Wir waren Kinder!«
»Ihr wart keine Kinder. Und ihr wart mehr als nur ineinander verschossen – ihr habt euch geliebt. Weißt du, Jujú, ich habe dich immer ein bisschen beneidet um die Größe eurer Gefühle füreinander. Ich finde es sehr traurig, dass es so enden musste. Ich hatte immer gehofft, dass ihr euch über alle Widerstände hinwegsetzen würdet. Gut, das war womöglich zu naiv von mir. Aber dass du dich nun von diesem Maulhelden von Rui blenden lässt, finde ich offen gestanden sehr enttäuschend.«
»Ich darf dich daran erinnern, dass Fernando es war, der gegangen ist. Außerdem weiß ich gar nicht, was du gegen Rui

hast. Er ist doch ein außergewöhnlich angenehmer Zeitgenosse, und er ...«
»... hat keinen Charakter. Im Gegensatz zu Fernando. Ach, er war so grandios an diesem Abend, als er hereinplatzte und das Verschwinden des Wagens berichtete. Weißt du noch? Wie er in seinen derben Kleidern in unserem piekfeinen Salon stand, nach Feldarbeit roch und aussah wie ein richtiger Mann?«
Jujú sah ihre mollige Schwester an und fühlte starkes Mitleid. Sie war ganz offensichtlich verliebt in Fernando.

7

Es war eine Prüfung des Herrn, noch dazu eine der schwersten, die ihm je auferlegt worden waren. Hatte er nicht immer ein gottgefälliges Leben geführt, den größten Versuchungen widerstanden und alles in seiner Macht Stehende getan, um den Frieden in seiner Gemeinde aufrechtzuerhalten? Es war ihm gelungen, die Interessen des *latifundiários* zu denen der Landarbeiter zu machen, und anders als in zahlreichen Nachbargemeinden gab es bei ihm kaum einen kommunistischen Aufwiegler. Immer hatte er das Wohl seiner Schäfchen im Auge behalten, und das beschaulich-bäuerliche Idyll war durch nichts aus seiner Schläfrigkeit aufzuwecken. Warum also schickte der gütige Vater im Himmel ihm dieses Mädchen ins Haus?

Padre Alberto mochte mit seinen 53 Jahren nach alentejanischen Maßstäben schon alt sein. Doch der Herrgott hatte ihm zwar fast sein ganzes Haupthaar sowie ein Gutteil seiner Sehkraft genommen, nicht aber seine sündigen Gedanken. War das nicht der eigentliche Trost des Älterwerdens, das Abflauen der fleischlichen Begierden und damit einhergehend das Anwachsen von Weisheit, Güte und Milde? Nun, mit ihm hatte der Herr es offenbar nicht so gut gemeint. Padre Alberto bekreuzigte sich für diesen ketzerischen Gedanken, nur um unmittelbar darauf weiter mit seinem Schicksal zu hadern. Aber zum Glück war Maria da Conceição nicht nur das hübscheste Mädchen im Dorf, sondern auch das züchtigste.

Als Conceição mit siebzehn Jahren als Dienstmädchen bei dem Padre angefangen hatte, waren viele Dorfbewohner, vor allem die reiferen Senhoras, entsetzt gewesen. Wenn eine ältere Witwe dem Pfarrer den Haushalt führte, war das in Ordnung. Sogar wenn sie ihm das Bett wärmte, sah man stillschweigend darüber hinweg, solange dieses gottlose Treiben unauffällig geschah. Aber ein ganz offenkundig noch unschuldiges Mädchen? Das konnte nicht recht sein. Wie sollte ein so junges Ding wissen, wo sie dem Padre sowie sich und ihrer Dienstbeflissenheit Grenzen zu setzen hatte? Alle in der *aldeia* zerrissen sich das Maul über den Pfarrer und die unchristlichen Bedürfnisse, die man ihm unterstellte. Die Männer vor Neid, die Frauen vor Empörung.

Maria da Conceição belehrte sie eines Besseren. Sie war sich durchaus darüber im Klaren, was die Leute dachten, und hatte nicht vor, hässlichen Gerüchten noch Nahrung zu geben. Sie verrichtete ihren Dienst vorbildlich, und die boshaftesten Klatschweiber des Dorfs halfen ihr dabei. »Dona Fernanda, Sie müssen mir unbedingt beibringen, wie ich den Spitzensaum dieses Altartuchs ausbessere«, hatte sie sich bei der Bäckersfrau angebiedert, oder »Tia Joaninha, ich bin verloren, wenn Sie mir nicht das Geheimrezept Ihrer Möbelpolitur verraten!«, bei der Witwe des Böttchers. Die Frauen waren sofort zur Stelle. Es war ihnen eine Ehre, dem Padre die Standhaftigkeit ihres Glaubens zu beweisen. Mehr als darüber jedoch waren sie hocherfreut, die Zustände im Pfarrhaus mit eigenen Augen überprüfen zu können. Und sie fanden nicht den Hauch eines Hinweises auf unsittliche Vorgänge irgendwelcher Art. Wie auch? Maria da Conceição sorgte dafür, dass es im Pfarrhaus zuging wie in einem Bienenstock – mit dem Ergebnis, dass das Haus das in jeder Hinsicht ordentlichste im gesamten Bezirk war.

Noch immer dankte sie ihrem Bruder für dessen Weitsicht. Fernando hatte vorhergesehen, wie die Leute reagieren würden. Er hatte sie gewarnt und ihr eingeschärft, wie sie sich verhalten sollte. »Meine kleine Conceição«, hatte er sie angesprochen, »die Menschen unterstellen anderen immer nur das Schlechteste. Du musst besser als gut, frömmer als fromm, sittsamer als

sittsam, tüchtiger als tüchtig sein, bevor du sie irgendwann einmal davon überzeugen kannst, dass du etwas taugst.«
Conceição hatte sich damals über den väterlichen Ton ihres Bruders aufgeregt, wie sie sich überhaupt über seine andauernde Bevormundung und seine herrische Art geärgert hatte. Heute, mit 21 Jahren, sah sie ein, dass sein Rat richtig gewesen war. Die Senhoras mit heiratsfähigen Söhnen rissen sich um Conceição als Schwiegertochter, obwohl alle wussten, dass ihre Mitgift sehr dürftig ausfallen würde. Das Mädchen war bildschön, klug, anständig und fleißig, und allein diese seltene Mischung an löblichen Eigenschaften machte es zu einer guten Partie. Umgekehrt riss Conceição sich allerdings nicht um einen einzigen der Söhne – und die sich nicht um sie.
Mit zunehmendem Alter wurde Maria da Conceição ihrem älteren Bruder vom Wesen her immer ähnlicher. Sie und Fernando waren aus demselben Holz geschnitzt. Conceição verlor nie ein überflüssiges Wort. Sie hatte wenig übrig für Freizeitbelustigungen, und weder die Musik noch das Tanzen lagen ihr. Sie war ehrgeizig bis hin zur Verbissenheit. Doch während Fernando dieser Ehrgeiz in seiner militärischen Laufbahn sehr zugutekam, sorgte er bei Conceição für eine an Fanatismus grenzende Religiosität. Die Burschen nannten sie untereinander nur noch »die heilige Jungfrau Maria«. Mit einem solchen Ausbund an Tugend wollte es niemand aufnehmen, da konnte das Mädchen so hübsch sein, wie es wollte.
Maria da Conceição war darüber nicht unglücklich. Die lüsternen Blicke des Padre waren schon schlimm genug, auf weitere Nachstellungen war sie weiß Gott nicht erpicht. Es sei denn, sie wären von *ihm* gekommen – aber da würde sie bis zum Sankt Nimmerleins-Tag warten können. Sie musste sich verbieten, dem einzigen Mann, der je Zugang zu ihrem Herzen gefunden hatte, nachzutrauern. Edmundo war unerreichbar für sie.
Im letzten Winter waren er, seine Eltern und sein Bruder hier

im Dorf aufgetaucht. Sie hatten eine Reifenpanne, und da es ein Sonntag war und alle Leute die Messe besuchten, war zunächst niemand aufzufinden gewesen, der den Schaden behob. Als die Gemeinde die Kirche verließ, staunte sie nicht schlecht über die Familie, die da mitten auf dem Dorfplatz um ein Automobil herumstand: eine elegant gekleidete Dame, die ungeduldig mit den Fingern auf das Dach des Wagens trommelte; ein schwitzender Herr gehobenen Standes, der sich schnaufend an dem Reserverad auf der Rückseite des Autos zu schaffen machte; ein dicklicher junger Mann, der dem älteren Herrn dabei behilflich war; und ein zweiter, äußerst ansehnlicher junger Mann, der tatenlos danebenstand und ein arrogantes Lächeln aufgesetzt hatte. Edmundo.

Maria da Conceição liefen noch immer Schauer über den Rücken, wenn sie an den Moment zurückdachte, als sie ihn das erste Mal sah. Er hatte hellbraunes, gewelltes Haar, das er etwas länger trug, dazu ein schmales Gesicht mit hellen Augen, einer geraden Nase und schönen, nicht allzu vollen Lippen. Sein Kinn zierte ein gestutzter Vollbart. Conceição ließ sich so schnell nicht aus der Fassung bringen, aber bei dieser Erscheinung wäre sie beinahe in Ohnmacht gefallen. Der Mann sah aus wie der Heiland! Das allein wäre Maria da Conceição natürlich kein ausreichender Grund gewesen, sich unsterblich in ihn zu verlieben – wenn er bei den Passionsspielen auftrat, sah der Sohn des Scherenschleifers schließlich auch aus wie Jesus Christus. Doch als der Fremde kurz darauf bewies, dass seine Handlungsweise ebenfalls eher der eines Heiligen als der eines gewöhnlichen Sterblichen entsprach, war es um Maria da Conceição geschehen: Er zog seinen feinen Wollmantel aus und legte ihn einem halb erfroren aussehenden Jungen um die Schultern. Genau wie São Martinho! Ach was, besser! Der heilige Martin hatte seinen Mantel schließlich nur geteilt, während dieser wunderbare Mensch ihn ganz weggab.

Jeder, der Zeuge dieser Szene geworden war, hätte Maria da Conceição darüber aufklären können, dass der junge Herr keineswegs aus Nächstenliebe seinen Mantel abgelegt hatte, sondern vor Ekel. Zuvor nämlich – und von Maria unbemerkt – war ein räudiger Hund an ihm hochgesprungen und hatte auf dem hellgrauen Wollstoff hässliche Flecken hinterlassen. Doch niemand sprach mit Conceição über den Vorfall, und selbst wenn man ihn ihr geschildert hätte, wäre sie nicht davon abzubringen gewesen, den schönen jungen Mann zu verehren. Wankelmütigkeit gehörte nicht zu ihren Fehlern. Sie konnte genauso stur wie Fernando sein.

Das Missgeschick der Familie Soares Pinto, die auf ihrer Fahrt von Lissabon nach Albufeira in dem kleinen Dorf bei Beja strandete, hatte nicht nur auf den Seelenzustand von Maria da Conceição einen dramatischen Einfluss.
Die Fremden waren, nachdem ein handwerklich geschickter Mann die Dauer der Reparatur auf mehrere Stunden geschätzt hatte, von Padre Alberto höchstpersönlich zu den Carvalhos begleitet worden – auf einem Pferdefuhrwerk. Der Padre wusste, wann er es mit feinen Leuten zu tun hatte, und die galt es auf keinen Fall zu brüskieren. Geistesgegenwärtig hatte er den Leuten vorgeschlagen, die Wartezeit auf Belo Horizonte zu verbringen, wo man sich ihrer standesgemäß annehmen würde. Sollte man sie vielleicht in der Taverne ausharren lassen oder gar in der ungeheizten Kirche? Unmöglich! Dennoch bemächtigte sich seiner unterwegs der irritierende Gedanke, dass seine schlaue Idee möglicherweise eine Dummheit gewesen war, und das nicht nur, weil die Leute sichtlich unter dem Geholper des Fuhrwerks litten. Viel beunruhigender war die Vorstellung, was der Patrão zu dem unerwarteten Besuch sagen würde, an einem Sonntagmittag, wo er bekanntlich nach dem Essen ein ausgedehntes Schläfchen zu halten pflegte, das ihm heilig war.

Die Befürchtungen des Padre erwiesen sich als grundlos. Das schmiedeeiserne Portal, das in zwei viertelkreisförmige Mauerpfosten eingelassen war, stand weit offen. Auf den weiß gestrichenen Pfosten prangte in aufwändig bemalten Azulejos der Name des Anwesens, »Quinta do Belo Horizonte«. Das macht einen guten Eindruck auf die Fremden, sagte sich Padre Alberto. Die Auffahrt zum Haupthaus lag schnurgerade vor ihnen, dank des Regens am Vortag nicht so staubig wie üblich. Sogar die Jasminsträucher entlang des Weges glänzten wie frisch gewaschen. Ein gutes Vorzeichen.

Dona Clementina ließ sich ihre Überraschung nicht anmerken. »Aber ja, Padre, das war eine kluge Entscheidung von Ihnen. Solche Männer lobe ich mir, Männer der Tat!« Sie bat die Besucher herein, bot ihnen eine Erfrischung an, kümmerte sich unauffällig darum, dass die Suppe gestreckt und vier weitere Gedecke aufgelegt wurden, und vergaß bei alldem nicht, die Leute von Kopf bis Fuß zu taxieren. Man konnte ja nicht jeden Pechvogel mit einem Mittagessen empfangen, noch dazu mit einem so schönen *lombo de porco*, wie er am heutigen Sonntag auf dem Speisezettel stand. Aber die Familie Soares Pinto bestand die erste Prüfung mit Bravour. Genau wie alle weiteren, die sie seitens des Hausherrn und dreier anwesender Töchter über sich ergehen lassen musste.

Man fand schnell heraus, dass man einen ähnlichen Lebensstil und die politische Gesinnung teilte, dass die Trockenheit des vergangenen Herbstes auch in der Algarve schwere Schäden angerichtet hatte, dass die Herren Söhne genau wie die werten Töchter exklusive Ausbildungen genossen hatten. Dona Clementina war froh über die Störung ihrer Routine. Die Leute waren intelligent und unaufdringlich, und die Präsenz der zwei jungen Männer war ein unverhoffter Glücksfall. Vielleicht erwärmte sich einer von beiden ja sogar für ihre Beatriz?

Doch es war wie immer. Der hübschere der beiden Söhne, Ed-

mundo, hatte nur Augen für Jujú, während der andere, Octavio, sich intensiv mit Mariana beschäftigte. Alle paar Minuten hörte man Marianas unbekümmertes Lachen von der Veranda herüberschallen, wo die jungen Leute die milde Wintersonne bei einer Tasse Schokolade genossen. Beatriz hatte sich der Gruppe nicht angeschlossen. Sie wirkte dabei weniger gekränkt, dass wieder einmal kein Mann von ihr Notiz nahm, als vielmehr erleichtert, dass sie ihre Zeit nicht mit solchen unwürdigen Burschen verschwenden musste.
Als ein Mann aus dem Dorf zum *monte* hinaufgeritten kam, um die frohe Kunde zu überbringen, dass das Automobil nun wieder fahrtüchtig sei, wirkten sowohl die Carvalhos als auch die Soares Pintos ein wenig enttäuscht. Der Nachmittag hatte sich für sie alle als unerwartet kurzweilig erwiesen. Padre Alberto sagte ein stummes Dankgebet. Der liebe Gott hatte ihm die richtige Eingebung geschenkt – was seinem Ansehen bei dem Patrão bestimmt nicht schaden konnte.

Einige Tage darauf ergab sich für Maria da Conceição endlich die Gelegenheit, die sie so herbeigesehnt hatte. Eine der Carvalho-Töchter tauchte im Dorf auf, um der bettlägerigen Dona Luisa, die einst als Dienstmagd auf Belo Horizonte gearbeitet hatte, Essen vorbeizubringen. Darauf beschränkten sich allerdings die karitativen Handlungen der jungen Damen: Sie brachten Bratenreste oder altbackene *biscoitos* mit – während Maria meist diejenige war, die den Kranken, die keine Angehörigen mehr hatten, die Bettpfanne unterhalten oder übel riechende Verbände wechseln musste. Maria konnte sich darüber nicht aufregen. Es war nun einmal die gottgegebene Ordnung der Welt. Und die stellte sie nur in einem einzigen Punkt in Frage.
»Menina Mariana, wie gut, dass ich Sie hier treffe«, sagte sie in unterwürfigem Ton, als diese die Kammer von Dona Luisa be-

trat. »Ich möchte Sie wirklich nicht belästigen, aber Sie könnten mir einen großen Gefallen erweisen.«
Mariana schaute das ein paar Jahre jüngere Mädchen fragend an, sagte jedoch nichts. Maria da Conceição war verunsichert. Aber jetzt gab es kein Zurück mehr.
»Ja, also, es ist so: Da waren doch neulich diese Leute im Dorf, die mit der Reifenpanne. Und die sind doch dann zu Ihnen raufgefahren. Und da dachte ich mir …« Conceição schluckte. Nein, sie würde noch einmal von vorn beginnen müssen. »Also, es ist so, dass einer der jungen Herren einen Manschettenknopf verloren hat, der dünnere von beiden. Ich würde ihn ihm gerne zurückschicken, ich meine, vielleicht bekomme ich ja sogar einen Finderlohn, das Stück sieht aus, als sei es von einigem Wert.« Sie räusperte sich. Die ganze Lügengeschichte erschien ihr plötzlich so unglaubhaft, so durchsichtig, dass sie vor Scham errötete.
»Aber du brauchst doch nicht rot zu werden! Selbstverständlich helfe ich dir. Gib mir einfach den Manschettenknopf, ich werde ihn dann dem Senhor Edmundo zukommen lassen. Ganz bestimmt wird er deine Ehrlichkeit angemessen honorieren.«
Maria da Conceição brach der kalte Schweiß aus. Nun wusste sie zwar den Namen des jungen Mannes, befand sich dafür aber in einer Lage, aus der sie sich kaum herauszumanövrieren wusste. Oh Gott, das hatte sie nun von ihren Lügen!
»Nein, Menina Mariana, auf keinen Fall lasse ich zu, dass Sie sich meinetwegen Umstände machen. Ich würde meinen Fund lieber selbst zurückschicken. Nur habe ich keine Adresse.« Und das Geld für eine Briefmarke auch nicht, dachte sie.
»Tja, wie du meinst. Ich weiß sie allerdings nicht aus dem Kopf, aber ich kann sie dir bei nächster Gelegenheit vorbeibringen.« Mariana war leicht pikiert. Traute ihr das Mädchen etwa nicht? Glaubte es, sie wolle den Manschettenknopf einfach behalten? Aber nein, das konnte ja wohl nicht sein. Sie betrachtete das

Mädchen stirnrunzelnd, bevor ihre Gutgläubigkeit wieder die Oberhand gewann. Dann fiel ihr plötzlich etwas ein.
»Sag mal, bist du nicht die Schwester von Fernando Abrantes?«
»Ja, Menina Mariana, das bin ich.«
»Wie geht es ihm denn? Wir haben nie wieder etwas von ihm gehört, seit er fortgegangen ist.«
»Oh, sehr gut, Menina Mariana, danke der Nachfrage. Er macht jetzt eine Ausbildung zum Piloten.«
»Sag bloß! Na ja, ein Überflieger war er ja schon immer, nicht wahr?« Mariana kicherte über ihren eigenen Witz, und Maria da Conceição hielt es für angebracht, ebenfalls Belustigung zu zeigen, obwohl sie die Bemerkung eigentlich nicht komisch fand.
»Es ist nicht recht, sich über die Gesetze des Schöpfers hinwegzusetzen«, hörten die beiden jungen Frauen auf einmal die krächzende Stimme Dona Luisas. »Nur Vögel und Insekten können fliegen, und dabei sollte man es belassen.«
»Amen«, flüsterte Mariana so, dass die Alte es nicht hören konnte, und zwinkerte Maria da Conceição zu. Diesmal war deren Heiterkeit echt, und das gemeinsame unterdrückte Lachen und Glucksen knüpfte ein engeres Band zwischen den beiden, als jede noch so ausführliche Konversation es vermocht hätte.
Nachdem sie einander versprochen hatten, sich demnächst wiederzusehen und dabei die gewünschten Informationen auszutauschen – Mariana hatte um Fernandos Adresse gebeten –, ließ sich Mariana von dem Kutscher wieder nach Hause fahren. Seine Dienste wurden kaum noch benötigt, meist wurde der alte João als Hilfsgärtner eingesetzt. Dennoch nahm Mariana für kürzere Fahrten lieber ihn und das ramponierte Gefährt in Anspruch als das Automobil. Als Grund dafür gab sie vor, dass sie in der *aldeia* nicht unnötig Aufmerksamkeit erregen wolle. Tatsächlich aber war es so, dass ihr das Pferdegespann weit weniger

Ehrfurcht einflößte als der laut knatternde, spuckende, schwarz rauchende Motor. Die moderne Technik machte Mariana Angst. Doch das würde sie niemals zugeben.
Sie war daher froh, dass niemand außer dem alten João miterlebte, wie bleich sie wurde, als ein Flugzeug ganz tief über sie hinwegflog. Es wackelte so bedenklich mit den Flügeln, dass Mariana sicher war, es würde jeden Moment auf sie herabfallen. Sie bekreuzigte sich und zog den Kopf ein. Der Kutscher nahm das ungeheuerliche Vorkommnis – es musste das erste Mal sein, dass einer dieser neuartigen Flugapparate über den Alentejo flog – mit mehr Gelassenheit auf. Er starrte in den Himmel und verfolgte jede Bewegung des furchterregenden Geräts mit neugierigem Blick. Er beruhigte die scheuenden Pferde, erhob sich von seinem Kutschbock und winkte dem Flugzeug zu.
»Sieht aus, als würde der Vogel uns grüßen«, erklärte er und zeigte bei dem Versuch zu lächeln seine braunen Zahnstummel. Dann setzte er sich wieder hin und konzentrierte sich darauf, die Pferde zum Weitertraben zu bewegen.
Mariana war sprachlos, allerdings nicht angesichts des verrückten Zufalls, dass Fernando genau heute, da sie sich nach ihm erkundigt hatte, seine Heimat überflog – denn dass der Pilot Fernando sein musste, daran hatte sie keinen Zweifel. Nein, was Mariana mehr als alles andere schockierte, war die Tatsache, dass der alte João von sich aus das Wort an sie gerichtet hatte.

Auf Belo Horizonte sprach man über nichts anderes als das unheimliche Spektakel, das man an diesem Tag am Himmel beobachtet hatte. Jeder wollte genauer als der nächste Bescheid wissen, jeder versuchte den anderen darin zu übertrumpfen, dass er die unglaublicheren Details wahrgenommen hatte. Selbst redescheue Menschen, etwa die neue Köchin Maria do Céu, flossen plötzlich vor Worten über, weil sie ihrer Bestürzung und Faszination Ausdruck verleihen mussten. Zufällig war Maria do Céu gerade im Gemüsegarten gewesen, als das Schauspiel sich ereignete – im Gegensatz zu dem Dienstmädchen Anunciação, das rein gar nichts davon mitbekommen hatte, nun aber diejenige war, die mit den abenteuerlichsten Anekdoten aufwarten konnte. »Und es hat mit dem Kopf gewackelt, als wollte es mir zunicken!«, rief sie und beeindruckte die anderen Dienstboten zutiefst.

Im Salon hielten sich die Spekulationen in vernünftigen Grenzen. Flugzeuge gab es schließlich schon länger, die Fliegerei durfte einem aufgeklärten Menschen eigentlich keine Angst mehr einjagen. Sie tat es trotzdem. Natürlich überließ man dem einzigen Mann im Haus, José Carvalho, die Ehre, am meisten darüber wissen zu dürfen. Jujú hatte arge Zweifel daran, dass ihr Vater jemals auch nur einen Flugapparat aus der Nähe gesehen hatte. Ganz wie sie alle hielt er das Fliegen insgeheim für eine Art von Zaubertrick, bei dem es nicht mit rechten Dingen zuging. Aber hatte man dasselbe anfangs nicht auch von der Eisenbahn, den Automobilen, dem Telefon, dem Zeppelin und den kinematografischen Vorführungen gedacht? Wahrscheinlich beruhte alles auf einfach erklärbaren physikalischen Gesetzen – von denen sie nur leider alle keine Ahnung hatten. Doch vor seinen Töchtern und seiner Frau konnte er es sich kaum erlauben, in das abergläubische Gerede mit einzufallen.

Mariana gelang es nur, die mit Abstand interessanteste Einzelheit bis zum Schluss für sich zu behalten, indem sie sich pausenlos an dem bereitgestellten Gebäck gütlich tat. Sie schmunzelte, als alle sich irgendwann fragten, was den Piloten veranlasst haben mochte, über ihre Gegend zu fliegen.

»Bestimmt wollte er sein Liebchen beeindrucken«, mutmaßte Dona Clementina.

»Weibergewäsch!«, brummte José Carvalho. »Es war bestimmt ein Aufklärungsflug, wegen des Krieges.«

»Und wen wollte er wohl worüber aufklären? Den ›Feind‹ über

die Anzahl unserer Korkeichen?«, rutschte es Beatriz heraus, die damit einen wütenden Blick ihres Vaters erntete.

»Ich weiß, wer der Pilot war«, meldete sich schließlich Mariana zu Wort. »Ich weiß, wie er heißt, und ich kenne auch den Grund seines Fluges.«

Ihr Ton ließ alle anderen verstummen.

Sie sah bedeutungsvoll in die Gesichter ihrer Eltern und ihrer Schwestern.

»Nun sag schon!«, rief Jujú. »Und wehe, es ist wieder eine Ausgeburt deiner romantischen Phantasien!«

»Ist es nicht, obwohl es vielleicht ...« Mariana bremste sich gerade noch rechtzeitig. Sie konnte ja wirklich nicht wissen, ob das Winken mit den Tragflächen Jujú gegolten hatte. Es war sogar unwahrscheinlich. Es war wohl eher für seine Schwester gedacht, von der Fernando wusste, dass sie in der *aldeia* lebte, während er von Jujús Verbleib vermutlich keine Ahnung hatte.

»Bitte, Mariana, Schätzchen. Spann uns nicht länger auf die Folter!« Dona Clementina, leicht befremdet von sich selbst, ihrem zärtlichen Ton sowie der Zurschaustellung ihrer Neugier, straffte die Schultern, stellte die Schale mit dem Gebäck fort von ihrer Tochter und räusperte sich. »Hättest du nun bitte die Güte, uns in dein Geheimnis einzuweihen? Sobald du diesen Keks aufgegessen hast, versteht sich.«

»Fernando Abrantes!«, platzte Mariana heraus, bevor sie heruntergeschluckt hatte.

»Dieser treulose, undankbare Verwalter? Das kann doch nicht dein Ernst sein!« José Carvalho klang ungehalten.

»Doch, ich schwöre es. Das heißt, gesehen habe ich ihn natürlich nicht in diesem Doppeldecker, aber es kann nur er gewesen sein. Seine Schwester, ihr wisst schon, das Dienstmädchen von Padre Alberto, hat mir gerade heute erzählt, dass ihr Bruder Pilot geworden ist.«

Alle schnatterten durcheinander. Die Neuigkeit ließ kein Familienmitglied unberührt. In José Carvalho löste sie eine Art väterlichen Stolzes aus, so als habe der junge Abrantes nur seiner Fürsprache und Förderung diesen bemerkenswerten Werdegang zu verdanken. Dona Clementina fühlte sich in der Ehre ihres Standes getroffen – es erschien ihr ungut, dass ein Bauernbursche auf so schamlose Weise aus seinem angestammten Platz in der Welt ausbrach. Beatriz hob die Augenbrauen: »Hoch hinaus wollte er ja schon immer. Aber irgendwann wird er tief fallen.« Mariana war die Einzige, die sich aufrichtig für Fernando freute. »Was habt ihr nur alle? Es ist doch wunderbar, wenn einer es aus eigener Kraft schafft, ein besseres Leben zu führen. Jujú, siehst du das nicht auch so?«

In Jujús Kopf überlagerten sich die widersprüchlichsten Gedanken, Bilder und Erinnerungen. Lange hatte sie gar nicht mehr an Fernando gedacht, doch plötzlich war er ihr wieder so präsent, als wäre er gerade erst zur Tür hinausspaziert. Ein Schatten legte sich über ihr Herz, als sei die traurige Gewissheit eines endgültigen Verlustes erst jetzt zu ihr vorgedrungen. Doch es gelang ihr, ihre Gefühle zu verbergen. Förmlicher als beabsichtigt antwortete sie: »Ja, natürlich. Auch wenn er nicht aus unserer Klasse stammt, so ist er doch ein Alentejano. Da sieht man mal, was unsere Erde alles für Schätze hervorbringt.«

»Aber dein Schatz ist er ja nun nicht mehr«, flüsterte Beatriz ihrer Schwester ins Ohr.

»Genau so ist es!«, polterte ihr Vater, der die letzte Bemerkung nicht gehört hatte. »Die alentejanischen Männer sind ein ganz besonderer Schlag.«

Dona Clementina musste an sich halten, um ihrem Mann nicht in Erinnerung zu rufen, dass nicht er der tollkühne Pilot war. Überhaupt ging ihr die ganze Unterhaltung mächtig gegen den Strich. Hatten alle außer Beatriz den Verstand verloren? Als Carvalho zeigte man keine Bewunderung für einen Jungen von

derart niedriger Herkunft, ganz gleich, was dieser geleistet hatte. Sie musste schleunigst das Thema wechseln.
»Die Männer vom Douro sollen ebenfalls ein ganz besonderer Schlag sein.« Sie lächelte ihre Jüngste verschwörerisch an. »Und ich glaube, dass wir in Rui einen exzellenten Schwiegersohn haben werden.«
»Wenn er denn jemals um Jujús Hand anhalten würde ...«, sagte Beatriz leise vor sich hin, aber alle hörten es.
»Teufel auch, habe ich das etwa nicht erzählt?«, schrak ihr Vater auf. »Rui hat in der vergangenen Woche in Lissabon bei mir vorgesprochen. Ich denke, über den Inhalt des Gesprächs kann es keinen Zweifel geben. Und über meine Antwort auch nicht.« Er tätschelte Jujú die Hand und sah sie zärtlich an, als habe er erst jetzt, da ihr Abschied nahe war, erkannt, wie sehr er sie liebte. Sie erwiderte den Blick mit einem Achselzucken.
»Schön, dass Sie sich handelseinig geworden sind. Es wäre ja lächerlich, wollte man auch die Ware über ihren Verbleib informieren ...«
»Juliana, spiel bitte nicht die Beleidigte!«, warf Dona Clementina ein. »Du hast uns allen deutlich zu verstehen gegeben, dass du ihn heiraten willst. Freust du dich denn nicht?«
»Doch.« Es klang alles andere als euphorisch.
»Na also. Ach, Kinder, ich freue mich! Ich habe mir schon so lange gewünscht, dass wir hier wieder eine schöne Verlobungsfeier geben können!«

8

Dona Clementinas Wunsch wurde wenige Monate später erfüllt – allerdings nicht von Jujú.
Marianas Verlobungsfeier wurde für den Karnevalssamstag 1916 festgesetzt. Um diese Zeit stand auf den Ländereien weniger Arbeit an als zu anderen Jahreszeiten. Auch waren die meisten wohlhabenden Portugiesen im Land geblieben, weniger wegen des Krieges als vielmehr deshalb, weil Februar und März in nördlicheren Teilen Europas als besonders garstige Monate galten. Das Datum war also nicht schlecht gewählt, wollte man sicherstellen, dass möglichst viele Gäste kamen.
Und das wollten José und Clementina Carvalho. Ihre Tochter würde eine unerwartet gute Partie machen, mit der niemand mehr gerechnet hatte. Von ihnen allen unbemerkt hatte sich eine Briefromanze zwischen Mariana und dem zweitältesten Sohn dieses Großgrundbesitzers aus der Algarve entsponnen, der vor einer halben Ewigkeit mit einer Reifenpanne bei ihnen aufgeschlagen war. Obwohl Octavio in der Erbfolge nicht ganz vorn stand, würde er eines Tages steinreich sein – und er hatte Gefallen an ihrer kleinen pummeligen Mariana gefunden. Wenn das kein Grund zum Feiern war! Im Grunde nebensächlich, für Dona Clementina jedoch ein weiterer Grund zur Freude, war die Tatsache, dass Mariana sehr verliebt in den jungen Mann war – und er in sie. Es war rührend, die beiden zu beobachten: wie sie verstohlen ihre dicken Händchen tätschelten; wie sie einander verschämte Blicke zuwarfen; und wie sie beide erröteten, wenn die Sprache auf eheliche Pflichten oder andere pikante Themen kam. Sie hätten Geschwister sein können, Mariana und ihr Octavio, so sehr ähnelten sie sich auch äußerlich. Octavio war ein dicklicher Jüngling mit sehr hübschen

Gesichtszügen, der, wenn er den Kinderspeck noch loswurde, sicher zu einem sehr gutaussehenden Mann heranreifen würde. Vorausgesetzt natürlich, Mariana setzte ihm und sich selber künftig nicht ausschließlich die nahrhafte Kost vor, die sie bevorzugte.

Nach langer Zeit war die Familie Carvalho endlich wieder einmal vereint. Geändert hatte sich wenig. Joana war inzwischen Mutter von vier Kindern, eines verzogener als das andere, hatte sich aber ihre grazile Figur bewahrt und wirkte sehr damenhaft und distinguiert. So war sie immer schon gewesen, dachte Dona Clementina. Ob es daran lag, dass sie die Älteste war? Prägten die Rolle und die Position, die man innerhalb einer Familie einnahm, die Menschen so sehr, dass sie sie für den Rest ihres Lebens beibehielten? In der Familie ihres Mannes Gustavo nahm Joana in keiner Hinsicht eine herausragende Stellung ein. Weder war sie die erste Schwiegertochter noch die erste Frau, die dem Grafen da Silva Barbosa Enkel schenkte. Sie war nicht die Älteste und nicht die Jüngste, nicht die Schönste und nicht die Hässlichste, nicht die Klügste und nicht die Dümmste. Dennoch konnte man, wenn man sie so sah, meinen, sie sei eine Königin. Ihre gerade Haltung, ihre erlesene Garderobe, ihr aristokratisches Gesicht und ihre besonnene Art – aus all dem sprach ein Selbstverständnis, wie es nur Erstgeborenen zu eigen sein kann. Dona Clementina war sehr stolz auf Joana.

Beatriz dagegen machte ihr zunehmend Sorgen. Wieso interessierte sich kein Mann für sie? Sah denn keiner, welche Vorzüge Beatriz hatte? Sie war klug, diszipliniert und verantwortungsbewusst, verfügte also über Qualitäten, wie sie die Frau eines *latifundiários* benötigte. Und wenn sie auch keine Schönheit war, so hatte sie doch eine sehr hübsche Figur, wundervolles seidigschwarzes Haar und perfekte weiße Zähne. Wusste man ihre etwas spröde Art richtig zu deuten, erkannte man in ihr eine Frau, die eine hingebungsvolle Gattin und Mutter abgäbe. Aber

die Herren Söhne der umliegenden *montes* waren ja alle blind. Der junge Carlos hatte es vorgezogen, ein albernes, dümmliches Geschöpf aus Trás-os-Montes zu ehelichen, das über einen einzigen herausragenden Vorzug verfügte, den es in seinen tiefdekolletierten Kleidern schamlos zur Schau stellte. Der junge Manuel wiederum hatte den Zölibat einer Ehe mit Beatriz vorgezogen. Jetzt wurde die Zeit knapp. Ihre Zweitälteste würde demnächst siebenundzwanzig Jahre alt. Was, wenn Beatriz gar keinen Mann mehr finden würde? Dann, sagte sich Dona Clementina, hätten sie und José wenigstens eine Tochter im Haus, die sich um sie kümmern konnte, wenn sie einmal alt und schwach wurden. Sie fühlte sich sehr schuldbewusst angesichts dieses eigennützigen Gedankens.
Isabel hatte sich durch die Ehe nicht im Geringsten verändert. Dass sie keine Kinder hatte, führte Dona Clementina darauf zurück, dass Isabel mit hoher Wahrscheinlichkeit für getrennte Schlafzimmer gesorgt hatte. Sie kannte ihre Tochter und deren perfide Methoden, sich materielle Vorteile zu erschleichen. Sie wäre jede Wette eingegangen, dass Isabel sich ihrem Ehemann verweigerte und nur dann ihren ehelichen Pflichten nachkam, wenn er sie mit einem neuen Perlencollier oder einer Diamantbrosche beglückte. Aber Isabel musste sich vorsehen: Wenn sie kinderlos blieb, würden nachher noch die Bastarde das Familienvermögen der Saramagos erben – und uneheliche Kinder, so glaubte Dona Clementina, hatte Raimundo sicher mehr als genug gezeugt. Ihr Schwiegersohn war ein notorischer Fremdgänger, dafür hatte sie ein Gespür, einen über die Jahre geschulten Instinkt. Sie würde Isabel nach den Feierlichkeiten einmal ins Gebet nehmen müssen. Und José sollte dasselbe mit Raimundo tun, der ihm so sehr ähnelte und den José wohl deshalb so gut leiden mochte.
Mariana und Octavio eröffneten den Tanz. Sie waren ein hinreißendes Paar, und keiner der knapp hundert Anwesenden konnte

sich der Faszination dieses Anblicks entziehen. Erstaunlich, wie leichtfüßig und anmutig diese beiden jungen Menschen sich übers Parkett bewegten! Sie verschmolzen zu einer so perfekten Einheit, dass man ihre plumpen Formen gar nicht mehr als solche wahrnahm, sondern sie für weich, rund und sehr harmonisch hielt. Dona Clementinas Herz lachte. Bald würden aus dieser Verbindung Kinder hervorgehen, niedliche, pausbäckige, anschmiegsame Enkel, ganz anders als die merkwürdig distanzierten und altklugen Kinder von Joana. Wenn sie es geschickt anstellte, konnte sie vielleicht sogar dafür sorgen, dass Mariana und Octavio auf Belo Horizonte blieben – irgendeiner musste sich ja um den Fortbestand des Anwesens kümmern –, und dann wollte sie, Dona Clementina, die kleinen fröhlichen Möpse nach Strich und Faden verwöhnen!

Auch Jujú lächelte, als sie ihre Schwester und deren Verlobten tanzen sah. Sie freute sich sehr für Mariana. Endlich einmal eine romantische Geschichte mit frohem Ausgang – anders als in den Romanen, die Mariana so gern las. Octavio teilte Marianas Vorliebe für die Literatur, auch das eine gute Voraussetzung für den Bestand dieses Glücks.

»Komm, meine Schöne. Tanz mit mir.« Rui wartete keine Antwort ab. Er legte den Arm um Jujús Taille und schob sie zur Tanzfläche. Die Kapelle spielte eine Polka. Sie ließ sich gerne von ihm führen. Rui war ein begnadeter Tänzer, der sie temperamentvoll herumwirbelte und artistische Einlagen mit ihr vollführte, die ihr mit keinem anderen Mann gelungen wären. Es war wirklich schön, sich in der festen, aber keineswegs verkrampften Umarmung von Rui zu drehen. Es erlaubte ihr, sich auf andere Dinge zu konzentrieren. Ihr eigenes Glück zum Beispiel. Würde sie es an Ruis Seite finden? Sicher, er war ein unverschämt gut aussehender Mann mit geschliffenen Umgangsformen, tadelloser Herkunft und einer vielversprechenden Zukunft. Er hatte liberale Ansichten, die ihrem Vater missfielen,

Jujú selber aber durchaus ansprachen. Er war äußerst charmant, und er war geistreich. Jujú fand allerdings, dass sein Esprit auch von einem gewissen Zynismus zeugte, einer seelischen Kälte. Nun ja, man konnte nicht alles haben, oder? Und Rui war der bei weitem attraktivste Mann, der ihr in den letzten Jahren den Hof gemacht hatte. Sie würde ihn heiraten – und mit ihm höchstwahrscheinlich bis ans Ende ihrer Tage ein ausgefülltes, zufriedenes Leben führen. Kein Zweifel bestand jedenfalls daran, dass sie ihre Mutter damit glücklich machen würde. Jujú sah kurz zu Dona Clementina hinüber, die am Rand des Tanzbodens stand und in deren Miene sie einen Ausdruck der Verzückung wahrnahm. Ihre Mutter wirkte, als sei sie selber verliebt in Rui.

Dona Clementina beobachtete ihre Jüngste und deren Verlobten. Ja, sie passten ausgezeichnet zusammen. Beide klug, schön und stolz. Es würde sicher keine leichte Ehe werden, aber zumindest auch keine langweilige. Rui, fand sie, war umwerfend. Selbstverständlich erhoffte sie sich von einem guten Schwiegersohn andere Qualitäten, Reichtum etwa oder Anstand und Treue, dennoch konnte sie sich der Anziehungskraft Ruis kaum entziehen. Er war eine Augenweide in seinen maßgeschneiderten Anzügen und mit dem akkurat gestutzten Schnurrbart. Sie mochte in den Augen ihrer Töchter alt und welk und in den Augen der Männer vielleicht keine attraktive Frau mehr sein – allein Rui hatte die Gabe, ihr mit einem tiefen Blick aus seinen grauen Augen das Gefühl zu geben, sie sei jung und begehrenswert. Der Mann war ein Charmeur sondergleichen, was seiner künftigen Frau wahrscheinlich ein Dorn im Auge wäre. Aber wenn ihn eine bändigen konnte, dann war es Jujú. Im Übrigen bestand keine Veranlassung, sich jetzt den Kopf über die möglichen Eheprobleme zwischen den beiden zu zerbrechen. Die extrem günstigen Begleitumstände dieser Eheschließung ließen keinen Raum für Bedenken.

Um acht Uhr wurde zu Tisch gebeten. Drei lange Tafeln waren aufgebaut worden, eine im Speisezimmer, eine im Salon und eine auf der Veranda, auf der man mit Zeltplanen und kleinen Kohleöfen für eine gemütliche Atmosphäre gesorgt hatte. Für die insgesamt rund zwanzig Kinder hatte man auf dem alten Heuboden eine Art Räubertafel aufgebaut. Die Kinder waren begeistert, dass sie den langweiligen Gesprächen der Erwachsenen entkommen konnten, und die Erwachsenen waren froh, für eine Weile von Zappeln, Toben, Geheul und Geschrei verschont zu bleiben.

Die Tische waren mit feinsten Damasttüchern, Sèvres-Porzellan und Silberbesteck eingedeckt worden. Opulente Blumengestecke und herrliche Kerzenleuchter zierten die Tafeln. An jedem Platz lag eine Karte aus Büttenpapier, mit einer feinen Goldkordel versehen und in goldener Schnörkelschrift bedruckt, der die Speisenfolge zu entnehmen war – die Dona Clementina fast haargenau einem Menü abgeschaut hatte, das sie vor Jahren bei einem Empfang in Paris genossen hatte. Zur Einstimmung gab es eine Consommé Madrilène, als eigentliche Vorspeise getrüffelte *foie gras de canard*, dann kamen, als erstes Hauptgericht, Seezungenfilets, als Zwischengang wurde ein Sorbet von Passionsfrüchten gereicht, als zweite Hauptspeise sollten Wildschweinmedaillons in Mandelkruste aufgetischt werden, und schließlich wurden noch verschiedene Desserts und Käsesorten genannt. Auch die gereichten Weine und einige der zur Auswahl stehenden Spirituosen wurden auf den Karten verzeichnet: ein Sauternes Château Caillou fand sich da, ein Chablis des ausgezeichneten Jahrgangs 1915, ein Château Latour von 1911, Armagnac von Gelas & Fils, erlesene Portweine sowie feinster Barbeito-Madeira. Was scherte sie der Krieg, der in anderen Ländern tobte? Solange es Mittel und Wege gab, Versorgungsengpässe zu umgehen, sollte man sie nutzen. Man lebte nur einmal.

Jujú saß zwischen Rui und einem Herrn aus Lissabon, den sie kaum kannte und dessen Name ihr entfallen war. Sie schämte sich dafür, zumal der Mann jede an sie gerichtete Äußerung mit einem »Mademoiselle Juliana« ergänzte, und das seit nunmehr über zwei Stunden. Es war sehr unhöflich von ihr, nicht auch ihn mit seinem Namen anzusprechen.

»Sagen Sie, Mademoiselle Juliana, hat es Sie auch einmal an die Sorbonne geführt? Wie gefielen Ihnen diese heiligen Hallen der Gelehrsamkeit?«

Jujú lächelte den Herrn freundlich an. »Oh, ich habe sogar zwei Semester dort studiert. Natürlich nur als Gasthörerin. Es war hochinteressant. Besonders aufschlussreich fand ich, dass die jungen Herren, für die meine Gegenwart offenbar Anlass zu Heiterkeitsausbrüchen war, keinen Deut schlauer waren als ich.« Sie hatte nicht vorgehabt, den netten, aber wenig unterhaltsamen Mann zu brüskieren. Doch seine Miene verriet ihr, dass ihr genau das gelungen war.

»Um Gottes willen, Mademoiselle Juliana, Sie werden doch nicht etwa zu jenen Mannweibern gehören, die für sich dieselben Rechte fordern, wie die Männer sie haben?«

»Natürlich tut sie das, mein lieber Senhor Cunha«, mischte Rui sich ein. »Sie ist eine leidenschaftliche Befürworterin des allgemeinen Wahlrechts für Frauen und eine Verehrerin der Doutora Carolina Beatriz Ângelo.«

»Dieser Ärztin aus Lissabon, die sogar vor Gericht gezogen ist, um wählen zu können? Um Gottes willen, Mademoiselle Juliana, diese Person ist durch und durch verbiestert. Eine Dame von Ihrem Niveau hat es doch nicht nötig, sich mit diesen Suffragetten gemein zu machen!«

»Natürlich nicht, Senhor Cunha«, beschwichtigte Jujú den aufgeregten Herrn. Sie war Rui zwar dankbar dafür, dass er ihr hinsichtlich des Namens ihres Gesprächspartners aus der Klemme geholfen hatte. Zugleich fand sie, dass es ihm nicht zustand, in aller Öffentlichkeit Dinge auszubreiten, die sie ihm im Vertrauen erzählt hatte und durch die er sie nun in eine andere, noch üblere Verlegenheit brachte. Denn obwohl sie überhaupt keine Lust hatte, mit Senhor Cunha solche heiklen Themen zu diskutieren, schon gar nicht bei Tisch und in dieser Runde, wollte sie sich doch ebenso wenig durch vornehmes Schweigen von vornherein als stimmloses Wesen disqualifizieren. Doch bevor sie zu einer diplomatischen Antwort ansetzen konnte, fuhr Rui fort: »Und dafür liebe ich sie. Was gibt es Aufregenderes als eine Frau mit eigenem Kopf?«

»Wie wahr, Senhor Costa, wie wahr. Vor allem, wenn es ein so hübsches Köpfchen ist.«

Jujú widerstand der Versuchung, die Augen zu verdrehen oder eine Äußerung des Missmuts von sich zu geben. Wenn ihre kostspielige Erziehung sie eines gelehrt hatte, dann war es die Kunst der Verstellung. Sie lehnte sich ein wenig in ihrem Louis-XVI.-Stuhl zurück und gab damit ihren beiden Nachbarn die Möglichkeit, ihre Köpfe zusammenzustecken und sich besser miteinander zu unterhalten. Zum Glück waren die Teller gerade abgetragen worden. Bis zum Dessert konnten die beiden also getrost noch ihr Gespräch fortsetzen, ohne dass sie Grund hatte, sich wieder nach vorne zu beugen und unfreiwillig in die Konversation hineingezogen zu werden.

Ihr gegenüber saß Mariana. Mit ihr hätte sie gerne ein paar Worte gewechselt, aber der Abstand war zu groß und die Geräuschkulisse zu laut, als dass das möglich gewesen wäre. Durch die Lücke zwischen den Köpfen von Rui und Senhor da Cunha zwinkerte sie Mariana zu. Ihre Schwester erwiderte die Geste. Sie schien sich in einer ähnlichen Lage wie Jujú zu befinden, denn Octavio und Marianas Nachbar zur anderen Seite, ein greiser Admiral a.D., unterhielten sich über ihren Kopf hinweg miteinander. Wahrscheinlich ging es auch hierbei um Politik,

denn der Admiral und Octavio wirkten beide sehr erregt. Mit halbem Ohr nahm Jujú Gesprächsfetzen auf, die ebenfalls dafür sprachen. Militär, Republik, Streik, Kommunisten – hatten die Männer denn keinen Sinn für etwas anderes als diese grässlichen Dinge? Schon beim Klang der Bezeichnungen packte einen ja die Langeweile!
Ihre eigenen beiden Nachbarn waren mittlerweile bei naturwissenschaftlichen Phänomenen angelangt, was Jujú als nur unwesentlich anregender empfand. Für den Bruchteil einer Sekunde spielte sie mit dem Gedanken, zu der Unterhaltung beizutragen, indem sie auf Marie Curie und ihre zwei Nobelpreise zu sprechen kam. Sie verwarf die Idee jedoch sofort wieder. Die einzige Chance, erneut Anschluss an das Gespräch zu finden und es so zu gestalten, dass auch sie sich dabei amüsierte, bestand darin, sich keck und unwissend zu geben – und den Männern dabei zu schmeicheln.
»Mein lieber Senhor Cunha, Sie stecken voller Überraschungen! Bei einem Mann Ihres Kalibers hätte ich ein so großes Interesse an den Naturwissenschaften niemals vermutet. Ich hielt Sie eher für einen Mann der schöngeistigen Dinge …«
»Oh, das eine schließt das andere ja nicht aus. Glauben Sie mir, Mademoiselle Juliana, ich bin ein begeisterter Leser der Romane unseres großen Eça, ich verfolge aufmerksam jede Neuerung in den bildenden Künsten, und ich bin, wenn ich das so sagen darf, auch nicht gänzlich unbeschlagen in der Kunst des Violinenspiels.«
»Was Sie nicht sagen? Das ist phantastisch! Vielleicht haben Sie anlässlich Ihres Besuches ja einmal die Gelegenheit, mit mir zusammen zu musizieren?«
»Unsere hübsche Menina Juliana ist nämlich«, kam es von Rui, »eine sehr talentierte Pianistin.«
»Aber nein! Rui, du übertreibst maßlos!« Und zu Senhor da Cunha gewandt ergänzte Jujú: »Ich spiele ganz leidlich. Sagen

Sie, Senhor Cunha, haben Sie vielleicht einen Lieblingskomponisten?«

Seine Antwort fiel so lang und umständlich aus, dass Jujú mit ihren Gedanken wieder abschweifte. Während Senhor da Cunha sich über die Klassiker und die Modernen erging, sich in akademischen Details verlor und mit unübersehbarem Stolz angesichts seines Wissens seine Ausführungen mit allerlei Zitaten ausschmückte, wurde das Dessert aufgetragen.

Die Kellner und die Küchenriege waren eigens aus Lissabon angereist. Ihr Hauspersonal fühlte sich von den Wichtigtuern aus der Großstadt schlecht behandelt und von der eigenen Herrschaft zurückgesetzt, aber auf derlei Befindlichkeiten konnte man keine Rücksicht nehmen. Es war eine kluge Entscheidung ihrer Mutter gewesen, diese Leute kommen zu lassen. Das von ihnen mitgebrachte Geschirr und Besteck ergänzte ihr eigenes aufs Schönste, und Essen wie Bedienung waren von höchster Güte. Jujú kostete von der Tarte Tatin, die himmlisch schmeckte. Doch mehr als ein winziges Stück bekam sie einfach nicht herunter. Das Essen hatte so lange gedauert und war so üppig gewesen, dass sich jetzt allenthalben eine große Sattheit und Mattigkeit breitmachte.

Als Kaffee und *digestivos* aufgetragen wurden, war der Lärmpegel deutlich gesunken. Wahrscheinlich hörte Jujú deshalb ihren Vater so gut, der am Kopf des Tisches und relativ weit von ihr entfernt saß, als er sich über den Alentejo und seine Gebräuche ausließ. Er musste ganz schön einen sitzen haben. Normalerweise ließ er an seiner Heimatregion kein gutes Haar. Jetzt aber lobte er die Gegend, ihre fleißige und gottesfürchtige Bevölkerung, ihr mildes Klima, ihren fruchtbaren Boden, ihr berühmtes Kunsthandwerk. Vielleicht lag es daran, dass so viele Auswärtige da waren. Sie selber, dachte Jujú, war ja auch erst im Ausland zur glühenden Patriotin geworden. Offenbar merkt man erst angesichts fremder Sitten, wie wertvoll einem die Hei-

mat ist. Noch immer hielt José Carvalho seinen Monolog über die Vorzüge des Alentejo. Sogar für die kulinarischen Spezialitäten fand er lobende Worte.
»Und unser *aguardente de medronho!* Ja, mein hochverehrter Senhor Queiróz«, dabei sah er einen Herrn an, der in England lebte und niemanden darüber im Unklaren ließ, »so etwas müssen Sie in Britannien lange suchen! Einen besseren Verdauungstrunk gibt es gar nicht, glauben Sie mir. Da kommt kein Brandy und kein Whisky mit!«
Jujú schämte sich für ihren Vater. Der einfache Schnaps aus den Früchten des Erdbeerbaums mochte aus medizinischer Sicht anderen Spirituosen gleichzusetzen sein. Geschmacklich war er es nicht.
»Anunciação! Bring uns doch mal die Flasche Medronheira! Oder nein: Bring gleich mehrere mit.«
Das Dienstmädchen, etwas perplex, dass es zu so später Stunde doch noch gebraucht wurde, machte einen Knicks und verließ eilig den Salon.
Wenig später kam sie mit drei Flaschen des Selbstgebrannten zurück. Ihr Patrão nahm sie ihr ab und scheuchte sie davon. Er übernahm es selbst, die Gläser, die auf einem Silbertablett vor ihm bereitstanden, damit zu füllen. Ein Kellner reichte schließlich das Tablett herum, und jeder am Tisch nahm sich ein Gläschen. »Auf unsere Gäste aus dem Norden!«, dröhnte José Carvalho und trank den Inhalt in einem Zug leer. Die anderen taten es ihm gleich.
»Teufel auch, was ist das denn für ein Zeug?«, raunte Rui Jujú zu.
Sie kicherte verhalten. »Wenn man mehrere davon trinkt, fängt es an, einem zu schmecken.«
»Hm, ja, nicht schlecht«, sagte Senhor da Cunha. Er wollte nicht unhöflich sein. Seinem Gesicht war deutlich anzusehen, dass ihn das Gebräu nicht sehr überzeugte. »Vielleicht sollte

man ihn etwas langsamer genießen und nicht in einem Zug herunterkippen. Mademoiselle Jujú, schließen Sie sich mir an? Nehmen wir noch einen winzigen Schluck und geben den Feinheiten des Geschmackserlebnisses eine Chance, sich zu entwickeln?«

»Aber ja, Senhor Cunha, warum nicht? Ergründen wir die fruchtigen Noten im Abgang.« Jujú musste sich das Lachen verkneifen. Sie war in einer Stimmung, die allmählich in Hysterie umzuschlagen drohte. Das viele Essen, der Wein, die zähen Gespräche, Ruis Hand unter dem Tisch, die sich permanent an ihrem Oberschenkel zu schaffen machte, ihre Müdigkeit und jetzt, als krönender Abschluss, die Degustation eines Schnapses, den sich jeder alentejanische Bauer zu Hause brannte – das war alles ein bisschen zu viel für sie.

»Du bist ganz blass«, sagte Rui, nachdem Jujú ihren zweiten *aguardente de medronho* getrunken hatte. »Komm, lass uns an die frische Luft gehen. Sie entschuldigen uns, Senhor da Cunha?« Er ergriff ihre Hand und führte sie hinaus. Es fiel niemandem auf, da sich um diese Zeit ohnehin schon viele Gäste entfernt hatten, um mit Bekannten an den übrigen Tischen zu plaudern, und andere Leute sich an ihre Tafel gesetzt hatten, um sich nun auch endlich einmal mit den Gastgebern zu unterhalten. Einige hatten sich sogar schon verabschiedet, ältere Leute zumeist oder Familien mit kleineren Kindern.

In der kühlen Nacht spürte Jujú sofort, wie sich der Nebel in ihrem Kopf lichtete. Ah, wie gut das tat! Sie schloss die Augen einen Augenblick und sog tief die Luft ein. Der Duft des Frühlings war bereits zu erahnen. In Kürze würden die Mandelbäume blühen. Rui merkte, dass Jujú fröstelte, und legte ihr behutsam sein Jackett um die Schultern. Sein Arm umschloss sie, mit der Hand drückte er ihren Oberarm und zog sie näher zu sich heran. Ja, dachte Jujú, alles stimmte. Rui duftete gut, nach Ta-

bak und einem herben Eau de Toilette. Die Nacht war herrlich, mit der erfrischenden, klaren Luft und den glitzernden Sternen am Himmel, die ihr näher als sonst erschienen. Sie drückte sich enger an ihn, wandte ihm dann ihr Gesicht zu und schloss die Augen.
Der Kuss war sehr innig. Und er war einer jener Küsse, die das Verlangen nicht löschen, sondern es vielmehr noch anfachen. Jujú spürte, wie die Begierde in ihr wuchs. Ruis schlanke Hände tasteten ihren Oberkörper ab. Dann, als er merkte, dass er auf keinen ernst zu nehmenden Widerstand ihrerseits stoßen würde, bückte er sich, schob eine Hand unter ihren Rock und fuhr an der Innenseite ihrer Schenkel hoch. Jujú bekam eine Gänsehaut, so schön fühlte es sich an. Oh, das war köstlich! Ja, ja, ja, hätte sie sagen mögen, aber über ihre Lippen kam kein Laut.
Rui löste sich mit Mühe von ihr. Hier, unter den Hecken der Zufahrt, auf der die Scheinwerfer der abfahrenden Autos sie erfasst hätten, konnten sie nicht bleiben. Er zog sie mit sich fort und schlug den Weg zur Garage ein. Jujú wusste, was Rui vorhatte, und sie hatte nichts dagegen einzuwenden. Selbst wenn sie nicht ohnehin vor Lust vergangen wäre – die unverhohlene Gier in seinen Augen erregte sie zutiefst.
Doch dann, kaum dass sie die Garage erreicht hatten, passierte alles plötzlich ganz schnell. Keine keuchenden Küsse mehr, keine sich aneinander reibenden Leiber an der Autotür, keine geflüsterten Zärtlichkeiten, keine zaghaften Erkundungen ihrer Körper. Raserei hatte von Rui Besitz ergriffen. Er riss die Autotür auf, stieß Jujú auf die Rückbank, riss ihr mit einem Ruck die Leibwäsche herunter und drang in sie ein, bevor sie auch nur darüber nachdenken konnte, was wann wo schiefgelaufen war. Rui zuckte, verdrehte die Augen und stöhnte – nach kaum zwei Minuten war der ganze Spuk vorbei.
Den körperlichen Schmerz, den Isabel ihr in den düstersten Farben geschildert hatte, fand Jujú erträglich. Doch den see-

lischen Schmerz empfand sie umso intensiver. Wieso hatte Rui sich und ihr nicht mehr Zeit gelassen? Warum war er auf einmal so grob gewesen, so unbeherrscht? Gerade er, der sich doch sonst so viel auf seine Kaltblütigkeit einbildete? Und warum hatte sie sich nicht gewehrt? In dem Moment, als ihre Lust der Verblüffung über Ruis Verwandlung gewichen war, hätte sie ihn sofort bremsen müssen. Doch sie hatte stumm alles über sich ergehen lassen – und fühlte sich auch noch schuldig.

»Lass uns zurückgehen. Die vermissen uns sicher schon.« Rui klang sehr geschäftsmäßig. Sein Ton ärgerte Jujú, doch er half ihr auch, schnell wieder in die Gegenwart zurückzukehren.

»Geh du schon vor. Ich komme nach.« Sie musste sich erst fangen. Außerdem wollte sie sich, bevor sie sich den wissenden Blicken der Gäste stellte, noch zurechtmachen. Umziehen konnte sie sich nicht, das würde auffallen. Aber sie wollte ihr Haar kämmen, sich waschen, frische Wäsche anziehen.

Oh Gott, hatten sie etwa verräterische Spuren auf den heiligen Sitzen des Automobils hinterlassen? In der Dunkelheit konnte Jujú nicht viel sehen. Sie wischte verzweifelt mit ihrem Taschentuch über die beigen Polster, und sie schienen ihr sauber.

Nachdem Jujú etwa eine halbe Stunde auf ihrem Zimmer verbracht hatte, die meiste Zeit davon in ungläubiger Starre auf dem Bett sitzend, raffte sie sich endlich dazu auf, der Realität wieder ins Auge zu blicken. Es war ein milder Wintertag. Sie feierten ein Fest. Ihr Verlobter hatte sie gerade ziemlich unsanft entjungfert. Na und? Alltäglich. Es gab Schlimmeres.

An der Treppe begegnete ihr Mariana. »Wo steckst du denn bloß. Komm schnell mit. Ich hatte dir ja eine Überraschung versprochen ...«

Ja, fiel es Jujú wieder ein, das hatte sie. Was mochte das jetzt wieder für ein kindischer Unsinn sein? Eine Torte, aus der Funken regneten? Ein Zauberkünstler, der süße *pastéis* aus seinem

Hut zog? Es musste auf alle Fälle etwas mit Essen zu tun haben, so wie Marianas Augen leuchteten.
Im Salon ging es hoch her. Rauchschwaden waberten durch die Luft, und unter dem Zigarrengeruch lag, ganz schwach, noch immer der Duft des Essens und der von frisch aufgebrühtem Kaffee. Es war noch gar nicht so spät, erst kurz vor elf, wie ihr ein Blick auf die Wanduhr sagte. Doch die meisten Gäste waren bereits in einem fortgeschrittenen Stadium der Trunkenheit und Ausgelassenheit. Die Feier hatte schließlich schon kurz nach Mittag begonnen. Jujús Befürchtung, jeder Anwesende würde ihr ihre Schande ansehen und sie dafür verdammen, war unbegründet. Die Leute amüsierten sich prächtig und ignorierten sie weitgehend.
Jujú fühlte sich benommen. Der Zigarrenrauch erregte in ihr ein Unwohlsein, wie sie es nicht mehr gespürt hatte, seit sie als Zwölfjährige heimlich Vaters Zigarillos geraucht hatte. Sie ließ sich matt auf den leeren Stuhl neben der stark angeheiterten Dona Filomena sinken und rief den Kellner. Sie bestellte einen Kaffee sowie ein Glas Wasser und harrte der Überraschung, die Mariana sicher jeden Augenblick mit großem Tamtam vorführen würde. Eine Hand legte sich auf ihre Schulter. Jujú drehte sich kraftlos herum und sah, dass es Rui war. Da rechts und links von ihr kein Stuhl frei war, ging er neben ihrem Stuhl in die Hocke. Dona Filomena war so intensiv mit ihrem Sitznachbarn beschäftigt, dass sie ihren Sohn, der neben ihr kniete, gar nicht bemerkte. Sie machte Anstalten, mit dem Herrn an ihrer Seite – war das nicht der Verleger aus Lissabon? – Bruderschaft zu trinken. Sowohl Jujú als auch Rui wandten den Blick von dem unwürdigen Spektakel ab. Rui nahm Jujús Hand in seine und drückte sie aufmunternd. Sie mussten den Eindruck erwecken, längst verheiratet oder zumindest sehr vertraut miteinander zu sein. Jujú wunderte sich, dass Rui nun wieder ganz der fürsorgliche Verlobte war.

Gerade als Jujú sich sagte, dass sie jetzt, Überraschung hin oder her, gehen sollte, trat Mariana mit ausgebreiteten Armen durch die geöffnete Flügeltür des angrenzenden Speisezimmers. Was Jujú dann sah, ließ ihren Magen einen gewaltigen Satz machen. Sie schlug die Hand vor den Mund, sprang abrupt auf und rannte durch die Verandatür aus dem Salon. Die meisten Gäste bemerkten davon überhaupt nichts. Die, die es taten, belächelten Jujú. Die Jugend von heute – konnte nicht mal mehr ein Schnäpschen über den Durst trinken …

9

Venâncio Castro schlug die Augen auf. Einen Moment lang schwebte noch der schöne Traum, den er gehabt hatte, über ihm. Dann aber schob sich die Realität darüber, verdrängte die wunderbaren Bilder von Dona Gabriela auf dem Heuboden und ließ ihn aufschrecken. Verflucht! Er musste los, zur Arbeit. Durch die fadenscheinige Gardine drang bereits die Sonne, es war sicher schon nach acht. Ausgerechnet am Karnevalssonntag musste er zum *monte*, um dafür zu sorgen, dass die Übernachtungsgäste des Patrão ihre Autos in reisefertigem Zustand vorfanden. Das hatte er nun davon! Und er hatte geglaubt, als Chauffeur der Carvalhos das große Los gezogen zu haben. Von wegen.

Die werten Töchter durfte er durch die Gegend kutschieren und sich von ihnen herumkommandieren lassen. Den Patrão selber fuhr er fast jeden Tag nach Beja, wo er ihn abends im Café »Luíz da Rocha« wieder abholte. An manchen Abenden quatschte sein Dienstherr sich in dem Lokal fest, so dass Venâncio stundenlang im Auto saß und sich zu Tode langweilte. Denn dass er ebenfalls in die Wirtschaft ging, war ausgeschlossen. Auch die Senhora Dona Clementina nahm seine Dienste öfter in Anspruch, als Venâncio es in seiner totalen Unbedarftheit geglaubt hatte. Aber das alles ging ja noch. Bei diesen Fahrten konnte er wenigstens seine flotte Chauffeursmütze tragen, die ihm einst diese Arbeit als besonders erstrebenswert hatte erscheinen lassen.

Viel schlimmer war es, wenn er den Wagen reinigen musste oder gar irgendwelchen Fehlfunktionen auf den Grund gehen sollte. Er verstand zwar einiges von Motoren, aber dieses hochgezüchtete Gefährt war ihm ein Buch mit sieben Siegeln. Zudem achtete der Patrão sorgsam darauf, dass seinem frisch restaurierten Silver Ghost nur ja nicht der kleinste Kratzer zugefügt wurde, was angesichts der Straßenverhältnisse in diesem Landstrich ein Ding der Unmöglichkeit war. Immerzu wirbelten sie Steine auf, die unschöne Dellen in die Kotflügel schlugen. Oft passierten sie auch Wege, an denen die Zweige der Bäume gegen das Autodach und die Fenster schlugen. War das seine Schuld? Nein. Aber er, Venâncio Castro, musste es ausbaden. Neulich hatte der Patrão ihn doch glatt nach draußen gescheucht, um einen besonders tief hängenden Ast zu entfernen. War er Gärtner oder was?!

Venâncio krabbelte unter der Decke hervor. Es war bitterkalt in seiner Kammer. Er sprang sofort in seine Uniform, die noch von gestern über der Stuhllehne hing. Er benetzte das Gesicht mit ein wenig Wasser aus der Waschschüssel und prüfte mit dem Handrücken, ob eine Rasur nötig war. Hm, eigentlich schon. Ach was, es würde auch so gehen. Er hatte weder Lust noch die Zeit, sich jetzt zu einer umfangreicheren Körperhygiene aufzuraffen. Zehn Minuten nachdem er aufgewacht war, war Venâncio auf dem Weg zur Quinta, die etwa eine halbe Stunde Fußmarsch von der *aldeia* entfernt lag.

Als er auf Belo Horizonte ankam, war dort bereits eine für Sonntage ganz untypische Betriebsamkeit ausgebrochen. Die Autos standen jedoch glücklicherweise alle noch da, wo er sie am Vorabend geparkt hatte. Die Gäste durften länger schlafen als er. Aber vielleicht kam jeden Augenblick der Fahrer des Daimler aus dem Herrenhaus und verlangte nach seinem Auto – alte Leute wachten ja immer zu so unchristlichen Zeiten auf. Also machte Venâncio sich flugs ans Werk. Er befüllte die Wagen mit Benzin, da die Möglichkeiten, unterwegs zu tanken, äußerst begrenzt waren, zumal an einem Sonntag. Er befreite sie von dem schlimmsten Schmutz, wischte die Scheiben klar und suchte dann, als die allerdringlichsten Arbeiten

erledigt waren, die Fußräume und Sitzspalten nach verlorenen Münzen oder anderen Fundstücken ab, die für die Herrschaften keinen, für ihn jedoch einen recht hübschen Wert darstellten. Es war unglaublich, was sich da so alles fand, das wusste er sogar schon aus seiner sehr kurzen Erfahrung als Chauffeur. Spitzengesäumte Taschentücher, Feuerzeuge, Silberknöpfe und dergleichen mehr hatte er auf diese Weise bereits aufgelesen.
Venâncio begann mit dem Daimler des alten Mannes, da der ja schätzungsweise als Erster hier auftauchen würde. Eine Zehn-Escudo-Münze, na ja, besser als nichts. Außerdem eine zerdrückte und geschmolzene Praline – die ließ Venâncio dort, wo sie war. Innenraumputzen fremder Wagen gehörte ganz eindeutig nicht zu seinen Aufgaben. Danach nahm er sich den Sportwagen des Schönlings aus der Algarve vor, der ihm gestern von allen Gästen das geringste Trinkgeld gegeben hatte. Er war, so viel hatte Venâncio mitbekommen, der Bruder des Verlobten – das heißt, bald wäre er der Schwager von Mariana. Die mochte er von allen Carvalho-Töchtern am liebsten, und sie tat ihm irgendwie leid dafür, dass sie einen so schäbigen Schwager bekommen sollte. Oho! Der Absatz eines Damenschuhs. Venâcio lachte sich ins Fäustchen und malte sich aus, wie die Dame wohl ihres Absatzes verlustig gegangen war, wie sie verzweifelt danach gefahndet hatte und schließlich, nach offenbar erfolgloser Suche, davongehumpelt war. Er deponierte sein Fundstück gut sichtbar im Fußraum des Wagens und hoffte, woanders Dinge zu finden, mit denen mehr anzufangen war als mit diesem Absatz.
Venâncio ging äußerst effektiv vor und hatte nach etwa einer halben Stunde alle Wagen mit Ausnahme des Silver Ghost, der ja nicht so schnell verschwinden würde, durchsucht. Seine verwertbare Beute belief sich auf eine halb gerauchte Brasil-Zigarre, 30 Escudos und eine sehr hübsche Haarnadel. Nicht schlecht.

Der Rest des Vormittags verging damit, dass Venâncio eifriges Polieren simulierte, sobald die Autobesitzer in Sicht kamen, sowie damit, dass er in Selbstgesprächen über ihre Arroganz schimpfte, sobald sie davongefahren waren. Kurz vor Mittag widmete er sich dann endlich dem Silver Ghost, obwohl der ja gestern gar nicht bewegt worden war und daher nicht viel Interessantes bieten würde.

Umso größer war Venâncios Erstaunen, als er auf der Rückbank, eingeklemmt zwischen Lehne und Sitzpolster, ein Häkchen fand, das genauso aussah wie eines jener Dinger, mit denen die Frauen ihre Mieder schlossen. Nicht, dass er schon viele davon geöffnet hätte. Aber in einem Haushalt mit vier Frauen – seiner Großmutter, seiner Mutter und zwei Schwestern –, deren Wäsche zum Trocknen immer genau vor seiner Kammer hing, kannte man sich eben mit so etwas aus. Ts, ts, ts. Da wird doch wohl nicht eine feine Dame ihre Leibwäsche abgelegt haben? Welche von den dreien, die noch hier auf Belo Horizonte lebten, es wohl gewesen sein mochte? Oder hatte gar Dona Clementina … nein, das war undenkbar.

Jetzt ärgerte Venâncio sich darüber, dass er letzte Nacht gar nicht schnell genug hatte heimkommen können. Das Beste hatte er offensichtlich verpasst.

Jujú erwachte in dem Gefühl, etwas Furchtbares sei geschehen. Vorsichtig öffnete sie die Augen. Unter dem Saum der Gardinen zauberte die Sonne eine gekräuselte Linie auf den Holzboden. Ihr Zimmer wirkte wie immer: hell, aufgeräumt, freundlich. Auch unheimliche Geräusche waren keine zu hören. Sie musste geträumt haben. Dem Winkel der Sonnenstrahlen nach zu urteilen, war es schon später Vormittag. Jujú hob den Kopf aus dem dicken Kissen, um einen Blick auf die Uhr zu werfen, die auf der Kommode stand, und da merkte sie es: Ihr Schädel pochte, als wäre sie damit unter ein Ochsengespann gekommen.

Sie ließ den Kopf zurücksinken. Im selben Moment fiel ihr alles wieder ein. Jujú stöhnte leise auf. Mit geschlossenen Augen ertastete sie den Knopf neben ihrem Nachttisch und klingelte nach dem Hausmädchen.
Als sie ihren Kaffee getrunken hatte, fühlte sie sich immerhin so weit gestärkt, dass sie die Ereignisse des Vorabends Revue passieren lassen konnte, ohne vor sich selber zu erröten. Sie hatte ihrer Schwester eine Ohrfeige gegeben, sich von Rui Erbrochenes aus den Mundwinkeln wischen lassen und war schließlich, hemmungslos heulend, auf ihr Zimmer gelaufen. Und sie hatte Fernando zum Zeugen dieser Aneinanderreihung von Peinlichkeiten werden lassen. Nun ja, nicht ganz. Die erste entwürdigende Situation des Abends, die ihr jetzt merkwürdig fern erschien, hatte er gottlob nicht mit ansehen müssen.
Fernando. Plötzlich hatte er da gestanden, mit einem ähnlich breiten Grinsen im Gesicht wie Mariana. In seiner Uniform hatte er unglaublich gut ausgesehen. Die Mütze hatte ihm ein wenig schief auf den raspelkurz geschnittenen Haaren gesessen. Er war gerade im Begriff gewesen, sie abzunehmen, als ihre Blicke sich trafen. Wie hatte sie nur vergessen können, wie eindringlich sein Blick sein konnte? Selbst aus der Entfernung sah Jujú seine Augen leuchten. Er entblößte eine makellose weiße Zahnreihe und zwinkerte ihr zu. Sie sah noch, wie er hinter Mariana hervortrat, bemerkte, wie gut ihm die auf Figur geschnittene Uniform stand, die seine schmalen Hüften und die breiten Schultern sehr gut zur Geltung brachte, nahm mit einem einzigen kurzen Blick seine erotische Ausstrahlung wahr – und dann war sie auch schon weggelaufen.
Die Überraschung war Mariana immerhin gelungen, wenn auch nicht so, wie diese sich das vorgestellt hatte. Fernando hatte sich ganz offensichtlich gefreut, sie wiederzusehen – und wie hatte sie ihm sein Kommen gedankt? Indem sie ihm das

Gefühl gab, ihr würde von seinem Anblick schlecht. Dass ihr Magen ohnehin schon rebelliert hatte, weil sie zu viel gegessen und getrunken hatte, weil die Luft im Salon zum Zerschneiden dick war und weil sie im Geiste noch bei dem unerfreulichen Erlebnis auf der Rückbank des Automobils weilte, das konnte er ja nicht ahnen. Der Schock des Wiedersehens hatte ihr den Rest gegeben.
Draußen hatte sie sich übergeben müssen. Rui war hinter ihr hergelaufen und hatte sich um sie gekümmert, ohne auch nur mit der Wimper zu zucken, ganz so, als sei es für ihn die alltäglichste Sache der Welt. Kurz darauf war auch Mariana in dem Garten vor der Veranda erschienen. Jujú hatte sich aufgerichtet, ihre Schwester angebrüllt – »Was fällt dir ein? Bring ihn hier weg!« – und ihr ins Gesicht geschlagen. Aber es war schon zu spät gewesen. Fernando stand an der Treppe, die von der Veranda in den Garten führte, und hatte alles beobachtet. Oh Gott, was für eine Blamage!
Als Jujú den Eindruck hatte, sie könne nun aufstehen, ohne dass ihr Kopf zersprang, schwang sie die Beine aus dem Bett und blieb auf der Kante sitzen. Ihr war schwindelig – ob von der plötzlichen Bewegung oder von den vielen Fragen, die in ihrem Kopf herumschwirrten, hätte sie nicht zu sagen vermocht. Was war geschehen, nachdem sie auf ihr Zimmer geflüchtet war? Hatten Rui und Fernando sich kennengelernt? War Mariana vielleicht ebenfalls in Tränen ausgebrochen? Oder hatten die drei Zeugen ihrer Schmach womöglich noch einträchtig beieinander gesessen und das merkwürdige Schauspiel kommentiert? Hatten sie dabei gelacht? Oder vielmehr verwundert und besorgt die Köpfe geschüttelt? Ganz gleich, wie unangenehm es Jujú war, jetzt hinunter in die Wohnräume zu gehen und sich den Fragen ihrer Familie zu stellen: Sie musste sich einfach Klarheit verschaffen, und zwar sofort. Hastig warf sie sich einen Morgenrock über, schlüpfte in ihre

Hausschuhe, spritzte sich ein wenig Wasser ins Gesicht und betrachtete sich während des Abtrocknens kurz im Spiegel. Gar so schlimm, wie sie befürchtet hatte, sah sie nicht aus. So würde sie sich blicken lassen können.

Im Speisezimmer stand noch immer die lange Tafel. Es saßen nur Isabel und ihr Mann daran. Da auch die angereisten Familienmitglieder sowie Octavios Angehörige im Haus übernachtet hatten, waren sie – Jujú überschlug kurz die Zahl – genau siebzehn Personen. Dreizehn Erwachsene, vier Kinder. An einigen Plätzen lagen Brötchenkrümel und benutzte Servietten. Wahrscheinlich waren Joana und ihre Familie die Ersten gewesen, die gefrühstückt hatten. Einige Plätze waren dagegen noch frisch eingedeckt. Jujú war froh, nicht die Letzte zu sein.
»Guten Morgen«, begrüßte sie ihre Schwester und ihren Schwager.
»Guten Morgen. Hast du gut geschlafen?« Mit maliziösem Lächeln bestrich Isabel ein *papo-seco* mit Marmelade.
Oje – das fing ja gut an. Oder sollte sie Isabels Mimik gar nicht auf sich beziehen? Ihre Schwester konnte, glaubte Jujú, gar kein anderes als dieses gemeine kleine Lächeln aufsetzen.
»Danke, sehr gut. Und ihr?«
»Grauenhaft«, entfuhr es Raimundo. »Unser Zimmer liegt genau über dem Salon, wie du weißt, und da ging es anscheinend noch bis tief in die Nacht hoch her.«
»Wir hatten uns extra früh zurückgezogen, weil wir heute zeitig losfahren wollten«, ergänzte Isabel. »Aber da wir erst um drei Uhr morgens überhaupt eingeschlafen sind, sind wir jetzt ein bisschen spät dran.« Sie blickte zur Wanduhr. »Ach du liebe Güte, Raimundo, es ist schon nach elf!«
Jujú fiel ein Stein vom Herzen. Die beiden hatten also schon einmal nichts von ihrem Aussetzer mitbekommen.
»Schlafen die anderen noch?«, fragte sie.

»Joana, Gustavo und die Kinder sind schon unterwegs zum Stausee. Sie wollen dort angeln.« Angewidert verzog Isabel das Gesicht. »Mariana habe ich auch schon gesehen, aber gefrühstückt hat sie, glaube ich, noch nicht. Obwohl das ja eigentlich nicht sein kann.« Sie gackerte über ihre vermeintlich witzige Beobachtung. »Papá und Mamã müssten gleich kommen. Aus ihrem Zimmer habe ich schon Geräusche gehört. Mein Gott, die Ärmsten, sie mussten ja bis zum Schluss ausharren. Tja, und was mit der lieben Beatriz ist, weiß ich auch nicht. Sie ist ja noch vor uns gegangen, und sehr langes Schlafen ist gar nicht ihre Art.«

»Sie hat bestimmt nur einen Kaffee in der Küche getrunken und sich dann gleich in die Kirche fahren lassen«, mutmaßte Jujú. »Es ist Sonntag, da verpasst sie nie die Messe.«

»Nanu, seit wann ist Beatriz so religiös? Früher hat sie immer auf die Pfaffen geschimpft.«

Jujú wusste, seit wann Beatriz regelmäßig die Kirche besuchte, aber sie würde es Isabel nicht sagen. Die würde ihr Wissen nur wieder als Waffe verwenden, wie sie es immer tat. Der Sinneswandel hatte Beatriz ziemlich genau an jenem Tag ereilt, als ihr geliebter João sich mit Deolinda vermählt hatte. Seitdem nutzte sie jede Gelegenheit, den Abtrünnigen mit strafenden Blicken zu verfolgen – und strafte dabei doch nur sich selber.

Isabel wartete keine Antwort von Jujú ab. »Nun ja, an ihrer Stelle würde ich mich auch eher Christus zuwenden. Bei allen anderen Männern hat sie sowieso keine Chance.«

»Du bist ekelhaft wie eh und je, Isabel. Der arme Raimundo ist zu bemitleiden.«

»Der ›arme Raimundo‹«, mischte derselbe sich nun ein, »hat es eilig und deswegen gar keine Lust, sich dieses weibische Gezänk anzuhören. Mach schon, Isabel, wir müssen aufbrechen.«

Isabel stopfte sich ziemlich unelegant den Rest ihres Gebäcks in den Mund, stand auf und ging kauend zu Jujú. Sie schluckte einmal schwer, bevor sie sprechen konnte. »Nichts für ungut, meine Hübsche. Grüß die anderen von uns. Adeus.« Damit beugte sie sich herab und drückte ihrer Schwester zwei Küsschen auf die Wangen.

»Adeus«, rief Jujú den beiden nach, die bereits im Laufschritt den Raum verließen.

Isabel ist wirklich ein abscheuliches Wesen, dachte Jujú. Aber genau diese Abscheulichkeit hatte ihren Morgen gerettet. Alles war wie immer. Alles war ganz normal. Die Welt hatte nicht aufgehört, sich zu drehen, nur weil sie sich einen kleinen Fehltritt erlaubt hatte. Schlagartig bekam Jujú Appetit. Sie nahm sich eine Brioche aus dem Korb, brach ein großes Stück davon ab, bestrich es dick mit Butter und biss herzhaft hinein.

Als wenig später ihre Eltern am Frühstückstisch erschienen, war Jujús Selbstachtung schon wieder so weit hergestellt, dass sie ihnen offen in die Augen blicken konnte. Und was sie darin sah, beruhigte sie. Keine Vorwürfe, kein Tadel, nicht einmal Mitleid – wenn überhaupt, dann sprach aus den Gesichtern ihrer Eltern höchstens die Verlegenheit über ihr eigenes Verhalten. Sie hatten sehr ausschweifend gefeiert, aber Jujú war wirklich die Letzte, die es ihnen verübeln würde.

»Guten Morgen, Juliana. Wie geht es dir? Du bist gestern Abend so plötzlich verschwunden – ist alles in Ordnung?« Dona Clementina versuchte anscheinend, von sich und ihren rotgeränderten Augen abzulenken.

»Danke, Mãe, mir geht es gut. Mir war nur gestern Abend auf einmal etwas unwohl, so dass ich mich nicht mehr von Ihnen und den Gästen verabschieden konnte. Tut mir leid.«

»Schon gut, meine Kleine.« José Carvalho wirkte erleichtert.

Kurz fragte Jujú sich, welche blamablen Dinge ihre Eltern sich wohl geleistet hatten. Im Gegensatz zu dem, was sie erlebt hatte, konnte es nichts Schwerwiegendes sein.

Mariana sah Jujú erst gegen Mittag. Sie kam aus der *aldeia* zurück, zu Fuß und mit rotem Kopf. Wahrscheinlich hatte auch sie die Messe besucht, dachte Jujú, und sich anschließend zu einem Spaziergang aufgerafft. Jujú ging ihr in der Halle entgegen.
»Mariana, ich möchte mich entschuldigen. Du weißt schon, wegen gestern. Ich habe dir die ganze Freude verdorben, und das an deinem Verlobungstag.«
»Ja, das hast du.« Mariana hängte ihren Schal auf einen Garderobenhaken und knöpfte mit mürrischem Gesichtsausdruck ihren Mantel auf. »Aber viel schlimmer ist, was du bei Fernando angerichtet hast.«
»Wenn er auch zur Unzeit hier aufkreuzt …«
»Ich hatte ihn eingeladen. Er hat es nicht eher geschafft. Es ist ein Wunder, dass er überhaupt gekommen ist. Und dann das.«
»Ach du liebes bisschen, Mariana, nun sei nicht so streng. Er war dein Gast, nicht meiner. Mir ging es nicht gut, wie ja wohl alle bemerkt haben dürften. Aber ich bin sicher, du hast dich sehr gut um unseren ehemaligen Verwalter gekümmert und dich glänzend mit ihm unterhalten.«
»Ich hatte ihn nicht als ›unseren ehemaligen Verwalter‹ eingeladen. Sondern als deinen ehemaligen Geliebten. Und das weißt du auch, sonst hättest du mir ja wohl kaum die Ohrfeige verpasst, richtig?«
Richtig, dachte Jujú, sprach es aber nicht aus. »Warum hast du das getan? Ich heirate Rui.«
»Wenn es nach mir ginge, würdest du genau das nicht tun. Er taugt nichts. Er passt auch überhaupt nicht zu dir. Aber du und Fernando, ihr seid füreinander geschaffen.«
Jujú war zu verblüfft, um etwas darauf zu erwidern. Wie hatte ihr nur verborgen bleiben können, dass Mariana sich so verändert hatte? Wie alle anderen hatte sie sich täuschen lassen von

der Harmlosigkeit ihres Aussehens und nicht erkannt, dass hinter der runden, kindlichen Fassade ein erwachsener weiblicher Geist steckte. Mariana schien ihr anzusehen, was sie dachte.

»Ihr alle glaubt mich zu kennen. Aber ihr seht nur, was ihr schon immer gesehen habt: ein dickes, friedliebendes Kind. Ich habe das so satt, Jujú! Ich bin 24 Jahre alt und durchaus nicht geistig minderbemittelt, auch wenn ihr mich so behandelt. Und obwohl der Fehler natürlich ganz bei euch liegt, bei eurer Blindheit, habe ich beschlossen, euch entgegenzukommen. Ich werde eine Diät machen. Je weniger ich wiege, desto mehr werdet ihr in mir sehen.« Sie lachte trocken auf. »Komisch, nicht? Wie das äußere Erscheinungsbild eines Menschen unsere Wahrnehmung beeinflusst. Nehmen wir zum Beispiel Fernando Abrantes. Findest du nicht, dass er in seiner schmucken Pilotenmontur einfach göttlich aussah? Nicht wie ein dummer Junge, nicht wie ein Bauer, nicht wie ein Verwalter …«

»Hör auf damit!«

»Er sah aus wie ein Mann, Jujú. Und zwar wie einer von uns. Weltmännisch, gepflegt, gebildet …«

»Still! Erspare mir die Beschreibung deiner Romanhelden. Sag mir lieber, wo ich ihn finde. Und damit du keine falschen Schlüsse ziehst: Ich lasse mir von dir nicht vorschreiben, wen ich für was zu halten habe. Ich möchte ihm nur guten Tag sagen. Wir waren immerhin einmal sehr gut befreundet, und seit mehr als zwei Jahren habe ich von ihm nichts mehr gehört. Das darf er mir bei der Gelegenheit dann auch mal erklären.«

»Er ist nicht mehr da. Er hat die Nacht auf dem Fußboden in der Kammer seiner Schwester verbacht, im Pfarrhaus. In aller Frühe ist er nach Évora aufgebrochen, zu seinem Bruder und seiner Mutter.«

»Auch gut. Ich hatte eh andere Pläne für heute.« Jujú drehte sich auf dem Absatz um und ließ ihre überraschte Schwester mitten in der Halle stehen.

Zurück auf ihrem Zimmer, das noch nicht aufgeräumt worden war, betrachtete Jujú ihre Kleidung von gestern. Sie hatte sie einfach abgestreift und auf den Boden fallen lassen. Dort las sie sie jetzt auf. Das Kleid war verknittert und schmutzig, an ihrem Mieder fehlte ein Haken, und ihre Unterwäsche würde sie am besten sofort wegwerfen. Oh Gott, dachte sie. Wie konnten wir nur? Es hätte sie jederzeit jemand in dem Wagen erwischen können. Das wenigstens mochte man zur Entschuldigung von Ruis unmöglichem Verhalten heranziehen: dass er es aus Angst vor Zeugen so eilig gehabt hatte. Und das kostbare Auto?, fiel es Jujú plötzlich mit brennenden Wangen ein. Wenn sie in der Dunkelheit nun doch irgendwelche Spuren übersehen hatte?
Sie zog sich schnell ein einfaches Kleid an, das dem Tag des Herrn nicht besonders angemessen war, steckte ihr Haar zu einem züchtigen Knoten auf und lief in den Schuppen, den sie hochtrabend Garage nannten. Der Junge, der Chauffeur spielte, weil er einer der wenigen im Dorf war, der einen Führerschein besaß, war Gott sei Dank nirgends zu sehen. Jujú riss die hintere Tür auf und untersuchte die Sitzbank so genau, dass ihr kein Staubkörnchen entgangen wäre. Alles bestens. Sie atmete hörbar aus und ging dann, deutlich entspannter, zurück zum Haus.

In der Mittagspause hatte Venâncio seine Entdeckung ausgiebig mit Anunciação diskutiert, die der Überzeugung war, dass nur die Menina Mariana sich einen solchen Frevel erlaubt hätte, und das auch nur, weil es ihr Verlobungstag war. Sie versprach Venâncio, an den Wäschestücken der jungen Damen nach fehlenden Häkchen Ausschau zu halten, denn genau wie er war sie in höchstem Maße an der Aufklärung dieses pikanten Geheimnisses interessiert. Intime Details aus dem Leben der Gutsbesitzerfamilie boten den schönsten Unterhaltungsstoff für lange Winterabende.

Hätte Venâncio geahnt, dass genau während seiner halbstündigen Abwesenheit eine der Carvalho-Töchter mit schuldbewusster Miene die Garage aufgesucht hatte, wäre ihm der kalte Wildschweinbraten im Halse stecken geblieben. So aber schmeckte er ihm ausgezeichnet, besser als alles, was Anunciação ihm in den vergangenen Monaten von den Resten der Herrschaften aufgehoben hatte.

10

Er spürte die Kälte in allen Knochen. Begann er etwa schon, zu verweichlichen? Früher hatte es ihm nichts ausgemacht, eisige Winternächte in ungeheizten Räumen zu verbringen. Sogar auf gefrorenem Boden hatte er früher geschlafen, notdürftig geschützt von einem Bündel Stroh oder Zeitungspapier, ohne es als allzu schlimm zu empfinden. Doch jetzt schauderte Fernando. Oder lag es gar nicht an der Kälte, sondern an dem Abscheu vor der lieblosen Behandlung, die seine Mutter bei Sebastião erfuhr? Wie konnte sein Bruder die eigene Mutter nur in einem Raum unterbringen, die bestenfalls als Besenkammer taugte, fensterlos, winzig, muffig und ungeheizt? Was geschah mit dem Geld, das er regelmäßig anwies? Himmelherrgott, er hätte schon viel eher nach dem Rechten schauen sollen. Er kannte seinen Bruder. Sebastião war bereits als Kind nach dem Vater gekommen, und mit zunehmendem Alter wurde die Ähnlichkeit immer frappierender. Er brauchte nur Sebastiãos rot geäderte Nase zu sehen, um genau Bescheid zu wissen.

»Mãe, wie viel von dem Geld geben Sie Sebastião, damit er es versaufen kann?«

Seine Mutter sah Fernando schuldbewusst an. »Aber Fernando, er hat mich hier aufgenommen. Ich muss nun einmal meinen Anteil beisteuern zur Miete und zu den anderen Kosten.«

»Zu welchen anderen Kosten? Für Brennholz wird hier anscheinend ja kein Escudo ausgegeben. Lebensmittel bekommt Sebastião von Rosas Onkel praktisch umsonst, und für die Kammer, in der Sie hausen müssen, sollten Sie eigentlich noch Geld dazubekommen. Außerdem: Waschen, kochen und putzen Sie nicht den ganzen Tag? Sebastião spart dadurch ...«

»Nein, Fernando«, unterbrach seine Mutter ihn, »du siehst das

falsch. Ich kümmere mich hier freiwillig um alles. Mit irgendetwas muss ich mich doch beschäftigen.«
Fernando betrachtete ihre Hände. Sie hatten ein Leben lang nichts als harte Arbeit geleistet, und sie nun einfach in den Schoß zu legen wäre Gertrudes Abrantes niemals in den Sinn gekommen. Dabei hätte sie es wahrhaftig verdient. Sie war alt geworden in den letzten Jahren, aufgezehrt vom freudlosen Witwendasein, von Entbehrungen aller Art, von der Vernachlässigung durch ihre Kinder und von den Boshaftigkeiten ihrer Schwiegertochter, Rosa, die das Zusammenleben mit Dona Gertrudes auf engstem Raum für eine Zumutung hielt und dies auch deutlich zum Ausdruck brachte. Gertrudes Abrantes' Rücken war krumm und schien, nach dem Gesicht zu urteilen, das sie beim Aufstehen oder beim Treppensteigen zog, zu schmerzen. Aber niemals hätte seine Mutter geklagt, anders als Rosa und die feinen Senhoras und die Bürgerfrauen oder auch deren Männer, die jedes Zipperlein zu einem schweren Leiden aufbauschten und die den Ärzten sagenhafte Umsätze bescherten. Hypochondrie war das Volksleiden Nummer eins. Auf einen unbeteiligten Beobachter musste es den Eindruck machen, als läge ganz Portugal danieder.
»Ach, Mãe …«
»Mach dir um mich keine Sorgen, Fernando. Mir geht es gut hier. Wir haben ein Dach über dem Kopf und müssen keinen Hunger leiden. Und ich bin auch gar nicht so allein, wie du vielleicht denkst. Die Witwe Carneiro aus dem vierten Stock ist sehr darum bemüht, mich mit anderen Frauen aus der Nachbarschaft bekannt zu machen, und sie kennt hier wirklich jeden, der wichtig ist. Stell dir vor, der Padre ist ihr Neffe, und der Sargento von der Guarda Civil ist ein Cousin von ihr! Außerdem hat mir an dem Tag, als ich sie kennenlernte, eine Taube direkt auf den Kopf gemacht – und das bringt Glück, wie du weißt.«
Teufel auch! Fernando stellte sich den weißen Taubendreck

auf dem schwarzen Kopftuch seiner Mutter vor und war dankbar dafür, dass sie so lange an ihrer Trauerkleidung festhielt. Aber dass sie jetzt schon in Taubenkot ein gutes Omen sah, das ging zu weit. Dennoch verkniff er sich einen Kommentar. Er hatte dem Aberglauben seiner Mutter nichts entgegenzusetzen. Nichts außer seinen Fähigkeiten und dem festen Willen, es zu etwas zu bringen – ohne auf ein Wunder Gottes zu hoffen.

Dabei war die Unerschütterlichkeit seiner Tatkraft erstmals schwer ins Wanken geraten, letzte Nacht, bei dem Fest im Haus des Patrão. Seines ehemaligen Patrão, verbesserte er sich in Gedanken. Die Szene, die sich wie in Zeitlupe vor seinen Augen abgespielt hatte, war so grotesk gewesen, dass er zwischen Lachen und Weinen hin- und hergerissen war. Jujú hatte mitgenommen ausgesehen, ja, aber ihr Unwohlsein war noch lange keine Erklärung dafür, dass sie bei seinem Anblick derartig durchdrehte. Oder ihre Schwester ohrfeigte. Er selber hatte gelernt, seine Gefühle hinter einer gleichbleibend neutralen Miene zu verbergen, aber die arme Mariana war nach diesem unschönen Erlebnis – das sich noch dazu an ihrem Verlobungstag ereignet hatte – wie von Sinnen. Ihre Trauer und Wut und Verlegenheit hatte sie dadurch zu überspielen versucht, dass sie wirr auf ihn einredete, belangloses Zeug aussprudelnd wie ein Wasserfall. »Komm, Fernando, wir begrüßen meine Eltern, sie freuen sich bestimmt sehr über dein Kommen. Möchtest du vielleicht hier Platz nehmen, ah, der Senhor Vieira, kennen Sie schon den Flugkapitän Abrantes? Nein, ach, warten Sie einen Augenblick, ich beschaffe uns etwas zu trinken, Sie beide haben einander derweil sicher viel zu erzählen ...« Fernando hatte dem Fremden kurz die Hand geschüttelt und war dann Mariana nachgelaufen, um sich von ihr zu verabschieden. »Ich komme besser ein anderes Mal wieder. Es ist schon spät, ich will Maria da Conceição nicht so lange warten lassen.« Dann war er wieder gegangen, ohne es auch nur eine Sekunde zu bedauern, dass er an dieser pompösen Veranstaltung nicht länger würde teilnehmen können.

Was ihm einst wie der Inbegriff eines fürstlichen Lebensstils erschienen war, flößte ihm heute weit weniger Ehrfurcht ein. Die überfrachtete Dekoration, die plüschigen Teppiche, die erdrückende Vielzahl an Gemälden, Nippes und Spitzendecken, die imitierten Barock-Möbel aus den deprimierend dunklen Hölzern – all das erschien ihm jetzt beinahe provinziell. Er hatte den Oberstleutnant Ferreira und seine Gattin weiß Gott oft genug zu hochkarätigen Veranstaltungen in Lissabon begleitet, um sich einen Einblick in die wahrhaft vornehme Welt zu verschaffen. Und die hatte nicht viel gemein mit diesem aufgesetzten Luxus, in dem aufgedonnerte Landpomeranzen und goldbehangene Würdenträger mit altväterlichen Backenbärten literweise Champagner vernichteten. Die Carvalhos waren, das erkannte Fernando plötzlich, auch nur Bauern – und kein Geld dieser Erde würde daran etwas ändern können. Genauso wenig wie vorteilhafte Eheschließungen, welche die Töchter in eine höhere soziale Schicht beförderten.

Bevor Fernando die Feier verließ, hatte er einen letzten Blick auf diesen Geck von Rui geworden, der durch sein Verhalten eindeutig Besitzansprüche an Jujú demonstrierte. Nun ja, immerhin war dieser fürchterliche Mensch noch nicht ihr Ehemann, womit man nach all den Jahren ja hätte rechnen können. Bei diesem Gedanken begann Fernando wieder Hoffnung zu schöpfen. Wenn Jujú mit nunmehr 23 Jahren sich noch nicht vermählt hatte, dann doch nur deshalb, weil sie ihn, Fernando, noch immer liebte, oder?

»Es ist an der Zeit, dass ich das Abendessen vorbereite«, holte ihn seine Mutter in die Gegenwart zurück. »Es gibt heute, dir zu Ehren – und weil Sonntag ist –, Schweinekoteletts. Ich muss allmählich die Kartoffeln schälen und das Gemüse …«

»Mãe. Weil Sonntag ist, werden Sie heute nicht kochen. Esst das Fleisch von mir aus morgen. Wir gehen aus. In ein Restaurant, nur Sie und ich, wie finden Sie das?«
»Aber das geht doch nicht. Was sollen denn Sebastião und Rosa und der Senhor Rodrigo essen? Die beiden haben ihn heute extra eingeladen, er ist ja Rosas Onkel und Sebastiãos Patrão, erinnerst du dich? Und unser Vermieter.«
»Lassen Sie einmal Rosa ihre hausfraulichen Qualitäten zum Besten geben – sie hat ja viel zu selten Gelegenheit dazu. Wahrscheinlich ist sie deshalb so garstig.« Gegen Mittag, als Fernando in Évora eingetroffen war, hatte er seine Schwägerin ganze zehn Minuten in all ihrer Widerwärtigkeit erlebt – bevor sie ihrem Mann in die Taverne folgte.
»Wenn dann aber Sebastião seine Stellung verliert ...«
»... dann ist es ganz bestimmt nicht Ihre Schuld. Also, kommen Sie schon: Ziehen Sie sich Ihre Sonntagsschuhe an und lassen Sie sich von mir ausführen. So richtig vornehm.«
»Also wenn du meinst ...«
Wenig später verließen Mutter und Sohn das heruntergekommene Gebäude. Im Treppenhaus roch es nach Kohlsuppe, ungelüfteten Betten und Ruß. Fernando hielt die Luft an, als sie an dem Abtritt im Zwischengeschoss vorbeiliefen, der von allen Mietern des Hauses genutzt wurde. Erst draußen auf der engen Gasse konnte er wieder atmen. Die Luft war mild, die Temperatur lag um einige Grad höher als in der Wohnung. Die Sonne hatte geschienen, doch durch die kleinen Fenster war kaum Licht oder Wärme ins Innere der Wohnung gedrungen. Jetzt dämmerte es bereits, und aufgrund des klaren Himmels würden der Abend und die Nacht erneut empfindlich kalt werden. Er nahm seine Mutter bei der Hand. Sie ließ es sich, nach kurzem Zögern, gefallen. Vertraute Berührungen dieser Art waren in der Familie Abrantes nie an der Tagesordnung gewesen.
»Ich habe auf meinem Weg vom Bahnhof zu eurer Wohnung

ein Lokal entdeckt, das mir sehr ansprechend vorkam. ›Casa Leopoldo‹, kennen Sie es?«

»Aber Fernando, das ist eines der feinsten Gasthäuser in Évora! Sogar der Senhor Rodrigo speist dort. Das können wir uns doch nicht leisten!«

»Lassen Sie das meine Sorge sein.« Sehr viel Geld hatte Fernando wirklich nicht dabei. Doch die Tatsache, dass Senhor Rodrigo in dem Restaurant verkehrte, beruhigte ihn. Wenn der alte Krämer, der nicht einmal die Wohnung seiner Nichte instand hielt, dort aß, dann war die Wahrscheinlichkeit groß, dass die Preise niedrig waren.

Nachdem seine Mutter sich einmal mit dem Gedanken angefreundet hatte, dass sie »Geld zum Fenster hinauswerfen« würden, und nachdem Fernando sie zu einem großen Glas des erstaunlich guten Hausweins hatte überreden können, veränderte sich ihre ganze Haltung. Immerzu blickte sie um sich, in der Hoffnung, dass Bekannte sie in Begleitung ihres wohlgeratenen Sohnes sehen würden. Ihr Stolz war rührend. Ihrer mit zunehmendem Weingenuss sich steigernden Gefühlsbetontheit dagegen konnte Fernando nur wenig abgewinnen. Er wollte seine Mutter nicht mit feuchten Augen sehen, und seien es auch Tränen des Glücks, die darin standen. Es war ihm unangenehm, wenn seine Mutter ihm immer und immer wieder versicherte, er sei die absolute Krönung der Abrantes-Sippe. Und am allerwenigsten mochte er es, dass sie ihm, mit vor Liebe verschleiertem Blick, andauernd die Wange streichelte. Besser wäre es gewesen, sie hätte sich über das Essen aufgeregt, das sie selber für einen Bruchteil der Kosten viel schmackhafter zubereitet hätte.

Fernando sehnte sich bereits nach seinem Flugzeug, nach der Klarheit der Sprache seiner Instrumente. Dort gab es keine Zwischentöne, nur richtig oder falsch. Ihm fehlte sogar die Kaserne mitsamt der Sicherheit, die ihm die Ordnung und die geregelten Abläufe gaben. Denn auf einem Terrain, das strengstens in Dienstgrade, Pflichten und Zuständigkeitsbereiche unterteilt war, konnte man sich nicht verirren – während die Landkarte der Emotionen ihm nahezu unlesbar erschien.

Am nächsten Morgen reiste Fernando aus Évora ab. Er hatte ursprünglich zwei Nächte länger bleiben wollen, doch die Atmosphäre in der Wohnung deprimierte ihn derartig, dass er lieber sein letztes Geld für eine Pension ausgab. Er verabschiedete sich höflich, aber kalt von Sebastião und Rosa, während er seine Mutter fest in die Arme schloss und sich von ihren Tränen beinahe anstecken ließ. »Ich hole Sie bald hier heraus, Mãe. So, und jetzt muss ich gehen, mein Vorgesetzter kennt kein Pardon bei Verspätungen.« Die Lüge ging ihm glatt über die Lippen, dennoch hatte er Gewissensbisse. Es war nicht recht, die eigene Mutter zu belügen, um Jujú näher zu sein. Denn das war es doch eigentlich, was ihn aus Évora forttrieb, gestand er sich ein. Er hatte ein so starkes Bedürfnis danach, sich in ihrer Nähe zu wissen, sich in freier Natur den Erinnerungen hinzugeben, dass er sich lieber in Beja eine billige Unterkunft suchte, als hier bei seinen Nächsten zu bleiben. Selbst auf die Gefahr hin, dass er Jujú gar nicht mehr sah. Denn von sich aus würde er sie gewiss nicht mehr aufsuchen.

Er hatte es gehofft.
Sie hatte es geahnt.
Am Dienstag, drei Tage nach dem ebenso kurzen wie aufwühlenden Wiedersehen bei der Feier, begegneten Fernando und Jujú sich erneut. Diesmal waren sie gewappnet. Dennoch machte Jujús Herz gewaltige Sprünge, als sie ihn unter dem Olivenbaum sah.
Er wirkte schlanker, als sie ihn in Erinnerung hatte, aber das mochte auf die Kleidung zurückzuführen sein. Sein Körper, den

man unter der weiten Bauernkleidung nie richtig gesehen hatte, zeichnete sich unter dem schlichten dunkelgrauen Anzug genau ab. Kräftig, ohne klobig zu wirken, und schlank, aber nicht schlaksig. Schmale Hüften, breite Schultern, lange Beine – er war einfach perfekt. Er trug ein Paar einfache Schnürschuhe, denen Jujú trotz des Staubes ansah, dass er sie vor seinem Weg hierher auf Hochglanz gewienert haben musste. In der Hand hielt er einen flachen, modischen Hut, das einzige Accessoire, das eine gewisse Eitelkeit verriet.

»Wenigstens dem Baum bist du treu«, begrüßte er sie. Er klang nicht verletzt, gekränkt oder traurig. Er sagte es mit derselben neutralen Betonung, mit der er auch den Fruchtstand des Weizens festgestellt hätte.

»Und er mir.« Was fiel Fernando nur ein, fragte sich Jujú. Er war doch derjenige gewesen, der fortgegangen war, der sich nicht mehr gemeldet hatte, der alle Brücken zu seiner Vergangenheit abgerissen hatte.

»Du hast dich verändert«, sagte er. Wieder war die Betonung so flach, dass Jujú nicht wusste, wie sie es zu deuten hatte.

»Nicht so sehr wie du. Komm, setzen wir uns. Erzähl mir, wie es dir ergangen ist. Gut, wie es aussieht.« Jujú versuchte, die Begegnung auf das Niveau eines Gespräches zu bringen, wie sie es auch mit einem Senhor da Cunha hätte führen können. Es erschien ihr völlig abwegig, so zu tun, als seien sie einander so vertraut wie früher.

»Hast du meine Briefe nicht gelesen?« Jetzt schlich sich doch noch ein Hauch von Gefühl in Fernandos Stimme. Er klang verbittert, als er weitersprach. »Nein, natürlich nicht. Sonst hättest du ja bestimmt einmal geantwortet. Ein einziges Mal, Jujú, nur ein Brief von dir, eine kurze Notiz, eine Postkarte«, er sah sie traurig an, »das hätte mir viel bedeutet.«

»Ich habe keinen deiner Briefe je erhalten.«

»Es waren nicht so viele, wie ich hätte schreiben wollen, ich

gebe es ja zu. Aber über die Jahre müssen doch sicher so an die zehn, fünfzehn Stück zusammengekommen sein. Es wurden nachher weniger, weil ich von dir nie eine Antwort erhielt.«
»Nicht einen davon habe ich zu Gesicht bekommen«, flüsterte Jujú. »Irgendjemand muss sie an sich genommen haben.«
Sie starrten einander eine Weile an, eins in der Bestürzung über diese Entdeckung, in der Wut auf den unbekannten Verräter und dem Sinnieren darüber, was hätte sein können. Aber welchen Zweck hatte es, über verpasste Gelegenheiten nachzudenken? Keinen.
Fernando schien ähnlich darüber zu denken wie Jujú, denn sie hielten sich nicht weiter damit auf, den Briefdieb hier oder dort zu vermuten. Es war völlig gleich, ob ein Kamerad Fernandos oder jemand aus dem Haushalt der Carvalhos der Schuldige war. Es war ohnehin zu spät für sie beide. Sie hatten sich auseinandergelebt, waren in verschiedenen Welten unterwegs gewesen, hatten jeder seine eigenen Zukunftspläne gemacht, die den anderen nicht mit einschlossen, hatten andere geküsst.
»Hast du«, fragte Jujú zögerlich mit einem Blick auf seine Finger, an denen kein Ring steckte, »kein Mädchen? Keine Verlobte?«
Er sah sie durchdringend an.
»Doch.«
»Das freut mich für dich.« Mehr brachte Jujú nicht heraus. Es versetzte ihrem Herzen einen Stich. Woher wollte sie das Recht nehmen, eifersüchtig zu sein? Obwohl sie es Fernando gönnte, dass er eine passende Frau gefunden hatte, sie daher auch nicht diese vollkommen irrationalen Gewissensbisse angesichts ihrer eigenen Verlobung haben musste, tat es ihr in der Seele weh.
»Sie ist sehr schön, sehr klug. Und sehr grausam.«
»Oh. Das tut mir leid.«
»Sollte es dir auch.« Wieder sah Fernando sie herausfordernd an. Jujú wandte den Blick ab. Meinte er sie selbst? Betrachtete

er sie allen Ernstes, nach allem, was zwischen ihnen lag, noch als die Seine? Sie schwankte zwischen Erleichterung darüber, dass er keine andere hatte, und Zorn über seine anmaßende Natur. Was bildete er sich ein? Warum hielt er sie für grausam? Konnte sie denn etwas dafür, dass sich alles gegen sie verschworen zu haben schien? Und was genau sollte ihr leidtun? Dass sie nicht hundert Jahre auf den Prinzen warten mochte, in den zu verwandeln er sich vorgenommen hatte? Wobei sie, gestand Jujú sich ein, genau das getan hatte, wenngleich ohne Absicht. Warum sonst hätte sie mit der Verlobung mit Rui so lange gezögert? Dieser Gedankengang löste in ihr eine neuerliche Aufwallung von Ärger aus – über die Welt im Allgemeinen und sich selbst im Besonderen –, den sie jedoch hinter einer gelangweilten Miene verbarg.

»Wenn du wütend bist, ähnelst du wieder mehr der Jujú, die ich einmal kannte.« Seine Belustigung wirkte gekünstelt. »Die ich geliebt habe.«

»Ach?« Was sollte das? Wie konnte er so vermessen sein, ihr ein schlechtes Gewissen einreden zu wollen. Konnte sie etwas dafür, dass er weggegangen war? Dass sie zu jung gewesen war, Rui zu hübsch und die Welt zu aufregend? Natürlich hatte sie sich den Kopf verdrehen lassen von dem schönen Schein, welchem jungen Mädchen wäre es nicht so gegangen? Und im Grunde passierte jetzt ja auch nichts anderes: Kaum trat Fernando auf die Bühne wie ein schöner Rächer – *Seht her, Leute, ihr alle habt mir Unrecht getan, aber es wird euch noch leidtun* –, fiel sie wie alle anderen auch auf seine Erscheinung herein, auf das Zackige in seinen Bewegungen, auf den unbeugsamen Stolz in seinen Augen, auf den unwiderstehlichen Reiz, den allein sein ausgefallener Beruf auf die Menschen ausübte. Pah! Was wusste sie schon von ihm? Vielleicht trank er heimlich? Vielleicht hatte er Schulden, oder vielleicht hatte er sogar ein Mädchen geschwängert und sich von dannen gemacht?

Fernando sah sie spöttisch an. »Geschwätzigkeit kann man dir jedenfalls nicht unterstellen.«
»Dir noch viel weniger. Wenn du mir etwas zu sagen hast, dann tu es doch. Wie soll ich wissen, was dich bewegt, wenn du so verstockt bist?«
»Ich glaube, dass du es weißt.« Sein Blick schweifte in die Ferne, zu den Dörfern, die sich gleißend weiß auf den Hügelspitzen erhoben, zu den vielen isolierten Gutshöfen, die inmitten von Olivenhainen lagen, und zu den Brunnen, die von weitem aussahen wie dunkle Tupfen auf den hellen Feldern. Jujú ahnte, was ihm durch den Kopf ging: Aus der Ferne betrachtet wirkte das Land lieblich – doch zu dem, der es bearbeiten musste, war es hart und unerbittlich.
»Von oben aus der Luft sieht alles ganz klein aus«, sagte er nun. »Das rückt die Perspektive ins rechte Lot. Wenn mir früher die Ländereien deines Vaters wie das Universum erschienen waren, so sehe ich sie heute als das, was sie sind: 12 000 Hektar Land, eine Gutsbesitzerfamilie auf dem *monte* und zahlreiche kleine *aldeias*, deren Bewohner das Land, an dem sie keinerlei Rechte besitzen, als ihre Heimat betrachten.«
»Bist du etwa unter die Kommunisten gegangen?«
»Mache ich auf dich den Eindruck eines Mannes, der sich irgendeiner Art von diktierter Gleichmacherei unterwerfen würde?«, fragte er zurück.
»Nein.« Jujú hatte keine Lust, sich ausgerechnet jetzt über die Rechte der Landarbeiter oder ähnlich geartete Fragen politischer Natur zu unterhalten. Stattdessen beschäftigte sie sich eingehend mit dem Verschluss der Feldflasche, die sie mitgebracht hatte. Er klemmte.
Als Fernando ihr das Gefäß abnehmen wollte, um ihr beim Öffnen zu helfen, berührten sich ihre Finger.
Vielleicht war es diese flüchtige Berührung, vielleicht auch seine Geste, in der Ungeduld und etwas leicht Befehlshaberisches

lagen, dass Jujú sich plötzlich nach ihm sehnte, wie sie sich noch nie nach etwas gesehnt hatte. Sie sah ihm in die Augen, und wie von selbst fanden ihre Hände zueinander. Die Wärme seiner Hand, in der ihre eigene, eiskalte versank, übertrug sich auf ihren ganzen Körper. Fernandos Gesicht näherte sich dem ihren, und unter seinen halb geschlossenen Lidern sah sie dieselbe Leidenschaft, die auch sie selber fühlte.

Doch bevor Jujú die Wirrungen ihres Herzens und ihres Körpers näher erforschen konnte, bevor sie und Fernando den vielleicht dümmsten Fehler ihres Lebens begingen, wurden sie von dem Gerumpel eines herannahenden Pferdekarrens aus ihrer kurzzeitigen Entrückung gerissen.

Schon von weitem sah Jujú den scheußlichen Sonntagshut ihrer Schwester Beatriz. Dann erkannte sie, dass außerdem Joana und ihre Familie mitfuhren. Jujú winkte und hoffte, dass der Wagen einfach vorbeifuhr. Aber er blieb auf ihrer Höhe stehen, so dass ihr und Fernando nichts anderes übrig blieb, als die Störenfriede zu begrüßen.

»Den Kindern zuliebe mussten wir dieses entsetzliche Gefährt hier nehmen«, entschuldigte Joana sich, bevor sie ihnen beiden die Hand reichte.

Jujú stellte Fernando als ihren »alten Freund, Senhor Abrantes« vor. Als Fernando zum Verwalter von Belo Horizonte bestellt worden war, hatte Joana schon nicht mehr dort gelebt.

»*Coronel* Abrantes, wenn mich nicht alles täuscht?«, verbesserte Beatriz ihre Schwester. Und zu ihm gewandt sagte sie: »Glückwunsch, Fernando. Du hast dich wirklich gemacht, das muss man dir lassen.«

Jujú fand zwar, dass aus dem Ton ihrer Schwester keineswegs Wohlwollen sprach, doch sie verstand nicht, warum Fernando so zusammenzuckte. Erst als er Beatriz antwortete, ging ihr ein Licht auf.

»Danke, Beatriz, danke. Du dich aber auch. Du wirst mit jedem

Jahr, ähm, interessanter. Und dieser Hut kleidet dich vorzüglich.«
Jujú schämte sich dafür, dass sie nicht sofort begriffen hatte. Beatriz hatte Fernando geduzt. Das war unverzeihlich, denn weder war Fernando ein kleiner Junge noch einer ihrer Tagelöhner. Fernando hatte das einzig Richtige getan: Er hatte nicht unterwürfig den Blick gesenkt, Beatriz nicht wie die Tochter des Patrão behandelt, sondern sie zurückgeduzt.
Beatriz sagte keinen Ton mehr. Sie plauderten mit Joana und ihrem Mann ein paar Minuten über belangloses Zeug, während die Kinder immer ungeduldiger wurden und zur Weiterfahrt drängten. Es war das erste Mal, dass Jujú diese kleinen Ungeheuer als nützlich empfand. Endlich setzte sich der Karren wieder in Bewegung. Das Angebot, mit zu dem Karnevalsumzug zu fahren, hatten Fernando und Jujú unisono abgelehnt.
Aus dem abfahrenden Wagen schallte nur noch die helle Stimme von Joanas Tochter zu ihnen: »Das war aber doch gar nicht Tante Julianas Verlobter.«
Fernando starrte Jujú durchdringend an. Sie hielt dem Blick nicht stand. Sie wandte sich von ihm ab, sah der Staubwolke des Wagens nach und dachte, dass die kleine Geraldine gewiss nicht als Einzige verwirrt war.

11

Seit zehn Uhr saß Jujú nun bereits unter dem Baum, und allmählich ging ihre nervöse Anspannung in Trägheit über. Sie hatten sich am Vortag, nachdem ihre erste Annäherung so abrupt unterbrochen worden war, für heute Morgen verabredet. Es war Fernandos letzter freier Tag, bevor er zurück zur Kaserne musste. Er war zu spät.
Trotz der frühen Stunde und obwohl es erst März war, hatte die Sonne schon viel Kraft. Jujú zog ihren Mantel aus, faltete ihn zusammen und legte sich ihn wie ein Kissen ins Kreuz. An den Stamm des Baums gelehnt, schloss sie die Augen und genoss die Wärme auf ihrer Haut. Durch ihre Lider drangen grelle Farben und tanzende Funken. Wenn man sich darauf konzentrierte, sah man das herrlichste Feuerwerk.
Lange gab sie sich dieser schönen Sinnestäuschung nicht hin. Zu präsent war noch der Streit, den sie am Vorabend mit Beatriz gehabt und der ihren Verdacht keineswegs ausgeräumt hatte.
»Woher wusstest du eigentlich Fernandos Dienstgrad?«, hatte Jujú ihre Schwester zur Rede gestellt, gleich nachdem diese aus Beja zurückgekommen war. Sie selber stand auf dem Treppenabsatz, Beatriz in der Halle. Ihre erhöhte Position verlieh Jujú gewissermaßen auch moralisch einen erhabeneren Standpunkt.
Beatriz zögerte mit ihrer Antwort eine Sekunde zu lang. »Er trug Uniform am Samstag, erinnerst du dich nicht? Aber nein, wie solltest du auch, du warst ja völlig weggetreten. An den Uniformen, meine liebe Juliana, kann man erkennen, wo ein Soldat in der Hierarchie steht. Oder ein Pilot.«
So, konnte man das? Jujú fragte sich, woher Beatriz solche Din-

ge wissen wollte. Sie hatten hier kaum je Kontakt zu Militärs, außer zu pensionierten Admiralen.

»Tja, ein ganz toller Hecht, dein Fernando«, hatte Beatriz mit Abscheu in der Stimme hinzugefügt.

»Er ist nicht *mein* Fernando. Und ich weiß nicht, was du gegen ihn hast. Hat er dir irgendetwas angetan, wovon ich wissen sollte?«

»Das fragst du noch?! Du scheinheiliges Biest! Du weißt es ganz genau.«

»Er hat dich bloß geduzt. Du hattest es auch nicht besser verdient.«

Beatriz schüttelte mitleidig den Kopf und zog die Augenbrauen hoch. »Ich habe dich für schlauer gehalten.«

Aber Jujú wusste beim besten Willen nicht, worauf Beatriz anspielte. »Sag es mir doch einfach. Vielleicht handelt es sich um ein Missverständnis, das wir schnell aus der Welt räumen können.«

»Ein Missverständnis? Wohl kaum. Fernando hat meinem João den Verwalterposten weggenommen, und zwar vorsätzlich. Und ohne diese Stellung waren Joãos Karten bei Papá noch schlechter als eh schon. Dein Freund, meine Liebe, hat mein Leben zerstört!«

Jujú war fassungslos. Wie konnte Beatriz die Dinge nur auf eine derart verzerrte Weise betrachten? Wie hatte sich so viel Hass aufstauen können? Sah Beatriz denn nicht, dass Schielauge João ganz allein dafür verantwortlich war, dass er den Posten nicht bekommen hatte? Er hatte die viel besseren Startbedingungen gehabt, und nur seiner Unfähigkeit und Faulheit wegen – die sogar seinem eigenen Vater nicht entgangen waren – hatte er das Rennen gegen Fernando verloren. Im Übrigen, fand Jujú, war Beatriz sehr viel besser dran ohne diesen Mitgiftjäger.

»Im Gegenteil«, erwiderte sie nun den ungerechtfertigten Vorwurf, »er hat dich vor dem Schlimmsten bewahrt. Sei froh, dass du nicht mit Schielauge verheiratet bist. Er wollte doch nur dein Geld. Kaum dass er Zugriff darauf gehabt hätte, wäre er dir untreu geworden.«

Beatriz zog eine Grimasse, als hätte sie einen Schlag ins Gesicht erhalten. »Dass er mich um meiner selbst willen geliebt hat, kannst du dir wohl nicht vorstellen? Kann sich das überhaupt jemand vorstellen?«

»Bia …«

»Nenn mich nicht so. Du brauchst jetzt nicht auf lieb Kind zu machen. Überhaupt wäre ich froh, wenn ich dein süßes, verlogenes Gesicht nie wiedersehen müsste.« Damit stürmte sie an Jujú vorbei die Treppe hinauf. Oben hörte man eine Tür knallen. Jujú blieb auf der Treppe zurück, erschüttert und unfähig, diese Offenbarungen zu begreifen. Was taten sich da für Abgründe auf, von denen niemand in der Familie etwas ahnte?

Jujú schlug die Augen wieder auf. Es fiel ihr schwer, den bitteren Nachgeschmack dieser Begegnung loszuwerden. Noch schwieriger war es, Mitgefühl für ihre Schwester zu empfinden. Jujú war sich nun sicher, dass Beatriz Fernandos Briefe an sich genommen hatte, aber beweisen ließ sich das kaum.

Über zwei Stunden hatte Jujú bereits unter dem Baum gesessen. Ihre Beine waren eingeschlafen. Sie stand auf, um die Blutzirkulation wieder in Schwung zu bringen. Es kribbelte von den Zehen bis zu den Oberschenkeln, als sie die Beine schüttelte, aufstampfte, auf den Füßen wippte. Sie musste einen ziemlich sonderbaren Anblick bieten, dachte sie. Und natürlich kam genau in diesem Augenblick Fernando.

Er trug wieder die Uniform – wahrscheinlich würde er von ihrem Stelldichein direkt zum Bahnhof gehen. Er strahlte bis über beide Ohren. Die Morgensonne schien ihm direkt ins Gesicht, wie ein Bühnenscheinwerfer, der die Vorzüge des Hauptdarstellers aufs Beeindruckendste ausleuchtete. Seine Zähne wirkten

noch weißer als sonst, seine Augen waren von einem Grün, das so hell und so intensiv war wie die Farbe junger Birkenblätter.
Fernando warf seine Mütze auf den Boden. Dann trat er wortlos auf sie zu, um sie, wie sie glaubte, mit Küsschen zu begrüßen. Sie hielt ihm ihre rechte Wange hin und fühlte seine Lippen an ihrem Mundwinkel. Dass er sie offensichtlich auf den Mund hatte küssen wollen, verwirrte sie mindestens ebenso sehr wie ihn. Der Kuss auf die andere Wange traf an der richtigen Stelle. Dennoch blieb bei beiden eine Spur von Beklommenheit.
»Jujú«, sagte er mit rauer Stimme. »Ich dachte …«
Ja, sie hatte dasselbe gedacht. Dass sie sich hier treffen würden, dass sie wieder dort ansetzen könnten, wo sie vor langer Zeit aufgehört hatten, dass der gestrige Nachmittag ihre alte Vertrautheit wiederbelebt hätte. Die halbe Nacht hatte sie wach gelegen und ihre widersprüchlichen Gefühle sondiert. Klargeworden war ihr nur, dass sie Rui nicht liebte – und dass sie vor Sehnsucht nach Fernando verging. Aber war es vielleicht nur körperliche Begierde, die er in ihr entfachte? In der Nacht hatte sie sich nichts inniger gewünscht, als dass er sie endlich wieder in seine Arme schließen würde, hatte von seinen Küssen und seinen Zärtlichkeiten geträumt. Jetzt war sie sich ihrer eigenen Lust nicht mehr so sicher. Wäre es klug, ihr nachzugeben, nur um die frisch erneuerte Freundschaft wieder zu zerstören?
»Komm, setzen wir uns.« Sie nahm ihn bei der Hand und zog ihn mit auf die Decke unter dem Baum. Dann holte sie eine mit Kork isolierte Kanne aus ihrem Korb, goss Kaffee in einen Becher und reichte ihn Fernando. »Hier, möchtest du? Zucker ist schon drin.«
»Danke.« Er nahm den Becher und umfasste ihn mit beiden Händen, als wolle er sich daran wärmen. Er starrte gedankenverloren in seinen Kaffee und fing dann an zu reden, ohne aufzuschauen.

»Weißt du, ich glaube, dass auch Portugal bald in das Kriegsgeschehen hineingezogen wird. Die Deutschen schäumen vor Wut, weil wir ihre Schiffe vor unserer Küste versenkt haben.« Er trank schlürfend einen Schluck. »Hm, gut.« Wieder schwieg er einen Moment und betrachtete den Dampf, der von dem Getränk aufstieg. Schließlich hob er den Kopf, sah Jujú in die Augen, straffte seine Schultern und rückte mit dem heraus, was ihm wirklich auf der Seele lag. »Ich liebe dich. Ich habe nie aufgehört, dich zu lieben, und ich wollte und will keine andere als dich zur Frau. Ich war nicht gut genug für dich, bin es wahrscheinlich noch immer nicht. Trotzdem kann ich jetzt nicht länger warten. Sonst kommt mir noch dieser Pfau zuvor.«
Er stellte den Becher ab und griff nach Jujús Hand. Sie ließ ihn gewähren, und ihr zartes, zerbrechlich wirkendes Händchen in seiner Pranke erfüllte ihn mit Rührung. Er räusperte sich. »Der Moment ist vielleicht nicht gut gewählt. Du sollst auf keinen Fall glauben, dass ich auf dein Mitleid setze.«
Jujú blinzelte, um die Tränen zurückzuhalten. Was sagte er da? Weshalb Mitleid? Würde er etwa in den Krieg ziehen müssen? Die Vorstellung, dass Fernando in dem wackligen Flugzeug saß und beschossen wurde, dass er abstürzte und einsam auf einem tristen nordeuropäischen Acker starb, war zu viel für sie. Sie schluckte schwer. Die Schrecken des Krieges, über die sie bislang mit so bestürzender Teilnahmslosigkeit gelesen hatte, rückten auf einmal nah. Zu nah. Plötzlich verstand sie die Klagen, die Trauer, die Wut. Wie konnten sich irgendwelche Staatsoberhäupter das Recht herausnehmen, über ihrer aller Leben zu entscheiden? Wie grausig war die Vorstellung, dass die jüngsten, schönsten, vielversprechendsten Männer sich gegenseitig abschlachteten, nur weil man ihnen verordnete, die Nationalität des anderen hassenswert zu finden? Jujús Kinn und ihre Lippen bebten bedenk-

lich, bis es ihr schließlich nicht länger gelang, ihr Weinen zu unterdrücken. Sie schluchzte leise.
Fernando ließ ihre Hand los, holte eine Fotografie aus der Innentasche seiner Jacke und gab sie ihr.
»Hier.« Er sah sie aufmunternd an. »Ganz gleich, wo ich stecke – damit bin ich immer bei dir.«
Sie betrachtete das Bild und lächelte versonnen. Fernando stand lässig neben einem Doppeldecker, die Fliegerbrille auf die Lederkappe auf seinem Kopf geschoben, ein Bein angewinkelt über das andere gestellt, die Arme auf die Hüften gestemmt, in seinem Gesicht ein untypisch jungenhaftes Grinsen. So kannte sie ihn bisher nicht, so draufgängerisch, so gelassen, locker, fast verspielt, und sichtlich in seinem Element. Der Mann auf dem Foto war kein alentejanischer Bauer, der an seiner Schroffheit und an seiner Strenge mit sich selbst zu ersticken drohte. Es zeigte einen sorgenfreien jungen Mann, der es nicht erwarten konnte, wieder in die Lüfte emporzusteigen. Jujús Herz schlug schneller. Das Bild zeigte einen Mann, in den sie sich auf der Stelle verliebte.
Sie ließ das Foto in ihren Schoß sinken und wollte sich mit einer Hand die nasse Wange abwischen. Doch da spürte sie auch schon Fernandos Lippen auf ihrer Haut, der ihr mit unendlicher Sanftheit die Tränen fortküsste.

João schüttelte sich. Die ganze Szene war in ihrer Rührseligkeit so abstoßend, dass er am liebsten sofort den Blick abgewendet hätte. Zugleich war sie derartig faszinierend, dass er gar nicht anders konnte, als weiter hinzusehen. Er presste das Fernglas fester an seine Augen, als könne er dadurch noch näher an das Geschehen heranrücken. Es fiel ihm schwer, richtig zu fokussieren. Ohne das Fernglas bereitete ihm sein nach innen gedrehtes Auge keine Schwierigkeiten – er sah so gut wie jeder andere, auch wenn es ihm keiner abnahm und ihn alle als »Schielauge«

hänselten. Aber mit dem Gerät war seine Sehkraft tatsächlich beeinträchtigt. Er schloss ein Lid und beobachtete das Paar durch sein gutes Auge.

Die feine Juliana hatte ein paar Krokodilstränen gequetscht, worüber auch immer, und Fernando, dieser arrogante Emporkömmling, hatte ihr eine Fotografie gegeben. Wahrscheinlich eine, auf der er selber zu sehen war. Das passte zu seiner eingebildeten Art, dachte João. Der Kerl hatte sich schon immer für etwas Besseres gehalten – und alle über sein wahres Wesen hinweggetäuscht, indem er sich als bescheidenes armes Bäuerlein gebärdete. Ha!

Fernando und Juliana umklammerten einander wie Ertrinkende. Sie küssten sich mit einer solchen Inbrunst und so lange, dass João schon geneigt war, sein Versteck zu verlassen. Die vornehme Dame würde, wenn sie auch nur im Geringsten ihrer Schwester Beatriz ähnelte, ihrem armen Schlucker bestimmt nicht gestatten, ihr noch näher zu kommen. Beatriz jedenfalls hatte ihm, João, nicht mehr Zärtlichkeiten erlaubt. Die intimste ihrer Handlungen war gewesen, dass er ihre magere Brust berührt hatte – durch den Stoff des Kleides hindurch, versteht sich. Ah, wenigstens ein Gutes hatte es gehabt, dass er nicht zum Verwalter berufen worden war. Die frigide Ziege wäre jetzt womöglich seine Ehefrau, Herr bewahre!

Plötzlich schob sich Fernandos Hand unter Julianas Rock. João verharrte reglos im Gebüsch. Das versprach spannender zu werden, als er es sich erhofft hatte. Juliana ließ Fernando gewähren. Mehr als das: Sie begann nun ihrerseits, ihm die Jacke aufzuknöpfen. Sie ließ sich eine halbe Ewigkeit Zeit damit, und sie sagte irgendetwas, das João von seinem Beobachtungsposten nicht hören konnte. Ihr Gesicht war gerötet, ihre Lider wie ihre Lippen waren halb geöffnet. Sie bot einen Anblick, von dem João schwindelte – weder die zurückhaltende Beatriz noch seine unersättliche Deolinda waren ihm jemals so … so sinnlich, so verführerisch erschienen wie dieses kleine Luder. Tja, da würde der Patrão Augen machen, wenn er wüsste, was seine Jüngste in Paris für Tricks aufgeschnappt hatte.

Fernando, dieser Heuchler, hielt sich zurück. João erkannte an seiner Miene, dass er das Mädchen am liebsten sofort genommen hätte. Aber er war ja schon immer ein gerissener Hund gewesen. Er gab sich zögerlich, streichelte Juliana, überschüttete sie mit Küssen und sagte ihr Dinge ins Ohr, die er, João, froh war nicht anhören zu müssen. Romantisches Gewäsch bestimmt, wie die Weiber es gerne hörten. Inzwischen war Fernandos Oberkörper nackt und Julianas Rock so weit hinaufgeschoben, dass er ihre Beine in den hauchzarten Seidenstrümpfen bewundern konnte. João hielt den Atem an.

Sie würden es tatsächlich tun. Am helllichten Tag, unter einer Korkeiche. Wie die schwarzen Alentejo-Schweine. João konnte es nicht fassen. Die Szene erregte ihn mehr, als es der von ihm selbst vollzogene Akt mit seiner oder auch irgendeiner anderen Frau je hätte tun können. Vielleicht lag es an Julianas Beinen, die weiß, lang und schlank waren und so gar nichts mit den stämmigen, stark behaarten seiner Deolinda gemein hatten. Vielleicht lag es auch an seiner Vorfreude darauf, welche mickrigen Körperteile Fernando nun jeden Moment seiner Geliebten enthüllen würde. João war sich vollkommen sicher, dass er seinem Rivalen in puncto Männlichkeit überlegen war. Fernando hatte sich nie um die Mädchen im Dorf bemüht, und das konnte doch wohl nur bedeuten, dass er ein Kümmerling war, oder?

Wenige Minuten später zerschlug sich diese Hoffnung. Als Fernando die Hosen herunterließ, sah João – für einen winzigen Augenblick nur, aber lange genug, um an seiner Wahrnehmung keinen Zweifel zu lassen – ein prachtvolles Gemächt, das sich locker mit dem von Francisco »dem Pisser« Campos messen konnte, der keinen anderen Mann in der *aldeia* über seine Aus-

stattung im Unklaren ließ. João konzentrierte sich auf das Gesicht von Juliana. Enttäuschung würde er darin wohl ebenso wenig ausmachen können wie Entsetzen. Wie auch? Allzu viele Vergleichsmöglichkeiten würde sie nicht haben. Aber vielleicht konnte er darin etwas anderes lesen, Schmerz zum Beispiel. Bei dieser Vorstellung spürte João, wie er selber hart wurde.
Julianas Gesicht jedoch spiegelte nichts wider außer Verzückung. Ganz kurz war sie zusammengezuckt, hatte die Augen zusammengekniffen und den Mund zu einem stummen Flehen geöffnet. Zumindest interpretierte João es so, er hörte ja nicht, was genau die beiden für Geräusche von sich gaben. Aber dann lösten sich ihre Züge, und sie schien echten Genuss zu empfinden.
Fernando war raffiniert, das musste João ihm lassen. Er ließ sich nicht zu übereiltem Handeln hinreißen, sondern ging äußerst bedächtig vor. Er hob und senkte seinen Körper zwischen den gespreizten Beinen des Mädchens in einem langsamen Rhythmus, so lange, bis Juliana irgendwann ihre Hände auf sein Hinterteil legte und ihm zu verstehen gab, dass er schneller und fester werden durfte. Ihr standen Schweißperlen auf der Oberlippe, die Augen hatte sie geschlossen. Fernando dagegen sah sie die ganze Zeit an. Auch er schwitzte, sein Rücken glänzte im Licht der noch immer schräg stehenden Morgensonne. Der ganze Körper des Mädchens spannte sich wie ein Bogen. Sie hatte den Rücken durchgedrückt, reckte sich ihm entgegen, und Fernando umfasste ihre Pobacken, um sie noch enger an sich heranzuziehen.
João war vollkommen gefesselt von dem Anblick Julianas. Wenn er bislang geglaubt hatte, Deolindas Geseufze sei der Gipfel weiblicher Ekstase, so wurde er jetzt eines Besseren belehrt: Julianas Augen waren verdrehter als seine eigenen, und durch ihren Körper ging plötzlich ein Ruck, als hätte sie einen elektrischen Schlag bekommen. Sie bäumte sich auf, ihre Beine zuck-

ten, und am Zittern von Fernandos Körper war klar zu erkennen, dass sie gemeinsam einen Punkt erreicht hatten, an den er, João, seine Deolinda nie hatte führen können.
Erschöpft und glücklich sahen Juliana und Fernando einander an.
João unterdrückte ein Stöhnen, schloss seine Hose und verließ hastig und gedemütigt seinen Unterschlupf.

Das alles geschah am Aschermittwoch des Jahres 1916, und hätten Jujú oder Fernando auch nur einen Bruchteil des Aberglaubens von Gertrudes Abrantes besessen, wäre es vielleicht gar nicht erst so weit gekommen.
Am darauf folgenden Tag, dem 9. März 1916, erklärte Deutschland Portugal den Krieg.
In der darauf folgenden Woche lief Deolinda noch immer mit einem gelblich-violetten Fleck unter dem linken Auge durchs Dorf und beteuerte jedem, dass der Sturz von der Treppe in der Tat sehr unglücklich gewesen sei.
Vier Wochen später begriff Jujú, dass sie nicht unter einem unregelmäßigen Zyklus litt. Sie war schwanger.

12

Senhor da Cunha hatte nie ein schöneres Hochzeitspaar gesehen. Die Braut war betörend in ihrem weißen, seidenen Kleid und mit dem zarten Schleier, der gerade so viel von ihren rosigen Wangen und ihrem hübsch gerundeten Dekolleté durchscheinen ließ, dass es das Anstandsgefühl des Pfarrers nicht verletzte. Auch der Bräutigam bot einen wunderbaren Anblick, wie er kerzengerade und mit ernstem Gesichtsausdruck den Worten des Padres lauschte. Er war ein Bild von einem Mann, und Senhor da Cunha erwischte sich bei dem Gedanken, dass er selber in jüngeren Jahren viel gegeben hätte, um so auszusehen. Er verdrängte den neidischen Anflug so schnell, wie er gekommen war, und lenkte seine Aufmerksamkeit auf seine Umgebung.
Die Dorfkirche war über und über mit weißen Blumen und Zweigen geschmückt, mit Rosen, Lilien, Magnolien, Oleander und Jasminblüten. Das Aroma war betäubend, und es ließ Senhor da Cunha vorübergehend vergessen, dass er gar nicht gefrühstückt hatte. Er wollte sich ja nicht den Appetit verderben – bei den Carvalhos wurde man bekanntlich mit den herrlichsten Delikatessen bewirtet. Auch das war einer der Gründe, warum er immer wieder gerne in den Alentejo reiste. Dass er nach der Verlobungsfeier im März nun bereits im Juni wiederkäme, hätte er sich allerdings nicht träumen lassen.
José Carvalho, sein alter Freund aus dem monarchistisch geprägten Club in Lissabon und Vater der Braut, hatte sich ganz offensichtlich nicht sehr wohl in seiner Haut gefühlt, als er ihn, Casimiro da Cunha, zu der Hochzeit eingeladen hatte. *Die jungen Leute von heute ... haben es mit allem viel zu eilig.* Nun ja, dachte Senhor da Cunha, ein Kind ist doch wahrlich nicht der schlechteste Grund für eine Eheschließung. Denn anders, als

dass die Braut in anderen Umständen war, konnte Senhor da Cunha sich diese überstürzte Hochzeit nicht erklären. Obwohl er es niemals öffentlich zugegeben hätte, fand er es im Gegensatz zu vielen anderen Menschen nicht weiter schlimm, wenn ein Mädchen sich durch eine Schwangerschaft gezwungen sah zu heiraten. Innerhalb kurzer Zeit würden die Mutterfreuden im Vordergrund stehen, die Stimmen der Lästerer würden verstummen, es würden weitere Kinder kommen, und alles nähme den üblichen Lauf. In ein paar Jahren – wenn es denn überhaupt so lange dauerte – wäre der ramponierte Ruf des Mädchens längst dem unantastbaren Ansehen einer Matrone gewichen.

Viel schlimmer war es doch, wenn eine Frau gar keine Kinder bekam, so wie es bei seiner geliebten Gemahlin der Fall gewesen war. Wie hatte sie sich gequält, die Ärmste, und wie tragisch war es gewesen, als sie, unversöhnt mit ihrem Schicksal, noch in der Stunde ihres Todes beklagt hatte, keine Nachkommen zu hinterlassen. Sie war voller Wut vor ihren Schöpfer getreten. Bei der Erinnerung an die letzten Minuten im Leben der Aldora da Cunha bekreuzigte sich ihr Witwer.

Der Herr, der auf der unbequemen Holzbank neben ihm saß, bedachte ihn mit einem befremdeten Blick. Senhor da Cunha räusperte sich und bemühte sich, den Worten des Padre zu folgen. Vergeblich – immer wieder drängte sich ihm eine Idee auf, die ihm gerade durch den Kopf geschossen war. Er selber konnte durchaus noch Nachwuchs zeugen. Er war mit seinen 49 Jahren ganz sicher nicht zu alt dafür. Und er war, was man gemeinhin unter einer »guten Partie« verstand. Er saß im Vorstand der zweitgrößten Bank Portugals, verfügte über ein ererbtes altes Vermögen, hatte eine Sommerresidenz in Sintra und verkehrte in den besten Kreisen. Sein Ruf war untadelig, desgleichen sein Aussehen. Nun, er war kein Jüngling mehr – sein graues Haupthaar lichtete sich, seine Backen und Mundwinkel gehorchten zunehmend der Erdanziehungskraft, doch sein prachtvoller

Vollbart verdeckte diese Spuren des Alterns aufs Raffinierteste. Als unattraktiv empfand Casimiro da Cunha sich keineswegs.
Er versuchte, einen Blick auf die Schwester der Braut zu erhaschen, die in der ersten Reihe saß. Selbst von hinten war sie nicht sehr hübsch anzusehen. Sie trug einen altmodischen Hut, und die Umrisse ihres Rückens unter dem leichten Mantel waren kantig. Aber, dachte Senhor da Cunha, wozu brauchte er aufregende Kurven? Es gab sicher hässlichere Frauen als Beatriz Carvalho. Und ganz gewiss dümmere, ärmere, unkultiviertere. Wie alt mochte sie sein, 28, 30? Kinder konnte sie auf alle Fälle noch bekommen. Ja, sie wäre ideal – und die Verbindung mit der Familie Carvalho ausgesprochen vorteilhaft. Gleich nach der Zeremonie würde er sie einmal ansprechen. Sie gehörte, so viel stand für ihn fest, nicht zu den begehrten und daher arroganten Frauen, die einen eher unscheinbaren Mann wie ihn sofort abblitzen ließen. Ganz gewiss war sie klug genug, seine Vorzüge im richtigen Licht zu betrachten und sich nicht von dem Altersunterschied blenden zu lassen.
Neben Beatriz saßen die Eltern der Braut, die Senhor da Cunha ebenfalls nur von hinten sah. José, der alte Schwerenöter, hatte bereits einen Kahlkopf, und Dona Clementinas schwarzes Haar war von weißen Strähnen durchzogen. Dabei waren sie jünger als er selber, ging ihm plötzlich auf. Vielleicht wären sie von ihm als Schwiegersohn nicht so angetan, wie er es sich erhoffte. Ach, Mumpitz – bei ihm wussten sie ihre Tochter wenigstens in guten Händen, da wäre sein Alter doch das geringste Problem.
Ein Kind in der Reihe hinter ihm, das schon die ganze Zeit zappelig gewesen war, ließ geräuschvoll das Gebetbuch zu Boden fallen, doch das gezischelte Geschimpfe der Mutter war weitaus störender. Casimiro drehte sich um und wollte der Frau mit einem seiner gefürchteten scharfen Blicke bedeuten, endlich Ruhe zu geben. Doch als er die Frau dann genauer ansah, ihre ärmliche, aber ordentliche Kleidung wahrnahm sowie ihre vor

Scham geröteten Wangen, wurden seine Züge weicher. Er ließ sich sogar dazu hinreißen, ihr zuzulächeln und die Schultern in einer Geste zu heben, die zu sagen schien: Ja, ja, Kinder ...
Casimiro da Cunha schweifte in Gedanken ab, zu jenem hoffentlich nicht allzu fernen Tag, da er selber seinen Stammhalter in den Händen würde halten dürfen. Ein prächtiger Bursche wäre das bestimmt, schön dick und gesund und mit einer durchdringenden Stimme, die seine spätere Autorität bereits erkennen ließ. Eine Schwester würde er später auch noch bekommen. Ja, ein Töchterchen wäre entzückend, dachte Senhor da Cunha, ein rosiges, pummeliges Ding, das vielleicht nicht so sehr nach der Mutter, sondern vielmehr nach einer ihrer Schwestern geraten würde. Er würde das Mädchen verwöhnen – aber nicht so sehr, dass es ihm nachher mit fortschrittlichen Ideen ankam. Es würde zu einer gottesfürchtigen, braven, bescheidenen jungen Frau heranreifen, die wusste, wo ihr Platz im Leben war. Und dann würde er selber, in vielleicht fünfundzwanzig Jahren, in der ersten Reihe einer herrlich geschmückten Kirche sitzen, seine Tochter einem rechtschaffenen jungen Mann anvertrauen und ein Taschentuch zücken, so wie es sein Freund José Carvalho jetzt tat. Selbst aus der hintersten Reihe hätte man diese Handbewegung des Brautvaters nicht anders deuten können. Fast hätte Senhor da Cunha selber feuchte Augen bekommen – Hochzeiten waren doch wirklich immer sehr rührend.
Dabei war der entscheidende Moment – das Jawort der beiden Brautleute sowie die Segnung des Pfarrers – noch gar nicht gekommen, bemerkte er jetzt. Casimiro hatte ob seiner Träumerei die Zeremonie nicht sehr aufmerksam mitverfolgt. Doch nun horchte er plötzlich auf. Gerade hatte der Padre die Braut gefragt, ob sie den Mann, der mit ihr vor dem Altar stand, heiraten wolle. Sie zögerte ungewöhnlich lange mit ihrer Antwort. Es war auf einmal mucksmäuschenstill in der Kirche. Einzig die wippenden Beinchen des Kindes, das hinter Casimiro da Cunha

saß und dessen Füße in einem regelmäßigen Takt gegen die Holzbank schlugen, waren zu hören.
Allerdings nicht bis ganz vorn.
Vor dem Altar herrschte Grabesstille.

Jujú sah die vergangenen Wochen in einer schnellen Abfolge von Bildern an sich vorbeiziehen, die beinahe so verwackelt und albern wirkten wie die kinematografischen Vorführungen in Bejas einzigem Filmtheater. Nur dass sie nicht zum Lachen gewesen waren.
Sie hatte ihren eigenen Kampf gefochten. In ihrem Herzen hatten Zweifel und ohnmächtiger Selbsthass gewütet, die sich in ihrer Gewalt mit der Barbarei auf den Schlachtfeldern von Ypern oder Verdun durchaus messen konnten. Liebend gern hätte sie mit einem Soldaten die Rollen getauscht. Die wussten wenigstens, wer der Feind war, auf wen sie schießen mussten. Sie dagegen wusste nicht einmal, wer der Vater ihres Kindes war.
Vielleicht hätte sie sich freuen können. Wenn sie genau gewusst hätte, dass Rui der Vater war, hätte sie ruhigen Gewissens die Ehe mit ihm eingehen können, die ihre Mütter schon so lange für sie planten. Hätte sie mit Sicherheit sagen können, dass Fernando der Vater war, hätte sie sich, trotz aller zu erwartenden Widerstände, freudig mit ihm vermählt. Aber so? Manche Dinge weiß man einfach? Ha! Wenn sie das noch bis vor einigen Wochen geglaubt hatte, so wusste sie es jetzt besser. Manche Dinge weiß man eben einfach nicht, und es gibt keine Möglichkeit, sie in Erfahrung zu bringen. Außer Abwarten.
Wenn ihr Kind erst auf der Welt war, würde man schon sehen, von wem es war. Jujú versuchte sich vorzustellen, wie Rui geringschätzig auf ein grünäugiges Baby herabblickte. Der Gedanke war zu furchtbar, um ihn in allen Konsequenzen weiterzudenken. Noch schrecklicher wäre allerdings der Moment, in

dem Fernando im Antlitz seines vermeintlichen Sohnes die Züge seines Rivalen entdeckte. Niemals würde sie ihm so etwas antun können.

Aber bei einem der beiden Männer musste sie schließlich das Risiko eingehen, dass die niederschmetternde Wahrheit ans Licht kam. Damit, dass er sie für ein leichtfertiges Flittchen hielt, würde sie leben können, nicht aber damit, dass er das Kind verabscheute. Die arme kleine Kreatur sollte nicht ausbaden müssen, was sie verbrochen hatte. Sie war nicht besser als Deolinda. Sie hatte sich innerhalb von vier Tagen zwei Männern hingegeben, und zwar willig. Himmel auch, wie konnte sie nur?! Wo war ihr Verstand gewesen? Wo ihr Anstand? Wie konnte sie auch nur daran denken, einem der beiden möglichen Väter die Schande zuzumuten, mit ihr eine Ehe einzugehen? Aber was blieb ihr anderes übrig? Und vielleicht ging ja auch alles gut. Die Chancen standen immerhin fünfzig zu fünfzig, dass das Kind von dem Mann war, dem sie das Jawort gab.

Jujú hatte versucht, sich selber als Senhora Abrantes sowie als Senhora da Costa vorzustellen. Sie hatte sogar beide Namen laut vor sich hin gesprochen. Doch die Hoffnung, in den praktischen Aspekten des Ehealltags eine Lösung zu finden, zerschlug sich rasch. Beide Entwürfe hatten Vor- und Nachteile.

Wäre sie als Senhora Abrantes zwar nur die Frau eines nicht besonders ranghohen Militärs und die Schwiegertochter einer sehr einfachen Frau wie Dona Gertrudes, so hätte sie doch wenigstens Fernando an ihrer Seite gehabt. Solange sie in seinen Armen liegen konnte, war es ihr egal, ob es sich bei ihrer Statt um eine unbequeme Pritsche oder ein gemütliches Himmelbett handelte. Wenn er denn bei ihr läge – als Pilot wäre er bestimmt nicht oft zu Hause, schon gar nicht jetzt, mitten im Krieg.

Als Senhora da Costa dagegen würde sie auf Sicherheit und Komfort nicht verzichten müssen. Sie konnte ihren gewohnten

Lebensstil beibehalten. Sie müsste ihrem Mann nicht erst die Feinheiten der französischen Küche oder den korrekten Gebrauch der vielfältigen Bestecke zu beiden Seiten des Tellers beibringen. Ebenso wenig würde sie sich für geflickte Kleidung, rutschende Kniestrümpfe oder billige Manschettenknöpfe schämen müssen. Aber wollte sie den Rest ihres Lebens mit Rui verbringen, nur weil sein Geschmack erlesener und sein Stilempfinden besser geschult war als Fernandos?
Nein.
Sie wollte Fernando heiraten. Was spielte seine bäuerliche Herkunft schon für eine Rolle? Ein Mann wie er, eine Ausnahmeerscheinung, wie sie Familien vom Schlag der Abrantes' vielleicht einmal in hundert Jahren hervorbrachten, würde seine Wurzeln kappen. Er hatte ja jetzt schon hinreichend bewiesen, dass er in der Lage war, sich über die Grenzen, die seine bescheidene Abstammung ihm auferlegt hatte, hinwegzusetzen. Bei allem anderen würde Jujú ihm zur Seite stehen. Sie würde sich darum kümmern, dass er sich bei gesellschaftlichen Anlässen nicht zum Gespött der Leute machte. An Tagen, an denen er keine Uniform tragen musste, würde sie die Kleidung für ihn aussuchen und bereitlegen – das taten andere Ehefrauen, einschließlich ihrer eigenen Mutter, ja auch –, damit er nicht aussah wie ein Bauer, der sich für die Kirche fein gemacht hatte. Sie würde ihn an die Gepflogenheiten bei Tisch heranführen und an Sportarten, wie wohlhabende Leute sie ausübten. Er war intelligent und gelehrig und jung genug, um in wenigen Jahren gar nichts mehr von seiner Herkunft erkennen zu lassen.
Unmittelbar nachdem sie diesen Gedanken gehabt hatte, schämte Jujú sich für ihre Oberflächlichkeit und ihre Arroganz. Fielen solche Dinge wirklich ins Gewicht? Würde es irgendetwas an ihren Gefühlen für Fernando ändern, wenn er Tennis oder Golf spielte, wenn er seinen schweren alentejanischen Akzent ablegte, wenn er das Weinglas richtig hielt oder wenn er es sich end-

lich abgewöhnte, immer geräuschvoll die Nase hochzuziehen und den Schleim auf die Straße zu spucken?
Ja.
Vielleicht.
Nein! Was war sie nur für eine dumme Pute! All seine schlechten Angewohnheiten und sein provinzielles Gehabe kannte sie doch nun wahrhaftig lange genug. Er war als Kind ihr bester Freund gewesen. Er war ihre erste Jugendliebe gewesen. Und als sie schon geglaubt hatte, diesen Abschnitt ihres Lebens für immer hinter sich gelassen zu haben, hatte sie sich erneut in ihn verliebt. Was auch immer sie an ihm auszusetzen hatte: Nichts wog so schwer, als dass sie auf ihn verzichtet hätte. Mit einer Ausnahme.
Ihrem Kind.
Wenn Rui nun der Vater war? Jujú malte sich den Moment des Erkennens aus, den Moment, in dem Fernandos Miene zu einer Fratze des Grauens erfror. Wenn er in dem kleinen Menschenbündel, das er bis dahin geliebt und geküsst und gestreichelt hätte, mit einem Mal die Züge des anderen erkannte. Wenn er ihr in die Augen sähe – ungläubig, hasserfüllt, unversöhnlich. Diesen Moment würde sie nie erleben wollen. Und noch viel weniger wollte sie, dass Fernando ihn je erlebte.
Ihm würde das Herz brechen. Ihr würde das Herz brechen.
Jujús Selbstzerfleischung gipfelte in der Vorstellung, wie Fernando das Kind des anderen schließlich doch akzeptierte, ihr hingegen nie wieder mehr als Höflichkeit entgegenbrachte, wenn überhaupt. Er würde sie für immer spüren lassen, was sie ihm angetan hatte. Der tödlich verwundete Ausdruck in seinen Smaragd-Augen würde eines Tages einem Blick weichen, aus dem nur Kälte sprach. Das würde sie sich ersparen. Und ihm ebenfalls. Sie würde aus Liebe zu Fernando Rui heiraten.
Auch das würde Fernando das Herz brechen. Aber wenigstens würde er dann die Gründe woanders vermuten als in einer un-

geklärten Vaterschaft. Er würde vielleicht glauben, dass sie, das Luxusgeschöpf, sich letztlich doch für die bequemere Lösung entschieden hatte. Er würde sie dafür verabscheuen, und er würde darüber hinwegkommen. Irgendwann würde er eine andere Frau finden, die ihn diesen Schmerz vergessen ließ. Er würde nicht für den Rest seiner Tage an der Seite einer Frau verbringen müssen, die ihm das Kind eines anderen untergeschoben hatte und für die er im Laufe der Jahre bestenfalls Gleichgültigkeit übrig hätte.
Um Fernandos Seelenfriedens willen würde sie den größten Verzicht ihres Lebens üben. Und irgendwann einmal würde sie auch sich selber wieder in die Augen sehen können.
Aber was war das für eine Zukunft? Wie sollte sie das Leben an Ruis Seite ertragen, wenn sie nie wieder Fernandos Zärtlichkeiten empfangen würde, seinen heißen Atem auf ihrer Haut spürte, seine leidenschaftlichen Küsse auf ihren Lippen schmeckte? Nie wieder würde sie seinen schönen Körper berühren dürfen, nie mehr das Spiel und die Kraft seiner Muskeln fühlen, wenn er sie hochhob, nie mehr das Funkeln in seinen Augen aus nächster Nähe beobachten dürfen oder seine schweren, dicht bewimperten Lider, wenn sie sich im Augenblick der Ekstase herabsenkten. Wollte sie für immer auf den Klang seiner Stimme verzichten, bei der es sie heißkalt überlief, wenn er ihren Namen flüsterte? Konnte sie ohne die Erregung leben, die auch sein Ehrgeiz, sein Stolz und sein Geist in ihr auslösten? Konnte sie wirklich Rui heiraten? Oh Gott, nein!

»Ja, ich will«, hörte Senhor da Cunha die bezaubernde Braut hauchen. Alle Anwesenden atmeten auf. Er selber wischte sich nun doch eine Träne aus den Augenwinkeln. Ach, Hochzeiten waren immer so bewegend – je älter er wurde, desto rührender fand er sie. Er schämte sich ein wenig für seine sentimentalen Anwandlungen.

Nachdem die Zeremonie beendet war und das Brautpaar die Kirche verlassen hatte, stellte Senhor da Cunha sich in die Schlange der Gratulanten. Jeder wollte die Braut küssen, dem Bräutigam gute Wünsche und Ratschläge mit auf den Weg geben, seiner Freude über das junge Glück Ausdruck verleihen. Als die Reihe endlich an ihm war, hatte er im Geiste bereits eine sehr erbauliche Ansprache vorbereitet, doch die wunderschöne Braut, in deren Augen ebenfalls Tränen glänzten, ließ ihn nicht aussprechen. »Ach, mein lieber Senhor Cunha, lassen Sie es gut sein. Ihr Magen knurrt ja noch lauter als meiner. Kommen Sie, ein Festmahl wartet auf uns.«
Casimiro versuchte sich seine Konsternation nicht anmerken zu lassen. Eine so profane Äußerung passte nicht zu einer frisch vermählten jungen Dame. Konnte sie nicht etwas Elegischeres sagen, etwas Romantisches, etwas Erhabenes? Wie konnte sie nur, in einer der wichtigsten Stunden eines erfüllten Frauenlebens, ans Essen denken? Doch plötzlich wich seine Bestürzung einer wohlwollenden Anteilnahme. Natürlich, wie hatte er nur so gedankenlos sein können? Wenn es noch eines Beweises bedurft hatte, dass die Braut in anderen Umständen war, dann hatte sie ihm den soeben geliefert. »Aber gern, meine liebe Mademoiselle, äh, Verzeihung: Madame Juliana, begeben wir uns an die Festtafel, die trotz der widrigen weltpolitischen Umstände sicher überreich gedeckt ist.«
Jujú nickte dem älteren Mann freundlich zu, obwohl sie seine salbungsvolle Art als unerträglich empfand. Dann hakte sie sich bei ihrem frisch angetrauten Ehemann unter und schritt zu der Kutsche, die sie nach Belo Horizonte bringen würde. Der Jubel der Hochzeitsgäste begleitete ihre Abfahrt.
Erst auf halbem Weg zur elterlichen Quinta, die nun nicht mehr ihr Zuhause wäre, wandte Jujú sich dem Mann an ihrer Seite zu – als hätte sie sich vorher nicht getraut, ihn in dem Wissen anzusehen, dass er nun ihr Gatte war. Sie konnte es selber noch

nicht so recht glauben. Doch ihr fehlten die Worte, um diese merkwürdigen Empfindungen zur Sprache zu bringen, so dass sie schließlich, nur um das Schweigen endlich zu durchbrechen, sagte: »Der liebe Senhor da Cunha wird sicher enttäuscht sein, dass der Champagner nicht mehr so reichlich fließt wie noch vor einem halben Jahr.«
Ihr Mann sah sie stirnrunzelnd an. Ihr erster vollständiger Satz als seine Ehefrau, und er handelte weder vom ihrem Glück noch von der Nervosität, die sie beide heute gespürt hatten. Er handelte von Senhor da Cunha, einem verknöcherten Junggesellen, mit dem sie beide nicht das Geringste zu schaffen hatten.
»Nun ja«, erwiderte er, »verdursten wird schon keiner.«
»Nein«, sagte Jujú, »sicher nicht.« Sie dachte an die Getränkevorräte und daran, was sie noch heute Morgen erledigt hatte.
Im Vorratsraum hatte sie eine hübsche, stabile Weinkiste entdeckt, in der sechs Flaschen eines äußerst erlesenen *Vinho do Porto* angeliefert worden waren. Sie hatte die Flaschen achtlos auf den Boden gestellt und die Kiste mit auf ihr Zimmer genommen, wo sie anschließend jede Schublade, jedes Regalfach und jeden geheimen Winkel nach Spuren von Fernando durchging.
Das Foto, das er ihr bei ihrem letzten Rendezvous gegeben hatte, landete ebenso in der Kiste wie ein paar uralte Briefe, die er ihr als Siebzehnjähriger geschrieben hatte. Weiterhin warf Jujú vier Bücher in die Kiste, die sie für ihn besorgt hatte und die, weiß Gott wieso, bei ihr im Regal vergessen worden waren. Technikbücher, wahrscheinlich ohnehin schon veraltet. Auch ein Schal, den er ihr vor Jahren umgelegt und den sie ihm nie zurückgegeben hatte, landete in der Kiste. Sie verbot sich, an dem Schal zu schnuppern und einen letzten Hauch des vertrauten, geliebten Duftes aufzunehmen. Schnell legte sie eine Kreppblume darauf, die er ihr einmal gebastelt hatte. Zu guter Letzt verschwand das kostbarste Stück in der Kiste: eine

kleine ovale Kupfermünze, die mit dem Prägestempel »Beja, 31.12.1899–1.1.1900« versehen war.

Das alles hatte sie am Morgen getan, bevor die umständliche Prozedur des Ankleidens und Frisierens begann. Es hatte kaum länger als zehn Minuten gedauert, ihre Bedenken für immer wegzupacken. Sie hatte trocken geschluchzt – ihre Tränen waren alle schon geweint –, um dann, mit gestrafften Schultern, die Trümmer ihrer Vergangenheit in einer hölzernen Portweinkiste auf dem Dachboden zu verschließen.

»Meine Eltern haben gleich zehn Kisten ihres kostbaren Vintage von 1892 spendiert«, riss Rui sie in die Wirklichkeit zurück.

Schön, dachte Jujú. Davon würde sie sich in Kürze ein Gläschen genehmigen. Oder auch zwei. Irgendwie würde sie diesen Tag und die Hochzeitsnacht schon durchstehen. Und irgendwann würde sie das Bild, das sie die ganze Zeit verfolgte, verscheucht haben – das Bild eines grünen Augenpaares, in dem die goldenen Fünkchen verglommen, weil ihnen die Luft zum Überleben genommen worden war.

1923 – 1933

13

António Saraiva war noch nicht lange als Kellner in dem Kaffeehaus »A Brasileira« beschäftigt – lange genug allerdings, um auf den ersten Blick erkennen zu können, welcher Gast großzügig beim Trinkgeld war und welcher nicht. Jetzt, das erkannte er auf Anhieb, hatte er es mit einer Dame zu tun, die überaus spendabel war. Eine Reihe winziger, gleichwohl untrüglicher Anzeichen sprach dafür. So hatte sie jedem ihrer beiden Kinder ein eigenes süßes *pastel* bestellt, obwohl denen ein Happen vom Gebäck ihrer Mutter sicher gereicht hätte. Dann hatte sie sich innerhalb einer Viertelstunde drei teure ausländische Zigaretten angezündet, sie aber nach wenigen Zügen ausgedrückt. Und sie hatte, hierin lag für António der sicherste Hinweis auf ein hohes Trinkgeld, mit fahrigen Gesten und abwesendem Blick eine Zeitung beiseitegelegt, von der sie gerade einmal die hintersten beiden Seiten überflogen hatte. Die Dame befand sich eindeutig in einem emotionalen Zustand, der weder genaues Nachprüfen der Rechnung noch kleinmütiges Einstecken des Wechselgeldes erwarten ließ.
Tränen glänzten in ihren Augen, und ihr wehmütiger Gesichtsausdruck ließ sie noch schöner aussehen. António war hingerissen. Er schätzte die Frau auf etwa dreißig Jahre, doch trotz dieses fortgeschrittenen Alters hatte sie eine Wirkung auf ihn, wie sie seit dem Lehrmädchen Jacinta kein weibliches Wesen je auf ihn ausgeübt hatte. Unter ihren mandelförmigen, braunen Augen hatte sie erfolglos die dunklen Ringe mit Puder abzudecken versucht, was ihr einen noch tragischeren Ausdruck verlieh. Ihr kinnlanges Haar trug sie in Wellen, die am Kopf anlagen und vor Frisiercreme glänzten. Ihren Hut, ein extravagantes, federgeschmücktes Stück, wie António es nie zuvor in Lissabon

gesehen hatte, hatte sie abgenommen, auch dies ein Indiz für die Seelenlage der Frau. Welche junge Mutter aus feineren Kreisen sitzt schon am helllichten Tag ohne Hut – und vor allem: mit Kindern, aber ohne Kindermädchen – im Café, raucht in der Öffentlichkeit und bestellt sich einen Likör?
Dass die Dame aus der besseren Gesellschaft stammte, war für António gesichert. Ihre Kleidung und die ihrer unerzogenen Kinder, ihr arroganter Ton, ihre manikürten Hände sowie ihre exklusive Zigarettenspitze aus Elfenbein und Silber sprachen Bände. Ob sie eine Ausländerin war? Aber nein, dann hätte sie ja die Zeitung nicht lesen können. Vielleicht kam sie aus Brasilien oder einer der portugiesischen Kolonien? Wohl kaum – auch dort wäre ein so rot geschminkter Mund wie der ihre nicht eben üblich gewesen, jedenfalls nicht nachmittags. Nun, António würde herausfinden, was es mit ihr auf sich hatte. Der Aschenbecher musste ohnehin wieder geleert werden, auch nach weiteren Wünschen konnte er sich erkundigen. Vielleicht ergab sich ja die Gelegenheit, mehr über diese geheimnisvolle Frau, diese *femme fatale*, in Erfahrung zu bringen. Denn das war sie ganz ohne Zweifel: eine Dame mit Vergangenheit.

Jujú wäre ganz anderer Meinung gewesen. Sie fühlte sich eher wie eine Frau *ohne* Vergangenheit. Die sieben Jahre an Ruis Seite zählten nicht, die davor hatte sie freiwillig weggeworfen. Und die Zukunft versprach auch nicht mehr.
»Laura! Paulo! Schluss jetzt damit! Ihr kommt auf der Stelle hierher und bleibt ruhig sitzen!« Die Kinder kamen sofort unter dem Marmortischchen hervorgekrochen, unter dem sie Verstecken gespielt hatten. Diesen scharfen Ton waren sie von ihrer Mutter nicht gewöhnt. Er machte ihnen ein bisschen Angst, und es erschien ihnen angebracht, der Aufforderung Folge zu leisten. Laura, mit ihrem Kussmündchen, den schrägen braunen Augen und den Wangengrübchen ihrer Mutter wie aus dem

Gesicht geschnitten, setzte sich beleidigt auf ihren Stuhl, stemmte die Arme auf die Tischplatte und begann, mit dem Zuckerstreuer herumzuspielen. Paulo, der seiner sechsjährigen Schwester möglichst alles nachmachte, ließ sich von seiner Mutter auf einen Stuhl hieven und verzog das pausbäckige Gesicht. Er sah aus, als würde er jeden Moment anfangen zu weinen. Seine Ärmchen waren noch zu kurz, als dass er ebenfalls mit dem faszinierenden Zuckerstreuer hätte spielen können, und so war er dazu verdammt, die herumkullernden Zuckerkristalle nur zu beobachten.

»Herrje, Laura! Hör auf damit! Du willst doch immer eine kleine Dame sein, oder? Damen tun solche Sachen nicht.«

»Was tun sie denn?«

Gute Frage. Sie heiraten die falschen Männer, sie führen ein inhaltloses Dasein, und sie geben viel Geld für Dinge aus, die sie auch nicht glücklicher machen? In ihrer Unzufriedenheit mit sich selbst schikanieren sie das Personal, lästern über andere Menschen und bekommen immer öfter Migräneanfälle? Sollte sie das ihrer kleinen Laura sagen? Feine Damen tun ständig nur das, was von ihnen erwartet wird, und nie das, was sie im Grunde ihres Herzens wollen, etwa mit Zuckerstreuern spielen?

»Eine echte Dame sitzt gerade auf dem Stuhl, nimmt kleine Schlückchen von ihrem Getränk und unterhält sich mit den anderen Leuten am Tisch über Dinge, die weder etwas mit toten Tieren noch mit den Vorgängen des menschlichen Körpers zu tun haben.«

»Soll das bedeuten, dass ich nicht mehr sagen darf, wenn Paulo in die Hose gemacht hat?« Sie kicherte schuldbewusst. Laura wusste genau, dass über so etwas nicht gesprochen werden durfte.

»Sehr richtig.« Jujús Stimme nahm einen drohenden Ton an.

»Wenn er aber doch die ganze Zeit …«

»Wenn du es noch einmal sagst, fahren wir sofort nach Hause, und ich lasse dich eine Woche lang fünf Stunden täglich mit Dona Violante Klavier üben.«

»Trotzdem macht er es immer!« Laura nahm die Kuchengabel zur Hand und stocherte trotzig in ihrem *pastel* herum. Paulo, der das Gespräch verfolgt und begriffen hatte, dass seine große Schwester schlecht über ihn sprach, fing an zu heulen und bekam einen Schluckauf.

Jujú zog ihn zu sich auf den Schoß. »Nimm es nicht so ernst, Paulinho. Als Laura zwei Jahre alt war, war sie auch nicht besser.« Der Junge beruhigte sich wieder. Jujú setzte ihn erneut auf dem Nebenstuhl ab und beschloss, nie wieder allein mit den Kindern zu verreisen. Diese unmögliche Art von Konversation sollte dem Kindermädchen vorbehalten bleiben.

Aber das hatte sie auf diese Reise nicht mitnehmen können. Es war besser, so wenig Leute wie möglich zu Mitwissern ihres Plans zu machen. Auch wenn es höchst unwahrscheinlich war, dass das Mädchen irgendetwas von ihrem Vorhaben mitbekam, geschweige denn, es gegen sie zu verwenden, war es Jujú klüger erschienen, Aninha in Pinhão zu lassen. »Aber nein«, hatte sie dem verwunderten Rui und der enttäuscht wirkenden Aninha erklärt, »in Lissabon wohnen wir bei Isabel und ihrer Familie, und es wird auch ohne mitreisendes Personal schon eng werden. Zudem hat Isabel für ihren kleinen Jungen eine *ama*, die sehr wohl auch noch unsere beiden mit beaufsichtigen kann, sollte ich einmal alleine bummeln gehen wollen.« Und das hatte sie nun davon: Die halbe Zeit musste sie sich selber um ihre Kinder kümmern, weil die beiden sich mit Isabels Sohn so schlecht verstanden, dass es für alle Beteiligten eine einzige Quälerei war. Vielleicht hätte Isabel bei ihrem ursprünglichen Plan, niemals Kinder zu bekommen, bleiben sollen – sie war als Mutter eine glatte Versagerin. Ihr Junge war vier Jahre alt und damit für Laura als Spielgefährte indiskutabel. Zugleich war er ein schrecklicher Rabauke und damit für Jujús eigenen kleinen Sohn

eine ernst zu nehmende Gefahr. Beim letzten Mal hatte er ihrem Paulinho ein schweres Buch auf den Kopf geschlagen. Einzig dem beherzten Eingreifen Lauras war es zu verdanken, dass der Kleine keine Gehirnerschütterung, sondern nur eine dicke Beule davontrug. Immerhin hielten ihre beiden Kinder vor dem »Feind« zusammen, ein tröstlicher Gedanke.
Jujú umfasste ihr Glas *galão* mit beiden Händen und hielt das dampfende Getränk vor ihrem Mund, immer wieder daran nippend. Sie sah aus wie jemand, der sich wärmen musste. Oder nachdenken. Doch dazu kam sie nicht. Paulinho hatte die Zeitung entdeckt, und nun war er vollauf darauf konzentriert, die Seiten zu kleinen Schnipseln zu zerreißen. Unwirsch nahm Jujú ihm die Zeitung weg. Wieder begann der Junge zu weinen.
Ihr Tisch sah aus wie ein Schlachtfeld, voll Zuckerkrümel, Papierfetzen, malträtierten Kuchenstücken und verschütteter Limonade. Der Kellner, der sie noch immer bei jeder Gelegenheit impertinent anglotzte, war einfach zu langsam für den Verwüstungsdrang ihrer Kinder. Und sie selber war es erst recht. Es hatte keinen Sinn, ihnen jeden Gegenstand wegzunehmen, jedes Wort zu verbieten, jedes Toben zu untersagen – ihnen würde immer wieder etwas Neues einfallen.
Als am Nachbartisch Leute Platz nahmen, die einen Hund dabeihatten, war Jujú froh, dass ihre Kinder eine Weile abgelenkt sein würden. Sie ließ sie mit dem Tier spielen, ohne auch nur eine Silbe darüber zu verlieren, dass Laura auf ihr Kleid aufpassen oder Paulo sich vor dem Hund in Acht nehmen solle. Sie zündete sich eine Zigarette an und sah in der Spiegelwand den Rauchkringeln nach, die aus ihrem Mund aufstiegen. Sie verflüchtigten sich langsamer, als ihre eigenen Hoffnungen es heute getan hatten.

Bevor ihr erneut Tränen in die Augen schießen konnten, zwang Jujú sich dazu, ihr Leben aus einem objektiveren Blickwinkel zu betrachten. Sie hatte wahrhaftig keinen Anlass zum Selbstmit-

leid. Jeder einzelne Kellner hier in diesem Kaffeehaus würde auf der Stelle mit ihr getauscht haben – so wie wahrscheinlich 99 Prozent der portugiesischen Bevölkerung. Mein Gott, war sie eine dumme Gans! Sie lebte in luxuriösen Verhältnissen. Sie hatte einen Ehemann, dem schlichtere Gemüter anerkennend bescheinigt hätten, dass er »gut zu ihr« war. Sie hatte zwei hübsche Kinder, nette Schwiegereltern, fähiges Personal und nicht einen einzigen Krankheits- oder Trauerfall in der Verwandtschaft – ihren Eltern und ihren Schwestern sowie deren Familien ging es, soweit Jujú das aus der Entfernung beurteilen konnte, gut. Sie hatte Zeit, Geld und Muße, sich ihrem Garten und der Einrichtung des Hauses zu widmen, zwei Beschäftigungen, denen sie besonders gerne nachging. Sie konnte jederzeit Reisen nach Paris oder London unternehmen, um sich und ihre Kinder neu einzukleiden. Und sie konnte so lange schlafen, wie sie wollte. Inzwischen brachte sie es auf fast elf Stunden Schlaf täglich, neun Stunden in der Nacht, dazu eine zweistündige Siesta. Ja, sie verschlief ihr Leben, und es machte ihr nicht einmal etwas aus. Was verpasste sie schon?
Spielte es irgendeine Rolle, ob sie anwesend war oder nicht? Ihre Kinder fühlten sich viel wohler, wenn sie mit Aninha zusammen sein konnten, die sich auf dem intellektuellen Niveau einer Zehnjährigen bewegte – und bei der sie wohl auch ungestraft Wörter in den Mund nehmen durften, deren Gebrauch sie, Jujú, ihnen verboten hätte. Ihre Schwiegereltern, Dona Filomena und Senhor Adalberto – die Jujú sich weiterhin sträubte mit *mamã* und *papá* anzusprechen –, hatten einander und brauchten keine anderen Menschen zur Zerstreuung. Sie hatten lange genug allein in dem großen Haus am Douro gelebt, um sich vorzüglich miteinander unterhalten zu können. Sie spielten oft Mühle oder Dame, saßen gern beieinander am Kamin und lasen oder gingen zusammen spazieren. Natürlich liebten sie ihre Enkelkinder, und sie nahmen jede Gelegenheit wahr, den

beiden ein Märchen vorzulesen oder mit ihnen Fangen zu spielen. Dennoch wurde Jujú nie den Eindruck los, dass ihre Schwiegereltern sich ebenso wohl gefühlt hätten, wenn sie keine Enkel im Haus gehabt hätten. Sie genügten einander vollkommen. Selten war Jujú einem Paar begegnet, das sich noch nach so langen Ehejahren so aufrichtig liebte, sich mit einer solchen Zärtlichkeit begegnete und nur Augen füreinander hatte. Vielleicht wäre es Dona Filomena sonst aufgefallen, dass ihr Sohn Rui eine Ehe führte, die von diesem Ideal weit entfernt war.
Ihrem Mann war Jujú gleichgültig – so wie er ihr. Man hätte nicht einmal behaupten können, dass sie eine schlechte Ehe führten. Sie begegneten einander mit Respekt und Höflichkeit. An langen Winterabenden saßen sie ebenfalls lesend am Kamin oder spielten Bridge mit Dona Filomena und Senhor Adalberto. Rui besprach manchmal geschäftliche Vorgänge mit Jujú, damit sie, wie es sich für die Frau eines erfolgreichen Port-Winzers gehörte, auf dem Laufenden war. Wenn ausländische Importeure oder andere Geschäftsfreunde auf der »Quinta das Laranjeiras« zum Essen eingeladen waren, sollte sie sich schließlich am Gespräch beteiligen können und vor den Gästen nicht totale Ignoranz an den Tag legen.
Jujú ließ die Lehrstunden in Portweinkunde stoisch über sich ergehen. Anfangs hatte sie es noch spannend gefunden, mit welchem Ehrgeiz man sich hier dem Weinbau verschrieben hatte. Im Alentejo gab es zwar auch sehr anständige Weine, und ihr selbst gekelterter »Reserva do Belo Horizonte« hatte allen gut geschmeckt. Doch kein Mensch hatte sich je Gedanken gemacht über die Neigung eines Weinbergs oder gar dessen Höhe. Am Douro hingegen machte man aus jedem Merkmal, das auch nur den geringsten Einfluss auf den Rebstock haben konnte, eine Wissenschaft. Man hatte ein Bewertungssystem eingeführt, das jeden Weinberg mit Punkten benotete. Für eine südliche Ausrichtung gab es mehr Punkte als für eine

nördliche; Schieferböden erhielten die höchste Punktzahl, für granitene oder gar Schwemmböden gab es Punkteabzug; Erträge von 600 Litern pro 1000 Rebstöcke galten als optimal, höhere Erträge wurden ebenfalls mit Punkteabzug bestraft. Und so ging es weiter. Die Pflanzdichte, die Erziehungssysteme und sogar der Windschutz flossen in die Gesamtnote mit ein – die wiederum ja nur den Weinberg klassifizierte. Auf der »Quinta das Laranjeiras« gab es ausschließlich Top-Lagen der Klassen A und B, was nicht hieß, dass nicht auch in »F«-Lagen gute Weine gedeihen konnten.

Die Winzer am Douro bildeten sich sehr viel darauf ein, dass ihre Region das erste DOC-Weinanbaugebiet der Welt war. Seit 1756 war genau festgelegt, innerhalb welcher Grenzen die Trauben angebaut werden mussten, die für die Portweinherstellung verwendet werden durften. Auch kamen nur bestimmte Rebsorten für die Portweinerzeugung in Betracht, etwa *touriga nacional* oder *tinta roriz* für roten Port oder *malvasia fina* für weißen.

Das eigentliche Mysterium begann jedoch erst nach der Ernte. Das Verschneiden war eine Kunst, die sich Jujú wahrscheinlich nie erschließen würde. Rui und sein Vater hatten sie unzählige Male mit in die Kellereien genommen, die in Vila Nova de Gaia lagen, hatten sie den Most kosten lassen, dessen Gärung durch den Zusatz von Weindestillat gestoppt wurde, hatten ihr die verschiedenen Prozesse erklärt, sie durch die Gewölbe mit den riesigen Eichenfässern geführt und versucht, sie für Portwein zu begeistern. Aber vergebens: Jujú war nach sieben Jahren am Douro zwar durchaus in der Lage, einen minderwertigen Ruby von einem Spitzenvintage zu unterscheiden oder einen alten fassgereiften Colheita von einem jungen Tawny, doch zog sie nach dem Essen stets einen Cognac dem besten Portwein vor. Und zwar immer öfter.

Jujú hatte die Nase voll von allem, was mit Portwein zu tun

hatte. Die spektakulären Hänge entlang des Douro und seiner Nebenflüsse, die sie anfangs für wunderschön gehalten hatte, erschienen ihr jetzt beklemmend. Das kühlere Klima Nordportugals, das sie zu Beginn ihrer Ehe genossen hatte, empfand sie nun als rau und garstig. Die extrem steilen Terrassen, auf denen die Rebstöcke standen und deren Gefälle von zum Teil über fünfunddreißig Grad sie zunächst für hochdramatisch und wildromantisch gehalten hatte, sah sie nun einfach nur noch als beschwerlich an. Sie konnte keine hundert Meter spazieren gehen, ohne sich auf einen mühsamen Ab- oder Aufstieg gefasst zu machen. Ihre Waden waren ja von all dem Gekraxel schon so kräftig wie die einer Bergbäuerin!
Alles, was Besucher an der Region anzog, stieß Jujú ab. Sie konnte in dem sich rot und gelb färbenden Weinlaub im Herbst beim besten Willen nichts Idyllisches mehr sehen – sie dachte jeden Herbst nur mit Schrecken an den nahenden Winter, der hier oben nasskalt und einsam war und obendrein verantwortlich für das Asthma ihres kleinen Sohnes. Ebenso wenig bezauberten sie die großartigen Herrenhäuser, die verstreut in der Landschaft lagen – sie erinnerten sie nur daran, wie abgelegen ihre eigene Quinta war und was für einen schrecklichen Fehler sie begangen hatte, als sie Rui heiratete. Am allerwenigsten aber konnte sie verstehen, was alle Welt an Porto so anzog. Sie fuhr von Pinhão aus gelegentlich mit dem Zug dorthin, um Einkäufe zu tätigen oder einen Arzt aufzusuchen, doch nie hatte sie der Stadt auch nur den geringsten Charme abgewinnen können. Dabei, das wusste Jujú nur zu gut, tat sie Porto sicher Unrecht. Aber bei Gott: Allein die Portweinkellereien am gegenüberliegenden Flussufer, die mit ihren riesigen Firmenschildern unübersehbar waren, reichten aus, um bei Jujú den Wunsch aufkommen zu lassen, sofort wieder umzukehren. Auf Laranjeiras konnte sie wenigstens schlafen und für eine Weile die Augen verschließen vor ihrem trostlosen Leben.

»Haben Sie noch einen Wunsch, gnädige Frau?«
Der Kellner stand dienststeifrig am Tisch und sah Jujú mit unverhohlener Neugier an.
Am liebsten hätte sie ihm gesagt, dass sie noch tausend Wünsche hatte, von denen weder er noch sonst irgendjemand auf der Welt auch nur einen einzigen erfüllen konnte.
»Nein, danke.« Ungeduldig nestelte sie an ihrer Zigarettendose herum, zog eine der langen Zigaretten heraus und ließ sich von dem Kellner Feuer geben. Sie legte ihre Hand halb um seine, wie um die Flamme vor Wind zu schützen, und ermutigte den Jüngling damit unfreiwillig, ihr einen glühenden Blick zuzuwerfen. Wie kam ein hübscher Kerl wie er dazu, so schamlos mit einer Frau zu flirten, die beinahe doppelt so alt war wie er?
»Sie dürfen sich entfernen, danke.« Jujú sah ostentativ zur Seite, nur um im Wandspiegel einem verletzten Blick des Kellners zu begegnen. Mit einem Ruck drehte er sich um und eilte zum nächsten Tisch.
Laura und Paulo krabbelten noch immer auf dem gefliesten Boden herum, der bestimmt eisig war. Morgen hätten beide Kinder eine dicke Erkältung und wären noch unausstehlicher als in gesundem Zustand. Doch im Augenblick zählte für Jujú nur, dass der Hund ihre Aufmerksamkeit weiterhin gefesselt hielt und sich alle barbarischen Spielideen der beiden gefallen ließ. Sie nickte den Besitzern zu, die ihrerseits froh wirkten, dass ihr Hund so gut beschäftigt war.
Genau so, dachte Jujú verbittert, wie es Rui mit ihr selber ging. Er wirkte geradezu erleichtert, als sie ihm von ihrer geplanten Reise nach Lissabon erzählt hatte, ganz so, als hätte er sich schon lange nach einer Pause von dem lästigen Anhängsel gesehnt. Umso besser, dachte Jujú. Sie hatte zwar mit Paulinhos Asthma und den besseren Ärzten in Lissabon einen glaubhaften Grund für ihre Reise gehabt, wusste aber nicht, ob dieser einer genaueren Nachfrage hätte standhalten können. Gab es nicht

auch in Porto kompetente Mediziner? Und wenn sie schon die Spezialisten aufsuchte, warum dann nicht gleich in Paris? Doch Rui hatte nicht weiter nachgefragt, und er hatte sich damit ein weiteres Stück von ihr distanziert. Wenn er ihr gegenüber nicht diese völlige Teilnahmslosigkeit an den Tag gelegt hätte, wenn er ihr wenigstens ein Freund und Gesprächspartner gewesen wäre, hätte sie vielleicht gar nicht erst die unglückselige Obsession entwickelt, die zu dieser Reise geführt hatte.

Je weniger Rui ihr zuhörte, desto mehr fehlten ihr die Gespräche mit Fernando; je öfter Rui Termine vorschob und ihr auswich, desto mehr träumte sie von einer Zweisamkeit, wie sie sie nur in ihrer Jugend erlebt hatte; je freudloser sich der eheliche Liebesakt vollzog – wobei der letzte mindestens zwei Jahre zurücklag –, desto schwerer wog die Erinnerung an Fernandos Zärtlichkeiten; und je seltener Rui sie zurechtwies, sie kritisierte, sie angriff für ihre eigene Schuld am Scheitern ihrer Ehe, desto unbezwingbarer wurde ihr Wunsch, ganz daraus auszubrechen.

In den vergangenen Monaten war sie wie besessen gewesen von dem Drang, Fernando wiederzusehen. Mariana hatte ihr erzählt, dass er in Lissabon lebte und eine glänzende Karriere beim Militär hinlegte. Mehr wusste sie nicht von ihm. Bis vor wenigen Minuten.

Wie konnte man nur so ein Pech haben? Sieben Jahre hatte er sich Zeit gelassen, und dann musste Fernando ausgerechnet zwei Tage bevor sie sich zu einem Wiedersehen durchgerungen hatte, heiraten! Sie hatte es soeben in der Gesellschaftsspalte des *Diário de Notícias* gelesen. *Ein zauberhaftes Paar: Die Braut, Elisabete Abrantes Almeida, älteste Tochter des Abgeordneten Luíz Inácio Almeida dos Passos und seiner Gemahlin Dona Leonor, sowie ihr Angetrauter Fernando Abrantes, Kriegsheld, Flugpionier und Ingenieur, eröffneten am Samstagabend den Tanz ihrer Hochzeitsfeier mit einem Wienerwalzer im Ballsaal des Hotels Avenida Palace.* Was

für ein abscheulicher Satz – Jujú hatte ihn dreimal lesen müssen, bevor all die Informationen in ihr Gehirn durchsackten. Doch viel scheußlicher – weil eindringlicher – war das Foto gewesen, das über dem Text abgedruckt war: Fernando und diese Elisabete bei dem Ball, in inniger Umarmung und beide mit strahlendem Lächeln. Jujú hoffte, dass die Abbildung der Zerstörungswut ihres Sohnes ebenfalls zum Opfer gefallen war.
Sie drückte ihre Zigarette aus und griff nach den Überbleibseln der Zeitung. Einmal noch, nur ganz kurz, wollte sie sich Fernandos Gesicht anschauen. Bitte, lieber Gott, lass es Paulinho nicht zerrissen haben!
Der Riss ging mitten durch das Foto des jungvermählten Paares, und beinahe hätte Jujú laut aufgelacht. Besser hätte sie es selber nicht machen können. Vorsichtig riss sie den Text ab und löste Fernandos Bild aus dem Rest des Papierschnipsels. Sie betrachtete es intensiv, doch je näher sie hinschaute, desto mehr verschwammen seine Züge, wurden zu einer abstrakten Grafik in Schwarz und Weiß, die mit dem echten Fernando nichts zu tun hatte. Entnervt zerknüllte Jujú das Bild und warf es in den Aschenbecher.
Ein ohrenbetäubendes Scheppern riss sie aus ihren Gedanken. Die Kinder hatten den Hund offenbar so gereizt, dass er sich mit einem wütenden Knurren zur Wehr setzte – worauf die Kinder, so rekonstruierte Jujú den Vorgang, abrupt Reißaus genommen hatten und der Tisch umgefallen war.
Jujú sprang von ihrem Platz auf, zerrte die verängstigten Kinder an ihren Tisch und gab jedem von ihnen eine schallende Ohrfeige. »So, das war's. Drei Tage Stubenarrest. Und jetzt hingesetzt und keinen Mucks mehr.« Dann erst bemerkte sie die empörten Gesichter der Hundebesitzer am Nebentisch, deren Getränke sich über ihre Kleidung und den Fußboden ergossen hatten. »Hier ist meine Karte. Ich komme natürlich für die Reinigung und andere etwaige Schäden auf.« Mit einer Geste in

Richtung Kellner, der, wie alle anderen anwesenden Personen, das Spektakel gebannt verfolgte, verlangte sie die Rechnung.
Sie bezahlte mit einem viel zu großen Schein. »Setzen Sie die Getränke dieser Herrschaften«, damit deutete sie auf ihre Sitznachbarn, »auch noch drauf.«
Wenig später kam der Kellner mit dem Wechselgeld zurück. Jujú nahm alle Münzen von dem Silbertellerchen und warf sie achtlos in ihre Handtasche. Sie erhob sich, nahm ihren Mantel von der Stuhllehne und merkte, dass der junge Kellner hinter ihr stand, um ihr in den Mantel zu helfen. Anschließend, während sie Paulos Ärmchen unsanft in die Jacke steckte, half der Kellner Laura, ihren Mantel zuzuknöpfen. Also schön, dachte Jujú, der Kellner konnte ja nun wirklich nichts dafür, dass sie ihr Leben ruiniert hatte und dass ihre Kinder so schlecht erzogen waren. Sie griff nach ihrer Börse, zog einen Zehner hervor und gab ihn dem jungen Mann mit einem verkniffenen Lächeln.
António bedankte sich mit einem tiefen Diener.
Was die Höhe des Trinkgeldes betraf, hatte er recht behalten.

14

Es erfordert einiges an schauspielerischem Talent, einen herbeigeführten »Zufall« echt aussehen zu lassen.
Jujú hatte immer geglaubt, über diese Begabung zu verfügen, doch nun überkamen sie starke Zweifel. Es war etwas anderes, wenn man auf der Bühne stand und genau wusste, wann man den einstudierten Satz zu sagen hatte, oder ob man, wie jetzt, weder den Zeitpunkt noch die exakten Umstände des mimischen Einsatzes kannte.
»Fernando? Ach, das gibt es ja nicht! Was für ein Zufall!« Das wollte sie ausrufen, wenn er ihr begegnete. Doch wie soll man eine Miene, die man vor dem Spiegel so lange geübt hat, bis sie nach echter Überraschung aussieht, im entscheidenden Moment kaltblütig aufsetzen, während einem das Herz bis zum Hals schlägt? Wie unterdrückt man das aufgeregte Zittern, das einen schlagartig überfällt, sobald der herbeigesehnte, der gefürchtete Augenblick gekommen ist?
Sie hatte seinen Wohnort in Erfahrung gebracht und seine Gewohnheiten beobachtet. Sie wusste, dass er gegen neun Uhr das Haus in der Rua das Janelas Verdes verließ, etwa zweihundert Meter rechts zum Largo de Santos ging und dort die Straßenbahn Nr. 24 zur Praça do Comércio nahm. Es wäre ein Leichtes, ihm auf der Straße entgegenzuschlendern, angeblich auf dem Weg zu einem nahe liegenden Café oder zum Museu Nacional das Artes Antigas, und ihn anzusprechen. Aber was würde sie tun, wenn er in Begleitung seiner Frau war? Wenn es gleich anfing zu regnen und er den Schirm so tief über dem Kopf hielt, dass sie ihn unmöglich hätte erkennen können? Oder wenn er viel zu rasch an ihr vorbeieilte, als dass sie ihren vorbereiteten Spruch hätte ausrufen können?

Sie hörte die Kirchenglocken von Santos-o-Velho dreimal läuten. Noch eine Viertelstunde. Sie war viel zu früh hier gewesen, und mit jeder Minute Wartezeit klopfte ihr Herz schneller. Der Verkäufer am Kiosk musterte sie bereits argwöhnisch, als sei sie nicht in der Lage, eine der Zeitungen, in denen sie herumblätterte, zu kaufen. Vielleicht sollte sie die nächsten zehn Minuten in der Kirche verbringen? Dort fiel sie wenigstens nicht unangenehm auf, wenn sie nur dastand. Doch dann verpasste sie möglicherweise Fernando, und dieses Risiko wollte Jujú keineswegs eingehen. Nicht, nachdem sie so lange mit sich gerungen hatte, ob sie überhaupt hierherkommen und eine Begegnung herbeiführen sollte.
Sie kaufte ein Modejournal und bat den mürrischen Kioskverkäufer um ein Band, um die Zeitschrift damit zusammenzurollen. Dafür ließ sie sich so viel Zeit wie möglich. Anschließend versuchte sie, die Zeitschriftenrolle in ihrer Handtasche zu verstauen, doch sie passte nicht hinein. Jujú klemmte das Journal schließlich unter ihren Arm und ging gemächlich in Richtung Kirche. Vor dem Portal sah sie sich kurz um, ob Fernando inzwischen nicht bereits auf der Straße war. Aber nein, so früh würde er sich noch nicht auf den Weg machen.
Sie schlüpfte durch die schweren Vorhänge hinter der Tür in die Igreja de Santos-o-Velho, bekreuzigte sich mit Weihwasser und setzte sich auf eine der hinteren Bänke. Der Duft von Weihrauch lag in der Luft, sicher noch von dem gestrigen Hochamt. Außer ihr befanden sich gerade einmal vier Personen hier, jede einzelne davon in stiller Andacht versunken. Oder in Gedanken. Eine Frau, die einige Reihen vor ihr saß, schien zu weinen. Ihre Schultern bebten, und Jujú ließ sich einen Moment von ihren eigenen Sorgen ablenken. Schließlich wandte Jujú den Blick von der Frau ab und ließ ihn unstet durch das barocke Gotteshaus schweifen. Ihre Nervosität war kaum noch zu ertragen. Wenn Fernando nun in genau diesem Augenblick an der Kirche vor-

beiging? Sie öffnete ihre Handtasche, zog eine Spiegeldose daraus hervor und betrachtete sich darin. Himmel, schoss es ihr durch den Kopf, was für ein Frevel! Andererseits: Wer bemerkte es schon, außer vielleicht dem lieben Gott? Und der hätte bestimmt Verständnis dafür, dass sie für die bevorstehende Begegnung hübsch aussehen wollte.
Aber tat sie das überhaupt? Konnten dicke Schichten von Puder den müden Ausdruck ihres Gesichts verdecken? Konnten elegant gelegte Wellen, dezent geschminkte Augen und der durch eine Perlenkette betonte Schwanenhals irgendjemanden darüber täuschen, dass sie schon lange nicht mehr die junge Schönheit vom Lande war? Würde Fernando sie überhaupt erkennen? Hätte sie nicht doch besser einen alten Schal umgelegt, an den Fernando sich möglicherweise erinnerte? Ach was, so ein Unsinn! Wer bezauberte schon einen Mann mit unmodischen Accessoires? Sie war genau richtig gekleidet, in einem grauen Kostüm, das weder zu konservativ noch allzu mondän wirkte, das ihre Kurven aufs Schönste betonte und dabei nicht im Geringsten vulgär aussah. Sie hatte lange genug gebraucht, um sich für dieses Kostüm zu entscheiden, und es war für diesen Anlass absolut perfekt.
Als Jujú im Spiegel sah, dass jemand die Kirche betrat, steckte sie die Dose schnell wieder ein. Sie stand auf, machte im Mittelgang einen angedeuteten Knicks in Richtung Altar, bekreuzigte sich hastig und verließ das Gebäude.
Draußen hatte ein dünner Nieselregen eingesetzt. Sie spannte ihren Schirm auf und sah sich verstohlen nach allen Seiten um. Bei diesen Wetterverhältnissen war es noch auffälliger, wenn sie einfach nur irgendwo stand und in die Richtung von Fernandos Haus starrte. Sie musste sich bewegen, und dazu musste sie schleunigst eine Entscheidung treffen: Sollte sie ihm entgegengehen oder lieber zur Haltestelle schlendern? Jujú entschied sich für den Weg zur Haltestelle. Sie erreichte

sie in demselben Moment, in dem die Kirchenglocken die volle Stunde schlugen. Neun Uhr. Sie sah sich nach allen Seiten um, doch von Fernando war weit und breit nichts zu sehen. Dafür näherte sich die Straßenbahn mit einem nervtötenden Bimmeln.
Jujú stieg nicht in den überfüllten Wagen. Einige Fahrgäste, die sich ein Fleckchen auf den beschlagenen Scheiben freigerieben hatten, um eine bessere Sicht nach draußen zu haben, schauten sie verwundert an. Sie würden sich, dachte Jujú, keine fünf Sekunden lang mit der Frage beschäftigen, warum eine Dame im Regen an der Haltestelle stand und dann nicht einstieg. Die *lisboetas*, die Lissabonner, waren dafür bekannt, dass sie sich wenig für andere Leute interessierten. Dennoch fühlte Jujú sich unbehaglich. Wenige Minuten später kam die nächste Tram herangerattert. Erneut sahen die Passagiere sie neugierig an. Diesmal senkte Jujú nicht den Kopf, sondern glotzte ebenso unverschämt zurück.
Gerade als die Bahn abfuhr, fiel ihr Blick auf ein Paar unverwechselbar grüner Augen, das sie ungläubig anstarrte. Fernando stand im hinteren Teil des Waggons, hielt sich an einer Messingstange fest und drehte sich herum, um Jujú aus dem rückwärtigen Fenster so lange nachzusehen, bis die Tram um eine Kurve fuhr. Er wirkte wie jemand, der eine Erscheinung gehabt hatte und seinen eigenen Sinneswahrnehmungen nicht traute. Dass er in seiner Uniform seltsam fehl am Platz wirkte, verstärkte den unwirklichen Eindruck noch, den die ganze Szene auf Jujú machte.
Sie war wie versteinert. Warum hatte sie ihm nicht zugewinkt? Dann hätte er wenigstens die Gewissheit gehabt, dass es sich wirklich um sie handelte und nicht um irgendeine Doppelgängerin. Sie hatte es vermasselt! Noch dazu hatte er sie in einer Situation gesehen, die ihm höchst sonderbar vorkommen musste. Jujú kaute auf ihrer Unterlippe herum und überlegte,

wie sie jetzt vorgehen sollte. Ihr Pulsschlag normalisierte sich allmählich wieder. Einen weiteren »Zufall« würde sie so bald nicht inszenieren können. Und Fernando eine Notiz zukommen lassen? Bei jedem anderen Menschen wäre es ihr völlig natürlich erschienen, nach einer solchen Begegnung einen kurzen Brief zu schreiben. *Liebe Clarice, was für eine Überraschung, dich in Lissabon zu wissen! Hättest du Lust, dich mit mir auf einen Café zu treffen? Wir haben uns nach all den Jahren sicher viel zu erzählen.* Und so weiter, mit herzlichen Grüßen. Aber Fernando konnte sie unmöglich auf diese Weise kontaktieren. Sie konnte nur darauf hoffen, dass umgekehrt er sich mit ihr in Verbindung setzte. Aber würde er das tun, nach allem, was sie ihm angetan hatte?

Jujú spazierte langsam ostwärts, Richtung Zentrum. Sie konnte den *eléctrico* ja eine Station weiter nehmen. Oder besser noch, ein Taxi anhalten. Alle paar Meter drehte sie sich herum und hielt nach einem freien Wagen Ausschau. Als sie schließlich in einiger Entfernung einen entdeckte, blieb sie stehen, um ihn heranzuwinken. Es dauerte noch eine Weile, bis das Taxi bis zu ihr vorgedrungen war. Der Fahrer hielt mit quietschenden Bremsen an, und zwar an der einzigen Stelle weit und breit, an der Jujú in eine Pfütze hätte treten müssen, um einzusteigen. Sie gab dem Fahrer Handzeichen, er möge ein Stück weiter vorfahren, doch er missverstand sie und brauste fluchend davon.

»Du hättest doch lieber die Tram nehmen sollen«, hörte sie plötzlich eine vertraute Stimme.

»Fernando. Was …?«

»Ich war mir nicht sicher, ob du es wirklich bist. Ich bin gleich an der nächsten Station ausgestiegen und zurückgegangen.«

»Ja.« Jujú kam sich unglaublich dumm vor. Wie konnte man nur ein so törichtes und unpassendes »ja« von sich geben? Aber etwas anderes wollte ihr einfach nicht einfallen. All die schönen,

witzigen, selbstironischen, geistreichen Äußerungen, die sie durchgespielt hatte, waren auf einmal wie weggeblasen. Stattdessen: vollkommene geistige Leere.
»Geht es dir gut? Du wirkst etwas blass.«
»Oh, äh … ja. Ja, mir geht es gut. Und dir?« Verflucht, wie konnte sie sich nur derartig beschränkt aufführen?
»Danke, mir auch.« Fernando sah ihr forschend in die Augen. »Du hast dich verändert, Jujú.«
»Das will ich meinen. Es sind sieben Jahre vergangen, seit wir uns zuletzt gesehen haben.« Langsam bekam sie sich wieder in den Griff. Sie hoffte nur, dass er ihre zitternde Stimme nicht bemerkt hatte.
»Ja.«
Merkwürdig, dachte Jujú, bei ihm klang ein schlichtes Ja überhaupt nicht hohl. Es klang vielmehr bedeutungsschwer. Anklagend. Oder bildete sie sich das nur ein? Lag es vielleicht einzig an der imposanten Erscheinung, die er in seiner Uniform abgab?
»Du scheinst es weit gebracht zu haben«, sagte sie. »Nur einen Chauffeur stellen sie dir offenbar nicht zur Verfügung.«
»Doch, tun sie. Ich nehme seine Dienste nur nicht allzu oft in Anspruch. Es gefällt mir, morgens mit der Tram zu fahren.«
Zum Glück, dachte Jujú.
»Hast du Zeit«, fragte sie, »auf eine *bica* mit mir in diese Pastelaria dort drüben zu kommen? Es ist nicht besonders gemütlich hier draußen im Regen.«
Er zog eine Taschenuhr aus der Westentasche, sah darauf und zuckte mit den Schultern. »Ein paar Minuten habe ich noch.«
Das Lokal war in erster Linie ein Stehcafé, doch drei einfache Tischchen standen an der Wand gegenüber der Vitrine. Sie nahmen Platz, erhielten kaum eine Minute später ihren Espresso und sagten kein Wort. Jujú gab so viel Zucker in ihren Kaffee, dass die Tasse randvoll war und sie lange umrühren musste,

bis er sich aufgelöst hatte – als könne mechanisches Rühren ihre Verlegenheit mildern.

»Was machst du hier in der Gegend?«, fragte Fernando in neutralem Ton.

»Ich war auf dem Weg zu einer Bekannten in Lapa.«

»Aber?«

»Aber was?«

»Nun ja, du scheinst dich dann doch anders entschieden zu haben – du wolltest gerade ein Taxi in die entgegengesetzte Richtung nehmen.«

Jujús Knie wurden weich. Nur gut, dass sie saß. Wie hatte sie sich so schnell verraten können? Sie nippte an ihrer *bica*, die so süß war, dass ihr beinahe übel davon wurde. Dann kramte sie in ihrer Tasche nach den Zigaretten. Sie nahm eine, befestigte die edle Zigarettenspitze daran und ließ sich von Fernando Feuer geben.

»Ja, mir war eingefallen, dass ich etwa Wichtiges zu Hause vergessen hatte.«

»Zu Hause? Lebst du jetzt in Lissabon?«

»Nein, nein, mit ›zu Hause‹ meinte ich meinen derzeitigen Wohnort in Lissabon. Ich bin nur zu Besuch hier, bei Isabel, in der Baixa. Und du? Wohnst du hier in der Nähe?«

»Ja. Drei Blocks von hier entfernt. Mein Schwiegervater hat in der Rua das Janelas Verdes ein großes Haus, meine Frau und ich bewohnen dort eine eigene Etage.«

»Ach, du bist verheiratet?«

»Hast du etwas anderes erwartet?«

»Nein. Das heißt, ich habe gar nichts erwartet. Am allerwenigsten, dich hier und heute wiederzusehen. Was für ein verrückter Zufall, nicht wahr?« Das war gar nicht mal schlecht, dachte Jujú. Vielleicht hatte sie mehr schauspielerisches Talent, als sie sich zugestehen mochte. Oder war sie einfach nur durch und durch verlogen?

»Ja.«
Diesmal ließ Jujú sich von diesem irritierenden Ja nicht aus der Fassung bringen. Sie lächelte Fernando zu.
»Es ist schön, dich wiederzusehen.«
Er antwortete nicht, und er lächelte auch nicht zurück.
»Wie ist es dir ergangen?«, fuhr Jujú fort, eine Spur zu schnell vielleicht. Sie konnte sein Schweigen nicht ertragen. »Hast du Kinder? Bist du noch Pilot?«
»Ich habe gerade erst geheiratet, wir haben noch keine Kinder. Und ja, ich fliege noch.«
Zum Teufel auch, musste sie ihm denn jede Information einzeln entlocken? Noch dazu Dinge, die sie ohnehin schon wusste? Sosehr er sich äußerlich verändert haben mochte und so großstädtisch er sich jetzt gab – die spröde Art hatte er beibehalten.
»Du siehst gut aus. Es war wohl richtig, eine Karriere beim Militär einzuschlagen.«
»Das war es wohl, ja.« Er zückte erneut seine Taschenuhr und runzelte die Brauen. »Ich muss jetzt gehen. Schön, dich wiedergesehen zu haben.«
Aber – er hatte ihr nicht eine einzige Frage gestellt! Das konnte doch nicht sein, dass sie ihm so gleichgültig war. Das durfte nicht sein!
Fernando erhob sich, zahlte die beiden Kaffees am Tresen und half ihr dann, ihren Stuhl abzurücken.
»Sehen wir uns wieder?«, fragte sie ihn und hoffte, er möge die Verzweiflung in ihrer Stimme nicht wahrnehmen.
»Das wäre, glaube ich, nicht so klug.«
»Warum? Ich würde mich sehr freuen, deine Frau kennenzulernen. Und bei Isabel wärest du auch jederzeit willkommen. Da sehen wir uns nun nach so langer Zeit wieder – sicher haben wir uns allerhand zu erzählen, meinst du nicht? Wir können es doch jetzt nicht einfach bei diesem kurzen Treffen belassen. Weißt du, ich …« Ein Blick in Fernandos Augen ließ sie innehalten.

Sie schämte sich plötzlich für ihren Redeschwall. Sie konnte sich ihm unmöglich noch deutlicher aufdrängen.
»Ruf mich an, wenn du es dir anders überlegt hast. Adeus.« Sie schnappte sich ihre Tasche und stolzierte aus dem Lokal.
Auf dem Bürgersteig holte er sie ein. Fernando griff nach ihrer Hand und zwang Jujú, stehen zu bleiben.
»Bist du wirklich zufällig hier in der Gegend gewesen?«
»Ja.«
Er sah sie zweifelnd an und schüttelte langsam den Kopf, als sei er zu enttäuscht über ihre Lüge, um auch nur ein Wort dazu zu sagen.
»Zufällig«, und dabei schlich sich ein trotziger Ausdruck auf Jujús Gesicht, »wollte ich dich wiedersehen.«
Endlich lächelte Fernando. Es war ein trauriges Lächeln, das von einem Blitzen aus seinen Augen begleitet wurde, das so gar nicht dazu passte.

Diese Augen. Es musste an diesen stechenden Augen liegen, dachte Major Miguel António Alves Ferreira, dass sein einstiger Schützling es in kürzester Zeit so weit gebracht hatte. Sie wirkten klug und unnachgiebig, und sie gaben jedem, der einem Blick aus ihnen ausgesetzt war, das Gefühl, bei irgendeinem Vergehen ertappt worden zu sein. Dabei wusste der Major am besten, dass Abrantes seine Mitmenschen gar nicht bewusst vorwurfsvoll oder scharf ansah. Er konnte nicht anders. Sein Blick war von Natur aus so, hypnotisch und kalt zugleich. Auch blinzelte Abrantes auffallend wenig. Mit zunehmendem Alter und wachsendem Selbstbewusstsein hatte sich diese Eigenschaft noch stärker herausgebildet, so dass schließlich sogar er, Abrantes' ehemaliger Vorgesetzter und Mentor, sich unter dessen Blick unwohl fühlte.
Man erkannte an diesen Augen, dass sie die Schrecken des Krieges gesehen hatten. Das lag nicht an den Fältchen in den

Augenwinkeln und ebenso wenig an den tiefen Ringen, die der Major eher auf Abrantes' – frei gewähltes und ihm selber unerklärliches – Übermaß an Arbeit zurückführte. Es war etwas an ihrem Ausdruck, das sich schwer beschreiben ließ. Lebenserfahrung wahrscheinlich. Sicher hatten Desillusion und das Wissen um die eigene Vergänglichkeit das jugendliche Gefühl von Unsterblichkeit abgelöst, viel zu früh übrigens. Abrantes was jetzt wie alt? 32 Jahre? Er benahm sich wie ein Fünfzigjähriger.

Es war nicht gut, was der Krieg aus den jungen Männern machte. Der Major selber hatte fast ein Dutzend Männer verloren, insgesamt waren 10 000 portugiesische Soldaten in Flandern sowie in den Kolonien gefallen und mindestens weitere 25 000 schwer verwundet worden. Eine Schande, wenn man ihn fragte. Aber ihn fragte ja kaum jemand, und demnächst würde es erst recht niemand mehr tun: In zwei Jahren würde er pensioniert werden. Ah, wie sehr er sich danach sehnte, endlich jeden Tag ausschlafen zu können, nie wieder die unbequemen Stiefel der Uniform tragen und bürokratische Berichte schreiben zu müssen. Vielleicht, dachte der Major mit einer Spur von Neid, hatte es mit Abrantes ja doch den Richtigen getroffen. Der kannte solche Sehnsüchte ganz bestimmt nicht.

Major Miguel António Alves Ferreira nahm zwei Gläser Wein vom Tablett des vorbeieilenden Kellners, reichte eines davon seiner Gattin und nahm einen tiefen Schluck. Er gab sich gar nicht erst Mühe, seiner Frau Interesse an gepflegter Konversation vorzuheucheln. Außerdem wusste er, dass auch sie Abrantes überaus faszinierend fand. So beobachteten die Eheleute Alves Ferreira, in schönster Eintracht ihren Wein schlürfend, den jüngsten General in der Geschichte Portugals: Fernando Abrantes, der den Arm um die Taille seiner frisch angetrauten Frau gelegt hatte und im Gespräch mit einem hochdekorierten Fliegerkollegen war.

Der Kerl hatte wirklich mehr Glück als Verstand, und von Letzterem besaß er schon sehr viel mehr als andere Menschen, dachte der Major. Eine so propere, süße Frau hätte er selber auch nicht verschmäht. Ob Abrantes in der Lage war, seiner entzückenden Elisabete das zu geben, was sich Frauen von ihren Männern erhoffen? Bestimmt nicht – ein so harter Knochen wie Abrantes war den schönen Seiten des Lebens gegenüber nicht gerade aufgeschlossen.

Was für ein Glück dieses Mädchen mit dem grauslichen Vornamen doch hatte, dachte die Frau des Majors. Einen Mann wie Fernando Abrantes, dessen Werdegang noch blendender war als sein Aussehen, fand man in Portugal kein zweites Mal.

Ein unglückseliger Tag, ging es dagegen Fernando durch den Kopf. Die Begegnung mit Jujú hatte ihn völlig aus dem Gleichgewicht gebracht. Zum ersten Mal in seinem Leben war er zu spät zum Dienst erschienen, und das allein hätte seiner Umwelt gezeigt, dass etwas Schwerwiegendes passiert war. Da er ohnehin immer vor allen anderen da war, hatte es niemand bemerkt, doch Fernando selber beunruhigte diese unvorhergesehene Störung seines Tagesablaufs. Routine war ihm kostbar. Sie hatte ihm geholfen, sich zu fangen, den Schmerz zu verdrängen, sein gebrochenes Herz zu ignorieren.

Am Mittag hätte er dann beinahe seine Verabredung mit dem Verteidigungsminister vergessen, und nur der Umsicht seines Sekretärs war es zu verdanken, dass er in letzter Sekunde doch noch im »Martinho« erschienen war. Während des Essens waren seine Gedanken immer wieder zu Jujú abgeschweift, was in diesem Fall nicht weiter tragisch war. Der Minister war ein Trottel, und selbst mit einem Bruchteil seines Konzentrationsvermögens war Fernando ihm haushoch überlegen. Der Minister schwafelte dummes Zeug, sonnte sich in seiner Bekanntheit, genoss das exzellente Mahl und gab Fernando reichlich Gelegenheit, sich seinen Tagträumen hinzugeben.

Wie schön sie ausgesehen hatte! Ganz anders als die wild gelockte Jujú mit den roten Bäckchen, die er einmal geliebt hatte, viel ätherischer, erwachsener, aristokratischer, auch verruchter. Und doch war immer wieder die alte Jujú hinter der hocheleganten Fassade zum Vorschein gekommen. Ihre Grübchen, als sie lächelte. Die kleine Lücke zwischen ihren Schneidezähnen. Der schlanke, weiße Hals. Das Muttermal auf ihrer Schläfe. Sie mochte zwar aussehen wie eines dieser fragilen Geschöpfe, die ihn von den Titelseiten der Modejournale anlachten – mit allzu schlanker Silhouette, Pagenkopf und Kleidern, die gerade bis zur Wade reichten –, aber ihr trotziger Gesichtsausdruck strafte diese mondäne Erscheinung Lügen. Sie war nach wie vor ein Dickschädel aus dem Alentejo. Es brachte ihn um den Verstand.

»Du wirkst ein wenig abwesend, mein Lieber. Bedrückt dich etwas?« Elisabete legte ihre feingliedrige Hand auf Fernandos Unterarm – das Maximum an körperlicher Nähe, das sie sich gegenüber ihrem Mann in der Öffentlichkeit erlaubte. Sie musste Fernando dringend die Unsitte abgewöhnen, immerzu den Arm um sie zu legen.

»Aber nein, Schatz. Alles in bester Ordnung.« Dann beugte er sich zu ihr herab und flüsterte ihr ins Ohr: »Ich finde nur diese Veranstaltung ziemlich öde. Lass uns bald gehen, ja?«

Elisabete errötete bei dem Gedanken an das, was sie zu Hause erwartete. Sie hatte es ganz gewiss nicht so eilig damit wie Fernando.

»Nun, dem General Machado und seiner Gattin müssen wir aber vorher noch guten Abend sagen. Und mit den Pereiras haben wir auch noch keine Silbe gewechselt.«

»Wie du meinst.« Es war vielleicht gar nicht schlecht, dachte Fernando, wenn er von seinen verwirrenden Gefühlen abgelenkt wurde. Wenn er sich wieder auf das besann, was ihn in den vergangenen Jahren umgetrieben und am Leben ge-

halten hatte: seinen beruflichen und sozialen Aufstieg. Machado und Pereira konnten ihm noch nützlich sein, und dafür würde er auch belangloses Geplänkel mit deren Ehefrauen in Kauf nehmen.
Es war höchste Zeit, seinen Fehler von heute Morgen wiedergutzumachen. Er hätte niemals aus der Tram steigen dürfen.

15

Der Frühling des Jahres 1924 war einer der herrlichsten, die man im Alentejo je erlebt hatte. Die Landschaft, sonst von den trockenen, heißen Sommern gezeichnet, verwandelte sich nach den Regenfällen im Winter und unter der warmen Märzsonne alljährlich in ein Idyll, das in Europa seinesgleichen suchte. Hätte es einen Reiseführer eigens für die Region gegeben, so hätte der sich in den höchsten Tönen über die *Pracht der Wildblumen, die ganze Berge überziehen*, geäußert oder über *das üppige Grün, das sich bis zum Horizont erstreckt*. Vielleicht hätte er *die friedlich grasenden schwarzen Schweine* erwähnt, das *milde Klima* oder auch die *gastfreundliche Bevölkerung*. Doch der Baedeker für Spanien und Portugal – allein die Kombination mit dem verhassten Nachbarn war eine Zumutung für jeden Patrioten! – handelte den Alentejo nur sehr lapidar ab. Reisende zog es fast nie hierher, und wenn, dann waren es Portugiesen, die Angehörige besuchten oder die auf der Suche nach Arbeit waren. Ausländische Besucher waren so selten, dass die Gastfreundschaft der Alentejanos kaum je auf die Probe gestellt wurde. Und kamen doch einmal Leute in die Gegend, die fremdländisch wirkten, wurden sie mit großem Misstrauen beäugt.

Als Jujú ihren Eisenbahnwaggon der ersten Klasse verließ, half ihr ein tölpelhafter Bahnangestellter so ungeschickt beim Ausstieg über das steile Treppchen, dass sie beinahe hingefallen wäre. Sie hatte bereits zu einer Schimpftirade angesetzt, als ein Blick in das breite Bauerngesicht sie zum Schweigen brachte. Der arme Junge, dachte sie, er ist ja starr vor Angst, dass er es mit einer leibhaftigen Ausländerin zu tun haben könnte. Sie lächelte ihm aufmunternd zu und gab ihm mit einem leichten alentejanischen Akzent Anweisungen, wie er mit ihrem Gepäck

zu verfahren habe. Wie der Blitz verschwand der Bursche im Waggon.
Jujú sah sich auf dem Bahnsteig um. Würde sie denn niemand abholen kommen? Sie nahm Laura und Paulinho an der Hand und stapfte zur Bahnhofshalle. Die Kinder mussten laufen, um mit ihr Schritt zu halten. Kurz bevor sie das Gebäude erreichten, kamen ihnen zwei kleine Mädchen entgegengerannt.
»Tante Juliana! Tante Juliana!«
Die beiden Töchter von Mariana stürmten auf sie zu und warfen sich Jujú in die Arme.
»Hallo, ihr Hübschen!« Jujú ging in die Hocke und küsste die Kinder. Als sie sah, dass nun auch Mariana sich näherte, stand sie wieder auf und stemmte die Arme in die Taille. »Mariana, du musst ihnen unbedingt abgewöhnen, dass sie mich ›Tante Juliana‹ nennen. Das macht mich viel älter, als ich ohnehin schon bin.«
»Was für eine Begrüßung ... Ach, Jujú, wie schön, dass ihr da seid! Laurinha, Paulinho – mein Gott, seid ihr groß geworden!« Mariana herzte alle zusammen und überschüttete den Besuch sowie ihre eigenen Kinder mit unzähligen kleinen Küsschen, bevor sie auf Jujús anklagende Worte einging. »Du weißt doch, dass Mamã darauf besteht, dass wir dich Juliana nennen.«
»Warum«, mischte sich die kleine Octávia ein, »sollen wir denn nicht Tante Juliana zu dir sagen?«
»Weil deine Mamã und ich selber mal eine Tante Juliana hatten«, antwortete Jujú, »und ich nicht genauso heißen möchte wie sie.« Sie konnte dem Mädchen ja nicht gut erzählen, dass es ihr noch immer jedes Mal einen Stich versetzte, wenn sie den Namen hörte. Tante Juliana, die sie während ihres Paris-Aufenthaltes sehr ins Herz geschlossen hatte, war im Herbst 1918 an der Spanischen Grippe gestorben – als eines von rund 25 Millionen Opfern weltweit.
»Ach so.« Die Kleine machte ein sehr ernstes Gesicht. »Sollen wir dich lieber Tante Jujú nennen?«

»Ja – aber auf keinen Fall vor Dona Clementina!« Jujú zwinkerte ihrer Nichte verschwörerisch zu und reichte ihr die Hand, um den Pakt zu besiegeln. »Niemals! Versprochen?«
»Versprochen.« Dann wandte Octávia sich von der Tante ab und widmete sich ihrer Cousine und ihrem Cousin. Schnell verloren die Kinder jedes Interesse an den Erwachsenen.
Mariana nahm ihre Schwester bei den Schultern, hielt sie auf Armeslänge von sich entfernt und betrachtete sie von Kopf bis Fuß.
»Mein Gott, Jujú, du bist viel zu dünn! Und so blass. Aber ich gebe zu, dieses Kleid sieht sagenhaft an dir aus! Ganz die große Dame, was? Na warte, das werden wir dir hier schon wieder austreiben. Wenn ich dich erst aufgepäppelt habe, wirst du diese Art von Kleid wahrscheinlich nicht mehr tragen können.«
Jujú lachte. Mariana war wieder fast die Alte, wie tröstlich. Nach ihrer Hungerkur vor einigen Jahren war sie so dürr und so unausstehlich geworden, dass die ganze Familie darunter gelitten hatte. Anscheinend hatte Mariana sich schließlich doch hin und wieder ein Stück Schokolade gegönnt, was nicht nur ihrer Figur und ihrem Teint, sondern auch ihrem Temperament gut bekommen war.
»Du siehst toll aus, Mariana! Ach, wie ich mich freue, hier zu sein! Wir werden uns ein paar richtig schöne Tage machen, nicht wahr?«
»Ja, das werden wir. Wusstest du, dass ich jetzt selber Auto fahre? Wir können ein paar Ausflüge machen, wenn du Lust hast. Die Landschaft ist um diese Jahreszeit einfach atemberaubend.«
»Ach was?« Jujú zog eine Augenbraue hoch. »Darf ich dich daran erinnern, dass ich hier aufgewachsen bin und durchaus nicht unter Gedächtnisschwund leide?« Ganz im Gegenteil, dachte Jujú. Sie wurde geradezu verfolgt von Bildern aus der Vergangenheit. Seit sie Fernando in Lissabon getroffen hatte – er hatte einem weiteren Treffen schließlich doch zugestimmt –, konnte

sie an kaum etwas anderes denken als an ihn. An ihre unbeschwerte Kinderfreundschaft, an die zaghaften Annäherungsversuche in ihrer Jugend, die ersten unbeholfenen Küsse. Sie träumte nachts von seinen Zärtlichkeiten und sehnte sich nach seinen Umarmungen. Und obwohl sie wusste, dass Intimitäten dieser Art ausgeschlossen waren, fieberte sie dem nächsten Treffen entgegen, das in wenigen Tagen stattfinden sollte: Auf dem Rückweg vom Alentejo in den Norden würde sie für einige Tage Station in Lissabon machen. Erneut würden sie einander in einem Kaffeehaus gegenübersitzen, um Worte ringen und vor lauter Befangenheit die Kuchenkrümel auf der Tischplatte zusammenscharren. Ah, sie konnte es kaum erwarten!

»Ja, das gefällt dir, was? Deinem freudig erregten Gesichtsausdruck entnehme ich, dass dir mein Auto zusagt?« Mariana sah Jujú um Lob heischend an. Sie waren auf dem Bahnhofsvorplatz angekommen, ohne dass Jujú es bemerkt hatte. Der Gepäckträger war ebenfalls schon dort und wartete ungeduldig darauf, die Koffer in dem Wagen verstauen und sein Trinkgeld entgegennehmen zu können.

»Oh, das ist deines? Phantastisch! Und du fährst wirklich selbst?«

»Das hättest du nie für möglich gehalten, oder? Ja, ich fahre selbst, allerdings nicht so gut wie Beatriz. Sie hat es mir beigebracht.«

»Passen wir denn alle dort hinein?«

»Zur Not legen wir die Koffer auf die Rückbank, und die Kinder setzen sich darauf.«

Ihre Kinder, die sofort hellhörig geworden waren, schienen von dem Plan begeistert zu sein. Nach längerem Beladen und Rangieren waren sie schließlich zur Abfahrt bereit. Mariana fuhr ruckhaft an, überfuhr beinahe einen Passanten und raste dann mit Vollgas über die buckligen Straßen, die Eisenbahngleise und endlich über die ungepflasterten Wege des Umlandes. Während die Kinder vor Freude kreischten, wenn sie mit den Köpfen fast an das Dach stießen, stand Jujú Todesängste aus. Ihr Verdacht, Mariana könne gar nicht wissen, wo sich das Bremspedal befand, erwies sich jedoch als unbegründet. Vor Belo Horizonte kam der Wagen so abrupt zum Stehen, dass Jujú fast durch die Windschutzscheibe geflogen wäre und die Kinder auf der Rückbank durcheinanderpurzelten. Sie lachten laut. Nur Paulinho verzog das Gesicht, als würde er jeden Moment wieder losheulen.

Laura verachtete ihren kleinen Bruder mit derselben Inbrunst, mit der sie Belo Horizonte liebte. Sie fuhren einmal im Jahr hierher, und von Jahr zu Jahr sehnte sie diese Besuche mehr herbei. Ihre *avó* Clementina und ihr *avô* José waren viel netter als ihre Großeltern Filomena und Adalberto. Sie steckten ihr Süßigkeiten zu, wenn Mamã nicht hinsah, hatten jedes Mal hübsche Geschenke für sie und ließen sie mit den Hunden spielen, sooft sie wollte. Laura ahnte, dass sie, wenn sie ständig auf Belo Horizonte gelebt hätte, wahrscheinlich nicht halb so sehr verwöhnt worden wäre – dennoch träumte sie manchmal davon, wie es wäre, für immer hierzubleiben. *Tia* Mariana und *tio* Octávio brachten ihr mehr Aufmerksamkeit entgegen als ihre eigenen Eltern, und ihre Cousinen waren ihr viel näher als ihr unausstehlicher Bruder. Vor *tia* Beatriz hatte sie zwar Angst, aber von der bekam man ja nicht viel zu sehen, denn die mied die Gesellschaft von Kindern.
Und dann das Haus! Belo Horizonte war immerzu erfüllt von Gelächter und von herrlichen Düften. Das Zimmer, das sie mit Paulinho teilen musste, war hier nie so kalt und klamm, wie ihr Zimmer daheim auf Laranjeiras ihr manchmal erschien, und die Einrichtung gefiel ihr ebenfalls viel besser. Ein richtiges Mädchenzimmer, mit rosafarbenen Vorhängen und Bettdecken, mit niedlichen Spitzendeckchen und -kissen, vollgestopft mit Puppen und Stofftieren und Bilderbüchern. Ihr Zimmer zu Hause

war viel vornehmer – und viel karger. »Ich will nicht, dass die Kinder ihr Stilempfinden an diesem altmodischen Prunk schulen müssen«, hatte sie einmal ihre Mutter zu *avó* Filomena sagen hören, als die beiden sich über die Gestaltung des Hauses gestritten hatten.
Auch die anderen Räume auf Belo Horizonte fand Laura heimeliger als ihr eigenes Zuhause. Die Möbel waren alt und riesengroß und abgewetzt. Es machte nichts, wenn man mit Schuhen auf dem Sofa herumkletterte, wenn man etwas verschüttete oder Malkreide auf dem Teppich verschmierte. Es standen unglaublich viele Möbelstücke im ganzen Haus herum, doch erst die Vielzahl von alten Teppichen auf den Böden, Gemälden an den Wänden und drapierten Stoffen in jedem Fenster sowie jeder Türöffnung verlieh Belo Horizonte diese unvergleichlich gemütliche Wirkung.
Zugleich ging von dem Anwesen etwas Mysteriöses aus. Die Deckenbalken gaben merkwürdige, ächzende Geräusche von sich. Die verschiedenen Anbauten waren zum Teil so lange nicht mehr genutzt worden, dass sie voller Spinnweben und dicker Staubschichten waren. In der Scheune standen rostige Gerätschaften herum, hinter denen man sich wunderbar verstecken konnte, und die Gartenlaube war derartig von Unkraut überwuchert, dass Paulinho nur von ihrem Anblick schon anfing, sich zu gruseln. Belo Horizonte war wie eine Mischung aus Märchenschloss, Puppenstube und Spukhaus. Laura hätte sich tagelang damit beschäftigen können, das Haus und die Nutzgebäude zu erkunden. Jeder Winkel versprach eine aufregende Entdeckung. Hinter jeder Tür schien sich ein Geist zu verbergen. Und in jeder Ecke sah es so aus, als lauerte dahinter ein Geheimnis.

Ganz ähnlich empfand auch ihre Mutter, wenngleich die Art von Geheimnis, deren Gegenwart sie hier spürte, völlig anderer Natur war.

Zunächst war Jujú nur entsetzt gewesen von dem Zustand des Hauses. Wie hatte Dona Clementina zulassen können, dass Belo Horizonte so verkam? Und wie war es Mariana gelungen, dem Haus in kürzester Zeit ihren Stempel aufzudrücken? Plüsch und Plunder, wohin man nur blickte! Dann aber, am Abend ihrer Ankunft, bemerkte sie etwas, was sie wesentlich mehr beunruhigte. Man sah es nicht, und doch meinte Jujú, es mit Händen greifen zu können: eine von Heimlichkeiten getränkte Atmosphäre, die sich unter der Oberfläche des quirligen, fröhlichen, bunten und chaotischen Haushaltes verbarg. Es war, als hätte jeder Einzelne den Ehrgeiz entwickelt, mit Lautstärke über seine Sprachlosigkeit hinwegzutäuschen, mit hektischer Aktivität von seinen Sorgen abzulenken, mit Unordnung das Ambiente seiner Seelenlage anzugleichen. Jeder hier im Haus schien ein Geheimnis mit sich herumzutragen. Allein der Wandel, der sich mit ihrer Mutter vollzogen hatte, die anscheinend gleichgültig den Verfall des Hauses hinnahm. Oder das duckmäuserische Verhalten ihres Schwagers Octávio. Dann das Böse-Tante-Gehabe von Beatriz. Gar nicht erst zu sprechen von dem manchmal sehr abwesenden, müden Blick ihres Vaters. Oder war nur ihre eigene Wahrnehmung getrübt? Ja, das musste es sein. All die Dinge, die Jujú vor den anderen zu verbergen suchte – ihre verpfuschte Ehe, ihr Wiedersehen mit Fernando, ihre Gewissensnöte –, waren bestimmt die Ursache dafür, dass sie bei anderen ähnliche Abgründe vermutete. Früher jedenfalls hatte sie auf Belo Horizonte nie das Gefühl gehabt, dass seine Bewohner voller Geheimnisse steckten. Warum sollte es plötzlich anders sein?

Aber Jujú hatte sich nicht getäuscht.
Dona Clementina litt darunter, allzu sorglos mit dem Familienvermögen umgegangen zu sein. Außer Octávio und ihrem Mann, dessen Mitschuld nicht gering war, wusste niemand davon. Doch

die äußeren Anzeichen sprachen für sich. Warum wohl war Belo Horionte so verwahrlost? Wieso hatten sie seit Jahren kein großes Fest mehr gegeben? Und warum trug sie dasselbe Kleid nun in der dritten Saison, anstatt sich, wie es sich für die Frau des Patrão gehörte, alljährlich neu einzukleiden? Weil sie auf den Rat eines Bekannten gehört und sehr viel Geld in ein riskantes Projekt in Mosambik investiert hatten, das grandios gescheitert war. Erschwerend kam hinzu, dass ihre Währung – Dona Clementina hatte sich noch immer nicht an den Escudo gewöhnt und rechnete weiterhin in Réis – sehr instabil war. Das bisschen, was ihnen nach der unglücklichen Spekulation geblieben war, war heute kaum das Papier wert, auf das es gedruckt war. Und ihr unfähiger Schwiegersohn Octávio? Der brachte es erst recht nicht zustande, Belo Horizonte wieder zu dem zu machen, was es einmal gewesen war. Wie auch, ohne Geld? Sein vermeintlich immens hoher Anteil am elterlichen Erbe, das sie ihm durch Schenkungen bereits zum größten Teil übertragen hatten, bestand lediglich aus einigen abgelegenen und ertragsarmen Ländereien in den Kolonien, die er sich weigerte zu verkaufen. Dona Clementina hatte gekämpft, getobt und geschimpft – bis Octávio schließlich aufgemuckt hatte: »Dona Clementina, bitte vergessen Sie nicht, dass nicht ich es war, der das Carvalho-Vermögen so leichtfertig aufs Spiel gesetzt hat. Und bitte hören Sie auf, mich vom Sinn irgendwelcher Grundstücksverkäufe überzeugen zu wollen. Ihr geschäftliches Gespür ist vielleicht, äh … nicht so ausgeprägt, wie Sie es sich einreden.« Octávio war zwar rot geworden angesichts der Gewagtheit dieser Äußerung, doch sein Ziel hatte er erreicht. Mit diesem Tag setzte Dona Clementinas langsame Kapitulation ein.

Es war das erste Mal, dass José Carvalho so etwas wie Respekt für seinen Schwiegersohn empfand. Ihm selber waren die Eigenmächtigkeiten seiner Frau schon lange ein Dorn im Auge gewesen, aber nachdem sie von seiner Liaison mit der Wirtin des »Pescador« erfahren hatte, einer drallen und unersättlichen Wasserstoffblondine namens Deolinda, hatte er wenig dagegen unternehmen können. Danach war Octávio allerdings nie wieder aufmüpfig geworden. Mariana und die Kinder tanzten ihm auf der Nase herum, dass es ein Elend war, und der arme Junge schien auch noch Gefallen daran zu finden. Er unternahm keinerlei Versuch, seine Autorität innerhalb der Familie zu festigen, und so blieb es an ihm allein, José Carvalho, männliche Dominanz unter Beweis zu stellen. Er war ja praktisch der einzige Mann im Haus, denn seinen Schwiegersohn konnte man wohl kaum als solchen bezeichnen. Ein verweichlichtes Bürschchen, das unter Marianas Fuchtel stand, jawohl, das war Octávio. In den wenigen Momenten seines Lebens, in denen er ganz und gar ehrlich zu sich selber war, musste José sich zwar eingestehen, dass es ihm mehr Freude gemacht hätte, den lieben Opa zu geben, aber irgendwoher mussten die Mädchen ja lernen, wer die Hosen anhatte. Wie hätte er ahnen können, dass den Kindern viel mehr vor Beatriz als vor ihm graute?

Beatriz sah mit ihren nunmehr 36 Jahren schlimmer aus, als sie alle es immer befürchtet hatten. Der tödliche Schlaganfall ihres Verlobten Casimiro, drei Tage vor der Hochzeit, hatte ihr den Rest gegeben. Sie war hager und hatte tiefe Falten von der Nase bis zu den herabhängenden Mundwinkeln. In ihr Haar hatten sich erste graue Strähnen geschlichen. Obwohl inzwischen kürzere Röcke in Mode waren und obwohl Beatriz sehr hübsche Beine hatte, die sich hätten sehen lassen können, trug sie immer altmodische knöchellange Kleider. Sie war der Inbegriff der alten Jungfer, und sie unternahm alles, um diesen Eindruck noch zu verstärken. Ihre Haltung war stocksteif, ihr Blick streng, ihre Rede knapp und sachlich. Auch mit ihren Nichten sprach sie, wenn es sich denn gar nicht umgehen ließ, wie mit fremden

Erwachsenen. Keine Verniedlichungen, keine Zärtlichkeiten, keine Kosenamen kamen ihr jemals über die Lippen. Einzig mit Drohungen und Schauermärchen sparte sie nicht.
»Auf dem Dachboden lebt der Geist einer alten Hexe«, erzählte sie ihnen, »und wenn man ihr zu nahe kommt, frisst sie einen auf.« Die Kinder glaubten ihr aufs Wort. Und nicht nur die. Auch die Dienstboten – es waren derer nur mehr drei im Haus, nämlich das Dienstmädchen Anunciação, die Köchin Maria do Céu sowie die Haushälterin Maria da Conceição – waren inzwischen davon überzeugt, dass es auf dem Dachboden spukte. Es kamen manchmal merkwürdige Geräusche von dort oben, und Anunciação, die vor Jahren einmal wagemutig hinaufgegangen war, hatte zitternd zu berichten gewusst, dass sie einen Totenschädel gesehen hatte. Wenn ein Möbelstück ausrangiert und dorthin verfrachtet werden sollte, mussten immer José und der Gärtner oder ein Stallbursche auf den Boden, und die Kinder schrien vor entsetztem Vergnügen.
Die Idee mit dem Schädel war nicht schlecht gewesen, fand Beatriz. Es war der eines Menschenaffen, den sie in einer Kuriositätenhandlung in Beja gefunden hatte. Wie dumm die Leute alle waren, und wie abergläubisch! Der Geist einer Hexe, ha! Die einzige Hexe, die dort oben ihr Unwesen trieb, war sie selbst, wenn sie sich klammheimlich hinaufschlich, um einen Blick auf die Briefe zu werfen – Briefe, wie sie selber sie gerne bekommen hätte und wie sie nicht einmal Casimiro in seinem sentimentalen Überschwang ihr geschrieben hatte. Natürlich wusste Beatriz, dass sie Fernandos Post an Jujú besser vernichtet hätte. Aber das Wissen darum, dass sie noch immer etwas in der Hand hielt, was ihr einmal Macht über ihre jüngste Schwester gegeben hatte, verschaffte ihr eine tiefe Befriedigung.
Jetzt war der Knabe General, unfassbar! Schöner General, der in jungen Jahren Peinlichkeiten abgesondert hatte wie: *Du ent-*

fachst ein Feuer in mir, das nie erlöschen wird – Grundgütiger! Und dessen Herzenswärme sich heute in Ungeheuerlichkeiten äußerte wie der, dass er seine einzige Schwester im Haushalt fremder Leute arbeiten ließ. Hatte sie, Beatriz Carvalho, nicht immer schon gewusst, was für ein Scheusal der Mann war?

Maria da Conceição war es sehr unangenehm, dass Beatriz ihr ständig irgendwo auflauerte und sie nach Fernando ausquetschte. »Warum hat dich denn dein Bruder nicht zu sich geholt, nach Lissabon?«, hatte sie schon des Öfteren gefragt, oder auch: »Verleugnet er etwa seine Herkunft, dein feiner Bruder?« Wahrscheinlich war Beatriz auch nur eine von den vielen, die vor Jahren in Fernando verschossen gewesen waren, sagte sich Maria da Conceição. Dennoch tat es ihr in der Seele weh, ihn vor dieser missgünstigen Krähe nicht in Schutz nehmen zu können. Was hätte sie denn antworten sollen? Die Wahrheit war zu beschämend, als dass sie sie irgendjemandem auf der Welt hätte offenbaren können. *Er wollte mich ja zu sich holen, doch ich habe abgelehnt, weil ich lieber auf Belo Horizonte bleiben wollte. Denn nur hier habe ich überhaupt eine Chance, ab und zu Edmundo zu begegnen …*
Während Beatriz ihre Verbitterung über ihr Schicksal deutlich anzusehen war, wirkte Maria da Conceição überhaupt nicht wie jemand, an dem seit Jahren eine unerwiderte Liebe nagte. Sie sah nicht aus wie eine Frau von Anfang dreißig, sondern hatte ihre mädchenhafte Ausstrahlung behalten. Seit ihre religiöse Verbohrtheit sich in ein normales Maß an Glauben verwandelt hatte, was etwa zu dem Zeitpunkt passierte, als sie sich in Edmundo verliebte, hatte auch ihre Miene den fanatischen Ausdruck verloren. Maria da Conceição war auffallend hübsch, und alle fragten sich, wieso eine solche Schönheit unverheiratet geblieben war.
Es war Maria da Conceição nicht schwergefallen, für einen

höheren Lohn und bessere Lebensbedingungen die Stellung beim Padre aufzugeben. Hier hatte sie Leben um sich, wurde von den Kindern vergöttert und von den Erwachsenen anständig behandelt, bekam die herrlichsten Sachen zu essen und Dona Marianas abgelegte Kleider geschenkt. Einzig die Frau des Schusters, Dona Cristina, hatte geunkt, dass ein so hübsches Ding auf Belo Horizonte nichts verloren hätte, wo doch jeder wusste, was der Patrão für ein schlimmer Schürzenjäger war. Dona Cristinas Sorgen erwiesen sich als unberechtigt. Maria da Conceição war viel zu zart gebaut und zu flachbrüstig, um die Aufmerksamkeit des alten Herrn zu erregen. Gelegentlich ertappte sie allerdings den jungen Herrn, Senhor Octávio, dabei, dass er sie anglotzte. Was hätte sie dafür gegeben, wenn er sein Bruder wäre!

Octávio lag nichts ferner, als anderen Frauen nachzusteigen. Er liebte seine Mariana von ganzem Herzen – wobei sein Herz auch nicht mehr das war, was es mal gewesen war. Es klopfte zuweilen in einem unregelmäßigen Takt, es flatterte, um dann ein paar Schläge auszusetzen, oder es pochte so schwer und dumpf in seiner Brust, dass er, wenn er an sich herabblickte, die Schläge zählen konnte. Doch wem hätte er davon erzählen können? Mariana hätte einen fürchterlichen Wirbel veranstaltet und sämtliche Experten aus Lissabon kommen lassen, was nicht nur Octávios Geduld, sondern auch seinen Geldbeutel übermäßig strapaziert hätte. Seinen eigenen Eltern oder seinem Bruder mochte er sich ebenso wenig anvertrauen. Sie hätten sich Sorgen um ihn gemacht und versucht, der Ursache auf den Grund zu gehen. Vielleicht hätten sie ihm geraten, sich gesünder zu ernähren – was entschieden nicht in Frage kam, denn ohne Butterkekse oder Räucherwürste hätte er wahrscheinlich noch schlimmere Beschwerden. Vielleicht hätten sie, die ihn so gut kannten und um seine sensible Seele wussten, ihm empfohlen, sich nicht alles so zu Herzen zu nehmen. Aber so etwas war viel leichter gesagt als getan. Anders als in jüngeren Jahren litt er nun nicht mehr so stark unter dem Unglück auf der Welt, wie es die Hungersnöte in den Kolonien oder der Grauen des Großen Krieges darstellte. Nein, was ihm wirklich zusetzte, war seine angeheiratete Verwandtschaft: Dona Clementina, die ihn für den hoffnungslosen Zustand von Belo Horizonte verantwortlich machte; Beatriz, die ihm permanent zu verstehen gab, dass sie ihm beim Kopfrechnen wie beim Autofahren überlegen war; Senhor José, der ihn ganz offensichtlich für eine Memme hielt und ihn drangsalierte, wo er nur konnte; und sogar seine geliebte Mariana, die er nicht wissen lassen wollte, in welcher finanziellen Lage sie sich befanden, und der er darum das neue Auto hatte kaufen müssen. Einzig seine Töchter waren ihm der reinste Quell der Freude.

Laura beneidete ihre Cousinen ein wenig um diesen dicken, gemütlichen Vater. Sosehr sie ihren eigenen Papá liebte – etwas mehr von der Gutmütigkeit ihres Onkels hätte er ruhig haben können. *Tio* Octávio störte sich nicht an schmutzigen Schuhen, wenn er seine Töchter auf den Schoß nahm, genauso wenig wie ihn bekleckerte Kleider interessierten oder sich auflösende Zöpfe, fehlerhaft aufgesagte Zahlen von eins bis fünfzig oder die schrägen, auf einer Blockflöte erzeugten Töne. Aber gut, man konnte nicht alles haben. Ihr eigener Papá war dafür viel hübscher. So einen wie ihn wollte sie einmal heiraten. Das hieß, wenn sie nicht Joãozinho heiratete, den Jungen von der nächstgelegenen Quinta, den sie heute erst beim Ponyreiten kennengelernt und der ihr unter den Rock geschaut hatte. Sie fühlte sich dank dieses Geheimnisses sehr wichtig. Und sie fand, dass sie ihren Cousinen weitaus überlegen war: Die hatten ihr ihre größten Geheimnisse ja schon in den ersten fünf Minuten preisgegeben.

Mariana, unfreiwillig zur Zeugin des konspirativen Treffens der Kinder geworden, musste an sich halten, um nicht lauthals loszuprusten. Ihre Älteste hatte in verschwörerischem Ton berichtet, wo sie ihre Schätze – ein paar ihrer Milchzähne, einige Muscheln von ihrer letzten Reise in die Algarve sowie eine Fasanenfeder – sicher vor den Eltern verwahrt hatte. Mariana kannte das Versteck: Schon sie selber hatte dort als Kind ähnliche Kostbarkeiten gehortet. Ihre Jüngste hatte verraten, dass sie das Fressen des Hundes probiert hätte, und zwar direkt aus dem Napf. Die anderen Kinder hatten vor Ekel gejubelt, während Mariana sich kopfschüttelnd vornahm, den Napf irgendwo hinzustellen, wo das Kind nicht mehr herankam. Paulinho hatte nur unsinniges Zeug gebrabbelt – er schien den Sinn der Zusammenkunft noch nicht ganz begriffen zu haben, aber er war ja auch der Kleinste. Als die Reihe an ihre Nichte Laura kam, horchte Mariana wider Willen auf. Das Mädchen erinnerte sie so sehr an Jujú, dass ihr das, was sie zu sagen hatte, bedeutsamer erschien als die Geheimnisse der anderen.

»Ich habe keine Geheimnisse«, sagte Laura, »und wenn ich welche hätte, würde ich sie euch bestimmt nicht verraten. Sonst wären sie ja keine mehr.« Meine Güte, dachte Mariana. So klein und schon so schlau. Die anderen Kinder bedrängten Laura jetzt. »Sag schon, sag schon!« Anscheinend hatte Lauras Miene das Gegenteil dessen ausgedrückt, was sie ausgesprochen hatte. »Aber nur, wenn ihr mir schwört, es niemandem weiterzuerzählen.«

Alle schworen feierlich.

»Also – ich habe wirklich kein Geheimnis. Aber meine Mamã hat eins.« Plötzlich wurde ihre Stimme leiser, sie schien die vertrauliche Information nur flüsternd weitergeben zu wollen. Mariana lauschte angestrengt, hatte aber Mühe, alles zu verstehen. Das Einzige, was sie hörte, klang in etwa wie »… ein Mann ihre Hand gehalten«.

Mariana war das Lachen vergangen. Und die Vorfreude auf den Abend, an dem sie ihr eigenes wohlgehütetes Geheimnis bekanntgeben wollte, war ihr ebenfalls vergällt worden. Vielleicht sollte sie doch lieber die Abreise des Besuchs abwarten, bevor sie ihrer Familie von ihrer dritten Schwangerschaft erzählte.

16

Je mehr Jujú ein Treffen herbeigesehnt hatte, so schien es ihr, desto weniger Befriedigung gab es ihr. Jedes Mal nahm sie sich vor, die Sprache auf diejenigen Dinge zu bringen, die sie wirklich beschäftigten – und jedes Mal redeten sie ausschließlich über Alltägliches, das Wetter, den Gesundheitszustand ihrer Angehörigen oder auch über die Kinofilme mit Charlie Chaplin. Nie, nicht ein einziges Mal in den anderthalb Jahren, in denen sie sich vielleicht ein halbes Dutzend Mal gesehen hatten, war es ihnen gelungen, diese Distanz zu überbrücken. Es war zum Verzweifeln. Jujú wünschte sich so sehr, dieselbe Vertrautheit zu Fernando wiederherstellen zu können, die früher ihre Freundschaft gekennzeichnet hatte, doch mit jedem Besuch in Lissabon schien er sich weiter von ihr zu entfernen.

Es brachte doch nichts, sich immerzu vor Hoffnung zu verzehren, um dann enttäuscht zurück an den Douro zu fahren und aus einer winzigen Bemerkung, einem vielsagenden Blick oder einer flüchtigen Berührung neue Hoffnung zu schöpfen – die dann so lange wuchs, bis Jujú erneut nach Lissabon aufbrach. Sie musste diesen Teufelskreis durchbrechen, sei es, indem sie aufhörte, Fernando zu sehen, sei es dadurch, dass sie ihn aus der Reserve lockte. Aber hatte sie das nicht bereits unzählige Male versucht? Auf alle Fragen privater Natur hatte er ihr ausweichende, zuweilen schroffe Antworten gegeben, und auf alle ihre Erzählungen, in denen sie subtil ihre wahren Gefühle durchscheinen ließ, hatte er mit Achselzucken reagiert. Noch direkter konnte sie das Gespräch wohl kaum in eine Richtung bringen, die ihnen mehr Nähe erlaubte. Er schien wirklich nicht mehr für sie zu empfinden als für eine x-beliebige Bekannte. Andererseits: Wenn ihm nichts an ihr lag, wieso traf er sie dann? Und wenn er ihre Beziehung nur als unschuldige alte Freundschaft betrachtete, warum hatte er dann nie dafür gesorgt, dass Jujú und seine Frau einander kennenlernten?

Sie nahmen an einem Fenstertisch in der »Pastelaria Suiça« Platz. Fernando setzte sich über Eck neben sie – anders als sonst, da er immer den gegenüberliegenden Platz gewählt hatte. Das war vielversprechend.

Sie bestellten je einen *galão*, einen Milchkaffee.

»Geht es deinem Jungen gut?«, fragte er als Erstes, nachdem der Kellner fort war.

Es würde wieder so werden wie immer. Jujú hätte vor Enttäuschung schreien mögen. Stattdessen gab sie Fernando eine Antwort, die sie bei den vorigen Treffen wahrscheinlich in genau demselben Wortlaut auch schon gegeben hatte.

»Ja, Paulinho hält sich wacker. Er ist sehr tapfer.« Das war eine Lüge. Ihr Sohn litt unter seiner Krankheit, und er zeigte es auch deutlich. Aber es ging weder Fernando noch sonst irgendjemanden etwas an, wie schwach der Junge war – körperlich wie psychisch.

»Und deine Tochter, ist sie noch immer so ein Schreihals?«, fragte sie.

»Nein, das hat gottlob aufgehört.« Fernando dachte nicht im Traum daran, Jujú zu erzählen, was für eine Nervensäge seine Erstgeborene war. Und wie hässlich sie war! Das arme Kind hatte von allen Seiten nur das Unvorteilhafteste geerbt, von den Abrantes' den dichten Haarwuchs, von den Almeidas die niedrige Stirn. Sie sah aus wie ein Äffchen, aber Elisabete behauptete steif und fest, das würde sich legen.

»Gut, gut.« Jujú war der Nachwuchs von Fernando vollkommen egal. Einzig über dessen Zustandekommen hatte sie sich geärgert. Die Vorstellung, dass Fernando mit einer anderen Frau schlief, trieb sie schier in den Wahnsinn. Sie verdrängte den unschönen Gedanken sofort wieder und besann sich auf die

Gegenwart. Als Nächstes würde Fernando sie nach ihrer Familie auf Belo Horizonte fragen.
»Und, wie geht es deinen Eltern?«
Jujú schwieg ein paar Sekunden zu lang. Anstatt, wie üblich, »ausgezeichnet« zu sagen, ließ sie einen kunstvollen Rauchkringel aus ihrem Mund entweichen und suchte Fernandos Blick. Er hatte seine Augen auf den Schaum in seiner Kaffeetasse gerichtet, sah jedoch auf, als er nicht sofort eine Antwort erhielt.
»Sie sind bankrott.«
»Wie bitte?«
»Du hast mich schon verstanden.«
Er senkte den Blick erneut, als schien der sich auflösende Milchschaum ihn wirklich zu fesseln.
»Ach Fernando, lass uns aufhören, einander etwas vorzumachen. Meinen Eltern geht es nicht gut, meinem Sohn nicht und mir am allerwenigsten.«
Sie hatte es ausgesprochen. Endlich hatte sie es gewagt, einmal die Wahrheit zu sagen und den ewigen Kreislauf aus Heuchelei und Lügen zu stoppen.
»Das tut mir leid.«
»Braucht es nicht. Du kannst ja nichts dafür. *Mir* tut es leid.«
»Um dich?«
»Nein, um uns.«
Er sah abrupt auf. Endlich hatte sie ihn erreicht, war etwas von dem, was ihr auf dem Herzen lag, zu ihm vorgedrungen. Das Schweigen zwischen ihnen war dichter als der Rauch, der von Jujús Zigarette im Aschenbecher aufstieg. Sie wusste seinen Blick nicht zu deuten – es stand ebenso Mordlust darin wie Begierde, Hartherzigkeit wie Mitgefühl. Jujú hielt diesem Blick nicht stand. Ungeschickt drückte sie ihre Zigarette aus.
»Da gibt es nichts, was du bereuen müsstest. Im Nachhinein bin ich sogar froh, dass wir damals nicht geheiratet haben. Meine

Güte, ich wäre jetzt noch immer Verwalter auf Belo Horizonte.«
»Warst du denn nicht … verletzt?«
Und ob er das gewesen war! Aber das würde er ihr niemals offenbaren. Genauso wenig würde er ihr jemals wieder seine Liebe gestehen – das gäbe ihr viel zu viel Macht über ihn. »Ein bisschen beleidigt war ich schon«, sagte er, »aber ich war im Krieg, da hatte ich andere Sorgen. Und so eine Jugendliebe kann man ja nicht wirklich ernst nehmen, oder?«
Wenn sie ihm jetzt beipflichten würde, wäre alles verloren. Für immer.
»Nicht wirklich«, hörte sie sich selber wie aus weiter Entfernung sagen.
Er starrte sie durchdringend an.
»Trotzdem denke ich oft daran, wie es gewesen wäre, wenn …«
»Ja?«
»Wenn alles anders gekommen wäre.«
»Es hat keinen Sinn zurückzublicken, Jujú. Man übersieht sonst zu leicht, was vor einem liegt.«
Was sollte das nun wieder heißen? Was lag denn vor ihr, außer einer Zukunft an der Seite eines Ehemannes, dem ihr Seelenheil herzlich egal war? Außer dem Aufziehen zweier Kinder, die ihr schon in wenigen Jahren den Rücken kehren und ihr eigenes Leben leben würden? Außer Fernando aus der Ferne dabei zu beobachten, wie er weiter Karriere machte, seine Familie vergrößerte und sich von ihr entfernte? Gegen ihren Willen wurden ihre Augen feucht. Nur das nicht, dachte sie, bloß nicht jetzt in Tränen ausbrechen! Fernando würde sie hassen. Er hatte immer schon Selbstmitleid als eine der schlimmsten menschlichen Schwächen betrachtet, und er würde es in ihrem Fall erst recht nicht nachvollziehen können. Wie hätte er wissen sollen, dass sie ihre damalige Entscheidung, Rui zu heiraten, aus Liebe zu Fernando getroffen hatte? Und wie hätte sie

es ihm erklären sollen – es klang heute ja sogar für sie selber unglaubwürdig. Einer so verqueren Logik würde Fernando niemals folgen können.
»Tja, vor mir liegt vor allem eine lange Reise. Ich fahre heute Nachmittag wieder zurück und muss noch packen und diverse andere Dinge erledigen. Also ... gehe ich jetzt besser.«
Als Jujú aufstand, im Wandspiegel den Sitz ihres Hutes überprüfte und ihre Handtasche nahm, sprang Fernando mit einem Satz auf.
»Was soll das?«
»Was soll was?«
»Setz dich wieder hin.«
Sie blieb einen Augenblick unentschlossen stehen, beugte sich aber schließlich der Autorität seines Blickes und ließ sich schlaff auf den Stuhl fallen. Sie sah ihn fragend an.
»Geh noch nicht. Bitte.« Fernando verstand nicht, was in ihn gefahren war. Wie hatte er so die Kontrolle über sich verlieren können? Wollte er sie nicht seine Gleichgültigkeit spüren lassen? Sie damit büßen lassen für all die Qualen, die er ihretwegen ausgestanden hatte? Sie niemals wissen lassen, was er noch immer für sie empfand? Und nun warf er sich wie ein geprügelter Hund vor ihr auf den Rücken und winselte um ihre Aufmerksamkeit!
»Ich möchte mich gerne noch ein wenig länger mit dir unterhalten«, versuchte er seinen Gesichtsverlust wieder auszubügeln. »Ich habe heute etwas mehr Zeit als sonst.«
Jujú konnte es kaum fassen. Erstmals hatte Fernando, wenn auch nur beiläufig, zu erkennen gegeben, dass seine alten Gefühle für sie vielleicht noch nicht vollständig erloschen waren. Doch ihr Triumph schmeckte schal. Was nützte es ihnen? Er hatte eine Frau, die er nicht betrügen würde, und eine berufliche Position, die ihm wenig Zeit und Gelegenheit gab, Jujú zu sehen. Sie selber hatte die Kinder und ihre neugierige Schwes-

ter, die bereits zotige Witze riss über Jujús häufige Besuche bei ihr. *Dein Sohn braucht die Kur und du den Schatten*, hatte sie gescherzt und ihr dann, in vertraulicherem Ton, geraten, sich einen Liebhaber zuzulegen.

»Es geht nicht.« Jujú beugte sich über den Tisch näher zu Fernando, als wolle sie ihm etwas beichten. »Es war ein Fehler von mir, dich aufzuspüren und den Kontakt zu dir zu suchen. Es ist besser, wenn wir uns nicht mehr sehen.« Sie legte eine Hand auf die Fernandos, um ihren Worten mehr Nachdruck zu verleihen, doch das Gegenteil trat ein. Die Geste verriet nicht ihre Entschlossenheit, dem Ganzen ein Ende zu setzen, sondern vielmehr ihr Bedürfnis nach mehr. Fernando drehte seine Handinnenfläche nach oben und umschloss ihre kalten Finger. Eine Flut von widersprüchlichen Gefühlen überrollte Jujú. Und Fernando ging es ähnlich.

Hand in Hand saßen sie schweigend beisammen, die Köpfe einander so nah zugewandt, als würden sie tuscheln. Auf jeden unbeteiligten Beobachter hätten sie den Eindruck eines langjährigen Liebespaares gemacht.

»Komm morgen Nachmittag in den Jardim da Estrela, gegen drei Uhr. Bitte«, sagte er leise.

Sie lächelte ihn traurig an, stand auf und ging.

Fernando hatte keine Ahnung, ob sie Ja oder Nein damit gemeint hatte, und die Tatsache, dass sie ihn erneut einfach sitzenließ, machte ihn rasend.

Am nächsten Tag betrat Fernando auf die Minute pünktlich den Park. Auf dem ganzen Weg vom Palácio de São Bento hierher war er wütend auf sich selber gewesen – auf seinen Mangel an Stolz, der ihn förmlich um ein Treffen hatte betteln lassen. Wahrscheinlich würde sie gar nicht erscheinen. Welche Frau mag sich schon zu einem Rendezvous mit einem so unterwürfigen Mann begeben? Aber er konnte einfach nicht anders. Wie ein Magnet, der einem physikalischen Gesetz gehorcht, zog es ihn zu dem Ort, an dem sie vielleicht auf ihn wartete.

Jujú war bereits da. Er sah sie, bevor sie ihn bemerkte. Sie saß auf einer Bank, die schlanken Beine damenhaft übereinandergeschlagen, einen Arm erhoben, um den Hut daran zu hindern, fortzufliegen. Ihr Blick ruhte auf einem kleinen Mädchen, das am Teichufer stand und die Enten fütterte.

Er setzte sich wortlos neben sie und beobachtete ebenfalls das Kind. Die Kleine sah aus wie eine originalgetreue Kopie ihrer Mutter, dasselbe widerspenstige Haar, derselbe etwas zu breit geratene Mund – und dasselbe vorwitzige Grinsen, stellte er fest, als sie sich herumdrehte und ihrer Mutter etwas zurief.

»Laura, komm her und sag dem Senhor Abrantes guten Tag. Er ist ein alter Bekannter von mir.«

Das Mädchen folgte der Aufforderung. Es machte artig einen Knicks, begrüßte den fremden Mann und lief dann sofort wieder zu den Enten.

Wenn Fernando insgeheim gehofft hatte, der Vater von Jujús erstem Kind zu sein, so wurden seine Hoffnungen nun enttäuscht. Das Mädchen hatte nichts, aber auch gar nichts von ihm. Dennoch wollte ihm die Möglichkeit nicht aus dem Kopf gehen. Zeitlich wäre es jedenfalls hingekommen. Jujú hatte ihm erzählt, dass ihre Tochter an Weihnachten 1916 zur Welt gekommen war.

»Vielleicht ist sie ja meine Tochter«, sagte er leise und wider alle Vernunft.

»Red keinen Unsinn. Außerdem sieht sie dir gar nicht ähnlich.«

»Deinem Mann auch nicht.«

»Oh, da solltest du mal meine Schwiegermutter hören. Sie ist nicht davon abzubringen, dass Laura ganz nach den da Costas gekommen ist. Aber lass uns von etwas anderem reden.«

»Vielleicht vom Wetter?« Er bereute seinen bissigen Ton so-

fort. »Es ist nur – «, fuhr er versöhnlicher fort, »ich dachte, wir hätten vielleicht Gelegenheit, uns allein zu sehen.«
»Ich konnte sie nicht zu Hause lassen. Paulo liegt krank im Bett, das Kindermädchen ist bei ihm. Laura hätte … ach, ich will dich nicht mit der Organisation meiner Familienangelegenheiten langweilen.«
»Du langweilst mich nicht.«
»Ich kann nicht lange bleiben. Aber wir könnten uns vielleicht einmal abends sehen? Das ist für mich einfacher, dann liegen die Kinder im Bett und …« Jujú unterbrach sich gerade noch rechtzeitig. Beinahe hätte sie ihm gestanden, dass sie gegen ein wenig Kerzenschein und Romantik gar nichts einzuwenden hatte.
Für Fernando war ein Treffen am Abend sehr viel schwieriger einzurichten. Aber zum Teufel auch – wenn sie es schon als Kinder geschafft hatten, nachts auszubüxen, dann dürfte es ihm heute ja wohl kaum schwerer fallen, sich unbemerkt von Frau und Schwiegereltern davonzustehlen. Er könnte eine politische Versammlung vorschieben oder Verabredungen mit politisch ambitionierten Militärs. Gar nicht mal so abwegig, dachte Fernando, denn tatsächlich bahnte sich da etwas an. Revolte lag in der Luft.
»Ja. Passt es dir morgen?« Er sah, dass sie nickte. »Dann lasse ich einen Tisch in der ›Cervejaria da Trindade‹ reservieren. Um neun.«

Dem Essen in der lauten und wenig romantischen Brasserie folgte tags darauf ein Treffen in einer Ginginha-Bar, dem Drink im Hotel Veneza ein Theaterbesuch im São Carlos, das sie allerdings in der Pause verließen. Fernando hatte Elisabetes beste Freundin entdeckt – glücklicherweise, bevor diese ihn sah – und hatte Jujú, zunächst ohne Erklärung, mit sich hinausgezerrt. Auf dem Vorplatz des Nationaltheaters brach es aus ihm heraus: »Das war knapp!«

Die Möglichkeit, erwischt zu werden, hatte immer schon bestanden. Doch erst die haarscharf vermiedene Katastrophe rief Fernando in Erinnerung, auf welchem schmalen Grat er und Jujú sich bewegten. Es war ein haltloser Zustand. Fernando gefährdete nicht nur Jujús und seinen eigenen Ruf, sondern auch den seiner Familie. Niemand würde ihnen abnehmen, dass außer ein paar keuschen Berührungen und tiefen Blicken nichts passiert war. Er konnte es ja selber kaum glauben. Im Geiste hatte Fernando seine Frau unzählige Male betrogen, und der Wunsch, es auch körperlich zu tun, wurde so unbezwingbar, wie seine Schuldgefühle es bereits jetzt waren.

»Übermorgen muss ich zurück nach Pinhão fahren«, sagte Jujú, während sie wie zwei entfernte Bekannte zur Praça Luíz de Camões schlenderten. »Es lässt sich nicht länger hinauszögern. Aber ich komme bald wieder, versprochen.«

Am Taxistand streichelte er ihre Wange. Er suchte nach den richtigen Worten. Sollte er – durfte er – sie wirklich zu einem intimeren Treffen bitten?

»Warst du schon einmal in der ›Taverna das Mónicas‹? Es ist ein Fado-Lokal, in der Alfama.« Großer Gott, ein *Fado-Lokal*. Seine eigene Scheinheiligkeit war widerwärtig. Die Taverne war viel mehr als das. Im Obergeschoss wurden auch Zimmer vermietet. Stundenweise. Er hatte nie selber eines in Anspruch genommen, aber den Gesprächen seiner Kollegen hatte er entnommen, dass es dort sauber war und die Wirtin verschwiegen. Vor allem war es der einzige Ort, an dem die Wahrscheinlichkeit, jemanden aus ihrem oder seinem familiären Umfeld zu treffen, gen null tendierte.

Jujú verneinte.

»Hast du Lust, mich morgen Abend dort zu treffen? Um zehn Uhr? Das Sträßchen heißt Travessa das Mónicas – das Lokal ist nicht zu verfehlen.«

»Ja, gut. Bis morgen dann.« Jujú stieg in das wartende Taxi ein und vermied einen letzten Augenkontakt mit Fernando. Sie wusste sehr genau, dass die Alfama nicht zu den Stadtvierteln gehörte, in denen Leute wie sie sich für gewöhnlich aufhielten.

Die Fado-Sängerin war hinreißend. Das Lokal war es nicht. Jujú fühlte sich wie ein Fremdkörper unter all den ärmlich gekleideten Leuten, Fischweibern, Handwerkern, Busfahrern, Näherinnen oder Zeitungsjungen. Der Wein war sauer, die Holzbank, auf der sie saßen, unbequem. Dennoch genoss Jujú den Abend: Das Kerzenlicht und die melancholischen Klänge des Fados, der von Wehmut und unerwiderter Liebe, vom Abschied und von fernen Welten erzählte, reflektierten ihre Gefühle, wie keine noch so großartige Soiree und kein noch so frivoles Variété es je getan hatten. »Lebwohl, Lissabon«, hieß es im Refrain, und Jujú dachte dabei unwillkürlich an ihre bevorstehende Abreise, fort von Fernando, zurück in die Einsamkeit.
Die Taverne war gut besucht, so dass Jujú dicht neben Fernando saß. Als sich ein korpulenter Mann zu ihrer Rechten niederließ und ihr unangenehm nahe kam, rückte sie noch enger an Fernando heran, der dies als Aufforderung verstand. Er legte den Arm um ihre Taille. Dort, wo ihre Oberschenkel sich berührten und wo Fernandos Hand lag, glühte Jujús Haut unter ihrem fransenbesetzten Charleston-Kleid. Sie war so nervös, dass sie Fernando jetzt nicht ansehen konnte. Stattdessen heftete sie ihren Blick auf die Sängerin und hielt dabei die Luft an.
Fernando betrachtete Jujús edles Profil. Sie wartete darauf, dass er die Initiative ergriff, das war unübersehbar. Na schön, wenn sie ihm ihre Lippen nicht zu einem Kuss darbot, dann würde er eben woanders beginnen. Er beugte sich zu ihrem Hals herab, hauchte einen Kuss darauf und bewegte sein Gesicht langsam aufwärts, um mit der Zunge die Konturen ihres Ohrs nachzumalen.
Jujú bekam vor Erregung eine Gänsehaut. Das Kratzen seiner

Bartstoppeln und die Zartheit seiner Lippen waren so sinnlich, dass sie vor Lust die Augen schloss und stumm aufstöhnte.
»Lass uns gehen«, raunte er ihr nun ins Ohr. Wohin, das brauchte er nicht zu sagen. Mit jeder Faser ihres Körpers verlangte es Jujú nach Fernando, und sie wäre ihm an den scheußlichsten Ort dieser Erde gefolgt, wenn sie nur jetzt, sofort, Erlösung fand.
Doch bereits im Treppenhaus des einsturzgefährdeten Gebäudes verflüchtigte sich der Taumel, der von Jujú Besitz ergriffen hatte. Die Wirtin stieg vor ihnen die halsbrecherisch steilen Stufen hinauf und ächzte. Jujú sah die ganze Zeit auf das breite Hinterteil der Frau, das sich ihr in einem verschmutzten Rock präsentierte, dessen Saum sich gelöst hatte. In der dritten Etage blieb die Frau stehen. Sie schloss ein Zimmer auf und schaltete das Licht ein. »Handtuchbenutzung kostet fünf Escudos extra.« Damit drehte sie sich um und stieg die Treppe, mit ihrem Schlüsselbund klappernd, wieder hinunter.
Der Raum war zwar nicht halb so ungepflegt wie die Vermieterin, aber er roch muffig und wirkte alles in allem genau so, wie Jujú sich in ihren schlimmsten Alpträumen ein Zimmer in einem Stundenhotel ausgemalt hätte. Auf dem Bettvorleger waren nicht näher zu identifizierende Flecken. Der roséfarbene Lampenschirm saß schief auf der kleinen Funzel auf dem Nachttisch. Von der Waschschüssel und dem Wasserkrug war stellenweise Email abgeplatzt, darunter kamen unschöne schwarze Flecken zum Vorschein. Das Bett war mit geblümten Laken und einer verfilzten Wolldecke bezogen, und der Samtbezug auf dem Sessel, der in einer Ecke des Raums stand, war abgewetzt. Es war widerlich.
Fernando schien das schäbige Ambiente nichts auszumachen. Nachdem er die Deckenbeleuchtung aus- und die Nachttischlampe eingeschaltet hatte, zog er Jujú fest an seine Brust. Er nahm ihr den Hut vom Kopf, löste die Klammern aus ihrem

Haar und fuhr mit der Hand hindurch. Er bedauerte, dass sie ihre Haare nicht mehr so lang wie früher trug, aber der Duft, der ihnen entströmte, war noch immer derselbe. Er sog ihn tief ein, schloss die Augen und fühlte sich in eine Zeit versetzt, in der er noch an die dauerhafte Erfüllung ihrer Liebe geglaubt hatte.

Er spürte ihre Lippen an seinem Hals. Langsam küsste sie sich weiter aufwärts, über seine kantigen Kieferknochen zu seinem Mund. Als ihre Lippen sich trafen, konnte Fernando seine Leidenschaft kaum noch zügeln. Er presste Jujú so eng an sich, dass ihr seine Erregung nicht verborgen bleiben konnte. Er begehrte sie, wie er nie eine andere begehren würde, und er wollte sie jetzt, hier, auf der Stelle. Er fuhr mit den Handflächen über ihre Schulterblätter und bewegte die Hände dann nach vorn. Ihr Busen fühlte sich göttlich an, rund und fest wie eh und je. Er streichelte ihn sanft, fuhr sacht über die aufgerichteten Brustwarzen, die er unter dem dünnen Stoff ihres Kleides genau ertasten konnte, umfasste ihre Brüste dann fordernder. Er spürte Jujús Atem an seinem Hals, heiß und immer stoßartiger.

Fernando hielt Jujú weiterhin umklammert, während er sie in vorsichtigen kleinen Schritten zum Bett führte.

Doch plötzlich stieß sie ihn von sich. »Ich kann das nicht.«

Fernando stöhnte vor unerfüllter Begierde auf. Herrgott noch mal, hätte sie ihre Schuldgefühle nicht vorher mit sich selbst klären können?

Jujú erkannte an Fernandos verschleiertem Blick, dass er sie falsch verstanden haben musste.

»Ich ... will ja auch. Aber nicht hier.«

Ihm wäre es egal gewesen. Er hatte den Raum gar nicht richtig wahrgenommen, seine Armseligkeit zwar registriert, aber nicht als störend empfunden. Sie hatten doch einander, was scherte sie da ein hässliches Zimmer? Erst jetzt, da er versuchte, es mit Jujús Augen zu sehen, erkannte er das Niedrige, das Schmutzige und Entwürdigende des Raums. Und der Situation. Er schämte sich plötzlich. Er hatte Jujú hierher geschleppt wie ein dahergelaufenes Straßenmädchen.

Er sah ihr zu, wie sie ihren Hut wieder aufsetzte und ihr Gesicht in dem blinden Spiegel abpuderte. Dann hielt er ihr die Tür auf, als sei es die Tür eines vornehmen Salons, und folgte ihr ins Parterre.

Die Zimmerwirtin zuckte nicht mit der Wimper, als die beiden so schnell schon wieder vor ihr standen, die junge Frau mit verlegenem Gesicht, er mit ausdrucksloser Miene. Die feinen Leute aus Lapa oder aus der Baixa waren immer schon sonderbar gewesen. Und wenn sie anstandslos das Geld zahlten, für das sie das Zimmer die ganze Nacht hätten haben können, Schaumwein inklusive, dann stellte sie keine weiteren Fragen. Weder den Gästen noch sich selber.

17

Erst hatte sie die Raben gesehen. Eine ganze Schar, die vollkommen still auf einem halbtoten Baum nahe der Porta de Avis saß. Kaum drei Stunden später war ihr beim Saubermachen der Spiegel zerbrochen und in genau dreizehn große Scherben zersplittert. Dann, während des Mittagessens und bereits von ihren bösen Vorahnungen verfolgt, war Dona Gertrudes der Suppenlöffel aus der zitternden Hand gefallen. Den Rest des Tages verbrachte sie, aus Angst vor weiteren schlimmen Anzeichen, allein in ihrer Kammer.
Sie war ausnahmsweise froh darüber, dass sie sich Fernandos Wunsch widersetzt und keine eigene Wohnung bezogen hatte – dort würde sie jetzt noch viel ärgere Nöte ausstehen als in ihrem kleinen, überschaubaren Zimmerchen. Vor lauter Nervosität verzählte sie sich ständig bei dem Muster des Jäckchens, das sie für ihr Enkelkind strickte. Sie schlief in dieser Nacht schlecht, und es hätte gar nicht mehr des Hundes bedurft, den sie um Mitternacht bellen hörte, um absolute Gewissheit zu haben: Ihre Zeit auf Erden wäre bald abgelaufen.
Am 30. Mai des Jahres 1926 starb Dona Gertrudes, gerade 59-jährig, an den Folgen des von ihr selbst verursachten Zusammenpralls mit einem Omnibus. Erst zwei Tage darauf erreichte Fernando die traurige Botschaft. Er ließ alles stehen und liegen, um sich gleich nach Évora aufzumachen und sich um die Beerdigung zu kümmern. Er verfluchte seinen Bruder sowie dessen nichtsnutzige Frau und fügte sich in das Unvermeidliche. Wenn er selber nicht schleunigst etwas unternahm, würde seine Mutter noch im Armengrab landen!
Es fiel Fernando schwer, so intensiv um Dona Gertrudes zu trauern, wie er es unter anderen Umständen wahrscheinlich

getan hätte. Der Zeitpunkt ihres Todes kam denkbar ungelegen: Kurz zuvor, am 28. Mai 1926, hatte ein Militärputsch zum Sturz der Republik geführt. Seine eigene Rolle in dem Putsch war nicht unbedeutend, und gerade jetzt war er stärker gefordert denn je zuvor. Das Volk befürwortete die Maßnahme zwar mehrheitlich, dennoch galt es nun zu beweisen, dass sie, die Militärs, in der Lage waren, Ordnung in das republikanische Chaos zu bringen. Und wie glaubhaft wirkte wohl ein führender General, der gleich in den ersten Tagen nach dem Umsturz ein paar Tage aufs Land fuhr?
Drei Tage musste er mindestens dafür veranschlagen. Weder die Nachbarin, die ihn telegrafisch verständigt hatte, noch das Bestattungsunternehmen hatten einen Telefonanschluss, und Fernando bezweifelte, dass seine Anweisungen korrekt ausgeführt würden, wenn er sie ebenfalls telegrafisch durchgegeben hätte. Es musste ein Termin für die Beerdigung und ein Grabstein ausgesucht werden, es mussten Dona Gertrudes' Nachbarn, Bekannte, Freunde und natürlich Verwandte benachrichtigt werden. Die Einzige, die sich um all diese Aufgaben hätte kümmern können, nämlich seine Schwester Maria da Conceição, lag ausgerechnet jetzt mit hohem Fieber im Bett.
Gleich nachdem Fernando in Évora angekommen war, ließ er auf dem Hauptpostamt eine Telefonleitung nur für sich reservieren. Er betraute einen höchstens zwanzigjährigen Beamten damit, jeden eingehenden Anruf detailliert aufzunehmen und unverzüglich an ihn weiterzuleiten, und wenn der junge Mann denn persönlich in die Rua das Alcaçarias gelaufen käme. Der Beamte war nicht sonderlich begeistert davon, den Laufburschen spielen zu müssen. Aber er sah die Notwendigkeit ein – jawohl, Herr General, wichtige Staatsangelegenheiten, der General Abrantes musste jederzeit erreichbar sein! Fernando beglückwünschte sich im Stillen für seine Weitsicht, in Uniform nach Évora gereist zu sein.

Nachdem das geregelt war, kümmerte Fernando sich um die Beerdigung. Er bezahlte Unsummen für eines der bestgelegenen Gräber auf dem Friedhof sowie für die Bearbeitung eines graphitenen Grabsteins. Er gab eine Traueranzeige in der lokalen Zeitung auf, machte die Leute ausfindig, mit denen seine Mutter in den vergangenen Jahren in engerem Kontakt gestanden hatte, und veranlasste alles Nötige für die Bewirtung der Beerdigungsgäste. Er suchte den Beichtvater seiner Mutter auf und füllte den Opferstock von dessen Kirche großzügig, um zu gewährleisten, dass der Mann sich mehr als löblich über die Verstorbene äußerte. Nicht, dass es an deren untadeligem Leben den geringsten Zweifel gegeben hätte.

Fernandos schwierigste Aufgabe bestand darin, die örtlichen Behörden davon zu überzeugen, seinen Bruder für die Dauer des Begräbnisses aus der Haft zu beurlauben. Er musste persönlich dafür bürgen, dass Sebastião am Nachmittag um Punkt zwei Uhr wieder im Gefängnis abgeliefert wurde – wo er Fernandos Meinung nach auch hingehörte. Der Mistkerl hatte den Onkel seiner Frau, Senhor Rodrigo, um mehr als 1000 Escudos geprellt und sich vor seinen Saufkumpanen damit auch noch so schamlos gebrüstet, dass ihm nicht einmal mehr die Zeit geblieben war, alles zu verjubeln: Die Polizei hatte ihn mit immerhin noch fast 150 Escudos in der Tasche ergriffen.

»Ich dachte schon, du kommst nie«, hatte Sebastião seinen Bruder an der Tür seiner Zelle empfangen.

»Ist das alles, was dir am Tag der Beerdigung unserer Mutter einfällt? Die du, nebenbei bemerkt, mit deinem Verhalten ins Grab gebracht hast?«

»Wenn du mir das Geld geliehen hättest, das ich brauchte, wäre das nicht passiert.«

»Wahrscheinlich nicht – du wärst dann ständig so betrunken gewesen, dass du deinen unglaublich raffinierten Plan gar nicht hättest ausführen können. Und jetzt komm. Ich habe dir einen ordentlichen Anzug besorgt, und eine Rasur und ein Bad könntest du auch vertragen. Sei einmal, ein einziges Mal, ein guter Sohn und erweise deiner Mutter die Ehre, die ihr gebührt. Nüchtern, wenn es geht.«

Sebastião sah seinen Bruder an, als wäre der von allen guten Geistern verlassen. Was fiel Fernando ein, sich derartig aufzuspielen? Er, Sebastião, war doch kein kleiner Soldat, den man herumkommandieren konnte! *Er* war schließlich derjenige gewesen, dem man die Mutter aufgehalst hatte. *Er* hatte die Alte durchfüttern und sich ihr frommes Geschwätz anhören müssen. Und *er* war es auch, der heute einmal seinen klugen Bruder austricksen und sich dem Zugriff der Behörden entziehen würde. Für immer.

Zu verlieren hatte Sebastião nichts. Er hatte keine Kinder – nicht einmal dazu hatte seine Frau, Rosa, getaugt. Und ihrer war er sowieso überdrüssig. Seine Geschwister konnten ihm gestohlen bleiben. Die wenigen Männer, die er seine Freunde nannte, ebenfalls. Und seine Heimat? Portugal ging den Bach hinunter, das sah doch jedes Kind! Er würde so schnell keine Arbeit finden, und jetzt, da er vorbestraft war, schon gar nicht. Eigentlich hatte er auch gar keine Lust, einer geregelten Beschäftigung nachzugehen. Die Jahre bei Senhor Rodrigo, in denen er als »Assistent« der tödlich monotonen Beschäftigung als besserer Lehrjunge nachgegangen war, reichten ihm vollauf. Nie wieder, schwor Sebastião sich, würde er sich dermaßen erniedrigen lassen.

In Brasilien dagegen hatten Männer wie er, echte Männer, noch die Möglichkeit, zu Geld zu kommen. Das Land war riesig und voller Bodenschätze. Da wurden mutige und zähe Burschen gebraucht, die weder vor klimatischen Extremen noch vor Giftspinnen, feindseligen Indianerstämmen oder rechtswidrigen Handlungen zurückschreckten. Ja, dort würde er sein Glück machen, und dank der Kontakte eines alten Freundes hatte er

sogar schon die Überfahrt geregelt – an Bord eines Frachtschiffes, auf dem er zu unqualifizierten, das heißt niederen, Arbeiten herangezogen würde. Nun gut, die zwei Wochen würde er auch noch überstehen. Und dann: Freiheit! Kokospalmen! Halbnackte Mulattinnen!
Nun musste er nur noch Fernando entwischen. Und zwar jetzt oder nie.
Sebastião wusch sich, zog den Anzug an und begab sich dann, immerzu unter Beobachtung von Fernando, auf das Klosett im Treppenhaus.
»Aber dort wirst du jetzt nicht mit hineinkommen wollen, oder?« Sein Ton troff vor Sarkasmus.
Allerdings nicht – Fernando bezweifelte, dass sein Bruder es, wenn er tatsächlich durch das kleine Fenster aus dem Haus klettern sollte, weit schaffen würde. Ohne Geld und ohne Papiere hatte Sebastião nicht den Hauch einer Chance.
Doch darin täuschte Fernando sich. Sein Bruder hatte im Wasserkasten über der Toilette einen Teil des gestohlenen Geldes deponiert. Außerdem hatte er eine erkleckliche Summe dafür ausgegeben, dass der brasilianische Kapitän des Frachters keine Fragen stellen und ihn illegal ins Land schleusen würde. Und er sah in dem Beerdigungsanzug recht respektabel aus, so dass er es unauffällig bis zum Hafen in Lissabon schaffen konnte. Ha, Fernando hatte ihm unfreiwillig Schützenhilfe geleistet – was für ein Witz des Schicksals!
Als die Witwe Carneiro aus dem Fenster ihrer Wohnung im vierten Stock des Hauses sah, glaubte sie, einer Sinnestäuschung zu unterliegen. War der Schuft von unten nicht hinter Gittern? Wieso kletterte er dann am helllichten Tag am Wasserrohr hinab in den Hinterhof? Sie rief seinen Namen, erhielt aber keine Antwort. Sebastião schlüpfte durch das Gatter zum Hof des Nachbarhauses und bewegte sich dabei flinker, als er es je bei der Arbeit getan hatte.

Die Beerdigung war weniger deprimierend, als Fernando es vermutet hatte. Das Wetter war freundlich, die Rede des Padres einfühlsam, das Grab mit Blumen und Kränzen bedeckt. Es waren an die fünfzig Leute gekommen – in den Jahren, in denen sie in Évora gelebt hatte, schien seine Mutter viele neue Freunde gewonnen zu haben. Sein anderer Bruder, der in Angola lebte, hatte es nicht hierher geschafft. Auch Elisabete hatte nicht kommen können – ihre Schwangerschaft war zu weit fortgeschritten, als dass sie die Reise hätte wagen wollen. Aber immerhin hatte seine Schwester es sich trotz ihrer Grippe nicht nehmen lassen, Dona Gertrudes das letzte Geleit zu geben. Maria da Conceição sah allerdings ziemlich mitgenommen aus: Zu ihrer Krankheit und der Trauer um die Mutter hatte sich noch die Wut über Sebastiãos Verschwinden gesellt.

Er hatte es wirklich getan! Am Tag der Beerdigung ihrer Mutter! Fernando war fassungslos angesichts dieser Dreistigkeit und dieses Frevels. Doch er zerbrach sich nicht weiter den Kopf darüber. Er war sofort zur Wache geeilt, hatte von der Flucht berichtet und war sich ziemlich sicher, dass sein Bruder noch im Laufe des heutigen Tages aufgegriffen werden würde. Falls das nicht der Fall sein würde, so hatte Fernando sich gesagt, konnte er sich auch später noch Gedanken darüber machen, welche Auswirkungen das auf seine eigene Karriere haben mochte. Jetzt würde er sich ausschließlich mit dem Gedenken an seine Mutter befassen.

Doch kaum dachte Fernando an eine besonders erinnerungswürdige Situation zurück, an eine liebevolle Geste oder ein zärtliches Wort seiner Mutter, legte sich das Bild von Jujú darüber. Der Tag, an dem Dona Gertrudes zu Tränen gerührt war, dass Fernando einen ganzen Schinken mit nach Hause gebracht hatte? Es war derselbe, an dem er mit Jujú händchenhaltend in der Vorratskammer auf Belo Horizonte gekauert und sich gefürchtet hatte, von der Köchin erwischt zu werden. Die Sonntagsmesse, bei der seine Mutter ihm das Bildchen des heiligen António zugesteckt hatte, das ihr äußerst kostbar war? War dieselbe, bei der er, höchstens zwölfjährig, wie gebannt auf den rosafarbenen Hut des Mädchens in der ersten Reihe gestarrt hatte, das ihm zuvor geschworen hatte, den verhassten neuen Hut nie im Leben aufzusetzen. Und der Aschermittwoch des Jahres 1916, an dem seine Mutter ihm vor der Rückkehr in die Kaserne die selbst gestrickten Handschuhe geschenkt hatte, die ihm im Flugzeug absolut nutzlos waren, weil nur Leder die kalte Luft effizient abhielt? War der Tag, an dem er Jujú für lange Zeit zum letzten Mal gesehen hatte.

Das Bild von ihr, wie sie unter der Korkeiche herumhüpfte und ihre Beine ausschüttelte, hatte sich ihm unauslöschlich ins Gedächtnis gebrannt. Es hatte so kindlich und unbeschwert gewirkt, dieses Gezappel, welches sie ihm später damit erklärt hatte, dass ihr vom langen Warten im Schneidersitz die Beine eingeschlafen waren. Es war ein lustiger Tanz gewesen, den sie da aufgeführt hatte, und er hatte in völligem Widerspruch zu ihrer Aufmachung gestanden, die bewusst damenhaft war: ein dem Feiertag angemessenes, hochgeschlossenes Kleid, das Haar zu einem sittsamen Knoten aufgesteckt, die hübschen Fesseln in schwarzen Schnürstiefeln verborgen.

Es lagen Welten zwischen dieser Jujú von früher und derjenigen, die er in Lissabon wiedergetroffen hatte. Nicht nur äußerlich. Fernando konnte sich nicht vorstellen, dass Jujú heute irgendwo im Schneidersitz saß, nicht einmal allein im heimischen Garten oder auf ihrem Bett. Genauso wenig glaubte er, dass sie heute noch dasselbe herzerfrischende Lachen von früher hatte. Lachen konnte man verlernen, das wusste er aus eigener schmerzhafter Erfahrung. Bei ihren verschiedenen Begegnungen in jüngerer Zeit hatte Jujú nie, nicht ein einziges Mal, laut gelacht. Sie hatte ihn bestenfalls mit einem sphinxenhaften Lächeln bedacht, das wirkte, als hätte sie es jahrelang einstudiert. Oh, es stand ihr ausgezeichnet zu Gesicht – es verlieh ihr genau jenen Ausdruck von Dramatik, wie er derzeit in Mode zu sein schien –, aber es wollte so gar nicht zu der Jujú passen, die er geliebt hatte. Noch liebte.

»... und des Heiligen Geistes«, hörte er den Padre sagen.

»Amen«, fiel die Trauergemeinde mit ein.

Fernando merkte, dass aller Augen auf ihn gerichtet waren. Er trat an das Grab und warf eine weiße Rose auf den Sargdeckel. Das dumpfe Geräusch, als die Blume auf das Holz traf, brachte ihn wieder zur Besinnung. Er trat zurück in die Reihe. Nachdem Maria da Conceição mit einem herzzerreißenden Schluchzer ihre Blume ebenfalls in das Grab geworfen und sich wieder neben ihn gestellt hatte, ergriff er ihre Hand, weniger, um seiner Schwester Trost zu spenden, als vielmehr, um sich selber daran zu erinnern, wo und zu welchem traurigen Anlass er sich hier befand.

Himmel, er war kaum besser als Sebastião! Spielte es eine Rolle, ob man physisch oder nur geistig abwesend war? Und war Ehebruch, auch wenn er nur im Kopf stattgefunden hatte, nicht ein noch schäbigeres Vergehen als Diebstahl? Was war nur aus seiner Moral geworden? Hier stand er, am Grab der Frau, die ihm das Leben geschenkt hatte, und war in Gedanken bei der Frau, die es ihn beinahe gekostet hätte: Als er damals von Jujús übereilter Hochzeit mit diesem da Costa erfahren hatte, war er so unvorsichtig geworden, war er so riskante Manöver geflogen, dass er dem Tode oft sehr nahe gewesen war. So entstanden Helden.

Nach der Beerdigung begab sich die Trauergemeinde in ein nahe gelegenes Kaffeehaus, in dem Fernando den »Leichenschmaus« organisiert hatte. Der Sergeant von der Polizeiwache trat zu ihm, und obwohl Fernando wusste, um welche äußerst delikate Angelegenheit es ging, war er insgeheim erleichtert.

Sich einem akuten Problem zu stellen war ihm schon immer leichter gefallen, als einfach dazustehen, sich von wildfremden Menschen die Hand schütteln zu lassen und sich Beileidsbekundungen anzuhören.
»General Abrantes, ich, äh, wir ...«
»Ich übernehme die volle Verantwortung. Ich habe bereits Lissabon verständigt und denke, dass mein Bruder Ihnen bald wieder übergeben wird.«
Dem Polizisten fiel sichtlich ein Stein vom Herzen. »Gut. Sehr gut. Dann ... behellige ich Sie jetzt nicht weiter mit dem Vorfall. An einem so traurigen Tag. Mein aufrichtiges Beileid.«
»Danke, Sergente.«
Kurz darauf kam Maria da Conceição zu ihm.
»Ich kenne kaum jemanden von diesen Leuten. Und es geht mir ziemlich schlecht. Mein Fieber ist bestimmt wieder gestiegen. Ich denke, ich gehe jetzt besser.«
»Du willst schon nach Hause fahren?« Es kam Fernando merkwürdig vor, von Belo Horizonte als Conceições Zuhause zu sprechen.
Sie nickte müde.
»Nein, leg dich in Sebastiãos Wohnung ein wenig hin. Ich begleite dich. Wir müssen nachsehen, ob es dort Gegenstände gibt, die wir zur Erinnerung an Mamã behalten wollen. Wenn nicht, bestelle ich einen Entrümpler.«
Maria da Conceição war empört über Fernandos Mangel an Feingefühl. Man konnte doch nicht am Tag der Beerdigung die Hinterlassenschaft des Verstorbenen sichten! Ihr Bruder sah ihr offenbar an, was in ihr vorging.
»Für Sentimentalitäten haben wir keine Zeit. Willst du etwa noch einmal hierherkommen, wenn es dir bessergeht? Deinen freien Tag für eine so unerfreuliche Pflicht opfern?«
Er hatte natürlich recht. Maria da Conceição nickte schicksalsergeben.

Unauffällig verließen sie das Café, in dem sich die meisten Leute gar nicht schlecht zu amüsieren schienen.
In der Wohnung empfing sie der Geruch von Kernseife und kaltem Ruß. Conceição ließ sich kraftlos auf das Sofa in der Stube fallen, während Fernando ihr einen Tee kochte. Als er ihn ihr brachte, weinte seine Schwester stumm. Sie nahm einen Schluck, bevor sie mit tränenerstickter Stimme sagte: »Vier erwachsene Kinder, sieben Enkelkinder – und fast nur Fremde bei der Beerdigung.«
Was hätte er ihr zum Trost sagen sollen? Fernando hatte es ja ähnlich empfunden. »Für sie waren es keine Fremden. Und im Himmel sieht sie bestimmt, dass Manuel und Sebastião in Gedanken bei ihr waren – das ist doch das Wichtigste.« Er glaubte selber nicht an das, was er sagte, weder an den Himmel noch daran, dass seine Brüder im Geiste bei der Mutter waren. Genauso wenig wie seine Frau und seine kleinen Kinder, die ihre Großmutter kaum je gesehen hatten.
»Bleib du hier sitzen«, forderte Fernando seine Schwester auf, »ich sehe mal nach, ob in ihrer Kammer irgendetwas ist, das wir als Erinnerung behalten möchten.«
»Nein, ich komme mit.« Maria da Conceição wusste, dass ihr Bruder sie niemals übervorteilt hätte. Aber sie wusste auch, dass er ein abgegriffenes Gebetbuch, ein fadenscheiniges, selbstbesticktes Taschentuch oder den getrockneten Blumenstrauß, die ihr viel bedeutet hätten, als nutzloses Gerümpel betrachten würde.
Die Kammer war makellos sauber und aufgeräumt. Fernando sah sich darin um, doch weder von den Möbeln noch von den dekorativen Dingen – eine kleine Holzfigur der Heiligen Muttergottes von Fátima auf einem wackligen Regal, selbst gehäkelte Gardinen an den Fenstern – mochte er irgendetwas als Andenken behalten. Er öffnete die Schublade eines schlichten Holztisches, der in der Ecke stand. Es befanden sich einige we-

nige Schmuckstücke darin, die absolut wertlos waren. Fast war es Fernando peinlich, als er bemerkte: »Sie hätte gewollt, dass du ihren Schmuck bekommst.«
Er verließ die Kammer wieder und überließ es Maria da Conceição, die Habseligkeiten von Dona Gertrudes zu sichten. Er setzte sich aufs Sofa und schlürfte geistesabwesend an dem Tee seiner Schwester. Auch hier war nichts, aber auch gar nichts, was er hätte haben wollen. Wahrscheinlich würde nicht einmal ein Entrümpler hier fündig werden. Der billige Druck eines alten Meisters an der Wand, der durchgelaufene Teppich – wer würde so etwas noch haben wollen? Oder dieser verbogene, löchrige Korb, aus dem zwei Stricknadeln herauslugten?
Fernando stand auf, um sich den Inhalt des Korbes aus der Nähe anzusehen. Er kannte sich mit Handarbeiten überhaupt nicht aus, aber was er sah, war ganz ohne Zweifel ein fast vollendeter Strampelanzug für ein Neugeborenes. Für *sein* Kind, das dieser Tage zur Welt kommen sollte. Sein drittes.
Fernando nahm die Stricksachen samt Wollknäuel an sich. Das würde er behalten – und dabei immer an die fleißigen, geschundenen Hände seiner Mutter denken.
Was keine Rede, keine Beileidsbekundung und kein armseliges Erbstück geschafft hatte, nämlich bis zu seinem Herzen vorzudringen, ihm die Trauer schmerzhaft zu Bewusstsein zu bringen, das gelang jetzt diesen harmlosen Stricksachen.
Verstohlen wischte Fernando sich eine Träne aus dem Auge.

18

Rui da Costa war mit seinen knapp vierzig Jahren ein ausgesprochen attraktiver Mann. Die grauen Haare an den Schläfen und in seinem Schnurrbart sowie die Fältchen um die Augen ließen ihn maskuliner wirken. Seine Gesichtszüge waren schärfer ausgeprägt als in jüngeren Jahren und gaben ihm eine markante Note. Sein Teint war sonnengebräunt, seine Figur unverändert schlank und muskulös. Zahlreiche Stunden auf dem Tennisplatz hatten ihre Wirkung nicht verfehlt. Rui hatte noch immer ein Faible für Mode, kleidete sich aber, wie es sich für einen portugiesischen Geschäftsmann gehörte, recht konservativ. Er machte alles in allem den Eindruck eines Mannes, der sowohl privat wie auch beruflich Erfolg auf ganzer Linie hatte.

Und so war es auch – nach außen hin. Im väterlichen Unternehmen hatte er sich unentbehrlich gemacht. Dank der Korkeichenpflanzungen, die Jujú zur Hochzeit von ihren Eltern übereignet worden waren, war die Korkfabrik, die er und sein Vater zusammen aufgezogen hatten, überaus profitabel. Sie waren der größte Exporteur von Weinkorken in der ganzen Region – die Lieferungen gingen vorwiegend in die europäischen Weinanbaugebiete – und priesen unermüdlich die Vorteile des Materials, um sich auch andere Märkte zu erschließen. Kork war wärmeisolierend, schalldämpfend, wasserdicht und noch dazu extrem leicht. Es wurde als Einsatz von Kronkorken verwandt, und es wurden Bodenbeläge für Badezimmer aus Kork-Granulat hergestellt. Doch Rui träumte davon, Kork auch als Baustoff oder als Material für Schuhsohlen und für viele andere Gebrauchsgegenstände des täglichen Lebens zu größerer Anerkennung zu verhelfen. Er stand mit seinen Visionen allein

auf weiter Flur. Seine Eltern gaben ihm zwar zu erkennen, dass sie seine Ideen brillant fanden, doch insgeheim schüttelten sie die Köpfe über eine solche Realitätsferne. Und seine Frau, Jujú? Die interessierte sich sowieso nicht für das, was Rui tat. Weder für die Korkfabrik noch für den Weinanbau. Und schon gar nicht für sein Privatleben. Gott sei Dank.
Seit sie gänzlich nach Lissabon gezogen war, fiel es Rui wesentlich leichter, sich abends aus dem Staub zu machen. Alle Sympathien, seien es die seiner Eltern, die der Nachbarn oder die der Dienstboten, waren auf seiner Seite: Es war ja nicht verwunderlich, dass ein Mann, dessen Frau meist durch Abwesenheit glänzte, sich anderweitig zu unterhalten suchte. Und Rui war klug genug, sich diese Unterhaltung dort zu suchen, wo ihn niemand kannte. Hätte er sich in Pinhão auf die Pirsch begeben, wäre seine »widernatürliche« Veranlagung schnell bekanntgeworden. In Lamego, Régua oder Porto dagegen war es vergleichsweise leicht, unerkannt mit einem kernigen Burschen in einem Hotel zu verschwinden. Und kernig mochte er sie, große, kräftige Kerle, die mehr Muskeln als Gehirn hatten. Unter den Erntehelfern am Douro oder den Matrosen in Porto war immer einer zu finden, der ähnliche Neigungen wie Rui hatte.
Rui hasste es, seine Vorliebe für das starke Geschlecht geheim halten zu müssen. Er fand sie weder widernatürlich noch in irgendeiner Weise verwerflich. Aber er wusste auch um die Vorurteile der Leute und um die verheerenden Auswirkungen, die das Bekanntwerden seiner Veranlagung auf das Geschäft gehabt hätte. Es ging einfach nicht. Er konnte niemanden einweihen. Und genauso wenig gelang es ihm, Frauen etwas abzugewinnen. Er hatte es versucht. Lieblos war er seinen ehelichen Pflichten nachgekommen, in der Hoffnung darauf, weiteren Nachwuchs zu zeugen, der sämtliche Versuche über Nachrede oder auch nur entsprechende Andeutungen im Keim erstickt hätte. Er hatte nach Laura unbedingt noch einen Sohn gewollt – und als

Paulo dann endlich zur Welt gekommen war, hatte Rui ganz aufgehört, das Bett mit Jujú zu teilen.

Vielleicht hatte er Jujú damit aus dem Haus getrieben. Vielleicht hatte sie gespürt, dass er sie nur benutzt hatte, um sich fortzupflanzen und sich unter dem Deckmantel der Ehrbarkeit zu verstecken. Denn dumm war sie sicher nicht, seine liebe Gattin. Sie mochte ein schockierendes Desinteresse für alle wirtschaftlichen und politischen Angelegenheiten an den Tag legen, sie mochte sich gelangweilt der Einrichtung des Hauses widmen, die er im Übrigen sehr geschmackvoll fand, und sie mochte einen Mangel an Abenteuerlust sowie damit einhergehend das Bedürfnis nach Ruhe vorgeben – aber dumm war sie nicht.

Rui fragte sich gelegentlich, ob Jujú überhaupt in der Lage war, sich leidenschaftlich mit einem Thema auseinanderzusetzen, echten Enthusiasmus für irgendetwas aufzubringen. Anfangs, als er ihr den Hof gemacht hatte, war er versucht gewesen zu glauben, in ihr eine Gefährtin und Freundin gefunden zu haben. Jemanden, mit dem man wenn schon keine Zärtlichkeiten austauschen, so doch wenigstens reden, planen, lachen und träumen konnte. Doch die Jujú, die dann als seine Ehefrau nach Pinhão gekommen war, glich nicht im Entferntesten der quirligen jungen Frau, die er kennengelernt hatte.

Er bezweifelte, dass ein anderer Mann dahintersteckte. Sie war ja noch Jungfrau gewesen. Und gleich nach der Hochzeit war sie zu ihm an den Douro gezogen. Wo und wie hätte sie da einem anderen begegnen können? Nicht, dass es ihn sonderlich getroffen hätte. Er hätte nur zu gern gewusst, was diesen Wandel in ihrer Persönlichkeit ausgelöst hatte. Aber vielleicht würde ihnen beiden ja die räumliche Entfernung zugutekommen. Was auch immer sie in Lissabon trieb – schaden konnte es ihr sicher nicht.

Ein wenig freute Rui sich sogar auf das Wiedersehen. Besonders seine Kinder hatten ihm gefehlt. Fast ein halbes Jahr war vergangen, seit Jujú die Wohnung in Lissabon bezogen hatte. Sie hatte gute Gründe angeführt. »Das Klima hier im Norden verschlimmert Paulos Asthma nur. Die vielen Reisen nach Lissabon sind ebenfalls lästig, für alle Beteiligten. Meine Schwester macht schon spitze Bemerkungen, wenn wir uns wieder ankündigen. Und ein Hotel hätte etwas so … Unheimisches, wenn du verstehst, was ich meine.« Rui verstand. Er verstand auch die Notwendigkeit, Laura auf ein Internat zu schicken, ganz so, wie alle da Costas ab ihrem zehnten Lebensjahr exklusive Bildungseinrichtungen besucht hatten. Laura war genau in dem richtigen Alter dafür. Der Vorschlag war von ihm selber gekommen, schon Jahre zuvor – dennoch verübelte Rui es seiner Frau jetzt, dass sie das Kind in ein Internat gab: Jujú wollte Laura doch nur aus dem Weg haben. Sie war eine Rabenmutter. Und er hatte sie dazu gemacht. Ach, Unsinn! Es lag nur an der Weihnachtszeit, sie stimmte ihn immer nachdenklich. Unwirsch schob Rui jeden Gedanken an seine eigene Verantwortung als Vater beiseite. Kinder waren schließlich Frauensache. Erst recht die Töchter.

Anders als die meisten Mädchen ihres Alter fieberte Laura ihrem elften Geburtstag überhaupt nicht entgegen. Jeder hatte ihr versichert, dass es ein großes Glück war, ein wahrer Segen, an Heiligabend geboren zu sein – ein echtes Christkind sei sie. Aber die so etwas behaupteten, wussten einfach nicht, wie es war. Es war gemein, dass an dem Tag, an dem sie allein im Mittelpunkt aller Aufmerksamkeit hätte stehen und sie allein Geschenke hätte bekommen sollen, ein so großes religiöses Fest begangen wurde. An Heiligabend wurde aufwändig gekocht, es kam oft Besuch, man ging zur Christmette. Zugegeben, Geschenke bekam sie zwar, meistens sogar sehr viele, bevor dann am nächsten Tag gleich noch einmal eine Bescherung stattfand – aber für eine richtige Geburtstagsfeier hatte niemand Zeit. Und wen hätte sie schon einladen sollen? Ihre Freundinnen von früher, Mädchen aus Pinhão oder von den umliegenden Quintas, feierten ja alle selber die Heilige Nacht vor Weihnachten. Und die neuen »Freundinnen« aus dem Internat wollte sie sowieso nicht um sich haben, die dummen Ziegen.

Na ja, dachte Laura, wenigstens war sie wieder zu Hause, wenn auch nur für die drei Wochen ihrer Schulferien. Wenn sie das Fahrrad geschenkt bekäme, das sie sich gewünscht hatte, würde sie damit die ganze Nachbarschaft abklappern. Sie würde üben, freihändig zu fahren, wie sie es in Lissabon bei einem Briefträger gesehen hatte, und würde sich dafür von ihren alten Freundinnen bewundern und von ihren Großeltern ausschimpfen lassen. Vielleicht würde sie sogar absichtlich stürzen, denn dann würde ihre Mamã sie bemitleiden und ihr aufgeschlagenes Knie verarzten und sie an sich drücken, wie sie es seit Ewigkeiten nicht getan hatte.

Also schön, sie selber war daran nicht ganz unschuldig. Als sie Anfang September im Internat abgeliefert worden war, hatte Mamã traurig ausgesehen und sie abküssen wollen. Aber Laura hatte sie von sich gestoßen, als hätte sie eine eklige ansteckende Krankheit. Sie konnte sich schließlich nicht vor den Augen all der anderen Mädchen eine solche Blöße geben und sich wie ein Baby behandeln lassen, ausgeschlossen! Außerdem: Strafe musste sein. Sie, Laura, hatte sich vehement dagegen gewehrt, weggeschickt zu werden, aber ihre Mutter hatte nicht nachgegeben: »Wir schicken dich nicht weg, Spatz. Wir wollen doch nur, dass du die beste Erziehung genießt, die für Geld zu haben ist.« Danach, bei den drei Besuchen, die sie ihr in Sintra abgestattet hatte, hatte ihre Mutter gar keinen Versuch mehr unternommen, Laura zu herzen.

Laura tappte auf Zehenspitzen durchs Haus. Morgen war ihr »großer« Tag, der zwar erfahrungsgemäß nicht wirklich groß werden würde, ihr dafür aber höchstwahrscheinlich das Fahrrad einbrächte. Und das musste bereits irgendwo stehen. Laura

wollte es unbedingt finden. Sie suchte an den unmöglichsten Stellen, doch weder in der Besenkammer noch auf dem Dachboden oder im Keller hinter den riesigen Fässern, in denen der Portwein reifte, war ihr Geschenk verborgen. Befand es sich womöglich im Werkzeugschuppen? Nein, auch dort war nichts zu finden. Sie hatte nur noch eine Chance: Der riesige Kleiderschrank im Schlafzimmer ihrer Eltern war der einzige verbleibende Ort, an dem ein Gegenstand dieser Größe versteckt sein konnte. So leise, wie sie nur konnte, schlich Laura sich an die Tür des Zimmers, um durchs Schlüsselloch zu prüfen, ob die Luft rein war.
Sie hatte nicht damit gerechnet, dass sich jetzt, am Nachmittag, irgendjemand in dem Raum aufhalten würde. Umso größer war ihr Schreck, als sie sah, wie ihre Mutter auf der Bettkante saß und ihr Vater ruhelos durchs Zimmer schritt. Hm, hochinteressant. Vielleicht konnte sie, wenn sie lauschte, etwas über ihr Geburtstagsgeschenk in Erfahrung bringen. Laura drückte die rechte Seite ihres Gesichts ganz fest gegen die Tür, um sich kein Wort entgehen zu lassen.
»Das muss aufhören. Was wirft das für ein Licht auf uns?«, vernahm sie die Stimme ihres Vaters.
»Ich bitte dich, Rui. Wir leben doch nicht im Mittelalter. Wenn ich keine männlichen Besucher mehr empfangen darf, dann kann weder der Arzt zu Paulinho kommen noch ein Handwerker zu irgendeiner Reparatur. Ich kann dann leider auch nicht mehr deinen hochverehrten Doutor Braga bewirten, und die Stippvisiten des netten Senhor Teobaldo aus dem dritten Stock werden dann auch ein Ende haben. Falls es dich interessiert: Der Mann ist über achtzig. Mit ihm wirst du mir ja wohl kein Techtelmechtel unterstellen wollen.«
»Du drehst mir das Wort im Munde um.«
»Aber ganz und gar nicht. Verdreht ist nur deine Wahrnehmung – und die stammt auch noch aus zweiter Hand.«

»Wie sonst sollte ich es denn verstehen, wenn Paulinho mir erzählt, dass immer ein Herr bei euch zum Kaffee vorbeischaut?«
»So, wie ich es dir erklärt habe. Es handelt sich um einen Jugendfreund von mir, aus dem Alentejo. Was ist denn schon dabei, wenn wir uns ab und zu sehen und alte Erinnerungen aufwärmen?«
»Normalerweise nichts. Aber die Art und Weise, wie ihr sie ›aufwärmt‹, scheint mir doch ein wenig zu vertraulich zu sein.«
»Nur weil Paulinho gesehen hat, dass Fernando meine Hand geküsst hat? Ehrlich, Rui, ich glaube, deine Phantasie geht mit dir durch.«
Laura, die weiterhin gespannt an der Tür klebte, glaubte ihrer Mutter aufs Wort. Paulinho hatte wahrscheinlich sowieso alles erstunken und erlogen – ihr Bruder war mit seinen sechseinhalb Jahren der schlimmste Lügenbold, der ihr je untergekommen war. Eine Petze war er auch. Außerdem war Laura sich ziemlich sicher, dass Paulinhos Asthma gar nicht wirklich existierte. Er hatte die Anfälle jedenfalls immer nur dann, wenn Mamã in der Nähe war.
»Fernando heißt er also, hm?«, hörte sie ihren Vater nun sagen. »Weißt du, Jujú, mir ist es völlig egal, was du mit diesem Fernando treibst. Solange du dich nicht schwängern lässt und solange es niemand mitbekommt. Am allerwenigsten unsere Kinder. Ist das klar?«
»Was heißt hier: Ist das klar? Willst du mir drohen?«
»Ja. Ich will nicht, dass die Kinder in dem Bewusstsein aufwachsen, dass ihre Mutter eine Ehebrecherin ist. Wenn mir also noch einmal zu Ohren kommen sollte, dass dieser Mann dich besucht und dich küsst, und seien es nur deine Hände, dann werde ich alle Zahlungsanweisungen an dich sofort einstellen.«
»Und dann komme ich reuig hierher zurück? Ist es das, was du willst? Rui, mit Verlaub, ich kenne dich. Ich weiß genau, dass es dir nur lieb ist, wenn ich aus dem Weg bin. Und nur, um hier

sämtliche Missverständnisse auszuräumen: Ich bin keine Ehebrecherin.«
»Dabei bekäme es dir vielleicht mal ganz gut ... «
Laura war sich nicht sicher, ob sie das Gesagte richtig verstanden hatte. Siedend heiß fiel ihr wieder ein, wie sie damals ihren Cousinen eine Geschichte über ihre Mutter aufgetischt hatte, um von ihrem eigenen Geheimnis abzulenken. War das jetzt die Strafe dafür? Hatte sich ihre frei erfundene Geschichte bewahrheitet?
Plötzlich hörte Laura ein lautes Klatschen. Zu schade, dass sie nicht durchs Schlüsselloch sehen und gleichzeitig lauschen konnte. Was das wohl gewesen war? Eine Ohrfeige? Und wer hatte dann wem eine runtergehauen?
Einen Augenblick lang war es ganz still. Dann brach ihre Mutter das Schweigen, aber ihre Stimme klang vollkommen anders als noch Sekunden zuvor – kalt, beherrscht, nüchtern.
»Ich werde in Lissabon empfangen, wen ich will. Du kannst mir nicht drohen. Eigentlich bist doch du es, der Angst vor der Enthüllung seines wahren Wesens hat, oder etwa nicht? Was würden wohl Dona Filomena und Senhor Adalberto sagen, wenn sie wüssten, dass ihr perfekter Sohn, nun ja, nicht ganz so perfekt ist, wie es alle Welt glaubt? Glaubst du, ich wüsste nicht, warum du dich so gegen eine Scheidung sträubst?«
Das war der Moment, in dem Laura fluchtartig ihren Horchposten verließ. Das Wort »Scheidung« beschwor ihre übelsten Ängste herauf. Ein Mädchen im Internat hatte geschiedene Eltern, und es wurde ständig gehänselt und schikaniert – sogar von den Nonnen. Es gab kaum einen schrecklicheren Makel, als geschiedene Eltern zu haben, höchstens noch den, ein uneheliches Kind zu sein. Aber ein solches kannte Laura nicht, und hätte sie es getan, wäre ihr der Umgang mit ihm verboten worden. Scheidung! Lieber Gott im Himmel, bitte keine Scheidung! Jeder Gedanke an ihr Fahrrad hatte sich verflüchtigt.

Jujú hörte die Dielen im Flur knarren. Es war Zeit, dieses Gespräch zu beenden, bevor irgendjemand Zeuge ihres grotesken Wortwechsels wurde. Sie würden das Schlafzimmer verlassen und einfach weitermachen wie bisher. Sie würde Rui nicht der Lächerlichkeit preisgeben. Sie würde die Farce weiterspielen, um den Anschein einer intakten Familie wenigstens vor den Kindern aufrechtzuerhalten. Aus demselben Grund würde sie allerdings auch nicht mehr Fernando zu sich in die Wohnung einladen. Sie war erschüttert gewesen, als Rui sie mit den Beobachtungen Paulinhos konfrontiert hatte. Wenn der Junge ihre nach außen hin harmlosen Begegnungen so deutete, wie sie eigentlich auch zu deuten waren, dann musste sie Fernando selbst zum nachmittäglichen Kaffee woanders treffen.

»Ich glaube, es ist alles gesagt«, warf sie Rui von der geöffneten Tür aus zu. »Ach, und bevor ich es vergesse: Denk bitte daran, das Fahrrad heute Nacht aus dem Schrank zu holen und es im Esszimmer aufzustellen, am besten direkt vor der Fenstertür zur Veranda, da wird Laura es sofort sehen – für den Fall, dass sie vor uns aufwacht.« Damit schloss sie sacht die Tür und ging nach unten in den Salon, um sich Dona Filomena und Senhor Adalberto als die beste aller Schwiegertöchter zu präsentieren. Davon, dass sie heute Nacht das Gästezimmer beziehen würde, mussten weder die beiden alten Herrschaften noch sonst jemand etwas erfahren.

Am nächsten Tag wachte Laura außergewöhnlich früh auf. Es war noch dunkel draußen, und im Haus war kein Laut zu hören. Sie zog sich ihren Morgenmantel über und lief nach unten. Der Tisch war zwar schon gedeckt, und aus der Küche drang der Duft von frisch aufgebrühtem Kaffee, aber außer ihr und der Köchin war anscheinend noch niemand aufgestanden. Alle Frühstücksgedecke auf dem Tisch waren unberührt. Laura war ein wenig enttäuscht, doch sie zwang sich zur Vernunft. Was

erwartete sie schließlich, wenn sie zu nachtschlafener Zeit im Haus herumgeisterte? Sie setzte sich auf ihren Platz und starrte beleidigt auf die alte Standuhr, als sei diese an ihrer Misere schuld. Zehn nach sieben. Es konnte noch ewig dauern, bevor sich jemand ihrer erbarmte.
Doch bereits wenig später hörte Laura aufgeregtes Füßetrappeln und Geflüster. Der Vorhang zum Küchentrakt schob sich ein wenig beiseite. Laura sah das Mondgesicht ihres einstigen Kindermädchens, Aninha, die nun ausschließlich zu Paulinhos Pflege abgestellt worden war. Endlich wurde der Vorhang ganz geöffnet. Feierlich schritten die Köchin und Aninha ins Esszimmer, summten die Melodie eines Geburtstagsliedchens und trugen eine kleine Schokoladentorte vor sich her.
»Herzlichen Glückwunsch!«, riefen die beiden im Chor und umarmten Laura innig. Aninha gab Laura ein Messer, ließ sie ein Stück von dem Kuchen abschneiden und steckte mit entschuldigendem Blick eine kleine Kerze hinein. »Wir hatten keine elf mehr.« Sie zündete sie an, gab Laura einen Kuss auf die Wange und verschwand dann wieder zusammen mit der Köchin hinter dem Vorhang.
Lauras Blick verlor sich in der Flamme. Nach wenigen Minuten war das dünne Kerzchen heruntergebrannt. Sie zog den Wachsstummel aus dem Kuchen. Rund um das Loch, in dem die Kerze gesteckt hatte, war die Schokoladenglasur geschmolzen. Laura saß mit krummem Rücken auf dem Stuhl, die Arme auf dem Schoß verschränkt, den Kopf gebeugt. Sie starrte auf das Loch in dem Tortenstück und kämpfte gegen ihre Tränen an. Nicht einmal an genügend Kerzen war gedacht worden.
Sie weidete sich an ihrem Leid. Das war noch nie vorgekommen, dass sie an ihrem Geburtstag allein am Frühstückstisch sitzen musste! Sonst waren ihre Eltern immer schon vor ihr auf gewesen, hatten die Tafel mit Blumen oder Zweigen oder Pinienzapfen verziert, hübsch verpackte Geschenke um Lauras Platz her-

um deponiert und das Geburtstagskind mit einem Ständchen begrüßt. Laura hatte sich immer für die scheußliche Singstimme ihres Vaters geschämt – doch diesmal hätte sie nichts lieber gehört als seine schief vorgetragenen musikalischen Glückwünsche. Alles war besser als das geschäftige Klappern von Geschirr, das aus der Küche drang.
Um kurz vor acht erschien eine weitere Person am Frühstückstisch: ihr Bruder. Er schleifte eine Schmusedecke hinter sich her und sah sehr verschlafen aus. Doch an ein Geschenk hatte er gedacht. Er trug ein kleines Päckchen, das wunderschön verpackt war, in hübschem Papier und mit einer dicken Schleife darauf. Wahrscheinlich hat Aninha es für ihn verpackt, schoss es Laura durch den Kopf. Aber egal. Dass ausgerechnet ihr dummer kleiner Bruder an ihren Geburtstag gedacht hatte, rührte sie dann doch irgendwie.
»Herzlichen Glückwunsch«, sagte er schüchtern. Paulo fürchtete sich vor seiner Schwester, besonders wenn sie so ein Gesicht machte wie jetzt.
»Danke.« Laura nahm das Päckchen entgegen, als enthielte es einen toten Frosch, und legte es vor sich auf den Tisch.
»Mach auf, mach auf!«, quengelte Paulinho.
Sie wollte ihn keineswegs merken lassen, wie gespannt sie auf das Geschenk war, auch wenn sie sich denken konnte, dass es sich dabei eher um Kinderkram als um ein richtiges Präsent handelte. Provozierend langsam löste sie die Schleife von dem Päckchen, um es dann übervorsichtig aus dem Papier zu wickeln. Zum Vorschein kam eine unscheinbare Pappschachtel. Laura schüttelte sie, hielt sie sich ans Ohr und versuchte zu erraten, was darin sein mochte. Paulinho hüpfte aufgeregt vor ihr herum. Sie fand ihn plötzlich sehr süß, und sie ließ sich zu einem Lächeln herab. Dann widmete sie sich wieder der Schachtel. Sie öffnete sie und konnte zunächst den Inhalt nicht identifizieren. Erst als sie den Gegenstand herausnahm, erkannte sie, um was

es sich handelte: eine Fahrradhupe! Sie starrte ihren Bruder entgeistert an.

»Eine Hupe ist das. Sieh mal, man drückt hier auf den Gummiball und ...«

Ein ohrenbetäubendes Tröten kam aus der Hupe. Paulinho lachte und hüpfte fröhlich im Esszimmer herum.

»Lass das. Gib sie her, sie gehört jetzt mir.« Laura riss ihrem Bruder die Hupe weg. Dessen frohes Gesicht verzog sich sofort zu einer ängstlichen Grimasse.

»Du Blödmann! Was soll ich mit einer Fahrradhupe, wenn ich kein Fahrrad habe?« Sie drückte wütend auf den Gummiball. Tröt, tröt, tröööööt! Heulend rannte Paulinho davon. Dass das beste Geschenk, das er jemals für Laura gehabt hatte – und bei dessen Kauf Mamã ihm geholfen hatte –, so verschmäht wurde, war einfach nicht gerecht.

Eine Etage höher erwachte Rui aus einem tiefen, traumlosen Schlaf. In seliger Ahnungslosigkeit um die Dramen, die sich unten abspielten, zog er sich die Bettdecke unters Kinn und drehte sich um. Nur noch fünf Minuten. Doch durch den Nebel des Halbschlafs dämmerte ihm schwach, dass er irgendetwas – einen Geschäftstermin?, eine Verabredung zum Tennis? – vergessen hatte.

19

Die Zugfahrt hatte schier endlos gedauert, aber was Jujú nun aus dem Fenster ihres Abteils sah, war die ganze Mühe wert gewesen. Die französische Riviera zeigte sich dem Reisenden im Februar von einer besonders leuchtenden Seite: Die Mimosen blühten, und zwar in so unglaublicher Zahl und Pracht, dass sie der Sonne Konkurrenz machten. Das wild zerklüftete Estérel-Gebirge war von gelben Tupfern durchsetzt, und die Ausblicke aufs Mittelmeer, die Jujú immer wieder durch das Pflanzendickicht entlang der Bahngleise erhaschte, sahen aus, als hätte man sie golden gerahmt. Es war jetzt nicht mehr weit bis nach Cannes, der Schaffner hatte sie bereits davon in Kenntnis gesetzt, dass sie in etwa zwanzig Minuten ankommen würden.
Cannes? Zuerst hatte sie gedacht, Fernando erlaubte sich einen Spaß mit ihr. Doch es war ihm ernst. Ja, Cannes, hatte er gesagt – er müsse drei Tage an einem Kongress in Nizza teilnehmen, irgendetwas über die Zukunft der Luftfahrt, wenn Jujú sich recht entsann, und seine Frau zöge es vor, nicht mitzureisen. Warum, das hatte Jujú nicht gefragt. Am liebsten wollte sie nie wieder etwas von dieser Frau hören, die ein Kind nach dem anderen bekam und demnach offenbar nicht ganz so reizlos war, wie Fernando immer behauptete.
Ihr selber war es nicht schwergefallen, sich die Zeit für einen kleinen Ausflug zu nehmen. Laura ging seit dem vergangenen Jahr auf ein Internat, und Paulinho war froh gewesen, über Karneval zu seinem Vater und seinen Großeltern nach Pinhão zu fahren. Und die wiederum interessierten sich nach wie vor mehr für das Portweingeschäft als für Jujú und ihre Reisepläne. Seit Jujú ihre Wohnung in Lissabon bezogen hatte, bestand ihre Ehe ohnehin bloß noch auf dem Papier, und das

auch nur, weil Rui eine Scheidung für geschäftsschädigend hielt. »Sei nicht albern – niemand empfindet eine Ehescheidung heute noch als skandalös«, hatte sie ihm gesagt. Doch Rui weigerte sich. »Warum legst du so großen Wert darauf, geschieden zu sein? Deine Ehre würde erheblichen Schaden nehmen. Außerdem hast du als verheiratete Frau doch viel mehr Freiheiten – erst recht als *meine* Frau.« Mit diesen Argumenten hatte er die Diskussion beendet. Und es stimmte ja: In Wahrheit konnte es Jujú egal sein, ob sie noch mit Rui verheiratet war oder nicht, solange er ihr die Freiheit ließ, in Lissabon das Leben zu führen, das ihr behagte. Und solange auch Fernando verheiratet war.

In Kürze würde sie also ihre »Kur« beginnen. Bei der Vorstellung, was wohl ihre Verwandtschaft davon halten mochte, musste Jujú still in sich hineinkichern. Eine Liebeskur, ha! Oh, sie würde sich ganz sicher besser fühlen nach diesem Urlaub, und ganz gewiss würde sie auch wieder besser aussehen. Alle würden ihr bestätigen, wie gut ihr diese Reise getan hätte, und die Wohlmeinenderen würden sie ermutigen, sich regelmäßig solche Kuren zu gönnen. Jujú hörte sich selber glucksen. Oh Gott, sie musste sich zusammenreißen – sie war ja kurz davor, hysterisch zu werden!

Sie war aufgeregt wie ein junges Mädchen vor seinem ersten Ball. Alle paar Sekunden kontrollierte sie ihr Aussehen in ihrem Taschenspiegel, und alle paar Sekunden stellte sie fest, dass es nichts daran zu verbessern gab. Jedenfalls nicht auf die Schnelle. Ihre Lippen waren perfekt ausgemalt, ihre Nase und ihre Stirn glänzten nicht, die Frisur saß. Sie trug eine kurzärmlige Bluse zu einem wadenlangen, eng geschnittenen Flanellrock, der ihre schmale Gestalt sehr gut zur Geltung brachte und dessen anthrazitfarbener Ton nicht gar so deutlich ihre Laune verriet. Wenn es danach gegangen wäre, hätte sie von Kopf bis Fuß in Rosa gekleidet sein müssen. Aber die hellblaue Bluse sah freund-

lich und duftig genug aus, und wenn sie erst das kurze Persianerjäckchen darüberzog und den Hut aufsetzte, der im Ton genau zum Rock passte, wäre sie insgesamt eine durch und durch elegante, respektable Erscheinung. So gehörte es sich ja auch für die Gattin des General Abrantes.
Darauf hatte Fernando bestanden. »Wenn du dich nicht als meine Frau ausgibst, werden wir auch kein gemeinsames Zimmer nehmen können. Jedenfalls nicht im Carlton.« Aber was, hatte Jujú eingewandt, sollte sie tun, wenn sie sich ausweisen musste? Das würde nicht geschehen, hatte Fernando ihr versichert, und in seinen Augen hatte es gefunkelt wie früher, wenn sie als Kinder verbotene Abenteuer ausgeheckt hatten.
Der Zug passierte jetzt ein altes Schloss, das direkt über dem Meer thronte. Aus dem Fenster sah Jujú eine wunderschöne lang gezogene Bucht, an deren östlichem Ende eine weiß gleißende Stadt lag. Das musste Cannes sein. Sie tupfte sich ein wenig Parfum hinter die Ohren, zog die Jacke an, setzte den Hut auf und öffnete, als sie merkte, dass der Zug seine Fahrt verlangsamte, das Fenster. Sie lehnte sich mit den Armen in die Öffnung, hielt ihren Hut mit einer Hand fest und ließ sich die laue Luft um die Nase wehen. Der Fahrtwind war doch noch stärker, als Jujú gedacht hatte, er brannte in ihren Augen. Was soll's, dachte sie, er wird es für Freudentränen halten.
Sie sah Fernando, bevor er sie entdeckte. Er trug einen hellen Anzug und sah darin aus wie ein Filmstar. Plötzlich fand sie ihren allzu korrekten Aufzug unpassend. Aber da hatte er sie bereits gesichtet. Er strahlte von einem Ohr bis zum anderen, als sie auf seiner Höhe angelangt war, und lief dann so lange neben ihr her, bis der Zug endgültig zum Stillstand gekommen war. Wenige Sekunden später stand er in ihrem Abteil, drückte sie fest an sich und suchte ihre Lippen zu einem Begrüßungskuss.
»Nicht«, raunte sie ihm zu. »Wenn uns jemand sieht …«
»Ein Mann wird doch wohl seine geliebte Gattin nach Wochen

der Entbehrung mit einem anständigen Kuss empfangen dürfen«, flüsterte er ihr ins Ohr und zog sie noch näher an sich heran. Aber Jujú sträubte sich. Das war zu neu, zu verboten und zu gefährlich, als dass sie munter drauflos diese Rolle hätte spielen können. Sie hauchte ihm ein Küsschen auf die Wange und entwand sich seiner Umarmung.
»Komm, mein lieber Gemahl, gleich fährt der Zug ab.«

Der Page öffnete die Tür zu ihrer Suite und wartete, dass die Gäste eintraten. Jujú zögerte einen Moment, bis sie plötzlich merkte, dass Fernando sie hochhob. Aber – er wollte sie doch jetzt nicht allen Ernstes über die Schwelle tragen? Er wollte. Jujú errötete.
»Oh, das ist leider nicht die Hochzeitssuite, Monsieur«, entschuldigte der Page sich. »Das muss ein Versehen sein, wenn Sie möchten …«
»Nein, nein, es ist alles in Ordnung«, schnitt Fernando ihm in holprigem Französisch das Wort ab, während er Jujú absetzte und ihr zuzwinkerte.
»Mein Mann ist manchmal zu bizarren Scherzen aufgelegt«, meinte Jujú dem Burschen erklären zu müssen. Da, jetzt hatte sie es zum ersten Mal gesagt: *mon mari* – mein Mann. Es war überhaupt nicht schwer gewesen und hatte nicht im Geringsten merkwürdig geklungen. Das konnte natürlich auch an der fremden Sprache gelegen haben. Zwar sprach Jujú perfekt Französisch, aber es war ihr nie so vertraut wie das Portugiesische geworden. In einer Fremdsprache fand sie es paradoxerweise viel einfacher, ihren Gefühlen Ausdruck zu verleihen, und »je t'aime« kam ihr deutlich leichter über die Lippen als »amo-te«, ich liebe dich. Sie sah Fernando an, der sie seinerseits anschaute, als wüsste er genau, was gerade in ihr vorging.
Ihr Hotelzimmer war wunderschön. Es war eine riesige Suite, die nach Süden, zum Meer hin gelegen war. Sie war vornehm

möbliert und besaß neben dem Schlafzimmer und dem eleganten Wohnraum mit Balkon auch ein äußerst großzügiges Bad, das ganz modern eingerichtet war. Alle Räume waren sehr hoch – im Sommer sicher ein Vorteil, zu dieser Jahreszeit jedoch ein Manko, da sie sich schlecht beheizen ließen. Doch im Kamin flackerte ein kleines Feuer, so dass wenigstens der Salon anheimelnd warm war.

Jujú beging die Suite, als müsse sie hier für Jahre einziehen. Sie betrachtete jede Einzelheit genau, nahm jeden losen Gegenstand, wie etwa die Porzellanfigurine auf der Flurkonsole, in die Hand, und studierte das hoteleigene Briefpapier mit derselben Konzentration wie die Karte des Zimmerservices. Sie begeisterte sich für die Handtücher mit dem aufgestickten Hotelnamen und fuhr mit der Hand, nachdem sie sich auf die Bettkante gesetzt hatte, über die Bettwäsche, wie um deren Qualität zu prüfen. Fernando beobachtete sie amüsiert.

»Du wirst doch nicht zum ersten Mal in einem Grand Hotel sein, oder?«

»Nein, aber ich finde es immer wieder herrlich. Diese Häuser haben etwas so ... Majestätisches.«

Fernando wunderte sich. Er empfand zwar genau dasselbe, aber er hatte es immer darauf zurückgeführt, dass er aus ärmeren Verhältnissen stammte und ihn großer Luxus insgeheim noch immer einschüchterte. Bei Jujú hatte er erwartet, dass sie die Eleganz dieser Räume als die natürlichste Sache der Welt hinnehmen würde. Man brauchte sie ja nur anzuschauen, um zu wissen, dass man es mit einer Dame zu tun hatte, die Reichtum niemals hatte erlernen müssen. Allein wie sie vorhin am Zugfenster gestanden hatte! Sie hatte ausgesehen wie eine Diva, eine berühmte Opernsängerin oder etwas in der Art, die sich für die Reise besonders schlicht gekleidet hatte, um unerkannt zu bleiben.

Fernando setzte sich zu Jujú auf die Bettkante. Er nahm ihre

Hand, führte sie an seine Lippen und küsste sie sanft. Er ließ ihre Hand wieder herab und näherte sich mit dem Gesicht dem ihren. Jujús Augen waren in Erwartung eines Kusses halb geschlossen. Sie hielt den Atem an. Als sie Fernandos Lippen auf ihrem Mund spürte, zart wie das Streicheln mit einer Feder, schloss sie die Augen ganz. In diesem Augenblick klingelte es an der Tür.

»Das wird mein Gepäck sein«, sagte Jujú und sprang auf, als wäre sie froh über die Störung. Aber das war sie nicht. Von ihr aus hätte er sie ewig küssen können. Sie konnte sich gut an diese Küsse erinnern, die so zaghaft begannen – viel sanfter, als man es bei einem Mann mit den herben Zügen Fernandos vermutet hätte – und deren Intensität sich dann steigerte, bis sie beide sich in leidenschaftlicher Hingabe danach sehnten, ihre Körper in derselben Gier zu vereinen. Aber das Debakel in der Absteige in der Alfama saß Jujú noch immer in den Knochen.

Nachdem ihre Koffer abgestellt worden waren, bat Jujú um ein paar Minuten für sich alleine, um sich schnell frisch zu machen und umzuziehen. »Zieh doch etwas Praktisches an, bitte. Eine Hose vielleicht. Und keine hochhackigen Schuhe«, hatte Fernando sie gebeten, bevor er die Suite verließ. Jujú fand das anmaßend. Nicht einmal ihr Ehemann machte ihr irgendwelche Vorschriften über ihre Garderobe.

Fernando saß derweil im Foyer, auf eine längere Wartezeit gefasst. Zu seiner Überraschung kam Jujú jedoch nach etwa einer Viertelstunde nach unten. Sie trug ein Kleid und halbhohe Schuhe. Das waren wahrscheinlich die praktischsten und einfachsten Sachen, die sie eingepackt hatte.

Er bestellte ihr ein Glas Champagner. Er selber trank nur ein Glas Wasser.

»Auf uns«, sagte er und stieß mit ihr an.

»Auf uns«, entgegnete sie mit rauchiger Stimme und sah ihm tief in die Augen. »Der Klang von Wassergläsern ist nicht eben

hübsch. Warum leistest du mir beim Champagner keine Gesellschaft?«
»Das wirst du gleich sehen. Komm, ich habe eine Überraschung für dich.«

Die Fliegerei hatte in den vergangenen Jahren erhebliche Fortschritte gemacht. Während die ersten militärischen Einsätze 1914 noch mit klapprigen Apparaten geflogen worden waren, gab es jetzt, 1928, eine Vielzahl an großen, sicheren Flugzeugen. Die Zeit der Pioniere und Helden der Luftfahrt, gleich welcher Nationalität, schien abgelaufen zu sein. Der Rote Baron, Roland Garros oder Santos Dumont waren beinahe in Vergessenheit geraten, seit Charles Lindbergh im vergangenen Jahr allein und ohne Zwischenstopp den Atlantik überquert hatte, und selbst Lindberghs Leistung verblasste angesichts des galoppierenden Fortschritts und der immer leistungsfähigeren Flugzeuge.
Der Himmel war längst auch von der zivilen Luftfahrt entdeckt worden, und je mehr Privatpersonen per Flugzeug reisten, desto mehr verlor er seinen Reiz für all jene, die von der Entdeckerwut beseelt waren. Denen blieb jetzt nur noch das All, dachte Fernando mit milder Belustigung – nun ja, auszuschließen war es nicht, dass der Mensch eines Tages auch den Mond erobern würde. Er selber würde das wohl kaum noch miterleben. Aber im Augenblick genügte es ihm vollkommen, die Erdanziehungskraft allein durch die Macht seiner Gefühle außer Gefecht gesetzt zu haben. Fernando schwebte im siebten Himmel.
Er fuhr die Klappen wieder ein und nahm etwas Gas weg. Die Nase des Flugzeugs senkte sich leicht. Sie hatten ihre Reiseflughöhe erreicht. Neben sich die Frau, die er liebte, unter sich die atemberaubend schöne Landschaft der französischen Seealpen, rundherum nichts als blauer Himmel – so ließ es sich leben. Sie flogen auf einer Höhe von etwa 2000 Fuß, knapp 700 Metern.

Jujú starrte wie gebannt aus dem Fenster. Sie saß zum ersten Mal in ihrem Leben in einem Flugzeug, und sie wäre nie hineingestiegen, wenn nicht Fernando der Pilot gewesen wäre. Als das Flugzeug beschleunigte und dann abhob, war sie so fest in ihren Sitz gepresst worden, dass sie dachte, ihr bliebe die Luft weg. Das Gerät hatte gewackelt und gebebt und einen derartigen Lärm gemacht, dass Jujú sich beinahe bekreuzigt hätte: Sie war davon überzeugt gewesen, ihr letztes Stündlein hätte geschlagen. Doch jetzt, mit gedrosseltem Motor und in der erhabenen Weite des Himmels, genoss sie den Flug, wie sie selten zuvor etwas genossen hatte. Es war grandios, unter sich die Berge zu sehen, die steil in das von kleinen Schaumkrönchen besetzte Wasser abfielen, die mittelalterlichen Trutzburgen auf den Anhöhen, die Kieselstrände von Nizza, vor denen das Wasser türkis leuchtete, und in gar nicht allzu weiter Entfernung die schneebedeckten Gipfel der Alpen. Die Sicht war umwerfend klar. Man konnte sogar schemenhaft Korsika ausmachen.
Sie wäre gern etwas niedriger geflogen, um die Bauten genauer erkennen und in die Gärten der Prunkvillen schauen zu können. Doch Fernando zog am Steuer und hob die Nase des Flugzeugs wieder an. Sie verloren zusehends an Geschwindigkeit. Himmel noch mal, was tat er denn da? Warum gab er denn nicht Gas? Jujú war schon versucht, selber den Gashebel zu betätigen, wie sie es vorhin bei Fernando beobachtet hatte, unterdrückte den Impuls jedoch. Er würde schon wissen, was er tat. Er war der beste Pilot Portugals, oder etwa nicht? Sie sah ihn zweifelnd an, und er grinste ihr frech zu. Plötzlich hörte sie ein schrilles Pfeifen. Sekunden später kippte die Maschine linksüber steil nach unten. Sie stürzten ab! Oh Gott, nein! Jujú schloss die Augen und krallte ihre Finger in den Sitz.
Sie wusste nicht, ob sie geschrien hatte oder nicht. Sie spürte nur, dass ihr Magen einen furchtbaren Satz machte, als die Maschine sich wieder fing, und zwar ebenso abrupt, wie sie herun-

tergefallen war. Jujú öffnete die Augen. Sie flogen wieder friedlich geradeaus. Sie blickte zu Fernando hinüber – und erkannte an seiner Miene, dass es sich bei dem »Absturz« durchaus nicht um eine Notsituation, sondern um ein gezielt herbeigeführtes Kunststück gehandelt hatte. Er strahlte sie an, als hätte er ein ganz dickes Lob für diese artistische Einlage verdient. Sie hätte ihn umbringen können.

»Na, wie hat dir das gefallen?«, fragte er stolz, als sie wieder auf dem Flugfeld in Mandelieu gelandet waren.

Sie strafte ihn mit eisigem Schweigen.

Fernando wirkte enttäuscht. Er schien sich wirklich keiner Schuld bewusst zu sein, sondern ehrlich daran zu glauben, dass er ihr ein einzigartiges Erlebnis geschenkt hatte. Also gut, dann würde sie es ihm eben sagen müssen.

»Ich will nicht sterben, jedenfalls noch nicht so bald, und ich will auch nicht das Gefühl haben, jeden Augenblick sterben zu müssen.«

»Ich wusste nicht, dass du so empfindlich bist. Früher konnte dir kein Karussell wild genug sein.«

»Herrje, Fernando, das ist mindestens zwanzig Jahre her. Im Übrigen waren die Karussells damals ziemlich lahm, im Vergleich zu diesem Höllenapparat.« Sie trat energisch gegen eines der Flugzeugräder, die Fernando gerade mit Holzklötzen fixierte.

»Lass das. Das Flugzeug kann nichts dafür. Der *stall*, den ich dir vorgeführt habe, ist ganz einfach und absolut sicher. Es hat keine Sekunde Gefahr für dein Leben bestanden. Wenn du möchtest, erkläre ich dir, wie ich mit dem Seitenruder …«

»Ich will es gar nicht wissen.«

Schweigend fuhr Fernando fort, das Flugzeug zu sichern. Als er damit fertig war, wandte er sich Jujú zu.

»Also schön: Entschuldige bitte. Entschuldige, dass ich dir zeigen wollte, wie herrlich das Fliegen ist. Entschuldige, dass ich

dich an meiner größten Passion teilhaben lassen wollte. Und entschuldige, dass ich deine Abenteuerlust überschätzt habe.«
»Überschätzt hast du, wenn überhaupt, nur dich.«
»Keineswegs.« Er zuckte mit den Schultern. »Jujú, ich will mich nicht mit dir streiten. Lass uns über etwas anderes reden. Ganz hier in der Nähe gibt es einen wunderschönen Golf-Club, der ein sehr anständiges Essen serviert. Hast du Lust, dort hinzugehen?«
Jujú hatte eigentlich keine Lust dazu. Der Appetit war ihr gründlich vergangen. Doch sie wollte sich nicht unversöhnlicher geben, als sie war, deshalb akzeptierte sie das Angebot. »Wenn du willst.«
In der Mittagssonne und im Windschatten war es mild genug, um auf der Terrasse zu sitzen. Das Essen war gut, und Jujú, die die Hüpfer ihres Magens von vorhin längst vergessen hatte, langte mit großem Appetit zu. Die Luft duftete nach frisch gemähtem Rasen und Pinien. Die Sonne zauberte vorwitzige Sprenkel in Fernandos Augen und einen kupfernen Glanz in Jujús Haar.
Sie sahen sich verliebt an.
»Wünschen Sie noch ein Dessert? Einen Kaffee?«, fragte der Kellner.
Jujú schüttelte mit dem Kopf. Auch Fernando lehnte dankend ab und verlangte die Rechnung. Sie hatten es beide plötzlich sehr eilig, zurück auf ihr Hotelzimmer zu kommen.

Schon im Fahrstuhl drückte sich Fernando von hinten gegen Jujú und küsste ihren Hals. Sie hielt die Luft an. Der Liftboy stand mit dem Rücken zu ihnen und bekam davon nichts mit. Der Aufzug kam mit einem Ruck zum Halten, und sie verließen ihn, als wären sie entfernte Bekannte. Doch als sie vor ihrer Suite standen und Jujú mit vor Aufregung zitternden Händen die Tür aufschloss, spürte sie erneut Fernando hinter sich. Er legte die Arme um ihre Taille und beugte seinen Kopf in ihren Nacken. Sein heißer Atem brachte sie um den Verstand. Kaum hatten sie den Vorraum betreten und die Tür hinter sich geschlossen, presste er Jujú plötzlich mit seinem Gewicht an die Wand, schnell und heftig, als wolle er sicherstellen, dass sie ihm nicht entkam oder Widerstand leistete.

Er umschloss ihre Handgelenke und presste auch diese gegen die Wand, auf Schulterhöhe. Er neigte den Kopf herab und bedeckte ihre Stirn, ihre Augen und ihre Nase mit kleinen Küssen. Dann wanderte sein Mund zu ihrem Ohr. Er knabberte daran, fuhr mit der Zunge die Konturen der Ohrmuschel nach und küsste schließlich ihren Hals. Er merkte, wie Jujú Schauer des Begehrens überliefen. Sie legte den Kopf nach hinten und schloss die Augen, bot ihm ihren Hals dar, an dem entlang er sich wieder nach oben küsste, saugte und biss. Sie stöhnte tonlos. Als er ihre Lippen erreichte, ließ er ihre Hände los, die sie sofort um seine Hüften legte. Er spürte, wie sie das Hemd aus seiner Hose zog und mit ihren Händen an seinem Rücken hochfuhr. Seine eigenen Hände zeichneten ihre zarte Silhouette nach, strichen leicht über ihre Brust, ihre Taille und blieben schließlich auf ihrem Hinterteil liegen. Er hob sie gerade genug an, dass ihre Körper jetzt, wären keine störenden Textilien mehr dazwischen gewesen, sich hätten vereinigen können.

Jujú erregte es ungemein, ihn so hart zwischen ihren Beinen zu fühlen. Er drückte sich noch immer fest gegen sie. Sie war zwischen seinem Körper und der Wand eingeklemmt – als wäre sie seine Gefangene und als wolle er sie nie wieder freigeben. Sie war ihm vollständig ausgeliefert, und sie genoss es. Sie spürte, wie seine Hände ihr Kleid hochzogen, sich darunter schoben, an den Oberschenkeln nach oben wanderten, deren Innenseiten streichelten – bis sie schließlich ihr Ziel erreicht hatten. Mit einer Kenntnis der weiblichen Anatomie, die sie bei einem Mann nicht für möglich gehalten hatte, erkundete er die geheimsten Winkel ihres Körpers, massierte den sensibelsten Punkt mit ungeheurer Sanftheit und hörte unterdessen nie auf, seine kratzigen Wangen in ihrer Halsbeuge zu vergraben und kleine Liebesschwüre zu stammeln.

Jujús Knie drohten wegzusacken. Alles in ihr schrie nach sofortiger Erfüllung. Und so war schliesslich sie diejenige, die sich schnell ihrer Wäsche entledigte, ihm die Hose aufknöpfte, seinen steil aufgerichteten Penis mit der Hand führte und ein Bein um seine Hüften schlang, um ihm das Eindringen zu erleichtern. Fernando umschloss fest ihre Pobacken mit beiden Händen und hob sie hoch, als wöge sie nicht mehr als eine Feder. Sie legte das andere Bein nun ebenfalls um seine Hüften. Er glitt nicht gerade behutsam in sie, doch seine Ungeduld und der erste Schmerz der Vereinigung erregten Jujú nur noch mehr. Er sah ihr mit glasigem Blick in die Augen. Er atmete schwer, Schweiss stand ihm auf der Stirn. Er bewegte sich immer schneller und fordernder, beinah grob der Griff, mit dem er sie gepackt hielt. Mit jedem Stoss prallte ihr Rücken gegen die Wand, und das rhythmische Dröhnen, das sie damit erzeugten, hallte in Jujús Ohren wider wie die schönste Musik.

Jujú hätte nie gedacht, dass sich Liebe auf so heftige Weise manifestieren könne. Sie spürte ihren Körper, wie sie ihn nie zuvor gespürt hatte. Sie drängte sich Fernando immer mehr entgegen und grub die Finger in seinen Rücken, als sie plötzlich fühlte, wie die Mitte ihres Leibes mit unkontrollierbaren Zuckungen auf die köstlichen Erschütterungen antwortete. Sie stöhnte laut auf, als ihr ganzer Körper von einem Zittern geschüttelt wurde, das gleich darauf einem überwältigenden Gefühl der Entspannung wich. Zum zweiten Mal an diesem Tag meinte Jujú sterben zu müssen – doch diesmal hätte das Gefühl ewig andauern mögen.

Auch Fernando schien zu beben, als er Sekunden nach ihr zum Höhepunkt gelangte und sich seine Ekstase in einigen letzten, pumpenden Stößen sowie in einem heiseren Laut entlud. Er sah sie mit verschleiertem Blick an und ließ sie langsam herab. Als Jujú wieder festen Boden unter den Füßen hatte, merkte sie, wie schwindelig ihr war. Sie zog ihr Kleid, das noch immer in ihre Taille hochgeschoben war, über den Kopf, ging zum Bett und ließ sich erschlafft darauf fallen. Fernando tat es ihr gleich. Sie sprachen kein Wort dabei, und auch als sie in der Nachmittagssonne nackt nebeneinander auf dem Bett lagen, schwiegen sie. Es war ein köstliches Schweigen, und es sagte viel mehr als alle Worte.

Jujú schämte sich ihrer Nacktheit nicht im Geringsten. Hatte sie daheim vor dem Spiegel ihren Körper nach einer kritischen Musterung für alt und hässlich befunden, von Schwangerschaftsstreifen entstellt und mit Brüsten, die nicht mehr ganz so fest waren wie vor ein paar Jahren, so fühlte sie sich jetzt in vollkommenem Einklang mit sich selbst. Sie fand sich schön, weil Fernando sie schön fand. Er liebkoste ihren Körper mit Blicken, aus denen sowohl Wollust als auch tief empfundene Liebe sprachen, und sie erwiderte die unausgesprochenen Komplimente damit, dass sie ihrerseits seinen Körper bewunderte. Sie fuhr mit den Fingern durch sein Brusthaar, strich über den Adamsapfel, erzeugte ein kratzendes Geräusch, als sie sein Kinn streichelte, und spürte ihn plötzlich an ihrem Finger lutschen, als sie sacht seine Lippen berührte. Sie lächelte, er auch.

Irgendwann schliefen sie ein.

Als Jujú ein oder zwei Stunden später erwachte, sah sie, dass Fernando sie zugedeckt hatte. Er saß auf der Bettkante, beobachtete sie beim Aufwachen und strich ihr zärtlich eine Haarsträhne aus dem Gesicht. Er hielt ihr ein Glas Wasser hin, das sie dankbar nahm und in einem Zug austrank. Danach bat sie ihn, ihr eine Zigarette zu holen und anzuzünden. Sie inhalierte den Rauch tief und mit großem Genuss. In den Sonnenstrahlen,

die nun schräg durch das Fenster fielen, folgte ihr Blick den schönen Rauchgebilden.
»Wie spät ist es?«, fragte sie ihn.
»Ungefähr vier Uhr. Warum, hast du noch etwas Besonderes vor?«
Sie lächelte ihn vielsagend an. »Ja, du nicht?« Dann drückte sie die Zigarette aus und zog Fernando zu sich hinab.
Diesmal ließen sie sich mehr Zeit für ihr Liebesspiel, doch noch immer war es geprägt von einer Hemmungslosigkeit und Gewalt, aus der das unerfüllbare Verlangen sprach, die verlorenen Jahre wieder aufzuholen. Er nahm sie mit einer Leidenschaft, die an Raserei grenzte. Er riss an ihren Haaren, er biss sie und packte sie und nahm vollständig von ihr Besitz. Es war genau das, was Jujú wollte. Zärtliche Liebkosungen, sachtes Streicheln und verliebtes Betrachten des anderen konnten warten. Die rohe Begierde nicht.
Erst als die Sonne schon im Westen verschwunden war und das Licht im Zimmer dämmrig wurde, ließen sie voneinander ab. Sie duschten gemeinsam, kleideten sich an und gingen ein wenig auf der Croisette spazieren, solange der letzte Rest von Tageslicht ihnen erlaubte, das Panorama zu würdigen. Sie schlenderten Hand in Hand über die elegante Promenade, und als sie genug gesehen hatten und die Geschäfte schlossen, setzten sie sich in eines der Fischrestaurants am Hafen. Sie vertilgten einen riesigen Teller mit auf Eis liegenden Austern, Scampis, Krebsen, Muscheln und Schnecken, tranken einen Sancerre dazu und hatten anschließend das Gefühl, ihren eigentlichen Hunger und Durst noch immer nicht gestillt zu haben. Doch dafür hatten sie ja noch die ganze Nacht.
Und mehrere Tage.
Ihr Aufenthalt in Cannes war eine einzige Abfolge ineinander übergehender erotischer Spiele, nur gelegentlich unterbrochen von romantischen Spaziergängen oder Restaurantbesuchen.

Noch Jahre später konnte Jujú diese Erlebnisse wie in Zeitlupe vor ihrem geistigen Auge vorbeiziehen lassen, und je mehr Zeit verging, desto mehr erschienen sie ihr wie ein Traum. Wenn es nicht das Foto gegeben hätte, das sie beim Bummel über die Croisette von sich hatten machen lassen – Jujú hätte die ganze Begebenheit für eine Ausgeburt ihrer Phantasie gehalten.

20

Wer nicht wagt, der nicht gewinnt? Auf solche Sprüche hätte sie früher gespuckt. Doch jetzt erkannte sie, wie richtig dieses Sprichwort doch war. Luiza Mendes hatte etwas gewagt, und es sah ganz nach einem Hauptgewinn aus. Sie rieb sich die Hände. Es war schlau gewesen, ihrem Verlobten nach Lissabon zu folgen. In Coimbra hatte sie in dem Haushalt eines greisen Lustmolchs gearbeitet, dessen Wohnung, ganz gleich, wie oft sie lüftete, immer käsig roch, und ihre einzige Hoffnung hatte darin bestanden, dass der Alte endlich starb und sie in seinem Testament bedachte. Dann wurde der Dienstherr ihres Verlobten Manuel plötzlich in die Hauptstadt berufen, und Manuel zog in seiner Funktion als Hausdiener mit ihm. Luiza hatte vor der Entscheidung gestanden, den Tod ihres tatterigen Patrão abzuwarten oder aber die mögliche Erbschaft abzuschreiben und einen Neuanfang in Lissabon zu wagen.
Das Glück war auf ihrer Seite gewesen. Manuel hatte seinem Herrn, dem Universitätsprofessor Salazar, neuerdings Finanzminister Portugals, von ihrer Lage berichtet, und der hatte seine Kontakte spielen lassen. Nun war sie im Haushalt der Dona Juliana beschäftigt. Herrlich! Die Arbeitszeiten waren angenehm, die Wohnung gepflegt, ihre Dienstherrin halbwegs erträglich. Nur der Sohn von Dona Juliana, Paulo, war lästig, aber mit dem würde sie auch noch fertig werden. Wäre doch gelacht, wenn sie einem Siebenjährigen nicht zeigen konnte, wo es langging! Der Junge ließ tagtäglich eine Spur der Verwüstung hinter sich zurück, und zwar mutwillig, die sie, Luiza Mendes, zu beseitigen hatte. Immerzu musste sie hinter ihm herräumen und -fegen und -putzen. Gestern erst hatte das kleine Ungeheuer eine Schale mit Haferbrei zu Boden geworfen und ihr dabei

herausfordernd in die Augen gesehen. Seine Mutter war gerade nicht anwesend gewesen, vor der hätte er es nämlich niemals gewagt, sich danebenzubenehmen. Aber Luiza hatte nicht umsonst sechs jüngere Geschwister praktisch allein aufgezogen: Sie bückte sich, kratzte mit einem Löffel den Haferschleim vom Teppich in die Schale und stelle diese wieder vor den Jungen.
»Nun iss schon, Paulinho«, säuselte sie, als Dona Juliana zurückkam. »Das sieht doch sehr fein aus.« Ha! Sie hätte sich totlachen können über das Gesicht des Kleinen, dem die Teppichflusen in seinem Essen ganz sicher nicht gut bekommen würden.
Ja, den würde sie schon noch bändigen. Und ihren Manuel auch. Seit der bei einer wichtigen Persönlichkeit arbeitete, plusterte er sich unglaublich auf. Minister Salazar hier, Minister Salazar dort – fast hatte man den Eindruck, Manuel sei nun selber zu einem Finanzgenie geworden. Was bildete er sich eigentlich ein? Nur weil er den Gästen des Ministers die Mäntel abnahm, gehörte er noch lange nicht dazu. Mit blasiertem Gesicht hatte Manuel sie neulich doch tatsächlich über die Vorzüge der Militärregierung und die Unentbehrlichkeit seines feinen Professors belehrt. Wie ein Schuljunge, der etwas auswendig Gelerntes wiedergibt, ohne es begriffen zu haben, hatte er vor ihr gestanden.
»In sechzehn Jahren haben die Republikaner vierundvierzig Regierungen gebildet, sieben Parlamente gewählt, acht Präsidenten gehabt. Es wurden zwanzig Staatsstreiche und Aufstände durchgeführt und mehr als 150 Streiks. Allein in Lissabon sind über 300 Bomben explodiert.«
»Das hast du sehr schön gesagt, Manuel«, hatte sie ihm in ironischem Ton erwidert, den er falsch interpretierte. Auf sein gönnerhaftes Lächeln hin fuhr sie mit drastischeren Worten fort: »Aber daran, dass die Leute nichts zu fressen haben, kann auch dein werter Herr Minister nichts ändern.«
»Oh doch. Deshalb haben sie ihn ja geholt. Vor zwei Jahren,

nach dem Militärputsch, wollten sie noch nicht auf seine Bedingungen eingehen. Aber jetzt, da der letzte Finanzminister sich als Pflaume erwiesen hat, werden sie alles so tun, wie er es will. Und davon haben wir alle etwas, auch du, Luiza. Wenn er die Staatsverschuldung und die öffentlichen Ausgaben verringert, geht es Portugal wieder besser.«

»Was du für gelehrte Wörter kennst, Manuel …« Luiza hatte keine Lust, sich den lauen Frühsommerabend durch solches Gerede verderben zu lassen. Wenn überhaupt, dann hätte sie den Minister schon gerne selber dazu angehört, der als Professor für Ökonomie bestimmt mehr Sachverstand besaß als Manuel. Bei der Gelegenheit hätte sie Salazar dann auch gleich mal gefragt, wie es kam, dass sie vor einem Jahr für einen Escudo noch zwei Brötchen bekommen hatte, jetzt aber nur noch eines. Wenn er ihr das erklären konnte, und vor allem: wenn er dafür sorgte, dass ihr Geld wieder mehr wert war, dann, und nur dann, würde sie ihn vielleicht ebenso achten, wie ihr Verlobter es tat. Vorerst aber war der Mann in Luizas Augen nichts weiter als ein Klugscheißer, genau wie all die anderen Herren Minister.

Was machte Sparen für einen Sinn, wenn das Geld sozusagen von alleine verschwand, ohne dass man sich etwas dafür gekauft hatte und nur, weil die Politiker unfähig waren? Luiza legte eifrig jede Münze für ihre Aussteuer zurück. Irgendwann würde Manuel sie ja sicher mal bitten, ihn zu heiraten. Und wenn er es nicht bald tat, dann würde sie ihm schon Beine machen. Sie würde ihm ganz einfach nicht mehr erlauben, sie an Stellen zu streicheln, die eigentlich nur ein Ehemann sehen und berühren durfte, und dann würde er garantiert spuren. Sie hätte ihm natürlich auch von der Höhe ihrer Ersparnisse erzählen können, um die Hochzeit zu beschleunigen, aber das würde sie niemals tun. Man musste sich vor Männern hüten, die es auf das Geld der Frauen abgesehen hatten. Das galt für arme Leute vielleicht sogar noch mehr als für reiche.

Die Reichen, dachte Luiza verächtlich, die hatten sowieso merkwürdige Sorgen. Dona Juliana zum Beispiel. Die stocherte in den feinsten Delikatessen herum und aß nur krümelweise, vor lauter Angst, sie könnte dick werden. Dabei wusste doch jedes Kind, dass die Männer üppige Frauen bevorzugten. Um ihre Haare machte Dona Juliana auch immer so ein Theater. Tja, dachte Luiza, mit einem Häubchen, wie sie selber es tragen musste, stand man nie vor derartigen Problemen.

Und das alles nur wegen eines Kerls. Neulich hatte Luiza beim Auswischen der Nachttischschublade ein Foto entdeckt, auf dem ihre saubere Herrin mit einem geschniegelten Herrn mittleren Alters zu sehen war, unter Palmen, auf irgendeiner Strandpromenade. Der Mann hatte den Arm um Dona Juliana gelegt, als wäre er ihr Ehemann. Aber das war er ganz sicher nicht, denn den hatte Luiza schon einmal gesehen, als er kurz zu Besuch nach Lissabon gekommen war. Hübscher Bursche übrigens. Wobei der auf dem Foto auch nicht zu verachten war. Darüber, dass ihre Dienstherrin offensichtlich einen Liebhaber hatte, wunderte Luiza sich nicht. Es war schließlich allgemein bekannt, dass reiche Leute weder Moral noch Gewissen hatten. Oder, um es mit denselben Worten zu sagen, die sie dem dümmlichen Kindermädchen neulich zugeflüstert hatte: Sie waren verkommen bis ins Mark. Und daraus würde sie eines Tages Profit schlagen. Sie wusste nur noch nicht genau, wie.

Jujú saß vor ihrer Frisierkommode und kämpfte sich mit der Lockenschere durch ihr krauses Haar, um es in glänzende, weiche Wellen zu biegen. Dem Personal hatte sie heute freigegeben. Sie war viel zu großzügig. Die Dienstboten würden ihr schon ziemlich bald auf der Nase herumtanzen, wenn sie damit fortfuhr, ihnen andauernd freizugeben und ihnen die eine oder andere Münze zuzustecken. Aber sie konnte nicht anders. Seit Jujú aus Frankreich zurückgekehrt war, fühlte sie sich wie ausgewechselt. Sie wollte jeden an ihrem Glück teilhaben lassen, und da sie ja schlecht erzählen konnte, was ihr Schönes widerfahren war, tat sie es eben auf diese Weise.

Auch ihren Sohn verwöhnte sie zu sehr. Das würde ihm nicht gut bekommen, er war jetzt schon so ein verhätscheltes Pflänzchen. Aber wenn sie ihn nur ansah, mit seinen braunen Kulleraugen und der putzigen kleinen Schnute, überkam sie augenblicklich das Bedürfnis, ihn an sich zu drücken und sein seidenweiches Haar zu küssen. Er war wirklich der hübscheste Junge, den sie je gesehen hatte – aber das dachten wahrscheinlich alle Mütter von ihren Kindern. Eines Tages wäre er ein echter Herzensbrecher, die Mädchen würden ihm in Scharen hinterherlaufen. Sofern er nicht so veranlagt war wie sein Vater … aber nein, Paulinho war ja bereits jetzt völlig hingerissen von dem dicken Busen des neuen Stubenmädchens.

Jujú quälte sich weiter mit ihrem störrischen Haar ab, als sie im Spiegel sah, dass Paulinho sie durch den Türspalt beobachtete.

»Komm rein, mein Liebling.«

Paulo folgte der Aufforderung zögerlich, als erwartete er, dass es sich um eine Falle handelte. Bis vor kurzem hatte seine Mamã es überhaupt nicht gern gesehen, wenn irgendjemand ihr Zimmer betrat.

Sie streichelte ihm über den Kopf. »Ah, dein Haar, das hätte ich gerne!« Sie zwinkerte ihm zu. »Hast du Lust, deiner Mamã etwas Schönes zum Anziehen auszusuchen?«

Er sah sie fragend an.

»Du bist der wichtigste Mann in meinem Leben, oder nicht? Na, da wirst du auch entscheiden dürfen, was ich anziehe.«

»Auch das rote Kleid?«

Jujú musste sich zwingen, nicht laut herauszulachen. Nein, Paulo würde sich nie zu Männern hingezogen fühlen. Das rote Kleid war das offenherzigste, das sie besaß. Es grenzte fast ans Ordinäre, und sie hatte es nur gekauft, weil ihre Schwester Isabel sie begleitet und schlecht beraten hatte. Sie hatte das Kleid

bisher nur einmal getragen und sich darin, trotz der bewundernden Blicke der Männer, unwohl gefühlt.
»Ja, auch das rote«, antwortete sie. Jujú hatte nicht vor, das Haus zu verlassen, bevor das Kindermädchen wieder zurück war und Paulinho tief und fest schlief.
Der Junge wühlte im Kleiderschrank herum, zerrte das rote Kleid hervor und warf es nachlässig aufs Bett. Dann eilte er sofort wieder zu dem Kleiderschrank, um sich an dem Duft zu berauschen, der ihm entströmte, an den raschelnden Stoffen und an dem Glanz all der schönen Kleidungsstücke aus Seide, Organza und Satin. Nie zuvor hatte seine Mutter ihm erlaubt, auch nur einen Blick in den Schrank zu werfen, und nun durfte er sogar ungestraft die Kleider berühren. Es war das reinste Fest!
Jujú beobachtete ihn durch den Spiegel und freute sich mit Paulinho.
»Sieh mal in der untersten Schublade nach. Dort müsste ein grüner Schal liegen – den bring mir bitte mal.«
Als Paulo mit dem Schal an ihren Frisiertisch trat, nahm sie ihm das Stück aus den Händen und legte es ihm um den Hals. »Oh, Monsieur, wie elegant Sie heute wieder aussehen!«
Paulinho hüpfte vor Freude auf und ab. Sein Entdeckergeist war nun endgültig erwacht. Er öffnete Schubladen, zunächst noch zaghaft, dann, als von seiner Mamã kein scharfes Wort zu hören war, immer entschlossener. Er zog Accessoires hervor, die er nach ausgiebiger Untersuchung einfach auf den Boden warf; er wühlte in ihrer Seidenwäsche herum, was seine Mutter ihm allerdings nicht durchgehen ließ; er stolperte in ihren viel zu großen Schuhen durch den Raum und legte ihre Perlenketten und Brillantbroschen an. Es war besser als Karneval, und das Allerbeste war, dass seine Mutter aus voller Brust lachte und seine Verkleidungskünste bewunderte.
Paulinho war nun nicht mehr zu bremsen. Er schwirrte durch

das Schlafzimmer, kramte alte Hüte aus Hutschachteln und setzte sie seiner Mutter schief auf den Kopf. Begeistert von seinem eigenen Wagemut und angestachelt durch die fröhliche Reaktion seiner Mutter, öffnete er jede einzelne Schublade der Kommode, bevor er sich den Inhalt des Nachttischchens vornahm. Dort allerdings machte er einen sehr seltsamen Fund. Er hielt das Foto wie eine Trophäe mit beiden Armen über dem Kopf.

»Leg das weg. Sofort!« Jujús gute Laune war schlagartig verschwunden.

»Wer ist der Mann auf dem Bild?«, getraute Paulinho sich noch zu fragen, der an einen so plötzlichen Stimmungsumschwung nicht ganz glauben mochte.

»Niemand. Und jetzt leg es wieder in die Schublade, und dann geh auf dein Zimmer.« Ihr Ton war auf einmal hart geworden. Widerrede kam nicht in Frage.

Er tat, was sie ihm aufgetragen hatte. Beim Verlassen des Schlafzimmers trat er wütend nach einem Nachthemd, in dem er noch vor wenigen Minuten ein Gespenst gespielt und das er auf dem Fußboden liegen gelassen hatte. Seine Mamã war genauso undurchschaubar wie seine Schwester, und diese Erkenntnis verstörte ihn zutiefst. Noch auf dem Flur, in ihrer Hörweite, bekam er einen Asthmaanfall.

Jujú fragte sich manchmal, wie es anderen Leuten gelang, neben all den vielen Pflichten und Aufgaben und kleinen Vergnügungen, mit denen die Tage gefüllt waren, noch einer geregelten Arbeit nachzugehen. Oder umgekehrt. Sie selber hatte das Gefühl, dass 24 Stunden am Tag nie reichten. Dabei gehörte sie zu den Privilegierten, die sich ihre Zeit relativ frei einteilen konnte. Ihre Tochter war im Internat, ihr Sohn ging in Lissabon zur Schule und war damit zumindest vormittags aus dem Weg, ihr Mann lebte 300 Kilometer entfernt von ihr, und sie musste sich um keine kränkelnden Eltern, Schwiegereltern oder Tanten kümmern. Auch hatte sie nur sehr selten repräsentative Pflichten zu übernehmen – höchstens einmal im Monat stand eine Soirée einer der verschiedenen Gesellschaften an, für deren karitative Ziele sie oder Rui Geld spendeten.

Ihr kleiner Haushalt verlangte ihr ebenfalls nicht sehr viel Zeit ab. Während ihre Mutter von Mann und fünf Töchtern sowie einer großen Dienerschaft den ganzen Tag auf Trab gehalten worden war, hatte Jujú mit Paulinho und ihren drei Angestellten sehr wenig Arbeit. Die Köchin war eine ältere Person, die selbständig arbeitete und mit der Jujú nur einmal in der Woche den Speiseplan durchging. Den Rest besorgte die Frau allein, gut und zuverlässig. Das Kindermädchen, Aninha, war seit Paulinhos Geburt in ihren Diensten. Sie war fast schon zu einem Teil der Familie geworden, denn Paulinho hing mehr an ihr als an seiner Mutter. Und dann hatten sie noch das neue Stubenmädchen, Luiza, das ihr um mehrere Ecken empfohlen worden war. Eine gute Empfehlung, fand Jujú. Luiza erwies sich als tüchtig. Die derben, bauernschlauen Bemerkungen, die das Mädchen manchmal von sich gab, waren zwar in Paulinhos Gegenwart nicht ganz angemessen, aber nun gut, was sollte man anderes von jemandem mit einer so proletarischen Herkunft erwarten. Immerhin zerbrach sie nicht ständig wertvolle Kristallgläser, im Gegensatz zu ihrer Vorgängerin.

Jujú befand sich also in der beneidenswerten Lage, über ausreichend Geld und Zeit zu verfügen, ihre Tage mit lauter angenehmen Beschäftigungen zu füllen. Dennoch hatte sie selber den Eindruck, viel zu viel um die Ohren zu haben, als dass sie jeden Tag ins Museum oder ins Kino hätte gehen können. Man brauchte sich nur den heutigen Tag anzusehen: Morgens rechtzeitig zum Frühstück mit Paulinho aufstehen; danach Zeitungslektüre, gefolgt von ausgiebiger Körperpflege; im Laufe des Vormittags zur Bank, um den Dienstboten ihre Löhne auszahlen zu können, anschließend kurz zur Schneiderin, zur Anprobe eines neuen Abendkleides, das sie nächste Woche bei einem Wohltätigkeitsball tragen wollte; mittags die Verabredung mit Isabel; nach ihrer Siesta das Einstellungsgespräch mit einem Chauffeur – Jujú wollte sich ein Auto zulegen, aber in der Stadt nicht selber fahren; dann die nachmittägliche Stunde, in der sie, wie jeden Tag, die Hausaufgaben mit Paulinho durchging und mit ihm spielte oder musizierte; am frühen Abend ein Bummel durch den Chiado, der nicht müßig, sondern anstrengend zu werden versprach – sie musste ein Geburtstagsgeschenk für Mariana sowie ein Mitbringsel für Senhor Teobaldo besorgen, bei dem sie morgen zum Tee eingeladen war und der ihr seinerseits bei seinen Besuchen immer eine Kleinigkeit mitbrachte. Bis sie nach Hause käme, wäre es mindestens acht Uhr. Um neun wurde das Abendessen serviert, und erst gegen zehn Uhr, wenn Paulinho im Bett lag und die Angestellten Feierabend hatten, hätte Jujú endlich einmal Zeit für sich.

Ein gutes Buch, eine schöne Schallplatte, das Schreiben eines persönlichen Briefes – dafür war nur abends Zeit. Oder besser: Zeit gewesen. Seit sie sich regelmäßig mit Fernando traf, gab es keinen Eintrag mehr in ihrem Tagebuch. Die Notizen hörten genau am Tag vor ihrer Abreise nach Cannes auf, und die lag nun bereits fast ein halbes Jahr zurück. Auf der Schallplatte, die auf dem Teller des Grammofons lag, hatte sich schon Staub gesammelt – wofür sie bei nächster Gelegenheit einmal Luiza zur Rede stellen musste –, und den längst überfälligen Brief an ihre Eltern schob Jujú nun ebenfalls schon seit Wochen vor sich her.

Aber wie nebensächlich das alles jetzt war! Seit Jujú sich wieder von Fernando geliebt wusste und seit sie ihre anfänglichen Hemmungen und moralischen Bedenken über Bord geworfen hatten, um sich so oft wie möglich nahe zu sein, fühlte sie sich frei und leicht wie als junges Mädchen. Was war »Ehebruch«

nur für ein grässliches Wort? Es hörte sich nach Sünde und Scham an, nach sonst nichts. Weder klang darin die Echtheit ihrer Gefühle an, noch ließ es die Größe und Lebendigkeit ihrer Leidenschaft durchschimmern. Jujú war froh, dass sie und Fernando zu Ehebrechern geworden wären – nicht eine Sekunde ihrer Begegnungen wollte sie missen.

Einzig die Heimlichtuerei bedrückte sie. Ihr Sohn sollte nichts davon mitbekommen, dass sie einen anderen Mann als seinen Vater traf, und die Dienstboten sowie die Nachbarn möglichst auch nicht. Aber es ließ sich nun einmal nicht gänzlich vermeiden. Die ältere Dame aus der Parterrewohnung hatte sich sogar schon erdreistet, anzügliche Bemerkungen über Jujús nächtliche Ausgänge zu machen, worauf Jujú die Frau barsch darauf aufmerksam gemacht hatte, dass Voyeurismus ebenfalls kein sehr vornehmer Zug sei. Jujú konnte nur hoffen, dass diese Nachbarin ihr Wissen für sich behielt und sich wenigstens gegenüber Paulinho nicht entsprechend äußerte.

Ach, ihr Leben wäre einfach perfekt, wenn sie und Fernando heiraten könnten! Doch bei dem einen Mal, da sie das Thema angeschnitten hatte, war Fernandos Reaktion so ablehnend gewesen, dass sie sich diesen Traum verbieten musste. »Jujú, du scheinst vergessen zu haben, dass du mir vor Jahren mehr als deutlich zu verstehen gegeben hast, dass ich als Ehemann für dich nicht tauge. Ich muss gestehen, dass ich es heute ähnlich sehe.« Das hatte wehgetan. Er hatte sie an ihrem wundesten Punkt getroffen, und zwar mit voller Absicht.

Die Scheidung von Rui hätte sie schon irgendwie durchgesetzt. Aber dass Fernando sich von seiner Elisabete trennte, schien ausgeschlossen. Jujú war sich nicht sicher, ob sie seinen Ehrgeiz als Erklärung dafür allzu sehr strapazieren durfte. Sicher, es machte keinen guten Eindruck, wenn ein ranghoher Militär geschieden war. Aber es wäre nicht das erste Mal, und andere hatten vor Fernando bewiesen, dass sich eine geschie-

dene Ehe und eine hohe Position durchaus miteinander vertrugen.
Was war es dann? Dass Fernando meinte, was er sagte, konnte Jujú nicht glauben. In Cannes war sie ja sogar, auf seinen Vorschlag hin, als Senhora Abrantes aufgetreten, und es hatte Fernando gefallen. War es seine Rache dafür, dass sie vor zwölf Jahren ihr Versprechen nicht gehalten hatte? Standen seine Verstocktheit und sein Stolz ihm im Weg? Konnte er sich nicht ein Mal dazu überwinden, über seinen Schatten zu springen? Ihrer beider Zukunft, ihr Lebensglück hing davon ab! Er konnte doch nicht ernsthaft wollen, dass alles so weiterlief wie jetzt, mit all den Heimlichkeiten, den beschämenden Ausflüchten und Ausreden, der immerwährenden Angst vor der Entlarvung.
Morgen, wenn sie Fernando im Varietétheater treffen würde, sollte sie vielleicht die Sprache noch einmal auf dieses Thema bringen. Oder nein, lieber nicht. Sie würde keinen Mann anbetteln, sie zu heiraten – auch nicht, wenn er Fernando hieß. Ach, ihr würde schon etwas einfallen. Es musste ja nicht genau in diesem Moment sein. Sie gähnte schon, und mit müdem Kopf dachte es sich nicht gut. Lieber würde sie jetzt noch schnell den Brief an ihre Eltern schreiben.
Jujú setzte sich an ihren Sekretär, holte einen Bogen Briefpapier aus der Schublade und öffnete die Kappe des Füllfederhalters. »Meine geliebten Eltern«, schrieb sie, »wie sehr ich euch vermisse!« Danach fiel ihr nichts mehr ein. Stumpfsinnig starrte sie auf das Blatt. Das Einzige, was sie wirklich beschäftigte, konnte sie nicht schreiben, und alles andere hatte sie bereits mehrfach erzählt. Nach einigen Minuten schloss Jujú den Füllfederhalter wieder. Die Tinte an der Feder war schon eingetrocknet.
Sie konnte sich jetzt nicht auf diesen Brief konzentrieren. Die ganze Zeit schwirrten ihr Gedankenfetzen im Kopf herum, die sie ärgerlich stimmten. Wo Fernando jetzt wohl steckte? Ob er mit seiner Frau im Bett lag und ihr ein viertes Kind machte? Die

Vorstellung trieb sie zur Verzweiflung. Aber nein, er hatte ihr glaubhaft versichert, dass sich im ehelichen Bett nichts mehr tat – und dass die liebe Elisabete darüber nicht unglücklich zu sein schien. Diese dumme Person, dachte Jujú, die konnte doch gar nicht würdigen, was ihr der Zufall für einen Mann geschenkt hatte. Und was war sie überhaupt, ein Eisklotz? Wie konnte man einen so begnadeten Liebhaber nur freiwillig von sich weisen, wie Elisabete es Fernando zufolge immer wieder getan hatte, so lange, bis er seine Annäherungen ganz einstellte?

Jujú löschte das Licht auf dem Sekretär und ging in ihr Zimmer. Schlafen war schon immer eine heilsame Therapie für all ihren Kummer gewesen. In den vergangenen Monaten hatte sich ihr Pensum zwar auf ein normales Maß reduziert, aber das warme, weiche Bett verschaffte ihr noch immer ein Gefühl von Trost. Und wenn sie als letzte Handlung, bevor sie die Lampe auf dem Nachttisch ausschaltete, noch einmal einen Blick auf das Foto von sich und Fernando auf der Croisette warf, dann begleiteten sie die schönsten Träume in ihren Schlummer.

Sie zog sich aus, schlüpfte in ihr hauchzartes Nachthemd, kämmte sich das Haar, setzte sich aufs Bett und öffnete die Schublade. Sie hob die Bibel an, die darin lag. Darunter bewahrte sie das Foto auf. Kein besonders gutes Versteck – aber es kam ja normalerweise niemand in ihr Zimmer und machte sich an der Nachttischschublade zu schaffen. Neulich, als Paulinho das Foto hervorgezogen hatte, war ihr der Schreck derartig in alle Glieder gefahren, dass sie das Bild beinahe vernichtet hätte. Zum Glück hatte sie es nicht getan. Es war das einzige Andenken an Fernando, mit dem sie sich über die Stunden oder Tage hinwegtrösten konnte, in denen sie nicht beisammen waren.

Doch an seinem gewohnten Platz lag das Foto nicht. Sie hob die Bibel hervor. Dann zog sie die gesamte Schublade heraus und durchwühlte sie ungläubig.

Das Foto war verschwunden.

21

Am 24. Oktober 1929, der als Schwarzer Donnerstag in die Geschichte einging, löste ein Börsencrash in New York eine Welle von Selbstmorden aus, wie man sie nie zuvor erlebt hatte. Am darauf folgenden Tag, dem so genannten Schwarzen Freitag, erreichte die Nachricht von den Tumulten auf der Wallstreet auch Europa – wo sie allerdings zunächst keine ähnlich gearteten Panikverkäufe auslöste. In Portugal wurden die Berichte über die internationale Wirtschaft kaum eine Woche später von den Titelseiten verdrängt: Der einstige Präsident der Republik, António José de Almeida, war gestorben.
Doch erst ein Unglück, das sich wiederum eine Woche später ereignete, beschäftigte Fernando wirklich. Am 6. November 1929 explodierte eine deutsche Junkers G24 über Surrey in England, sechs Menschen starben dabei. Fernando tat es vor allem um das Flugzeug leid. Schöner Vogel, den hätte er auch gerne mal geflogen. Aber nichts im Vergleich zu der aufsehenerregenden Junkers G38 – damit, so hörte man, hatten die deutschen Ingenieure sich selbst übertroffen. Der Erstflug dieses dreieckigen Flugzeugs, das fast nur aus Tragflächen bestand, in denen auch die Passagiere untergebracht wurden, stand kurz bevor. Fernando war gespannt, ob das Gerät sich bewähren würde.
Noch gespannter war er allerdings auf sein viertes Kind. Nach drei Töchtern wünschte er sich nun inständig einen Jungen. Elisabete hatte ihm versichert, dass es klappen würde. Sie hatte doch allen Ernstes mit einer Freundin, die in derartigen Angelegenheiten erfahrener war als sie, ein Pendel frequentiert, und dessen Aussage war unmissverständlich gewesen.
Die Zuwendung Elisabetes zu übersinnlichen Phänomenen ent-

fremdete sie Fernando noch mehr. Er hatte eine kluge, vernünftige, bodenständige Frau geheiratet – und hatte nun eine Ehegattin, die sich mit Astrologie und ähnlichem Firlefanz beschäftigte, der ihm zutiefst zuwider war.
All seine Charaktereigenschaften führte sie darauf zurück, dass er Steinbock mit Aszendent Löwe war. Er dagegen erklärte sie sich damit, dass er im Herzen weiterhin ein Alentejano war. Der trockene Boden seiner alten Heimat hatte ihn mehr geformt als die Sternenkonstellation am Tag seiner Geburt, die harte körperliche Arbeit in seiner Jugend ihn stärker beeinflusst als die Mondphasen. Einzig die Sonne, da mochte Elisabete recht haben, war entscheidend für seinen Lebensweg und für die Ausprägung seines Wesens gewesen: Nie würde er vergessen, wie er unter der unerbittlichen Septembersonne bei der Weinlese geschwitzt und wie ihm der Korb auf dem Rücken das Hemd durchgescheuert hatte. Genauso wenig würde er je seinen ersten Alleinflug vergessen, den magischen Moment, als der Doppeldecker die Wolkendecke durchbrach und die Strahlen der Morgensonne auf sein Gesicht fielen.

Elisabete hatte zwar nie sehr viel übriggehabt für die angeblichen Freuden des Ehelebens, doch dass ihr Mann nun so wenig Interesse für sie zeigte, kränkte sie zutiefst. Musste sie auch jedes Mal schwanger werden? Sie brauchte nur an sich herabzusehen, auf den vorgewölbten Bauch und die geschwollenen Füße, um sich einzugestehen, dass sie in der Tat nicht sehr verführerisch aussah. Auf andere Menschen musste es den Eindruck machen, als verbrächten sie und Fernando ihre ganze gemeinsame Zeit zusammen im Bett – ihre Schwester machte schon geringschätzige Bemerkungen über ihre Fruchtbarkeit. Das vierte Kind in fünf Jahren, das war ja beinahe unanständig. Fast wie bei armen Leuten.
Die Schwangerschaften hatten Elisabetes Aussehen nicht so ge-

schadet, dass es fremden Leuten aufgefallen wäre. Ihr waren insgesamt drei Zähne ausgefallen, an deren Stelle sie nun ein Teilgebiss trug. Wenn man es nicht wusste, sah man es kaum. Auch die anderen Veränderungen waren so geartet, dass sie außer Fernando niemand zu Gesicht bekam – aber das reichte ja. Ihre Brüste waren schlaff, wenn sie nicht gerade mit Milch gefüllt waren, und ihr Bauch mit unschönen Streifen versehen und faltig, wenn er nicht gerade mit einem Kind gefüllt war.

Doch wenn sie schon nicht mehr die jugendliche, strahlende Erscheinung von vor wenigen Jahren war, dann hätte sie sich wenigstens gewünscht, dass der Mann, der diesen rapiden Verfall ihrer Schönheit verschuldet hatte, sich mit ihr über die Kinder freute. Dass er sie während der Schwangerschaft verwöhnte, dass er an ihrem Bauch auf das Leben darin horchte, dass er ihr die Beine massierte oder sonst irgendwie zu erkennen gab, dass er sie noch liebte. Aber anders als bei ihren ersten beiden Schwangerschaften geschah jetzt nichts dergleichen. Vielleicht war es die Routine, tröstete Elisabete sich. Sie selber war ja auch nicht mehr so aufgeregt wie beim ersten Kind.

Wann, fragte sie sich, hatte sich dieser Wandel in Fernando vollzogen? Wann war aus dem zuvorkommenden, liebenswürdigen Mann dieser wortkarge Fremde geworden? Wann war aus dem zartfühlenden Liebhaber, der er zu Beginn ihrer Ehe gewesen war, dieses Tier geworden, das sich rücksichtslos auf sie warf und wütend einen Akt vollzog, der mit Liebe nicht im mindesten verwandt war – und das auch nur noch sporadisch? Wann hatte er aufgehört, ihr Komplimente zu machen, ihr kleine Geschenke mitzubringen, unter dem Tisch nach ihrer Hand zu greifen und ihr Dinge ins Ohr zu flüstern, von denen sie rot wurde? Es war schon lange her. Der allmähliche Schwund an Aufmerksamkeiten und Zärtlichkeiten musste bereits kurz nach der Hochzeit angefangen haben, erkannte sie jetzt mit Schrecken. Und

sie hatte es nicht rechtzeitig bemerkt. Vor lauter Kinderkriegen, dachte Elisabete bitter, musste sie die kleinen Anzeichen übersehen haben, an denen sie den Verlust seiner Liebe erkannt hätte. Vielleicht hätte sie ihn, wenn sie frühzeitig reagiert hätte, halten können. Jetzt war es dafür zu spät. Sein Herz schlug für eine andere – wer auch immer sie sein mochte. Nur Verantwortungsgefühl hielt ihn noch bei ihr und den Kindern.
Nun ja, war das etwa nichts? Wenn sie Fernando schon als Frau nicht beglücken konnte, dann würde sie zumindest als Ehegattin und Mutter seiner Kinder ihre Rolle meisterlich spielen. Sie würde ihm keinen Grund liefern, sich noch weiter von der Familie zu distanzieren. Sie würde ihn nicht mit Gezeter oder Genörgel weiter in die Arme der anderen treiben. Sie würde ihm nie anders als freundlich und gelassen gegenübertreten, auch wenn es in ihrem Innern ganz anders aussah. Sie würde dafür sorgen, dass er ein gemütliches, warmes Zuhause hatte, wohlgeratene Kinder und eine Frau, die, wenn schon nicht Geliebte, so doch wenigstens eine gute Freundin war. Irgendwann würden die Reize der anderen vergehen, würde ihre Sinnlichkeit sich abnutzen – während Elisabetes Tugenden als gute Zuhörerin, kluge Vertraute und uneigennützige Ratgeberin mit den Jahren an Wert gewännen. Ja, so würde sie es machen. Sie legte beide Hände auf ihren Bauch. Eines fernen Tages würde Fernando sich ihr wieder nähern. Bis dahin hatte sie ja ihre Kinder.

Die drei kleinen Mädchen spielten mit ihrem Großvater Hoppereiter. Sie kreischten vor Vergnügen, wenn er sie von seinen Knien hintenüberfallen ließ und im letzten Moment auffing. Sie kamen immer der Reihe nach dran, Isabel, Sofia und Ana, und sie wurden es auch nach dem zwanzigsten Durchgang nicht leid. Elisabetes Vater war ebenso unermüdlich. Er liebte seine Enkeltöchter abgöttisch, und er schien wild entschlossen, jede Sekunde mit ihnen auszukosten. Er wusste aus eigener Erfah-

rung, wie schnell die Kinder für solche Spiele zu groß wurden. Jetzt, mit fünf, vier und zwei Jahren, waren sie noch so süß – diese Zeit würde er voll auskosten.
Und wenn er fällt, dann schreit er.
Fernando hörte das Geschrei von nebenan. Anfangs hatte er darüber gelächelt, wie die Mädchen ihren Großvater immer um den Finger wickeln konnten und wie er jeden Unsinn klaglos mitmachte, den sie von ihm verlangten. Aber jetzt hörte er den albernen Refrain schon zum fünfzigsten Mal – es reichte.
»So Kinder, Schluss jetzt. Euer Opa hat bestimmt schon aufgescheuerte Knie, so wie ihr auf ihm herumspringt.« Er bedachte seinen Schwiegervater mit einem eisigen Blick. Er sollte bloß nicht auf die Idee kommen, ihm zu widersprechen, schon gar nicht vor den Kindern.
Aber der andere ließ sich davon nicht einschüchtern. Es war nicht nur sein Haus, sondern er war als der Ältere auch nicht im Mindesten geneigt, sich von seinem Schwiegersohn Anweisungen geben zu lassen. So weit käme es noch, dass er, der Abgeordnete Luíz Inácio Almeida dos Passos, mit 58 Jahren in der Blüte seines Lebens und durchaus noch kein Greis, den man mit milder Autorität von senilen Narreteien abhalten musste, dass also er sich Vorschriften von Fernando machen ließ!
»Wenn dir der Zustand meiner Kniegelenke so viel bedeutet, dann spiel du doch mal zur Abwechslung mit den Kindern. Es sind schließlich deine Töchter, auch wenn du das anscheinend gern vergisst.«
»Isabel, Sofia, geht auf eure Zimmer«, sagte Fernando streng zu den beiden größeren Mädchen, »und nehmt Ana mit.«
Die Kinder zogen mit betretenen Mienen von dannen. Sie liebten ihren Vater genauso sehr, wie sie ihn fürchteten, und sogar die Kleinste hatte schon begriffen, dass man seinen Befehlen besser Folge leistete.
»Ich dulde es nicht«, sagte Fernando, kaum dass er mit seinem

Schwiegervater allein war, »dass Sie mir vor den Kindern widersprechen.«
»Ach, das duldest du nicht? Das wirst du aber müssen. Denn ich dulde es nicht, dass mir ein Niemand wie du in meinem eigenen Haus Vorschriften macht.«
»Sie werden meinen Anblick nicht mehr lange ertragen müssen.« Fernando sprach die Idee in demselben Augenblick aus, in dem sie ihm gekommen war. Hätte er sich normalerweise länger damit auseinandergesetzt, Vor- und Nachteile gegeneinander abgewogen, seine Frau konsultiert und erst dann seine Entscheidung kundgetan, so war er sich jetzt absolut sicher, dass er keinen weiteren Tag mit diesem herrschsüchtigen Alten unter einem Dach leben wollte. »Wir werden Sie in Frieden lassen. Demnächst haben wir vier Kinder, und es wird für uns alle ein bisschen eng hier in *Ihrem* Haus.«
Luíz Inácio schluckte. Damit hatte er nicht gerechnet.
Fernando, dem die Reaktion seines Schwiegervaters nicht entgangen war, konnte es sich nicht verkneifen, noch hinzuzusetzen. »Sie sind natürlich jederzeit herzlich willkommen in *meinem* Haus – solange Sie dort nicht meine väterliche Autorität untergraben.«
Ja, fand Fernando, das war endlich einmal ein Plan, der trotz seiner spontanen Entstehung wirklich gut war. Warum waren sie nicht schon längst ausgezogen? Weil, gestand er sich ein, es bequem gewesen war. Das Haus von Elisabetes Eltern war groß, sie wohnten dort umsonst, und vor allem hatte Elisabete dort immer Gesellschaft von Erwachsenen – so dass er, Fernando, nicht allzu schweren Gewissens abwesend sein konnte. Zumindest tagsüber, wenn er viel Arbeit zu seiner Entschuldigung heranziehen konnte. Das abendliche Ausgehen war schon etwas schwieriger zu bewerkstelligen.
Das würde sich ändern. Wenn er nicht immerzu von den Schwiegereltern mit Argusaugen beobachtet wurde, könnte er

sich viel öfter abends mit Jujú treffen oder sogar die Nacht mit ihr verbringen. Er war ziemlich sicher, dass es Elisabete nicht viel ausmachen würde. Sie wäre wahrscheinlich sogar froh, wenn er seine Triebe nicht weiterhin an ihr befriedigen würde und wenn sie sich einmal von den Schwangerschaften erholen konnte. Und vermutlich wäre sie so glücklich darüber, endlich ihr eigenes Heim zu haben, in dem sie und nicht ihre Mutter das Sagen hatte und das sie nach eigenen Vorstellungen einrichten konnte, dass sie seinen Eskapaden kaum mehr Beachtung schenken würde.
Doch Elisabetes Reaktion fiel anders aus, als er erwartet hatte.
»Warum sollen wir denn umziehen? Mir gefällt es hier sehr gut. Mamã ist mir eine unersetzliche Stütze bei der Kinderbetreuung, und Papá ist ohnehin ganz vernarrt in die Kleinen. Es ist genug Platz für uns alle, selbst wenn wir noch mehr Kinder bekommen sollten.«
»Wir würden ja nicht in ein anderes Land ziehen. Wir würden wahrscheinlich sogar in der Nachbarschaft bleiben, so dass deine Eltern jederzeit zu Besuch kommen könnten. Aber ich kann es nicht länger hinnehmen, dass dein Vater – der mich, nebenbei bemerkt, für einen *Niemand* hält – sich als Hausherr auch das Recht herausnimmt, meine Erziehungsmethoden in Frage zu stellen. Wir ziehen aus, basta!«
»Wie du meinst. Hast du denn schon ein geeignetes Haus im Visier?«
»Nein. Ich denke, das sollten wir gemeinsam angehen. Wie sieht es aus, sollen wir morgen einmal zu einem Makler gehen und schauen, was es so gibt? Zur Miete, versteht sich, denn für den Kauf einer Immobilie mangelt es mir leider an Mitteln.«
Fernandos Bezüge waren zwar nicht schlecht, aber für ein Haus in der Größenordnung, wie sie es mit bald vier Kindern benötigten und wie es den Ansprüchen von Elisabete gerecht werden würde, hatte er tatsächlich nicht genügend Geld. Und von

seinem Schwiegervater würde er nicht einen Escudo annehmen. Er mochte seine Tochter beschenken, ihr Kleidung, Möbel oder Reisen spendieren – aber das Haus, fand Fernando, war allein seine Sache. Nachher würde der Alte sich wieder als Hausherr aufspielen wollen.

Die Aussicht, den nächsten Vormittag zusammen mit ihrem Mann zu verbringen, nach einem Haus zu suchen und sich wie ein ganz normales Ehepaar zu benehmen, ließ ein kurzes Glücksgefühl in Elisabete aufwallen, das all ihre Bedenken zerstreute. »Ja, mein Lieber, das würde mir Freude machen, mit dir nach einem neuen Heim Ausschau zu halten.«

Doch Elisabetes Freude währte nicht lange.

Die Häuser, die ihr zusagten, waren Fernando zu teuer. Ihren Einwand, sie könne ja von ihrer Apanage etwas zur Miete beisteuern, wischte Fernando beiseite: »Ein Mann muss seine Familie aus eigener Kraft erhalten können.« Also entschieden sie sich schließlich für eine Wohnung. Fernando fand sie mehr als angemessen für ihre Bedürfnisse, und eigentlich überstieg die Miete seine Möglichkeiten, aber er wusste, dass Elisabete insgeheim enttäuscht war. Die Wohnung hatte acht Zimmer und drei Bäder. Sie erstreckte sich über die ganze Etage eines fünfstöckigen Gebäudes in Lapa, und sie hatte sowohl zur Straße hin als auch auf der Rückseite je einen großen Balkon. Das Haus selber war sehr herrschaftlich, mit einem aufwändig gefliesten Eingangsbereich und einem Fahrstuhl. Es war absolut nichts daran auszusetzen, außer dass es sich eben nicht um ein Haus handelte. Aber bitte, ein Haus mitten in der Stadt!, das war etwas für schwerreiche Leute, für alten Geldadel. Für einen Angehörigen der Streitkräfte, selbst wenn es sich um einen hochrangigen General handelte, war es unerschwinglich. Ein Haus hätten sie sich nur in den Randlagen der Stadt leisten können, aber das kam noch viel weniger in Frage.

Vier Wochen nach dem Tag, an dem Fernando seinen Entschluss gefasst hatte, zogen sie um. Voller Stolz präsentierte Elisabete ihrem Mann das Ergebnis der Renovierungsarbeiten, die sie hatte durchführen lassen, und der Einrichtungsideen, die sie umgesetzt hatte. Doch Fernandos Gesicht drückte nichts außer Langeweile aus: Die Tapeten, die Gardinen und ein Großteil der Möbel waren eine originalgetreue Kopie der Einrichtung von Elisabetes Elternhaus.

Hatte sie Fernandos Desinteresse für ihre Bemühungen um ein wohnliches Heim noch mit leiser Enttäuschung hingenommen, so begann Elisabete schon nach der ersten Nacht, die neue Wohnung zu hassen. Man hatte genau gehört, was sich in der Wohnung über ihnen abspielte, und diese Verletzung ihrer Intimsphäre fand Elisabete empörend. Ebenso schrecklich war die Vorstellung, dass es jeder im Haus mitbekam, wenn sie die Klosettspülung betätigten. Auch die Beschwerden der Dame, die unter ihnen wohnte, trug nicht eben zu Elisabetes Wohlbefinden bei. Die Frau beklagte sich mindestens fünfmal am Tag über den Lärm, den die Kinder veranstalteten, obwohl diese außergewöhnlich brav waren – offenbar hatten die Veränderungen ihrer Lebensumstände auch sie berührt. Die Dona Camélia sollte die Kinder jedenfalls einmal erleben, wenn sie wirklich tobten und laut waren.

Es kostete Elisabete ihre ganze Selbstbeherrschung, um Fernando ihren Widerwillen nicht zu zeigen. Sie hatte sich vorgenommen, ihm eine gute Frau zu sein, keine Xanthippe. Sie würde sich zusammenreißen, koste es, was es wolle. Tagsüber, wenn er aus dem Haus und die Kinder in der Obhut des Kindermädchens waren, hatte sie Zeit genug, sich alles von der Seele zu reden. Sie hatte einen großen Freundeskreis, und es milderte das Leid deutlich, wenn man es einer seelenverwandten Freundin vortragen konnte, die Verständnis aufbrachte. Dass ihre älteste Freundin, Alma, sich ihre Klagen vielleicht nicht nur aus Mitgefühl so geduldig anhörte, sondern vielmehr aus dem

Wunsch heraus, pikanten Klatsch zu erfahren, kam Elisabete nicht in den Sinn. Selbst in Dingen, die nur sie und ihren Mann etwas angingen, zog sie Alma ins Vertrauen, wenngleich sie es in blumigen Umschreibungen tat.
»Glaubst du, er hat eine Mätresse?«, fragte Alma eines Tages freiheraus.
Elisabete nickte traurig. »Ich weiß es allerdings nicht mit absoluter Gewissheit. Eigentlich ist er nicht der Typ für so etwas. Aber ich werde den Verdacht einfach nicht los, dass es da eine andere geben muss.«
»Wenn du möchtest, können wir das Pendel befragen. Das weiß alle Antworten.«
Diesmal schüttelte Elisabete energisch den Kopf. Eigentlich wollte sie es gar nicht so genau wissen. Lieber redete sie sich noch ein Weilchen die Situation schön, gab sich der Illusion hin, dass es vielleicht etwas ganz anderes war, was Fernando derartig in Anspruch nahm, berufliche Sorgen etwa. Und außerdem käme ja bald ihr Kind. Wenn es ein Sohn wäre, würde ihr Mann sich ihr gegenüber bestimmt wieder liebevoller verhalten, oder? Und wenn sie wieder schlank wäre, konnte sie es ja auch einmal mit einem gewagten Négligé versuchen, wie Alma ihr geraten hatte. Oder nein, lieber nicht – sie würde ja doch nur wieder sofort schwanger werden.
Elisabete hielt sich wacker. Ihr Tagesablauf unterschied sich nicht allzu sehr von dem, den sie in der Rua das Janelas Verdes gehabt hatte. Sie sah ihre Eltern häufig, verabredete sich oft mit ihren Freundinnen, studierte mit ihren beiden älteren Töchtern Weihnachtslieder ein und hinderte die Kleine daran, alle Bücher aus den Regalen zu zerren und zu bemalen. Der Arzt kam häufig, nur um ihr immer wieder zu versichern, dass ihre Schwangerschaft in jeder Hinsicht ideal verlief. Sie sah der Köchin über die Schulter, wenn diese ausländische Gerichte nach Elisabetes Wünschen zubereiten sollte, und sie ließ jeden Abend

den Tisch hübsch eindecken. Wenn Fernando nach Hause kam, sollten niedliche Kinder, eine ansehnliche Frau und ein wunderbares Essen auf ihn warten.
Und warten mussten sie. Manchmal schickte Elisabete die Kinder zu Bett, ohne dass diese ihren Vater gesehen hatten, weil Fernando erst nach zehn oder elf Uhr eintraf. An anderen Abenden kam er zwar pünktlich zum Essen, würdigte die feinen Gerichte aber keines Wortes, geschweige denn eines Lobs. Er schlang das Essen herunter, sagte kein Wort und verzog sich dann in sein Arbeitszimmer, wo er nur gestört werden durfte, wenn es an der Zeit war, dass die Kinder ihm »Gute Nacht« sagten. Und eines Tages, vielleicht einen Monat nach dem Einzug in die Wohnung, blieb er die ganze Nacht fort.
Fernando selber litt kaum weniger als seine Frau. Er wusste, wie sehr es sie verletzte, wenn er so offensichtlich ihre Gesellschaft mied. Und die seiner Töchter. Er liebte die Mädchen, liebte sie von ganzem Herzen. Aber er brachte es nicht fertig, ihnen länger als fünf Minuten bei ihren Kindereien zuzusehen. Er war nicht in der Lage, sich so ausgiebig mit ihnen zu beschäftigen, wie sie und auch ihre Mutter es sich gewünscht hätten. Ihm fehlte einfach die Geduld, in Anas unverständliches Gebrabbel irgendeinen Sinn zu interpretieren, genauso wie ihm jegliche Gefühlsduselei abging. Er konnte nicht nachvollziehen, wieso man ein weinendes Kind sich nicht einfach ausheulen ließ, sondern ihm aufmerksam Gehör und Zärtlichkeiten schenken sollte – am Ende hätte er eine halbe Stunde seiner kostbaren Zeit investiert, nur um die Ursache des Geheuls in einem beschädigten Kleid oder einem bösen Traum zu finden. Vielleicht würde er ihnen, wenn die Kinder erst einmal größer waren, normal sprachen und ernst zu nehmende Probleme hatten, ein besserer Vater sein können. Jetzt aber waren sie ihm fremd. Es war, als verlange man von ihm, mit Puppen zu spielen. Und das in einer Puppenstubenwohnung, in der er

sich ebenso wenig als Hausherr fühlte wie zuvor in dem Haus seiner Schwiegereltern.

Elisabete hatte für getrennte Schlafzimmer gesorgt, was Fernando ungemein erleichterte. Es hatte ihm jedes Mal hinterher leidgetan, wenn er seine Frau so grob überfallen hatte. Und das war immer dann passiert, wenn er von einem Treffen mit Jujú gekommen war, enttäuscht über die Unmöglichkeit, mit ihr Erfüllung zu finden, und aufgeladen mit sexueller Begierde. Es war falsch, gemein und niedrig von ihm, dass er ausgerechnet die arme Elisabete dafür hatte büßen lassen. Sie konnte nichts dafür. Es war besser, vor allem für sie, wenn sie nicht mehr sein Bett teilte, auch wenn nach der Episode in Cannes nicht mehr die Gefahr bestand, dass er sich noch einmal so an ihr vergriff.

Die Schuldgefühle lasteten schwer auf ihm. Fernando hatte immer Männer verachtet, die ihren Schwächen nachgaben. Männer wie seinen Vater, der seine Trunksucht mit dem Leben bezahlt hatte; Männer wie seinen Bruder Sebastião, dessen Mangel an Ehrbarkeit mit einer Gefängnisstrafe belohnt worden war; und sogar Männer wie seinen einstigen Vorgesetzten Alves Ferreira, dessen vielfache Seitensprünge ihn angreifbar und erpressbar gemacht und damit seine Karriere behindert hatten. Fernando hatte nie so werden wollen wie sie, und doch war es geschehen. In Wahrheit war er noch schlimmer als der Major. Dessen Liebschaften hatten nur der Pflege seiner Eitelkeit gedient, darüber hinaus aber nicht viel bedeutet. Er selber dagegen *liebte* eine andere als seine Ehefrau, und zwar mit einer Besessenheit, die sämtliche Gefühle, die er anderen Menschen jemals entgegengebracht hatte, in den Schatten stellte. Er liebte sie sogar mehr als seine Töchter, und allein dieser Gedanke stürzte Fernando in tiefe Verzweiflung. Er war nicht normal. Aber es war stärker als er. Er, Fernando Abrantes, der nie eine Herausforderung gescheut hatte, der es mit der ganzen Welt aufnehmen konnte, der sich über alle Hindernisse hinweggesetzt hatte, musste vor der Größe seiner Gefühle zu Jujú kapitulieren.

Als er eines Abends, nachdem die Kinder im Bett waren und er Elisabete auf ihrem Zimmer glaubte, seinen Mantel überzog, um Jujú zu treffen, stand ihm plötzlich seine Frau in der Diele gegenüber. Fernando verzog keine Miene, als sei es völlig selbstverständlich, kurz vor Mitternacht noch aus dem Haus zu gehen. Doch sein Herz pochte heftig. Elisabete sah ihn stumm an. Er schwieg ebenfalls. Was sollte er schon sagen? Jedes Wort, das er jetzt von sich gab, wäre entweder gelogen oder zu verletzend, als dass man es aussprach. Er setzte seinen Hut auf, nahm seinen Regenschirm und musterte sich kurz im Spiegel. Ihre Blicke begegneten sich darin.
»Gehst du wieder zu ihr?«, fragte Elisabete sein Spiegelbild. Ihr Gesichtsausdruck blieb vollkommen neutral, undurchschaubar. Auch der Ton ihrer Frage ließ nichts von ihrem Gemütszustand erkennen. Keine Bitterkeit, kein Vorwurf, keine Traurigkeit lagen darin. Sie hätte genauso gut fragen können, um wie viel Uhr die Bank schloss oder ob er ihr das Feuilleton der Zeitung bitte herüberreichen könnte.
Mit Anschuldigungen hätte er umgehen können. Mit Beleidigungen wäre er fertig geworden. Mit Beschimpfungen hätte er leben können. Aber diese Demonstration totaler Gleichgültigkeit, die, das ahnte Fernando, das Ergebnis großer Selbstkontrolle war, schockierte ihn. Sie führte ihm mehr als alles andere vor Augen, was er für ein Lump war. Da stand sie, seine hochschwangere Frau, mit ernstem Gesicht und in ihrem roséfarbenen Morgenmantel ein irgendwie rührender Anblick, und fragte ihn, was sie ihn wahrscheinlich schon seit einer Ewigkeit hatte fragen wollen. Jetzt wäre der Augenblick gewesen, in dem er Elisabete hätte umarmen müssen, in dem er den Mantel wieder

hätte ablegen und mit ihr reden sollen. In dem er ihr ein Getränk holte, sie ihre Beine hochlegte, er ihren Bauch streichelte und ihren Nacken kraulte. In dem er sich aufführte, wie ein anständiger Ehemann es tat.
Aber er konnte nicht.
Er gab ihr zwei Küsschen auf die Wangen und verließ wortlos die Wohnung.

22

Sah der Senhor Raúl im Tabakladen sie sonderbar an? Oder bildete sie sich das nur ein? Früher hatte der Dickwanst sie eindeutig mit größerem Respekt behandelt, oder? Und daran, dass er es vielleicht nicht schätzte, wenn Frauen rauchten, konnte es ja kaum liegen – sie kaufte ihre teuren ausländischen Zigaretten bei Senhor Raúl, seit sie in Lissabon lebte. Dann die Frau aus dem Delikatessengeschäft in der Rua da Lapa: Warf sie ihr nicht misstrauische Blicke zu, jedes Mal wenn sie dort ihre heißgeliebten *queijadas de Sintra* erstand? Als würde die Verkäuferin die merkwürdigen Gelüste der feinen Senhora, die praktisch täglich eines oder mehrere dieser Zimt-Käsetörtchen hier holte, einer ungehörigen Sinnesverwirrung, wenn nicht gar einer Schwangerschaft zuschreiben. Selbst der nette Postbote erschien Jujú plötzlich gar nicht mehr so nett wie früher. Was stierte er sie immer so an? Und was war das für ein aufgesetztes, berechnendes Lächeln, mit dem er sie bedachte?

Jujús Scham hätte kaum schlimmer sein können, wenn man das verschwundene Foto von ihr und Fernando vergrößert, vervielfältigt und auf jede Hauswand geklebt hätte. Überall sah sie hämische Gesichter, hörte sie abschätzige Bemerkungen, schmeckte sie den schalen Geschmack von Gewissensbissen, die sie nicht gehabt hatte, solange das Foto noch da gewesen war. Sie bereute nicht ihr »Verbrechen«, keine Sekunde davon, sondern einzig die Tatsache, dass sie erwischt worden war. Und sie wusste weder von wem, noch was diese Person mit ihrem Wissen und dem Beweisfoto anfangen würde.

Sie konnte nicht glauben, dass ihr kleiner Paulinho zu einer solchen Gemeinheit fähig war. Der Junge war acht Jahre alt, du liebe Güte! Was sollte er mit einem Bild anfangen können, auf dem seine Mutter mit einem fremden Mann zu sehen war? Fotos von ihr allein und auch von ihr und Rui gab es jede Menge, und Paulinho hatte sogar eines – auf dem Jujú sich übrigens außerordentlich gut getroffen fand – in einem Messingbilderrahmen in seinem Zimmer stehen. Warum sollte ihr kleiner Sohn also ausgerechnet dieses Foto aus Cannes an sich genommen haben? Die einzige mögliche Erklärung wäre gewesen, dass er sich neulich, als sie ihn so scharf angefahren hatte, zurückgesetzt gefühlt hatte und dies nun eine Art Rache dafür war. Aber dann hätte sie das Bild doch unter seinen Sachen gefunden, oder nicht?

Sie hatte alles abgesucht. Kein Quadratzentimeter ihrer Wohnung war vor ihrer fieberhaften Suche verschont geblieben. In Paulinhos Zimmer hatte sie angefangen. Sie hatte Luiza mit einer fadenscheinigen Begründung aus dem Haus geschickt und dann jeden Winkel durchstöbert. Sie hatte ein paar interessante Entdeckungen dabei gemacht, etwa die einer Sammlung von toten, flügelamputierten Fliegen, aber nicht das Foto entdeckt. Sie hatte unter der Matratze, in allen Schubladen, in Schulheften und in den Tiefen der Spielzeugkiste danach gefahndet, aber vergebens. Einerseits war sie beruhigt, hieß das doch, dass Paulinho wahrscheinlich nicht der Dieb war. Natürlich nicht! Wie hatte sie je auf so einen unmütterlichen Gedanken kommen können?

Andererseits steigerte die Gewissheit, dass Paulinho nicht der Schuldige war, ihre Nöte nur noch mehr. Dann konnte nur Luiza das Bild genommen haben. Und in diesem Fall musste Jujú sich mit der Frage auseinandersetzen, welchen Zweck das Mädchen damit verfolgte. Würde sie ihre Dienstherrin damit erpressen wollen? Aber warum hatte sie dann nicht schon längst damit begonnen? Würde Luiza überhaupt erkennen können, was das Bild zeigte? Sie konnte doch gar nicht wissen, dass es auf der Croisette aufgenommen worden war. Es hätte ebenso gut ein völlig belangloses Bild von der Strandpromenade in Estoril

sein können – mehr als die beiden Personen, das Meer im Hintergrund und ein paar Palmen sah man ohnehin nicht. Nein, erinnerte sie sich auf einmal, am unteren Rand hatte der Fotograf sich verewigt, mit seinem Namen, der Jujú entfallen war, und dem Ort: Cannes. Also schön, überlegte sie weiter, aber die Tatsache, dass sie und Fernando Abrantes in Cannes gewesen waren, musste ja nicht unbedingt etwas bedeuten. Was wusste Luiza schon von ihrem Leben, von ihren Freunden und ihrer Familie, von ihrer Vergangenheit?
Mehr, als Jujú lieb gewesen wäre. Luiza war neugierig und schlau, eine Kombination von Eigenschaften, wie sie bei einer Hausangestellten nicht eben wünschenswert war. Luiza hatte über das Kindermädchen Aninha alles Mögliche in Erfahrung gebracht, was den Ehemann der Senhora, die Schwiegereltern, das Leben und die Quinta in Pinhão betraf. Sie hatte die Briefe an Dona Juliana gelesen und die Ein- und Auszahlungen auf ihrem Sparbuch mitverfolgt. Sie hatte sich von Paulinho schildern lassen, was der hier in der Wohnung beobachtet hatte, wenn sie nicht da war. Auf diese Weise hatte sie zum Beispiel erfahren, dass der hochgeschätzte Senhor in der schneidigen Uniform neuerdings auch abends zu Besuch kam. Die feinen Turteltäubchen glaubten wohl, dass der Junge schon schlief. Wie hellwach dieses Früchtchen sein konnte, wenn er die Gelegenheit hatte, andere zu belauschen, auszuspionieren und auszutricksen, konnte nur Luiza nachvollziehen. Sie kannte diese Sorte – sie selber war genauso. Anders als Paulinhos Mutter ließ sie sich von dem Engelsgesichtchen keine Sekunde lang täuschen.

»Mamã?« Paulinhos Stimme klang schlaftrunken.
»Ja, mein Schatz?«
»Da waren Geister in meinem Zimmer. Und Nebel.« Seine Stimme war weinerlich.

»Komm her, Spätzchen.«
Paulinho trat an das Bett der Mutter heran. Sie umarmte ihn. »Das war nur ein Traum. Ich würde niemals zulassen, dass Nebel und Geister in deinem Zimmer sind.« Sie gab ihm einen Kuss auf die Stirn. »So, und jetzt ab, Marsch ins Bett.«
Paulinho blieb unentschlossen vor ihr stehen. »Ich habe Angst. Ich will bei dir im Bett schlafen.«
Jujú kroch unter ihrer Decke hervor. »Wir gehen jetzt gemeinsam nachsehen, was da Schlimmes lauert. Wenn da wirklich etwas ist, vertreibe ich es.«
Gemeinsam inspizierten sie den Raum, in dem selbstverständlich alles völlig normal und friedlich war. Doch als Jujú ihren Sohn aufforderte, nun endlich unter die Decke zu schlüpfen, weigerte er sich.
»Wenn ich nicht bei dir im Bett schlafen kann, dann …«
Dann was? Jujú blieb fast das Herz stehen. Sie wagte nicht, nachzufragen, vor lauter Angst, das Ende des Satzes könne lauten: »dann zeige ich allen das Foto«. Sie starrte Paulinho entgeistert an. War da wirklich ein boshafter Glanz in seinen Augen, oder projizierte den nur ihr eigenes schlechtes Gewissen dort hinein? Ach, Unsinn! Wahrscheinlich hatte ihr Sohn lediglich ausdrücken wollen, dass er dann die ganze Nacht durch die Wohnung taperte, sich zu Tode ängstigte und seinen Schlaf morgen in der Schule nachholen musste. Jujú schämte sich für die Gemeinheiten, die sie ihrem süßen Paulinho unterstellte. Wieder umarmte sie ihn.
»Na schön, mein kleiner Liebling, aber nur heute Nacht. Morgen schläfst du wieder in deinem eigenen Bett. Versprochen?«
»Ehrenwort.«
Doch Paulinho brach sein Versprechen. Die nächste wie auch viele darauf folgende Nächte verbrachte er im Bett der Mutter, die sich allmählich damit abzufinden schien. Sie sah dem Kind gern beim Schlafen zu, liebte den Anblick des kleinen Men-

schenwesens, wie es zusammengerollt und die Arme um ein Kuscheltier geschlungen in ihrem Bett lag, hörte nichts lieber als den regelmäßigen Atem ihres tief schlummernden Paulinhos. Das heißt, noch lieber hätte sie Fernandos Atem gehört. Doch nach zwei Nächten, die er hier mit ihr verbracht hatte, war Jujú zu der Überzeugung gelangt, dass es besser wäre, wenn er nicht noch öfter über Nacht bliebe. Die Gefahr der Entdeckung, die immerzu über ihnen hing, machte ihr so zu schaffen, dass sie den Genuss des Beisammenseins empfindlich beeinträchtigte.

Jujú wusste, dass Fernando überhaupt kein Verständnis dafür aufbringen würde, dass Paulinho in ihrem Bett schlief, aber er musste ja nichts davon erfahren. Als er es schließlich doch tat, durch Zufall, weil er gerade auf dem Flur gestanden und gesehen hatte, wie der Junge in Jujús Schlafzimmer verschwand, machte er ihr Vorwürfe.

»Ich wünschte, ich hätte mit acht ein eigenes Bett gehabt.«

»Nun, deine bescheidene Herkunft tut bei der Erziehung Paulinhos ja wohl nichts zur Sache, oder?«

»Von Erziehung kann nicht einmal ansatzweise die Rede sein, Jujú. Du verziehst ihn. Er ist doch kein Kleinkind mehr. Ein Achtjähriger muss allein in einem Bett schlafen können.«

»Du bist so hart und streng, Fernando. Wenn der Junge doch Angst hat? Dafür sind Mütter schließlich da, oder, dass sie ihre Kinder beschützen?«

»Du beschützt ihn nicht, Jujú. Im Gegenteil: Du verweigerst ihm eine der wichtigsten Lektionen seines jungen Lebens – dass er sich auch selber beschützen kann und muss. Irgendwann kann er nicht mehr zu seiner Mama ins Bett krabbeln. Oder wie lange gedachtest du diesen unmöglichen Zustand aufrechtzuerhalten?«

»Spätestens in zwei Jahren muss Paulinho ins Internat. Warum soll ich die kostbare Zeit, die mir jetzt mit ihm bleibt, nicht ausnutzen?«

Im Grunde ihres Herzens wusste Jujú, dass Fernando nicht ganz unrecht hatte. Dennoch fiel es ihr zunehmend schwerer, Paulinho irgendeinen Wunsch zu verweigern. Sie sprach mit niemandem darüber – der einzige Mensch, mit dem sie hätte reden können, nämlich Fernando, wäre außer sich vor Ärger gewesen, hätte er gewusst, was sie sich alles von ihrem Sohn gefallen ließ.

Paulinho mochte keine grünen Bohnen essen? Bitte schön – dann bekam er eben mehr Reis. Er wollte seine blaue kurze Hose nicht mehr tragen? In Ordnung, dann durfte er eben die gute lange Hose anziehen. Er konnte die Rechenaufgaben nicht ohne Hilfe machen? Also gut, dann rechnete sie ihm die Lösungen eben vor. Diese Entwicklung nahm eine Dynamik an, der Jujú machtlos gegenüberstand. Jedes Mal, wenn sie strengere Töne anschlug, brauchte Paulinho nur einen Satz zu sagen, um sie daran zu erinnern, dass sie nachgiebig zu sein hatte: »Dann sage ich es Papá.« Was genau er seinem Vater sagen wollte, dazu schwieg er sich aus. Ein einziges Mal hatte sie es gewagt, nachzufragen. »Was genau willst du Papá sagen, Schatz? Dass du deine Hausaufgaben nicht allein machen kannst? Ich denke, darüber wäre er ein wenig ärgerlich.« Doch als Antwort war von Paulinho die ebenso nichtssagende wie aufschlussreiche Antwort gekommen: »Nein, das nicht. Etwas anderes.« – »Aha?«, hatte sie ihn aufgefordert weiterzusprechen, und der Junge hatte mit den Schultern gezuckt und ihr einen boshaften Blick zugeworfen. Jujú gab auf. Sie hatte dieser Tyrannei nichts entgegenzusetzen, wenngleich sie noch immer vermutete, dass Luiza das Foto gestohlen hatte. Paulinho mit seinem feinen Gespür für ihre unterschwelligen Ängste hatte offenbar nur erkannt, dass es irgendetwas geben musste, was seine Mutter zu einem perfekten Opfer seiner Launen machte.

Auch das Dienstmädchen spürte, wie die Überheblichkeit ihrer Herrin dahinschwand. Ganz ohne sich vordergründig irgend-

eines Druckmittels zu bedienen, gelang es Luiza, der vornehmen Senhora Gefälligkeiten und Geschenke abzutrotzen, die noch vor ein paar Monaten undenkbar gewesen wären. »Senhora Dona Juliana, dieses Kleid habe ich schon länger nicht mehr an Ihnen gesehen. Benötigt es irgendeine Reparatur?« Luiza brachte diese Frage in einem Ton hervor, in dem sich Unterwürfigkeit und Drohung die Waage hielten. Jujú reagierte genau so, wie Luiza es anscheinend von ihr erwartete: »Aber nein, dem Kleid fehlt nichts. Du kannst es gern haben.«
Beim nächsten Mal ging es um einen freien Tag, dann um ein Paar Schuhe. Luiza wurde immer dreister. Je weniger ihre Senhora sich wehrte, desto mehr forderte sie. Und sie stahl. »Luiza, was ist mit der Porzellanschale auf der Anrichte passiert?«, fragte Jujú eines Tages, diesmal ernsthaft erbost. Es war ein sehr kostbares Stück, und sie hing daran, war es doch ein Geschenk von ihrer Mutter gewesen. Luizas Kinn zitterte, ihre Unterlippe bebte, und ihre Stimme war brüchig, als sie gestand: »Sie ist mir heruntergefallen. Oh Gott, liebe Senhora Dona Juliana, bitte verzeihen Sie mir! Ich ersetze Ihnen den Schaden, ziehen Sie es von meinem Lohn ab! Ich ... mir war das Ungeschick so peinlich, dass ich die Scherben aufgekehrt und weggeworfen habe.« Sie schien jeden Moment in Tränen ausbrechen zu wollen, und Jujú blieb nichts anderes übrig, als eine Verwarnung auszusprechen. »Pass in Zukunft besser auf beim Staubwischen.« Luiza beglückwünschte sich für ihre schauspielerische Begabung und gab der völlig intakten Porzellanschale in ihrem eigenen bescheidenen Heim einen Ehrenplatz auf dem Mauervorsprung über dem Kamin.

Manchmal fragte Jujú sich, wieso sie sich all das von der Hausangestellten und von ihrem Sohn bieten ließ. Dann fasste sie den Entschluss, energisch gegen diese Art der Erpressung vorzugehen. Doch immer, wenn sie ihre Autorität durchsetzen wollte, hinderte sie ein heimtückischer Blick oder ein feindseliges Lächeln daran und ließ ihre Willenskraft auf ein Minimum zusammenschrumpfen. Es war unerträglich. Jujú empfand die Atmosphäre in ihrer eigenen Wohnung als immer bedrückender. Sie sah Gegner, wo eigentlich keine waren, und sie hörte Vorwürfe, wenn niemand etwas sagte.

Nur eine Person in ihrem Haushalt hielt einen Trumpf in der Hand, gegen den sie machtlos war – und zwei Personen partizipierten an den erschlichenen Vorteilen. Wie konnte sie sich jemals Klarheit darüber verschaffen, wer von beiden der Dieb und wer dessen Schmarotzer war?

Jujús Urteilsvermögen war von diesen Vorgängen derartig getrübt, dass sie gar nicht daran dachte, was ihr in letzter Konsequenz drohte – nämlich höchstens eine Rüge ihres Mannes, die ihr vollkommen gleichgültig wäre, sowie die Trennung von ihrem Sohn, die ihr im Augenblick sogar ganz gelegen käme. Etwas Schlimmeres als das konnte nicht passieren, und doch erschien es Jujú wie das Ende der Welt, wenn ihre Affäre mit Fernando an das Licht der Öffentlichkeit gezerrt worden wäre.

Die katholische Erziehung leistet wirklich ganze Arbeit, dachte sie in lichteren Momenten. Sünde und Verdammnis – darauf lief es hinaus. Sie wollte nicht als arme Büßerin dastehen, sie wollte nicht mit Dreck beworfen werden und schon auf Erden dem Fegefeuer ausgesetzt sein. In ihrer verworrenen Gefühlswelt, in der sich Schuldbewusstsein mit mangelnder Reue mischte, sah sie keine andere Lösung, als die Schikanen weiter über sich ergehen zu lassen. Und so übel waren diese ja nun auch wieder nicht, oder? Es kostete sie doch nichts, dem Hausmädchen eine alte Bluse zu schenken, und es war eigentlich nichts dabei, wenn sie, wie unzählige andere Mütter auch, die Wünsche ihres Sohnes erfüllte. Dass sie sich damit vielleicht an anderen Menschen versündigte, kam ihr nicht in den Sinn.

Laura kam an jedem zweiten Wochenende nach Hause, und was sie dort in letzter Zeit erlebte, ließ sie vor Wut erblassen. Sie war fast dreizehn Jahre alt – jung genug, um sich noch nach der Zuwendung und der Zärtlichkeit ihrer Mutter zu sehnen, aber auch schon so reif, dass sie von sich aus nicht mehr danach suchte. Dennoch verletzte es sie zutiefst, dass ihr kleiner Bruder im Bett der Mutter schlief – sie selber hatte das in seinem Alter nicht gedurft. Es wollte ihr auch nicht in den Kopf, dass Paulinho mäkelig in dem Essen herumstochern durfte, ohne zurechtgewiesen zu werden, während sie selber früher alles hatte aufessen müssen. Ebenso ungerecht fand sie es, dass er Kleidung trug, für die er eigentlich noch zu jung war, während sie mit acht gezwungen worden war, Kinderkleider und zwei lange Zöpfe zu tragen. Sie hätte sich damals auch lieber zurechtgemacht wie eine Dame, doch solche Dinge waren schlicht tabu gewesen.

Aber gut, wenn ihre Mutter plötzlich beschlossen hatte, großzügiger zu sein, dann wollte sie, Laura, ebenfalls davon profitieren. An einem Samstagmorgen, als ihre Mutter kurz aus dem Haus gegangen war, um ein paar Besorgungen zu erledigen, schlüpfte Laura in ihr Zimmer, setzte sich vor die Frisierkommode und malte ihren Mund leuchtend rot an. Sie hatte zwar an einigen Stellen die Farbe über die Konturen ihrer Lippen hinaus aufgetragen, dennoch gefiel sie sich ausgesprochen gut. Der Lippenstift machte sie so erwachsen. Ja, sie sah aus wie eine richtige Frau damit. Und warum sollte das auch nicht so sein? Immerhin war sie rein körperlich ja schon eine. Vor einem halben Jahr hatte ihre Menstruation eingesetzt, und ihre Brüste waren gewachsen. Nur ihre Eltern hatten davon anscheinend noch nichts bemerkt, für die war sie weiterhin ein kleines Mädchen.

Als Jujú nach Hause kam und ihrer Tochter gegenüberstand, die aussah wie eine frühreife Dirne, ließ sie schockiert ihre Einkaufstasche fallen und gab ihr eine Ohrfeige. Unmittelbar danach bedauerte sie ihre heftige Reaktion, doch ihr Erschrecken war nicht gewichen.

»Wisch das sofort ab!«

»Warum?«

»Weil ich es so will.«

»Du benutzt doch selber Lippenstift. Warum darf ich es dann nicht?«

»Weil du noch zu jung dafür bist.«

»Ich bin fast dreizehn. Ich bin kein Kind mehr!«

»Natürlich bist du kein Kind mehr – deshalb sollst du ja auch nicht so kindisch mit mir diskutieren, sondern augenblicklich das Geschmiere in deinem Gesicht abwischen.«

»Nein.«

Was?! Hatte sie sich verhört? Jujú war fassungslos angesichts dieser Widerrede.

Als Laura in den Augen ihrer Mutter die Kränkung wahrnahm, fühlte sie sich bemüßigt, ihren kleinen Triumph noch ein wenig auszukosten.

»Wenn ich alt genug dafür bin, Kinder zu kriegen, bin ich ja wohl auch alt genug dafür, Schminke zu benutzen.«

»Du bist was?« Jujú war ehrlich erstaunt. Himmel noch mal, das Kind war doch erst zwölf!

»Geschlechtsreif, Mãe.«

Jujú empörte sich insgeheim über die Wortwahl, die so verflucht erwachsen und aufgeklärt klang. Aber es würde wohl stimmen. Sie selber war im Alter von dreizehn *geschlechtsreif* gewesen, fiel ihr jetzt ein. Aber sie selber war auch viel reifer, größer, weiter gewesen als ihre Tochter jetzt. Laura war ein Kind. Sie spielte ja noch mit Puppen. Oder nicht? Vor einem Jahr hatte sie es noch getan.

Jujú versuchte sich nicht anmerken zu lassen, dass sie ihre Tochter nicht für halb so voll nahm, wie die es gerne gehabt hätte. Also verlegte sie sich auf einen vernünftigen Ton.

»Die Pubertät, mein Schatz, ist eine wichtige neue Phase in deinem Leben. Sie beinhaltet allerdings nicht das Recht auf den Gebrauch von Lippenstift oder anderen Kosmetika. Außerdem: Wenn man so jung ist und so hübsch wie du, hat man das doch gar nicht nötig. Nur alte Weiber wie ich müssen Lippenstift auftragen, damit wir nicht so farblos daherkommen.« Was für eine scheinheilige Ansprache, dachte Jujú. Sie selber hätte sich in diesem Alter wahrscheinlich ebenfalls angemalt, wenn Dona Clementina denn so verabscheuenswürdige Dinge wie Rouge oder Lippenstift besessen hätte. Das Höchstmaß an körperlicher Verschönerung, das ihre Mutter sich geleistet hatte, war ein Hauch Puder gewesen.

»Ich mag mich mit roten Lippen.« Laura stellte sich ganz nah vor den Spiegel im Flur, spitzte den Mund und tat so, als wolle sie ihr eigenes Spiegelbild küssen. Sie wusste, dass sie ihre Mutter damit auf die Palme brachte. Plötzlich nahm sie im Spiegel Paulinho wahr, der im Rahmen der Esszimmertür stand und das Geschehen mitverfolgte, wer weiß wie lange schon. Er schien fasziniert von dem Anblick seiner Schwester zu sein. »Und Paulinho«, fügte Laura abschließend mit einem kalten Lächeln hinzu, »mag mich auch mit roten Lippen. Weil ich dann nämlich genauso aussehe wie unsere liebe, ungerechte Mamã, die ihm alles durchgehen lässt.« Damit drehte sie sich einfach herum, stolzierte davon und ließ ihre Mutter mit versteinertem Gesicht zurück.

Eine halbe Stunde später klopfte es an Lauras Tür. Sie war nicht gewillt, sich auf eine Diskussion mit ihrer Mutter einzulassen, und sagte nichts. Die Tür öffnete sich vorsichtig, und Paulinho trat ein.

»Habe ich dir erlaubt, hereinzukommen?«

»Nein.« Ein schüchternes Lächeln huschte über das hübsche Gesicht des Jungen. »Aber du hast es auch nicht verboten, oder?«

Laura wunderte sich über das gewachsene Selbstvertrauen ihres Bruders. Vor wenigen Monaten noch war er traurig weggegangen, wenn sie ihn so von oben herab behandelt hatte.
»Mamã ist sehr traurig über das, was du gesagt hast.«
»So, und was geht dich das an?«
»Ich will nicht, dass du sie traurig machst.«
»Heul doch«, erwiderte sie patzig.
Aber genau das tat er nicht. Er starrte sie unverwandt an, mit einem Blick, aus dem das Bewusstsein sprach, dass er stärker war, als alle glaubten. Der Wandel, der sich mit ihrem kleinen Bruder vollzogen hatte, beunruhigte Laura in höchstem Maße – mehr als es die Miene ihrer Mutter vorhin im Flur getan und mehr als ihr eigenes, erwachsenes Spiegelbild sie irritiert hatte. Sie wandte den Blick von Paulinho ab und betrachtete sich selbst. Ohne so recht zu wissen, warum, wischte sie sich den verschmierten Lippenstift ab.
Das Letzte, was sie von Paulinho sah, als er ihr Zimmer verließ, war ein hintergründiges, beinahe böses Grinsen.

23

Nur durch Zufall kam Alberto Baião an den Kuhställen vorbei. Der intensive, warme und tröstliche Geruch von Mist drang aus den Ställen, doch der Junge hatte sich in seinen Jahren fernab des elterlichen Gutshofes an andere Düfte gewöhnt. Er hielt die Luft an und ging so schnell wie möglich an den Nutzgebäuden vorbei. Vor der Mauer lag ein großer, dampfender Misthaufen. Das Muhen der Tiere drang an sein Ohr. Es lag, wie beim Geruch des Kuhmistes, etwas Heimeliges darin, doch Alberto wollte es nicht hören. Eine Seite der Ställe bestand aus einer nur schulterhohen Mauer, und an der Öffnung darüber drängten sich die freundlichen, dummen Gesichter der Kühe, als hätten auch sie das Bedürfnis, frische Luft zu schnappen. Sie glotzten ihn an, und Alberto, der sich morgens um halb acht allein glaubte, redete im Vorbeigehen mit ihnen. »Ja, da schaut ihr Rindviecher, was?« Irgendwie war es ihm unangenehm, vor dieser Reihe von Zuschauern ganz allein den Weg entlangzudefilieren.
»*Bom dia*, Senhor Alberto!«, rief ihm der Knecht fröhlich zu. »Oh. *Bom dia*, guten Tag, Manuel.« Um seine Verlegenheit zu überspielen, plapperte der Fünfzehnjährige weiter. »So früh schon auf den Beinen, he? Und das an einem Samstagmorgen. Wie geht's, wie steht's? Was macht die Frau, wie entwickeln sich die Kinder?«
Der Knecht wusste nicht recht, womit er so viel Interesse seitens des Sohns des Hauses verdient hatte, aber er freute sich über die Gelegenheit, seine einsame und monotone Arbeit mit ein wenig Geplauder zu unterbrechen. »Tja, die Kühe müssen ja gemolken werden, sonst schreien sie morgens Ihre ganze Familie aus den Betten. Frau und Kinder sind wohlauf, gedankt sei dem lieben Herrgott.«

Alberto trat an die offene Wand des Stalls und blickte darüber. Die Kühe waren vor ihm geflohen. Der Knecht saß auf einem Schemel unter einer Kuh und zupfte mit geschickten Handgriffen an deren Zitzen. Zsch, zsch, zsch – und wieder war ein halber Eimer voll. Er legte ein imposantes Tempo vor, und es schien ihn nicht im Geringsten zu beeindrucken, dass er vom Sohn des Patrão beobachtet wurde. »Mein Jüngster kommt nächstes Jahr in die Schule – Kinder, Kinder, wie die Zeit vergeht«, sagte er mehr zu sich selbst als zu dem unerwarteten Besucher. »Aber Sie sind ja auch schon ein junger Herr. Ich weiß noch genau, wie Sie hier …« Doch Alberto unterbrach ihn plötzlich. »Nur weiter so.« Damit wandte er sich ab und ging seines Weges. Die ganze Szene war ihm überaus peinlich gewesen. Am Euter einer Kuh herumzufummeln, ihre Milch abzuzapfen und dabei zwischen ihren Beinen zu sitzen – das erschien ihm als extrem anstößig und unsittlich. Und dem Knecht dabei zuzusehen, das war fast so schlimm, wie das Bett der Eltern rhythmisch knarren zu hören.

Unbewusst hatte Alberto seinen Gang beschleunigt. Als er am Waldrand anlangte, war er außer Puste. Er trat unwirsch nach einem Stöckchen und ärgerte sich über sich selber. Hatte ihn das Internat so verzärtelt? Seit wann konnte er nicht einmal mehr beim Melken zusehen, ohne rot zu werden? Was war nur mit ihm los? Ständig gingen ihm irgendwelche Schweinereien durch den Kopf. In jedem zylindrischen Gegenstand sah er einen Phallus, in jeder Spalte oder tropfenförmigen Öffnung eine unaussprechliche Sache, die selbst sein Biologielehrer nur mit Mühe zu artikulieren wagte. Alberto konnte weder Würste noch Muscheln essen, ohne vor Scham fast im Boden zu versinken. Das war sehr lästig, gehörten doch die regionale geräucherte *linguiça* sowie *porco à alentejana*, mariniertes Schweinefleisch mit Venusmuscheln, zu seinen Lieblingsspeisen.

Er hoffte, dass sich dieser Zustand bald wieder legte – ganz legte und nicht so, wie sein Vater prognostizierte, in einen etwas weniger schambelasteten, aber nichtsdestoweniger beschämenden Zustand überging. »Wenn du erst so alt bist wie ich, bist du froh über jeden Ständer, den du bei deiner Frau noch bekommst«, hatte sein Vater gesagt und war in dröhnendes Gelächter ausgebrochen. Alberto hatte sich selten in seinem Leben so schrecklich gefühlt. Am selben Abend hatte er heimlich seine Mutter studiert und versucht sich auszumalen, wie sie mit seinem Vater … aber es ging über sein Vorstellungsvermögen, auch wenn sein Verstand ihm sagte, dass sie bei vier Kindern ja kaum immer keusch gewesen sein konnte. Er betete, dass man ihm seine schmutzigen Gedanken nicht an der Nasenspitze ablesen konnte.

Aber diese Sorge hätte Alberto sich sparen können. Er hatte ein kindliches Gesicht, auf dem zu seinem großen Unglück noch kein einziges Barthaar wuchs. Zudem war er von kleiner Statur, so dass ihn alle für jünger hielten, als er war. Niemand, am wenigsten seine Familie, hätte hinter der unschuldigen Fassade den Geist eines jungen Mannes vermutet, die Nöte eines Heranwachsenden und die erdrückenden Schuldgefühle eines unfreiwillig lüsternen Jünglings. Die einzige Person auf der ganzen Welt, die erkannt zu haben schien, dass er kein kleines Kind mehr war, war Laura da Costa.

Er erinnerte sich noch gut an sie. Sie war die Cousine der Mädchen von der nächstgelegenen Quinta. Früher, als Kinder, hatten sie oft Fangen oder Verstecken zusammen gespielt, er, sein Bruder Mário, die drei Mädchen von Belo Horizonte, der kleine Paulo und eben Laura. Alberto hatte Laura eine ganze Weile nicht mehr in der Gegend gesehen, was aber in erster Linie daran lag, dass er selber kaum noch hier war. Jetzt, über die Weihnachtstage, war er endlich einmal wieder zu Hause, auf dem elterlichen Anwesen »Herdade do Bom Sucesso«. Umso größer war sein Erstaunen darüber, wie erwachsen die Nachbar-

mädchen und ihre Cousine geworden waren. Laura war so alt wie er. Aber im Gegensatz zu ihm sah sie definitiv nicht mehr aus wie ein Kind. Und sie benahm sich auch nicht so.
Sie hatte mit ihm geflirtet. Als er ihr gestern bei einem seiner einsamen Streifzüge durch die Natur begegnet war, hatte sie ihn aus ihren mysteriösen Mandelaugen schräg angesehen, ihm eine Zigarette angeboten und sich dann, nachdem er abgelehnt hatte, selber eine angezündet. Beim Ausatmen des Rauchs hatte sie ihre rot geschminkten Lippen lasziv aufgeworfen, und Alberto war fast wahnsinnig geworden bei diesem Anblick. Sie hatten sich auf einen umgestürzten Baumstamm gesetzt, und Laura hatte die Beine so übereinandergeschlagen, dass sie ihm einen Blick auf ihre Strumpfbänder erlaubte. Ojeojeoje! Er hatte gehofft, dass ihr sein Zustand entging, aber sie hatte ihn weiter gereizt, hatte ihm peinliche Fragen gestellt, ihm vielsagend zugelächelt, nur um plötzlich aufzuspringen und ihn allein zurückzulassen, irritiert und verliebt bis über beide Ohren. Ja, Alberto Baião war der festen Überzeugung, dass er die große Liebe kennengelernt hatte. Er hoffte, dass seine körperliche Entwicklung seine geistige bald aufholte, dass er endlich aussah wie ein Mann und nicht wie ein Junge. Und dann, so schwor er sich, würde er Laura da Costa bitten, seine Frau zu werden.
Laura hatte sich amüsiert über das betretene Gesicht des Nachbarjungen. Er hatte ihr ein bisschen leidgetan. Wie er sich gewunden hatte, welche Qual es ihm bereitet hatte, höflich zu bleiben und ihr nicht permanent auf den Busen zu starren! Es hatte Laura Spaß gemacht, ihr Genugtuung verschafft – so wie es sie jedes Mal freute, wenn sie einem Mann den Kopf verdrehen konnte. Dass sie ausgerechnet hier, während ihres kurzen Alentejo-Urlaubs ein so ideales Opfer finden würde, hätte sie nicht gedacht. Es war wie eine unerwartete Zugabe, eine Art verfrühtes Geburtstagsgeschenk.
Morgen war es so weit. Natürlich würde sie keine *festa dos quin-*

ze anos feiern, wie so viele andere Mädchen, die fünfzehn Jahre alt wurden. Es war ja Weihnachten. Dennoch freute Laura sich diesmal auf ihren Geburtstag: In der Gegenwart ihrer Cousinen sowie von *tia* Mariana und *tio* Octávio, auf der leicht verwahrlosten Quinta und in der besänftigenden Landschaft verloren die Festtage etwas von dem Schrecken, den sie für Laura hatten. Für den Bruchteil einer Sekunde hatte Laura ein schlechtes Gewissen, dass sie lieber nach Belo Horizonte fuhr als zu ihrer eigenen Familie an den Douro. Ihre Mutter, ihr Vater, ihre Großeltern sowie Paulinho wären dort. Weihnachten war einer der wenigen Anlässe, zu denen die Familie vereint war. Aber dann fielen ihr wieder all die missratenen Feste der vergangenen Jahre ein, die Demütigungen, die sie Paulinhos wegen hatte erleiden müssen, die von Lügen und unterschwelliger Feindseligkeit vergiftete Atmosphäre. Nein, sie hatte sich wirklich nichts vorzuwerfen. Es war richtig gewesen, die Einladung anzunehmen. Sie würde sich nicht mit Selbstzweifeln oder Gewissensbissen herumplagen. Laura war entschlossen, die kommenden Tage, in denen sie sich geliebt und umhegt fühlen würde, in vollen Zügen zu genießen.

Es war das erste Mal, dass ihre Mutter ihr erlaubt hatte, die Reise allein anzutreten. Mamã hatte sie in Lissabon in den Zug gesetzt, *tia* Mariana hatte sie am Bahnhof in Beja abgeholt. Doch während der Fahrt war Laura auf sich gestellt, und eine gewisse Erregung hatte von ihr Besitz ergriffen. Wie eine erwachsene Frau hatte sie in ihrem Abteil gesessen, den Zeichenblock auf den Knien und Weltschmerz in den Augen. Sie hatte ein paar Zigaretten geraucht, ohne sich vor der Entdeckung fürchten zu müssen. Keine Schwester Oberin war in der Nähe, um sie deswegen zurechtzuweisen, und keine Schwester Rosália, um sie daran zu erinnern, dass eine junge Dame den Blick zu senken hatte, wenn ein fremder Mann sie allzu aufdringlich ansah oder gar ansprach.

Pah! Nichts dergleichen hatte sie getan und würde sie auch nicht tun. Es war herrlich, wenn die Männer einen ansahen wie eine Frau. Auf diese begehrlichen Blicke würde sie niemals verzichten wollen – und nach all den Jahren im Internat war es allerhöchste Zeit, die eigene Wirkung auf die Männer zu erproben und zu genießen. Allzu viel Gelegenheit hatte sie dazu ohnehin nicht. Auf Belo Horizonte hielten sich jetzt, über Weihnachten 1931, gerade mal zwei Männer auf, und die waren beide indiskutabel, nämlich ihr Onkel Octávio sowie dessen Bruder Edmundo. Ansonsten: nur Frauen. Ihre Tanten Beatriz und Mariana, ihre Cousinen sowie ausschließlich weibliches Hauspersonal. Na ja, sie würde das Beste daraus machen. Alberto war schon einmal ein guter Anfang gewesen.

Seit ihre Großeltern im Sommer bei einem Autounfall ums Leben gekommen waren, war die Stimmung auf Belo Horizonte unerklärlicherweise besser geworden. Laura fragte sich, inwiefern Dona Clementina und Senhor José die Atmosphäre belastet haben konnten, aber ihr fiel kein vernünftiger Grund ein. Jedenfalls waren alle merklich gelöster als bei Lauras letztem längeren Besuch, vor der Beerdigung. Am Tag der Beisetzung schien sich die Trauer der Hinterbliebenen allerdings bereits erschöpft zu haben, denn jetzt, gerade ein halbes Jahr später, waren sie alle guter Dinge, liefen geschäftig durchs Haus, um die Weihnachtsdekoration anzubringen, diskutierten fröhlich das Menü, verpackten unter großer Heimlichtuerei die Geschenke. Einzig *tia* Beatriz war noch unausstehlicher geworden, was man darauf zurückführen mochte, dass sie als Fahrerin des Unglückswagens den Unfall verschuldet hatte. Wäre sie nicht bei schlechter Sicht so gerast, würden die beiden alten Herrschaften noch leben.

Siedend heiß fiel Laura am Vortag von Heiligabend ein, dass sie für Tante Beatriz kein Geschenk hatte. Sie konnte sie nicht leiden, aber gar kein Präsent für sie zu haben, das wäre eine gemeine Kränkung, die nicht einmal eine Hexe wie sie verdiente. Laura suchte sich aus ihrem Gepäck den Skizzenblock heraus und blätterte ihn durch. Nein, es war nichts dabei, womit Beatriz etwas hätte anfangen können. Was interessierten die schon die Mitreisenden im Zug oder der Bahnsteig in Lissabon? Laura seufzte leise. Sie würde ihr etwas eigenes zeichnen müssen – wobei auch das, vermutete Laura, nicht unbedingt Freudenrufe bei ihrer Tante auslösen würde. Aber es half ja nichts. Außer einer Zeichnung hatte sie ihr nichts anzubieten. Vielleicht ein Porträt? Hm, lieber nicht. Es würde alles andere als schmeichelhaft ausfallen. Oder ein Detail von Belo Horizonte? Schon eher. Die Toreinfahrt? Ja, warum nicht? Laura schnappte sich Papier und Kohlestift, zog einen warmen Mantel über, ging den Weg vom Herrenhaus zur Einfahrt hinab und machte sich konzentriert ans Werk.

Es gelang ihr ziemlich gut, obwohl ihre Finger nach einer halben Stunde im Freien klamm und unbeweglich wurden. Das Tor, die bröckelnden Mäuerchen, in die es eingelassen war, dahinter die Auffahrt, die von winterlich kargen Büschen gesäumt war und an deren Ende das einst prächtige Haus lag – das alles verdichtete sich auf ihrem Blatt zu einem Szenario, das einem viktorianischen Schauerroman hätte entsprungen sein können. Durch die schwarze Kohle erhielt das Bild eine düstere Aussage, die sich, so dachte Laura, sicher gut vertragen würde mit der Weltanschauung ihrer Tante.

Diese Einschätzung war sicher nicht völlig aus der Luft gegriffen. Dennoch blieb die Reaktion der Beschenkten an Heiligabend hinter den Erwartungen Lauras zurück. Beatriz hatte nur einen kurzen Blick auf das Bild geworfen, ihrer Nichte forschend in die Augen geschaut und gesagt: »Siehst du es so? Also, ich nicht.« Kein Danke, kein Kompliment – und auch kein Geschenk für Laura. Sie hätte sich die Mühe sparen können.

Umso warmherziger waren Tante Mariana und ihre Cousine

Octávia, die ihr vom Alter und vom Wesen her am nächsten von allen drei Mädchen war. Sie überschütteten Laura mit Lob für ihre Zeichnungen, bewunderten insbesondere das Bild, das Beatriz geschenkt bekommen hatte, und überreichten ihr dann das Geschenk, das von der ganzen Familie war: eine Staffelei, eine Leinwand, diverse Pinsel und einen Kasten mit etwa zwölf Tuben Ölfarbe. »Wir dachten, mit dem richtigen Zubehör kannst du vielleicht noch besser malen.«

Es war ein wunderbares Geschenk. Erstmals hatte sich jemand ernsthaft darüber Gedanken gemacht, was ihr wirklich Freude bereiten könnte. Kein lieblos ausgewähltes Buch, kein Kleidungsstück, das nicht ihrem, sondern dem Geschmack ihrer Mutter entsprach, und keine phantasielose Pralinenschachtel wie die, mit denen Paulinho sie alljährlich »überraschte«. Sie bedankte sich überschwänglich bei Onkel, Tante und den drei Schwestern. Unentschlossen blieb sie dann vor Beatriz stehen. Hatte sie sich an dem Geschenk beteiligt? Sollte sie ihr ebenfalls mit einem Küsschen auf die Wange danken? »Keine Bange«, sagte diese, »du musst dich nicht zu einem Kuss überwinden. Ich habe mit diesem Geschenk nichts zu schaffen.«

Laura fragte sich kurz, woher diese geballte Boshaftigkeit stammte, vergaß dann aber ihren Ärger, als die anderen ihre Geschenke auspackten und es schließlich unter großem Wirbel und Durcheinander ins Esszimmer ging. Laura wusste, dass es in dieser chaotischen Familie noch mindestens eine Viertelstunde dauern würde, bis alle am Tisch saßen und das Essen aufgetragen werden konnte. Sie nutzte die Zeit, um sich schnell ein wenig zurechtzumachen. Sie wollte den Lippenstift auftragen, den sie von ihrer Internatsfreundin Alice als verfrühtes Geburtstagsgeschenk bekommen hatte – heute, ohne die strengen Blicke der Eltern und bei der allgemeinen Hochstimmung, würde wohl kaum jemand etwas dagegen sagen. Doch sie täuschte sich.

Beatriz äußerte sich als Erste. »Ganz die Mamã, was?«, fragte sie in schnippischem Ton.
Gleich darauf sagte Mariana: »Meine Güte, Laura, so kann man doch in deinem Alter noch nicht herumlaufen!«
Nur Octávia stand ihr bei und erntete damit böse Seitenblicke ihrer Mutter. »Ich finde, das sieht toll an dir aus. Leihst du mir den Lippenstift mal?«
Die jüngeren Mädchen hielten sich heraus, genau wie die beiden Männer. Octávio schien überhaupt kein Verständnis für die Aufregung zu haben, während seinem Bruder Edmundo deutlich anzusehen war, dass er Laura sehr appetitlich fand. Hatte er sie vorher kaum wahrgenommen, so sah er jetzt plötzlich eine junge, attraktive Frau vor sich.
Maria da Conceição beendete die Diskussion, als sie mit einer dampfenden Terrine hereinkam und die Suppe servierte. Sie schöpfte sie reihum in die Teller, und nur bei Edmundos Teller schwappte ihr etwas über. Ein paar Tropfen kleckerten auf seine Hose. »Herrje, du Trampel, pass doch auf!«, schimpfte er. Mit Tränen in den Augen zog die Haushälterin sich zurück.
»Ich will nicht, dass du so mit meinem Personal redest, Edmundo«, sagte Mariana zu ihrem Schwager. »Maria da Conceição ist eine Perle, und noch dazu hat sie sich freiwillig dazu bereit erklärt, an den Feiertagen zu arbeiten. Wir sollten sie alle gut behandeln.«
»Schöne Perle, die nicht mal in der Lage ist, einem Suppe in den Teller zu schöpfen«, nörgelte Edmundo weiter.
»Das ist nur, weil sie in dich verliebt ist«, meldete sich das jüngste Mädchen, Eduarda, nun zu Wort. Sie war elf Jahre alt und glich ihrer Mutter aufs Haar. Genau wie Mariana in demselben Alter hatte auch sie einen unersättlichen Appetit auf Süßes sowie die Angewohnheit, freimütig Dinge anzusprechen, die alle anderen als peinlich empfanden.
Laura kicherte. »Ist das so?«

Edmundo fragte beleidigt: »Warum sollte das nicht so sein?« Was war schließlich so verwunderlich daran, dass die alternde Haushälterin ihn anbetete? Er hatte den Frauen immer schon gefallen, ausnahmslos. Dass er nie geheiratet hatte, lag einzig und allein daran, dass er sich für keine der vielen Damen hatte entscheiden können. Und es war gut gewesen, Junggeselle zu bleiben.

»Ich fürchte«, sagte Mariana, »es ist tatsächlich so. Dabei hätte sie wahrhaftig keine Veranlassung dazu. So schäbig, wie Edmundo sie damals behandelt hat.«

Laura blickte ihre Tante fragend an.

»Was heißt hier schäbig?«, empörte Edmundo sich. »Du wirst mir doch wohl nicht bis heute eine Geschichte nachtragen, die schon vor mehr als fünfzehn Jahren schlichtweg erfunden war!«

»Was denn für eine Geschichte?«, fragte Eduarda arglos, und Laura freute sich, dass ihre Cousine die Frage ausgesprochen hatte, die ihr selber ungehörig vorgekommen wäre. Die Spannung zwischen Mariana und Edmundo war mit Händen greifbar, und bei so alten Zwistigkeiten hielt man sich lieber heraus.

»Es war«, erklärte Mariana an ihre Tochter gewandt, »folgendermaßen: An dem Tag, an dem euer Vater und ich uns kennenlernten, hat Edmundo in der *aldeia* einen Manschettenknopf verloren. Maria da Conceição hat ihn gefunden und ihn Edmundo zugeschickt – wofür sie bis heute weder einen feuchten Händedruck geschweige denn einen Finderlohn erhalten hat.«

»Oh«, sagte das Mädchen. Es war ihr plötzlich unangenehm, dass diese Antwort ihren Onkel in einem so schlechten Licht dastehen ließ. Sie mochte ihn nämlich sehr gern.

»Das ist das, was diese verlogene alte Jungfer herumerzählt hat«, ereiferte sich Edmundo. »Die Wahrheit ist, dass ich weder einen Manschettenknopf verloren habe noch mir jemals irgendetwas von dieser gestörten Person zugeschickt wurde. Sie belästigt mich mit ihrer Zuneigung, seit wir diese unglückselige Panne hatten. Ich schwöre euch, sie hat nur die Arbeit in diesem Haushalt angenommen, damit sie mich ab und zu mal zu Gesicht bekommt. Aus demselben Grund ist sie wahrscheinlich auch freiwillig über Weihnachten hiergeblieben.«

Alle sahen Edmundo sprachlos an. Diese Version erschien den Familienmitgliedern sehr unglaubwürdig – sicher resultierte sie nur aus einem zu großen Selbstbewusstsein und einer verzerrten Wahrnehmung der Realität, wie sie zuweilen bei eingefleischten Junggesellen zu beobachten war.

»Schön, dass wenigstens du selber noch den unwiderstehlichen Don Juan in dir siehst«, sagte Octávio zu seinem Bruder. »Aber es sei dir gegönnt. Außer Maria da Conceição schmachten dich bestimmt nicht mehr sehr viele Frauen an.«

»Natürlich nicht«, sagte Mariana in ungewohnt giftigem Ton, »keine normale und halbwegs intelligente Frau lässt sich von deinem Äußeren blenden. Man sieht doch gleich, was für ein erbärmlicher Charakter sich hinter der hübschen Fassade verbirgt.«

Hübsch? Was war an dem alten Sack hübsch, fragte Laura sich. Sie betrachtete den Mann, den sie doch ihr Leben lang kannte und in dem sie nie etwas anderes gesehen hatte als einfach Onkel Edmundo, nun erstmals etwas genauer. Er war vielleicht vierzig, hatte schütteres dunkelblondes Haar, das er – sehr unvorteilhaft – zu lang trug, und leicht herabhängende Wangen. Ihm wuchsen Haare aus der Nase und aus den Ohren. Es bedurfte schon einer großen Portion an Phantasie, um die einstige Attraktivität ausmachen zu können. Aber ja, vielleicht war er einmal hübsch gewesen. Mit dem Blick einer Malerin sezierte sie jedes Detail seines Aussehens, und tatsächlich meinte sie sich an geschwungene Lippen zu erinnern, die ihr früher Küsschen auf die Wangen gedrückt hatten, und ein Paar melancholischer Augen, das einst ihrer Mutter nachgeschaut hatte.

Edmundo entging diese Musterung durchaus nicht. Er fühlte sich geschmeichelt. Um den unseligen Manschettenknopf-Streit, den er und Mariana schon tausendmal gehabt hatten, zu beenden, wandte er sich an Laura und hob sein Glas: »Auf dich, junge Dame, das hübscheste Mädchen auf Belo Horizonte! Noch einmal alles Gute zum Geburtstag!«
Laura stieß mit ihm an und erwiderte sein neckisches Augenzwinkern. Flirtete er mit ihr? Ha, das konnte er haben.
Dass niemand sonst das Glas erhoben hatte, fiel ihr nicht auf. Octávia war tödlich beleidigt, dass ihre Schönheit so verkannt wurde, und ihre Eltern empfanden es als Affront, dass ausgerechnet Laura, ihrem Gast, die Ehre eines solchen Kompliments zuteilwurde und keiner ihrer eigenen Töchter. Es bestätigte Mariana einmal mehr in der Einschätzung ihres Schwagers.
Nur zwei Personen analysierten und begriffen diese absurde Situation, jede auf ihre Weise.
Beatriz, deren klinischem Blick kein Detail entgangen war, amüsierte sich voller Schadenfreude über die pikierten Gesichter ihrer Schwester und deren Familie sowie über das flittchenhafte Benehmen Lauras. Das Mädchen war genau wie seine Mutter, Jujú. In seiner Gefallsucht begriff es nicht, dass es nur als Projektionsfläche für die Eitelkeiten eines gescheiterten Casanovas herhalten musste. Und Mariana, die doch gerade noch selber festgestellt hatte, dass Edmundo ein Lügner und Schuft war, nahm sich plötzlich die Worte dieses Lügners zu Herzen, als stünde ihre Wahrheit unverrückbar fest. Allerdings, das musste sogar Beatriz zugeben, war Laura tatsächlich ein viel hübscheres Ding als Octávia mit ihrem Pferdegebiss.
Maria da Conceição hatte den Wortwechsel vom Flur aus mitverfolgt. Sie hatte an der Tür gelauscht und ihre gerechte Strafe dafür bekommen. Mit schmerzhafter Gewissheit erkannte sie, dass ihre einstige Lüge von vornherein nicht den Hauch der Chance besessen hatte, sie Edmundo näher zu bringen. Natür-

lich nicht. Es war eine Sünde gewesen, solche Lügengeschichten zu verbreiten. Und ja: Wahrscheinlich traf die Beschreibung der »verlogenen alten Jungfer« auf sie zu. Sie hatte sich nie als solche empfunden, aber jetzt, im direkten Vergleich mit diesem blutjungen Mädchen, das seiner Mutter so sehr ähnelte, merkte Maria da Conceição, wie ihr die Jahre einfach so, unbewusst und leise, durch die Finger geronnen waren.
Sie wischte die Tränen weg, die ihr in die Augen getreten waren, und marschierte tapfer in das Esszimmer, um die Suppenteller abzutragen.

24

Hätte Fernando geahnt, welche immense Bedeutung seine Frau den verschiedenen Orakeln, Symbolen oder mystischen Zahlenkombinationen wirklich beimaß, es hätte ihn gegraust. Manchmal sagte sie Dinge wie: »Unser Sohn darf unter keinen Umständen am 8. Februar 1933 zur Welt kommen, denn dann wäre seine Schicksalszahl die Acht, die noch nie jemandem Glück gebracht hat, also ärgere mich bloß nicht an diesem Datum.« Sie sagte solche Sachen beiläufig und in halb scherzhaftem Ton, so dass Fernando nichts anderes übrig blieb, als auf der gleichen Ebene zu frotzeln: »Wann würde es Madame denn passen, dass ich sie ärgere? Würde es dir zum Beispiel am vierten Februar besser gefallen, dass ich dich nicht in den Wahnsinn, sondern zur Niederkunft treibe?« Elisabete hatte verlegen gelacht, zum einen, weil ihr die direkte Ausdrucksweise ihres Mannes nicht behagte – *Niederkunft*, also bitte! –, zum anderen, weil der Vierte tatsächlich kritisch war. Zwar stünde der Mond an diesem Tag günstig, andererseits wäre die Quersumme der Quersumme von Tages-, Monats- und Jahreszahl gleich vier, was noch bedenklicher war als acht.

Fernando hätte die Vier gefallen. Er mochte gerade Zahlen, so wie er Geradlinigkeit mochte. Er liebte Streifen mehr als Punkte, Quadrate mehr als Kreise und Kreise mehr als Ovale. Aber er interpretierte nichts in geometrische Formen hinein, was ihnen nicht von Natur aus innewohnte, und er hätte es auch gar nicht gekonnt. Er hatte nur einfach einen ausgeprägten Ordnungssinn. Es gefiel ihm, wenn die Papiere und Stifte auf seinem Schreibtisch gerade angeordnet waren und nicht kreuz und quer durcheinanderlagen. Er hatte ein Faible für einige Gebäude entwickelt, die er aus der Tram auf seinem Weg zum Ministerium an sich vorüberziehen sah, weil sie so schlichte, strenge Fassaden hatten oder weil die Fensterreihen aus sechs mal sechs Fenstern seine Vorliebe für Regelmäßigkeit ansprachen. Sein Leben lang hatte er nach Perfektion gestrebt, nach sich wiederholenden Mustern im fehlerhaften Gewebe des menschlichen Verhaltens gesucht und sich allein der Logik der exakten Wissenschaften unterworfen. Bis Jujú wieder in sein Leben getreten war. Nur sie störte das fein austarierte Räderwerk, die beruhigende Gleichmäßigkeit seines Alltags.

Bei ihrer letzten Zusammenkunft war sie fuchsteufelswild geworden, weil er ihr, drei Wochen vor dem berechneten Geburtstermin, von der fünften Schwangerschaft seiner Frau berichtet hatte. Er hatte den unverzeihlichen Fehler begangen, ihr vorzulügen, er schliefe nicht mehr mit seiner Frau. Aber wie sollte er ihr auch erklären, dass das eine nichts mit dem anderen zu tun hatte, dass das eine Pflicht und das andere Kür war, dass das eine Hausmannskost und das andere eine Delikatesse war? Ein Mann konnte sich doch nicht darauf beschränken, nur einmal alle paar Wochen seinen körperlichen Bedürfnissen nachzugehen.

Ebenso zornig war sie gewesen, weil er in letzter Zeit einige ihrer Verabredungen nicht hatte wahrnehmen können. Aber sie konnte doch nicht ernsthaft von ihm erwarten, dass er seinen kometenhaften Aufstieg ihr zuliebe abbremste, oder? Er stand bei dem neuen Machthaber Portugals, António de Oliveira Salazar, hoch im Kurs – und er konnte es sich nicht erlauben, auch nur einer einzigen Versammlung fernzubleiben. Er hatte die unwiederbringliche Chance, jetzt zu zeigen, was in ihm steckte, sich unentbehrlich zu machen und vielleicht sogar eines Tages zum Verteidigungsminister aufzusteigen. Das musste doch auch Jujú verstehen.

Dennoch beschäftigten ihn ihre Wutausbrüche – und zwar mehr, als sie es verdienten. Was sollte das? Für Jujú hatte er seine Ehre hingegeben, hatte er seine Frau so tief verletzt, dass es nie wiedergutzumachen war, hatte er seine Kinder vernachlässigt, hatte er sogar der Fliegerei weniger Zeit gewidmet und jeglichen Stolz fahren lassen. Und sie belämmerte ihn mit ihren vergleichsweise harmlosen Befindlichkeiten. Ihre Vorwürfe nagten an ihm. Er grübelte darüber nach, während er eigentlich einem Bericht über die deutsche Aufrüstung mehr Konzentration hätte schenken sollen. Er dachte an ihr vor Empörung gerötetes Gesicht, wenn er besser in Gedanken bei der weltpolitischen Situation geblieben wäre, die sich drohend abzeichnete. Himmel noch mal, es würde womöglich einen weiteren Weltkrieg geben, und er zermarterte sich das Hirn über eine Frau, ließ sich ein schlechtes Gewissen von ihr einreden, die doch im Grunde selber an allem schuld war!

Er würde mit ihr darüber reden müssen. Sie führte sich auf wie eine Furie, und Fernando war nicht gewillt, das hinzunehmen. Nur weil sie nun bereits seit Jahren ihre Affäre hatten und nur weil sie einander vertrauter geworden waren, als es ihnen mit ihren jeweiligen Ehepartnern jemals gelungen war, hatte Jujú noch lange nicht das Recht, wie die eifersüchtige Frau Gemahlin über jeden seiner Schritte zu wachen. Heute Abend würde er die Sprache darauf bringen – und er würde sich durch keines ihrer raffinierten Manöver, mit denen sie ihn jedes Mal aus dem Konzept brachte, beeindrucken lassen. Er würde genauso mit ihr reden, wie er es mit Vorgesetzten und Untergebenen tat: sachlich, streng, vernünftig, kühl.

Fernando sah auf die Akte, die vor ihm lag und die er bis morgen durchgearbeitet haben musste. Salazar erwartete ein Resümee sowie eine Beurteilung von ihm. Er hatte für ein Treffen mit Jujú gar keine Zeit. Aber er hatte sich einmal mehr breitschlagen lassen, sie wenigstens auf eine *bica* in einem Kaffeehaus zu treffen. Er war ein Dummkopf! Er hatte schon vorher gewusst, dass es zeitlich sehr knapp werden konnte, doch jetzt sah es so aus, als käme er heute nicht vor Mitternacht aus dem Büro. Nach Kaffeepäuschen stand ihm da einfach nicht der Sinn. Dennoch schwante Fernando, dass er zu der heutigen Verabredung besser erscheinen sollte. Und auch besser pünktlich sein sollte. Er sah auf die Uhr. Zwei Stunden hatte er noch. Na gut.

Jujú saß vor ihrer Frisierkommode und studierte gründlich jede Falte ihres Gesichts. Es war verheerend, was das Alter mit einem anstellte. Von der Nase bis zu den Mundwinkeln zogen sich auf jeder Seite zwei Falten herab, die ihr, wie sie fand, ein mürrisches Aussehen verliehen, selbst wenn sie außerordentlich gut aufgelegt war. Außer ihr hatte diese Falten offenbar noch nie jemand als störend wahrgenommen, ihre Schwester Isabel verstieg sich sogar zu der unmaßgeblichen Meinung, Jujú sei geradezu ein Wunder an Jugendlichkeit. So ein Unsinn. Ihre Schwester war auch noch nie mit Laura einkaufen gegangen. Es war grausam gewesen zu merken, dass die Männer nicht ihr, sondern ihrer Tochter hinterhersahen.
Jujú fletschte die Zähne zu einem falschen Lächeln. Beim Lachen verschwand dieser schreckliche, verbitterte Ausdruck von ihrem Gesicht – aber dann wiederum kräuselten sich die feinen Fältchen um ihre Augen zu einem netzartigen Gebilde, das sie wie eine Greisin wirken ließ. Es war furchtbar, und es würde noch viel schlimmer kommen. Sie war erst neununddreißig Jahre alt. Wie würde sie erst in zehn Jahren aussehen? Oder mit achtzig? Oh Gott! Schnell verdrängte sie die unschönen Gedanken und widmete sich weiter der Kunst, ihrem Gesicht mit Puder, Kajal und Lippenstift ein wenig von dem jugendlichen Strahlen zurückzugeben, das es einst besessen hatte.
Die drei weißen Haare, die sie am Morgen nach eingehender Untersuchung auf ihrem Scheitel entdeckt hatte und die störrisch und drahtig abstanden, als gehörten sie eigentlich zu einer anderen Region ihres Körpers, hatte sie ausgerissen. Ewig wür-

de auch das nicht so weitergehen – nachher hätte sie gar keine Haare mehr auf dem Kopf und sähe aus wie die arme Dona Florinda aus der Buchhandlung in der Rua Garrett. Aber gut, Haare konnte man ja färben. Und das würde sie selbstverständlich tun. Beim zehnten weißen Haar, das sie entdeckte, wäre endgültig Schluss mit der Auszupferei.
Als Jujú fertig war mit den kosmetischen Maßnahmen, widmete sie sich ihrer Garderobe. Die hellblaue Bluse stand ihr gut, wie überhaupt alle hellen Farben sie jünger und liebenswürdiger erscheinen ließen. Aber was sollte sie dazu tragen? Das dunkelgraue Kostüm? Es war ein bisschen zu korrekt für den Anlass. Sie würde ja nur mit ihrem »alten Freund« einen Kaffee trinken. Nein, dann lieber das beigefarbene Kleid.
Doch nachdem Jujú dieses Kleid angezogen hatte, gefiel sie sich darin nicht. Der Ausschnitt war zu tief, was, wie sie sich jetzt erinnerte, der Grund gewesen war, warum sie es gekauft hatte – anscheinend in einem Anfall lächerlicher Selbstüberschätzung. Wie sah denn das aus, wenn sie ihr leberfleckiges und nicht mehr hundertprozentig straffes Dekolleté so zur Schau stellte? An Laura sähe das Kleid sicher hinreißend aus, aber die würde es garantiert nicht haben wollen. Deren Kleidungsstil unterschied sich so kolossal von ihrem eigenen, dass es schon fast beleidigend war.
Schließlich entschied Jujú sich für einen schwarzen Rock und die hellblaue Bluse. Dazu legte sie ihre Perlen um. Ihr Haar steckte sie zu einem damenhaften Knoten auf, aus dem sie, als sie befand, dass sie damit aussah wie eine alte Krähe, einige Strähnen herauszupfte. Die Locken, die sich um ihr Gesicht kringelten, gaben ihr einen mädchenhaften Charme. Oder nicht? Sah es vielleicht albern aus, so als ob eine alte Krähe beschlossen hätte, auszusehen wie ein junges Täubchen? Jujú nahm zwei Haarklammern und steckte die losen Strähnen wieder an ihrem Kopf fest.

Was veranstaltete sie eigentlich für einen Wirbel? Sie würde Fernando treffen, so wie sie sich schon unzählige Male getroffen hatten. Er kannte sie von Kindesbeinen an. Er kannte sie ohne Make-up und ohne Kleider. Er kannte sie mit staubigem Hosenboden und mit zerrupfter Frisur. Er kannte sie in- und auswendig – oder zumindest ihren Körper. Ob er jemals bis ganz tief auf den Grund ihrer Seele geblickt hatte, das bezweifelte Jujú. Und deswegen würde er auch niemals verstehen, weshalb sie sich und ihm heute dieses Ultimatum gestellt hatte.
Natürlich hätte sie niemals die Torheit besessen, diese Frist beim Namen zu nennen. *Wenn du heute nicht kommst, brauchst du nie wieder zu kommen.* Aber sie hatte ihn in letzter Zeit deutlich genug spüren lassen, wie ernst es ihr war. Sie hatte gezankt, gedroht und ihn unter Druck gesetzt. Es reichte ihr. Sie wollte nicht länger die zweite Geige in seinem Leben spielen. Oder die dritte. Erst die Pflicht gegenüber dem Vaterland. Dann die Gemahlin Dona Elisabete. Und dann sie. Nein, so ging es nicht weiter.
»Luiza!«, rief sie nach dem Hausmädchen. »Ist mein weißer Schal schon gereinigt worden?«
Wenig später hörte sie die trippelnden Schritte Luizas im Flur, dann ein zurückhaltendes Klopfen.
»Ja, ja, komm schon herein. Also, was ist jetzt: Kann ich den Schal jetzt haben?«
Luiza machte ein zerknirschtes Gesicht. »Also, es ist so, Dona Juliana. Aus Versehen ist mir eine rote Bluse mit in die Waschlauge geraten, und da …«
»Was?! Sprich nur weiter! Da hast du gedacht, du nimmst den nunmehr rosafarbenen Schal mit nach Hause?«
Luiza nickte betreten.
»Hör mir mal zu: Ich habe mir das jetzt lange genug bieten lassen. Entweder habe ich morgen den Schal zurück, in welcher Farbe auch immer, oder du kannst mit dem Schal um den Hals

zur Fürsorge gehen und dich dort in die lange Schlange stellen. Habe ich mich klar ausgedrückt?«

Luiza verzog das Gesicht zu einer Miene, die nach einem unterdrückten Weinkrampf aussah. Sie nickte, warf der Senhora aber einen verschlagenen Blick zu, der dieser durchaus nicht entging. Doch Jujú war in einer so nervösen, gereizten Laune, dass es ihr schlichtweg egal war, mit welchen subtilen Drohgebärden diese dralle Inkarnation der Dreistigkeit sich hier dicke machte. Sie hatte den Kragen gestrichen voll. Das musste aufhören. Sofort.

»Wolltest du mir noch irgendetwas sagen?«, blaffte sie sie an.

»Nein, ich dachte nur, dass, wenn die Senhora auf meine Dienste verzichten will, was ich mir gar nicht erklären kann, nach all den Jahren treuer und guter Arbeit, dass ich also dann vielleicht den Cousin meines Mannes, den Redakteur Mota da Costa von der *Gazeta Popular*, fragen könnte, ob er eine *aufmerksame* Kraft für seinen Haushalt braucht.«

Oho! Jetzt war es raus. Jujú sah in die bösartigen Augen Luizas. Ihre überhebliche Streitlust verpuffte augenblicklich und machte einer stillen Wut Platz. Wenn das alte Foto jemals in der Presse erschiene, würde das Fernandos Karriere einen erheblichen Dämpfer verpassen. Es war allzu offensichtlich darauf zu erkennen, dass sie nicht einfach nur Freunde waren. Sie sahen aus wie ein Liebespaar. Zumindest glaubte Jujú sich daran zu erinnern, dass es so gewesen war – sie hatte das Bild immerhin schon sehr lange nicht mehr betrachtet.

»Herrje, Luiza, nun mach doch nicht so ein Theater darum. Du bringst mir einfach meinen Schal mit, Rosé steht mir ja auch nicht schlecht, und dann vergessen wir die ganze Angelegenheit.«

Luiza nickte, machte einen angedeuteten Knicks und verließ das Zimmer, ein Bild reinster Dienstbeflissenheit. Jujú wusste, dass sie ihren Schal nie wiedersehen würde. Und sie wusste ebenfalls, dass das Stück keineswegs verfärbt war. In einer plötzlichen Attacke von unbändigem Hass nahm Jujú ihren Parfumzerstäuber und schmetterte ihn gegen die Wand. Der Duft des Parfüms begleitete sie auf ihrem Weg ins Kaffeehaus, und auch als sie schon längst dort saß und die *bica* vor ihr stand, hatte sie ihn noch in der Nase. *La vie en rose*. Wie außerordentlich passend.

António Saraiva stauchte den jungen Francisco zusammen. Der Knabe weigerte sich, ihm, dem Oberkellner, seinen Teil am Trinkgeld abzutreten. Es fehlte Francisco ganz klar an Respekt gegenüber Älteren sowie an Verständnis für die Abläufe und Gesetze in der Gastronomie. So war das nun einmal. Er selber hatte als junger Bursche auch sein Trinkgeld mit dem Oberkellner teilen müssen. Natürlich gab es Mittel und Wege, die Zusatzeinkünfte offiziell ganz gering aussehen zu lassen. Er selber hatte das damals ziemlich schnell begriffen: Von zehn eingenommenen Escudos hatte er sechs in einer geheimen Innentasche seiner Kellnerweste verschwinden lassen, so dass er nur noch seinen Anteil von vieren teilen musste. Aber sogar für solche Tricks war der junge Francisco zu blöd. Er war schon kein sonderlich guter Kellner. Weder körperlich noch geistig war er flink und wendig. Bei mehr als zwei Bestellungen musste er seinen Block zücken, um sich alles zu notieren, und beim Herausgeben des Wechselgeldes verrechnete er sich mit sicherem Instinkt zugunsten des Gastes. Nein, der Bursche war kein Gewinn für ihr Haus und noch weniger für ihn, António. Er würde nicht mehr lange hierbleiben.

Nachdem er ihm gehörig die Meinung gesagt hatte, beobachtete António, wie Francisco in den Gastraum schlich und dort jetzt an Tisch 7 eine Bestellung aufnahm. Am liebsten wäre er ihm nachgelaufen und hätte ihm mit einem Tritt in den Hintern zu mehr Schnelligkeit und besserer Haltung verholfen. Dann erkannte er plötzlich den Gast an Tisch 7. Es war wieder die schöne Dame, die ihn seit seiner allerersten Zeit hier im

»A Brasileira« verzaubert hatte. Wie lange das her war! Bestimmt schon zehn Jahre, wenn nicht gar mehr. Sie war in dieser Zeit öfter hier gewesen, mal allein, mal in Begleitung eines uniformierten Herrn, der António vage bekannt vorkam, und manchmal auch in Gesellschaft anderer Damen ihres Alters. Heute jedoch erinnerte sie António mehr als sonst an jenes erste Mal. Sie schaute wieder genauso unglücklich drein wie damals. Wieder sah sie versonnen den Rauchkringeln nach, die ihrem sinnlichen roten Mund entwichen.
Die Dame hatte sich kaum verändert. Sie mochte um die vierzig sein, aber sie sah noch immer sehr gut aus. Sehr verführerisch. Sie trug die Haare jetzt anders als in den zwanziger Jahren, länger, und auch in ihrer Kleidung war sie mit der Mode gegangen, der Saum war kürzer. Und doch hatte sie noch immer, oder sogar mehr noch als früher, diese Aura einer *Frau mit Vergangenheit*, die António Saraiva so betörend fand. António entriss dem armen Francisco den Bestellzettel mit der barsch hingeworfenen Erklärung: »Um diese Dame kümmere ich mich.« Dann ließ er sich an der Theke den Kaffee und den Cognac geben und eilte an den Tisch. Er stellte die Getränke ab und fragte: »Haben Sie noch einen Wunsch, gnädige Frau?«
Sie nestelte ungeduldig an ihrer Zigarettendose, zog eine der langen Zigaretten hervor und ließ sich von ihm Feuer geben. Sie legte dabei ihre Hand halb um seine, wie um die Flamme vor dem Wind zu schützen, der hier nicht wehte, und ermutigte António damit, ihr einen glühenden Blick zuzuwerfen.
»Sie dürfen sich entfernen, danke«, sagte sie, und erst jetzt verdichtete sich Antónios Eindruck, diese Szene genau so und nicht anders schon einmal erlebt zu haben. Er hatte, ohne den vornehmen französischen Begriff dafür zu kennen, ein Déjà-vu. Er begegnete dem Blick der Frau in dem hohen Wandspiegel und sah, dass sie diese blitzartige Erfahrung ebenfalls gerade gemacht hatte. Er lächelte ihr zu, und sie lächelte zurück. Selig

schwebte António zurück zur Bar, wo ihn ein dämlich grinsender Francisco erwartete und ihn sofort mit unverschämten Fragen aus seinen schönen Gedanken riss.

Jujú sah auf die Uhr. Zwanzig Minuten wartete sie bereits. Sie war schon bei der zweiten Runde Kaffee und Cognac angelangt, und sie rauchte sicher schon die dritte Zigarette. Noch zehn Minuten. Wenn Fernando bis dahin nicht auftauchte, würde sie gehen – und er brauchte ihr nie wieder unter die Augen zu treten. Sie nippte an dem Cognac und fühlte ihn warm ihre Kehle herunterrinnen. Darin läge dann in Zukunft ihr einziger Trost, dachte sie unfröhlich, sich von Kellnern anschmachten zu lassen und sich der Trunksucht hinzugeben.

Was dachte Fernando sich nur dabei? Sie hatte ihm praktisch ihr Leben geopfert. Ihm zuliebe war sie die unsägliche Ehe mit Rui eingegangen. Ihm zuliebe hatte sie ihre Kinder bereitwillig ins Internat geschickt. Und ihm zuliebe ließ sie sich sogar vom Hausmädchen tyrannisieren. Ihr selber konnte es doch vollkommen gleichgültig sein, ob dieses verräterische Foto jemals in Umlauf geriet. Es war Fernandos Karriere, an die sie dachte, sein Ruf und seine Ehre, die sie verteidigte. Und was war der Dank dafür? Dass er sie hier sitzen ließ wie eine lästige Verehrerin, deren man sich schon längst entledigen wollte. Oh nein, nicht mit ihr!

Als Fernando den ersten Ordner dieser unglaublich voluminösen Akte durchgearbeitet hatte, war er sich nicht sicher, ob er das ausschweifende Geschwafel noch länger ertragen konnte. Teufel auch, eines Tages würde Portugal unter der Last von Schriftstücken ersticken, die irgendwelche Bürokraten mit einem infamen Faible für verschachtelte Sätze formuliert hatten. Wofür diese Korinthenkacker, die die vor ihm liegende Akte verbrochen hatten, 150 Seiten brauchten, hätte er selber höchstens zehn Seiten benötigt. Und darauf hätte er mit großer

Wahrscheinlichkeit weniger Verwirrung gestiftet als diese Gelehrten in ihrem unzumutbaren Erguss. Ja, jetzt könnte er tatsächlich eine Kaffeepause gebrauchen. Doch ein Blick auf die Wanduhr ließ ihm das Blut in den Adern gefrieren. Herrje, über zwei Stunden hatte er mit diesem Gewäsch verschwendet! Selbst wenn er jetzt wie um sein Leben rannte, würde er nicht annähernd pünktlich zu seinem Rendezvous erscheinen.

Er warf sich einen Mantel über, gab seinem Sekretär im Vorbeigehen rasch einige Anweisungen und begann, kaum dass er ins Freie getreten war, zu laufen. Er hatte eine gute Kondition, und er lief schnell. Schneller jedenfalls, als sein Chauffeur oder die Tram für die Strecke benötigten. Er fiel in einen Rhythmus, bei dem er die einzelnen Laufschritte mitzählte. Dieses monotone Abzählen beruhigte ihn. Es hinderte ihn daran, über andere Dinge nachzudenken. Zum Beispiel, was passieren würde, wenn er Jujú nicht mehr in dem Café anträfe. Er hatte das diffuse Gefühl, dass sie es ihm diesmal wirklich übel nehmen und ihn in irgendeiner Form bestrafen würde, etwa durch Entzug ihrer Gegenwart. Fernando rannte wie der Teufel.

Er nahm immer zwei Stufen auf einmal, als er die Treppe zwischen der Rua do Crucifixo und der Rua Nova do Almada und anschließend von dort hinauf zur Rua Ivens lief. Es störte ihn, wenn die Anzahl der Stufen nicht aufging und er zum Schluss nur noch eine Stufe vor sich hatte. Ungerade Zahlen waren ein unnötiges Ärgernis. Er schnappte nach Luft, als er oben ankam. Puh, so ausdauernd wie als Jüngling war er nicht mehr. Er wischte sich den feinen Schweißfilm von der Oberlippe und der Stirn. Er wollte ja nicht wie ein Irrer durch die Tür zum Café »A Brasileira« stürzen.

Doch seine Bemühungen um einen korrekten Auftritt waren umsonst. Jujú war nicht mehr da. Fernando sah auf die Uhr: Er war fünfunddreißig Minuten zu spät. Er wusste, dass Jujú hier gewesen war. Sogar bis vor kurzem noch hier gewesen war – ein

Hauch von »La vie en rose« lag noch in der Luft, ganz schwach auszumachen unter dem intensiven Duftgemisch von Kaffee und Zigarettenqualm. Erschöpft ließ er sich auf einen Stuhl fallen und bestellte einen *garoto escuro*, einen Espresso mit einem kleinen Schuss Milch. Als der mondgesichtige, dümmlich wirkende Kellner ihn fragte, ob er dazu ein Stück Kuchen wünsche, schüttelte Fernando geistesabwesend den Kopf. Er war in Gedanken woanders. Plötzlich hatte er mit schmerzhafter Klarheit erkannt, was er schon vor Jahren hätte sehen müssen: Jujú war die Primzahl in seinem Leben.
Nur durch sich selbst und durch eins teilbar. Und niemals durch zwei.

1939 – 1950

25

Er hätte die »Serpa Pinto« nehmen sollen. Das Schiff würde in Kürze in New York einlaufen, und dort wäre er nicht nur in Sicherheit gewesen, sondern wahrscheinlich auch eher in der Lage, seiner Familie Visa zu beschaffen und Geld zukommen zu lassen. Hier, in Lissabon, wurde es allmählich brenzlig. Zu viele Flüchtlinge tummelten sich bereits in der Stadt, und zu viele Bürokraten erhofften sich von deren verzweifelter Situation eine Aufbesserung ihrer Bargeldreserven. Arbeit war kaum welche zu bekommen – jedenfalls nicht, wenn man Ausländer war und nur ein Transitvisum hatte. Beides traf auf António Coelho Lisboa nicht zu.

Dennoch fühlte Jakob Waizman sich mit dem Pass des verstorbenen António, in den ein überbezahlter Fälscher Jakobs Foto geklebt hatte, nicht sicher. Jakob blieb noch ein paar Minuten am Pier stehen, betrachtete den regen Schiffsverkehr auf dem Tejo und zwang sich, den Tatsachen ins Auge zu sehen. Das Schiff, auf dem er mit Müh und Not eine Passage ergattert hatte, war fort. An Jakobs Stelle fuhr jetzt ein älterer Mann mit, der ihm das Dreifache dessen für die Fahrkarte gegeben hatte, was er selber bezahlt hatte. Es lohnte nicht, dieser Gelegenheit nachzutrauern. Jetzt musste er alles daransetzen, seine Eltern aus der Schweiz zu holen, wo sie mit ihren Touristenvisa nicht mehr lange bleiben konnten, und seine Schwester davon zu überzeugen, dass sie in Frankreich erst recht nicht sicher war. Immerhin verfügte er jetzt über einiges Geld.

Jakob hatte sich den März 1939 anders vorgestellt. Er hatte gehofft, nein: gewusst, dass er nach seinem Abschluss am Konservatorium ein Engagement bei den Berliner Philharmonikern bekommen würde. Und er hatte davon geträumt, anschließend als Solist zu Ruhm und Reichtum zu gelangen. Er war einer der begabtesten Violinisten seiner Generation, und er war sich absolut sicher gewesen, dass einer brillanten Musikerkarriere nichts im Wege stand. An Selbstbewusstsein und Chuzpe hatte es ihm damals nicht gemangelt. Bis der braune Pöbel die Apotheke seiner Eltern auseinandergenommen hatte. Bis er des Konservatoriums verwiesen worden war. Bis sein Mädchen, Helga, sich nicht mehr mit ihm in der Öffentlichkeit sehen lassen wollte.

Die vergangenen sechs Jahre waren eine furchtbare Zeit gewesen, die Jakob einen großen Teil seines Selbstvertrauens gekostet hatte. Es war erschütternd, an sich selber zu beobachten, wie schnell die Umstände einen vom Wunderkind zum Prügelknaben werden ließen, wie wenig es brauchte, um das arrogant erhobene Kinn zu senken und sich nur noch geduckt zu bewegen. Und wie ausgerechnet die Nazis etwas geschafft hatten, was seinem Vater nie gelungen war: ihn, Jakob Waizman, dazu zu zwingen, sich mit seinem Judentum auseinanderzusetzen.

Wenn er sich vorher mit allem Möglichen identifiziert hatte – er fühlte sich, und zwar in dieser Reihenfolge, mehr als Mann, Deutscher, Violinist, Sozialist und Herta-Anhänger, als dass er sich als Juden betrachtete – so hatte ihn der Wahn seiner Landsleute auf seine Religionszugehörigkeit reduziert. Ausgerechnet ihn, der nie in die Synagoge ging und der gern Schinkenbrötchen aß, der außer »shalom« kaum ein Wort Hebräisch konnte, stempelte man zum »Israeliten« ab.

Jetzt, mit siebenundzwanzig Jahren, wusste Jakob, dass all das in Wahrheit egal war. Ob er Jude war oder welche Nationalität er besaß, spielte nicht die allergeringste Rolle für sein Überleben. Das Einzige, was zählte, waren Papiere und Stempel. Ein Pass und Visa. Einreise-, Ausreise, Durchreise- oder Touristenvisum, gültig für Tage oder Wochen, danach sah man weiter. Wem es nicht gelang, innerhalb des amtlich erlaubten Zeitraums die nächste Ländergrenze zu erreichen, der musste den europäischen Behördenirrsinn wieder von vorn durchlaufen.

Jakob nahm am Cais do Sodré die Straßenbahn zum Rossio-Bahnhof. Er hatte noch ein paar Stunden Zeit, bevor er seinen nächsten Schüler unterrichtete, einen plumpen Dreizehnjährigen, dem das Geigenspiel zwar überhaupt nicht lag, dessen Mutter aber unbeirrt an sein Talent glaubte. Auch das war Jakob mittlerweile egal. Seine Ohren hatten anfangs gelitten, sein Herz hatte geblutet, wenn er hörte, wie Vivaldi von all den verwöhnten, unbegabten Kindern vergewaltigt wurde. Heute war er froh, dass er überhaupt eine relativ zuverlässige Einkommensquelle aufgetan hatte.

Am Rossio ging es, wie immer, lebhaft zu. Unzählige Menschen mit gehetztem Blick tummelten sich in der Halle, Emigranten wie er. Deutsche, englische, spanische, italienische, französische, holländische und polnische Sprachfetzen drangen an Jakobs Ohr, neben portugiesischen Flüchen oder lauten Hallo-Rufen. Die Portugiesen erkannte man am besten daran, dass sie nicht leise zu sein brauchten – auch dies eine der Erkenntnisse, denen Jakob sein Überleben verdankte. Er beherrschte die Landessprache inzwischen akzentfrei, und je lauter er herumschwadronierte, desto unauffälliger war er. Kein Mensch käme je auf die Idee, er könnte nicht António Coelho Lisboa sein, so wie es in seinem Pass stand.

Nachdem Jakob eine Weile herumgeschlendert war, sich mit Reisenden unterhalten und Informationen über die aktuelle Lage in Frankreich ergattert hatte, beschloss er, sich vor dem nervtötenden Unterricht noch in die »Pastelaria Suiça« zu setzen und den *Diário de Notícias* zu lesen. Auf einer Bank gleich neben dem Ausgang fiel ihm eine junge Frau auf, die ausnehmend hübsch und völlig vertieft in eine Zeichenarbeit war. Mit schnellen Kohlestrichen skizzierte sie die Begrüßung zwei-

er abgerissen aussehender Menschen. Jakob blieb eine Weile neben der Bank stehen und schaute der Künstlerin über die Schulter. Er fand ihre Zeichnung sehr gelungen. Sie hatte einen guten Blick für Details, die anderen Zuschauern der Szene vielleicht entgangen wären: die verstörten, hohlen Blicke des Paares, der fadenscheinige Mantel des Mannes, die derben Schuhe der Frau, das armselige Pappköfferchen.
Plötzlich schaute die junge Frau von ihrem Zeichenblock auf.
»Möchten Sie vielleicht auch die anderen Skizzen sehen?«, fragte sie in einem Ton, der irgendwo zwischen Flirten und Anschnauzen lag.
»Wollen Sie sie mir denn unbedingt zeigen?«, antwortete Jakob in perfektem Portugiesisch.
Die junge Frau wirkte ein wenig irritiert. »Sie sind Portugiese? Ich hätte vermutet, dass Sie ...«
»Ja?«
»Nun ja, dass Sie ein Emigrant sind. Vielleicht ein Jude.«
»Finden Sie, dass ich so aussehe?«
»Jetzt nicht. Aber vorhin ...« Sie blätterte zwei Seiten in ihrem Block zurück und hielt Jakob wortlos die Skizze hin.
Ein hohlwangiger junger Mann in einem schlecht sitzenden Anzug war darauf zu sehen, mit Bartstoppeln und einer sehr prominenten Nase, mit vollen, aber verkniffenen Lippen und argwöhnischem Blick. Der *juif errant*, wie er im Buche stand.
»Finden Sie nicht, dass Sie mich unnötig älter gemacht haben?«
Jakob lächelte die Künstlerin an und hoffte, dass sie ihm sein Erschrecken nicht ansah. Wenn er auch nur annähernd dem Mann auf dem Bild ähnelte, dann musste er noch viel an seiner Mimikry arbeiten.
»Wenn Sie lächeln, sehen Sie auch viel jünger aus.«
»Darf ich Sie zu einem Kaffee einladen?« Jakob fand die junge Frau entzückend, und wenn er in den letzten Jahren eines gelernt hatte, dann dass man niemals etwas aufschieben sollte.

»Ich pflege eigentlich nicht mit fremden Männern auszugehen, deren Namen ich nicht einmal kenne.«
»António Coelho Lisboa«, sagte er und machte eine angedeutete Verbeugung. »Und mit wem habe ich die Ehre?«
»Laura da Costa.« Nach einer kleinen Pause fügte sie hinzu: »Ich schätze, eine schöne starke *bica* wäre jetzt genau das Richtige.«
In der »Pastelaria Suiça« nahmen sie an einem Tisch Platz, der direkt am Gang stand. Ecken und Nischen waren viel verdächtiger, wusste Jakob. Sollten hier tatsächlich deutsche Spione oder deren portugiesische Helfershelfer von Salazars Geheimpolizei nach illegal eingereisten Flüchtlingen Ausschau halten, würden sie die Leute an den zentralen Tischen nicht halb so sorgfältig mustern wie die in den Randbereichen des Kaffeehauses.
»Sie sind Künstlerin von Beruf?«, fragte er seine Begleiterin.
»Ja. Aber bisher ohne großen Erfolg.«
»Der kommt bestimmt bald. Ich finde Ihre Zeichnungen wunderbar.«
»Das ist das erste Mal, dass Sie einen affirmativen Satz von sich geben. Bisher haben Sie alle meine Fragen immer mit einer Gegenfrage beantwortet.«
»Nicht ganz. Meinen Namen habe ich Ihnen schließlich verraten, oder?«
»Sehen Sie, wieder eine Frage.«
»Sie sind eine gute Beobachterin.«
»Und Sie ein guter Lügner.«
»Warum glauben Sie das?«
»Weil Gegenfragen die eleganteste Methode sind, um sich nicht zu verraten.«
»Aber ich bitte Sie, Menina Laura, ich ...«
»Laura. Lassen Sie bitte das ›Fräulein‹ weg. Nennen Sie mich einfach Laura.«

»Also schön, Laura. Stellen Sie mir all die Fragen, die Ihnen auf den Nägeln brennen. Je mehr, desto besser – ich fühle mich schon jetzt sehr geschmeichelt, dass Sie mir so viel Interesse entgegenbringen.«
Jakob fand, dass Laura eindeutig zu wenig Feingefühl zeigte. Sie lebten in einer Zeit, in der eine so unverblümte Fragerei an Körperverletzung grenzte. Dennoch würde er keine Schwierigkeiten haben, Fragen über seine erfundene Vergangenheit zu beantworten. Er hatte sich jede Kleinigkeit zurechtgelegt, fiktive Verwandtschaftsverhältnisse auswendig gelernt und sich schmückende Anekdoten ausgedacht. Er hatte sich sogar Grundschulen und Spielplätze der Lisboetas angesehen, um glaubwürdig seine Kindheit und Jugend resümieren zu können.
»Machen Sie das öfter«, fragte Laura, »dass Sie Unbekannte auf einen Kaffee einladen?«
»Und Sie, gehen Sie immer mit Unbekannten mit, die Sie auf einen Kaffee einladen?«
Laura und Jakob schauten sich tief in die Augen und wussten, dass sie einander noch sehr viele Fragen stellen würden.

Am nächsten Tag wachte Laura mit einer frohen Unruhe im Herzen auf. Sie hatte sich wieder mit dem jungen Mann verabredet, der sich António Lisboa nannte. Er hatte irgendetwas in ihr angerührt, das sie weder genau zu orten noch zu deuten verstand. Er sah nicht einmal besonders gut aus, etwas, was ihr sonst bei Männern wichtig war. Er war von durchschnittlicher Statur, hatte ein vollkommen asymmetrisches Gesicht, trug das dichte schwarze Haar soldatisch kurz und hatte Aknenarben auf den Wangen. Aber er war charmant, hatte eine wunderschöne Stimme, und in seiner Körperhaltung wie in seinen Worten lagen Herausforderung und Vorsicht gleichermaßen. Wenn er, wie sie vermutete, ein jüdischer Emigrant war, dann hatten die

Nazis ihn jedenfalls nicht in dem Maße verbogen, wie es bei so vielen anderen zu beobachten war.

Heute wollten sie gemeinsam zu Mittag essen. Laura wohnte seit zwei Jahren in einer Mansardenwohnung in der Alfama, wo sie versuchte, als Künstlerin Fuß zu fassen. Solange der Erfolg ausblieb, schlug sie sich damit durch, dass sie an drei Tagen pro Woche in einer Azulejo-Werkstatt auf Bestellung Kacheln für Touristen bemalte. Es war wirklich verrückt, auf welche Ideen die Leute kamen. Neulich hatte ein Amerikaner bei ihr einen Satz Azulejos in Auftrag gegeben, auf den sie »Mom for President« schreiben und den Spruch mit einem traditionellen Schmuckrand in Blau und Gelb verzieren sollte. Pfui Teufel! Aber was tat man nicht alles für Geld?

Dass António sie wieder eingeladen hatte, kam Laura sehr gelegen. Dennoch tat es ihr ein wenig leid um ihn, der nicht gerade danach aussah, als könne er es sich leisten, sie auszuführen. Also hatte sie ein Lokal vorgeschlagen, das sehr einfach und, weil bei Touristen oder Emigranten weitestgehend unbekannt, auch sehr preiswert war. Es gab dort vorzügliche Fischgerichte vom Grill und einen passablen Tischwein.

Zuvor musste sie allerdings noch eine unangenehme Pflicht erledigen. Heute Vormittag wollte ihre Mutter ihr Modell sitzen – in einem Moment töchterlicher Aufopferungsbereitschaft hatte Laura eingewilligt, ein Porträt von ihr zu malen. »Wofür brauchst du eigentlich ein Bild von dir?«, hatte sie später nachgefragt, und ihre Mutter hatte patzig geantwortet: »Vielleicht möchte ich es jemandem schenken.« Pah, dachte Laura, das hatte sie wahrscheinlich nur gesagt, um sich wichtig zu machen. Wer wollte allen Ernstes eine Frau hofieren, die in einem Monat siebenundvierzig Jahre alt wurde? Und welches Ego musste man besitzen, um sich in einem solchen Alter noch porträtieren zu lassen? Aber gut, sie hatte es ihrer Mutter versprochen, also würde sie sich in die Rua Ivens begeben und die lästige Sitzung so schnell wie möglich hinter sich bringen. Sie würde dafür ohnehin nicht lange brauchen. Sie kannte das Gesicht ihrer Mutter so gut wie ihr eigenes, dem es so sehr ähnelte, dass es manchmal wehtat. Es war nicht schön zu wissen, wie man selber in einem Vierteljahrhundert aussehen würde.

Das Essen oder besser die Unterhaltung, die es begleitete, gestaltete sich anfangs schwieriger, als Laura gedacht hatte. Für ihre ebenso naiven wie dreisten Fragen vom Vortag schämte sie sich jetzt. Also versuchte sie in dieser zweiten Begegnung mit António alle Themen zu vermeiden, die auch nur entfernt mit Krieg, Faschismus und Weltpolitik zu tun hatten. Fragen zu seiner Herkunft, seiner Familie und dergleichen erschienen ihr nun ebenfalls tabu. Was blieb da noch?
Die erste Viertelstunde redete fast nur sie, in einer verzweifelten Anstrengung, keine bedrückende Stille aufkommen zu lassen. Doch auch sie selber hatte vieles zu verbergen. Sie wollte nicht, dass er oder auch sonst irgendjemand erfuhr, dass ihr Vater ein schwerreicher Portwein-Produzent und ihre Mutter eine vornehme Dame war, die den ganzen Tag nichts anderes zu tun hatte, als Geld für feine Wäsche von »Paris em Lisboa« oder überflüssiges Wohnzubehör aus dem Kaufhaus »Loja da América« auszugeben und mit anderen gelangweilten Ehefrauen »weißen Tee« – Wein oder weißen Port – aus zarten Porzellantassen zu trinken.
Niemand sollte sie für etwas anderes halten als das, was sie selber darstellte, oder für andere Vorzüge schätzen als die, die sie selber hatte: ihren Humor, ihre Kunst, ihre liberale Haltung. Also erzählte sie António von dem Leben in der Alfama. Von dem Mangel an Privatsphäre, weil so viele Menschen auf so wenig Raum zusammenlebten; von dem Gekeife der Frauen in den Gassen und den Schlägereien unter betrunkenen Männern; von den Tausenden herrenloser Katzen und Hun-

de, die sich nachts über die Mülltonnen hermachten; aber auch von der Großherzigkeit der Bewohner, die einander halfen, wo sie nur konnten, und von der ausgelassenen Stimmung in den Straßen, wenn das Fest des heiligen Antonius gefeiert wurde.
»Santo António, Ihr Namenspatron. Er ist der Schutzheilige von Lissabon.«
»Was Sie nicht sagen?« Jakob sah Laura verschmitzt an. »Als ob ich das nicht selbst am besten wüsste.«
»Natürlich. Verzeihung. Ich habe … ach, ich quassele einfach zu viel drauflos, ohne vorher nachzudenken.«
»Sie Glückliche.«
Da – nun war es doch passiert. Sie hatte António dazu verleitet, eine verräterische Äußerung zu machen.
»Aber nun erzählen Sie doch mal – von mir aus gern etwas, über das Sie genau nachgedacht haben. Ich befinde mich nicht allzu häufig in Gesellschaft von intelligenten Leuten.«
Und Jakob erzählte. Er log dabei nicht direkt, verzerrte die Wahrheit aber so, dass seine Geschichte vollkommen koscher daherkam. Er berichtete, dass er längere Zeit bei nahen Verwandten in der Schweiz gelebt und dort fließend Deutsch gelernt hätte. Er sprach von seiner Schwester, die in Frankreich lebte und die es schwer hatte, als Assistentin eines Theaterregisseurs Fuß zu fassen. Er unterhielt Laura mit wahren Anekdoten von divenhaften Geigenvirtuosen und tyrannischen Dirigenten, von rachitischen Trompetern und ruhmbesessenen Tenören.
Sie genoss diese Unterhaltung sehr, wohl wissend, dass sich all diese amüsanten Geschichten niemals in Portugal zugetragen hatten. Nur das, was er über seine Schüler erzählt hatte, mochte sich gut und gern in Lissabon abgespielt haben. Sie erinnerte sich nur zu genau an ihren kleinen Bruder und dessen katastrophalen Geigenunterricht. Nach ein paar Monaten war es

ihre Mutter dann ebenso leid gewesen wie Paulinho selber – die sündhaft teure Violine lag bestimmt immer noch in einer dunklen Ecke des Salons und setzte Staub an.

»Wenn Sie möchten, kann ich Ihnen eine gut erhaltene Cavalli leihen«, bot sie António an. »Ihre eigene könnten Sie dann den Kindern für ihre sadistischen Fingerübungen überlassen.«

»Brauchen Sie sie denn nicht selbst? Sie könnten sie verkaufen?« António war irritiert. Woher hatte Laura ein Instrument dieses berühmten Geigenbauers? Doch obwohl er nichts lieber getan hätte, als einmal eine Violine von Astride Cavalli zu spielen, lehnte er das Angebot ab. »Vielen Dank, das ist sehr großzügig von Ihnen. Aber die meisten meiner Schüler haben eine eigene Geige. Die Eltern scheinen zu glauben, dass der Erwerb eines kostbaren Instrumentes schon die halbe Miete ist.«

Laura lachte. Ja, genauso war es auch bei ihnen gewesen, mit allem. Dass ein teures Rassepferd keine Weltklassereiter, hochwertige Tennisschläger noch keine Asse auf dem Court und ein Steinway-Flügel keine Starpianisten aus ihnen machten, hatten ihre Eltern bis heute nicht begriffen. Wo keine Leidenschaft war, konnte man mit luxuriösem Drumherum auch keine erzeugen. Umgekehrt konnte man allerdings ein Talent oder ein aufkeimendes Interesse sehr wohl dadurch fördern, dass man den Kindern schönes Zubehör kaufte. Sie selber wäre ohne ihre Staffelei, die Leinwände und die kostspieligen Farben – die sie nicht von ihren Eltern, sondern von Tante Mariana geschenkt bekommen hatte – der bildenden Kunst vielleicht nie treu geblieben.

Das alles konnte sie António natürlich nicht erzählen. Stattdessen lächelte sie ihn an und sah ihm tief in seine hellbraunen Augen, die sogar im Schatten des Sonnenschirms, unter dem sie saßen, leuchteten. Je länger sie ihn ansah, desto attraktiver fand sie ihn. Nicht einmal die Aknenarben empfand sie mehr als störend. Sie verliehen ihm einen herben, masku-

linen Charme. Sie lehnte ihren Oberkörper über den Tisch, als wollte sie ihm etwas zuflüstern. Er kam mit seinem Gesicht ebenfalls näher.
»Sie haben ein sehr markantes Gesicht«, sagte sie mit der rauchigsten Stimme, deren sie fähig war. »Ich würde es gern malen. Wollen Sie mir nicht Modell sitzen?«
Jakob schluckte. Er war es nicht gewohnt, dass eine Frau ihm so unmissverständliche Angebote machte. Er räusperte sich und setzte zu einer Antwort an, doch Laura kam ihm zuvor.
»Nun schauen Sie nicht so entsetzt. Ich will Sie nur malen. Und nur Ihr Gesicht.« Sie lehnte sich wieder in ihrem Stuhl zurück und blickte auf seine Hände, die nervös die Serviette zusammenfalteten. »Na ja, vielleicht auch Ihre Hände.«

Die erste Sitzung fand einige Tage später statt, am Miradouro da Graça, einem Aussichtspunkt gleich unterhalb der Graça-Kirche. Sie trafen sich am frühen Morgen, denn Laura wollte, dass die tief stehende Sonne von Osten ihr Modell ausleuchtete, das sie vor dem Hintergrund der Innenstadt im Westen malen wollte. António kam sich reichlich albern vor, wie er da in der Morgensonne saß. Er wusste nicht, was er mit seinem Gesicht anstellen sollte, und je länger er Laura bei ihrer Arbeit beobachtete, desto unsicherer wurde er. Seine Züge, so schien ihm, wollten ihm nicht mehr gehorchen. Außerdem blendete ihn die Sonne. Er kniff die Augen zusammen und machte, um die merkwürdige Stimmung aufzuheitern, ein paar witzig gemeinte Bemerkungen. Doch Laura bedeutete ihm, zu schweigen und stillzuhalten. Damit ihm sein Allerwertester auf dem harten Steinmäuerchen nicht taub wurde, setzte er sich gelegentlich ein bisschen um, was sie ihm gestattete. Nach etwa drei Stunden, als die Sonne ihn schon von der Seite anstrahlte, war Laura fertig.
»Das wurde auch Zeit. Ich hatte schon Angst, meine rechte Ge-

sichtshälfte würde ganz braun werden, während die linke käseweiß ist.«
»Kein Problem – das nächste Mal gehen wir zu einem Ort, wo auch deine linke Gesichtshälfte braun wird.«
Jakob stöhnte innerlich auf. Worauf hatte er sich da eingelassen? Er hatte schon jetzt keine Lust mehr zu diesen Sitzungen. Er ließ sie nur über sich ergehen, weil sie der ideale Vorwand waren, um Laura so oft zu sehen. Nicht, dass er einen Vorwand gebraucht hätte. Sie duzten sich inzwischen, und Laura machte kein Geheimnis daraus, dass sie genauso gern mit ihm zusammen war wie er mit ihr. Außerdem kam Laura ab und zu hinter ihrer Staffelei hervor, trat an Jakob heran und zupfte sein Haar zurecht oder nestelte an seinem Hemdkragen herum. Dass sie mit ihren farbverschmierten Fingern Flecken dabei hinterließ, war ihm egal. Diese kleinen Momente des körperlichen Kontakts waren jeden Farbkleckser der Welt wert.
Erst nach mehreren Wochen beklagte Jakob sich. »Laura, du musst ja schon an die zehn Porträts von mir gemalt haben. Willst du nicht langsam mal etwas anderes auf deine Leinwände zaubern? Ich meine, so faszinierend kann mein Gesicht dann ja auch nicht sein.«
»Doch, ist es.«
Sie saßen nebeneinander in einem Straßencafé in der Baixa und beobachteten die Leute, die vorbeiflanierten. Die meisten sahen unbeschwert und fröhlich aus, in ihren Sommerkleidern oder in hellen Hosen und kurzärmligen Hemden. Der Himmel war von einem kräftigen Blau, das nach dauerhaft schönem Wetter aussah, und die Luft roch nach Sommer in der Stadt – eine unwiderstehliche Mischung aus den Düften blühender Laubbäume und heißen Asphalts, aus Abgasen und Kaffee-Aroma.
Laura sah António schräg von der Seite an, legte dann ihre Hand auf seine und seufzte. »Also gut. Du hast ja recht. Es ist nur so,

dass ich mich an deine Hände noch nicht heranwage. Ich bin schlecht im Händemalen.«
»Nach allem, was ich über Künstler weiß, sind Hände immer schwer abzubilden. Versuch es einfach.«
Wie sollte sie ihm erklären, dass es das allein nicht war? Dass es an seinen Händen lag? Dass sie diese anbetungswürdigen Hände nicht *entweihen* wollte, indem sie ihren Charakter zur Zweidimensionalität und zur Bewegungslosigkeit verdammte?
Es waren wunderbare Hände, mit schlanken, langen Fingern, auf deren unteren Gliedern kleine Büschel schwarzer Haare wuchsen und an deren anderem Ende große, eckige, perfekt gepflegte Nägel in einem zarten Perlmuttglanz schimmerten. Diese Hände sahen verletzlich und stark zugleich aus. Es waren nicht die Hände eines verzärtelten Violinisten, sondern die eines Mannes, der zupacken konnte. Und Laura wünschte sich immer mehr, dass er genau das bei ihr tun würde.
»António?«
»Ja?«
Sie räusperte sich. »Ich kann es nur schwer in Worte kleiden, aber irgendetwas steht zwischen uns, wie eine hohe Steinmauer.«
Er runzelte die Stirn und nahm einen Schluck Kaffee. Als er die Tasse geräuschvoll auf der Untertasse absetzte, merkte Laura, dass seine Hand zitterte.
»Laura?«
»Ja?«
»Nenn mich doch bitte Jakob.«

26

Hätte man Luiza Mendes gefragt, sie wäre um Worte nicht verlegen gewesen. Um böse Worte. »Das Bild ist abartig«, hätte sie vielleicht gesagt, oder, wenn sie sich diplomatischer hätte ausdrücken wollen, »die Künstlerin ist vollkommen untalentiert«. Und so war es doch auch. Die Farben taten dem Auge weh, die eckigen Formen verzerrten das Antlitz ihrer Dienstherrin auf diffamierende Weise. Jedes Kind konnte schönere Bilder malen. Ja, sie selber hätte das Modell besser getroffen! Herrje, wenn einer von ihr ein Porträt anfertigen würde, auf dem sie so entstellt wäre wie die Senhora Dona Juliana auf diesem, sie hätte dem »Künstler« ordentlich den Marsch geblasen.

Aber niemand in diesem Haushalt fragte Luiza nach ihrer Meinung, weder zu dem »Kunstwerk« noch zu sonst irgendeiner Angelegenheit. Seit das Kindermädchen Aninha nicht mehr hier arbeitete, standen nur noch sie selber, ein Chauffeur sowie eine Köchin in Diensten von Dona Juliana. Den Chauffeur bekam sie kaum zu Gesicht, und die Köchin kam nur stundenweise herein. Sie kochte mittags gleich für abends mit und hatte es immer sehr eilig. Luiza fand kaum Gelegenheit, mit ihr zu plaudern, so dass sie sich all ihre Beobachtungen und Lästereien für den Feierabend aufheben musste. Manuel, mit dem sie seit drei Jahren verheiratet war, hörte ihr gern und aufmerksam zu. Recht so – ohne ihren Scharfsinn und ihren Ehrgeiz, mit dem sie ihn antrieb, wäre er heute nicht der Assistent des Protokollchefs im Regierungspalast. Manchmal jammerte er, beklagte sich über ihre Kinderlosigkeit, wünschte sich seine Frau daheim. Luiza war heilfroh, dass sie nicht zu einem Leben am heimischen Herd verdammt war, mit quengelnden Kindern und ungehobelten Nachbarsfrauen als einziger Gesellschaft. In der Wohnung von Dona Juliana hatte sie wenigstens Kontakt zu gehobener Lebensart. Hier fiel immer die eine oder andere Delikatesse für sie ab oder auch ein hübsches Kleid, das ihre Patroa aussortierte. Solange sie das Kinderkriegen aufschieben konnte, so lange hatte er keinen guten Grund, sie nicht außer Haus arbeiten zu lassen, zumal sie sich ja jetzt »Haushälterin« nennen durfte.

Und von dem zweiten Einkommen profitierten sie schließlich beide. Eines Tages würden sogar sie sich porträtieren lassen können – aber ganz sicher nicht von dieser unbegabten Laura da Costa, und schon gar nicht auf einem groben Papier wie diesem. Es müsste schon ein richtiges Ölgemälde sein, mit einem dramatischen Alpenpanorama im Hintergrund.

Mit angewidertem Gesicht legte Luiza das Blatt zurück auf den Sekretär, nachdem sie auf diesem Staub gewischt hatte. In demselben Augenblick betrat ihre Arbeitgeberin den Salon, in ihrem Schlepptau den General Abrantes, der hier öfter ein und aus ging als Dona Julianas werter Gemahl. Abrantes setzte sich, ohne eine Aufforderung abzuwarten, in einen der Sessel am Kamin. Als sei er hier zu Hause, dachte Luiza. Sie nickte den Herrschaften unterwürfig zu und trat den Rückzug an.

»Luiza, bring uns doch bitte eine Kanne Kaffee«, warf Dona Juliana ihr zu, als sie bereits an der Tür stand. Sie sah Luiza nicht einmal an dabei.

»Natürlich, Dona Juliana. Sofort.«

»Ich finde«, sagte Fernando, als Luiza den Raum verlassen hatte, »dass ihr Ton es irgendwie an Respekt mangeln lässt.«

»Schon möglich.« Jujú wollte das Thema nicht weiter vertiefen. Sie hatte schon so oft mit Fernando darüber gestritten. Immer hatte er überzeugende Argumente dafür vorgebracht, warum sie Luiza hinauswerfen sollte, und nie hatte sie ihm erklären kön-

nen, warum sie es nicht tat. Inzwischen hatte sie sich an die Frau gewöhnt, an ihre schnippische Art genauso wie an ihre ausgezeichnete Arbeit. Sie war, trotz einer Gehaltserhöhung sowie des Aufstiegs zur »Haushälterin«, nach wie vor für alles im Haushalt zuständig, auch für das Staubwischen und andere niedere Arbeiten. Einzig das Polieren des Parkettbodens sowie das Fensterputzen überließ sie Personal, das eigens dafür ins Haus kam.
Jujú erhob sich und ging zu ihrem Schreibtisch, der im Erker des Salons stand. Sie nahm die Filzpappe mit der Wachskreidezeichnung von Laura und hielt den Bogen hinter ihrem Rücken verborgen, als sie sich zu Fernando wandte.
»Ich habe ein Geschenk für dich.« Ihr Gesicht sah aus wie das eines Kindes, das seine Eltern mit einem Strauß Blumen überrascht, die es zuvor von den kostbaren Rosenstöcken gerissen hatte.
Fernando lächelte ihr zu. Wie süß sie aussah – keinen Tag älter als siebzehn. Die grauen Strähnen in ihrem Haar sowie die Fältchen in ihrem Gesicht nahm er nicht wahr. Einzig ihre strahlenden Augen, ihre aufgeregte Miene, die Stupsnase und die hübschen Grübchen sah er. Es hätte dieselbe Jujú sein können, die ihm vor mehr als dreißig Jahren ein wüstes Sammelsurium an Technikbüchern mitgebracht hatte.
Abrupt hielt Jujú das Blatt vor ihrem Gesicht hoch, so dass nur noch ihre Augen dahinter zu sehen waren.
»Oh ... das ist ... sollst du das sein?«
Jujú schien enttäuscht über diese Reaktion.
»Natürlich bin ich das. Ist es nicht grandios? Es ist von Laura.«
Insgeheim war auch Jujú nicht sehr begeistert gewesen, als ihre Tochter ihr erklärt hatte, dass sie kein Aquarell malen wollte. Doch je länger sie schließlich das Werk aus Wachskreide betrachtet hatte, desto besser gefiel es ihr. Laura war wirklich begabt. Sie hatte die Charakteristika ihres Gesichts mit ein paar

Strichen eingefangen, hatte bei aller expressionistischen Farbenfreude – Jujús Lippen waren grün, ihr Haar rot – ihren Typ genau getroffen.

»Das linke Auge hängt irgendwie schief«, bemerkte Fernando.

»Ach, du bist ein Kunstbanause! Das soll so sein. Wenn es mir um größtmögliche Detailtreue gegangen wäre, hätte ich ja ein Foto machen lassen können, oder?«

»Hm.« Fernando nahm die Filzpappe in die Hand und besah sich das Œuvre von nahem. Dann hielt er es so weit von sich fort, wie es ging. Aus größerer Entfernung konnte man tatsächlich Jujú in dieser missgebildeten Visage erkennen. Immerhin. Aber dass so etwas als Kunst galt? Wahrscheinlich stimmte es: Auch Elisabete behauptete immer, ihm gehe jeder Kunstverstand ab.

»Vielen Dank, mein Herz. Es ist wunderschön.« Er legte das Blatt beiseite und streckte den Arm nach Jujú aus. »Aber lange nicht so schön wie das Modell in Fleisch und Blut. Komm her.« Er zog sie auf seinen Schoß, doch sie entwand sich seiner Umarmung.

»Warte«, flüsterte sie, »bis wir allein sind.«

Sekunden später trat Luiza ein und servierte den Kaffee.

»Danke, Luiza. Ich denke, ich brauche dich heute nicht mehr. Du kannst nach Hause gehen.«

Luiza machte einen Knicks, bedankte sich überschwenglich und ging, in Gedanken mit dem beschäftigt, was ihre Dienstherrin in Kürze tun würde. Alten-Unzucht, Allmächtiger! Gott sei Dank musste sie nicht hierbleiben, um womöglich auch noch zur Zeugin dieser Schweinerei zu werden.

Als sie hörte, wie die Wohnungstür ins Schloss fiel, setzte Jujú sich auf Fernandos Schoß. Sie streichelte seine Wange, die nach einem langen Tag im Ministerium stachelig war. Sein Barthaar war durchsetzt von weißen Stoppeln. Meine Güte, er kam ihr kaum älter vor als damals unterm Erdbeerbaum. Und nächstes Jahr wurde er fünfzig. Behutsam nahm sie ihm die Lesebrille ab, die er, wie sie wusste, auch dann gern trug, wenn gar nichts zu lesen war – sie verlieh ihm ein so distinguiertes Aussehen. Als ob er solcher Hilfsmittel bedurft hätte. Fernando sah blendend aus, und wenn auch die Haut immer blasser und das Haar grauer wurde, an der Farbe seiner Augen würde sich nichts ändern.

Erst trafen sich ihre Blicke, Sekunden später ihre Lippen. Ohne einen Ton zu sagen, hob Fernando Jujú hoch und trug sie ins Schlafzimmer. Wie leicht sie war! Sie hatte sich die Figur eines jungen Mädchens bewahrt, trotz der Mutterschaft und trotz ihres Alters. »Aber das stimmt doch gar nicht. Du siehst mich nur nicht mehr so genau an, sonst wüsstest du das«, hatte sie ihm vor einigen Monaten vorgeworfen. Ihre Taille sei dick wie die der Dona Leonor aus dem dritten Stock und ihre Füße so breit wie die einiger der älteren Herren, die sie alltäglich ins Grémio Literário schräg gegenüber gehen sah. Fernando hatte ihr seitdem kein Kompliment mehr über ihr Aussehen gemacht. Hätte er auch nur einen Funken des literarischen Verständnisses der Männer aus dem Club gegenüber gehabt und wäre in der Lage gewesen, seine Huldigungen an ihre Schönheit in die richtigen Worte zu fassen, er hätte für jeden Quadratzentimeter ihres Körpers ein eigenes Gedicht verfassen mögen.

Ohne Hast entkleideten sie einander, mit der Vertrautheit von Menschen, die sich schon ein Leben lang kannten, und zugleich mit der Neugier und Lust von Frischverliebten. Bei ihrem Liebesspiel war es ähnlich. Obwohl ihnen keine Vorliebe des anderen fremd war und sie ihre Körper und Reaktionen bis ins letzte Detail kannten, kehrte niemals Routine ein. Nie wurden sie es müde, einander mit allen Sinnen zu erkunden, nie wurde es ihnen langweilig, sich voller Hingabe mit dem anderen zu beschäftigen und ihm größtmögliche Lust zu verschaffen. Die

Gier und die Eile der ersten Jahre, die von dem Wunsch nach spontaner Befriedigung lang angestauter Bedürfnisse geprägt waren, waren einer besonnenen Zärtlichkeit gewichen, die deswegen nicht minder leidenschaftlich war. Im Gegenteil: Je mehr Zeit sie sich ließen, desto mehr steigerten sie ihr Vergnügen. Waren sie anfangs übereinander hergefallen wie ein Hungernder über einen Teller Brotsuppe, so kultivierten sie jetzt ihren Appetit – in mehreren Gängen von exquisiter Qualität.

Es war Mitternacht, als Fernando und Jujú, satt, müde und glücklich, voneinander abließen. Die Glocken mehrerer nahe gelegener Kirchen läuteten. Jujú kicherte. »Ding dong – was für ein nächtlicher Höhepunkt.«

Fernando lächelte, während er ihr sanft den Schweiß von der Stirn wischte und verzückt die sich kräuselnden Härchen an ihren Schläfen betrachtete.

»Fernando?« Jujús Stimme klang plötzlich gar nicht mehr so mädchenhaft und gelöst wie noch Sekunden zuvor.

»Ja, *meu amor?*«

»Warum willst du dich nicht scheiden lassen? Wir sind noch jung genug, um ein großes Stück des Weges gemeinsam zu gehen. Willst du die nächsten zwanzig Jahre so weitermachen wie bisher?«

»Warum nicht?«

»Weil ich dich ganz für mich haben will, deshalb.«

Ja, das hätte sie wohl gern, dachte Fernando. Aber er würde sich ihr nicht mit Haut und Haaren ausliefern. Niemals. Er wusste, wie wechselhaft sie war und wie inkonsequent. Erst heiratete sie einen anderen Mann, nur um Jahre später doch wieder zu ihm, Fernando, zurückzukehren. Dann hatte sie sich von ihm getrennt, nach einer nicht zustande gekommenen Verabredung, um ihn ein gutes Jahr später wieder um Verzeihung zu bitten. Sie wusste vielleicht selber gar nicht so genau, was sie wollte. Und wenn sie endlich hatte, wonach es sie verlangte, warf sie es nach einer Weile immer fort. Mit ihm würde sie das nicht tun – und die Chancen auf eine dauerhafte Verbindung, sosehr sie auch von Sprunghaftigkeit ihrerseits geprägt war, standen eindeutig höher, wenn sie nicht miteinander verheiratet waren.

»Ich glaube«, sagte er in bewusst nüchternem Ton, »dass unsere Liebe und unsere Leidenschaft nur deshalb unvermindert brennen, weil wir *kein* altes Ehepaar sind. Außerdem ist eine Scheidung auch heute noch eine unschöne Angelegenheit.«

»Ach, komm. Weder heiße ich Wallis Simpson, noch bist du der Thronfolger von England. Kein Hahn würde danach krähen, wenn wir uns, das heißt ich mich von Rui und du dich von Elisabete, scheiden lassen würden.«

»Oh doch, meine Kinder zum Beispiel. Vergiss nicht, sie sind noch viel jünger als deine. Alberto ist erst sechs.«

»Erinnere mich bloß nicht daran.« Jujú war bis heute empört darüber, dass Fernando und seine Frau fünf Kinder in die Welt gesetzt hatten, allein drei davon zu einer Zeit, da sie angeblich nicht mehr das Ehebett teilten.

Fernando schalt sich still einen Dummkopf. Er hätte wirklich nicht davon anfangen sollen – er wusste, wie empfindlich Jujú auf alles reagierte, was mit seiner Frau zu tun hatte. Wüsste sie, dass er durchaus noch ehelichen Verkehr hatte, würde sie ihm an die Gurgel gehen. Aber zum Glück würde es keine weiteren Beweise seiner »Untreue« – die sogar er selber in einer paradoxen Umkehrung der eigentlichen Verhältnisse als solche empfand – geben: Elisabete konnte keine Kinder mehr bekommen. Um die Nacht nicht im Streit ausklingen zu lassen, besänftigte er Jujú mit dem Vorschlag, gemeinsam eine kleine Reise zu unternehmen.

»Was hältst du davon, nächste Woche mit mir nach Buçaco zu fahren?«

»Ins Palace Hotel?«

»Ja. Ich bin dort zu einem Treffen mit einem spanischen Abgesandten. Wir könnten wieder zwei Zimmer im zweiten Stockwerk des Ostflügels buchen – dann brauchten wir uns nicht einmal der Gefahr auszusetzen, gesehen zu werden, während wir über den Flur ins Zimmer des anderen huschen. Wir könnten einfach über die gemeinsame Terrasse gehen.«
Jujú liebte das Palace Hotel. Es war ein neomanuelinischer Palast, dessen Prunk und überreiche Verzierungen ihr zwar ein wenig erdrückend vorkamen, der jedoch dank seiner Lage inmitten eines verwunschenen Waldes etwas von einem Märchenschloss hatte. Alter Baumbestand mit riesenhaften Zedern, idyllische Wege und steile Treppen, die Kaskade der Thermalwasserquelle »Fonte Fria« und das »Tal der Farne« machten den Wald zu einem perfekten Refugium für Liebende – was auch der Sohn des Erbauers des Palastes erkannt hatte: Manuel II. hatte sich 1910 hier mit der Schauspielerin Gaby Deslys getroffen.
Trotzdem hielt Jujú nicht viel von Fernandos Idee.
»Wenn du dort beruflich zu tun hast, werde ich den ganzen Tag allein sein. Und weder mag ich zehn Stunden täglich spazieren gehen noch mich unter all die nierenkranken Kurgäste in Luso mischen.«
»Na, dann eben nicht.« Fernando schaute gekränkt drein.
»Ach, Liebster, sei doch nicht gleich beleidigt. Lass uns lieber wieder nach Sintra oder Estoril fahren – ohne dass du dort irgendwelche Termine hättest.« Nach kurzem Nachdenken fuhr sie fort: »Was hast du eigentlich mit den Spaniern zu schaffen?«
Fernando rollte sich auf den Rücken und sah an die Decke. Gute Frage, dachte er. Sie aufrichtig zu beantworten fiel ihm allerdings schwer. Er wollte Jujú nicht mit militärischen Grenzpatrouillen und ähnlichen Geschichten belästigen – er wusste genau, dass sie solche Themen grässlich fand.

Also fasste er sich kurz und versuchte, sich eines neutralen Vokabulars zu bedienen. »Sogar England und Frankreich werden früher oder später das Franco-Regime anerkennen. Uns bleibt da wohl kaum eine andere Wahl, als uns mit den Spaniern zu arrangieren.«

Fernando war immer schon pragmatisch gewesen. Dass nicht nur die Regierung des Nachbarlandes, sondern auch diejenige Portugals immer offener mit den Nazis sympathisierte, gefiel ihm überhaupt nicht. Dennoch erschien es ihm als das geringere Übel – die Alternative in Spanien wäre ja wohl nur eine Diktatur nach stalinistischem Vorbild gewesen, und schnell wären die bolschewistischen Tendenzen nach Portugal geschwappt. Dann lieber der Estado Novo, der »Neue Staat«, wie Salazar ihn ausgerufen hatte – was dem an Demokratie fehlte, machte er durch innere politische Ruhe wett. Weder war ein Bürgerkrieg ausgebrochen, noch waren sie in das Gerangel der europäischen Großmächte involviert. Der Große Krieg saß Fernando noch immer in den Knochen.

»Aha«, sagte Jujú in unüberhörbar sarkastischem Ton, »Männerangelegenheiten.«

»Ja – wenn du findest, dass die Politik, der Krieg und die Geschicke Portugals Männerangelegenheiten sind. Ich sehe das anders. Ich finde, dass es dich genauso wie mich interessieren sollte, was mit unserem Land passiert.«

»Tja, so wie es die Männer genauso wie die Frauen interessieren sollte, was ihre Kinder so treiben, womit sie sich beschäftigen, wovor sie Angst haben.«

»Genau«, pflichtete er ihr bei, obwohl er im Grunde seines Herzens fand, dass der Umgang mit Kindern sich erst dann lohnte, wenn sie etwas größer waren. Wenn überhaupt – Jujús Tochter Laura und ihr Sohn Paulo waren ja der beste Beweis dafür, dass auch erwachsene Kinder einem nicht nur Freude bereiteten.

Jujú schien seine Gedanken lesen zu können. »Du denkst, dass ich bei der Erziehung meiner Kinder versagt habe, nicht wahr?«
»Bitte, Jujú, fang doch nicht wieder damit an.« Sie hatten sich so oft darüber gestritten, dass Fernando es wirklich leid war. »Ich mische mich da nicht gerne ein, wie du weißt. Und wenn du trotzdem immer wieder nachbohrst, um meine Meinung zu hören, dann sei darauf gefasst, dass du sie zu hören bekommst, und wirf mir meine Ehrlichkeit nicht vor.«
Er schwang die Beine aus dem Bett und setzte sich auf die Kante. »Außerdem habe ich Hunger. Soll ich dir etwas aus der Küche mitbringen?«
»Nein, danke.« Jujú sah ihm nach, wie er splitternackt das Schlafzimmer verließ. Was für ein Körper, selbst jetzt noch! Sie hörte ihn in der Küche rumoren und war froh, dass sie gerade heute ein paar feine Delikatessen hatte ergattern können – französischen Ziegenkäse, Feigensenf, belgische Pralinen –, die für einen späten Imbiss im Bett genau richtig waren.
Als Fernando zurückkam, betrachtete Jujú zunächst nur seinen herrlichen Körper. Abgesehen von den mit Weiß durchsetzten Brusthaaren hatte sich daran auch von vorn nicht viel geändert. Ein straffer Bauch, eckige, muskulöse Brüste und ein schönes Geschlechtsteil – nicht, dass sie schon viele andere gesehen hätte –, auf dem ihr Blick zu lange ruhte. Von sich selber peinlich überrascht, schaute sie bewusst hoch in sein Gesicht. Er kaute und grinste sie dabei an. Dann fiel ihr Blick auf den Teller, den er in der Hand hielt.
»Meine Güte, Fernando, hast du nichts Besseres auftreiben können?« Auf dem Teller lagen zwei Scheiben von dem Weißbrot, das die Angestellten immer aßen, ein Stück alentejanische Blutwurst sowie ein runder, einfacher Frischkäse.
»Nein. Es war das Beste, was ich entdecken konnte. All das andere Zeug kam mir zu … fein vor.« Er setzte sich aufs Bett,

schnitt ein Stück von der Blutwurst ab und hielt es vor Jujús Mund. »Hier, probier mal. Sie ist köstlich.«
»Igitt. Ich wusste gar nicht, dass sich so etwas überhaupt in meiner Küche befindet. Wahrscheinlich futterst du gerade die Notfallration von Luiza weg.«
»Na ja, das wird dem Pummel ja kaum schaden.«
»Laura isst auch am liebsten solche Sachen. Sie tut es aber nicht, weil sie einen so bäurischen Gaumen hat wie du, sondern weil sie ihre Herkunft verleugnet.«
Herzhaft biss Fernando in eine Scheibe Brot, die er mit Käse belegt hatte. Noch kauend antwortete er: »Das glaube ich nicht. Ist dir nie der Gedanke gekommen, dass sie einfach Brot, Käse und Blutwurst *mögen* könnte?«
»Nein, dieser Gedanke ist mir nie gekommen. Und ich halte ihn auch für abwegig. Laura hat eine vorzügliche Ausbildung genossen – zu der auch die Schulung der Geschmacksnerven gehörte.«
Fernando hatte den ganzen Teller in Rekordzeit leer geputzt. Er stellte ihn auf dem Nachttisch ab und kroch wieder unter das Laken zu Jujú.
»Bist du vielleicht ein bisschen neidisch, weil sie ihr Leben so lebt, wie sie es für richtig hält?«, fragte er, während seine Hand sanft über Jujús Busen glitt.
Sie schob seine Hand beiseite.
»Wieso sollte ich neidisch darauf sein, dass sie in einer Bruchbude in der Alfama haust? Oder darauf, dass sie kaum genug verdient, um sich ordentlich zu ernähren? Oder etwa darauf, dass sie in unmöglichen Kleidern herumläuft, die sie sich von einer Nachbarin aus den billigsten Stoffen nähen lässt?«
Drei Dementis sind gleichbedeutend mit einer Bejahung, sagte man das nicht immer? Und die Vehemenz, mit der Jujú ihm geantwortet hatte, ließ Fernando erst recht vermuten, dass er gar nicht so falsch gelegen hatte.

Andererseits: War Jujú nicht immer schon ein Luxusgeschöpf gewesen? Eine Frau, die materielle Sicherheit und Komfort über ihre Gefühle stellte? Wahrscheinlich sorgte sie sich ernsthaft um Laura, obwohl, wie Fernando glaubte, dazu kein nennenswerter Grund bestand. Bestimmt war sie glücklicher als Jujú, geordnete Verhältnisse hin oder her.
»Wer braucht schon schöne Kleider?«, raunte er ihr ins Ohr. Er schlug das Laken zurück und widmete sich ganz ihrem wunderbaren Körper.
Es war noch dunkel draußen, als sie erwachten. Fernando lag hinter ihr, dicht an sie gepresst, mit dem Bauch an ihrem Rücken. Einen Arm hatte er besitzergreifend über sie gelegt. Jujú spürte seine Erektion, doch sie spürte ebenfalls, dass er es eilig hatte. Wie immer. Er wollte zu Hause sein, bevor seine Kinder aufstanden und die Abwesenheit des Vaters bemerken konnten. Wie gern hätte Jujú sich und ihm morgens noch Zeit gelassen, wie sehr sehnte sie sich jetzt nach einem Liebesspiel, das dieses Namens würdig war. Stattdessen würden sie hastig einen Akt vollziehen, der seinen Hunger stillte, bei ihr aber erst den Appetit anregte. Sie wehrte seine Liebkosungen ab.
»Ich muss aufstehen.« Fernando schaute auf seine Armbanduhr. »Überleg dir das noch einmal mit Buçaco. Nächsten Dienstag und Mittwoch.« Er zog sich rasch an, beugte sich zu Jujú hinab und gab ihr einen keuschen Kuss auf den Mund. »*Adeus, meu amor.*«

Luiza Mendes war, nicht zum ersten Mal, pikiert über die späte Uhrzeit, zu der die Senhora aufstand. Faules Gesindel, das! Wer schlief denn so lange? Ordentliche Leute ganz sicher nicht. Es war ja schon nach zehn Uhr. Luiza beschloss, mit ein wenig mehr Elan als üblich Möbel zu rücken und zu fegen und mit dem Geschirr zu klappern. Es wirkte. Gegen halb elf bequemte die Dame sich an den Frühstückstisch.

»Luiza, ich habe dir schon tausendmal gesagt, dass du nicht so einen Krawall veranstalten sollst. Ich brauche meinen Schlaf.«
»Sehr wohl, Dona Juliana.«
»Vielleicht solltest du später anfangen. Es gibt eigentlich keinen Grund dafür, warum du schon um acht hier sein solltest.«
Nur meinen Lohn, dachte Luiza.
»Dein Lohn bliebe derselbe – du kommst morgens einfach drei Stunden später und bleibst dafür abends ein oder zwei Stunden länger.« Ihre Herrin lächelte sie an. »Na, das ist doch quasi eine Lohnerhöhung. Freust du dich nicht?«
Mühsam gelang es Luiza, ihre Wut zu zügeln. »Doch, natürlich, Dona Juliana. Vielen Dank auch, Dona Juliana.«
Luiza verließ das Esszimmer und ging in das Schlafzimmer, um das Bett zu richten. Sie schüttelte die Laken so kraftvoll aus, dass der Stoff dabei ein knallendes Geräusch produzierte. Es war unerhört, wie hier einfach über ihre Zeit bestimmt wurde. Und wenn sie nun abends etwas anderes vorhatte, als der verwöhnten Senhora den dürren Hintern herumzuheben?
Mit den Jahren hatte der Trumpf, von dem Dona Juliana glaubte, dass sie, Luiza, ihn in der Hand hielt, seine Wirkung verloren. Immer weniger hatte die Patroa sich einschüchtern lassen von ihren zweideutigen Blicken und unausgesprochenen Drohungen. Inzwischen waren wieder Verhältnisse eingekehrt, die für sie selber fast so demütigend waren wie in den allerersten Jahren. Vielleicht war es an der Zeit, zu gehen.
Einen kurzen Moment lang gestattete Luiza sich die Vorfreude auf das zweite Frühstück, das sie sich nachher in der Küche gönnen würde. Ihre Dienstherrin würde ja doch wieder nur einen Bruchteil dessen verzehren, was an feinem Gebäck und importierten Marmeladen auf dem Tisch stand. Dann gewann ihr Zorn wieder die Oberhand, und im Kopf gingen Luiza all die schlüpfrigen Andeutungen über das Lotterleben der Senhora herum, die sie ihrem Manuel am Abend auftischen wollte.

Mit wütender Entschlossenheit klemmte Luiza das Bettlaken so fest unter der dicken Matratze fest, dass diese sich wölbte und dass die Zehen der Senhora davon abgequetscht werden würden.

27

Für die meisten Emigranten in Lissabon war es eine Zeit, die man wegen der überlaufenen Herbergen und astronomischen Preise in Erinnerung behielt. Eine Zeit, die sich aufgrund der ständig lauernden Gefahr und der permanenten Angst um Angehörige, die noch nicht im »sicheren Hafen« Lissabon angekommen waren, unauslöschlich ins Gedächtnis gebrannt hatte. Eine furchtbare Zeit, in der man gelernt hatte, dass rücksichtsloses Drängeln mehr wert war als zivilisiertes Schlangestehen und falsche Papiere mehr als echte Freunde. Es war eine Zeit, die Stoff für Legenden geboten hätte – und vielen im Nachhinein doch nur Anlass zur Scham und zum Schweigen war. Wer brüstete sich schon gern mit all den Schandtaten, die er begangen hatte, um die eigene Haut zu retten?
Jakob sah das Jahr 1939 in einem rosigeren Licht. Er hatte die Liebe kennengelernt. Eine echte, reine, große Liebe, die nichts von kindischer Schwärmerei oder den fiebrigen Phantasien eines Jünglings hatte. Laura war die Frau, von der er immer geträumt, aber nie zu hoffen gewagt hatte, dass es sie in Wirklichkeit gab. Doch sie war real. Ihre Selbständigkeit war es, ihre liberalen Ansichten, ihre künstlerische Begabung, ihr Musikverständnis und nicht zuletzt ihr wunderschönes Aussehen. All das fügte sich zu einem Ganzen zusammen, das Jakob vollkommen in seinen Bann zog. Ihr Geschmack und ihre Ausdrucksweise hätten besser zu jemandem aus einer höheren sozialen Schicht gepasst als die, aus der Laura stammte. Stammen musste – sie sprach kaum über ihre Herkunft und ihre Familie. Aufgrund ihres ärmlichen Lebensstils vermutete Jakob, dass Laura aus der Arbeiterklasse oder verarmtem Bürgertum stammte. Vielleicht hatte sie sich bei wohlhabenderen Schulfreundinnen deren Sprache angeeig-

net, ihren Musikgeschmack an Stücken geschult, die sie bei den Arbeitgebern ihrer Eltern gehört hatte. Denn dass Laura aus so genannten höheren Kreisen stammte, hielt Jakob für ausgeschlossen. Wer würde in diesen turbulenten Zeiten freiwillig auf die Sicherheit eines gepflegten Heims verzichten? Welche Frau würde sich den Gefahren und Anfeindungen aussetzen, die ein so selbständiger Lebensstil mit sich bringen musste, noch dazu in Portugal?

Sobald er eine vernünftige Galerie für sie aufgetrieben hatte, würde er sie bitten, mit ihm zusammenzuziehen. Die Bruchbude, in der sie ihre Bilder bislang ausgestellt hatte, war ihrer Arbeiten nicht würdig, genauso wenig wie das schäbige Dachzimmer ihrer Liebe würdig war. Er würde außerdem versuchen, mehr Musikschüler zu akquirieren – gemeinsam würden sie sich dann schon eine kleine Wohnung leisten können. Nichts Besonderes und sicher keine in guter Lage, aber eine halbwegs begehbare Bleibe mit zwei Zimmern und einem eigenen Bad. Das käme dann einer ehelichen Lebensgemeinschaft schon sehr nahe – denn dass sie wirklich heirateten, mochte Jakob ihr gar nicht erst antragen. Seine falschen Papiere und seine provisorische Lebenssituation waren eine Zumutung.

Jakob bat Laura um einige der Arbeiten, die sie für besonders gelungen hielt, stellte mit ihrer Unterstützung eine Mappe zusammen und machte sich damit auf den Weg. Laura selber war das Klinkenputzen unangenehm, und sie empfand die Mappe als »katalogisiertes Stümpertum«. Ihm dagegen machte es überhaupt nichts aus, mit ihren Arbeiten, die er genial fand, hausieren zu gehen. Allerdings gestaltete sich seine Mission schwieriger, als er es sich vorgestellt hatte. Lissabon war nicht gerade die Welthauptstadt der Kunstszene, gute Galerien waren rar gesät. Die wenigen Galeristen, die Jakob für geeignet hielt, winkten alle ab. An jungen portugiesischen Künstlern bestünde kein Bedarf, hieß es. Derzeit weilten so viele berühmte Künstler aus

Nordeuropa in der Stadt, dass man keine Veranlassung habe, sich damit abzuplagen, einen neuen Namen aufzubauen. Nachdem Jakob dieselbe Begründung zum fünften Mal gehört hatte, noch dazu von einem Mitarbeiter und gar nicht vom Galeristen selber, ging er nicht, wie zuvor, mit hängenden Schultern fort.
»Und wen wollen Sie ausstellen, wenn all die namhaften Künstler in die USA abgereist sind?«
»Ich glaube nicht, dass ich Ihnen Rechenschaft schuldig bin, junger Mann.«
Es hatte Jakob schon immer zur Weißglut getrieben, wenn ihn jemand »junger Mann« nannte. Doch er schluckte seinen Zorn herunter. Stattdessen fragte er mit größtmöglicher Höflichkeit und auf Deutsch: »Dürfte ich wohl einen Termin mit Ihrem Vorgesetzten vereinbaren?«
Der Mann zuckte nicht mit der Wimper. Er starrte Jakob einige Sekunden lang an, bevor sich sein missmutiges Gesicht zu einem wölfischen Grinsen verzog. »Selbstverständlich, werter Herr«, sagte er, ebenfalls auf Deutsch. »Doch ich glaube kaum, dass ihm diese Arbeiten mehr zusagen als mir.«
Nun war es an Jakob, den Mann sprachlos anzustarren. »Ist es das? Sind die Sachen nicht gut genug?« Er war so von ihrer Qualität überzeugt gewesen, dass ihm keine Sekunde lang der Gedanke gekommen war, die Arbeiten könnten nicht gut sein. Aber was verstand er schon davon? War seine Wahrnehmung vielleicht durch seine Liebe zu Laura getrübt gewesen?
»Oh, die Zeichnungen sind hübsch, keine Frage. Und sie zeugen von einem gewissen Talent. Aber es fehlt ihnen an ... Tiefe. An Überzeugungskraft. Die Künstlerin muss noch sehr an sich arbeiten.«
»Ach, und wer sind Sie, dass Sie solche pauschalen Urteile fällen können?« Jakob fühlte sich persönlich getroffen. Dieses Männlein war anmaßend, überheblich und ganz und gar blind für die Kunst.

»Vielleicht ist es Ihnen ein Trost, wenn Sie wissen, dass ich früher Leute vom Kaliber eines Duchamp oder Ernst vertreten habe. Und ich kann Ihnen nur sagen: Die Künstlerin muss viel lernen. Hat sie den richtigen Lehrmeister, könnte eventuell etwas aus ihr werden.«
»Ach, und diese Lehrmeister laufen in Massen auf der Straße herum wie Zeitungsjungen, ja?«
Der Mann musterte Jakob mit spöttisch hochgezogener Braue und meinte lakonisch: »Ja.«
Eine Stunde später und um mehrere Adressen emigrierter Künstler reicher verließ Jakob die Galerie.

Lauras Unterricht bei Paul Adler wurde begleitet von einer Reihe depressiver Anfälle sowie einer winzigen Anzahl kurzer Glücksmomente. Der Maler war unerbittlich. Er ließ sie einen Finger so lange zeichnen, bis sie nicht mehr wusste, was ein Finger überhaupt war. Er brachte sie mit seinem Perfektionismus dazu, die Kunst zu hassen, und er lehrte sie, welche Kraft sich aus diesem Hass schöpfen ließ. Ein halbes Jahr lang arbeitete sie unter seiner Aufsicht und Förderung. Sie vergütete ihm den Unterricht damit, dass sie ihre Wohnung als Anlaufstelle und Kontaktadresse für Flüchtlinge bereitstellte sowie mit dem Versprechen, dass sie ihm, wenn sie erst zu Geld gekommen wäre, alles zurückzahlen würde. »Wie willst du je reich und berühmt werden, wenn du nicht einmal in der Lage bist, einen zerknitterten Geldschein zu zeichnen?«, hatte Paul gefrotzelt – und sie zu weiteren entnervenden Studien angetrieben.
Als ihr Lehrer endlich seine Passage nach New York ergatterte, verspürte Laura zu gleichen Teilen Erleichterung und Traurigkeit. Paul Adler hatte sie gequält, ja, doch damit hatte er auch das Beste aus ihr herausgekitzelt. Endlich sah sie, *weshalb* ihre früheren Arbeiten nicht gut waren – denn *dass* sie nichts taugten, hatte sie bereits vorher gewusst. Sogar Jakob erkannte,

welchen Reifeprozess Laura als Künstlerin durchgemacht hatte. Er war sehr stolz auf sie. Zugleich machte er sich Sorgen um sie: Laura war stark abgemagert, hatte dunkle Schatten unter den Augen und wirkte so, als würde sie nach permanenter Erschöpfung demnächst zusammenbrechen.

Das würde sich legen, sagte Jakob sich. Er würde sie umsorgen, er würde sie zu regelmäßigen Mahlzeiten und ausreichend Schlaf verdonnern. Jeder Flüchtling wusste, wie wichtig es war, dass man bei Kräften blieb, dass man die Bedürfnisse des Körpers nicht denen der Seele unterordnen durfte. Er hatte eine kleine Wohnung in der Alfama gefunden, keine zwei Blocks von Lauras bisheriger Bleibe entfernt. Den Mietvertrag hatte er unter seinem Namen abgeschlossen, und als sie einzogen, gingen sowohl der Vermieter als auch die Nachbarn wie selbstverständlich davon aus, dass es sich bei den neuen Bewohnern um Herrn und Frau Coelho Lisboa handelte. Jakob und Laura ließen die Leute in dem Glauben. Man musste die Dinge nicht unnötig komplizieren.

Doch das junge »Ehepaar« sah sich auch einem hohen Maß an meist wohlwollender Neugier ausgesetzt, die sehr lästig war. Es herrschte ein Mangel an Privatsphäre, wie er ihnen beiden äußerst unangenehm war – speziell, wenn morgens Kommentare über die Dauer oder die Lautstärke ihres Liebesaktes abgegeben wurden. Ein paar ältere Frauen quetschten Laura nach den Vorzügen ihres jungen Ehemannes im Bett aus, die Männer machten Jakob gegenüber anzügliche Bemerkungen über Lauras allzu schlanke Figur. Und einige der Nachbarn fragten in ihrer ordinären Art: »Na, immer noch kein Braten in der Röhre?«

Nein, zum Glück nicht, dachte Jakob. An Kinder war in ihrer derzeitigen Situation nicht zu denken. Mit der Verhütung war es allerdings nicht so einfach. Manchmal überkam sie beide ein so brennendes Verlangen, dass ihre Gehirne vorübergehend aussetzten und sie alles andere vergaßen. Doch bisher war alles gutgegangen, toi, toi, toi.

Herbst und Winter verbrachten sie mehr im Bett als irgendwo anders, kuschelnd und schniefend. Es war kalt und klamm in der zugigen Wohnung, beide hatten nacheinander schwere Erkältungen. Erst im März begann Laura wieder zu malen – vorher waren ihre Finger zu steif gewesen, um einen Pinsel oder eine Kreide halten zu können. Doch was sie malte, war, zumindest in Jakobs Augen, die lange Ruhepause wert gewesen. Allein auf den Skizzen, die sie von seinen Händen anfertigte, erkannte er, um wie viel besser sie geworden war. Nicht einmal in der schwierigen Zeit mit Paul Adler waren ihr so gute Hände gelungen. Vielleicht hatte das Erlernte Zeit gebraucht, um sich zu setzen. Bei manchen seiner Musikschüler war es ähnlich: Erst wenn sie nicht mehr mit beklommenem Gefühl an die schwierigen Passagen herangingen, die sie eigentlich technisch beherrschen sollten, flossen Kraft und Gefühl in ihr Violinspiel. Nun ja, genau genommen hatte Jakob nur einen einzigen Schüler, bei dem dieses Phänomen jemals zu beobachten gewesen war.

Im Frühling 1940 verwandelte die Sonne die Stadt mit ihrer ungeheuren Kraft in einen Ort, an dem die erwachenden Lebensgeister der Menschen für eine urlaubsähnliche Atmosphäre sorgten. Die Maronenverkäufer verschwanden, Eiswagen nahmen ihren Platz ein. Helle Farben lösten dunkle ab, und über allem lag der Duft der blühenden Bäume. Bei Laura hatte der unverhoffte Erfolg mit den Händen eine Blockade gelöst. Sie malte vom frühen Morgen bis zur Abenddämmerung, und ihre Energie schien unerschöpflich.

»Sag mal, Jakob, willst du nicht als mein Agent auftreten?«, fragte sie ihn eines Tages.

»Tue ich das nicht schon?«

»Ach, du und deine Gegenfragen! Nein, ich meine, du sollst dich nicht als ein Freund oder als der Mann der Künstlerin vor-

stellen, sondern als ihr Agent. Das macht doch wesentlich mehr her, findest du nicht?«
Sie behielt recht. Dank seiner Chuzpe und ihres Talents wurde der namhafte Galerist Jorge Kelekian auf Laura da Costa aufmerksam und versprach ihr die Teilnahme an einer Gemeinschaftsausstellung im September. Laura malte den Sommer über wie besessen. Die drückende Hitze in der als Atelier denkbar ungeeigneten Wohnung machte ihr nichts aus. Sie war motiviert wie nie zuvor in ihrem Leben.
Jakob ließ sich von ihrer Begeisterung gern anstecken, wenn er mit ihr zusammen war. Er wollte Laura nicht mit seinen eigenen Problemen belasten. Natürlich wusste sie um seine Nöte, und sie machte sich ebenfalls Gedanken über Jakobs Angehörige, die sie nur aus Erzählungen kannte. Dennoch, oder vielleicht gerade weil Laura spürte, wie gern Jakob sich vorübergehend von seinen Sorgen ablenken ließ, sprach sie ihn kaum darauf an. Es war, als hätten die Gräuel dieser Welt keinen Zugang zu ihrer kleinen schäbigen Wohnung, ihrem Nest, in dem es nur sie beide, die Liebe und die Kunst zu geben schien.
Kaum verließ Jakob die Wohnung, schienen ihn seine Sorgen dafür mit doppelter Wucht zu zermalmen. Von seinen Eltern hatte er gar nichts mehr gehört, seine Schwester saß in Südfrankreich und litt unter den Schikanen der Vichy-Regierung. Herrje, wäre er als Schleuser doch nur halb so erfolgreich wie als »Künstler-Agent«! Er verbrachte quälende Tage unter der sengenden Sonne und inmitten Massen anderer verzweifelter Menschen vor der US-Botschaft, um ein Visum für Esther Waizman zu ergattern, das Esther überhaupt nichts nützen würde, solange sie nicht aus Frankreich herauskam. Dort wiederum kam sie nicht heraus, wenn ihr nicht Spanien und Portugal Transitvisa genehmigen würden, und das wiederum war aufgrund der offenkundigen Sympathien von Franco und Salazar für die Nazis immer schwieriger.

Aber er hatte seine Schwester unterschätzt, wie es wahrscheinlich alle älteren Geschwister mit den jüngeren tun und erst recht ältere Brüder mit jüngeren Schwestern. Esther schaffte es aus eigener Kraft. Sie war unter abenteuerlichsten Umständen aus Frankreich herausgekommen, hatte sich, teils zu Fuss, teils auf Ladeflächen von Lieferwagen, durch Spanien gekämpft und hatte mit ihrer letzten Barschaft einen portugiesischen Grenzbeamten bestochen. Jedenfalls war das ihre Version der Ereignisse. Jakob zwang sich dazu, den Dingen nicht näher auf den Grund zu gehen.

Zum Glück war Jakob gerade zu Hause, als Esther in Lissabon plötzlich vor der Tür von seiner und Lauras Wohnung stand. Laura hätte diese Elendsgestalt womöglich abgewimmelt. Selbst Jakob hatte Mühe, in dem ausgemergelten, verschmutzten Wesen seine Schwester zu erkennen. Sie fielen einander in die Arme. Jakob war so erleichtert und glücklich und erschüttert zugleich, dass er sein Schluchzen kaum unter Kontrolle bekam. Esther dagegen wirkte merkwürdig unbeteiligt.

Diese Apathie legte sich auch im Laufe des Augusts nicht. Laura, die sich anfangs aufrichtig für die Geschwister gefreut hatte, begann sich über Esthers Benehmen zu ärgern. Es war ohnehin schon so eng und heiss in ihrer Wohnung, musste da auch noch ständig diese deprimierte Frau herumhocken? Trauma hin oder her – warum machte sie sich nicht einmal nützlich, wusch Kleider, kaufte ein, putzte? Sie selber war ja mit Feuereifer damit beschäftigt, genügend Bilder für die anstehende Ausstellung zusammenzubekommen, und ein wenig Hilfe bei den Alltagsverrichtungen hätte sie gut gebrauchen können. Aber nichts dergleichen. Esther sass schweigsam in der Ecke, blätterte in alten Büchern von Laura, ohne so zu wirken, als lese sie. Bis Laura sie irgendwann einmal scharf anfuhr: »Schämst du dich eigentlich nicht dafür, so ein Schmarotzer zu sein?«

Der Blick, den Esther ihr zuwarf, war der einer sterbenden

Kreatur. Es war das erste Mal in den Wochen seit ihrer Ankunft in Lissabon, dass Esther ihr ihre verletzte Seele offenbart hatte. Laura hasste sich für ihre ungehaltene Äußerung – und freute sich zugleich über die Reaktion, die sie damit hervorgerufen hatte: Esthers gequälter Blick faszinierte Laura ungemein, und wenn sie ihn auf ihrer Leinwand verewigen konnte, dann wäre das ihr sicherer Durchbruch als Künstlerin.

Später sollte Laura sich immer wieder darüber wundern, warum ihr die Idee nicht bereits früher gekommen war. Denn als sie ihr kam, blieb nicht mehr viel Zeit. Esther schien erleichtert zu sein, dass sie sich nun doch, auf ihre duldsame, stille Art, nützlich machen konnte, ohne die Wohnung verlassen zu müssen. Und Laura war hingerissen von ihrem Modell: von Esthers einstiger Schönheit, die hinter dem verhärmten Gesicht noch schwach zu erkennen war, von ihrer teilnahmslosen Miene, in der dennoch alle Tragik dieser Welt geschrieben stand, und von ihrer Ähnlichkeit mit Jakob, die mehr im Ausdruck als in der Form von Lippen, Nase oder Augen auszumachen war.

Laura fertigte von Esther so viele Gemälde an, wie es ihr in der kurzen Zeit nur möglich war. Alle zeigten die junge Frau in der Wohnung, lesend auf dem Sofa, nachdenklich auf den Fensterrahmen gestützt oder mit aufgestützten Ellbogen am Tisch. So gut wie nichts lenkte von ihrem Gesicht ab, keine Blumenvase, kein Zierrat, keine wehende Gardine. Anders als bei den Bildern, die Laura von Jakob gemalt hatte – war das wirklich erst ein Jahr her? –, verzichtete sie auf alles Überflüssige, auf opulente Hintergründe genauso wie auf leuchtende Farben.

»Willst du nicht sehen, wie ich dich porträtiert habe?«, hatte sie Esther beim ersten Mal gefragt. Doch die hatte verneinend den Kopf geschüttelt.

Umso interessierter zeigte sich Jakob. Er lobte Laura und feuerte sie an – doch sosehr er ihre Kunst bewunderte, so maßlos war er insgeheim darüber enttäuscht, dass sie in Esther nicht das zu sehen schien, was er in seiner Schwester sah. Hatte er sich so verändert? Oder Esther? Oder war vielleicht Lauras Sichtweise die einzig Richtige, hatte ihr unvoreingenommener Blick sich auf etwas konzentriert, was seinem liebenden Auge entgangen war? Die Frau, die auf den Bildern zu sehen war, hatte jedenfalls nichts gemein mit der frechen Göre, die ihn als Kind immer in den Wannsee geschubst und vor Vergnügen Schluckauf bekommen hatte, genauso wenig wie mit dem hübschen Mädchen, nach dem sich alle Männer am Strand umgedreht hatten und das öfter als andere Badegäste ins Wasser sprang, weil es einen perfekten Kopfsprung beherrschte und die bewundernden Blicke so genoss. Auf der Leinwand wirkte sie wie eine Ertrinkende.

Die Ausstellung im September wurde von der Presse hoch gelobt. Dass von Laura ganze drei Arbeiten zu sehen waren, fand Jakob unmöglich – sie war ganz klar die Beste unter den Künstlern, die Jorge Kelekian unter Vertrag genommen hatte. Aber gut, ein Anfang war gemacht. Kelekian verkaufte bereits in der ersten Woche alle drei Gemälde von Laura, und das zu einem recht respektablen Preis. Dass von diesem Geld 60 Prozent dem Galeristen und nur 40 dem Künstler zustanden, erboste Jakob – aber er selber war es ja gewesen, der den Vertrag in seiner damaligen Euphorie nicht ganz sorgfältig gelesen hatte.

»Komm her, du genialer Agent«, flüsterte Laura ihm im Bett zu, in der Nacht nach dem Verkauf des ersten Bildes, nachdem sie ausgerechnet hatten, welcher Reichtum nun auf sie zukäme, und nachdem sie den entscheidenden – ernüchternden – Paragraphen hundertmal gelesen hatten. »Ich finde, du schuldest mir etwas.«

Es fiel ihnen sehr schwer, leise zu sein und Esther nicht aufzuwecken.

Ende September kam Jakob mit der überraschenden Neuigkeit nach Hause, dass er für sich und Esther zwei Fahrkarten für die »Nea Hellas« in Aussicht hatte, ein griechisches Schiff, das nach New York fuhr. Er war so aufgeregt, dass Laura es nicht wagte, ihm die Freude zu verderben, indem sie ihm etwas von ihrem Verdacht erzählte. Aber vielleicht war ihre Periode ja auch nur wegen der hohen Belastung in den letzten Wochen ausgeblieben.

Der Preis für die Passage war ungeheuerlich, und nicht einmal durch den Verkauf der kostbaren »Mauritius«, die Jakob für genau diesen Fall im Futter eines unscheinbaren Briefumschlags aufbewahrt hatte, konnten die Geschwister die Kosten bestreiten. Der Händler hatte Jakob nur einen Bruchteil dessen gezahlt, was die Briefmarke wert war. Auch die Cavalli-Geige brachte nicht viel ein. Wenn sie das Leben ihres Geliebten retten wollte, blieb ihr nur noch eines übrig, dachte Laura.

Zusammen mit dem Erlös aus dem gestohlenen Diadem ihrer Mutter reichte das Geld schließlich, um die Tickets zu kaufen. Bereits zwei Tage später gingen die Geschwister an Bord. Laura war in Tränen aufgelöst – ob aus Erleichterung darüber, dass Jakob sich in Sicherheit bringen konnte, oder aus Trauer über sein Fortgehen, wusste sie nicht zu sagen. Auch Jakob setzten seine widersprüchlichen Gefühle arg zu, doch er ließ sich seine Zerrissenheit Esther zuliebe nicht anmerken.

Esther hatte, obwohl sie nach wie vor vollkommen abwesend wirkte, genügend Feingefühl, um gleich die Kabine aufzusuchen und Jakob und Laura bei ihrem Abschied voneinander allein zu lassen. Laura hatte sich mittlerweile wieder im Griff, doch ihr Weinkrampf hatte die Augen schwellen und die Nase rot werden lassen. Sie wollte nicht, dass Jakob ein Bild von ihr als hysterisches Nervenbündel mit auf die Reise nahm.

»Wenn ich genügend Geld zusammengekratzt habe, komme ich nach«, sagte sie in einem aufgesetzt fröhlichen Ton, den ihr verheultes Aussehen Lügen strafte. »Auf diesem Kahn da würde ich ohnehin niemals mitfahren.«

»Na klar«, antwortete Jakob, »du kommst dann mit einem Luxusdampfer. Wenn du erst reich bist – oder wenn ich es bin, was schätzungsweise noch schneller passieren wird –, können wir dir eine geräumige Außenkabine mieten. Aber wehe, du flirtest mit all den Lustgreisen, die mitfahren. Oder mit dem Kapitän!«
Laura lachte. Sie merkte, dass sich schon wieder Tränen in ihre Augenwinkel geschlichen hatten. Ihr Lachen ging in ein leises Schluchzen über. »Leb wohl, António Coelho Lisboa«, flüsterte sie und warf sich in seine Arme. »Und viel Glück, Jakob Waizman.« Damit löste sie sich von ihm, drehte sich herum und ging mit schnellen Schritten davon.
Jakob betrat das Schiff in der gebeugten Haltung eines alten Mannes. An der Reling stellte er müde seinen kleinen Koffer neben sich ab und hielt Ausschau nach Laura. Nein, sie würde ihm nicht mit einem weißen Taschentuch nachwinken, und vielleicht war es auch besser so. »Leb wohl, Laura«, murmelte er vor sich hin, als die Leinen losgemacht wurden, und »Leb wohl, Lisboa«, als die »Nea Hellas« mit einem dröhnenden Hupen in Richtung Westen fuhr.

28

Es war die größte Farce aller Zeiten. An die hundert Leute hatte man eingeladen: Verwandtschaft von der da-Costa-Seite, den halben Carvalho-Clan sowie sämtliche Nachbarn, Freunde, Geschäftspartner und Würdenträger aus dem Douro-Tal. Mitten im Krieg gab man auf der »Quinta das Laranjeiras« ein pompöses Fest, dessen Anlass weder den Jubilaren selber noch ihren Anverwandten ein besonderer Grund zur Freude war.
Man schrieb den 6. Juni 1941. Senhor und Senhora Rui da Costa feierten ihre Silberhochzeit.
Paulo hatte diverse Telefonate zwischen seinen Eltern belauscht, und er wusste, dass seine Mutter dieses Fest unter allen Umständen zu verhindern versucht hatte. Doch sein Vater hatte sie vor vollendete Tatsachen gestellt, so dass sie, nachdem die Einladungen bereits verschickt waren, nicht mehr den Mut besessen hatte, der Feier einfach fernzubleiben. Nun war sie also da, zum ersten Mal seit zwei Jahren. Paulos Empfindungen lagen irgendwo zwischen Häme und Erleichterung. Häme, weil sein Vater sich durchgesetzt und sie, die für das Scheitern der Ehe ganz offensichtlich verantwortlich war, herbeizitiert hatte wie eine arme kleine Sünderin. Erleichterung, weil er seine Mutter, trotz allem und obwohl sie einander während seiner Jahre im Internat ein wenig fremd geworden waren, sehr liebte und sich freute, sie wiederzusehen.
Dasselbe konnte Paulo von seiner Schwester nicht behaupten. Laura war schon immer merkwürdig gewesen, aber in den letzten Jahren hatte sich ihre eigenbrötlerische Art noch stärker herausgebildet. Sie tat alle möglichen Dinge, die anständige Mädchen nicht zu tun hatten, und war resistent gegen jede Art von gut gemeinter Einmischung. Sie lebte allein, schlug sich als

Künstlerin durch und hing irgendwelchen sehr abstrusen politischen Ideen an. Und wie zum Beweis dafür, was sie für ein Flittchen war, war sie nun schwanger. Unverheiratet natürlich. Dass sie die Stirn hatte, hier zu erscheinen, verlangte Paulo einen gewissen Respekt ab. Dennoch wäre es ihm lieber gewesen, sie hätte sich und der Familie diese Blamage erspart.
Sie sah schrecklich aus. Ihr Bauch drohte jeden Augenblick zu platzen, und ihre sonst so makellose Haut war durch unzählige Pickel entstellt. Am Kinn hatte sie einige Pusteln aufgekratzt, und sie hatte nicht einmal so viel Stolz, diese mit Schminke abzudecken. Sie trug die Pickel genau wie den Bauch vor sich her wie eine Auszeichnung. Es war widerlich.
»Du siehst zum Fürchten aus, Schwesterherz.«
»Danke, Paulinho, für diese aufbauenden Worte.«
»Ich heiße Paulo, merk dir das, *Laurinha*.«
»Nun, du benimmst dich aber nicht gerade wie ein erwachsener Paulo. Mehr wie ein zurückgebliebenes Paulchen.«
»Zumindest bin ich nicht so zurückgeblieben wie du. Du warst ja noch zu blöd, dir kein Kind andrehen zu lassen.«
»Nach allem, was ich gehört habe, hast du selber ein paar Mädchen in diese Situation gebracht.«
»Sie wollten es ja unbedingt. Ich kann nichts dafür, wenn mir alle Weiber hinterherrennen.«
Paulo sah tatsächlich sehr gut aus, dachte Laura. Sie konnte sich gut vorstellen, dass die Mädchen verrückt nach ihm waren, nach seinen großen Augen mit den langen Wimpern, nach seinem seidigen Haar, den vollen Lippen, seinem gutgebauten Körper. Aber zum Kinderzeugen brauchte es schließlich mehr als ein verliebtes Mädchen.
»Ich glaube nicht, dass die jeweiligen Mütter sehr viel anders aussahen als ich, während sie deine Brut austrugen. Aber wahrscheinlich hast du keine davon mehr gesehen, nachdem sie dir von ihrem Unglück erzählt haben, richtig?«

»Richtig. Diese Mädchen hatten im Gegensatz zu dir noch so viel Anstand und Schamgefühl, dass sie sich in ihrem Zustand nicht mehr den Augen der Öffentlichkeit preisgegeben haben.«

»Was hat es dich gekostet, sie wegzuschicken, damit sie einsam und allein ihre Kinder zur Welt bringen konnten?«

»Frag Papá.«

»Hast du nicht mal daran gedacht, ein Mädchen zu ehelichen und so deiner Verantwortung ihr und dem Kind gegenüber gerecht zu werden?«

»Ich bin zu jung zum Heiraten. Außerdem soll meine Braut keineswegs ein entehrtes Mädchen sein. Ich will eine Jungfrau.«

Laura hätte sich übergeben können. Ihr Bruder war schon immer ein Charakterschwein gewesen, aber so viel Heuchelei und Verlogenheit hätte sie nicht einmal bei ihm vermutet. Anscheinend war ihr der Ekel, den sie vor ihm empfand, deutlich anzusehen.

»Du brauchst gar nicht so zu gucken. Die meisten Männer denken genau wie ich. Dich will jedenfalls ganz sicher keiner mehr.«

Er drehte sich um und ging zur Tür. Dort wandte er sich noch einmal zu ihr und flüsterte: »Du bist verdorbene Ware.«

Laura blieb mit offenem Mund zurück, fassungslos über so viel Selbstherrlichkeit und mangelnden Realitätssinn. Wenn hier jemand verdorben war, dann Paulo, und dass es ihm nicht anzusehen war, machte es nur noch schlimmer. Wie ein knackiger, bildschöner Apfel, der innerlich durch und durch von Würmern zerfressen war.

Ob ihr Vater ihn wirklich so billig hatte davonkommen lassen? Hatte er das Geld herausgerückt, damit die Mädchen irgendwo im Ausland die Kinder austragen und zur Adoption freigeben konnten, ohne Paulo zur Rechenschaft zu ziehen? Laura bezweifelte es. Sie hatte zwar nicht mehr viel Kontakt zu ihrem Vater, aber seinen Gerechtigkeitssinn würde er in den vergangenen Jahren wohl nicht verloren haben. Zu seinen Lieblingsausdrücken aus England hatte immer »fair play« gehört, und sie hoffte, dass sich das nicht nur auf die Regeln beim Tennis beschränkte.

Rui fand seine Tochter im Wohnzimmer, wo sie mit nachdenklicher Miene unter dem Deckenventilator saß.
»Mir ist es auch zu heiß draußen. Dreißig Grad Anfang Juni, puh!«, sagte er und wischte sich einen unsichtbaren Schweißtropfen mit dem Taschentuch von der Stirn.
»Ja, und du bist nicht im neunten Monat.«
»Ähm, nein. Aber gut, dass du die Sprache darauf bringst. Genau darüber wollte ich mit dir reden.«
»Ich dachte, die Gardinenpredigten hätte ich hinter mir.«
»Ich will dir keine Predigt halten. Ich möchte nur wissen, was mit dir los ist. Warum tust du dir das an?«
»Was an?«
»Na, du weißt schon – einen, äh, ein illegitimes Kind auszutragen.«
Laura hätte schwören können, dass ihrem Vater beinahe das Wort Bastard herausgerutscht wäre.
»Du tust dir selber keinen Gefallen«, fuhr er fort. »Du machst dir das Leben unnötig schwer. Deine Mutter, dein Bruder, deine Großeltern und ich, wir lieben dich, ganz gleich, was passiert. Aber die anderen Leute, sie werden reden. Sie werden mit dem Finger auf dich zeigen. Sie werden dich permanent ihre Verachtung spüren lassen, und das stelle ich mir sehr grausam vor.«
Laura wunderte sich über diese ungewöhnlich vorurteilsfreie Ansprache. Er hatte lange nicht mehr so mit ihr geredet, und es kam ihr vor, als wolle er jetzt, da er Großvater wurde, alle Fehler ausbügeln, die er als Vater gemacht hatte.
»Nicht so grausam wie eine Ehe, die nur auf dem Papier be-

steht. Und das seit 25 Jahren, mein Gott. Wirklich kein Grund zum Feiern. Außerdem darf ich dich darüber aufklären, dass es jetzt wirklich zu spät ist, um noch irgendetwas gegen diese Schwangerschaft ›zu unternehmen‹.«
»Denk doch mal an das Kind. Dir mag ja egal sein, was die Leute sagen, aber das arme Kind wird immerzu das Opfer von Gemeinheiten sein. Du musst heiraten.«
»Pai, nimm es mir nicht übel, aber aus eigener Anschauung weiß ich, wie sich ein Sechsmonatskind fühlt. Das ist kein bisschen besser. Im Übrigen habe ich kaum eine andere Wahl, als ledig zu bleiben: Der Vater steht zum Heiraten nicht zur Verfügung.«
Rui verdrehte die Augen. Wenn Laura sich mit einem gebundenen Mann eingelassen hatte, warum hatte sie dann nicht Sorge dafür getragen, eine Schwangerschaft zu verhindern? Und wenn der Mann ledig war, wieso nahm er Laura dann nicht zur Frau? Sie war schön, klug und reich – es gab, anders als bei den Dorftrampeln, die sein nichtsnutziger Sohn geschwängert hatte, keinen Grund, sie nicht zu ehelichen.
Laura ahnte, was hinter der Stirn ihres Vaters vorging.
»Es ist nicht so, wie du denkst. Der Mann hat sich nicht einfach aus dem Staub gemacht. Er ist in die USA emigriert, ohne zu wissen, dass ich schwanger war.«
»Warum hast du ihm denn nichts gesagt? Ihn angerufen, ihm geschrieben? Amerika ist doch nicht aus der Welt. Er hätte kommen können, oder du hättest ihm folgen können, was weiß ich.«
»Ja, was weißt du? Wenig, fürchte ich. Und von Frauen weißt du rein gar nichts.«
Rui sah seine Tochter an, als hätte sie ihn geohrfeigt. Kannte sie ihn besser, als ihm lieb war? Aber nein, sie hatte es nur so dahingesagt. Alle Frauen gaben sich gerne geheimnisumwittert.
»Seine Identität willst du wohl nicht preisgeben?«

»Nein.« Oh nein, niemals, dachte Laura. Nachher kam noch einer ihrer Verwandten auf die glorreiche Idee, Jakob aufzustöbern und ihn zu etwas zu zwingen, das sein Leben gefährden konnte. Er sollte seine Ruhe haben in Amerika, vor ihr genauso wie vor den chaotischen Zuständen in Europa. Er sollte nach den schrecklichen Jahren als Exilant, ohne Rechte und ohne Chancen, endlich die Möglichkeit haben zu zeigen, was in ihm steckte. Sie wünschte ihm von ganzem Herzen, dass er seinen Weg machte, dass er in den USA glücklich würde und dass er ein einigermaßen normales Leben führen konnte – ohne ihn mit dem Wissen zu belasten, dass er eine schwangere Frau zurückgelassen hatte. Zu gegebener Zeit würde sie ihm schon mitteilen, dass er ein Kind in Portugal hatte.

»Tja, dann ...«, murmelte ihr Vater und hob resigniert die Schultern. »Du musst wissen, was du tust. Aber sag mir, wenn du irgendetwas brauchst. Geld. Du siehst aus, als wärst du schon länger nicht beim Friseur gewesen. Und eine neue Garderobe bekäme dir auch gut. Wenn das Kind da ist, meine ich – jetzt lohnt es sich ja nicht mehr.«

Bravo, dachte Laura, nachdem ihr Vater den Raum verlassen hatte. Ihr Bruder und ihr Vater schienen sich gegen sie verschworen zu haben und gemeinsam dafür sorgen zu wollen, dass sie sich rundherum glücklich und schön fand. Genau das, was eine Frau in ihrer Lage brauchte.

Das geschieht ihnen nur recht, dachte Pedro Domingues, als er am frühen Abend auf Laranjeiras eintraf. Er hatte nie richtig an Gott geglaubt, aber jetzt hatte er das Gefühl, dass es doch ein höheres Wesen im Himmel gab, das für ausgleichende Gerechtigkeit sorgte. Die süße Laura, an die er sich von früher noch gut erinnern konnte, als sie mit seinen Kindern im Garten seiner eigenen Quinta herumgetollt war, war in anderen Umständen – und einen Ehemann konnte die Familie da Costa nicht

präsentieren. Na, da wird der Herr Papa ja Augen gemacht haben, dieser Dreckskerl. Und was wohl der missratene Sohn dazu gesagt haben mag?
Pedro Domingues gab sich nicht der Illusion hin, dass die missliche Lage Lauras ihren Bruder auch nur eine Sekunde zum Nachdenken angeregt haben könnte. Die Konsequenzen seines Verhaltens musste Paulo ja nicht tragen – der Senior zahlt, das Mädchen wird versteckt, alle anderen schweigen, der Junior kann schön so weitermachen wie bisher. Und es gab wenig, was er, Pedro Domingues, dagegen hätte unternehmen können. Paulo hatte sich glattweg geweigert, seine Tochter zu heiraten. Früher hätte man sich wegen so etwas duelliert, aber heute? Er hatte nicht einmal die Familie da Costa meiden können: Ihre wirtschaftliche Macht war so stark, dass kein Weg an ihnen vorbeiging. Ah, es war zum Verzweifeln!
Allerdings wäre er wohl kaum zu dem heutigen Fest gekommen. Doch die Nachricht von Lauras unehelicher Schwangerschaft hatte sich wie ein Lauffeuer in der Nachbarschaft verbreitet, und Pedro Domingues versprach sich ein wenig Genugtuung davon, dass er sich an der Schmach der Familie weiden konnte. Über Rui da Costas Mutter, Dona Filomena, hatte er sich eine Einladung erschmeichelt – »aber selbstverständlich sind Sie eingeladen, mein lieber Senhor Pedro, bestimmt ist Ihre Karte bei der Post verloren gegangen«. Nun saß er hier, auf der Veranda des hochherrschaftlichen Hauses, schwitzte und beobachtete die verhassten da Costas.
Sie waren bei weitem die hübscheste Familie, die er je gesehen hatte, dazu kultiviert und reich. Ihre Verderbtheit sah man ihnen nicht an, und Pedro Domingues verspürte einen neuerlichen Anflug von Neid und Verbitterung. War es gerecht, dass Rui da Costa, der sogar etwas älter war als er selber, weder eine Glatze noch einen dicken Bauch hatte? Was hatte der Herrgott sich dabei gedacht, seine eigene geliebte

Frau so früh zu sich zu holen, während Dona Juliana, die doch bekanntlich ein liederliches Leben in Lissabon führte, vor Gesundheit zu strotzen schien? Warum hatte Paulo auch mit knapp zwanzig Jahren noch den anrührend unschuldigen Gesichtsausdruck, der seinem wahren Wesen so vollkommen entgegengesetzt war? Und wie konnte Laura sich unterstehen, ihren Bauch so schamlos vor sich herzutragen, während seine eigene Tochter, die etwas jünger war, nur noch mit gesenktem Kopf herumlief? War das gerecht? Pedro Domingues schüttelte den Kopf über sich selber. Wie hatte er sich der irrigen Vorstellung hingeben können, es gäbe eine ausgleichende Gerechtigkeit? Nein, irgendetwas lief im Himmel kolossal schief. Wahrscheinlich hatten auch dort diejenigen das Sagen, die keine Skrupel und kein Gewissen besaßen – und schätzungsweise hatten die den lieben Gott mit unlauteren Methoden von seinem Thron gestoßen.
»Senhor Pedro, wie schön, Sie wiederzusehen!« Laura kam mit ausgestreckter Hand auf ihn zu. War sie nicht ganz richtig im Kopf? Wie konnte sie sich in ihrem Zustand so ungeniert auf die Veranda wagen, wo sich die meisten Gäste befanden? Solange sie im Haus blieb, wo er sie vorhin kurz hatte vorbeihuschen sehen, ging es ja noch. Aber das? Sagte dem Mädchen denn keiner, wo sein Platz war?
»Laura, du siehst hinreißend aus! Die Ehe scheint dir gut zu tun – deine Eltern müssen sehr stolz auf dich sein, dass du ihnen jetzt ihren ersten Enkel schenkst, nicht wahr?«
»Nun ja, sie ... ja, wahrscheinlich sind sie das.«
»Und dein Mann? Ist er auch hier? Stellst du ihn mir vor?«
»Nein, er ist in New York, geschäftlich, sozusagen. Oh, da sind ja auch die Pereiras – entschuldigen Sie mich, wir plaudern nachher noch ein bisschen, in Ordnung?«
Verlogen wie der Rest der Bagage auch! Und feige obendrein. Pedro Domingues glotzte ihr nach, wie sie im Haus verschwand.

Die Pereiras interessierten Laura nicht die Bohne. Sie hatte sich nur seinen Fragen entziehen wollen. Tja, dann würde eben er zu den Pereiras gehen. Zu erzählen hatte er ja allerhand.

Laura flüchtete sich in ihr altes Zimmer. Was ihre Eltern und ihr Bruder nicht geschafft hatten, nämlich ihr die Teilnahme an der Feier auszureden, war Senhor Domingues mit einigen wohlplatzierten Fragen gelungen. Ihr war die Lust gründlich vergangen. Ihre Laune war auf den Nullpunkt gesunken – nicht wegen der Impertinenz des Nachbarn, sondern aus Wut über sich selber. Sie hatte sich mehr zugetraut. Doch während sie dem Kummer ihrer Eltern und den Frechheiten ihres Bruders stolz entgegengetreten war, war sie bei den harmlosen Fragen des verschwitzten, dicken, einst gutmütigen Senhor Domingues eingeknickt.
Aber waren seine Fragen wirklich ohne böse Hintergedanken gewesen? Hatte sie nicht eine Spur von Gehässigkeit herausgehört? Ja, wenn sie sich sein Gesicht jetzt wieder vor Augen hielt, dann hatte darin weniger nachbarschaftliches Interesse gestanden als vielmehr Hohn und Zorn. Sie hatte sich nur blenden lassen von Senhor Domingues' harmlosem Äußeren, seinem buschigen Schnauzbart, seiner roten Knubbelnase, die deutlich von seinem überhöhten Portwein-Konsum zeugte, sowie von seiner runden Gestalt. Aber seine Augen sprachen eine gänzlich andere Sprache.
Laura nahm ihren Skizzenblock und versuchte aus dem Gedächtnis, diese Diskrepanz einzufangen. Ein interessantes Studienobjekt, der liebe Senhor Domingues. Wenn sie doch nur den Mumm besessen hätte, sich unter die Gäste zu mischen! Dann hätte sie ihn sich noch einmal genauer betrachtet, hätte typische Merkmale klarer herausarbeiten können und hätte den Mann, besser, als wenn er ihr Modell gesessen hätte, in einer unverfälschten Weise porträtieren können – so wie sie einst am

Rossio-Bahnhof die sich unbeobachtet glaubenden Reisenden gezeichnet hatte.
Sofort verdrängte sie jeden Gedanken an diese Zeit. Es erfüllte sie nur mit Wehmut, mit einer unbeschreiblichen *saudade*, wenn sie an ihre erste Begegnung mit Jakob zurückdachte. Sie durfte jetzt auf gar keinen Fall in Selbstmitleid versinken. Nach vorne schauen, immer nach vorne. Dem Kind zuliebe.

Im Haus, auf der Veranda und auch im Garten der »Quinta das Laranjeiras« ging es hoch her. Es gab nicht viele Gelegenheiten, zu denen sich die gesamte Verwandtschaft traf, und alle schienen nur auf einen Anlass wie diesen gewartet zu haben. Jujú wunderte sich über den enormen Zulauf. Es wusste doch jeder, wie es um ihre Ehe bestellt war – wenigstens ihre Schwestern hätten so viel Verständnis für sie aufbringen können, Ruis Fest zu boykottieren. Aber weit gefehlt, sie waren alle gekommen, kein Weg war ihnen zu weit gewesen: Mariana, Octávio und die drei Töchter, eine davon mit Ehemann, reisten, zusammen mit Beatriz, mit dem Zug aus Beja an; Isabel und Raimundo kamen mit dem Auto aus Lissabon, ihr Sohn erschien unabhängig von ihnen, am Arm eine langbeinige Blondine, die er als seine Verlobte vorstellte; Joana und Gustavo ließen sich von einem Chauffeur im Luxusgefährt vorfahren, während ihre vier erwachsenen Kinder, allesamt mit Ehepartnern und Sprösslingen, separat eintrafen.
Meine Güte, wer sollte da noch den Überblick behalten? Und das waren ja nur ihre Leute. Ruis Geschwister hatten sich ebenfalls fleißig fortgepflanzt, so dass von dieser Seite noch einmal mindestens weitere 25 Personen dazukamen. Schade, dachte Jujú, dass ihre Eltern und ihr Schwiegervater das nicht mehr erleben konnten. Es hätte ihnen gefallen, dass sie so viele Nachkommen hatten. Einzig Dona Filomena war aus dieser Generation noch übrig, und die beinahe achtzigjährige Dame schien

keinerlei Probleme damit zu haben, all ihre Enkel, deren Ehegatten und Kinder auseinanderzuhalten. Urenkel, ging es Jujú durch den Kopf, Dona Filomena hatte fünf Urenkel, und in Kürze käme noch ein weiterer hinzu. Jesus und Maria – hoffentlich wurde sie selber nie so alt, dass sie sich noch die Namen aller Urenkel merken musste! Es war schon schlimm genug, Großmutter zu werden.
Als hätte sie ihre Gedanken gelesen, trat in diesem Augenblick Beatriz zu ihr ans Geländer der Veranda. »Was für eine biblische Fruchtbarkeit – es ist wirklich *herzallerliebst*, was meine Schwestern im Laufe der Jahre alles an Nachwuchs produziert haben. Und die einzige Person unter all meinen Nichten und Neffen, die ich für schlauer gehalten hatte als den Rest, folgt nun der Familientradition. Freust du dich, Juliana, dass du Großmutter wirst?«
»Natürlich tue ich das. Das würdest du auch tun ...« An Beatriz' Miene erkannte Jujú, dass ihre Schwester den Satz im Geiste zu Ende gesprochen hatte: »... wenn du keine alte Jungfer geblieben wärst.«
»Ich verstehe nicht, wieso ihr euch so mit eurer Brut brüstet. Es ist schließlich keine Meisterleistung, Kinder in die Welt zu setzen. Jedes Tier macht das ohne großes Trara, ganz *en passant*.«
»Deine Meisterleistungen auf anderen Gebieten hast du uns ja leider vorenthalten. Wie fühlt man sich denn so, im Herbst eines vollkommen nutzlosen, unproduktiven Lebens, in dem man weniger geleistet hat als ... jede Kuh?« Jujú hatte nicht vorgehabt, sich mit Beatriz zu streiten. Im Grunde tat sie ihr leid. Doch ihre biestige Art machte es einem wirklich schwer, die Contenance zu bewahren. Und auch wenn sie die Frage nicht in diesem aggressiven Ton hatte stellen wollen, so interessierte es sie doch, warum Beatriz ihr Leben so vergeudet hatte. Aber sie erwartete keine Antwort.

Sie selber war damals durch ihre Schwangerschaft dazu gezwungen gewesen, den klassischen Weg für eine Frau einzuschlagen: Mann, Kinder, Haus und Heim. Immerhin war es ihr gelungen, sich höchstmögliche Selbständigkeit zu verschaffen. Aber Beatriz hätte doch, da ihr eine Familie verwehrt geblieben war, alles Mögliche machen können. Warum hatte sie nie einen Beruf ergriffen? Wieso war sie auf Belo Horizonte geblieben, um sich von Marianas Kindern piesacken zu lassen? Immer hatte sie die Pflege der Eltern als Argument bemüht, hatte ihre vermeintliche Aufopferung wie einen Schutzschild vor sich gehalten. Dabei hatte niemand sie darum gebeten. Und dieser Vorwand war mit dem Tod der Eltern ja auch irgendwann hinfällig geworden. Man duldete Beatriz auf Belo Horizonte jetzt nur als *unverheiratete Schwester*, allein das schon eine beleidigende, herabwürdigende Redewendung.

Jujú meinte, ein Stöhnen aus einem der geöffneten Fenster im Obergeschoss zu hören. Aus dem Augenwinkel nahm sie plötzlich wahr, wie einige der Dienstboten eilig ins Haus liefen. Von ihren Gästen schien jedoch niemand etwas bemerkt zu haben. Außer Beatriz.

»Deine Tochter wird doch wohl nicht«, raunte sie Jujú in süffisantem Ton zu, »nicht ausgerechnet an diesem deinem Glückstag ... kalben?«

Aber genauso schien es zu sein. Bei Laura hatten vorzeitig die Wehen eingesetzt.

Jujú enthob die Köchin für diesen Tag all ihrer Pflichten in der Küche, damit die Frau, eine Mutter von sieben erwachsenen Kindern, sich um Laura kümmern konnte. Es war ohnehin alles an Speisen vorbereitet, den Rest würde die verbleibende Küchenbrigade auch allein schaffen. Anschließend ging Jujú in den Garten, nahm den Doutor Paiva vertraulich am Arm und zog ihn ins Haus, als müsse sie seinen Rat zu einer unerfreulichen Erkrankung einholen. Drinnen schleppte sie ihn in Windeseile auf Lauras Zimmer und verdonnerte ihn zu absolutem Stillschweigen.

»Wo denken Sie hin, Dona Juliana! Das Ärztegeheimnis ist unantastbar.«

Ja, ja, dachte sie bei sich, außer in Pinhão, wo jeder über jedermanns Wehwehchen auf dem Laufenden war. Aber egal – dass ihre Tochter ein Kind bekam, war ja kein Geheimnis. Nur ausgerechnet heute, während sie all diese Leute im Haus hatten, musste ja nicht jeder wissen, was zurzeit hier oben passierte. Es war schließlich ein sehr privater – und eher unappetitlicher – Vorgang. Aber mit ein wenig Glück würde sich das Ganze so lange hinziehen, bis die Gäste längst wieder verschwunden waren.

Oh Gott, wie hatte sie nur so etwas denken können? Sie war eine Rabenmutter! Sie sollte sich wünschen, dass die Geburt so schnell wie möglich vorüber wäre, damit die arme Laura nicht länger litt als nötig.

Der Doktor enthob sie weiterer Gewissenskonflikte. »Es sieht so weit alles gut aus. Aber ich schätze, vor morgen früh werden Sie Ihr Enkelkind nicht in den Armen halten können.«

Die Prognose stimmte. Am 7. Juni 1941, um genau 7.06 Uhr, erblickte der kleine Ricardo das Licht der Welt, ein winziges, verschrumpeltes Wesen mit dicht behaartem Rücken, angesichts dessen abgrundtiefer Hässlichkeit sogar seiner Mutter die Tränen kamen.

29

Allen Kriegswirren zum Trotz ging das Leben auch 1943 weiter. Lissabon war von Flüchtlingen überlaufen. In Scharen strömten die Leute an die Strände, um der drückenden Hitze der Stadt zu entkommen. Sie trugen von Jahr zu Jahr weniger am Leib, wenngleich die portugiesischen Damen sich niemals in so knappen Badeanzügen wie die Ausländerinnen zu zeigen gewagt hätten. Der Film »Amor de Perdição« war in die Kinos gekommen, in einigen lief noch immer »Vom Winde verweht«. Man tanzte Swing oder lauschte den herzzerreißenden Fados der jungen *fadista* Amália Rodrigues. Avantgardistischere Naturen hörten Ella Fitzgerald, Klassikliebhaber betrauerten den Tod von Sergej Rachmaninow. Ein gewisser Albert Camus machte unter den Intellektuellen Furore mit seinen Büchern, genau wie der spanische Schneider Balenciaga unter den wohlhabenden Senhoras mit seinen Kollektionen Entzücken hervorrief. Und eine Malerin namens Laura Lisboa erhitzte die Gemüter der kunstsinnigen Lisboetas.
»Laienhaftes Gekrakel«, befanden die einen, »ausdrucksstarke Meisterwerke« die anderen. Diejenigen, die dem Stil der LL nichts abgewinnen konnten, führten an, dass die »Künstlerin« – wenn es sich überhaupt um eine Frau handelte, was durchaus angezweifelt werden durfte – sich wohl kaum hinter einem Pseudonym verstecken und die Öffentlichkeit scheuen würde, wenn sie etwas taugte. Die anderen, unter denen die LL bereits zu einer Art Idol geworden war, entkräfteten dieses Argument damit, dass die Malerin menschenscheu war, wie es alle wahrhaftigen Künstler sein mussten. Sowohl die eine wie die andere Seite bekniete den Galeristen Oliveira, die Identität von Laura Lisboa preiszugeben. Aber Oliveira war nicht dumm. Die Spekulationen sollten

gern so weitergehen – sie hielten das Interesse wach und die Preise hoch.

Laura war von ihrem eigenen Erfolg mehr als überrascht. Den Namen Lisboa hatte sie sich aus Dankbarkeit zu Jakob zugelegt, der einst als António Coelho Lisboa ihre Karriere in die entscheidende Richtung gelenkt hatte. Sie fand, dass sich »Laura Lisboa« genauso gut las, wie es sich anhörte, und offensichtlich fanden das andere Menschen ebenfalls. Laura hätte nie gedacht, wie viel ein wohlklingender Name in ihrer Branche ausmachte. Anfangs hatte sie sich unwohl gefühlt, wie eine Betrügerin, und hatte sich darum geweigert, für Fotos zu posieren und Interviews zu geben. Doch nach einer Weile hatte es ihr richtig Spaß gemacht, ihre Arbeiten mit einem zackigen LL zu signieren.

Berechnung war dabei nicht im Spiel gewesen, jedenfalls nicht ihrerseits und nicht zu Beginn ihres Aufstiegs. Erst als Oliveira bemerkte, dass eine geheimnisvolle LL die Phantasie der Menschen weit mehr beflügelte, als eine Laura da Costa, Mutter eines unehelichen Kindes, es je hätte tun können, beschloss Laura, ihre Identität weiterhin geheim zu halten. Nicht einmal ihre Familie ahnte etwas. Nur Jakob hatte sie es geschrieben, und er hatte ihre »Strategie« bewundert, die im Grunde keine war.

Ach, Jakob ... er fehlte ihr unendlich! Weder die paar Telefonate, die sie vom Fernmeldeamt aus geführt hatte, noch ihr reger Briefwechsel konnten ihr den Mann ersetzen, den sie liebte – und dem sie alles verdankte, was sie liebte, allen voran ihren Sohn und ihren Erfolg. Sie vermisste Jakobs Witz, sie verzehrte sich nach seinem Körper und nach seinen Küssen. Doch obwohl Laura wusste, dass die wiederholte Lektüre seiner Briefe ihre Pein nicht lindern, sondern nur verstärken würde, öffnete sie erneut die Schublade ihres Schreibtisches, in der sie die Korrespondenz aufbewahrte. Es war stärker als sie – sie *musste* den letzten Brief einfach noch einmal lesen, wohl wissend, dass er sie in tiefste Depressionen stürzen würde.

Santa Monica, L.A., 8/4/1943

Geliebte Laura,
alle Worte dieser Welt reichen nicht aus, meine Sehnsucht nach Dir zu beschreiben! Gestern hätte ich mich beinahe in ein Flugzeug gesetzt und wäre nach New York geflogen, um von dort ein Schiff nach Lissabon zu nehmen. In letzter Sekunde hat dann aber die Vernunft obsiegt, diese grässliche humor- und leidenschaftslose Stelle in meinem Hirn, wo auch der Buchhalter sowie der Oberlehrer in mir ihren Ursprung haben. Apropos New York: Meine Schwester hat sich mit einem strenggläubigen Schneider aus Brooklyn verlobt, ist das zu fassen? Sie kennt ihn gerade mal vier Wochen, ich weiß nicht, warum sie es so eilig hat mit dem Heiraten. Noch viel weniger verstehe ich, warum sie sich freiwillig mit einem Orthodoxen abgibt, sie wurde anders erzogen, und ich kann sie mir schlecht mit einer Perücke und einem Stall voller zerlumpter Kinder vorstellen. Vielleicht liegt es daran, dass sie nach einem Zuhause lechzt, wie wir es von früher kannten, nach einer Familie und nach Nestwärme. Von unseren Eltern haben wir jede Spur verloren, und die Nachrichten, die aus Deutschland zu uns dringen, rauben einem die letzte Hoffnung. Nein, das stimmt nicht – einen Funken Hoffnung bewahrt man sich immer, ganz gleich, wie aussichtslos eine Sache erscheint. So glaube ich auch weiterhin daran, dass wir zwei eines Tages wieder vereint sind, meine Schöne. Wenn der Krieg erst vorbei und Portugal für ein Genie wie LL zu klein geworden ist, dann wirst Du kommen. Bitte, lass mich hier nicht im Stich! Kannst Du Dir vorstellen, wie ich durch Los Angeles streife, einsam, entwurzelt, verzweifelt? Nun ja, so ganz stimmt auch das nicht: Ich habe unter den zahlreichen Emigranten, die es wie mich hierher verschlagen hat, ein paar Freunde gewonnen. Sogar eine Malerin ist darunter, Elsa Stern heißt

sie, aber sie hat natürlich lange nicht so viel Talent wie Du. Wenigstens bringt sie mich zum Lachen, das ist doch schon etwas, denn eigentlich habe ich derzeit nicht viel zu lachen. Zu all meinen persönlichen Nöten und Problemen gesellt sich nun nämlich noch die Angst, demnächst meine Arbeit zu verlieren. Der Dirigent meines Orchesters hasst mich, warum auch immer, nichts kann ich ihm recht machen. In meiner Freizeit habe ich jetzt angefangen zu komponieren, wer weiß, vielleicht findet ja einer der Film-Tycoons Gefallen an meinen traurigen Stücken, in denen immer auch ein wenig Fado durchklingt. Und natürlich mein übergroßes, alles beherrschendes Verlangen nach Dir. Ich liebe Dich! Immer. Dein Jacob

P.S. Jetzt, da Du zu etwas Geld gekommen bist, könntest Du Dir doch endlich einen Telefonanschluss legen lassen. Wie schön wäre es, Deine Stimme zu hören …
P.P.S. Kauf Aktien von Coca-Cola. Es ist ein scheußliches Getränk, eine dunkelbraune, überzuckerte Limonade mit leicht medizinischem Geschmack, aber hier sind alle ganz scharf darauf, weshalb sie es in Europa sicher auch bald sein werden.

Mit beiden Händen umklammerte Laura den Brief, als könne er sonst davonfliegen. Sie zitterte, und ihre Augen waren feucht geworden, wie immer, wenn sie ihn las. Und wie schon so oft zuvor zerpflückte sie das Geschriebene, Zeile für Zeile.
Jakob, oder besser Jacob mit »c«, wie er neuerdings unterschrieb, war auf dem besten Weg, ein richtiger Amerikaner zu werden. Beim Datum hatte er zuerst den Monat, dann den Tag genannt – denn vom 8. April war der Brief definitiv nicht. Auch war sein Portugiesisch nicht mehr ganz so perfekt wie noch vor drei Jahren, allein der Gebrauch eines altmodischen Wortes wie »obsiegen«, das er schätzungsweise im Wörterbuch hatte nachschlagen müssen, sprach Bände. Was Laura jedoch viel mehr

bedrückte, war diese Frau, Elsa. Obwohl sie Jakob von ganzem Herzen gönnte, glücklich zu werden, und obwohl ihr bewusst war, dass er in den drei Jahren, die seit seiner Abreise vergangen waren, wohl kaum wie ein Mönch gelebt hatte, traf es sie zutiefst, dass er sich mit dieser Malerin angefreundet hatte. *Wenigstens bringt sie mich zum Lachen*, Teufel auch! Da hätte er ja gleich schreiben können, dass er sich in sie verguckt hatte. Und die Tatsache, dass er darüber hinaus nichts von Elsa erzählt hatte, ließ ebenfalls tief blicken. Wäre sie nur eine ganz normale Freundin, hätte er bestimmt mehr über sie berichtet, zumal sie auch Künstlerin war. Irgendetwas, da war sich Laura ganz sicher, war da im Busch zwischen Jakob und dieser Elsa – und es gab nichts, was sie von hier aus dagegen tun konnte.
Bevor der Krieg zu Ende war, konnte sie ihm unmöglich von ihrem Kind berichten. Alles in Laura schrie danach, Jakob jedes Detail, jeden Schluckauf, jedes Lächeln, jede Kolik und jedes neu gelernte Wort ihres gemeinsamen Sohnes mitzuteilen. Ricardo war ein ganz besonderes Kind, und er hatte ganz besondere Fähigkeiten. Zugegeben, laufen konnte er noch nicht so gut wie andere Zweijährige. Die Metzgersfrau im Parterre, Dona Maria José, hatte eine gleichaltrige Tochter, und die schwirrte schon durch die Gegend wie eine Große. Das Mädchen schlief auch schon, anders als Ricardo, seit mehr als einem Jahr durch, und Dona Maria José ließ keine Gelegenheit verstreichen, Laura unter die Nase zu reiben, dass entweder ihr Söhnchen leicht zurückgeblieben sei oder aber sie als Mutter versagt habe. Aber Laura glaubte keines von beidem. Sie war keine schlechtere Mutter als andere Frauen auch, und ihr Ricardo war alles andere als minderbemittelt.
Eher schien es ihr so, als wäre er mit zu vielen Gaben ausgestattet. Welcher Zweijährige konnte schon schreiben? Nun gut, richtig schreiben konnte Ricardo nicht, aber er legte aus Bauklötzen mit aufgedruckten Buchstaben Wörter, die er

irgendwo gelesen hatte, »restaurante« etwa. Die Fähigkeiten ihres Sohnes fand sie manchmal schon ein wenig beängstigend. Meist aber erfüllten sie Laura mit unvorstellbarem Stolz und entschädigten sie für all die schlaflosen Nächte, die sie noch immer hatte. Anders als sie selber schien der Junge nicht mehr als vier Stunden Schlaf täglich zu brauchen, nie wirkte er übermüdet oder erschöpft. Erstaunlich, dieses Kind, ganz und gar erstaunlich.

Eine Weile hatte Laura geglaubt, sie als Mutter sähe vielleicht mehr in Ricardo, als wirklich an ihm dran war, so wie alle Mütter ihre Kinder für die schönsten und klügsten auf der Welt hielten. Aber dem war nicht so. Auch ihre Mutter, der Galerist Oliveira und die meisten von Lauras Freunden waren in höchstem Maße fasziniert von all den Dingen, die der Kleine schon konnte. Sie musste aufpassen, dass sie ihn nicht zu ihrem persönlichen Clown machten, so wie es vor ein paar Tagen bei Olga und Afonso geschehen war: Die beiden hatten Ricardo Kunststückchen vorführen lassen, wie zum Beispiel, dass er Spielkarten in einer zuvor bestimmten Reihenfolge auslegen sollte, was ihm fehlerfrei gelang. Das Kind besaß ganz offensichtlich ein fotografisches Gedächtnis, und Laura würde nicht zulassen, dass die Leute sich dieses Phänomen zu ihrer eigenen Belustigung zunutze machten.

Ihre Mutter schien die einzige Person weit und breit zu sein, die mit den Gaben ihres Enkelsohnes ganz normal umging, als sei es völlig selbstverständlich, dass der Kleine all diese Dinge schon konnte. Sie behandelte ihn, wie es einem Zweijährigen von seiner Großmutter zustand: mit großer Zärtlichkeit. Sie überhäufte ihn mit verniedlichenden Kosenamen, streichelte, küsste und drückte ihn, wann sie nur konnte, und gab ihm alles, was Laura sich einst von ihr gewünscht hätte. Ganz so hartherzig war ihre Mutter also doch nicht, dachte Laura. Irgendetwas musste ihre Fähigkeit, ihren Kindern Liebe zu schenken, blockiert haben –

aber jetzt, mit dem Enkelsohn, zeigte sich, dass sie durchaus über ein Herz verfügte.

Laura nahm die Dienste ihrer Mutter als Kindermädchen häufiger in Anspruch, als sie es für richtig hielt. Aber der Junge vergötterte seine Großmutter. Und diese ihn. Warum also sollte sie jemanden zur Kinderbetreuung einstellen, wenn die Umstände so ideal waren? Ricardo war in guten Händen, ihre Mutter gut beschäftigt – und sie selber hatte die Freiheit, die sie zum Arbeiten brauchte.

Diese Regelung brachte es allerdings auch mit sich, dass Laura ihre Mutter nun viel öfter sah als noch vor drei Jahren. Jedes Mal, wenn sie ihr Kind in die Rua Ivens brachte, stellten sich unangenehme Erinnerungen ein: an demütigende Streitereien, bei denen ihre Mutter immer zu Paulo gehalten hatte; an die merkwürdig sterile Eleganz der Wohnung, in der sich kaum persönliche Dinge, etwa Familienfotos, befanden; an ihre eigene diffuse Traurigkeit, die sie bei dem Gedanken überkommen hatte, dass sie eigentlich gar kein Zuhause besaß – weder der Quinta in Pinhão noch dem Internat, noch dieser Lissabonner Wohnung hatte Laura jemals heimatliche Gefühle entgegengebracht. Der einzige Ort auf der Welt, wo sie je so etwas gespürt hatte wie Nestwärme sowie die herrliche Entspannung und Zwanglosigkeit, wie man sie nur zu Hause erlebt, war Belo Horizonte.

Und immer fielen Laura, kaum dass sie die Wohnung betrat, all die Geheimnisse ein, die sie vor ihrer Mutter hatte. Am meisten bedrückte sie das eigentlich harmloseste davon – der Diebstahl des Diadems. Laura war sicher, dass ihre Mutter, hätte sie ihr den Grund für die Notwendigkeit dieser Tat genannt, sogar Verständnis aufgebracht hätte. Aber Laura hatte es nie über sich gebracht – denn das wiederum hätte ja bedeutet, dass sie mehr über den Vater Ricardos hätte preisgeben müssen, als sie wollte.

»Sein Vater ist in den USA und steht zur Ausübung väterlicher

Pflichten in Europa nicht zur Verfügung«, war das Äußerste, was sie zu diesem Thema verlauten ließ. »Schickt er dir wenigstens Geld?«, hatte ihre Mutter weiter gefragt, und Laura hatte zu einer weiteren Lüge gegriffen: »Ja, natürlich.« Wie sonst hätte sie ihren plötzlichen Wohlstand erklären sollen? Denn dass sie diejenige war, die sich hinter dem Pseudonym Laura Lisboa verbarg, hatte sie selbstverständlich ebenfalls vor ihrer Mutter geheim gehalten.

Manchmal sah ihre Mutter sie schräg von der Seite an und gab Laura das beunruhigende Gefühl, dass sie alles über sie wusste. Ja, sie waren einander ähnlich, nicht nur äußerlich – und das bedeutete dann wahrscheinlich auch, dass ihre Mutter das Herumschleppen bedrückender Geheimnisse aus eigener Erfahrung gut kannte.

Jujú fand die Kommunikation mit ihrer Tochter ebenfalls beschwerlich. Jetzt, da Laura erwachsen und selber Mutter war, hätte sie sich gerne mehr mit ihr ausgetauscht, hätte gern ein freundschaftlicheres Verhältnis zu ihr gepflegt. Aber Laura sträubte sich vehement dagegen, sich ihr gegenüber zu öffnen. Es verlieh ihren Zusammenkünften etwas Beklemmendes, Fremdes, das in dieser Form zwischen Mutter und Tochter nicht hätte sein müssen. Jujú fragte sich, womit sie das verdient hatte. Die Antwort gab ihr Fernando: »Ist doch kein Wunder, dass sie dir nicht vertraut – so, wie du deinen Sohn ihr immer vorgezogen hast.«

»Bitte, Fernando, fang nicht wieder mit diesen alten Geschichten an. Ja, mag sein, dass ich nicht immer gerecht war. Aber das liegt doch Jahre zurück. Jetzt, als erwachsene Frau, sollte sie über diesen Dingen stehen.«

»So, sollte sie das? Vielleicht so, wie auch du über den Dingen stehst? Ehrlich, Jujú, du bist die nachtragendste Person, die ich kenne – und da willst du dieselbe Eigenschaft bei deiner Tochter nicht verstehen?«

Jujú ignorierte diesen Einwand. Stattdessen jammerte sie weiter:
»Sie weicht mir immerzu aus. Nicht einmal die harmlosesten Fragen beantwortet sie offen und ehrlich. Neulich habe ich sie gefragt, welchen Beruf der mysteriöse Kindsvater ausübt. Und weißt du, was sie mir sagt? ›Nichts, was auch nur annähernd deinen Vorstellungen von einem zahlungskräftigen zukünftigen Ehemann entspräche.‹ Solche Dinge sagt sie mir andauernd, und ich finde das offen gestanden mehr als unhöflich.«
»Vielleicht hat sie recht«, schlug Fernando sich auf die Seite Lauras, die er nur als Kind kurz gesehen hatte und die er ausschließlich aus den Erzählungen Jujús kannte. Dennoch war ihm die Tochter Jujús auf unerklärliche Weise sympathisch. Sie schien all die guten Eigenschaften von Jujú geerbt, deren unschöne Züge aber nicht mitbekommen zu haben: Jujús Eigennutz, ihren Materialismus und ihre Eitelkeit. »Wenn dieser Mann«, fuhr Fernando fort, »nun ein einfacher Handwerker wäre oder ein kleiner Buchhalter – wie würde dir das schmecken? Gar nicht. Vermutlich würdest du sogar plötzlich in deinem heißgeliebten Enkelsohn Eigenschaften erkennen, die du dem unbekannten Mann zuschreibst, und vielleicht würde das deine Liebe schmälern. Laura scheint das erkannt zu haben. Ich an ihrer Stelle würde auch nichts sagen.«
»Nicht?«
»Nein.«
»Da drängt sich mir natürlich die Frage auf, was du mir noch alles verheimlichst, aus reiner Rücksichtnahme auf mein schwaches Rückgrat und meine launenhafte Befähigung zu lieben, versteht sich.«
Fernando hob eine Augenbraue, erwiderte aber nichts. Jujús Logik entzog sich seinem Verständnis. Hatten sie nicht gerade über Laura und deren Verschlossenheit geredet? Wie kam es, dass Jujú so plötzlich von dem eigentlichen Thema ihres Ge-

prächs abgeschwenkt war und jetzt ihm Heimlichtuerei unterstellte?

Jujú sah ihn durchdringend an, als könne sie ihn mit ihrem Blick zu einer Antwort zwingen, doch er blieb stumm. Wenn sie in dieser Stimmung war, in der sie irgendeinen Sündenbock für all das brauchte, was ihr ihrer Meinung nach an Ungerechtigkeit widerfuhr, würde ihm ohnehin jedes Wort im Munde umgedreht werden.

Das Jauchzen, das sie plötzlich aus dem Nebenzimmer vernahmen, enthob Fernando einer Antwort. Zum ersten Mal war er froh darüber, dass dieses Kind hier war. Sonst störte es Fernando – auch wenn der Junge friedlich und stundenlang allein vor sich hin spielen konnte, so kam es Fernando doch immer so vor, als hätten er und Jujú Zeugen. Das Kind zerstörte ihre schöne Zweisamkeit. Jujú hatte anfangs versucht, ihn davon zu überzeugen, dass ihr Enkelsohn eine Art Wunderkind war. Sie hatte ihn, Fernando, den Inbegriff des Kinderschrecks, dazu veranlassen wollen, sich mehr mit dem Kleinen zu beschäftigen, weil sie meinte, dass dessen außergewöhnliche Intelligenz ihn bekehren würde. Aber dachten nicht alle Leute, dass ihre Nachkommen einzigartig waren? Nein, er hatte sich gesträubt, und irgendwann hatte Jujú ihn auch nicht mehr gedrängt, sich mit dem Kind abzugeben.

»Er baut Flugzeuge«, kommentierte Jujú und merkte erst dann, dass sie das besser nicht gesagt hätte. Nachher brachte es Fernando noch auf komische Ideen.

»Wenn die den ›Flugzeugen‹ ähneln, die mein Sohn Alberto in dem Alter gebaut hat, dann wird es sich nur um ein plumpes Wurfgeschoss handeln, mit dem er seine Kraft erprobt. Wahrscheinlich hat er sich gerade über einen Treffer gefreut. Bestimmt hat er irgendetwas damit umgeworfen.«

»Du bist so zynisch geworden.«

So, da waren sie wieder bei ihrem Lieblingsthema. Fernando

hatte nicht vor, sich darauf einzulassen. Wenn sie seine realistische Sicht der Dinge als Zynismus begriff, bitte sehr.
Sie drehten sich im Kreis, wie so oft in letzter Zeit. Gespräche, die einen nicht voranbrachten, sondern immer wieder ergebnislos zum Ausgangspunkt zurückkamen, verabscheute er.
»Ich muss jetzt gehen, *meu coração*.«
»Ja, *mein Herz*, ich weiß. Du musst immer dann gehen, wenn ich über uns reden will.«
Sehr richtig, dachte Fernando. Was gab es da auch groß zu sagen?
»Unsinn. Ich muss gehen, weil ich um drei Uhr eine wichtige Besprechung habe. Und ich muss mich sputen, wenn ich noch pünktlich sein will.« Er stand auf, legte den Arm um Jujú und wollte sie zu einem Kuss an sich heranziehen. Aber sie entwand sich ihm.
»Na, warum so kratzbürstig?«
Warum wohl? Jujú wunderte sich über die Ignoranz, die aus dieser Frage sprach. Tat er nur so? Ach, was machte es schon. Eigentlich konnte sie froh sein, wenn er jetzt ging und ihr Gelegenheit gab, sich intensiv mit ihrem Enkel zu beschäftigen, von dem nun immer mehr entzückte Schreie zu hören waren.
Fernando schmunzelte darüber. »Du musst dich ja jetzt auch um wichtigere Dinge kümmern als um deinen alternden Liebhaber, nicht wahr?« Erneut umfasste er ihre Taille und zog sie zu sich heran. Diesmal ließ Jujú es geschehen. Ihr Abschiedskuss war schön.
Als Fernando fort war, ging sie in das alte Zimmer von Laura, das sie in ein richtiges Kinderparadies verwandelt hatte, mit Bergen von Spielsachen, mit bunten Tapeten und noch bunteren Bildern, mit Möbeln im Miniaturformat, mit weichen, krabbeltauglichen Teppichen sowie mit putzigen Lampen, Spieldosen und anderem kitschigen Firlefanz. Ihre eigenen Kinder hatten nie ein solches Zimmer bewohnen dürfen.

Der Kleine ließ sich von Jujús Kommen nicht ablenken. Hochkonzentriert bastelte er an einem Papierflieger, der mit einem »plumpen Wurfgeschoss« nichts gemein hatte. Die Fingerfertigkeit des Jungen hinkte seinen geistigen Kapazitäten zwar eindeutig hinterher, dennoch fand Jujú das Flugobjekt außergewöhnlich raffiniert für ein so kleines Kind. Ricardo hob seinen Flieger an und warf ihn in Jujús Richtung. Er traf sie am Bauch, und der Kleine begeisterte sich so sehr darüber, dass er mit seinen angewinkelten Ärmchen flatterte, als wäre er selber ein Vogel, der abheben will. Er sah sie freudestrahlend an. In seinen bernsteinfarbenen Augen funkelten grüne Sprenkel.

Der Schreck fuhr Jujú derartig in die Glieder, dass sie sich schwach auf den Beinen fühlte. Sie hielt sich am Türrahmen fest. Ihr Herz machte verrückte Sprünge. Sie sah die ganze Szenerie plötzlich wie in Zeitlupe. Den Jungen, der sie verunsichert anschaute, weil er nicht begriff, warum seine Oma sich nicht mit ihm freute. Den Papierflieger, der mit eingedrückter Schnauze vor ihr auf dem Boden lag. Und sich selber, wie sie in diesem Augenblick der Erkenntnis das Kind anstarrte, als käme es aus einer anderen Welt.

Einer, die Fernando ihr niemals hatte erklären können.

30

Wären die Umstände andere gewesen, hätte er sich voller Elan und Enthusiasmus in sein neues Leben gestürzt. So aber dauerte es eine Weile, bevor Jakob begann, sich für einen Glückspilz zu halten. Vier Jahre, um genau zu sein. Dann erkannte er plötzlich, wie gut er es getroffen hatte. Los Angeles war herrlich aufregend, modern, leichtlebig, oberflächlich und so ganz und gar anders als die europäischen Städte mit ihrer schweren Last aus Geschichte. Und jetzt, da viele von ihnen zerbombt waren, musste es dort noch viel trübsinniger aussehen. In Verbindung mit dem Wetter, das sich zumindest in den nördlicheren Regionen Europas allzu oft trist und kalt zeigte, vermochte er sich das Grauen gar nicht auszumalen. Und er wollte es auch nicht.
Die Sonne schien. Die Farben leuchteten. Er hatte zunehmend Erfolg im Beruf. Er hatte eine wunderbare Freundin. Der Strand war Alltag, keine Urlaubsvision. Die Autos waren groß und bunt. Die Menschen waren groß und bunt gekleidet. Sie lachten häufig und laut. Sie hatten eine Vorliebe für süße Getränke und riesige Steaks. Anfangs war ihm das alles ein wenig irreal erschienen, als hätte er sich verlaufen und sich mit einem Mal am Set eines Films wiedergefunden, in einer zu grellen Kulisse, die von mächtigen Strahlern beleuchtet wurde und von Statisten bevölkert war, die die Anweisung hatten, andauernd zu lächeln und ihre unglaublich weißen Zähne zu entblößen.
»Sie sind so«, hatte Elsa ihm erklärt. »Sie sind wie fröhliche, gesunde Kinder, denen man einen Hygienefimmel, nicht nur bei den Zähnen, anerzogen hat. Sie lieben Sport und frische Luft, sie sonnen sich in ihrer Cowboy-Vergangenheit und essen deshalb so gerne gegrilltes Fleisch und gebackene Kartoffeln. Wahrscheinlich bedauern es die Städter nur, dass sie nicht so

ohne weiteres ein Lagerfeuer entzünden können. Aber das machen sie mit ihren gemauerten Barbecue-Öfen im Garten ja wett.«
Jakob hatte gelacht über diese absichtlich vereinfachte Darstellung der Dinge, doch er hatte auch ein Körnchen Wahrheit darin entdeckt. Ein paar ihrer gemeinsamen Bekannten besaßen diese beneidenswerte Eigenschaft des unerschütterlichen Frohsinns und Optimismus. Alex Grey, ihr Vermieter, war so einer. Genau wie Peter Martin, der Autohändler, bei dem sie vor ein paar Monaten einen hellgrünen Chevrolet gekauft hatten. Ihr größtes Trauma war noch immer der Angriff auf Pearl Harbor, der exakt 2403 Amerikaner ihr Leben gekostet hatte und zudem schon vier Jahre zurücklag. Wer nicht gerade Söhne hatte, die in den Krieg zogen, für den war der ganze Horror sehr weit weg und äußerte sich höchstens im Hass auf die Japaner.
Aber Amerika wäre natürlich niemals zu dem geworden, was es war, wenn es hier nicht alles an Menschen und Meinungen gegeben hätte. Sie hatten Schwermütige und Leichtsinnige kennengelernt, Intellektuelle und Geistlose, Gerissene und Naive, Laute und Leise, Sportfanatiker und Bücherwürmer, Hemmungslose und Gehemmte, Klassikliebhaber und Bebop-Fans, Ästheten und Banausen, Steak-Esser und Vegetarier, Naturbegeisterte und Asphaltpflanzen, Kommunisten und Kapitalisten – und zwar unter sämtlichen Rassen und Religionen, die sich hier in unglaublicher Vielfalt tummelten. Es gab nichts, was es nicht gab. Sie hatten sogar Juden getroffen, die schon seit Generationen in den USA waren und die den Geschehnissen in Europa mit einer beinahe ekelerregenden Gleichgültigkeit gegenüberstanden. Doch sosehr Jakob diese Leute verabscheute – er liebte die Tatsache, dass es sie gab. Sie riefen ihm ständig in Erinnerung, dass es ihnen allen hier überhaupt möglich war, frei ihre Meinung zu äußern.
An Portugal dachte Jakob nur noch selten zurück, wie an einen

Traum, dessen Bilder sich umso mehr verflüchtigen, je mehr man sie einzufangen versucht. Sein Briefwechsel mit Laura war beinahe eingeschlafen. Es war seine Schuld. Es lag nicht allein daran, dass er Elsa im Laufe der Zeit lieben gelernt hatte. In erster Linie machte er dafür verantwortlich, dass er sich von dem *American way of life* so bereitwillig hatte einlullen lassen. Lissabon war eine andere Welt. Die Hitze in ihrer stickigen Behausung, die engen Gässchen, in denen die alten *eléctricos*, die Straßenbahnen, fuhren, die rückständigen sanitären Einrichtungen, die Azulejo-verkleideten Gebäude und die Wäscheleinen vor den Fenstern – das alles erschien ihm jetzt so fremd und weit entfernt, als hätte er nur einen belanglosen Urlaub in Portugal verbracht und nicht jahrelang dort gelebt.
Laura konnte er sich noch weniger gut vor Augen halten als Lissabon. Es gab Momente, da sah er sie deutlich vor sich, jedes Detail, als hätte er ihr eben erst einen Abschiedskuss gegeben. Doch meistens gelang es ihm nicht, ihr Bild heraufzubeschwören – und er versuchte es auch immer seltener. Es war viel geschehen in der Zwischenzeit. Und für junge Menschen wie sie waren fünf Jahre ohne physischen Kontakt einfach unüberwindbar. Sicher hatte auch sie jemanden kennengelernt – warum sonst war sie nie nachgekommen nach Amerika? Oft genug darum gebeten hatte er sie schließlich. Und am Geld konnte es nicht liegen, sie schien sich ja als Laura Lisboa ganz gut durchzuschlagen.
Bestimmt hatte sie Verständnis, wenn er ihr von der bevorstehenden Hochzeit mit Elsa schrieb. Ja, wahrscheinlich würde sie sich sogar mit ihm freuen und ihm von ganzem Herzen alles Gute wünschen.

Laura hatte die weltpolitischen Ereignisse des Jahres 1945 mit einer frohen Ungeduld verfolgt, seit der deutsche Diktator im April Selbstmord begangen hatte. Land in Sicht! Licht am Ende des Tunnels! Jetzt würde es nicht mehr lange dauern, bis der furchtbare Krieg zu Ende war und sie Jakob endlich wiedersehen würde. Und tatsächlich: Nach der bedingungslosen Kapitulation der Deutschen im Mai war der Weltkrieg offiziell vorbei, wobei es dann noch bis August dauerte, bevor endgültig Schluss war. Mit dem Abwurf der ersten beiden Atombomben über Hiroshima und Nagasaki hatten die Amerikaner nicht nur die Welt geschockt, sondern auch eindringlich ihre Stärke unter Beweis gestellt.

Kurz nachdem Laura und Ricardo aus ihrem Badeurlaub zurückkehrten, den sie in der Algarve verbracht hatten, setzte Laura sich hin und nahm allen Mut für den längst überfälligen Brief an Jakob zusammen. Es war September und noch sommerlich warm. Sie war braun gebrannt, und anstatt sich auf das weiße Blatt Papier zu konzentrieren, das vor ihr lag, strich sie selbstverliebt über die gebleichten Härchen auf ihren bronzefarbenen Unterarmen. Sie schob den Ehering an ihrem Finger hin und her, weil sie sich an der weißen Haut darunter gar nicht sattsehen konnte und weil es sie freute, dass der Ring nun bald zu Recht an ihrer Hand stecken würde – bisher hatte sie ihn nur getragen, damit sie, vor allem aber ihr Sohn, von hässlichem Gerede verschont blieb. Außerdem erfüllte es sie mit Befriedigung, dass der Ring so locker saß. Sie hatte abgenommen, das war gut. Eine Demütigung von der Art, wie sie sie vor dem Urlaub von ihrer Mutter hatte hinnehmen müssen, wollte sie nicht noch einmal erleben. Ihre Mutter hatte ihr ein Kleid schenken wollen, sie hatte abgelehnt. »Na ja, es passt dir wahrscheinlich sowieso nicht«, hatte ihre Mutter gesagt und das sehr elegante Leinenkleid auf den Haufen mit den Sachen geworfen, die sie weggab.

Immer wieder sah Laura aus dem geöffneten Fenster. Auf dem Tejo glitten Schiffe vorbei, Fähren schlüpften zwischen den größeren Kähnen hindurch. Der Himmel war von einem intensiven Blau, die Luft roch nach Sommer. Von der Straße hörte sie Gehupe, Reifen- und Bremsenquietschen sowie das Gedröhne von überforderten Autos, wenn sie sich die steilen Nebenstraßen hinaufquälten. Sie war nicht in der Stimmung, einen Brief zu schreiben. Ihr fiel beim besten Willen nicht ein, wie sie Jakob die »Neuigkeit«, die schon vier Jahre alt war, beibringen sollte. Eher beiläufig? *Ach übrigens, bevor ich es vergesse: Wir haben einen gemeinsamen Sohn.* Melodramatisch? Kühl? Um Verzeihung bittend? Anklagend? Weinerlich? Heiter? Nein, welche Herangehensweise sie sich auch ausdachte, nichts schien wirklich zu passen. Außer …

Laura sprang mit einem Satz auf, schnappte sich ihren Skizzenblock sowie ein paar Kreiden und lief in das Zimmer von Ricardo. Der Junge war völlig versunken in ein Buch, dessen Bilder er aufmerksam studierte, als läge dahinter ein wichtiges Geheimnis verborgen. Er sah nur kurz auf, als Laura den Raum betrat, und erforschte dann weiter die Geheimsprache der Abbildungen, die sich nur ihm erschloss.

Laura setzte sich auf das kleine Bett. Sie sah Ricardo von dort aus im Profil. Der Lichteinfall war perfekt.

»Malst du ein Bild? Von mir?«

»Ja, Kleiner. Aber nur, wenn du nichts dagegen hast.«

»Nein. Darfst du. Kann ich das Bild dann behalten?«

»Ich würde es gern verschenken. Aber ich male dir gern ein eigenes.«

Der Junge schien kurz nachzudenken und schüttelte den Kopf. Dann widmete er sich wieder seinem Buch.

Laura war ratlos. Solche Dinge tat er ständig, und sie wusste nie, was genau er meinte. Jetzt zum Beispiel: Wollte er nun doch nicht gemalt werden? Oder hatte er vielleicht beschlossen, dass er sein eigenes Porträt nicht brauchte? Egal, dachte sie. Immerhin hatte er nicht gefragt, für wen das Bild denn gedacht war. Sie legte den Block auf ihre Knie und zeichnete. So saßen sie

etwa eine halbe Stunde da, der Sohn vertieft in sein Buch, die Mutter vertieft in ihre Arbeit. Sie boten einen Anblick schönster Harmonie.
Als Laura ihre grobe Zeichnung fertig hatte, erhob sie sich, um möglichst lautlos das Zimmer zu verlassen. Sie stand bereits an der Tür, als Ricardo forderte: »Zeig es mir!«
»Bitte. Zeig es mir, *bitte*.«
»Ja, bitte.«
Sie zeigte es ihm. Er betrachtete es mit weit weniger Interesse als die läppischen Illustrationen seines Kinderbuchs. Er wandte den Blick ab, und Laura war heilfroh, dass die Frage, auf die sie gewartet hatte, nicht mehr kam. Sie versuchte die Tür möglichst lautlos hinter sich zu schließen, als sie ihn in letzter Sekunde doch noch fragen hörte: »Mãe?«
»Ja, mein Kleiner?«
»Für wen ist denn das Bild?«
»Für einen alten Freund von mir.«
Der Junge schien sich mit dieser Antwort zufriedenzugeben, denn in den folgenden Stunden, während Laura mit jeder Silbe ihres allzu lange aufgeschobenen Briefes kämpfte, hörte sie keinen Mucks mehr von ihm. Es war bereits dunkel, als Laura endlich eine Version fertig hatte, die sie für vertretbar hielt.

Lissabon, 16. September 1945

Mein lieber Jakob,
Du wirst bereits das Geschenk aus der Papprolle geangelt haben – anstatt, wie es wohlerzogene Menschen tun, zuerst den Begleitbrief zu lesen. Ich lächle, während ich mir das vorstelle, und Du wirst lächeln, während Du diese Zeilen liest. Du wirst Dich insgeheim ertappt fühlen.
Du wirst Dich ebenfalls gefragt haben, wieso ich Dir das Porträt eines Kindes schicke, ein Bild, das, wie Du wohl zu erkennen vermagst, nicht gerade als ein Chef d'Œuvre von Laura Lisboa be-

zeichnet werden kann. Nun, ich habe es in nur einer halben Stunde angefertigt, heute Nachmittag, hier bei mir in der Wohnung. Es zeigt unseren Sohn. Ricardo.
Jetzt wirst Du nicht mehr lächeln. Du wirst Dir 1000 Fragen stellen, und Du wirst schon jetzt, noch bevor Du zu Ende gelesen hast, nach dem Telefon greifen. Was soll ich sagen? Es tut mir nicht leid.
Ich habe Dir zu Deinem eigenen Schutz meine Schwangerschaft verschwiegen. Wie hätte ich ahnen können, dass es so lange dauert, bis der Krieg endgültig vorbei ist? Dir jetzt, nachdem wir uns fünf Jahre nicht mehr gesehen haben, von einem Kind im fernen Europa zu erzählen, kommt mir mindestens ebenso verrückt vor, wie Dir diese Nachricht erscheinen muss.
Ricardo ist ein wunderbares Kind, hochintelligent und hübsch (wie hätte es anders sein können?). Er ist vom Wesen eher still, introvertiert. Sicher wird er einmal ein großer Philosoph oder Dichter. Ach, es gibt so unendlich viele Dinge, die ich Dir über ihn erzählen muss, dass mein Papier und die Tinte dafür gar nicht ausreichen. Vielleicht sollte ich Dir jetzt doch erlauben, zum Telefon zu greifen und Deiner überschäumenden Freude Ausdruck zu verleihen. Denn das ist es doch, was Du fühlst, oder? Wenn nicht, dann melde Dich lieber nicht.
Ich umarme und küsse Dich,
Laura

Laura ließ den Bogen offen auf ihrem Schreibtisch liegen. Sie wollte erst eine Nacht darüber schlafen und morgen früh entscheiden, ob sie den Brief so abschicken sollte. Sie streckte sich und gähnte. Sie hatte die Zeit völlig vergessen – es war bereits nach elf Uhr. Und Ricardo? Saß er etwa immer noch auf dem Boden und studierte das Buch? Wenn sie ihn nicht ins Bett steckte, ihm eine Geschichte erzählte und einen Gutenachtkuss gab, würde er sicher noch nicht eingeschlafen sein. Leise schlich

sich Laura ins Kinderzimmer. In der Tat: Ihr Sohn saß auf dem Boden, beschäftigte sich nun allerdings mit einem etwas anspruchsvolleren Buch. Nichts an ihm deutete darauf hin, dass er müde war. Keine glasigen Augen, kein schläfriger Gesichtsausdruck, kein aggressives Toben, wie sie es bei anderen übermüdeten Kindern manchmal beobachtet hatte – er schien wach und konzentriert zu sein wie am Nachmittag. Es war ein wenig beängstigend. Andererseits: Was war schon dabei, solange er normal wuchs und gedieh, solange er nicht tagsüber vor Müdigkeit wie gelähmt und immer friedlich war? Er war eben anders als andere Kinder, sagte Laura sich stolz.
Sie machte ihn fertig fürs Bett, brachte geduldig das allabendliche Ritual aus Vorlesen, noch mehr Vorlesen, Küssen und Zudecken hinter sich und fiel dann, selber erschöpft und todmüde, wie ein Stein in ihr Bett.
Sie erwachte neun Stunden später, erfrischt und in aufgeräumter Stimmung. Ricardo musste lange vor ihr auf gewesen sein, denn in der Küche fand sie die Trümmer seiner Versuche, sich ein Frühstück zuzubereiten. Was war sie nur für eine Mutter? Zum Ausgleich würde sie Pfannkuchen machen. Sie rief Ricardo, der es ihr nicht besonders übel zu nehmen schien, dass sie so lange geschlafen und ihn dabei vernachlässigt hatte, und der sich sehr über die Pfannkuchen freute. Laura war fast zu Tränen gerührt über die Dankbarkeit und Genügsamkeit des Jungen. »Das nächste Mal, wenn ich so lange schlafe, weckst du mich einfach, ja?« Eine Haushaltshilfe oder ein Kindermädchen, das jeden Tag schon um acht Uhr morgens auf der Matte stand, wollte Laura nicht einstellen. Es störte sie bereits, wenn zweimal in der Woche die Putzfrau kam. Diesen Leuten ging jegliches Verständnis für das Künstlerleben ab, zu dessen größten Privilegien Laura die frei einteilbare Zeit zählte. Sie konnte schlafen, wann es ihr beliebte.
Nach dem Frühstück duschte sie. Dann las sie noch einmal

ihren Brief durch, fand ihn in Ordnung und steckte ihn in ein Kuvert. Sie wollte später zu ihrer Mutter fahren und Ricardo für ein paar Stunden dort abliefern, und bei der Gelegenheit würde sie auch den Brief einwerfen. Es hatte gutgetan, Jakob endlich die Wahrheit zu schreiben. Laura war ausgezeichneter Laune und beschloss, sich ihrer Mutter heute einmal von ihrer besten Seite zu zeigen. Oder besser: Von der Seite, die ihre Mutter für ihre beste hielt. Sie zog eines der feinen Kleider an, die sie ihr aufgenötigt hatte, steckte ihr Haar zu einer etwas konservativen, sehr damenhaften Frisur auf und legte den Perlenschmuck an, den sie vor Jahren von ihren Eltern geschenkt bekommen hatte. Ha, dachte Laura beim Blick in den Spiegel, Dona Juliana wie sie leibt und lebt!
»Du siehst aus wie Oma«, bemerkte auch Ricardo, der nun ihr Zimmer betrat.
»Oh, danke dir, mein Held! Aber doch wohl jünger und hübscher als Oma, oder?«
Er schien ernsthaft über eine Antwort nachzudenken, was Lauras gehobene Stimmung merklich abflauen ließ. Egal, sagte sie sich, jetzt wollte sie sich auch nicht mehr extra umziehen. Eigentlich fand sie sich in dieser ungewohnten Aufmachung sogar ziemlich hübsch. Und andere waren offenbar derselben Ansicht, denn als Laura, mit Ricardo im Schlepptau, in ihren hochhackigen Pumps über die Pflastersteine trippelte, sahen ihr viel mehr Männer nach als sonst. Dass es an ihrem gelösten Gesichtsausdruck lag und nicht an ihren Kleidern, ahnte Laura nicht.

Eine Woche später flatterte ein Brief von Jakob ins Haus. Nanu, wunderte Laura sich, so schnell hatte sie mit keiner Antwort gerechnet. Hastig riss sie den Umschlag auf. Doch ihre freudige Erregung angesichts des Volumens des Briefs schlug schnell in Enttäuschung um. Er berichtete ihr in beiläufigem Ton von allerlei Alltagserlebnissen, amüsanten, denkwürdigen,

traurigen. Er erzählte von seiner Schwester Esther, die mit ihrem orthodoxen Schneider nach Israel gezogen war. Er gab Anekdoten aus der Emigrantenszene in Kalifornien zum Besten, lobte sich selber für seinen guten Riecher bei Aktien, lästerte über Kollegen und plauderte in selbstironischem Ton über seine Bewunderung für den Lebensstil der Amerikaner. All das erschien Laura wie der armselige Versuch, vom eigentlichen Thema abzulenken, es in so viel Watte zu packen, dass man es beinahe übersehen hätte.
Lauras Enttäuschung schlug in Wut um, als sie die entscheidende Passage las.
Elsa und ich werden nächste Woche heiraten – das heißt, wenn dieser Brief bei Dir eintrifft, sind wir wahrscheinlich schon unterwegs nach Nassau, wo wir unsere Flitterwochen verbringen.
Der Satz war eingeklemmt zwischen einer Schilderung der üppigen Angebote amerikanischer *supermarkets* – noch etwas, was es in Europa nicht gab –, und der Beschreibung all der landschaftlichen Schönheit, die laut Reiseführer auf den Bahamas vorzufinden war. Laura hätte schreien können. Ein sechsseitiger Brief, voll mit einem Schwall von Banalitäten und diesem einen Satz, der ihr das Herz zerriss. Und der ihr, wäre sie bei klarem Verstand gewesen, gesagt hätte, dass Jakob durchaus ein schlechtes Gewissen hatte, weil er sonst wohl kaum so auffällig unauffällig über seine Hochzeit gesprochen hätte.
Ihre Briefe mussten sich überkreuzt haben. Na, da würde Jack, wie er sich jetzt lächerlicherweise nannte, aber Augen machen, wenn er aus seinem *honeymoon* zurückkehrte. Und wie Mrs. Jack Waizman erst gucken würde! Diese Vorstellung tröstete Laura ein wenig über den Verlust von Jakob hinweg, der, wie sie es sich erst sehr viel später eingestehen konnte, schleichend gekommen war und nicht so urplötzlich, wie sie es sich in ihrer ersten Erschütterung einredete. Im Grunde hatten sie einander schon vor Jahren verloren. Sie waren einander fremd geworden. Der

alte Jakob existierte nicht mehr. Und den neuen Jack mochte Laura nicht.
Sie verbrannte den Brief und nahm sich vor, in den kommenden Wochen keinen Telefonanruf anzunehmen.

Jack Waizman kam gut erholt und voller Schwung aus dem zweiwöchigen Urlaub zurück. Er hatte unzählige neue Ideen im Kopf und wollte diese, bevor sie ihm wieder entfleuchten, schnell niederschreiben. Er begab sich in sein Studio, das im Keller ihres Hauses in Santa Monica lag, und arbeitete mit einer Energie und Hingabe, wie er sie schon lange nicht mehr gespürt hatte. So ein Tapetenwechsel war die reinste Wunderdroge! Die Kompositionen flossen ihm aus der Feder, dass es eine Freude war, und es waren allesamt Stücke, die fröhlich und sonnig klangen. Jack wusste, dass diese Musik den Geschmack der Amerikaner treffen würde. Es war genau das, was er sich immer zu komponieren gewünscht hatte, was ihm aber offenbar aufgrund einer inneren Sperre nie gelungen war. Bei dieser Reise hatte sich der Knoten gelöst.
Elsa freute sich über den Schaffensdrang ihres Mannes. Sie führte ihn auf die positive Wirkung der Eheschließung zurück. Sie waren schon seit Jahren ein Paar, doch lange hatte Jack gezögert, sich so endgültig zu binden. Er war noch immer mit einem Fuß in Europa gewesen, hatte an die Frau gedacht, die er in Portugal zurückgelassen hatte, an die Eltern, die in einem Konzentrationslager ermordet worden waren. Erst in dem Moment, in dem er vor dem Kaplan »Ja« sagte – auf eine Hochzeit nach jüdischem Ritual hatten sie bewusst verzichtet –, hatte er diese Vergangenheit abgestreift und sich der Zukunft zugewandt. Elsa war glücklich. Das Einzige, was ihr Glück ein wenig trübte, war, dass sie bereits am Tag nach ihrer Rückkehr in ihre Firma musste, um für einen erkrankten Kollegen einzuspringen. Eigentlich hätte sie noch eine Woche länger freigehabt, in

der sie sich ihrem Haus widmen wollte, der Beantwortung der Glückwunschkarten und ähnlichen Dingen. Es wäre schön gewesen, den Einzug der Normalität in ihr Eheleben etwas mehr zu zelebrieren. So aber blieb die Post, die sich während ihrer Abwesenheit angesammelt hatte, noch tagelang in einem vorwurfsvollen Haufen auf der Flurkommode liegen, den sie beide geflissentlich ignorierten – in der Hoffnung, der jeweils andere würde sich dessen erbarmen. Na ja, auf einen Tag mehr oder weniger kam es jetzt auch nicht mehr an.
Erfahrungsgemäß war sowieso nie etwas Wichtiges dabei.

31

Ronaldo Silva ging schwankend von Bord der »Sant'Ana«. So hatte er sich das eigentlich nicht vorgestellt. Von einer triumphalen Ankunft hatte er geträumt, von der Euphorie, die ein Neubeginn mit sich bringt, von Glücksgefühlen und einem optimistischen Kribbeln im Bauch. Portugal, ich komme! Aber nein: Sie waren die letzten drei Tage durch stürmische See gefahren. Ronaldo fühlte sich schwach auf den Beinen, noch immer war ihm flau. Wenn wenigstens die Sonne geschienen hätte. Aber ein böiger Westwind peitschte über den Tejo, und Regen verhüllte die Sicht auf Lissabon.
Er musste sich mit beiden Händen am Geländer der Gangway festhalten, um nicht zu stürzen. Sein Seesack, den er sich über die Schulter geworfen hatte, rutschte die ganze Zeit nach vorn, so dass er ihn mit dem rechten Ellbogen daran hindern musste, herunterzufallen. Als er endlich festen Boden unter den Füßen und die Hände wieder frei hatte, um den Seesack an Ort und Stelle zu halten, überkam ihn dennoch keine Erleichterung. Noch immer hatte er den Eindruck, als befände er sich auf See. Die Erde schien sich im selben Rhythmus zu heben und zu senken wie die hohe Dünung des Atlantiks es mit der »Sant'Ana« gemacht hatte. Ihm war schwindelig. Ronaldo beschloss, sich ein Taxi zu gönnen – nicht, weil seine Reisekasse so üppig bestückt gewesen wäre, sondern weil ihm so elend zumute war, dass er sich das Theater, das die Suche nach dem richtigen Bus mit sich gebracht hätte, ersparen wollte.
Der erste leibhaftige Lisboeta, mit dem er es zu tun hatte, war der Taxifahrer. Obwohl Ronaldos Stimmung auf dem Tiefpunkt war, hätte er beinahe laut gelacht über den Akzent des Mannes. Ha, das war ja wie in den Witzen, die man sich in Brasilien über

die Portugiesen erzählte! Ob er ihn zu einem günstigen Hotel bringen könne, bat er den Fahrer, möglichst in der Nähe von Lapa. Diesmal war es an dem *taxista*, aufzulachen.

»Senhor, ich fürchte, dass die Sorte von Unterkunft, die Sie suchen, in diesem Stadtteil nicht zu bekommen ist. Lapa ist das Diplomatenviertel.«

»Na dann eben eine Pension in einem angrenzenden Viertel. Irgendwo hat die Diplomatie ja mal ein Ende.«

Der Mann fuhr ihn schließlich zu einer Pension in Campo de Ourique. Es war die Art von Herberge, die Ronaldo am meisten verabscheute, mit einer neugierigen, selbstgerechten Wirtin und strengen Regeln. Aber das Zimmer war sauber und preiswert, so dass er fürs Erste dort bleiben würde. Bald, dachte er, schon sehr bald muss ich mich vor niemandem mehr rechtfertigen, wenn ich zu spät heimkomme oder die Essenszeiten verpasse oder Damenbesuch empfangen möchte. Wobei er Letzteres ohnehin für ausgeschlossen hielt: Alle Frauen, die Ronaldo bisher in Lissabon gesehen hatte, waren verwachsen, hatten einen Damenbart oder beides.

Ein degeneriertes Volk war das, wenn man ihn fragte. In Brasilien sahen die Menschen einfach schöner aus, da hatte unter Weißen, Schwarzen, Indios und asiatischen Einwanderern die schönste Durchmischung stattgefunden und atemberaubende Ergebnisse hervorgebracht. So wie ihn selber.

Ronaldos Vater war Portugiese, seine Mutter Mulattin, die wiederum aus der Verbindung zwischen einem blauäugigen Schwarzen und einer milchkaffeebraunen Schönheit halb indianischer Abstammung hervorgegangen war. Ronaldo hatte das Beste von allen Vorfahren mitbekommen. Die Augenfarbe des Zwanzigjährigen changierte zwischen Grau und Hellbraun, je nach Sonneneinstrahlung waren auch ein paar blaue Tupfer auszumachen. Seine Haut hatte einen karamellfarbenen Ton und war samtigglatt wie die eines Babys. Er war hochgewachsen, mit langen

Beinen, schmalen Hüften, breiten Schultern und einem knackigen Hinterteil, das schon so manche Frau verleitet hatte, hineinzukneifen. Sein Haar war schwarz, weich und lockig und verriet kaum etwas von seinem afrikanischen Blut.
Gut so, dachte Ronaldo. Wenn schon in Brasilien der Rassismus so stark ausgeprägt war, wie musste es sich dann erst in Portugal verhalten? Er hatte nicht die geringste Lust, als *negro* diskriminiert zu werden. Aber die Gefahr bestand auch nicht. Sein Aussehen war zwar exotisch, ließ sich jedoch durch alle möglichen Kreuzungen erklären – er hätte ebenso gut Abkömmling eines Arabers und einer Inderin sein können. Zugegeben, das war kaum besser als seine echte Herkunft. Ach, egal. Mit genügend Geld konnte man jede Hautfarbe aufhellen – zumindest in den Augen seines Gegenübers. Und Geld wollte Ronaldo machen, so schnell und so viel wie möglich.

Fernando saß an seinem überdimensionalen Schreibtisch im Verteidigungsministerium und sann darüber nach, wie er sowohl beruflich als auch privat so grandios hatte scheitern können. Seine Arbeit unter dem Diktator entwickelte sich zum permanenten Alptraum, dem er nur durch einen Putsch oder seinen vorzeitigen Abschied aus dem Berufsleben entkommen konnte. Beides hielt er für ausgeschlossen. Er war jetzt siebenundfünfzig – zu alt für einen Aufstand, zu jung, und vor allem nicht wohlhabend genug, für den Ruhestand. Wenn wenigstens sein Privatleben erfüllend gewesen wäre. Aber seine Familie bedeutete ihm weniger, als sie es hätte tun sollen – allein die Gewissensbisse über seinen Mangel an Väterlichkeit nagten an ihm –, und Jujú entzog sich ihm zunehmend. Was hatte er falsch gemacht? Warum mied sie ihn? Sie hatte alle möglichen Ausreden vorgebracht, um ihn nicht mehr so oft wie früher sehen zu müssen, und wenn sie sich dann trafen, einmal im Monat, höchstens, hatte ihr flackernder Blick ihm verraten, dass sie irgendetwas vor ihm verbarg.

Seine Mutter hätte es ihm bestimmt sagen können, dachte er mit trauriger Belustigung. Sie hätte zur Erklärung seines familiären Misserfolgs herangezogen, dass er einst Elisabetes Elternhaus mit dem linken Fuß zuerst betreten hatte, und sein Hadern mit seiner Karriere hätte sie wahrscheinlich damit begründet, dass er einen Regenschirm in einem geschlossenen Raum geöffnet hatte. Vielleicht wäre sie auch Jujús Geheimnis auf die Spur gekommen, indem sie den Kaffeesatz hätte sprechen lassen. Seinem rationalen Denken würde sich dieser Hokuspokus nie erschließen – mit dem Verstand des Herzens jedoch fand Fernando den Aberglauben seiner Mutter, Gott hab sie selig, auch nicht viel unsinniger als alles, was er sich so an Theorien zusammenreimte.
»General, draußen wartet ein junger Mann, der Sie sprechen möchte.« Fernando schrak von seinem Tisch hoch, als sein Sekretär den unerwarteten Besucher ankündigte. Befremdet nahm er zur Kenntnis, dass er während seines Grübelns lauter kleine Bäume auf einen Schreibblock gekritzelt hatte. Was seine Mutter wohl daraus abgeleitet hätte?
»Schicken Sie ihn weg.«
Der Sekretär nickte und verließ das Büro, nur um kaum eine Minute später von neuem in der Tür zu stehen.
»Ähm, General – der junge Mann sagt, er sei Ihr Neffe.«
Oho, das wurde ja immer besser! Als wessen Sohn wollte er sich denn ausgeben, als der von Maria da Conceição? Doch Fernandos Neugier war geweckt.
»Na schön, er kann reinkommen.«
Kurz darauf trat der schönste Mensch durch die Tür, den Fernando je gesehen hatte. Fernando war körperlicher Schönheit gegenüber durchaus aufgeschlossen – wenn er sie bei Frauen sah. Ob Männer attraktiv waren, vermochte er nie zu erkennen, es sei denn, sie hätten sich durch eine extreme Missbildung von vornherein disqualifiziert. Aber hier stand nun ein Geschöpf

vor ihm, das aussah wie ein griechischer Gott. Er hätte sogar Grieche sein können, mit seiner hellbraunen Hautfarbe, dem schwarz gelockten Haar, der geraden Nase und den vollen, festen Lippen. Fernando sah den Adonis schweigend an und bedeutete ihm durch ein Nicken, dass er sein Begehr vortragen solle.
»Guten Tag, General. Mein Name ist Ronaldo Silva, ich bin der Sohn von Sebastião Abrantes.«
Er sprach mit brasilianischem Akzent, den Fernando immer wieder lustig fand. Die Grammatik war vereinfacht worden, die Aussprache war offener – mit anständigem Portugiesisch hatte das wenig zu tun. Fernando war so fasziniert von dem fremdartigen Klang der gleichen Sprache, dass er einen Augenblick brauchte, bis er den Inhalt des Gesagten aufnahm.
»Sieh an. Ist Ihr Vater noch immer so ein Trunkenbold?«
»Er ist tot, General.«
Oh. Das hatte er nun nicht erwartet. Wenn denn die ganze Geschichte überhaupt stimmte. Bevor er sich den Luxus einer Trauerminute um Sebastião gönnte, würde er dem jungen Mann auf den Zahn fühlen müssen.
»Wann ist er gestorben? Und wie?«
»Die genauen Umstände kenne ich auch nicht. Er war ... er lebte nicht mit meiner Mutter zusammen. Wir haben es über tausend Umwege erfahren. Es soll vor rund sechs Monaten einen hässlichen Unfall mit einem Lastkran gegeben haben. Er war Hafenarbeiter.«
Bestimmt ist ihm das im Suff passiert, dachte Fernando sofort, hütete sich aber, es laut auszusprechen.
»Aha«, sagte er nur.
Der schöne Mensch vor ihm sah ihn aufmüpfig an. »Er war doch Ihr Bruder, nicht wahr?«
Fernando nickte. »Wenn wir von demselben Sebastião Abrantes reden. Es gibt sicher ein paar mehr Männer dieses Namens. Ich

habe seit mehr als zwanzig Jahren nichts mehr von meinem Bruder gehört.«

Ronaldo lupfte seine Jacke und griff in die Innentasche. »Hier, das habe ich von ihm bekommen.« Damit reichte er Fernando eine verbeulte Blechmedaille.

Ja, Fernando erinnerte sich deutlich. Sebastião hatte als etwa Fünfzehnjähriger einen Dorfwettbewerb im Armdrücken gewonnen und dafür diese »Trophäe« erhalten. Schlimm war das, wenn ein Mann von Mitte fünfzig auf keine größere Leistung zurückblicken konnte als so ein albernes Wettkämpfchen, in dem er vierzig Jahre zuvor gesiegt hatte.

»Ist das alles, was er Ihnen vermacht hat?« Fernando hoffte für den Burschen, dass dem nicht so war. Wer weiß, vielleicht hatte Sebastião es ja wider Erwarten zu etwas mehr gebracht.

»Nein. Er hat mir außerdem noch ein winziges Stück Land in Bahia hinterlassen. Mit einer primitiven Hütte darauf.«

»In der Sie nicht mal Ihren Hund wohnen lassen wollen?«

»Nur meine Mutter.«

Fernando schämte sich für seine Arroganz sowie dafür, dass er den jungen Mann für »etwas Besseres« gehalten hatte, was ohne Frage an seiner Schönheit lag.

»Tut mir leid. Sie sahen mir nicht danach aus, als wohnten Sie in so bescheidenen Verhältnissen.«

»Tue ich auch nicht. Nicht mehr. Ich bin weggegangen, als ich vierzehn war. Habe Zuckerrohr geschnitten, Kakao geerntet, in einem Sägewerk gearbeitet. Mit sechzehn hatte ich genug zusammen, um nach Rio zu gehen, mit zwanzig konnte ich mir die Schiffspassage nach Europa leisten.«

»Und was versprechen Sie sich von Europa? Sie scheinen doch in Brasilien Ihren Weg zu machen.«

»Ich war – bin – neugierig auf meine Verwandten. Mein Vater hat nur wenig erzählt, und das auch nur, als ich noch ein Kind war. Danach haben wir den Kontakt verloren. Tja, jedenfalls hat er oft von seinen Brüdern gesprochen und auch von seiner Schwester, Maria da Conceição. Er hatte großes Heimweh, wissen Sie.«

»Sie hätten Ihre Neugier doch auch schriftlich befriedigen können, uns einen Brief schicken, was weiß ich.«

»Ja. Aber dazu kommt, dass ich mir hier bessere berufliche Chancen ausrechne.«

»Was sind Sie denn von Beruf?«

»Schauspieler«, sagte Ronaldo ohne jede Spur von Verlegenheit in der Stimme, obwohl er sich vorkam wie ein Hochstapler. Ein richtiger Schauspieler war er ja noch nicht. Aber er sah immerhin schon aus wie ein Filmstar. Hier in Europa würde man seine Art der Schönheit besser zu würdigen wissen als daheim, wo es viele gab wie ihn.

Fernando verdrehte im Geiste die Augen. Aber es blieb ihm wohl kaum etwas anderes übrig, als sich an die Mindestregeln der Höflichkeit zu halten. »Zufällig ist meine Schwester zur Zeit in Lissabon, die ja, wenn Sie die Wahrheit sagen, Ihre Tante Maria da Conceição wäre. Kommen Sie doch heute Abend zum Essen zu uns.«

Ronaldo fand alles, was er über Fernando Abrantes gehört hatte, bestätigt. Diese »Einladung« hatte wie ein Befehl geklungen, und er fühlte sich hier weniger willkommen als bei den ärmsten Landarbeitern in der hinterletzten Hütte in Brasilien.

»Ja, danke, ich komme gern.«

»Der Bastard meines Bruders wird uns zum Abendessen heimsuchen«, setzte Fernando seine Frau von dem Gast in Kenntnis. »Ein windiger Typ, gut aussehend, aber irgendwie halbseiden.« Bei seiner Schwester fand er schonendere Worte: »Wie es aussieht, ist Sebastião damals nach Brasilien abgehauen. Jedenfalls hat sich jetzt einer bei mir gemeldet, der sich als sein Sohn ausgibt. Er kommt heute Abend zu uns.«

Sowohl Elisabete als auch Maria da Conceição waren nach dieser ersten Vorstellung äußerst kritisch, was den jungen Ronaldo anging. Keine von beiden rechnete mit einem unterhaltsamen Gast oder einem anregenden Abend. Beide machten sich auf unangenehme Fragen gefasst, auf bittere Wahrheiten oder böse Vorwürfe.

Elisabete unterstellte dem angeblichen Neffen ihres Mannes sofort eine Art von Erbschleicherei, ganz so, wie sie sich auch den verlängerten »Besuch« von Maria da Conceição mehr mit finanziellen Interessen denn mit geschwisterlicher Verbundenheit erklärte. Die verhärmte Frau, etwa in Elisabetes Alter, war ihr ein einziger Anlass zur Scham. Maria da Conceição sprach mit der schweren Zunge der Alentejanos, trug Kleidung wie die Bauern zu Beginn des Jahrhunderts und hatte ähnlich miserable Tischmanieren, wie Fernando sie vor und auch noch zu Beginn ihrer Ehe gehabt hatte. Es war unübersehbar, welcher Herkunft sie war. Dass sie noch dazu bei fremden Leuten in Stellung gegangen war, betrachtete Elisabete als Gipfel der Peinlichkeit. Andererseits konnte man ja nur froh darüber sein – gar nicht auszudenken, dass diese schlichte Person ja die letzten zwanzig Jahre bei ihnen im Haus hätte gelebt haben und die Kinder schlecht hätte beeinflussen können.

Maria da Conceição fühlte sich nicht minder unwohl. Sie hatte immerzu das Bedürfnis, ihre Schwägerin zu siezen und ihr mit derselben Unterwürfigkeit zu begegnen, wie sie Personal im Kontakt mit der Herrschaft auszeichnete. Elisabete hatte ihr ein wunderschönes Gästezimmer zugewiesen, in dem Maria da Conceição erstmals das Gefühl überkam, sie hätte einst vielleicht einen anderen Lebensweg einschlagen sollen. Ihre Liebe zu Edmundo, ja, ihre Besessenheit von ihm, hatte sie blind werden lassen für alles andere. Nun, da es zu spät war, musste sie feststellen, dass sie für einen Taugenichts alles weggeworfen hatte, ihre Jugend, ihre Schönheit, ihren Selbstrespekt. Sie hätte eine eigene Familie haben und vielleicht einen gewissen Wohlstand erreichen können. Stattdessen war alles an Familie, was sie noch besaß, ein ihr fremd gewordener Bruder, eine *Madame* von Schwägerin sowie Nichten und Neffen mit geziertem großstädtischem Gehabe, die sich hinter ihrem Rücken lustig über sie machten. Obwohl auch Maria da Conceição mit ihrer bäuerlichen Denkweise diesem vermeintlichen Sohn von Sebastião nicht über den Weg traute, war sie doch gleichzeitig angenehm erregt über die Perspektive, die er ihr bot. Vielleicht fand sie in diesem Ronaldo ja jemanden, den sie bemuttern konnte.

Gegen acht Uhr am Abend, als sich die Familie Abrantes im Esszimmer einfand und unangenehm berührt darüber hinwegsah, dass Maria da Conceição sich mit der Dienerschaft gemein machte – sie half doch tatsächlich dabei, den Tisch zu decken! –, brach draußen ein heftiges Gewitter los. Kurz darauf läutete es an der Tür. Der *butler* José, der seine eigene hochtrabende Berufsbezeichnung nicht richtig aussprechen konnte, öffnete, und der Hausherr persönlich stand zum Empfang des Gastes in der Halle bereit.
»Guten Abend, Ronaldo.«
»Guten Abend, General.« Ronaldo brachte es nicht über sich, den streng aussehenden Mann mit »Onkel Fernando« anzusprechen.
»Vielleicht suchen Sie zuerst einmal das Bad auf, um sich abzutrocknen«, sagte Fernando, nachdem José dem Jungen den triefnassen Mantel abgenommen hatte. An einen Schirm hatte der Knabe offenbar nicht gedacht.
»Ich warte hier so lange auf Sie«, fuhr Fernando fort, »damit Sie nicht allein in die Höhle des Löwen gehen müssen.«
Wenig später erschien Ronaldo, mit nass glänzendem, straff aus dem Gesicht gekämmtem Haar. Er sah umwerfend aus, was Fernando natürlich nicht registrierte.

Aber die anderen taten es. Im Esszimmer verstummten alle Gespräche, als Ronaldo eintrat. Elisabete starrte den schönen Jüngling an, als wäre er nicht von dieser Welt, und es war das erste Mal in ihrem Leben, dass sie die dunklere Hautfarbe eines Menschen gar nicht zu interessieren schien. Maria da Conceição fasste sich an die Brust, so sehr hatte sich ihr Herzschlag angesichts dieser Skulptur aus Fleisch und Blut beschleunigt. Fernandos Töchter, die zweiundzwanzigjährige Sofia und die zwanzigjährige Ana, waren einer Ohnmacht nahe. Sogar seine beiden Jungen, Marcos und Alberto, saßen mit offenen Mündern am Tisch und staunten über diesen angeblichen Cousin aus Brasilien. Sie waren achtzehn beziehungsweise vierzehn Jahre alt, doch von männlichem Revierbewusstsein konnte nicht die Rede sein – sie wirkten vielmehr ehrlich fasziniert von dem jungen Mann, der gar nicht aussah, als wäre er ein Verwandter von ihnen.
»Du bist ja ein Farbiger«, platzte Alberto heraus. »Wie kannst du dann unser Cousin sein?«
»Herrje, Betinho«, fuhr seine große Schwester ihn an, »du stellst blödere Fragen als ein Kleinkind!« Sofia wandte sich dem Besucher zu. »Entschuldige, *Cousin*. Setz dich doch erst einmal. Möchtest du einen Portwein – wir haben einen exzellenten weißen Vintage, sehr als Aperitif zu empfehlen.«
Elisabete war ausgesprochen angetan von dem Verhalten ihrer zweitältesten Tochter. Sofia hatte instinktiv erfasst, dass alle anderen vor Staunen wie gelähmt waren, und hatte selber die Initiative ergriffen. Da sah man wieder einmal, wie wichtig eine gute Kinderstube war. Nur »Cousin« hätte sie ihn nicht unbedingt nennen müssen. Es brachte sie alle in eine unbehagliche Lage. Sollten sie den jungen Mann jetzt duzen, wie man es bei Verwandten nun einmal tat, oder siezen, wie es einem Fremden gegenüber angemessener wäre?
»Danke, sehr gern«, antwortete Ronaldo. Seine Stimme war tief und sanft, und mit dem charmanten brasilianischen Akzent

erzeugte sie bei den anwesenden Damen die schönste Gänsehaut. Er setzte sich auf den ihm zugewiesenen Platz zwischen Fernando und Elisabete und hob das Portweinglas, das ein eifriges Dienstmädchen bereits vor ihn gestellt hatte: »Ich freue mich sehr, heute Abend hier sein zu dürfen. Es tut so gut zu wissen, dass man eine ... Familie hat.«
Elisabete konnte einen Schauder nicht unterdrücken. *Familie?* Das war dann doch ein wenig übertrieben. Fernando verschluckte sich beinahe an seinem Wein, fing sich aber, bevor irgendjemand auch nur bemerkt hatte, dass er einmal einen Moment lang nicht unerschütterlich und kaltblütig gewesen war. Teufel auch, der Knabe trug ganz schön dick auf. Maria da Conceição hatte vor Rührung feuchte Augen bekommen. Familie war für sie das Wichtigste auf der Welt, und sie war froh, dass ihr hübscher Neffe dies bereits in so jungen Jahren begriffen hatte.
»Hatten oder haben Sie denn in Brasilien keine Familie?«, fragte jetzt Marcos. Es entging niemandem, dass er die formellere Anrede gebraucht hatte.
»Oh doch.« Und dann begann Ronaldo zu berichten: von seiner Mutter, deren Großmutter noch eine Sklavin gewesen war; von seinen sieben älteren Geschwistern, die als Fischer, Bauern und Handwerker in das große Land hinausgeschwärmt waren, um ihr Glück zu finden; von seinem Vater, der ihm früher herrliche Geschichten über das Leben im Alentejo erzählt hatte; und über seine Tanten, Onkel, Cousins und Cousinen, die eine viel dunklere Hautfarbe hatten als er und sich als *candomblé*-Anhänger mit den dunklen Mächten auskannten, die im Himmel und auf Erden walteten. Ronaldo schmückte seine Erzählung mit den abenteuerlichsten Details aus. Da war die Rede von Schlangen, die er mit der Machete erlegt hatte, und von herabfallenden Kokosnüssen, von denen eine seine Cousine dritten Grades das Leben gekostet hatte. Er beschrieb die turbulenten

Karnevalsumzüge in den Straßen von Salvador da Bahia und die geheimnisvollen Zusammenkünfte am Strand zu Ehren der Meeresgöttin Iemanjá.

Ronaldo war kaum zu bremsen in seinem Redefluss, und seine Zuhörer dankten es ihm mit gespannten Mienen, überraschten Ausrufen – *nein, wirklich?!* – sowie damit, dass sie das vorzügliche Essen auf ihren Tellern kaum beachteten, was wiederum die Köchin, die zusammen mit dem Dienstmädchen und dem Butler José im Nachbarraum lauschte und den einen oder anderen Blick durchs Schlüsselloch wagte, als grobe Beleidigung empfand.

»Schade, dass Isabel das nicht miterlebt«, seufzte schließlich Ana, als Ronaldo eine Pause einlegte, um sich zwischendurch einen Bissen *bacalhau à brás* einzuverleiben.

Ronaldo schaute das Mädchen fragend an.

»Sie ist unsere älteste Schwester. Sie hat letztes Jahr geheiratet und lebt jetzt in London.«

»Ja, Isabel hat etwas übrig für gelungene Vorstellungen wie diese. Sie sind doch Schauspieler, nicht wahr?« Ausgerechnet Marcos, der sonst so schüchtern und immerzu darauf bedacht war, bloß niemanden zu brüskieren oder zu kränken, zeigte sich plötzlich von seiner kritischsten und kratzbürstigsten Seite. Vielleicht, dachte Fernando, waren seine Kinder nicht ganz so missraten, wie er geglaubt hatte. Sein Junge besaß offensichtlich mehr Verstand und auch mehr Mumm, als er ihm zugetraut hatte. Vielleicht würde doch noch etwas aus ihm werden – bestimmt gab es auch für technische Idioten mit Flugangst Berufe, die nicht gar zu weibisch waren.

»Ja«, antwortete Ronaldo, »das bin ich.« Nach einer kleinen Kunstpause sprach er mit Betroffenheit in der Stimme weiter. »Ich verstehe, dass ich hier mit Misstrauen beäugt werde. Ich würde umgekehrt dasselbe tun. Ich erwarte nicht, dass ich mit offenen Armen empfangen werde. Aber ich wünsche mir, und zwar von ganzem Herzen, dass man mich anhört, dass man mir die Chance gibt, Anschluss an einen Teil der Familie zu finden, den mein Vater einst auf schmähliche Art und Weise verraten hat – und dass man mir die Gelegenheit einräumt, diese alten Schulden zu begleichen.« Seine Ansprache wäre noch besser gewesen, wenn er eine direkte Anrede hätte gebrauchen können, dachte Ronaldo. Doch ein Blick in die Augen der *lieben Tante* Maria da Conceição zeigte ihm, dass er die erwünschte Wirkung erzielt hatte.

Ein einsamer Applaus riss alle aus ihrer Erstarrung. Marcos klatschte langsam und bedächtig in die Hände, in einem monotonen Rhythmus. Der Hall dieses unmissverständlich ironischen Beifalls erfüllte das Esszimmer, und er dröhnte in ihrer aller Ohren lauter als der des Glockenspiels der gegenüberliegenden Kirche.

»Was und wer auch immer Sie sein mögen«, sagte Marcos, »als Schauspieler sind Sie einsame Spitze. Ich verstehe nur nicht, warum Sie Ihr Glück in Portugal versuchen und nicht gleich in Hollywood.«

Das, ging es Ronaldo durch den Kopf, würde sich dem Begriffsvermögen des Jungen garantiert entziehen. Reiche Kinder verstanden nie, warum armen Kindern hartes Brot lieber war als das Versprechen auf ein frisches.

32

Laura, wie konntest Du uns das antun? Und vor allem: Wie konntest Du unserem Sohn das antun?

Was gab es denn da nicht zu verstehen?, fragte Laura sich zum hundertsten Mal. Wie immer, wenn sie den alten Brief las, regte sie sich darüber auf, auch jetzt noch, drei Jahre später. Sie hatte es Jakob erklärt, in unzähligen Telefonaten und Briefen: Sie hatte das Kriegsende abwarten wollen, um ihn keiner Gefahr auszusetzen, und dann war es zu spät gewesen. *Er* hatte schließlich geheiratet, nicht sie. *Er* hatte in Amerika seine portugiesische Freundin vergessen, *er* war derjenige gewesen, der die lange Trennung von Laura nicht ausgehalten hatte. Aber gut, jetzt würde sie ihm das gewiss nicht mehr zum Vorwurf machen, zumal sie inzwischen selber einen Mann kennengelernt hatte, der sie Jakob vergessen ließ. Es lag lange zurück, dass Jakob Lissabon verlassen hatte, und so groß ihre Liebe auch gewesen war, nach acht Jahren hatte sogar Laura den Verlust verschmerzt.

Mittlerweile hatte sie auch ihre Familie über die Identität von Ricardos Vater aufgeklärt. Es war unumgänglich gewesen, nachdem ihr kleiner Sohn immer öfter nach seinem Papá gefragt hatte. »Dein Papá ist Amerikaner. Er ist ein großer Musiker, er arbeitet als Filmkomponist in Hollywood. Er ist sehr klug und schön und reich«, hatte sie Ricardo erklärt. Doch der hatte sich nicht so einfach abspeisen lassen. Bis heute konfrontierte sie der Junge, der demnächst sieben Jahre alt wurde, mit Fragen, die eines Großinquisitors würdig gewesen wären: »Warum ist er nicht bei uns? Warum bist du nicht mit ihm verheiratet? Mag er mich nicht? Stimmt es, dass er ein stinkender Jude ist, wie Onkel Paulo gesagt hat?«

Bei der letzten Frage war Laura die Hand ausgerutscht, obwohl eigentlich Paulo die Ohrfeige gebührt hätte.

»Juden stinken nicht. Aber dein Onkel Paulo tut es – er wühlt so gern im Dreck anderer Leute. Und ja: Dein Papá ist Jude. Das bedeutet, dass er nicht wie wir an den Herrn Jesu glaubt. Aber er glaubt an den lieben Gott, und er glaubt auch an die Zehn Gebote und an ganz viele von den Geschichten, die du in der Schule lernst, an die von Adam und Eva, an die von der Arche Noah oder auch an die von David und Goliath. Er ist ein guter Mann, hast du das verstanden?«

Ricardo hatte genickt, den Blick zu Boden gerichtet, damit seine Mamã die Tränen in seinen Augen nicht sah. Es war das erste Mal gewesen, dass sie ihn geschlagen hatte.

Laura nahm einen anderen von Jakobs Briefen, um sich erneut an einer Passage zu erbauen, die sie bis heute mit einer diebischen Freude erfüllte. *Unsere Ehe ist noch nicht mit Kindern gesegnet. Bisher sahen wir keine Veranlassung, einen Arzt zu konsultieren – das heißt, wir haben den Gedanken daran, dass einer von uns beiden unfruchtbar sein könnte, schlichtweg verdrängt, was angesichts unserer beruflichen Herausforderungen nicht schwer war. Elsa ist sehr gefragt als Zeichnerin in einem Trickfilmstudio, ich selber arbeite sechzehn Stunden am Tag, um mit all den Aufträgen hinterherzukommen. Seit wir wissen, dass ich zeugungsfähig bin, hat sich Elsa allerdings einer Reihe von Tests unterzogen, und tatsächlich scheint man da auf ein paar Irregularitäten gestoßen zu sein. Aber ganz gleich, was letztendlich dabei herauskommen mag: Elsa sagt, sie will meinen Sohn akzeptieren, als sei es ihr eigener.*

Das, dachte Laura, würde sie nicht zulassen. Diese Elsa hatte ihr schon den Mann gestohlen, ihr Kind würde Laura sich ganz sicher nicht auch noch wegnehmen lassen. Die Einladung, zusammen mit Ricardo zu Besuch nach Los Angeles zu kommen, die Jakob im weiteren Verlauf des Briefes ausgesprochen hatte, würde sie niemals annehmen. Er musste sich schon selber nach

Portugal bequemen, möglichst ohne seine Frau. Laura jedenfalls hatte nicht vor, diese Person einzuladen oder sie auch nur in die Nähe von Ricardo zu lassen.
Dem Brief beigefügt waren zwei Fotos. Eines war eine Studioaufnahme der Eheleute Waizman, die zwar vollkommen gekünstelt wirkte, dafür aber das genauere Studium der beiden Gesichter erlaubte. Bei dem anderen Bild handelte es sich um einen Schnappschuss von Jakob, wie er mit zerzaustem Haar auf einer Strandpromenade Fahrrad fuhr. Laura schnitt die Frau aus der Studioaufnahme aus – aus völlig uneigennützigen Motiven, wie sie sich einredete, denn eine andere Frau an der Seite seines Vaters würde Ricardo nur zusätzlich verwirren. Den Brief riss sie in der Mitte entzwei. Ebenso verfuhr sie mit allen anderen Briefen, die sie jemals von Jakob bekommen hatte. Was hatte es schon für einen Zweck, Erinnerungsstücke an etwas aufzubewahren, woran sie sich nicht gern erinnerte? Nur die Fotos wollte sie aufbewahren – für Ricardo.
»Sieh mal, das ist Jack Waizman, dein Vater.«
»Er sieht ganz anders aus als auf dem alten Bild.«
Das stimmte allerdings. Das einzige Foto, das sie von Jakob besessen hatte, eine Aufnahme von vor 1940, zeigte einen Studenten, einen jungen Burschen, der keine Sorgen kannte und frech in die Kamera grinste. Die neuen Bilder zeigten einen erwachsenen Jakob, einen Mann mit traurigen Augen und mit Falten um die Mundwinkel, die für jemanden seines Alters – er war jetzt 36 – zu tief waren. Aber das würde dem Blick Ricardos bestimmt entgehen. Er würde sich blenden lassen von dem breiten Lächeln, das dank des Könnens amerikanischer Zahnärzte eine Reihe unnatürlich weißer Zähne entblößte. Er würde sich auf die Kleidung, das Fahrrad und die Werbetafeln konzentrieren, die auf dem Foto zu sehen waren und die von Überfluss und Unbeschwertheit sprachen.
Doch sie täuschte sich.

»Was sind das für komische Löcher in seinen Backen?«, fragte Ricardo vorsichtig. Er hatte gelernt, dass er bei allem, was mit seinem mysteriösen Vater zu tun hatte, äußerste Vorsicht walten lassen musste. Seine Mutter reagierte da immer sehr empfindlich.
»Das sind Narben. Aknenarben. Die bekommt man, wenn man als Jugendlicher, so mit sechzehn Jahren, zu viele Pickel hat.«
»Bekomme ich so etwas auch?«
»Kann sein. Aber das wäre nicht schlimm. Viel wichtiger sind andere Dinge, die du von deinem Vater geerbt hast, Klugheit zum Beispiel.«
Ricardo sah das etwas anders. Er fand, dass der Mann auf den Fotos böse aussah, mit diesen *Aknenarben* und mit den vielen Zähnen im Mund. Er war bitter enttäuscht, dass so jemand sein Vater sein sollte, und weigerte sich, ihn als solchen zu betrachten oder gar so zu nennen. Er hielt sich lieber an »Jack«, das klang wichtig und gab ihm eine Handhabe gegen all die Leute, Kinder wie Erwachsene, die ihn dafür hänselten, dass seine Mutter keinen Mann hatte. Aber das würde sich ja vielleicht demnächst ändern.

Laura hatte Felipe bei einer Ausstellung in Beja kennengelernt. Die Exponate waren grauenhaft gewesen. Zu allem Überfluss hatte es im Begleitkatalog geheißen, der Künstler verstünde *seine Stilbrüche als Verpflichtung gegenüber eines Konstruktivismus im Sinne Laura Lisboas*. Laura wusste nicht, ob sie lachen oder heulen sollte. Eines konnte sie jedenfalls nicht tun: den Künstler und die Organisatoren der Ausstellung darauf hinweisen, dass es definitiv nicht im Sinne Laura Lisboas war, wenn solche Schmierfinken ihren Namen in den Dreck zogen.
»Sie wirken ein wenig ... enttäuscht«, hatte ein Mann sie angesprochen, als sie gerade vor einem Gemälde mit dem ebenso prätentiösen wie unpassenden Namen »Tod eins« stand.

»Mich wird wahrscheinlich gleich ›Tod zwei‹ ereilen, wenn ich mir dieses Elend hier noch eine Minute länger ansehen muss.«
Der Mann hatte gelacht und sie zu einem Kaffee eingeladen.
Felipe war Professor für Literaturwissenschaft. Er lehrte an der Universität von Évora und hatte einen lästigen Verwandtschaftsbesuch in Beja vergnüglicher gestalten wollen, indem er sich diese in der Presse hochgelobte Ausstellung ansah.
»Dann war es für Sie ja ein rundum gelungener Tag.« Laura sah Felipe spöttisch an.
»Oh, das war es. Ihre Bekanntschaft zu machen hat mich sowohl für die grässlichen Bilder als auch für die unverdaulichen Kekse von Tante Bárbara mehr als entschädigt.«
Das alles hatte sich vor einem knappen Jahr zugetragen. Seit fünf Monaten waren Laura und Felipe ein Paar. Und seit vier Monaten lebte Laura deshalb nun auf Belo Horizonte, im Haus ihrer Tante Mariana, rund 80 Kilometer von Évora entfernt. Das Angebot Felipes, zu ihm zu ziehen, war ihr etwas voreilig erschienen – genau wie sein Heiratsantrag.
Das Leben auf Belo Horizonte hatte einfach zu viele Vorteile. Es war reichlich Platz dort, so dass sie eine nicht mehr benötigte Scheune zu einem Atelier hatte umbauen lassen, mit Dachfenstern und einem Kamin. Es war außerdem die ideale Umgebung für ihren Sohn, der von Tante Mariana verwöhnt wurde und in den Kindern von deren Tochter Octávia nette Spielkameraden hatte. Und, das war mindestens genauso wichtig: Sie selber genoss es, inmitten von Menschen zu leben, die ihr dieselbe Zuneigung, wenn nicht gar Liebe schenkten, die sie auch füreinander empfanden. Es war das Beste an Familie, was Laura je besessen hatte, und sie würde es nicht leichtfertig aufgeben, um mit einem Mann zusammenzuziehen, der den ganzen Tag außer Haus war. So einsam wie einst im Internat wollte sie sich nie wieder fühlen.
Die Stimmung auf Belo Horizonte war merklich gestiegen, seit

Tante Beatriz gestorben war. Die alte Hexe hatte bereits Laura sowie ihren Cousinen eine Heidenangst eingejagt, und bei ihren Kindern hatten die Gruselgeschichten vom Dachboden ebenfalls schon Wirkung gezeigt. Ricardo traute sich als Einziger, dort hinaufzugehen, und das auch nur, so vermutete Laura, um seinen Makel als uneheliches Kind vor den anderen wettzumachen. Die Kinder ihrer Cousine Octávia – die anderen beiden Töchter Marianas waren weggezogen – bewunderten Ricardo für diese Kühnheit.
Dabei steckte weniger Mut dahinter als vielmehr das Wissen, dass Tante Beatriz nur ein gemeines Spiel getrieben hatte. Kurz vor ihrem Ableben hatte sie dem kleinen Ricardo, der anlässlich dieser Audienz vor Angst schlotterte, ins Ohr geflüstert: »Auf dem Dachboden spukt es gar nicht. Haha, alles von mir erfunden! Aber ein paar Geistern könntest du dort vielleicht begegnen. Dem deines Großvaters zum Beispiel.« Ricardo hatte die geheimnisvolle Botschaft nicht ganz verstanden, und er hatte auch nie jemanden nach ihrer Bedeutung gefragt. Ihm hatte sich einzig eingeprägt, dass der Speicher nicht gefährlich war – und dieses Wissen teilte er mit niemandem. Er würde sich einen solchen Vorteil den anderen Kindern gegenüber ja nicht kaputtmachen, indem er die Wahrheit herausposaunte.

Der 7. Juni 1948 war ein wolkenloser, für die Jahreszeit ungewöhnlich warmer Tag. Schon kurz nach Sonnenaufgang wehte die Luft heißtrocken durch die Fenster, im Laufe des Tages würden die Temperaturen auf über 30 Grad steigen. Um genau 07.06 Uhr – Ricardo hatte immer ein großes Vergnügen an der Analogie zwischen Datum und Uhrzeit seiner Geburt gefunden – stand er im Esszimmer und schaute seine Angehörigen aus verschlafenen Augen an. Alle standen sie dort und brachten ihm ein Ständchen: Mamã, *avó* Mariana, *tia* Octávia, *tio* Inácio sowie deren Kinder Xavier und Sílvia. Es war Ricardos siebter Geburtstag, und dass sechs Personen für ihn sangen, betrachtete er als weiteres Indiz dafür, dass es mit der Sieben und der Sechs etwas Besonderes auf sich hatte.

Ein riesiger Berg Geschenke lag für Ricardo bereit, was ihn halbwegs mit der Tatsache versöhnte, dass ihm seine Mutter nicht erlaubt hatte, heute der Schule fernzubleiben. Am Nachmittag würde er dafür richtig feiern. Er hatte die Hälfte seiner Klassenkameraden eingeladen, Xavier und Sílvia brachten ihre besten Freunde mit, ein paar Kinder aus der Umgebung würden kommen und ein Haufen Verwandtschaft würde extra anreisen, unter anderem sein Onkel Paulo und seine echten Großeltern, *avó* Juliana und *avô* Rui, auf die er sich nur deshalb freute, weil sie viele Geschenke mitbrachten. Ansonsten flößten sie ihm Angst ein – Oma Juliana schaute ihn immer so merkwürdig an, dass es ihm kalt den Rücken herunterlief. Seine »falsche« Großmutter, *avó* Mariana, war ihm eigentlich lieber.

Laura wusste um die Bedeutung eines schönen Kindergeburtstages. Vielleicht, dachte sie, übertrieb sie es ein wenig, wenn sie so ein Brimborium um Ricardos Geburtstage machte – womit sie, dessen war sie sich deutlich bewusst, nur ihren eigenen Mangel an solchen Festen kompensierte. Aber ihr Sohn sollte nie das Gefühl haben, dass man ihn und seinen Ehrentag nicht ernst nahm. Lieber engagierte sie hundert Zauberer zu viel als einen zu wenig. Der Junge hatte es eh schon schwer genug.

Dass ihre eigenen Eltern keinen Geburtstag ihres Enkelkindes ausließen, bewies Laura nur, dass sie ihre elterlichen Versäumnisse ihr gegenüber nun als Großeltern wieder ausbügeln wollten. Der 7. Juni war praktisch der einzige Tag im Jahr, an dem sich die ganze Familie einmal wiedersah. Ihr Vater würde mit dem Wagen nach Lissabon fahren, dort ihre Mutter und Paulo einsammeln und gemeinsam mit ihnen hierherkommen. Sie würden allen anderen Normalität vorgaukeln, um am nächsten Tag abzureisen und wieder getrennte Wege zu gehen. Und sosehr Laura diese Posse missfiel – um Ricardos willen konnte es ihr nur recht sein.

Als die da Costas eintrafen, spielte Ricardo mit einer Horde von Kindern im Garten. Man rief ihn zum Haus, um die Ankömmlinge zu begrüßen, und schweren Herzens riss er sich von dem Spiel los. Er hasste diese Abknutscherei und ließ sie nur unwillig über sich ergehen. Einzig von *tio* Paulo, von dem Mamã behauptet hatte, er würde stinken, ließ Ricardo sich ein bisschen länger herzen. Doch er roch nichts außer einem Parfüm.

Wenig später kam auch Felipe, den Laura den anderen Erwachsenen als ihren Verlobten vorstellte. Paulo hob skeptisch eine Augenbraue, aber Laura ignorierte ihn. Der arme Alberto Baião, der sie noch immer verliebt anschaute, obwohl er seit Jahren eine eigene Familie hatte, fiel aus allen Wolken, riss sich jedoch zusammen. Ihre Eltern enthielten sich zum Glück jeden Kommentars – es wäre Laura unsagbar peinlich gewesen, wenn ihr Vater den armen Felipe mit Fragen gelöchert hätte, wie er sie vielleicht einem Bräutigam gestellt hätte, als sie noch jünger war. Aber kein »junger Mann, können Sie eine Ehefrau überhaupt ernähren?« oder Ähnliches kam Rui da Costa über die Lippen. Er war in Gedanken bei einem Tag im Jahr 1915.

Auch Jujú erinnerte sich. Es war heiß gewesen. Sie war mit Rui auf die Veranda gegangen, auf ausdrücklichen Wunsch ihrer beider Mütter. Sie hatten Gefallen aneinander gefunden. Sie hatten den Sonnenuntergang bestaunt und die Landschaft. An den spektakulären Sonnenuntergängen und an der idyllischen Landschaft hatte sich nichts geändert. Nur sie selber hatten nichts mehr gemein mit jenen jungen, hoffnungsvollen Leuten, die an genau dieser Stelle an einem ganz ähnlichen Tag wie heute einst einen von den Eltern herbeigeführten Flirt gehabt hatten.

Heute saßen sie hier zusammen mit den anderen Erwachsenen, tranken Cocktails aus Strohhalmen und sahen den Kindern beim Spielen zu. Es war eine Szene, die großen Frieden ausstrahlte, mit den Bienen, die von den süßen Drinks angelockt worden waren, mit dem Gebäck und den salzigen Knabbereien, die auf der weißen Tischdecke standen und diese am Wegfliegen hinderten, mit den Menschen im Sonntagsstaat und mit den Resten von Geschenkpapier und Schleifen, die auf der Erde lagen und in eine Ecke gepustet worden waren. Es war böig. Manchmal wurde auch ein Zipfel des Tischtuchs nach oben geweht und drohte ein Glas umzuwerfen. Aber es passierte nichts, und alle waren froh über den Wind. Er ließ sie die Sommerhitze nicht so spüren.
Ein besonders kräftiger Windstoß ließ plötzlich Strohhalme und Papierschirmchen aus verschiedenen Gläsern fliegen. Sie lachten darüber. Und noch bevor sie einem Angestellten den Auftrag hätten erteilen können, die Strohhalme aus dem Blumenbeet zu angeln, erledigten dies die Kinder. Die Mädchen schnappten sich sofort die Schirmchen und schoben sie sich hinter die Ohren wie einen exotischen Haarschmuck. Octávia mochte nichts sagen, dachte aber mit Grauen an die verklebten Haare, die dieses Accessoire hinter den Ohren ihrer Sílvia hinterlassen würde.
Ricardo sammelte zwei Strohhalme auf und betrachtete sie nachdenklich. Keiner beachtete den Jungen, der sich mit seiner Beute mitten in das Beet pflanzte und anfing, etwas zu basteln. Zwischendurch sprang er auf, las unter dem Feigenbaum einige schöne, große Blätter auf und zupfte ein paar Grashalme aus. Dann setzte er sich wieder hin und baute mit viel Geduld und Phantasie einen Flieger. Die Strohhalme bildeten die Längsachse des Gebildes, die Feigenblätter seine Tragflächen, und die Gräser dienten der Befestigung der Konstruktion. Es sah vollkommen flufuntauglich und hässlich aus – doch das Objekt hatte eine größere Reichweite und bessere aerodynamische Qualitäten als jedes an-

dere Flugzeug, das Ricardo je zuvor gebaut hatte. Vielleicht lag es auch an dem Wind, der seinen Strohhalm-Feigenblatt-Flieger so außergewöhnlich weit trug. Aber darüber würde er sich später Gedanken machen. Jetzt musste er sich erst einmal an den Gesichtern der Erwachsenen ergötzen, die seinem Objekt erstaunt nachsahen und dessen punktgenaue Landung mitten in der Keksschale bewunderten. Am lustigsten fand er den erschrockenen Ausdruck auf Oma Marianas Gesicht.

Am selben Abend zogen sich die älteren Herrschaften frühzeitig zurück. Die mittlere Generation – Laura, Felipe, Paulo, Octávia und ihr Mann Inácio sowie die Nachbarn Alberto und Rosa Baião – amüsierte sich beim Kartenspiel, während die Kinder völlig überdreht im Dunkeln Verstecken spielten. Ab und zu hörte man einen schrillen Schrei oder ein geisterhaftes Huuuu von draußen. Laura schämte sich ein wenig dafür, dass die Baiãos so lange blieben. Sie wusste, woran es lag, und sie schätzte, dass auch Albertos Frau es wusste. Aber er fand und fand kein Ende, und je mehr er getrunken hatte, desto trauriger suchte er den Blickkontakt zu Laura. Sie wandte die Augen ab und überlegte, wie sie ihn elegant loswerden konnten. Wenn er weiter so viel trank, würden sie ihn nachher noch nach Hause, auf die »Herdade do Bom Sucesso«, tragen müssen.
Im Obergeschoss bekam man von diesen Nöten der jüngeren Leute nichts mit. Hier focht man die eigenen Kämpfe aus. Rui hatte sich bereits zu Bett begeben, in dem er nun lag und unbehaglich darauf wartete, dass seine liebe Ehefrau sich zu ihm gesellte. Es waren nicht genügend Zimmer vorhanden, als dass sie jeder ein eigenes hätten bewohnen können, und es wäre den Gastgebern auch mehr als merkwürdig erschienen. Er wusste nicht, ob er würde schlafen können, wenn sie mit ihm in einem Bett lag. Aber solange er wartete, konnte er es erst recht nicht.
Auf dem Flur hatte Mariana ihre Schwester beiseitegenommen

und sie mit in ihr Zimmer geschleppt, in dem seit Octávios Tod jede Oberfläche mit Porträts von ihm zugestellt war.

»Du musst es ihnen sagen.«

»Wem was sagen?« Jujú wusste sehr wohl, was Mariana meinte.

»Du musst Laura sagen, wer ihr Vater ist, damit die ihrem Sohn eines Tages sagen kann, wer sein Großvater ist. Und du musst es natürlich Fernando sagen.«

»Wenn Ricardo erfährt, dass er nicht nur seinen leiblichen Vater nicht kennt, sondern auch sein Großvater ein anderer ist als der, den er bislang Opa genannt hat, dann wird er endgültig eine Macke kriegen. Er ist ja jetzt schon ein Außenseiter. Ich kann das nicht tun.«

»Dann überlass Laura die Entscheidung. Ihr musst du auf jeden Fall die Wahrheit sagen. Und stell dir nur Fernandos Gesicht vor, wenn er erfährt, dass ihr eine gemeinsame Tochter und sogar ein Enkelkind habt.«

»Genau das tue ich ja, Mariana. Ich stelle mir Fernandos Gesicht vor, wenn ich die Beichte meines Lebens ablege. Und die Vorstellung behagt mir überhaupt nicht. Du scheinst zu glauben, dass er sich darüber freut. Ich dagegen glaube, dass er mich hassen wird. Nenne es Egoismus, aber ich will nicht die letzten Jahre meines Lebens vor Gram darüber vergehen, dass der einzige Mann, den ich je geliebt habe, mich verabscheut.«

»Erstens bist du erst 56, ein paar Jährchen bleiben dir noch. Zweitens solltest du dir ebendiese Jährchen nicht mit weiteren Lügengebilden verderben. Siehst du denn nicht, Jujú, dass du immer nur dir selber schadest, wenn du glaubst, andere vor Schaden bewahren zu müssen? Du bist in Wahrheit nicht egoistisch *genug*.«

»Mariana, ich weiß, dass du es gut mit mir meinst. So wie du es ja mit allen gut meinst – Laura und Ricardo fühlen sich bei dir schon mehr zu Hause als bei mir. Aber lass mich das selber entscheiden. Tu mir den Gefallen und misch dich nicht ein.«

»Keine Bange, diese Lektion habe ich gelernt. Das letzte Mal, als ich Glücksfee spielen wollte, hast du mir mit deiner Reaktion die Verlobungsfeier ruiniert.«
Die beiden Schwestern sahen einander ernst in die Augen. Jujú schmunzelte als Erste. Dann verzog Mariana bei der Erinnerung an das katastrophale Fest die Lippen zu einem bedauernden Lächeln. Jujú gab einen grunzenden Laut von sich – bis sie beide schließlich lauthals lachten.
»Ich habe Papás scheußlichen Medronho ausgespuckt!«
»Ja, und Rui hat dir die Reste aus den Mundwinkeln gewischt wie einem Baby!«
Die beiden lachten Tränen und feuerten ihren hysterischen Anfall mit weiteren Erinnerungsfetzen von alten Torheiten und Jugendsünden an. Doch den Rest der Unterhaltung zwischen seiner Mutter und Tante Mariana bekam Paulo nicht mehr mit. Er verließ auf Zehenspitzen seinen Horchposten. Ihm reichte vollkommen, was er gehört hatte.
Er verpasste, wie der kleine Ricardo, von dem Gelächter angelockt, das bis in den Garten zu hören war, in das Zimmer kam.
»Oma?«
Er verpasste auch, wie Jujú und Mariana gleichzeitig »Ja?« erwiderten.
Und genauso verpasste er, wie seine Großmutter fluchtartig den Raum verließ, um sich in ihrem eigenen Zimmer darüber auszuheulen, dass ihr angebeteter Enkelsohn nicht sie, sondern Mariana als seine »richtige« Oma betrachtete. Doch in ihrem Zimmer erwartete Jujú der nächste Schreck. Sie konnte sich nicht einfach aufs Bett werfen und ihren Tränen freien Lauf lassen. Ihr Ehemann lag darin. Leider auch nicht der »richtige«.

33

Generalmajor a. D. Miguel António Alves Ferreira konnte dem Alter wenig abgewinnen. Weisheit? Lebenserfahrung? Güte? Was hatte man davon, wenn alle um einen herum starben, wenn man immer einsamer und als Pensionär von niemandem mehr ernst genommen wurde? Wenn einem, fast taub und halb blind, nicht einmal mehr das Fliegen möglich war? Selbst Abrantes, der ihn gelegentlich zu einem Flug eingeladen hatte, schien sich von seinem einstigen Förderer abgewandt zu haben, was allerdings mehr auf einen Mangel an Zeit denn auf mangelnde Dankbarkeit zurückzuführen war. Der Knabe mischte jetzt auf internationaler Ebene mit, als militärischer Berater oder weiß der Teufel was, seit Portugal im April 1949 zusammen mit elf weiteren Staaten den Nordatlantikvertrag unterzeichnet hatte.

Seit Ferreiras Ehefrau verschieden war und seine Kinder sich mehr für ihre eigenen Kinder als für ihn interessierten, bot ihm das Leben nur noch einen einzigen Lichtblick: hübsche, junge Frauen. Der Generalmajor a. D. war sehr stolz darauf, dass er mit seinen 72 Jahren zwar nicht mehr gut sehen und hören konnte, auch nicht mehr viele eigene Zähne hatte, in anderer Hinsicht aber noch in Saft und Kraft stand. Er konnte den Frauen durchaus noch Lust schenken, von anderen kleinen Geschenken und Zuwendungen ganz abgesehen. Und so kam es, dass der Generalmajor a. D., nach einem an beruflichen und amourösen Erfolgen reichen Leben, in den weißen, weichen Armen einer üppigen Dame namens Lucinda starb. Das geschah um zwei Minuten vor Mitternacht, in einem Augenblick höchster Verzückung. Es stürzte die junge Frau in große Bedrängnis und erfüllte den Generalmajor a. D. mit tiefer Befriedigung. Konnte es, war sein letzter Gedanke, einen schöneren Tod geben?

Miguel António Alves Ferreiras Begräbnis fiel auf denselben Tag, an dem Fernando Abrantes sich in Paris mit hochrangigen Vertretern der anderen NATO-Länder zu einer Besprechung treffen sollte, die den Aufbau einer gemeinsamen Streitmacht zum Inhalt hatte. Fernando bedauerte es außerordentlich, dem Mann, der ihm über so viele Jahre Freund und Förderer gewesen war, nicht die letzte Ehre erweisen zu können. Aber, sagte er sich, Ferreira hätte wahrscheinlich gewollt, dass er die Interessen der Lebenden über die der Toten stellte. Er würde dem Grab nach seiner Rückkehr aus Paris einen Besuch abstatten und dann, allein und in Ruhe, seiner Trauer Ausdruck verleihen.

Von Ruhe konnte allerdings keine Rede sein, als Fernando aus Paris zurückkehrte. Er war, zu seiner eigenen Überraschung, zum Vorsitzenden des Militärausschusses des Nordatlantikrates gewählt worden – was einen Umzug nach Paris erforderte. Elisabete war in heller Aufregung. Sie freute sich, dass sich ihr jetzt, da vier ihrer Kinder aus dem Haus waren, neue Perspektiven boten. Mit Feuereifer stürzte sie sich in die Umzugsvorbereitungen sowie die Auswahl einer namhaften Schule für ihren jüngsten Sohn, den sechzehnjährigen Alberto. Der Junge selber nahm die anstehenden Veränderungen mit großer Gelassenheit hin, was seinen Vater in der Vermutung, sein Sohn sei ein Phlegmatiker durch und durch, nur bestätigte. Alberto hielt es nicht für nötig, seinen Vater vom Gegenteil zu überzeugen. Er freute sich ebenfalls auf Paris, und er hatte viele Pläne, die sich dort wesentlich besser umsetzen ließen als in Portugal. Er malte sich aus, wie er an literarischen Zirkeln teilnahm, Jazzkeller besuchte, in Philosophenkreise vordrang – und dort überall, ungeachtet seiner Jugend, mit seinem Intellekt und seinem

Einblick in die Abgründe der menschlichen Seele Furore machen würde. Er stellte sich ebenfalls vor, wie er die Liebe kennenlernen würde, wie er sich in tiefsinnigen Gesprächen und ekstatischen Verrenkungen mit einer vergeistigten Schönheit vereinigen würde. Wo sonst wäre die Realisierung einer solchen Vision wahrscheinlicher als in der Stadt der Liebe?

Nur Jujú war zu Tode betrübt. Wenn nun auch noch Fernando sie verließ, war sie ganz allein. Nachdem Laura und Ricardo in den Alentejo zu Mariana gezogen waren, hatte sie ihr ganzes Leben an Fernando orientiert. Wenn er fortging, bliebe eine einzige Leere – denn von den drei Alternativen, die sich ihr boten, mochte sie keine in Betracht ziehen. Sie hätte erstens ebenfalls nach Belo Horizonte gehen können, aber dort würde sie sich nach so langer Zeit in der Stadt wahrscheinlich kaum noch in den Alltag einfügen können. Sie konnte zweitens nach Paris ziehen, doch das erschien ihr als zu aufdringlich, zu selbstverneinend. Eine gewisse Eigenständigkeit musste sich jede Frau bewahren. Drittens konnte sie sich fortan mehr ihrem jüngsten Enkelkind widmen, dem Erstgeborenen von Paulo. Aber sie wusste, dass Paulos Frau, eine selbstgerechte, erzkonservative und stockkatholische Frau aus spießbürgerlichen Verhältnissen, sie nicht ausstehen konnte. In deren Augen war sie eine amoralische Person, ein Relikt aus den freizügigen zwanziger Jahren – und Jujú hatte nicht die geringste Lust, sich bei ihrer grässlichen Schwiegertochter einschmeicheln zu müssen, um in den Genuss eines intensiveren Kontaktes zu ihrem Enkelkind zu kommen. Zwei Besuche pro Woche mussten reichen.

Was also blieb? Einzig die Hoffnung darauf, dass Fernando sie in Paris nicht vergessen würde und dass er bald wieder zurückkäme. Wie lange dauerten solche Einsätze? Na, irgendwann würde die Mission ja allein durch Fernandos Eintritt ins Rentenalter für ihn zu Ende gehen. Aber bis dahin wären es noch etwa sechs Jahre! Nein – ausgeschlossen! Also schön, dann würde sie eben ihre Liebe zu Paris wiederentdecken und mehrmals im Jahr dorthin reisen, Stolz hin oder her. Und eigentlich war es eine angenehme Vorstellung, wie in alten Zeiten in einem eleganten Grand Hotel zu residieren und, quasi auf neutralem Terrain, ihre einstige Leidenschaft wiederaufleben zu lassen.

Paulo da Costa hatte sich gemacht. Er war jetzt 28 Jahre alt. Die alten Verfehlungen waren vergessen, und nicht zuletzt durch die Hochzeit mit Fátima war es ihm gelungen, sich den Anstrich vollkommener Ehrbarkeit zu geben. Sein Schwiegervater hatte ihm eine schöne Position bei der Geheimpolizei PIDE, *Polícia Internacional e de Defesa do Estado*, verschafft, so dass damit auch sein Vater mundtot gemacht worden war, der ständig über Paulos Unselbständigkeit genörgelt hatte. Natürlich verzichtete er nicht auf die Einkünfte, die ihm weiterhin aus dem väterlichen Unternehmen zuflossen – wie ein kleiner Beamter musste er ja nun wirklich nicht leben. Das Glück perfekt machte sein neugeborener Sohn, wenngleich Paulo weder das nächtliche Geschrei noch die untertassengroßen Brustwarzen seiner Frau als Bereicherung empfand. Nun, das eine würde sich mit der Zeit legen, und mit dem anderen musste er sich ja nicht begnügen.
Als Paulo eines schönen Herbsttages in seinem karg möblierten Büro in der Rua António Maria Cardoso saß, nur einen Katzensprung entfernt von der Wohnung seiner Mutter, schlug er, wie jeden Tag, als Erstes die Zeitung auf. Doch anders als sonst gab es diesmal außer der Sportseite etwas, was sein Interesse weckte. Sonst überblätterte er die anderen Seiten meist lustlos. Ihre Lektüre bereitete ihm nur insofern Vergnügen, als sie seine Arbeitszeit verkürzte und ihm das Gefühl vermittelte, wichtig zu sein. Auch war es nicht schlecht, beim Lesen des Wirtschaftsteils gesehen zu werden, wenn etwa andere Mitarbeiter sein Büro betraten, was allerdings nur selten der Fall war. Doch dies-

mal war er wirklich aufs äußerste gespannt, was in dem Artikel unter dem Foto stand, das ihn so aus seiner morgendlichen Trägheit gerissen hatte.

General Fernando Abrantes, las er dort, würde in Kürze nach Paris gehen, um dort dem Militärausschuss des Nordatlantikrates vorzusitzen. Es wurden in dem Artikel weiterhin die glanzvolle Karriere des Mannes sowie sein vorbildliches Familienleben skizziert. Ha! Vorbildlich mochte es wohl sein, das ehebrecherische Treiben des heldenhaften Generals, dachte Paulo. Ihm selber waren solche Männer gern ein Vorbild. Aber das war es wohl kaum, was der Verfasser des Artikels gemeint hatte.

Paulo studierte wieder und wieder das Foto, doch er kam jedes Mal zu demselben Schluss: Kein Zweifel, das war der Mann auf dem Bild, das er vor vielen Jahren seiner Mutter stibitzt hatte – derselbe Mann, der früher regelmäßig zu Besuch in die Rua Ivens gekommen war und dessen vollständigen Namen er nie erfahren hatte. Paulo wusste nicht einmal mehr, wo er das Foto aufbewahrte. Aber weggeworfen hatte er es auf keinen Fall, daran würde er sich erinnern. Wahrscheinlich lag es irgendwo in dem Karton mit Büchern, Fotoalben und gesammelten Briefen, den er nach seiner Hochzeit und dem Umzug nach Lissabon auf dem Dachboden verstaut hatte und an den er wahrscheinlich nie mehr einen Gedanken verschwendet hätte – wäre da nicht dieser Zeitungsartikel gewesen.

Als er, vor gar nicht allzu langer Zeit, beim Belauschen eines Gespräches zwischen seiner Mutter und Tante Mariana erfahren hatte, dass ein gewisser Fernando Lauras Vater war, war Paulo zwar entzückt, aber kein bisschen schlauer als zuvor gewesen. Doch jetzt fügten sich alle Teile des Puzzles zu einem klaren Bild. Fernando Abrantes war der Liebhaber seiner Mutter gewesen – offenbar über viele Jahre hinweg. Zwischen der Zeugung Lauras und besagter »Kur« lagen sicher zwölf Jahre, rechnete Paulo aus. Wer weiß, vielleicht waren die ehrbare

Dona Juliana und der vorbildliche Senhor Fernando immer noch ein Liebespaar? Aber nein, in ihrem Alter war man über gewisse körperliche Bedürfnisse wahrscheinlich hinweg. Dennoch beschloss Paulo, dem hochdekorierten General einen Besuch abzustatten, und zwar möglichst bald, bevor er sich nach Paris absetzte.

Der Sekretär von General Abrantes staunte nicht schlecht, als sich zum zweiten Mal innerhalb von zwei Jahren ein Neffe seines Vorgesetzten meldete. Es schien ihm eine ungeheure Häufung von Neffen zu sein, nachdem in den fünfzehn Jahren zuvor, das heißt während seiner gesamten Zeit in den Diensten des Generals, kein einziger seine Aufwartung gemacht hatte.
»Herr General, da ist ein junger Mann, der Sie zu sprechen wünscht«, meldete er den Besucher an und fügte, um jedem Versuch des Abwimmelns zuvorzukommen, gleich hinzu: »Er sagt, er sei Ihr Neffe.«
Fernando verdrehte die Augen und fühlte sich fatal an jenen Tag erinnert, an dem Ronaldo hier aufgekreuzt war.
»So, so. Na, dann lassen Sie ihn vor.«
Als Paulo eintrat, blieb Fernando äußerlich völlig ruhig. Doch innerlich war er fassungslos. Er kannte den Jungen, oder besser den jungen Mann, der Paulo jetzt war, von den Fotos, die Jujú ihm gezeigt hatte. Er kannte ihn ebenfalls aus ihren Erzählungen, und obwohl er wusste, dass Jujú die unvorteilhaftesten Dinge verschwiegen hatte, war ihm klar, dass der Bursche keinen Charakter hatte. Aber er durfte sich weder seine Aversion noch überhaupt ein Wiedererkennen anmerken lassen. Offiziell kannte er den jungen Mann gar nicht.
Er hob fragend den Kopf. Aus seiner Geste sprach extreme Überheblichkeit sowie die jahrelange Übung darin, andere seine Dominanz spüren zu lassen. Aber der junge Mann ließ sich davon nicht einschüchtern.

»Guten Tag, General«, sagte er in selbstbewusstem Ton, »mein Name ist Paulo da Costa, und ich bin natürlich nicht Ihr Neffe. Es erschien mir nur die erfolgversprechendste Methode, zu Ihnen vorgelassen zu werden.«

»Schön. Würden Sie mir jetzt, da Sie Ihr Ziel erreicht haben, erklären, was dieser faule Zauber zu bedeuten hat? Und zwar in möglichst wenigen Worten, meine Zeit ist äußerst begrenzt.«

»Sehr gern. Ich bin der Sohn Ihrer Geliebten, Dona Juliana da Costa. Insofern bin ich also tatsächlich so etwas Ähnliches wie ein Neffe, nicht wahr?«

»Wie kommen Sie dazu, derartige Behauptungen aufzustellen? Ich darf Sie bitten, mein Büro sofort zu verlassen.«

»Oh, bitten dürfen Sie. Ich gedenke allerdings nicht, Ihrer Aufforderung Folge zu leisten.« Damit zog Paulo ein Foto aus der Innentasche seines Jacketts und legte es vor Fernando auf den Schreibtisch. »Das sind Sie und meine Mutter anno 1928 in Cannes, wie die Bildunterschrift dankenswerterweise vermerkt.«

»Und?« Fernando musste mühsam seine Wut im Zaum halten. Er ahnte, worauf das alles hinauslief.

»Und – ich könnte mir vorstellen, dass es für einen Mann in Ihrer Stellung nicht gerade förderlich wäre, wenn die Öffentlichkeit von dieser Liaison erfahren würde.«

»Von welcher Liaison genau sprechen Sie? Glauben Sie allen Ernstes, dass ein uraltes Foto irgendetwas beweist?«

»Ja.« Paulo hätte dem Mann, der sich erstaunlich kaltblütig verhielt, gern die ganze Wahrheit hingeknallt. Doch womöglich freute der Alte sich sogar, wenn er erfuhr, dass Laura seine Tochter war.

»Also, ich sehe in dem Foto zwei Personen, mich und eine alte Bekannte aus Kindertagen, die sich in rein freundschaftlicher Umarmung dem Fotografen stellen, was sicher auf den Einfluss der Umgebung und des schönen Wetters zurückzuführen ist.«

»So? Ich sehe in dem Foto zwei Personen, Sie und meine Mutter, die sich verliebt aneinanderklammern und ganz offensichtlich einen Urlaub in ehebrecherischer Absicht miteinander verbracht haben.«
»Das, junger Mann, ist allein Ihr Problem. Da Sie offenbar mit diesem Foto nichts anzufangen wissen, möchte ich Sie allerdings bitten, es mir zu überlassen. Für mich hätte es wenigstens einen gewissen … Erinnerungswert.«
Paulo frohlockte schon. Aha, dachte er, also doch. Der Alte wollte es ihm abkaufen. Nun musste er sich behutsam vortasten, um ihn nicht vollends zu verprellen.
»Nun, ich wäre bereit, Ihnen das Bild, das meine Mutter als junge Frau zeigt und daher natürlich auch für mich einen hohen Wert hat, zu geben – nicht ohne Gegenleistung, versteht sich.«
Fernando schwieg. Er war versunken in die Betrachtung des Bildes, von dem er selber keine Kopie hatte. Was waren das für wundervolle Tage gewesen! Wie jung und verliebt sie aussahen! Meine Güte, mehr als zwanzig Jahre war das schon her. Wo waren all diese Jahre geblieben? Er hätte ein Vermögen für dieses Foto gegeben, das ihn an eine Zeit erinnerte, als ihre Liebe noch frisch war, als sich die Hoffnung, alles würde sich – irgendwann, irgendwie – zum Guten regeln, noch nicht in Alltagssorgen und Routine aufgelöst hatte. Aber er konnte und wollte diesen Widerling, diesen Dieb und Erpresser, nicht noch für seine Verbrechen belohnen.
»Na, dann eben nicht. Ich bin sicher, dass Ihnen die Presse ein paar Escudos dafür zahlt. Gerade jetzt, da man über mich ziemlich viel schreibt, ist man bestimmt froh, ein so nettes Bild von mir in jüngeren Jahren abdrucken zu können. Mir selber käme das ebenfalls sehr entgegen. Die aktuellen Fotos von mir sind doch eher … nicht so schmeichelhaft wie dieses.«
Paulo war einen Augenblick lang sprachlos. Der alte Sack wollte nicht mitspielen. Damit hatte er nicht gerechnet.

»Auf Nimmerwiedersehen, junger Mann. Und richten Sie Ihrer Frau Mama die herzlichsten Grüße von mir aus.«
Die Audienz war beendet. Paulo schäumte vor Wut. Aber was konnte er tun? Er stand ratlos im Büro des Generals und überlegte fieberhaft, wie es ihm noch gelingen konnte, den Spieß umzudrehen, als er die kalte, befehlsmäßige Stimme des Mannes vernahm: »Und bestellen Sie ihr ebenfalls mein aufrichtiges Beileid. Einen Mistkerl wie Sie als Sohn zu haben, das hat Dona Juliana nicht verdient.«
Paulo drehte sich auf dem Absatz herum, stapfte mit hochrotem Kopf an dem Sekretär im Vorzimmer vorbei und bemühte sich, weder dem Fahrstuhl noch den Glastüren unten am Empfang durch Fußtritte oder ähnliche Attacken größeren Schaden zuzufügen. Ruhe bewahren, sagte er sich, nur die Ruhe bewahren. Kommt Zeit, kommt Rat.
Fernando saß unbeweglich hinter seinem Schreibtisch. Er hatte den Sekretär angewiesen, in der nächsten halben Stunde weder Anrufe noch Besucher zu ihm vorzulassen und überhaupt nie wieder irgendwelche »Neffen«. Er war schockiert. Was war das für eine Welt, in der sie lebten? In der Schweine wie Paulo da Costa ihr Unwesen trieben, Leute, die ihre eigene Mutter verkaufen wollten? Zu gern hätte Fernando jetzt Jujú angerufen, ihr von diesem abscheulichen Erlebnis berichtet. Aber konnte er das wirklich tun? Sie würde, wie es sich für eine normale Mutter gehörte, die Partei ihres Sohnes ergreifen. Wahrscheinlich würde sie ihm nicht einmal glauben, was hier gerade vorgefallen war. Sie würde ihn der maßlosen Übertreibung bezichtigen, würde schlichtweg abstreiten, dass ihr geliebter Paulinho zu solchen Schandtaten fähig war, und würde, wenn er sie nach dem Verbleib des Fotos fragte, behaupten, es sei verloren gegangen. Sie würde letztlich ihn, nicht Paulo bestrafen.
Sorgen darüber, dass Paulo mit dem Foto einen ernst zu nehmenden Schaden anrichten könnte, machte Fernando sich kei-

ne. Elisabete wusste im Grunde Bescheid, desgleichen Rui – da durften sie eigentlich auch die genaue Identität des außerehelichen Verhältnisses erfahren. Ihre Kinder waren, mit Ausnahme Albertos, erwachsen und würden sich nicht unbedingt vor Kummer oder vor Angst, die Eltern könnten sich scheiden lassen, verzehren. Presse und Öffentlichkeit konnten kein nennenswertes Interesse daran haben, alte Privatfotos zu sehen. Fernando war ja kein Filmstar, sondern nur ein General, dem man auf den Politikseiten ein wenig Platz einräumte, und das auch nur im Augenblick. Nicht einmal der diesjährige portugiesische Medizin-Nobelpreisträger António Egas Moniz hatte sich länger als drei Tage auf den Titelseiten gehalten. In ein paar Wochen wäre der Rummel um Fernandos Person abgeflaut, und dann würde es erst recht niemanden mehr interessieren, ob, wann und mit wem er einmal an der Riviera war. Außerdem war es ja wirklich so, dass er dann immer noch alles abstreiten konnte, so wie er es vorhin bei Paulo getan hatte. Er könnte sogar ein bisschen Wahrheit einfließen lassen, um seine Glaubhaftigkeit zu erhöhen: *Ach ja, was war ich als ganz junger Bursche in dieses Mädchen verschossen. Kinder, Kinder, wie die Zeit vergeht.*
Nach exakt einer halben Stunde klingelte Fernandos Telefon. Er nahm den Hörer ab und brauchte eine halbe Minute, bevor er sich wieder in der Gegenwart zurechtfand und begriff, was der Anrufer von ihm wollte. Paris. NATO. Westunion. Beistandspakt. MC 14/1. Lauter Dinge, mit denen Jujú sowieso nicht belästigt werden wollte.
Vielleicht war es besser, dass er in den kommenden Jahren auf sie verzichten musste.

34

António Cabral war es gewohnt, dass man ihm nicht zuhörte. Er war es ebenfalls gewohnt, dass die Kinder mit Papierkügelchen nach ihm warfen, dass sie hinter seinem Rücken obszöne Gesten machten, deren Bedeutung sie nicht verstanden, und dass sie sich sogar noch damit brüsteten, wie schlecht sie in Mathematik waren. Es war kein schönes Los, Lehrer an einer Dorfschule zu sein. Viel lieber wäre er Geistlicher geworden, aber diese Laufbahn war seinem jüngeren Bruder vorbehalten gewesen. Er selber hatte dem Druck der Eltern nachgeben und in die Fußstapfen seines Vaters treten müssen. Schon lange fragte sich *professor* Cabral nicht mehr, wie er es so weit hatte kommen lassen können. Genauso wenig beschäftigte ihn noch die Frage, warum in Gottes Namen der Dorfpfarrer und der Dorflehrer angeblich so bedeutende Persönlichkeiten in der Gemeinde waren. In seinen Augen waren beide nur arme Schweine, die sich ihr Leben lang an der unlösbaren Aufgabe aufrieben, aus dummen Kindern Menschen zu formen, die nicht gar so dumme Sünden begingen. Er war jetzt 58 Jahre alt, und die einzige Sache, die ihn noch interessierte, war seine Pensionierung. Er hatte genug von all diesen frechen Gören, ungeschlachten Trampeln und unverschämten Grobianen.

Was António Cabral nicht gewohnt war, waren Widerworte, die den Inhalt seines Unterrichtes betrafen. Störenfriede gab es jede Menge, aber einen Schüler, der die Korrektheit einer an die Tafel geschriebenen Gleichung anzweifelte, hatte Cabral in den fast 25 Jahren seiner Lehrtätigkeit nie erlebt. Kein einziges Mal. Wahrscheinlich lag es daran, dass er zunächst gar nicht genau hinhörte, als diese Rotznase von Ricardo ihm etwas zurief, natürlich ohne sich vorher gemeldet zu haben und abzuwarten, bis

er aufgerufen wurde. Erst als der aufsässige Bengel erneut rief, diesmal lauter, horchte Cabral auf.
»Es kommt gar nicht 125 dabei heraus. Es muss 135 ergeben.«
»Und woher willst du das wissen, da Costa? Hast du neuerdings einen Universitätsabschluss in Mathematik?«
»Nein, aber wenn Sie einen bekommen haben, würde ich auch einen kriegen.«
Was zu viel war, war zu viel. António Cabral war ein ruhiger, besonnener Mann. Aber wenn er derartig gereizt und vor der ganzen Klasse beleidigt wurde, musste er wirksame Maßnahmen ergreifen. Festen Schrittes marschierte er an das zerkratzte Pult des Jungen, nahm ihn am Schlafittchen und zerrte ihn nach vorn.
»Du entschuldigst dich jetzt in aller Form für dein Betragen. Anschließend kannst du dem Unterricht von der Ecke aus folgen.«
Doch Ricardo tat nichts dergleichen. Er schwieg und starrte dem Lehrer herausfordernd in die Augen.
»Na, los schon, sonst ziehe ich dir die Hammelbeine lang.«
Ricardo schwieg. In seinen Augen las der Lehrer Trotz. Und Anmaßung.
»Na schön, dann gibt es einen Eintrag ins Klassenbuch. Dein vierter für diese Woche, wenn ich mich nicht täusche. Noch so ein Vorfall, und du fliegst.«
Um Ricardos Mundwinkel zuckte es verdächtig.
»Was, du findest das zum Lachen?« Cabral war empört über eine solche Reaktion. Betretenes Senken des Kopfes, verzweifeltes Studieren der plumpen, ungeputzten Schuhe oder leises Schluchzen – das alles kannte er. Aber dass ihm ein Kind mit so einem verächtlichen Blick begegnete, das hatte er noch nie erlebt.
Ricardo fand die Situation tatsächlich amüsant. Zum einen dachte er daran, wie gern er fliegen würde – leider war auch der

Lehrer Cabral nicht in der Lage, die physikalischen Gegebenheiten, die dies verhinderten, aufzuheben. Dass er *von der Schule flog*, ja, das mochte Cabral vielleicht anstreben. Aber auch das würde diesem Dummkopf nicht gelingen. Weil er, Ricardo da Costa, nämlich recht hatte. Wenn der Fall irgendeiner Behörde vorgetragen würde, dann konnte er beweisen, dass der Dorfschullehrer unfähig und ungerecht und daher der Einzige war, der gehen musste.

Abgesehen davon war es Ricardo vollkommen egal, ob er der Schule verwiesen wurde oder nicht. Schule war in Ordnung – es gab ein paar Kinder hier, mit denen er sich angefreundet hatte. Manche bewunderten ihn für seine Aufmüpfigkeit, das gefiel Ricardo. Aber ansonsten mochte er die Schule nicht: Die Stunden in Portugiesisch, Religion und Geschichte fand er öde, und in Mathematik sowie den Naturwissenschaften lernte er hier nichts, was er nicht schon wusste.

»Mir reißt gleich der Geduldsfaden«, fuhr der Lehrer ihn an.

»Mir auch«, erwiderte Ricardo.

»So, jetzt reicht es. Wir gehen jetzt gemeinsam zum Rektor.«

Zur Klasse gewandt sagte er: »Bis ich zurück bin, habt ihr die Aufgabe auf Seite 22 gelöst. Pereira, du passt auf, dass hier Ruhe herrscht.«

Pereira tat natürlich nichts dergleichen. Als Cabral zurückkam, hörte er schon von weitem das Gejohle im Klassenzimmer. Und als er den Raum betrat, woraufhin totale Stille eintrat, entdeckte er zu seiner großen Beschämung eine Zeichnung auf der Tafel, die ihn als armes Würstchen und Ricardo als genialen Kopf darstellte. Tja, dachte Cabral resigniert, wenigstens gibt es irgendeinen in dieser Klasse, der ein gewisses künstlerisches Talent besaß. Er wischte die Kreide-Schmiererei selber von der Tafel – wäre er im Vollbesitz seiner geistigen, moralischen und pädagogischen Stärke gewesen, hätte einer der Jungen dies tun müssen – und nahm das Lehr-

buch zur Hand. Er hatte keine Energie mehr, sich den Übeltäter vorzuknöpfen.
»Almeida – komm nach vorn und rechne uns Aufgabe 22 vor.«

Ricardo war wütend. Er war so wütend, dass er auf seinem Nachhauseweg jeden Stein, jeden Zweig und jeden Grashalm, der ihm in die Quere kam, mit Fußtritten traktierte. Er war so *unglaublich* wütend, dass er den Inhalt seines Schulranzens in hohem Bogen auf die Kuhweide von Bauer Lima warf. Sein Mathebuch landete genau in einem Kuhfladen. Da gehörte es ja auch hin. Nach wenigen Metern schleuderte er den nunmehr leeren Ranzen ebenfalls über einen Zaun. Ein paar Schweine stoben quietschend auseinander und wirbelten die staubige Erde auf. Sollte der Staub ruhig auf seinem Ranzen landen – den würde er sowieso nie wieder brauchen.
Der Rektor hatte sich nicht einmal anhören wollen, was er, Ricardo, zu sagen hatte. Dass die Autorität eines Lehrers in Frage gestellt wurde, war anscheinend ein größeres Vergehen, als einer ganzen Klasse mit 23 Jungen lauter Unsinn beizubringen. Das war es, was Ricardo so maßlos ärgerte, und nicht etwa der Umstand, dass er für die nächsten drei Tage vom Schulunterricht befreit war, was seiner Meinung nach ohnehin mehr einer Belohnung als einer Strafe gleichkam.
Zu Hause würde man ihm ebenfalls kein Gehör schenken. Seine Mutter hatte kaum noch Zeit für ihn, seit sie andauernd zu irgendwelchen politischen Versammlungen rannte. Das heißt, wenn sie nicht gerade in Évora bei ihrem »Verlobten« weilte. Oma Mariana, die ihm vielleicht geglaubt hätte, war nicht mehr ganz richtig im Kopf. Sie verwechselte alle Namen, wiederholte sich pausenlos, stierte manchmal geistesabwesend vor sich hin, um dann wieder ihren kleinen »Fernando«, wie sie ihn nannte, fest an ihren Busen zu drücken. Und weder Tante Octávia noch Onkel Inácio fühlten sich für seine, Ricardos, Erziehung zustän-

dig – sie hatten genug mit ihren eigenen Kindern zu tun, die schlecht in der Schule, gelangweilt beim Klavierunterricht und respektlos gegenüber Erwachsenen waren, und all dies ihrer Meinung nach natürlich einzig und allein darum, weil Ricardo einen schlechten Einfluss auf sie ausübte.

Ricardo hatte das Ganze schon mehrfach erlebt. Erst wenn der blaue Brief vom Rektor kam, würde seine Mutter ihn anhören. Sie würde ihn tadelnd ansehen, und an ihrer Miene würde sich deutlich ablesen lassen, dass sie nicht die Partei ihres Sohnes ergriff, auch wenn sie etwas anderes sagte. Wenn Ricardo Glück hatte, würde sie die Mathematikaufgabe mit ihm zusammen durchgehen. Sie war zwar keine Leuchte in dem Fach, aber den Stoff von Viertklässlern würde sogar sie beherrschen. Sie würde erkennen, dass Ricardo recht gehabt hatte, und wenn sie einen ihrer kämpferischen Tage hatte, würde sie empört bei der Schule anrufen – nur um sich am Ende doch für das ungebührliche Benehmen ihres Sohnes zu entschuldigen.

Oh nein, noch einmal würde er diese erniedrigende Prozedur nicht über sich ergehen lassen. Er würde sich niemandem anvertrauen. Er würde den blauen Brief abfangen. Er würde außerdem ein Schreiben aufsetzen, in dem er untertänigst darum bat, dass Ricardo da Costa nicht der Schule verwiesen werden möge, um eine vielversprechende Zukunft nicht zu gefährden et cetera. Unterschreiben würde er mit Laura da Costa. Er hatte die Unterschrift seiner Mutter schon einmal gefälscht, und das einzig Blöde daran war gewesen, dass er mit dieser brillanten Leistung vor niemandem angeben konnte. Kein Mensch hatte etwas bemerkt.

Eine winzige Hürde galt es allerdings zu überwinden. Die Schreibmaschine stand in dem Raum, den man hochtrabend »Büro« nannte, obwohl »Müllhalde« zutreffender gewesen wäre. In diesem mit überflüssigem Krempel zugestellten Raum konnte Ricardo sich kaum eine Minute aufhalten, ohne dass es

jemandem auffiel. Wenn sein Onkel dort nicht gerade mit hoffnungslosem Gesichtsausdruck über den Büchern hing, dann saß seine Tante dort und schrieb einen Brief, spielte Sílvia darin mit ihrer besten Freundin irgendein idiotisches Mädchenspiel, saß Xavier wichtigtuerisch auf dem hölzernen Drehstuhl und übte schon einmal Chef-Sein oder wischte das Dienstmädchen Staub. Das Büro wurde von allen gern genutzt, weshalb es ja auch so unordentlich war. Es lag gleich neben dem Esszimmer, und die Tür zwischen beiden Räumen stand meist offen. Es war außerordentlich schwierig, dort unbemerkt einen Brief zu tippen. Aber ihm würde schon irgendetwas einfallen.
Ricardo schlenderte missmutig zum Stausee. Seine Laune hatte sich kaum gebessert, seit er sich seiner Schulsachen entledigt hatte. Eigentlich bedauerte er es jetzt sogar ein wenig. Wer weiß, vielleicht waren die Autoren der Schulbücher ja nicht ganz so bekloppte Trottel wie der Lehrer. Und vielleicht hätte er von den Büchern noch profitieren können. Von dem Mathe-Buch ganz bestimmt nicht, das hatte er bereits bis zur letzten Seite durchgelesen und alles für Kinderkram gehalten. Aber das Geschichtsbuch hätte interessant sein können. Oder das Portugiesisch-Lesebuch. Ach, Quatsch, sagte er sich. Wofür brauchte er Märchen oder Gedichte? Schöne Verse gaben ihm weder einen Vater noch einen Vorteil darin, den anderen Kindern mit Kartentricks Geld aus der Tasche zu ziehen.
Verfluchte Schule, dachte er. »Scheißschule«, murmelte er dann leise vor sich hin. Er erschrak über sich selber, über die Gewagtheit, etwas so Verbotenes zu sagen. Schließlich lächelte er triumphierend. »Scheißschule!«, rief er laut, und es fühlte sich außerordentlich befreiend an.

Drei Monate lang konnte Ricardo an jedem Wochentag unbehelligt zum Stausee gehen und sich dort der nicht ganz ausgereiften Aerodynamik seiner selbst gebauten Flieger widmen.

Am Material konnte es nicht liegen. Nachdem sich Pergamentpapier als zu leicht und dünne Sperrholzplatten als zu schwer für die Größe seiner jeweiligen Konstruktionen erwiesen hatten, waren die Tragflächen aus Pappe relativ zuverlässig. Der Rumpf war vielleicht noch verbesserungswürdig. Er war einfach nicht schnittig genug. Ricardo hatte es mit allen möglichen Formen und Grundgerüsten versucht, doch am besten hatte es bisher mit den Zigarren von *tio* Inácio funktioniert, der bereits seinen eigenen Sohn, Xavier, des heimlichen Rauchens bezichtigte. Ricardo hätte sich totlachen können.

Weniger lustig war es, dass unzählige seiner Flugzeuge im Stausee gelandet waren, wo er sie in den seltensten Fällen retten konnte. Einmal, als ein ziemlich gut gelungenes Exemplar in die Mitte des Sees gesegelt war – der Beweis dafür, dass es, abgesehen von dem Linksdrall, wirklich gut gelungen war, denn der See war sehr groß – war Ricardo mit dem Kopf zuerst und ohne sich zuvor auszuziehen hinterhergesprungen. Doch das Wasser hatte den Flieger ruiniert. Nach dem Trocknen waren die Tragflächen wellig gewesen, andere Teile hatten sich durch die Bruchlandung gelöst und waren versunken.

Das Problem mit dem Linksdrall musste er ebenfalls noch lösen. Er war ja nicht so blöde, seine schönen Werke mitten in den See zu werfen. In den angrenzenden Wald allerdings ließ er sie auch nicht aufsteigen. Er warf sie in die einzig mögliche Richtung, nämlich parallel zum Ufer. Aber immer und immer wieder drifteten sie ab. War mit seiner Wurftechnik etwas falsch? Oder musste er der Windrichtung mehr Bedeutung beimessen?

Die Beobachtung der Insekten, die über der Wasseroberfläche herumschwirrten, war zwar ausgesprochen fesselnd, hatte ihn jedoch auch nicht ernsthaft weitergebracht. Er brauchte einen Motor, um das Flirren von Libellenflügeln, die Beweglichkeit einer Mücke oder das hektische Auf und Ab einer Fliege nachzuahmen. Dem eleganten Tanz der Mückenschwärme konnte er darüber hinaus wenig abgewinnen – die Viecher waren einfach zu blutrünstig für seinen Geschmack, und besonders schienen sie sein Blut zu lieben.

Als er kurz vor Beginn der Sommerferien nach Hause kam, an Armen und Beinen verstochen und mit Schlamm an den Sandalen, wartete seine Mutter mit strenger Miene auf ihn.

»Da bist du ja endlich. War es schön heute in der Schule?«

Ricardo horchte auf. Klang da etwas Drohendes durch? Er musste äußerste Vorsicht walten lassen, wenn seine Mutter in dieser Stimmung war. »Hm, ja. Wie immer.«

»Das heißt, du hast wie immer den Lehrer geärgert und mit deinen Klassenkameraden die jüngeren Kinder auf dem Schulhof getriezt?«

»So ungefähr.«

»Nein, nein, ich will es genau wissen. Erzähl doch mal.«

Ricardo schwieg. Sein Verdacht, dass die Mutter mehr wusste, als ihm recht sein konnte, erhärtete sich.

»Ich will wissen, wie es im Unterricht läuft. Wie wird dein Zeugnis ausfallen?«

»Schlecht.«

»Aha. Und warum, wenn ich fragen darf? Bist du zu dumm für den Stoff?«

»Du glaubst mir ja doch nicht.«

Laura war entsetzt über diese Antwort. Es erfüllte sie mit unendlicher Traurigkeit, dass ihr Kleiner ihr kein Vertrauen mehr schenkte. Er war erst neun Jahre alt, du liebes bisschen! Das war zu jung, um sich von der Mutter zu lösen, zumal, wenn die Dinge so lagen wie bei ihnen. Sie war schließlich die einzige Person, der Ricardo sich hätte anvertrauen können, da er ja weder einen anwesenden Vater noch Geschwister hatte. Wann war er ihr entglitten? Was hatte sie falsch gemacht? Hätte sie ihn härter anpacken müssen? Aber was sollte man mit einem Sohn machen,

der schon als Krabbelkind eine außergewöhnliche Selbständigkeit sowie eine herausragende Intelligenz an den Tag gelegt hatte? Sie hatte geglaubt, ihm entgegenzukommen, wenn sie nicht wie eine Glucke über ihn wachte. Doch das Gegenteil war eingetreten. Ihr Mangel an Autorität hatte nur bewirkt, dass er jetzt auch vor keinem anderen Menschen mehr Respekt hatte. Aber vielleicht war es noch nicht zu spät. Er war noch so jung – bestimmt würde er wieder auf die richtige Spur kommen, wenn sie ihn ab jetzt ein wenig mehr lenkte und auf ihre Rechte als Mutter pochte. Denn dass er nicht versetzt werden sollte, wie es ihr heute Morgen die Mutter eines Kindes in Ricardos Klasse erzählt hatte, konnte sie einfach nicht hinnehmen.
»Ich glaube dir. Aber nur, wenn ich das Gefühl habe, dass du mich nicht belügst.«
»Ach so. Das heißt, wenn du das Gefühl hast, ich belüge dich, auch wenn ich die Wahrheit sage, glaubst du mir nicht.«
»Leg es aus, wie du willst. Und jetzt sag mir endlich, warum Violante Veríssimo mir beim Friseur erzählt hat, dass du sitzenbleibst, während ihr Hohlkopf von Sohn ein Spitzenzeugnis mit nach Hause bringt.«
»Weil es wahrscheinlich stimmt. Ich habe keine Ahnung. Ich war nämlich schon länger nicht mehr in der Schule. Und ich gehe auch nicht wieder hin. Außer, wir bekommen einen neuen Lehrer. Der Cabral ist nämlich strohdumm.«
Laura musste an sich halten, um Ricardo nicht zu ohrfeigen und die ganze Geschichte aus ihm herauszuschütteln. Sie nickte ihm zu und gab ihm zu verstehen, er möge weiterreden. Und dann, während er ihr ohne jedes Schuldempfinden das Ausmaß seiner Durchtriebenheit schilderte, gelang es ihr nur unter Aufbringung ihrer gesamten Willenskraft, einen halbwegs nüchternen Gesichtsausdruck aufzusetzen. Drei Monate war er nicht in die Schule gegangen! Er hatte den Lehrer und den Rektor beleidigt, hatte gelogen, Unterschriften gefälscht und sie alle hinters

Licht geführt. Es war absolut unglaublich. Es war eine Katastrophe. Ihr Sohn schlitterte sehenden Auges in ein Schicksal als Krimineller ohne Schulabschluss.

Oh nein! Nicht ihr Kleiner. Sie, Laura da Costa, würde jetzt auf der Stelle ihre Leinwände und ihren Felipe und alles andere auf der Welt vernachlässigen und aufholen, was sie in den letzten Jahren versäumt hatte. Notfalls mit Gewalt. Wie hatte sie so naiv sein können, zu glauben, ihre verkalkte Tante Mariana oder ihre mit sich selbst beschäftigte Cousine würden sich um Ricardo kümmern? Ein Junge wie er brauchte besondere Zuwendung und Förderung, die nur sie ihm hätte geben können. Die Tatsache, dass er drei Monate lang hatte herumlungern können, ohne dass sein Täuschungsmanöver aufgeflogen war, bewies ja hinlänglich, welche überragenden Geistesgaben er besaß. Er musste nur lernen, sie richtig einzusetzen. Himmel noch mal!

»Zeig mir zuallererst einmal diese Mathematikaufgabe. Weißt du, wie das aussähe, wenn du vielleicht nicht im Recht wärst?«

»Tja, das sähe blöd aus. Ich bin aber im Recht.«

Und wirklich: Nachdem Ricardo darauf bestanden hatte, dass sie ihm die Aufgabe vorrechnete und sie auf 135 als Lösung gekommen war, lachte er freudlos auf.

»Bei Cabral kam 125 raus.«

»Mein Gott, Ricardo, jedem kann mal ein Flüchtigkeitsfehler unterlaufen.«

»Warum hat er es dann nicht zugegeben?«

»Weil er nicht vor der ganzen Klasse bloßgestellt werden wollte. Du hast deine Kritik viel zu undiplomatisch geäußert.«

»Siehst du, du hältst doch wieder zu ihnen.«

Laura legte den Arm um Ricardo, doch er entwand sich ihr.

»Hör mal, Kleiner: Ich halte zu dir. Immer. Ich versuche dir nur zu erklären, dass man mit Frontalangriffen oft nicht so weit kommt wie mit List und Tücke.«

»Ich will nicht, dass du mich ›Kleiner‹ nennst. Ich bin schon neun!«
»Herrje, lenk doch nicht vom Thema ab! Also gut, mein Großer, Lektion eins: Keine Respektsperson offen angreifen. Verstanden?«
Er nickte trotzig.
»Lektion zwei: Lügen und Betrügen ist verboten! Wenn du noch einmal so eine Nummer abziehst, werde ich richtig rabiat, verstanden?«
Wieder nickte er.
»Und schließlich Lektion drei: Du wirst nicht sitzenbleiben. Du tust ab sofort alles, was ich dir sage, ohne Widerrede, und dann fresse ich einen Besen, wenn sie dich nicht versetzen. Verstanden?«
Ricardo schaute sie unglücklich an. Ihm schwante bereits, was das zu bedeuten hatte. Er würde sich bei Cabral und beim Rektor entschuldigen müssen. Seine Mutter würde katzbuckeln und auf Knien darum betteln, dass man eine Ausnahme für ihn machte und ihn die Klassenarbeiten nachschreiben ließ. Vielleicht würde sie dafür sogar die Geschichte von seiner »Krankheit« stützen, die er nach den ersten Tagen in Freiheit erfunden hatte und die er mit »echten« Attesten eines Spezialisten aus Lissabon belegt hatte – bei Bescheinigungen des örtlichen Arztes wäre ihm das zu heikel erschienen. Ricardo war selber überrascht, wie einfach es gewesen war, alle zu täuschen. Er würde sich in den verbleibenden zwei Wochen bis Ferienbeginn mit nichts anderem beschäftigen können als mit dem Aufholen des Stoffes in den Fächern, die er nicht mochte – in den anderen würde er auch so bestehen. Er würde seine Flugexperimente auf Eis legen müssen, und das ausgerechnet jetzt, da er einen entscheidenden Fortschritt erzielt hatte und seine Apparate schnurgerade flogen.
»Nein«, sagte er.

»Wie – nein? Soll das heißen, du hast es nicht verstanden? Das nehme ich dir nicht ab, Ricardo da Costa. Darf ich es dem Herrn noch einmal genauer erklären?«
»Ich habe schon verstanden. Aber ich mache das nicht.«
»Doch, das tust du. Und wenn ich dich hier einsperren muss.«
»Probier es.«
»Das werde ich, verlass dich drauf. Und ich werde dafür sorgen, dass weit und breit kein Schnipsel Papier oder sonst irgendein Gegenstand ist, der sich zum Bau von Flugzeugen verwenden lässt. Du hast bis heute Abend Zeit zum Nachdenken.«
Laura stand auf und verließ den Raum. Keine Sekunde länger hätte sie das ausgehalten, ohne zu heulen, zu schreien oder den Jungen zu verprügeln. Ricardo starrte ihr mit aufsässigem Blick nach. Sie würde ja sehen, was sie davon hatte. Eine Minute später stand auch er auf und ging in sein Zimmer. Er schloss sich ein und kramte die Briefe von Jack hervor, die er schon so oft gelesen hatte, dass das Papier ganz weich und pelzig geworden war. Er hatte ihm nie geantwortet, hatte sich immer geweigert, Jack als seinen Vater zu betrachten. Aber jetzt, fand Ricardo, war es an der Zeit, dass er sich an ihn wendete.
In einem seiner letzten Briefe hatte Jack geschrieben, dass der Soundtrack von *Showdown in Manhattan*, den er komponiert hatte, für den Oscar nominiert war. Was bedeutete Soundtrack, was Showdown? Vielleicht sollte er doch wieder zur Schule gehen? Ach was, da würde er das auch nicht lernen. Latein oder Französisch standen für ältere Jungen auf dem Lehrplan, aber kein Englisch. Dann griff Ricardo wieder zu den Fotos von Jack und schwankte in seiner Entscheidung. Der Mann war ihm völlig fremd. Er sah auch nicht aus, als hätte er Verständnis für seine, Ricardos, Lage. Wahrscheinlich würde er sogar zu viel drakonischeren Strafen greifen als seine Mutter. Nein, vielleicht sollte er doch lieber wieder Abstand von dem Plan nehmen.
Ricardo legte die Briefe und die Fotos an ihren Platz zurück. Er

nahm stattdessen einen seiner selbst gebauten Flugapparate in die Hand und war stolz auf seine Leistung, die bisher noch nie irgendjemand außer ihm selbst gewürdigt hatte. Alle taten das als Kinderkram ab, dabei war er über dieses Stadium lange hinaus. Richtig raffinierte Kampfflieger hatte er produziert, mit spitzen Aufsätzen an der Nase und gezackten Rändern an den Tragflächen. Es war allerhöchste Zeit, dass er diese prachtvollen Flieger einmal zum Einsatz brachte und nicht immer nur auf Enten damit zielte. Und wenn seine Mutter Ernst machte, wenn sie ihn wirklich einsperrte, was Ricardo nicht glaubte, dann wäre jetzt der geeignete Zeitpunkt, seine Flugapparate im echten Einsatz zu testen.

Er nahm sich den martialischsten seiner Flieger und huschte unauffällig aus dem Haus. Der Weg nach Beja erschien ihm jetzt, nachdem er jeden Tag unzählige Kilometer zu Fuß gegangen war, viel kürzer als noch vor drei Monaten. Kaum dass er in der Stadt angekommen war, entdeckte er auch schon ein paar geeignete Opfer. Ricardo versteckte sich hinter dem Stamm einer Platane und beobachtete den Feind eine Weile, bevor er sich von den alten Knackern, die im Schatten auf einer Bank saßen, einen aussuchte. Der Schielopa hatte es ihm besonders angetan – das nach innen verdrehte Auge war besser als der Mittelpunkt jeder Zielscheibe.

Dann warf er.

Schielauge João sprang auf wie von der Tarantel gestochen. Das Spielflugzeug hatte ihn direkt unterhalb des schlimmen Auges getroffen und dort einen hässlichen roten Punkt hinterlassen, von dem er selber in diesem Augenblick natürlich nichts wusste. Er wusste hingegen, dass die Stelle höllisch brannte. Er sah einen Jungen davonrennen, der sich, als er sich in sicherer Entfernung wähnte, zu seinem Opfer umdrehte. Ein Sonnenstrahl fiel direkt in seine Augen, die grüne Funken zu sprühen schienen.

»Du Teufel!«, schrie Schielauge João. Er fuchtelte erbost mit seinem Stock vor sich herum, als handele es sich dabei um einen Degen. »Aber wart's ab, Abrantes, dich werden sie auch noch drankriegen!«

Er ahnte nicht, wie rasch sich seine Prophezeiung bewahrheiten sollte. Ricardo wurde am Abend desselben Tages von seiner Mutter zu einem zweiwöchigen Stubenarrest verdonnert, mit der Auflage, sämtliche Schulbücher durchzuarbeiten, die sie alle noch einmal hatte kaufen müssen. Jeden Abend fragte sie den Stoff ab, und während Ricardo sich in der ersten Woche seiner Gefangenschaft noch störrisch gegeben hatte, so beschäftigte er sich in der zweiten Woche mit nichts anderem als damit, eine der Lektionen seiner Mutter in die Tat umzusetzen: »Keine Respektspersonen offen angreifen«. Sie hatte es ja selber gesagt. Mit List und Tücke kam man weiter als mit Frontalangriffen. Komisch daran erschien ihm nur, dass sie recht zu behalten schien.

1957 – 1964

35

Die *acne conglobata*, las Ricardo, war die schwerste Form der Akne, mit *Riesenkomedonen* und *Abszessen*. Sie führte zu *schweren Vernarbungen*. Eine der Ursachen waren die *Androgene*, die männlichen Sexualhormone. Zu viel *Testosteron* erhöhte die Gefahr, *Seborrhoe* – fettige Haut infolge verstärkter Talgabsonderung – zu bekommen. Außer solchen *Sekretionsstörungen* konnte Testosteron auch zu *Verhornungen* im *Talgdrüsenausführungsgang* und damit zu Akne führen. Dass die *Prädilektionsstellen* der Akne vor allem Gesicht, Brust und oberer Rücken waren, sah er selber. Es war widerlich. Es war genauso abstoßend wie die Wörter, die das medizinische Nachschlagewerk seines Onkels aufführte.
Was in dem Lexikon nicht stand, war die Demütigung, die diese Form des Aussatzes mit sich brachte. Wie hatte er es jemals so eilig damit haben können, sechzehn Jahre alt zu werden? Hätte er früher geahnt, dass solche Entstellungen mit dem Erwachsenwerden einhergingen, er hätte sich gewünscht, ewig Kind zu bleiben. Die ekligen Pickel waren der krönende Gipfel einer Reihe beunruhigender Veränderungen seines Körpers, seiner Stimme, seiner Haut und seines Haarwuchses. Dass die Barthaare, die sich andere Jungen seines Alters so sehnlichst wünschten, bei ihm reichlich sprossen, machte es nicht gerade leichter. Wie sollte er sich in Dreiteufelsnamen rasieren, wenn dicke rote Pusteln mit weißem Eiterkopf das sanfte Gleiten des Rasierers verhinderten? Ricardo hasste sich – und er wusste, dass die Mädchen es auch taten.
Sogar die dicke Sónia, die ihm noch vor drei Jahren schöne Augen gemacht hatte und mit der er sich damals nicht im Traum abgegeben hätte, verschmähte ihn jetzt. Nun gut, um die war es

ja nicht schade. Leid tat ihm nur, dass nicht einmal mehr Alda ihn anschauen konnte, ohne sofort peinlich berührt wegzusehen. Er fand Alda süß. Sie waren sogar schon einmal miteinander gegangen, mit vierzehn, als ein trockenes Küsschen auf die Lippen des anderen für sie das größte erotische Abenteuer gewesen war, das sie sich vorstellen konnten. Heute konnte Ricardo sich durchaus andere Sachen vorstellen – nur leider ließ ihn ja keine ran.
Also musste er sich weiter an das Lexikon von Onkel Inácio halten. Es war ein veraltetes Buch, das noch aus der Zeit stammte, in der sein Onkel Medizin studiert hatte, bevor er nach zwei Semestern aufgab und als »Korkeichen-Mogul« in den Alentejo zog. Aus dem Mogul war inzwischen ein bescheidener Bauer geworden, und Tante Octávia, die die Ländereien mit in die Ehe gebracht hatte, zeterte permanent über die Unfähigkeit ihres Mannes. Vielleicht wäre er doch besser Arzt geworden, dachte Ricardo, denn als Gutsherr taugte er wahrhaftig nichts. Immerhin war es Onkel Inácios spärlicher medizinischer Bibliothek zu verdanken, dass Ricardo wenigstens ein bisschen über weibliche Körper erfuhr. Nur nicht das, was er gern wissen wollte.
In dem Lexikon fand er alles über die Fortpflanzungsorgane, über *Follikel* und *Eierstöcke* und *Gebärmutterhälse* und andere Sachen, die beinahe genauso widerwärtig waren wie seine Akne. Er fand exakte, aber entweiblichte Zeichnungen von *Geburtskanal* und *Vulva*. Was er nicht fand, waren Fotos hübscher Brüste oder zarter nackter Haut. Ebenso wenig lieferte das Nachschlagewerk ihm Erklärungen dafür, warum eine helle Frauenstimme, der schwache Duft von Maiglöckchen, der manche Mädchen umgab, oder ein lasziver Hüftschwung eine solche Wirkung auf ihn hatten. Die reine Biologie war nicht aufregender als das Betrachten einer Schaufensterpuppe, der Fortpflanzungsakt laut diesem Buch nicht sinnlicher als die Funktionsweise eines Düsenantriebs.

Wenn er sich wenigstens mit jemandem hätte austauschen können. Aber mit wem? Eine Frau kam für solche Gespräche nicht in Frage. Vor seinem Onkel Inácio war ihm diese Art von Themen peinlich. Seine Freunde konnte er ebenso wenig konsultieren, ohne sich eine Blöße zu geben – sie sollten ihn lieber für einen ganz schlimmen Finger halten, der schon die halbe weibliche Dorfbevölkerung verführt hatte. Seinen Vater, Jack, kannte er nur aus Briefen, und schriftlich würde Ricardo erst recht keine intimen Fragen stellen. Bliebe noch Felipe, der Dauerverlobte seiner Mutter. Aber der war alt, sicher schon Mitte vierzig, und hatte garantiert keine Ahnung.

Wäre die Familie noch reich gewesen, so wie vor vielen Jahren einmal, hätte man vielleicht eine Dienstmagd zu ihm ins Zimmer geschickt, um ihn zu entjungfern. Aber heute? Einmal in der Woche kam eine bärtige Witwe aus dem Dorf zu ihnen hinaus, um Tante Octávia im Haushalt zu helfen, und von dieser Frau wollte Ricardo ganz gewiss nicht in die Kunst des Liebesspiels eingewiesen werden. Er schüttelte sich beim Gedanken daran, was sich unter ihrem altmodischen schwarzen Kleid befinden mochte, und zwang sich dazu, an etwas ganz anderes zu denken. Und die nächstbeste Sache nach Sex – wenn der denn die beste Sache der Welt war, wie die Jungs behaupteten – war Technik.

Ricardo liebte es, an Motoren herumzubasteln. Der Geruch von Schmieröl, Gummi und heißem Metall versetzte ihn in einen Rausch, wie es kein alkoholisches Getränk je vermocht hätte. Keiner Herausforderung konnte er so wenig widerstehen wie der, ein angeblich fahruntüchtiges Auto wieder in Schuss zu bringen oder einen defekten Kühlschrank zu reparieren. Über einem kaputten Radio oder einem alten Telefonapparat konnte er die Zeit vergessen, die ihm hier in diesem verdammten Kuhkaff manchmal ganz schön lang wurde. Ein Gefühl tiefster Zufriedenheit jedoch überkam ihn vor allem beim Anblick seiner

Hände, wenn sie schwarz von Öl und Ruß waren. Stark, zupackend und schmutzig waren sie – richtige Männerhände. Und noch dazu völlig pickelfrei.

Ricardo hörte Schritte von nebenan. Schnell schlug er das Lexikon zu und stellte es wieder an seinen Platz.

»Du bist irgendwie unheimlich, weißt du das?« Seine Tante Octávia stand plötzlich neben ihm, wischte sich die Hände an ihrer Schürze trocken und sah ihn unverwandt an. »Immer findet man dich an Orten, wo du gar nichts verloren hast.«

»Das weißt du doch gar nicht.«

»Wie?«

»Du kannst doch gar nicht wissen, ob ich hier nicht doch irgendetwas verloren habe.«

»Deine Spitzfindigkeiten sind auch unheimlich. Ach, egal.« Sie machte auf dem Absatz kehrt, doch kurz bevor sie den Raum verließ, fiel ihr noch etwas ein. »Versau bloß nicht Onkel Inácios Bücher mit deinen verdreckten Fingern.«

Zurück blieb ein verständnislos dreinblickender Ricardo. Erstens: Was hatte sie hier gewollt? Zweitens: Wie hatte sie es so schnell vergessen können? Drittens: Wie konnte eine normale erwachsene Frau ihm gegenüber ihren Ehemann als »Onkel Inácio« bezeichnen? Dafür war Ricardo wirklich zu alt, und streng genommen handelte es sich noch nicht einmal um seinen richtigen Onkel. Octávia war die Cousine seiner Mutter, was sie zu seiner Großcousine – oder Großtante? – machte. Und damit wäre ja wohl Inácio höchstens sein Schwipp-Großcousin – oder wie nannte man diesen Verwandtschaftsgrad? Ungeachtet seiner ziemlich unsauberen Hände nahm Ricardo ein Buch aus dem Regal, diesmal ein Konversationslexikon, um dieser Frage auf den Grund zu gehen.

Beim Mittagessen betrachtete er alle am Tisch und versuchte ihnen die korrekten Bezeichnungen zuzuordnen. Die einzige Person, bei der es nun wirklich nicht den geringsten Zweifel gab, in welchem verwandtschaftlichen Verhältnis sie zu ihm stand, nämlich seine Mutter, war nicht da. Auch Felipe – der, wie Ricardo dachte, sein Stiefvater hätte sein können, wenn er und Laura denn jemals geheiratet hätten – war nicht anwesend. Dafür aber saßen am Tisch: Seine *Großtante* Mariana; seine *Großcousine* bzw. *Tante zweiten Grades* Octávia sowie deren Kinder, die Ricardo nun als *Cousin und Cousine zweiten Grades* zu definieren wusste. Einzig hinter die exakte Bezeichnung für Inácio war er noch nicht gekommen, aber vielleicht würde er sich beim nächsten Besuch der Stadtbücherei in Beja einmal damit befassen. So wichtig war es ja nun auch wieder nicht. Jedenfalls weniger wichtig als die Frage, warum er mit seinen direkteren Verwandten so wenig zu schaffen hatte. Mit seinem Vater, seiner Großmutter Jujú, seinem Großvater Rui, seinem Onkel Paulo sowie dessen Frau und Söhnen, Ricardos Cousins *ersten Grades*.

»Warum starrst du mich so an?«, fragte Sílvia, seine *Cousine zweiten Grades*. »Das ist hochgradig unhöflich.«

»Zweitgradig«, murmelte Ricardo und widmete sich wieder dem lauwarmen *caldo verde*. Er lehnte mit den Ellbogen auf dem Tisch und brauchte kaum den Löffel zu heben, da sein Gesicht dicht über dem Suppenteller hing.

»Spinner!«, keifte Sílvia. »Selber zweitklassig.«

Ricardo enthielt sich eines weiteren Kommentars. Sílvia wusste genau, wo sie ihn am besten treffen konnte. Dass er nicht wirklich Teil dieser Familie war, eigentlich Teil gar niemandes *Familie*, sondern nur ein uneheliches Kind, rieb sie ihm gern und bei jeder sich bietenden Gelegenheit unter die Nase.

Nach der Gemüsesuppe trug Tante Octávia, nein: *Großcousine* Octávia, den Hauptgang auf. Er bestand aus zerkochten Kartoffeln und zähem Schweinefleisch, das in einer öligen Sauce ertrank. Ricardo schaufelte das Essen schnell und in größtmöglicher Menge in sich hinein, stand dann auf, nahm seinen

Teller mit in die Küche, wo er ihn im Spülbecken deponierte, und verließ das Haus. Er hörte, dass ihm Inácio etwas nachrief, doch es kümmerte ihn nicht. Nichts wie weg hier.

Hätte Ricardo mehr Geld gehabt, wäre er weder zum Essen noch zum Schlafen *nach Hause* gekommen. Aber das wenige, das er hatte, ging fast komplett für Benzin oder Autozubehör drauf. Ein paar Escudos blieben dann noch, um gelegentlich eine Cola zu trinken oder Zigaretten zu kaufen. Als er mit vierzehn beschlossen hatte, die Schule für immer hinter sich zu lassen, hatte seine Mutter ihm das Taschengeld drastisch gekürzt, damit er sich gezwungen sah, wenigstens eine Lehre zu machen. Aber Ricardo ließ sich nicht gern zu irgendetwas zwingen, schon gar nicht zu einer bescheuerten Lehre in der Autowerkstatt von José Pinto. Ricardo war dem Mechaniker und seinen beiden Handlangern haushoch überlegen, wenn es um knifflige Probleme bei Motoren ging, und er sah es überhaupt nicht ein, sein Können und seine Arbeitskraft in den Dienst solcher Trottel zu stellen, wenn er nicht auch ordentlich dafür bezahlt wurde. Lieber schlug er sich mit Gelegenheitsjobs durch.

Es hatte sich herumgesprochen, dass der junge da Costa ein Händchen für Reparaturen aller Art hatte. Mal musste er in der Villa des Bürgermeisters einen Staubsauger zusammenbauen, den eine Putzfrau unsachgemäß zerlegt hatte, weil sie bislang nichts anderes als Teppichklopfer gekannt hatte, mal rief man ihn in den Friseursalon, weil eine Trockenhaube viel zu heiß wurde und der Senhora Tavares beinahe das von einer Dauerwelle strapazierte Haar vollends ruiniert hätte. Er setzte die Traktoren und Mähdrescher von Bauern instand, er frisierte die Autos von reichen Söhnen, er sah nach den Lockenstäben, Rührmixern oder Bügeleisen wohlhabender Matronen.

Nur mit der Bezahlung nahmen es die meisten Leute nicht so genau. Der Bürgermeister hatte ihm zum Dank auf die Schulter geschlagen und gemeint, er wolle bei der nächsten Gesetzeswidrigkeit, die Ricardo beging, ein Auge zudrücken. Die Chefin des Friseursalons hatte ihm gratis einen Haarschnitt verpasst, der Ricardo nicht gefiel. Die Bauern gaben ihm Lebensmittel mit, die Senhoras drückten ihm ein paar Münzen in die Hand, die reichen Söhne versprachen ihm, dass er ihre Wagen einmal fahren dürfe – sobald er alt genug dafür wäre.

Ricardo wusste, dass die Leute ihn nicht nur gern bestellten, weil er schnell und zuverlässig war, sondern vor allem, weil sie sich auf seine Diskretion verlassen konnten. Wer wollte schon den Elektriker Andrade im Haus haben, damit sich das alte Klatschmaul nachher in der Kneipe genüsslich über die maroden Installationen oder Geräte oder, Herr bewahre!, andere Dinge, die er so zu sehen bekam, auslassen konnte? Die Leute glaubten außerdem, dass sie so einen jungen Spund nicht teuer zu bezahlen brauchten, was insofern stimmte, als Ricardo nie viel verlangte. Er verlangte nur, *dass* seine Arbeit honoriert wurde. Wenn nicht heute, dann morgen. Er brauchte nicht Buch zu führen über all die Gefälligkeiten und Escudos, die man ihm schuldete. Er hatte genau im Kopf, wer was wann zu begleichen hatte, und er dachte nicht daran, irgendwem etwas davon nachzulassen. Wenn Dona Margarida wieder einmal seiner Dienste bedurfte, was angesichts des Zustandes ihrer Waschmaschine, die Ricardo beim letzten Mal nebenbei mit in Augenschein genommen hatte, nicht mehr allzu lange dauern konnte, dann würde er auf Vorkasse bestehen.

Heute hatte er auch so einen Fall. Er hatte der Frau von António Gomes versprochen, nach ihrem Plattenspieler zu sehen – aber der gute Senhor António schuldete Ricardo noch die Bezahlung für die Anbringung einer neuen Türklingel, die schon ein Vierteljahr zurücklag. Wahrscheinlich hoffte Gomes, dass Ricardo diesen kleinen Gefallen inzwischen vergessen hätte. Doch Ricardo vergaß nie etwas. Sein Gedächtnis war so exakt wie die Bücher eines gewissenhaften Buchhalters.

»Ah, Ricardo, gut, dass du da bist. Wir wollen morgen eine kleine Party veranstalten, aber was für ein Fest soll das werden, wenn der Plattenspieler nicht läuft? Der Teller dreht sich im falschen Tempo, es ist nicht auszuhalten.« Dona Joana verdrehte die Augen in übertriebener Verzweiflung. »Ich spiel's dir mal vor.« Sie legte eine Schallplatte von einem alentejanischen Bauernchor auf, und diesmal war es an Ricardo, die Augen zu verdrehen. Wer hörte sich denn freiwillig solche Musik an? Tatsächlich drehte der Teller sich zu langsam, so dass das Gejaule noch qualvoller klang als ohnehin schon.

»Tja«, sagte Ricardo nur. Seine Wortkargheit wurde von den meisten Leuten als jugendliche Befangenheit ausgelegt. Ricardo sah Dona Joana deutlich an, was sie dachte, denn es unterschied sich kaum von dem, was offenbar alle Erwachsenen in ihm sahen – einen verwahrlosten Bastard und Pickeljungen, der nichts lieber tat als basteln und der dankbar sein konnte für jede Art von Beschäftigung. Er hob die Schultern, als könne er da auch nichts machen.

»Ricardo«, rief sie, und ihre Stimme war kurz davor, sich zu überschlagen, »du *musst* dir etwas einfallen lassen!«

»Erst *muss* Ihr Mann mir die 200 Escudos zahlen, die er mir für April zugesagt hatte. Mit Zinsen wären das inzwischen, wenn man denselben Satz zugrunde legen würde wie die Bank, genau 204 Escudos. Aber ich will ja nicht so sein.«

»Ach du liebes bisschen, du wirst doch jetzt nicht wegen so ein paar Kröten einen Aufstand machen wollen.«

Ein paar Kröten? Wenn ihr der Betrag so geringfügig erschien, warum zahlte sie ihn dann nicht einfach? Ihm wären 200 Escudos im Augenblick mehr als willkommen.

»Nein«, erwiderte er, und Dona Joana schien Schwierigkeiten damit zu haben, sich zu erinnern, welche Frage er damit beantwortete.

»Also, ich schlage vor, Sie geben mir einfach die 200 vom letzten Mal, dazu noch 100 dafür, dass ich mich des Plattenspielers annehme, das alles bar auf die Hand – und Ihre Feier kann steigen.«

»Das ist ja Erpressung!«, ereiferte sich Dona Joana.

Ricardo hob die Brauen, als hielte er die Äußerung der Dame für unglaublich dumm, was er auch tat.

»Na dann«, sagte er und wollte gehen.

»Das kannst du doch nicht machen! Bleib gefälligst hier!«

Ricardo stand bereits an der Tür. Mit einer angedeuteten Verbeugung, in der mehr Spott als Ehrerbietung lag, verabschiedete er sich. Er wandte sich abrupt um und wäre beinahe mit einem jungen Mädchen zusammengeprallt, das in diesem Augenblick im Flur auftauchte.

»Oh … äh, Verzeihung«, stammelte er.

»Nein, es war meine Schuld. Ich hätte nicht so schnell um die Ecke kommen sollen«, sagte das Mädchen. »Aber ich habe meine Tante irgendetwas rufen hören, ich dachte, sie wollte vielleicht etwas von mir.«

Ricardo war plötzlich wie gelähmt. Hatte er noch Sekunden zuvor entschlossenen Schrittes das Haus verlassen wollen, so stand er nun wie angewurzelt auf der Stelle und glotzte das Mädchen an. Es war hübsch. Es war ausnehmend hübsch.

»Ich bin übrigens Marisa«, sagte sie. Ricardo war sich nicht sicher, ob er sich die leichte Röte, die ihre Wangen überzog, nicht nur einbildete.

»Ich bin Ricardo, oder Rick.« Er hatte sich nie zuvor Rick genannt, aber jetzt erschien es ihm auf einmal ratsam, sich mit einem amerikanisch anmutenden Namen vorzustellen.

»Hi, Rick.« Ihr englisch rollendes »r« klang ganz danach, als hätte sie Übung im Gebrauch der Fremdsprache. Sie grinste ihn an, und Ricardo fühlte sich ertappt. Statt jedoch, wie er es sonst vielleicht getan hätte, peinlich berührt auf seine Schuhspitzen zu starren, schaute er ihr unverwandt ins

Gesicht. Sie hatte die niedlichste Sommersprossennase, die er je gesehen hatte.

Ricardo war so hingerissen von Marisa, dass er nicht merkte, wie sich hinter ihm die Tür öffnete und Dona Joana im Rahmen erschien.

»Was treibst du dich noch hier herum, du Taugenichts?«, fuhr sie ihn an. »Wir brauchen dich nicht mehr. Ich werde einen Fachmann rufen, wie ich es von vornherein hätte tun sollen. Und deinem Onkel Inácio werde ich demnächst mal erzählen, was du für ein Lump bist. Den Pick-up überlässt er dir dann bestimmt nicht mehr.«

Marisa sah fragend zwischen ihrer Tante und Ricardo hin und her.

Ricardo zuckte mit den Achseln. »Wie Madame belieben.« Dass der alte Zé ihr allein für die Reparatur des Plattenspielers das Dreifache dessen berechnen würde, was sie ihm, Ricardo, schuldete, erwähnte er nicht. Genauso wenig sagte er ihr, dass der alte Zé ihr sogar wahrscheinlich ein nagelneues Gerät andrehen würde, weil er vom Elektrohändler Gustavo Carneiro prozentual beteiligt wurde, wenn er etwas an den Mann brachte. Oder an die Frau. »Viel Erfolg dann. Und viel Spaß bei der Party.« Er nickte Dona Joana zu, lächelte Marisa kurz zu und verließ das Haus der Familie Gomes, wobei er die Hände in die Hosentaschen steckte und überhaupt versuchte, einen sehr lässigen Abgang hinzulegen. In Wahrheit jedoch fühlte er Marisas Blicke in seinem Rücken brennen und fürchtete nichts mehr, als sich vor ihr zu blamieren.

Dona Joanas Drohung, mit Inácio zu reden, ließ ihn indes kalt. Er hatte keine Angst vor ihm. Sie hatten einen Handel abgeschlossen, und der bestand darin, dass Ricardo den fast zehn Jahre alten Peugeot 202 Pick-up restaurierte, ihn dafür aber auch so oft fahren durfte, wie der Wagen auf der Quinta nicht gebraucht wurde – allerdings nur auf kleinen Landstraßen, wo

die Gefahr einer Polizeikontrolle gering war. An seinen Teil der Abmachung würde Inácio sich halten. Niemals würde der verkannte Korkeichen-Mogul sich den nicht versiegenden Geldhahn, den Laura für den Erhalt von Belo Horizonte aufgedreht hatte, zudrehen lassen. Dass Ricardo nicht im Traum daran dachte, seiner Rabenmutter irgendetwas von den Vorgängen auf der heruntergekommenen Quinta zu erzählen, brauchte Inácio ja nicht zu wissen. Und auch nicht, wie oft er mit dem Peugeot schon ins Zentrum von Beja gefahren war, direkt an der Polizeiwache vorbei.
Heute aber war er mit dem Motorroller in der Stadt. Vor dem Haus der Gomes' trat er auf das Anlasserpedal und hoffte, dass der Motor gleich ansprang. Marisa könnte ihn womöglich noch vom Fenster aus beobachten. Brav, dachte er, als er gleich beim ersten Versuch das satte Brummen des Rollers hörte. Seinen Helm, der am Lenkrad baumelte, setzte Ricardo nicht auf. Stattdessen fuhr er so rasant an, dass das Gefährt sich aufbäumte. Mit Vollgas düste er davon. Nicht schlecht. Aber lange nicht so gut, als wenn er ein richtiges Motorrad unterm Hintern gehabt hätte.
An der Praça hielt er an. Von den Jungs waren nur Manuel und Joaquim da. Sie hatten ihre Roller neben dem Brunnen aufgebockt und saßen breitbeinig auf den Stufen. Manuel rauchte eine der Zigaretten, die er immer am Kiosk seines Großvaters klaute, Joaquim kaute Kaugummi und entblößte dabei sein ruinöses Gebiss, als wäre er stolz auf die Stummel in seinem Mund.
»Mach's Maul zu, von dem Anblick deiner Zähne wird einem ja schlecht«, begrüßte er den einen Freund. »He, Manuel, gib mir mal 'nen Glimmstengel«, sagte er zu dem anderen.
»Deine Eiter-Fresse ist auch nicht so toll anzusehen, Schwachkopf.«
Ricardo trat nach einer leeren Flasche, die auf den Stufen des

Brunnens lag, bevor Manuel endlich eine Zigarette aus dem zerbeulten Päckchen herausgekramt hatte. Sein Blick folgte der Flasche, die mit großem Getöse über den halben Platz kullerte. Erst am Fuß einer Parkbank blieb sie liegen. Ricardo ließ sich Feuer geben und hielt die Zigarette so zwischen Daumen und Zeigefinger, dass sie in seiner Handhöhle verborgen war. Komische Angewohnheiten legte man sich zu, wenn man jahrelang heimlich rauchte. Ricardo rauchte, seit er zwölf war.

Die junge Frau, die, einen Kinderwagen vor sich, auf der Parkbank gesessen hatte, suchte das Weite. Wahrscheinlich dachte sie, Ricardo hätte die Flasche extra in ihre Richtung getreten. Sie hat Angst vor mir, schoss es Ricardo durch den Kopf, und die Vorstellung erfüllte ihn zu gleichen Teilen mit Scham und mit einem Gefühl des Triumphs. Ja, sollten sie doch Angst haben, die braven Bürger in dieser gottverdammten Stadt. Die Jungs hatten die Flucht der jungen Frau ebenfalls bemerkt und lachten sich halbtot darüber.

»Volltreffer, Ricardo«, lobten sie ihn.

»Die Schlampe war schneller weg als Alda, wenn sie dich kommen sieht«, fügte Joaquim überflüssigerweise hinzu.

Einen Augenblick lang neigte Ricardo dazu, seiner Mutter beizupflichten, die sich, trotz ihres ewigen Verständnisses für die unteren Bevölkerungsschichten, nicht scheute, seine Freunde »Abschaum« zu nennen. Doch sein Ärger hielt nicht lange an. Gerade als er zu einer gemeinen Antwort ansetzte, sah er aus dem Augenwinkel ein Mädchen heranradeln. Marisa – unverkennbar in ihrer hellblauen Capri-Hose, einer weißen Bluse, die in der Taille verknotet war, und einem wippenden hellbraunen Pferdeschwanz. Jetzt trug sie allerdings eine Sonnenbrille, mit der sie erwachsener aussah.

Sie fuhr direkt auf den Brunnen zu und hielt etwa einen Meter vor Ricardo. »Hi, Rick«, sagte sie. Seine Freunde stießen sich die Ellbogen grunzend in die Rippen. »Hallo«, setzte sie hinzu

und nickte den beiden anderen Jungen zu. Sie schob sich ihre Sonnenbrille ins Haar und sah Ricardo durchdringend an. Er hätte sterben können, so süss fand er sie. Die Sonne zauberte goldene Pünktchen in ihre braunen Augen, die sie zusammenkniff. Ihre Nase kräuselte sich dabei.
»Meine Tante hat mir alles erzählt, was passiert ist.«
»Glaube ich nicht.«
»Na ja, nicht alles. Den Rest habe ich mir selber zusammengereimt. Sag, wie viel schulden sie dir?«
»Was geht dich das an?«
»Ich werde dafür sorgen, dass sie dich bezahlen.«
»*Rick*«, rief Joaquim mit weiblich verstellter Stimme, »müssen jetzt schon kleine Mädchen für dich Geld eintreiben?«
»Halt die Fresse, Mann«, schnauzte er ihn an. Zu Marisa sagte er, in nur geringfügig freundlicherem Ton: »Das brauchst du nicht. Ich sorge schon selber dafür.«
»Hm. Wie du meinst.« Unentschlossen blieb sie vor dem Grüppchen stehen, noch immer mit dem Fahrrad zwischen ihren Beinen. »Also dann … *adeus*.« Damit gab sie sich einen Ruck, setzte einen Fuss auf ein Pedal und stiess sich mit dem anderen kräftig ab.
»He, warte«, rief Ricardo.
Marisa hielt an.
»Danke.«
»Wofür?«
Ricardo zuckte mit den Achseln. »Nur so. Ähm … hättest du nicht Lust, am Samstag zu dem Dorffest in Vila Seca zu kommen? Es geht da immer ziemlich hoch her.«
»Ich weiss nicht. Mal sehen. Tja, ich muss jetzt los.« Sie winkte ihm zu und radelte davon, mit wippendem Pferdeschwanz und einem verheissungsvollen Lächeln auf den Lippen.
Joaquim und Manuel bestürmten Ricardo mit Fragen zu der *Stadttrulla*, aber Ricardo war wie weggetreten. Der Blick, den

sie ihm zum Abschied zugeworfen hatte, war ihm so vielversprechend erschienen, dass er schon an seinem eigenen Verstand zu zweifeln begann. Allerdings glaubte Ricardo, darin auch eine Spur Mitleid ausgemacht zu haben, was ihn ausnahmsweise nicht sonderlich irritierte. Denn wenn sie ihn wirklich bemitleidete, dann höchstens wegen seiner Lebensweise. Das konnte er verschmerzen – sie war schließlich nur ein verwöhntes Stadtmädchen, dem er sich weit überlegen fühlte, nicht zuletzt *wegen* seiner unkonventionellen Art zu leben. Auf keinen Fall jedoch hatte sie den Eindruck erweckt, als störte sie etwas an seinem Aussehen. Nein, sie hatte ihm, gerade eben genau wie heute Nachmittag bei ihrer ersten Begegnung, ohne jede Spur von Ekel ins Gesicht gesehen, als gäbe es darin nicht einen einzigen Pickel. Er seufzte gedankenverloren. Wenn es eine einzige Sache gab, derentwegen er nicht bemitleidet werden wollte, dann waren es seine *Riesenkomedone*, von denen er einen gerade wieder aufgekratzt hatte.

36

Wie satt er es hatte, bei der Tante zu wohnen! Wie überdrüssig er der permanenten Bemutterung durch diese Frau war, die weder seine Mutter war noch ihm irgendetwas zu sagen hatte! Wie leid er es war, dass er immerzu den braven Neffen geben musste! Er war ein erwachsener Mann und konnte nicht einmal weibliche Bekanntschaften mit nach Hause nehmen. Genauso wenig konnte er nach Herzenslaune rauchen, trinken, Karten spielen oder ähnliche Dinge tun, an denen Männer nun einmal Spaß hatten. Wenn er bedachte, dass er sich damals aus freien Stücken in diese unerträgliche Abhängigkeit von der Familie Abrantes begeben hatte, wurde ihm übel. Es war, salopp ausgedrückt, zum Kotzen.
Fernando Abrantes hatte vor zehn Jahren die glorreiche Idee gehabt, dass er, Ronaldo Silva, und Maria da Conceição eine Wohnung teilen konnten. Ja, das hatte er schlau eingefädelt, der alte General. So war er sowohl seine Nervensäge von Schwester als auch den unerwarteten Verwandten aus Brasilien mit einem Schlag los, ohne sein Gewissen zu sehr belasten zu müssen und ohne irgendjemanden dem Vorwurf eines unschicklichen Lebenswandels auszusetzen. Eine ältere Frau, die mit ihrem Neffen zusammenlebte, war gegen jeden Verdacht gefeit – und ein junger Mann, der bei seiner Tante lebte und sich um diese kümmerte, konnte nur ein braver Kerl sein. Abrantes zahlte die Miete, die bucklige Verwandtschaft ließ ihn in Frieden. Es war eine für alle Beteiligten befriedigende Lösung gewesen – bis Ronaldo angefangen hatte, Maria da Conceição zu verabscheuen.
Es war ganz langsam passiert, und natürlich wusste Ronaldo, dass sein ausbleibender Erfolg daran nicht ganz unschuldig war. Dennoch konnte er nicht umhin, seinen Unmut an der Tante

auszulassen. Erst hatte er ihr keine Blumen mehr mitgebracht. Dann war er der Wohnung immer öfter ferngeblieben. Schließlich hatte er sich nicht einmal mehr die Mühe gemacht, Sorge um sie vorzutäuschen. Vollkommen offen hatte er ihr seinen Abscheu gezeigt, vor ihren verkrümmten Fingern, ihrem säuerlichen Altweibergeruch, ihren merkwürdigen Bauernkleidern und ihrer Manie, die ganze Wohnung mit Kruzifixen, Madonnenstatuen und Fátima-Devotionalien zu dekorieren. Am schlimmsten war, dass seine kleinen Gemeinheiten und spitzen Bemerkungen an ihr abprallten wie ein Gummiball von einer Betonmauer. Sie schien wild entschlossen, ihn wie einen Sohn zu lieben und all seine Verfehlungen hinzunehmen. Manchmal überkam Ronaldo eine so große Lust, der alten Ziege einfach eine reinzuhauen, dass er zu seinem eigenen Schutz fluchtartig davonrennen musste. Solange er von der Mildtätigkeit des Generals abhängig war, konnte er sich solche Entgleisungen nicht erlauben. Aber was sollte er machen? Eine eigene Wohnung konnte er sich nicht leisten, eine reiche Braut war auch nicht in Sicht.

Mit ein wenig Glück jedoch würde sich heute alles ändern. Ronaldo fuhr sich mit den Fingern durch sein glänzendes schwarzes Haar. Es durfte ruhig ein bisschen strubbelig sein, das verlieh ihm ein jungenhafteres Aussehen. Er hatte keine Lust, schon auf die Rolle des alternden Liebhabers festgelegt zu werden, bevor es richtig losgegangen war. Er wurde bald dreißig, als jugendlicher Rebell war er bereits nicht mehr perfekt geeignet. Er betrachtete sich unauffällig in der Spiegelwand des Cafés. *Okay*, dachte er. Alles bestens. Er sah blendend aus, wie immer. Die Ringe unter seinen Augen hatte er geschickt abgedeckt. Es hatte eben doch ein paar Vorteile, wenn man im Umgang mit Schminke geübt war. Und das war er, auch wenn er jahrelang nur als Komparse gearbeitet hatte. Er sah auf seine Armbanduhr, ein Geburtstagsgeschenk von Tante Maria da Conceição.

Die dumme Pute hatte wahrscheinlich die Ersparnisse ihres Lebens dafür hergeben müssen, denn die Uhr war ein Schweizer Markenfabrikat. Ronaldo stellte fest, dass ihm noch ein paar Minuten blieben, bevor seine Verabredung eintreffen sollte. Er winkte den Kellner herbei und bestellte noch einen *bagaço*. Schnaps half gegen Nervosität. Am Nebentisch saßen zwei junge Mädchen, die ihn ungeniert anglotzten und kicherten. Wie die erst kichern würden, wenn er groß herauskam, wenn er berühmt war! Er zwinkerte den Mädchen zu. Dieses Zwinkern hatte er Tausend Male angewandt, es hatte seinen Zweck noch nie verfehlt. Die Weiber rannten ihm in Scharen nach. Leider nur die falschen.
Nachdem er sich vergewissert hatte, dass er die erwünschte Wirkung erzielt hatte, nämlich staunendes, ungläubiges Lächeln – *was, der meint wirklich mich?!* –, wandte er sich wieder der verglasten Eingangstür zu. Er beobachtete die Leute, die draußen in der Frühlingsluft vorbeiflanierten, die Kinder, die ihre Nasen an der Vitrine des Cafés plattdrückten, wo die schönsten Confiserien präsentiert wurden, sowie die Mütter, die sie ungehalten am Arm nahmen und weiterzerrten. Er beobachtete den Tabakqualm, der in der schräg einfallenden Sonne bizarre graue Muster in die Luft malte, und er musterte zwischendurch immer wieder sich selbst. War sein Hemd nicht zu weit geöffnet, sondern gerade weit genug, um ihm einen verwegenen Anstrich zu geben? War die Lederjacke nicht ein wenig übertrieben, vor allem angesichts der Jahreszeit? Standen ihm etwa schon Schweißperlen auf der Oberlippe? Aber nein, er sah gut aus – eine exotische und etwas erwachsenere Variante von James Dean. In einem der Kinos auf der Avenida da Liberdade lief *Giganten*, und Ronaldo hatte sich den Film schon so oft angesehen, dass er ihn auswendig konnte. Er fand, dass er einen würdigen Nachfolger für den Hollywoodstar abgeben würde. Wenn man ihm nur eine Chance gäbe!

In den Tälern und über den Flussauen waberte dichter Nebel. Milchig, weiß, mystisch. Darüber erhoben sich majestätisch die Berge. Die Weinblätter hatten sich gelb und rot verfärbt. Von der Morgensonne angestrahlt leuchteten die nach Osten gelegenen Hänge wie kostbare Juwelen. Der Nebel zu ihren Füßen wirkte wie der weiße Satin einer Schatulle, in den ein wertvolles Schmuckstück eingebettet war. Der Himmel war von einem zarten Bleu, das später, wenn die Sonne erst ihre Kraft entfaltete, eine kräftigere Färbung annehmen würde. Der Douro selbst, wie auch die Nebenflüsse und kleineren Bäche, waren nicht zu sehen. Peu à peu würden sich im Laufe des Morgens einzelne Details aus dem Dunst hervorschälen, zaghaft und von oben nach unten: erst ein höherer Baum, dann der Schornstein eines Gebäudes und schließlich die Masten der *rabelo*-Barken, die heute mehr als Touristenattraktion denn als Transportmittel für die Portweinfässer dienten. Die Diva ließ sich Zeit mit ihrer Enthüllung, was ihren Reiz nur steigerte. Spätestens gegen elf Uhr hätte der Nebel sich gelichtet, die Landschaft böte sich nackt dem Auge des Betrachters dar. Doch dann würde sie sich wieder neue Raffinessen einfallen lassen, um ihn mit ihrem Zauber gefangen zu nehmen.

Nachts wurde es bereits empfindlich kühl, doch die frische Morgenluft war unvergleichlich. Sie war feucht und benetzte die Haut mit einem feinen Film. Sie duftete so intensiv nach Wasser, Schiefer und nach dem ersten Herbstlaub, dass es Rui da Costa fast den Atem verschlug. Er stand am geöffneten Schlafzimmerfenster und sog diese wunderbare Luft gierig ein. Er ließ den Blick über sein Land gleiten, über die Rebstöcke, denen er fast sein ganzes Leben gewidmet hatte und die jetzt, vorerst, verwaist und friedlich dalagen. Der Herbst, wenn die Weinlese vorbei war und der Rebschnitt noch nicht begonnen hatte, wenn die Gluthitze des Sommers zivilisierteren Temperaturen wich und wenn die Maische unter großem Gelächter in den Steinbottichen mit den blanken Füssen gestampft wurde, war immer seine liebste Jahreszeit gewesen. In diesem Jahr erschien ihm der Herbst noch schöner als sonst. Es würde ein Spitzenjahrgang werden. Er würde Höchstpreise erzielen. Und es war Rui völlig gleichgültig.

Der Grund, aus dem er so gut gelaunt am Fenster stand, zappelig vor Energie und Lebensfreude, hatte mit dem Portweingeschäft nichts zu tun. Rui war verliebt. Es hatte ihn erwischt, und zwar richtig. Niemals zuvor in seinem Leben war er einem anderen Menschen derart verfallen, wie es ihm jetzt passiert war. Es war ein erhebendes Gefühl, eines, das alles Gewesene und alle Zukunftspläne null und nichtig machte. Rui hatte eine Entscheidung getroffen. Sie würde seiner Familie nicht gefallen, aber was kümmerte es ihn? Hatten die ihn je gefragt, ob es ihm gefiel, was sie trieben? Jetzt war er an der Reihe. Er war fast siebzig, und er würde jede Sekunde, die ihm noch blieb, auskosten – ohne Rücksicht auf Verluste.

Was war er nur für ein Narr gewesen? Wie hatte ihm all die Jahre hindurch die öffentliche Meinung so wichtig sein können, dass er dafür auf sein privates Glück verzichtet hatte? Bis vor einem halben Jahr, als er dem Jungen begegnet war, hatte er sich doch allen Ernstes schon mit so unerquicklichen Dingen wie seiner eigenen Beerdigung beschäftigt. Der Arzt war fast täglich auf die Quinta gekommen, um sich an ihm und seiner Hypochondrie zu bereichern, doch den hatte er als Erstes geschasst. Was sollte der Quatsch? Er war alt, aber ihm fehlte überhaupt nichts, wenn man einmal von dem sich lichtenden Haupthaar absah. Die jahrzehntelange Körperertüchtigung und gewissenhafte Pflege seiner Gesundheit zahlten sich jetzt aus: Er war, was man gemeinhin unter einem rüstigen Rentner verstand, auch wenn er es weit von sich wies, ein Rentner zu sein.

Er hatte bis zur diesjährigen Lese gearbeitet wie ein Berserker, und für einen kurzen Augenblick bedauerte er es, dass er nun nicht mehr mit der Qualität der Tinta Roriz, für deren reinsortigen Ausbau er viel Spott geerntet hatte, würde auftrumpfen können. Egal. In Wahrheit hatte er genug von der Portwein-Wissenschaft. Wen interessierte es schon, ob ein Winzer sich für die Lyra- oder die Kordonerziehung einsetzte? War der Streit um die Vor- und Nachteile der Ausdünnung nicht rein akademischer Natur? Und welcher normale Mensch wusste schon, was er unter Edelreisern zu verstehen hatte? Na bitte. Über der Fachsimpelei hatten sie alle ganz vergessen, dass es einzig und allein darauf ankam, ob einem der Wein schmeckte. Und das wiederum hing in starkem Maße von der Genussfähigkeit eines Menschen ab, nicht aber von seinem Fachwissen. Sein Liebling hatte ihm das hinlänglich bewiesen, als er einen simplen Ruby mit größerem Vergnügen getrunken hatte, als er selber jemals bei der Verkostung seiner edelsten Colheita empfunden hatte.

Und für wen sollte er sich eigentlich noch weiter abrackern? Für den faulen Herrn Sohn gewiss nicht, der schlug sich ganz erfolgreich mit seinen Spitzeleien durchs Leben. Für wen sonst? Für seine geschätzte Ehefrau, von der er schon fast vergessen hatte, wie sie aussah? Oder für Laura, von der Paulo behauptete, dass sie gar nicht seine, Ruis, Tochter war, was er ausnahmsweise glaubte? Für seine lieben Enkelkinderchen, von denen eines ein krimineller Halbstarker und zudem nicht einmal sein eigen Fleisch und Blut war, während die anderen beiden in Lissabon zu verzogenen Gören heranwuchsen, die mit der Bewirtschaftung seiner Quinta nichts zu schaffen haben wollten? Nein, seit seine Mutter gestorben war – als 96-Jährige, was Rui Anlass zu der Hoffnung gab, dass auch er ein biblisches Alter erreichte –, gab es niemanden mehr, für den er das Gut hegen und bewahren musste. Er würde alles verkaufen, nach Lissabon gehen und sich dort mit seiner großen Liebe ein lustiges Leben machen. In aller Öffentlichkeit.

Natürlich würde er alles auf eine Art regeln, wie man sie von einem *Gentleman* erwartete. Jujú war ohnehin noch die im Grundbuch eingetragene Eigentümerin jenes Stückes Land, das sie als Mitgift in die Ehe eingebracht hatte. Sie konnte sich fortan allein darum kümmern – was keine schwierige Aufgabe war, denn er hatte den Ertrag des Landes in den vergangenen vierzig Jahren fast verdreifacht. Es warf hübsche Gewinne ab, die seine Frau Gemahlin gern für sich einstreichen durfte. Seinen Sohn Paulo würde er mit einem großen Aktienpaket bedenken, das sicher seine Viertelmillion Dollar wert war. Laura würde er eine größere Summe Bargeld überweisen. Auch wenn sie nicht seine leibliche Tochter war, so hatte er sie doch immer als solche betrachtet und geliebt. Das ließ sich nicht einfach so wegwischen. Und das arme Kind konnte ja nichts für die Fehltritte seiner Mutter.

Damit wären alle zufriedengestellt. Nach dem Verkauf der Ländereien und der Quinta das Laranjeiras, um die sich Sandeman, Graham oder einer der anderen großen Portweinproduzenten oder -abfüller bestimmt prügeln würden, blieb ihm ein stattliches Vermögen. Mehr, als er in der Lage war auszugeben. Selbst wenn er hundert würde. Und mehr als genug, um seinem heißgeliebten Ronaldo ein behagliches Leben zu bereiten und seine Karriere voranzutreiben. Er war ein grauslicher Schauspieler. Wenn er nicht bald Unterricht bei einem Profi nahm, würde ihm sein sagenhaftes Aussehen irgendwann auch nichts mehr nützen.

Fernando glaubte seinen Augen nicht zu trauen. Sein Neffe, Ronaldo, saß am Tisch eines Kaffeehauses – und zwar zusammen mit dem Ehemann von Jujú. Was hatte das zu bedeuten? Was hatten die beiden miteinander zu schaffen? Er bezweifelte, dass Jujú darüber mehr wusste als er, dennoch würde er sie bei nächster Gelegenheit fragen. Denn dass er selber sich an den

Tisch begab, um Ronaldo zu begrüßen, und damit notgedrungen Freundlichkeiten mit seinem alten Widersacher austauschen musste, kam überhaupt nicht in Frage. Der Kerl verursachte ihm noch immer Unbehagen. Auch jetzt noch war er ein Geck. Er trug modische helle Anzüge und einen weniger modischen, dafür umso lachhafteren dünnen Oberlippenbart. Trotzdem musste Fernando dem Mann neidlos zugestehen, dass er sich für sein Alter – er musste etwa so alt sein wie er selber, nämlich 67 – sehr gut hielt. Fernando beschleunigte seinen Schritt und hoffte, dass keiner der beiden ihn gesehen hatte.
Als er zu Hause ankam, schwitzte er. Er schwitzte in letzter Zeit andauernd, aber das war ja auch nicht weiter verwunderlich. Selbst bei Außentemperaturen von rund zwanzig Grad bestand Elisabete darauf, den Kamin brennen zu lassen. Sie nämlich fror immerzu. Trotz der Hitze in ihrem Wohnzimmer saß sie im wollenen Twinset vor dem flackernden Feuer. Sie war völlig vertieft in die Lektüre eines Klatschblattes, das zu zwei Dritteln mit Fotos der Queen gefüllt war. Ihrer Namensvetterin. Alle paar Minuten hob sie den Blick von ihrer Zeitschrift und rief aus: »Hör dir das an, Fernando!« Oder: »Das ist ja nicht zu fassen!« Es interessierte ihn nicht im Mindesten, was die englische Königin während ihres Lissabon-Aufenthaltes gegessen hatte, wie sie gekleidet war oder welche Sehenswürdigkeiten sie besucht hatte. Dennoch hörte er seiner Frau zu, wenn sie ihm ein ihrer Meinung nach besonders spannendes Detail vorlas. Was blieb ihm schon anderes übrig? Die Tage waren so lang geworden, seit sie aus Paris zurückgekommen waren und er aus dem Dienst ausgeschieden war. So leer. Die Frauen hatten es gelernt, ihre Tage zu füllen, auch wenn die Kinder längst aus dem Haus waren. Er nicht. Anders als seine Frau, und auch anders als Jujú, konnte er nicht Stunden damit verbringen, zu lesen, zu stricken oder sich Gedanken über neue Gardinen zu machen. Er fühlte sich nutzlos und alt.

Dabei hätte es durchaus sinnvolle Dinge gegeben, mit denen er sich gern beschäftigt hätte. Er hatte plötzlich große Sehnsucht nach den Tätigkeiten seiner Jugend: Holz hacken, Korkeichen schälen, Wein lesen, Gras mähen, Oliven ernten. Ein unerklärliches Heimweh nach dem Alentejo hatte von ihm Besitz ergriffen. Aber alle Bande dorthin waren gekappt, und seine Frau verspürte nicht den Wunsch, Ferien in dieser *gottverlassenen Gegend* zu verbringen. Es zog sie mehr ins Ausland, an die Côte d'Azur, in die italienischen Seebäder, in die mondänen Großstädte. Wenn es schon Portugal sein musste, dann fuhr sie am liebsten in ihre Villa nach Cascais, die sie von ihren Eltern geerbt hatte, oder in die feudale Quinta von Freunden in Sintra. Und Fernando beugte sich Elisabetes Willen. Es war das mindeste, was er tun konnte, um für seine jahrzehntelange Untreue zu büßen.

Wie schön wäre es, jetzt, in diesem Moment, mit Jujú unter einem Olivenbaum zu sitzen, sie mit Grashalmen zu kitzeln und ihr dabei zuzusehen, wie sie in den wolkenlosen Himmel starrte. Mit halbem Ohr hörte Fernando seine Ehefrau eine weitere vermeintlich interessante Passage aus ihrem Käseblatt vorlesen. Konnte sie nicht eine Sekunde still sein? Es war so wunderbar, sich den Tagträumen hinzugeben. Fernando malte sich aus, wie er mit Jujú in einem hübschen Häuschen wohnte, einem weißen mit blau gestrichenem Sockel und blauen Rahmen um Fenster und Türen, mit Riesenschornstein, auf dem die Störche nisteten, und mit einem großen Grundstück drum herum, auf dem er Obst und Gemüse anbaute. Oh, und dann liefe noch ein kleiner Bach mitten durch ihren Garten, in dem sie ihre Füße kühlen konnten und in dem ihre Enkel, die sie häufig besuchen kamen, sich gegenseitig nass spritzten. Sie würden eine Veranda hinter dem Haus anlegen, und dort säßen sie bis spät in die Nacht in ihren Schaukelstühlen, bei einem Glas Wein und mit Blick auf einen sternenbedeckten Himmel. Und ganz gleich, ob sie

schwiegen oder ob sie angeregt plauderten – es wäre nie diese hohe Stille zwischen ihnen, die er immer in Gegenwart seiner Frau spürte.
»Hast du mir überhaupt zugehört?«
Fernando schrak aus seinen Gedanken auf. »Natürlich, meine Liebe.«
»Aha. Und was denkst du? Haben sie recht?«
»Hör auf, mich wie einen Prüfling zu behandeln. Nein, ich denke, sie haben nicht recht. Und damit Ende der Diskussion.«
Elisabete sah ihren Mann skeptisch an. Wenigstens seine Reaktionsschnelligkeit hatte er noch nicht eingebüßt. Sie wusste genau, dass er keine Ahnung hatte, wovon sie sprach, aber nach so vielen Jahren in der Politik war er darin geübt, sich Zweifel oder Unwissenheit niemals anmerken zu lassen.
»Weißt du, Fernando, das Rentnerdasein bekommt dir überhaupt nicht. Vielleicht solltest du einmal eine schöne Reise machen. Nicht nach Cascais oder Sintra, ich weiß sehr wohl, dass du dich dort unbehaglich fühlst. Fahr doch mal in deinen geliebten Alentejo. Fälle ein paar morsche Korkeichen, was weiß ich. Aber tu irgendetwas. Es ist ja nicht auszuhalten mit dir, wenn du permanent diese Leidensmiene aufsetzt.«
Hatte er laut gedacht? Konnte sie Gedanken lesen? Oder kannte sie ihn und seine Mimik – wobei von »Leidensmiene« gewiss keine Rede sein konnte – einfach so gut, dass sie erkannt hatte, wonach er sich sehnte? Eine erschreckende Vorstellung.
»Nun sieh mich nicht so an wie ein Junge, den man beim Griff in das Bonbonglas erwischt hat. Ich kenne dich, Fernando Abrantes, und ich weiß, dass du im Grunde deines Herzens noch immer ein Bauer bist. Falls es dich beruhigt: Ich möchte dir nur Gelegenheit geben, dich auszutoben, bevor du auf die Idee kommst, deine überschüssige gärtnerische Energie an meinen Rosen auszulassen.« Ihre Lippen verzogen sich zu einem Lächeln, aber ihr Blick blieb kühl.

»Dein Vorschlag ist gar nicht mal so schlecht.« Fernando bemühte sich, seine Aufregung nicht gar zu deutlich zum Ausdruck zu bringen. Das war es! Er konnte sich seinen innigsten Wunsch erfüllen, und seine Frau gab sogar noch ihren Segen dazu! »Ich werde ihn mir in aller Ruhe durch den Kopf gehen lassen.«
Fernando sah nicht, wie seine Frau die Augen verdrehte. *In aller Ruhe*, herrje! Von ihr aus konnte er unverzüglich abreisen. Seit er den ganzen Tag zu Hause saß, war ihr Leben eine einzige Qual. Der Mann war für nichts zu begeistern, was nicht mit Flugzeugen, dem Militär oder dem Alentejo zu tun hatte. Er spielte kein Bridge, tauschte nicht gern Klatsch mit ihren Freunden aus, hatte kein Faible für Gourmet-Restaurants. Er hatte sich von seinen Kindern entfremdet – wenn er ihnen denn jemals nahe gewesen war –, und er spielte nicht gern mit seinen Enkeln, was auf Gegenseitigkeit beruhte, weil er ihnen Angst einjagte. Er war schlicht und ergreifend nicht in ihren Alltag zu integrieren. Sie wollte ihn dringend aus dem Weg haben, und zwar lieber heute als morgen.
Fernando legte die Zeitung beiseite, die auf seinem Schoß lag und in der er die letzte halbe Stunde gar nicht mehr gelesen hatte. Er erhob sich aus seinem Ohrensessel. »Himmel, was für eine unerträgliche Hitze hier drin. Ich bin in meinem Arbeitszimmer, falls du mich suchst.«
Elisabete hob nicht einmal den Kopf, als er den Raum verließ.
Fernando war völlig aus dem Häuschen. Er fühlte sich mit einem Schlag um zwanzig Jahre jünger. Die Perspektive, ein paar Tage, vielleicht sogar Wochen, mit der geliebten Frau in der nicht minder geliebten Heimat zu verbringen, setzte eine Energie in ihm frei, wie er sie seit Jahren nicht mehr verspürt hatte. Er hob den Telefonhörer ab und wählte die vertraute Nummer.
»Jujú, *meu amor*, ich habe großartige Neuigkeiten.«
»Na?«

»Wir reisen gemeinsam in den Alentejo, nur du und ich. Wir können uns ein Haus mieten. Oder ein Zimmer auf einer der Quintas nehmen, die inzwischen zu Pensionen umfunktioniert wurden.«
»Oh ... und wann soll es losgehen?«
»So schnell wie möglich! Ah, Jujú, es wird phantastisch!«
»Das wird es nicht.«
»Warum nicht? Die Jahreszeit ist perfekt für eine solche Reise, und die ...«
»Wir werden nicht fahren«, sagte sie und legte auf. Sie war froh, dass Fernando sie nicht sehen konnte. Er hatte noch nie mit weinenden Frauen umgehen können.

37

Was brachte ein neuer Plattenspieler, wenn die Platten alt waren? Was sollte das für eine Party sein, auf der man von Rock 'n' Roll anscheinend noch nie gehört hatte? Die Frauen saßen schnatternd auf der einen Seite des Raums, die Männer palavernd auf der anderen, und niemand würdigte die alentejanische Bauernmusik von einer Schallplatte, die total verkratzt war. Ihre Tante hätte besser eine Combo bestellt, dann würde vielleicht jemand tanzen. Aber wahrscheinlich brauchten die Gäste noch ein bisschen mehr Schnaps, um aus sich herauszukommen. Die Leute hier waren sehr sonderlich. Marisa bereute schon ihre Entscheidung, die Ferien bei ihrer Tante zu verbringen. Doch allein ließ man sie ja noch nicht reisen – wahrscheinlich hätte sie sich das auch gar nicht getraut –, und ihre Eltern in den Luftkurort in der Schweiz zu begleiten war ihr als die schlechtere Alternative erschienen. Was für ein Fehler: Nichts konnte schlimmer sein als dieses verschlafene Nest mit diesen kauzigen Leuten. Was hatte sie von der sehr großzügig bemessenen Reisekasse – da waren ihre Eltern über sich hinausgewachsen –, wenn es weit und breit keine schicken Geschäfte oder Cafés gab?
Marisas einziger Hoffnungsschimmer war dieser Junge, der sich angeberisch Rick nannte, und das Fest in Vila Seca, zu dem er sie eingeladen hatte. Hatte er? Eigentlich war es ja keine richtige Einladung gewesen, oder? Denn wäre es eine gewesen, dann müsste sie sich jetzt keine Gedanken darüber machen, wie sie dort hinkommen sollte. Dann würde er sie abholen. Aber so? Nachts allein mit dem Fahrrad in der Gegend herumzuirren erschien Marisa nicht sehr ratsam. Und ihre Tante oder ihren Onkel mochte sie auch nicht gern bitten, sie zu dem Fest zu

bringen – sie würden lästige Fragen stellen, oder, was weitaus schrecklicher wäre, mitkommen wollen. Hm, sie musste sich etwas einfallen lassen. Denn diesen Ricardo wollte sie unbedingt wiedersehen.
Abgesehen von seiner üblen Akne war er ein ziemlich gutaussehender Typ. Er hatte grüne Augen, oder jedenfalls grünlich glitzernde. Das allein fand Marisa umwerfend. Darüber hinaus hatte er eine tolle Figur, eine schöne männliche Stimme, dichtes schwarzes Haar, ein markantes Kinn und herrlich weiße Zähne. Nicht, dass er sie allzu oft zeigte. Mit dem Lächeln schien es dieser Junge ja nicht so zu haben, worin er übrigens den anderen Leuten hier in der Gegend sehr ähnlich war. Sonst aber hatte er nicht viel mit ihnen gemein, glaubte Marisa erkannt zu haben, obwohl man das nach zwei so kurzen Begegnungen natürlich nicht mit Sicherheit sagen konnte.
Er hatte einen intelligenten Eindruck auf sie gemacht, und sie fragte sich, warum er sich mit diesen zurückgebliebenen Widerlingen abgab, die mit ihm am Brunnen gesessen hatten. Er war ein ganz anderes Kaliber. Hatte er es nötig, sich mit solchen Idioten herumzutreiben? Oder war es wirklich so, wie ihre Tante behauptete, dass nämlich Ricardo einer der verkommensten Jungen weit und breit war, der bereits jetzt auf die schiefe Bahn geraten war und den bestenfalls eine Zukunft im Gefängnis erwartete? »Aber Tante Joana, wenn du ihn nicht für seine Arbeit bezahlst und wenn seine anderen Kunden es ebenfalls so halten, dann bleibt ihm wohl kaum etwas anderes übrig, als sich seinen Lebensunterhalt auf unehrlichere Art und Weise zu verdienen.« Marisa hatte nie vorgehabt, irgendwelche kriminellen Machenschaften zu entschuldigen, doch die Doppelmoral ihrer Tante zwang sie förmlich dazu. »Pah«, hatte ihre Tante erwidert, »er hätte ja zur Schule gehen können. Er müsste sich auch seinen Lebensunterhalt nicht selber verdienen, denn seine Familie hat Geld. Zumindest genug, um den Burschen zu ernähren. Tja,

aber bei den Zuständen dort war es kein Wunder, dass er irgendwann in der Gosse landet …« Näher hatte ihre Tante sich nicht äußern wollen, womit sie Marisas Phantasie erst recht beflügelte.

Marisa war noch nie einem solchen Jungen begegnet, einem, der als gefährlich galt, als verkommen, als schlechter Umgang. Sie kannte in ihrer Altersgruppe nur Jungen, die aus gesitteten Verhältnissen stammten, die brav zur Schule gingen, die eines Tages einmal Arzt oder Anwalt werden würden, die mit ihren Vätern Tennis spielten, die sich von ihren Müttern einkleiden ließen und deren einzige Auflehnung gegen die Eltern darin bestand, heimlich Brigitte Bardot anzuschmachten, deren Poster sie in ihrem Spind im Sportverein aufgehängt hatten. Marisa fand es ziemlich aufregend, die Bekanntschaft eines Jungen gemacht zu haben, der ganz anders war. Ein Außenseiter. Ein Rebell. Wenn sie das erst ihrer besten Freundin erzählte!

Nun ja, rief sie sich zur Ordnung, erst musste sie ihn ja einmal näher kennenlernen. Bisher gab es nicht allzu viel zu berichten. Und dafür musste sie zu diesem Fest in Vila Seca gehen.

Während Marisa müde auf der Holzbank saß und mit dem Gedanken spielte, sich demnächst zu verabschieden und ins Bett zu gehen, kam die Lösung in Form einer leicht besäuselten älteren Frau auf sie zu. Sie setzte sich neben Marisa, wobei die Bank auf einmal bedenklich durchhing, goss sich aus einer der Karaffen, die auf allen Tischen verteilt waren, Wein nach und sprach sie an. »Muss ganz schön öde sein, so ein Fest, wo nur Alte sind, was?«

Meine Güte, was erwartete die Frau? Dass Marisa bejahte, am besten noch mit dem Zusatz, dass es eben solche Leute wie diese Frau selber es waren, die zur allgemeinen Trostlosigkeit beitrugen? Oder sollte sie lügen und vorgeben, sich prächtig zu amüsieren? Bevor Marisa ein Wort sagen konnte, redete die Frau weiter.

»Meine Kinder sind etwa in deinem Alter. Am Samstag wollen sie alle nach Vila Seca. Da solltest du auch hinkommen, es ist immer sehr lustig.«
»Ach?« Marisa war plötzlich wieder hellwach.
»Ja, mein Tiago zum Beispiel könnte dich mitnehmen. Er fährt schon Auto.«
»Das wäre ... ganz wundervoll.«
»Hier gibt es nämlich nicht so viele hübsche Mädchen wie dich«, raunte die Frau ihr in einem widerlich vertraulichen Ton ins Ohr und lachte auf.
Marisa roch ihren Wein-Atem. Wollte die Alte sie etwa verkuppeln?
»Ich muss erst meine Tante und meinen Onkel fragen. Aber vielen Dank für das Angebot.« Sie rückte ein Stück von der Frau ab. »Wie heißen Sie denn eigentlich?« Sie merkte, wie unhöflich diese Frage geklungen hatte, und fügte hinzu: »Ich meine, ich muss ja meiner Tante schon sagen können, welcher Tiago da meinen Chauffeur spielen soll.«
»Ich bin Senhora Josefina Andrade.«
»Sehr erfreut, Senhora Andrade. Ich werde es mir überlegen. Aber jetzt muss ich wirklich ins Bett, ich bin hundemüde. Gute Nacht.«
»Na, Kindchen, ihr Lisboetas versteht ja anscheinend nicht viel vom Feiern, was?«
Marisa wollte die Frau nicht beleidigen. Sie schenkte ihr ein falsches naiv-betretenes Lächeln und ergriff die Flucht.
Als sie im Bett lag, dachte sie noch stundenlang daran, welche Perspektiven ihr diese unausstehliche Person mit ihrem höchstwahrscheinlich noch unmöglicheren Sohn eröffnet hatte. Ja, sie würde mit diesem Tiago zu dem Fest fahren, ganz gleich, was er für ein Tölpel sein mochte. Und sie würde diesen Dorftrampeln dann einmal zeigen, dass die Lisboetas durchaus etwas vom Feiern verstanden.

Ricardo saß neben der Frau, die er als seine Großmutter betrachtete, obwohl sie ja eigentlich nur seine Großtante war. Egal, er würde sie weiter *avó* nennen, oder *vovó*, oder *avózinha*, je nach Stimmungslage. Wenn Strenge angebracht war, nannte er sie am liebsten Dona Mariana. Und jetzt war so ein Zeitpunkt, an dem er mit gutem Zureden nicht mehr weiterkam.
»Dona Mariana, Sie müssen jetzt den Mund öffnen!«
Sie folgte seinem Befehl widerwillig. Sie senkte den Unterkiefer leicht ab und ließ die Lippen schlaff hängen.
»Weiter! Wie soll denn sonst der Löffel hineinpassen, ohne dass alles danebengeht?«
Sie ließ den Kiefer noch ein Stück weiter nach unten sacken. Aber solange sie nicht auch die Lippen richtig öffnete, würde er den Brei niemals in ihren Mund befördern können, ohne dass es eine Riesensauerei gab. Ricardo verstand nicht, wieso man der alten Frau nicht einfach ihren Willen ließ und sie mit Schokoladenpralinen fütterte. Spielte eine ausgewogene Ernährung in ihrem Alter denn noch eine Rolle? War es nicht völlig irrelevant, ob sie dick war oder dünn, ob sie körperlich bei Kräften war oder nicht? Konnte man jemandem, dessen Geist so zerrüttet war wie der ihre, nicht das eine winzige Vergnügen gönnen, die einzige kleine Sache, die sie zu genießen schien, nämlich Pralinen?
Ricardo liebte seine Oma Mariana. Sie war immer der einzige Mensch in seiner Familie gewesen, der Verständnis für ihn aufgebracht und sich auf seine Seite geschlagen hatte. Aber die Veränderungen, die mit ihr vorgingen, empfand er als beängstigend. Und auch, offen gestanden, als eklig. Dennoch kümmerte er sich um sie, sooft es ihm die Zeit erlaubte. Manchmal, in ihren lichteren Momenten, nahm er sie im Pick-up mit und holperte mit ihr über die Feldwege. Sie lachte dann immer sehr viel, manchmal schimpfte sie aber auch. »Fernando, du bist mal wieder viel zu schnell! Das ist doch kein Flugzeug!«, hatte sie ihm letzte Woche vorgeworfen.

Es war nicht das erste Mal gewesen, dass sie ihn Fernando genannt hatte, und es machte Ricardo auch nicht viel aus. Sicher eine Jugendliebe von ihr, folgerte er. Irgendein blöder alter Knacker. Oder irgendein toter alter Knacker. Es war ihm jedenfalls deutlich lieber, wenn sie ihn Fernando nannte, als wenn sie gar nichts sagte und, so wie jetzt, völlig willenlos erniedrigende Fütterungsprozeduren über sich ergehen ließ. Immerhin, dachte Ricardo nicht ohne eine Spur von Gewissensbissen, musste er sie nicht zur Toilette begleiten. Dafür waren die Frauen im Haus zuständig.

Oma Mariana führte ihnen allen deutlich vor Augen, dass es nicht unbedingt erstrebenswert war, alt zu werden. Ricardo hatten die vergangenen zwei Jahre, seit es mit Oma Mariana rapide bergab gegangen war, auf alle Fälle eines gelehrt: Er würde keinen Tag älter als vierzig werden. Danach würde er seinem Leben selber ein Ende bereiten. Weder wollte er es seinen eventuellen Nachfahren – die er eigentlich nicht gedachte, in die Welt zu setzen – noch entfernteren Angehörigen zumuten, ihn zu pflegen. Außerdem: Was hatte das Leben schon für einen Sinn, wenn man so alt war? Der einzige Vorteil war vielleicht, dass man dann keine Pickel mehr hatte.

Mariana würgte an dem Essen. Ricardo klopfte ihr auf den Rücken. »Schon gut, schon gut. Ich würde es auch nicht essen können, ehrlich gesagt. Versprechen Sie mir, dass Sie hier ruhig sitzen bleiben, ja?« Er sah sie forschend an, ohne ernsthaft auf eine Reaktion zu hoffen. »Ich laufe schnell nach nebenan und stibitze ein paar von den Schokomandeln, die Tante Octávia in ihrer Nachttischschublade hortet, *okay?*«

Ricardo sah das Funkeln in Oma Marianas Augen und wusste, dass er das Richtige tat.

Wenige Stunden später saß er in dem alten Peugeot und war sich sehr deutlich der Tatsache bewusst, dass er das Falsche tat.

Die Guarda Civil würde heute Nacht an den Straßen stehen und Alkoholsünder aus dem Verkehr ziehen wollen. Wenn sie ihn anhielten, hätte er ein Problem. Mehrere Probleme – und der Alkoholpegel in seinem Blut wäre noch das geringste davon. Aber wie sollte er seinen Plan in die Tat umsetzen, wenn er nicht einmal ein Auto hatte? Auf einem Motorroller ließ es sich nur sehr schwer knutschen, und genau das hatte er sich für heute Abend vorgenommen. Diese Marisa war ihm nicht mehr aus dem Kopf gegangen. Er hatte herumgefragt und herausgefunden, dass sie aus Lissabon kam, die Ferien bei ihren Verwandten verbrachte und nächste Woche wieder abreisen würde. Also blieb ihm nicht mehr viel Zeit.

Er rumpelte über unbefestigte Nebensträßchen und schaltete jedes Mal, wenn er parallel zur Hauptstraße fuhr, die Scheinwerfer aus. Viel Sinn machte das nicht, schließlich war Vollmond. Sein Wagen wirbelte hinter sich eine enorme Staubwolke auf, die weithin sichtbar war, sobald der Mond hinter den Wolken hervorlugte. Dennoch gelang es ihm, unbehelligt sein Ziel zu erreichen. Er parkte den Wagen ein wenig abseits vom Festplatz, so dass er, wenn er später mit Marisa dorthin ginge, ein paar dunkle Gassen passieren musste. Dann würde er den Arm um sie legen und sie eng an sich ziehen, und dann …

»He, Eiterbeule! Wieso hast du uns nicht mitgenommen, wenn du mit dem Auto hier bist?« Joaquim war wie aus dem Nichts neben Ricardo aufgetaucht.

»Geht dich nichts an, Blödmann. Außerdem hast du es ja auch allein hierher geschafft.«

»Hier.« Joaquim reichte Ricardo seine Flasche Bier. Ricardo trank einen großen Schluck und gab sie ihm zurück.

»Und?«

»Na ja.«

»Hm.«

»Kannst du laut sagen.«

Sie führten ständig diese Art der Konversation, und sie verstanden einander glänzend. Mehr hatten sie sich eigentlich auch nicht zu sagen. Als sie den Tanzboden erreichten, der in der Mitte des Dorfplatzes aufgebaut worden war, sahen sie sich nach bekannten Gesichtern um.
»Manuel müsste auch hier irgendwo sein.«
»Hm.« Ricardo suchte nach einer ganz anderen Person. Aber von ihr war weit und breit nichts zu sehen. »Hol uns noch ein Bier. Ich halte hier die Stellung.«
Joaquim tat, wie ihm geheißen. Ricardo war ihr Anführer, daran gab es nichts zu rütteln. Man tat besser, was er verlangte.
Kaum war er um die Ecke gebogen, entdeckte Ricardo Marisa. Er fasste es nicht! Sie kam zusammen mit Tiago Andrade, diesem Einfaltspinsel! Dieser Vollversager, der Sohn des Elektrikers, bei dem Ricardo es ganze drei Tage ausgehalten hatte, bevor er angesichts der Unfähigkeit des Mannes abgehauen war, dieser Tiago also hatte sich irgendwie zum Begleiter des attraktivsten Mädchens aufgeschwungen. Wie hatte er das geschafft? Und wie hielt Marisa es an der Seite dieses Dümmlings aus?

Dieselbe Frage hatte Marisa sich auf der Fahrt zum Fest mehrmals gestellt. Tiago war plump und unterbelichtet. Zum Glück war er aber auch sehr schüchtern, so dass sie sich über Zudringlichkeiten wohl keine Sorgen zu machen brauchte. Kaum erreichten sie den Dorfplatz, da sah Marisa auch schon Ricardo. Er zwinkerte ihr zu, was sie unwiderstehlich fand.
»Hör mal, Tiago, ich müsste mal eben das stille Örtchen aufsuchen. Aber vergnüg dich ruhig schon mal ohne mich.« Damit ließ sie den verdutzten Jungen einfach stehen. Sie schlenderte zur Dorfkneipe, ging hinein und blieb am Tresen stehen. Ihr Herz klopfte laut und schnell. Um sie herum waren nur Männer, die sie anstarrten wie einen feindlichen Eindringling. Der Mann hinter dem Tresen fragte sie nach ihrem Wunsch. Sie be-

stellte eine Limonade und hoffte, dass Ricardo schlau genug war, ihr zu folgen. Er würde doch wohl nicht ernsthaft annehmen, dass sie die Begleitung Tiagos der seinen vorzog?

»*Olá.*« Während sie in ihrer Geldbörse nach Münzen gefischt hatte, um ihre Limo zu bezahlen, hatte Ricardo sich neben sie gestellt. Marisa war überrascht zusammengezuckt, als sie seine unverwechselbare Stimme plötzlich aus so großer Nähe hörte.

»Habe ich dich erschreckt?« Er grinste sie an.

»Natürlich nicht. Warum, hattest du das etwa vor?«

Er schüttelte den Kopf. »Für mich ein Bier«, rief er dem Wirt zu. Um seine Verlegenheit zu überspielen, kramte er umständlich in seinen Hosentaschen nach Geld.

Als das Bier auf dem Tresen stand, nahm er die Flasche und prostete Marisa zu: »*Saúde.*«

»*Saúde.*«

Sie sahen sich an und blieben dabei länger stumm, als es ihnen angenehm war. Jeder überlegte fieberhaft, was er Schlaues oder Witziges sagen könnte. Marisa war die Erste, die das Schweigen brach, wenngleich sie sich selten dämlich dabei vorkam.

»Wieso nennst du dich eigentlich Rick?«

Diesmal zuckte Ricardo kaum merklich zusammen. Das hatte er nun davon, dass er ihr so einen Quatsch aufgetischt hatte. Spontan fiel ihm nicht Besseres ein, als zu antworten: »Mein Vater ist Amerikaner.«

»Ach, ehrlich? Dann sprichst du bestimmt fließend Englisch, oder?«

»Nein. Ich kenne den Mann gar nicht. Ich war auch noch nie in Amerika.«

»Und wieso nennst du dich dann Rick?«

Er war in ihre Falle getapt wie der letzte Schuljunge. Ricardo überlegte angestrengt, wie er ihre Frage denn nun beantworten konnte, ohne sich noch weiter um Kopf und Kragen zu reden. Gleich würde sie ihn garantiert fragen, wie es kam, dass sein

Vater Ami war, wo er lebte, welcher Arbeit er nachging. Dann würde sie wissen wollen, was seine Mutter tat, ob sie wieder (!) geheiratet und ob er Geschwister hatte. Als Nächstes würde sie ihn nach seinen Berufszielen ausquetschen. Und wenn es ganz schlimm käme, würde sie womöglich noch sein Sternzeichen in Erfahrung bringen wollen. Mädchen interessierten sich immer für so einen Humbug.

Um sich gar nicht erst einer beschämenden Befragung auszusetzen, sagte Ricardo nur: »Vergiss es.« Ihr gekränkter Gesichtsausdruck zeigte ihm, dass das vielleicht nicht so klug gewesen war. Aber was blieb ihm anderes übrig? Er sah schon ihre höhnische Miene, wenn er ihr die Wahrheit erzählte. *Mein Vater ist der Komponist Jack Waizman, er hat drei Oscars für seine Filmmusik gewonnen. Meine Mutter ist Laura Lisboa, die berühmte Künstlerin.* Hahaha. Sie würde sich vor Lachen ausschütten und würde dann erwidern: *Und ich bin die Kaiserin von China*. Oder etwas in der Art. Ricardo hatte diese Erfahrung ein einziges Mal gemacht, und er wünschte sich nicht, sie zu wiederholen.

Jemandem, der sich als Schulabbrecher in der Provinz mit Gelegenheitsjobs durchschlug, glaubte man sowieso nicht, schon gar nicht eine so haarsträubende Geschichte. Und wieso er mit Nachnamen da Costa hieß, wenn doch seine Eltern beide andere Namen trugen, würde auch niemand nachvollziehen können. Ricardo wusste schon länger, dass es seine Mutter war, die sich hinter dem Pseudonym Laura Lisboa verbarg, doch er hatte sie nie damit konfrontiert. Er wartete immer noch auf den Tag, an dem sie selber ihn beiseitenahm und ihm ihr Geheimnis anvertraute. Bevor sie das nicht tat, sah er keine Veranlassung, seinerseits irgendetwas von dem preiszugeben, was ihn beschäftigte.

Ach, eigentlich war es doch auch völlig egal, wer seine Eltern waren. Schließlich war er derjenige, der Marisa zum Tanzen auffordern würde, nicht seine Eltern. Er war es, der ihr ein Bier spendieren würde – Limonade war seinem Ziel nicht besonders

förderlich –, und er war es auch, der sie später nach Hause bringen würde. Nicht sein Vater und nicht seine Mutter. Er ganz allein. Und er war es auch, der sie dann küssen würde. Um das zu bewerkstelligen, musste er sich allerdings ein bisschen weniger abweisend zeigen.
»Tut mir leid«, sagte er, »ich mag es nur nicht, wenn mir einer so viele Fragen stellt. Außerdem kannst du mich gern Ricardo nennen, wenn dir Rick nicht gefällt.«
»Also, Ricardo, dann verrate mir doch wenigstens, warum du so blöde Reparaturjobs durchführst und keinen richtigen Beruf lernst.«
Diese Nervensäge. Herrje, wie sie ihm auf den Wecker ging mit ihren Fragen, die alle genau seine wunden Punkte trafen! Konnte dieses Mädchen nicht einfach das Fest genießen und dann mit ihm im Pick-up durch die Nacht fahren? Musste sie andauernd solche blöden Fragen stellen?
»Weil ich besser bin als der Mann, bei dem ich eine Lehre hätte machen können.«
»Das glaube ich dir sogar. Aber der gilt als Fachmann und lässt sich auch so bezahlen, während du noch schlechter dastehst als der unfähigste Lehrling.«
»Warten wir's ab.« Ricardo war in seinem tiefsten Innern davon überzeugt, dass eines Tages etwas aus ihm werden würde. Wie er das anstellen sollte, darüber zerbrach er sich jetzt nicht den Kopf. Irgendwann würde er es ihnen allen zeigen.
»Aber worauf willst du denn warten? Dass du alt wirst und dann immer noch Aushilfsarbeiten erledigst? Dass du …«
Weiter kam Marisa nicht, denn in diesem Augenblick nahm Ricardo sie bei der Hand und zog sie zur Tanzfläche. Es lief »Rock around the clock« von Bill Haley, und obwohl Ricardo nicht besonders gut Rock 'n' Roll tanzte, juckte es ihn bei diesem Song immer in den Füßen.
Am Rand der Tanzfläche standen seine Freunde, Manuel, Joa-

quim und noch drei andere aus ihrer Clique, und machten hinter Marisas Rücken obszöne Gesten. Ricardo versuchte sie zu ignorieren. Ein paar Meter von ihnen entfernt stand Tiago, der dreinschaute wie ein geprügelter Hund. Sie alle beobachteten das Paar auf der Tanzfläche ganz genau. Ihnen entging nicht, wie Ricardo seine mangelnde Sicherheit mit Kraft wettmachte, indem er Marisa die abenteuerlichsten Pirouetten drehen ließ. Ihnen entging ebenso wenig, was für eine gute Tänzerin das Mädchen war, dessen Rock, Petticoat und Pferdeschwanz wild herumflogen und dem Spektakel einen mitreißenden Schwung verliehen. Und am allerwenigsten entging ihnen, was für ein hübsches Paar die beiden waren.

Als das Lied aufhörte und eine langsamere Musik gespielt wurde, verließen die beiden die Tanzfläche. Völlig aus der Puste keuchte Marisa: »Das müssen wir aber noch ein bisschen üben, was?« Und Ricardo, der sehr stolz darauf war, dass er nicht nur seinen inneren Schweinehund überwunden, sondern sogar ganz passabel getanzt hatte, antwortete, ebenfalls heftig atmend und ziemlich beleidigt, dass sie seine Tanzkünste nicht zu würdigen wusste: »*Du* vielleicht.« Dann fügte er, mit einem Blick auf den herannahenden Tiago, schadenfroh hinzu: »Und da kommt auch schon einer, mit dem du das tun kannst.«

»Oje, lass uns schnell verduften.« Sie tat so, als hätte sie Tiago gar nicht gesehen, wandte sich um und ging, Ricardo an der Hand nehmend, zu einer der Holzbänke, die unter den Platanen aufgebaut worden waren. Als sie dort ankamen, ließ sie Ricardos Hand wieder los, als hätte sie sich daran verbrannt. Auf einmal kam ihr diese Geste viel zu intim vor. Die Leute mussten ja wer weiß was von ihr halten. Sie setzte sich, warf unauffällig einen Blick zurück und stellte erleichtert fest, dass Tiago ihnen nicht gefolgt war.

»Wusstest du, dass in Amerika Bill Haley total passé ist?«, fragte sie Ricardo, nachdem sie sich ein wenig von dem anstrengenden Tanz erholt hatten und er für sie beide ein Bier geholt hatte.

»Da steht die Jugend jetzt auf Elvis Presley. Der sieht viel besser aus, und er tanzt ... äh, irgendwie schweinisch.«
»Woher willst du das wissen? Habt ihr etwa Fernsehen?«
»Ja, haben wir. Aber daher weiß ich es nicht – da läuft ja eh nur RTP, mit zensierten Nachrichten.«
Ricardo staunte. Erst seit März diesen Jahres, 1957, gab es auch in Portugal Fernsehen, aber nur wenige Leute hatten ein Gerät.
»Woher weißt du es dann?«
»Mein älterer Bruder studiert in den USA. Er hat uns erzählt, dass bei den Konzerten von Elvis die Mädchen in Ohnmacht fallen und so.«
Ricardo hob die Brauen in einem Ausdruck, der zu besagen schien: *hysterische Weiber*.
»Guck nicht so überheblich.«
»Tu ich doch gar nicht.« Er wusste natürlich, dass er genau so und nicht anders aus der Wäsche geschaut haben musste. Das passierte ihm ständig, unbewusst, und er hatte schon viele Menschen damit brüskiert. Aber was konnte er dafür? So sah er halt aus. Wenn die Leute sein Gesicht für arrogant hielten, konnte er es auch nicht ändern.
Danach fiel weder ihm noch ihr irgendetwas Sinnvolles mehr ein. Sie tranken schweigend, musterten sich verstohlen und waren sich der Gegenwart des anderen schmerzhaft bewusst.
Die Befangenheit zwischen ihnen wurde immer bedrückender.
»Hast du Lust, noch einmal zu tanzen?«, fragte sie schließlich, als das Bier alle war und einfach etwas gesagt werden *musste*.
»Bei *der* Musik? Besten Dank.« Es lag keineswegs an der Musik, dass er nicht mehr tanzen wollte. Es lag an den hämischen Visagen seiner Freunde, die ihn, wie er aus den Augenwinkeln wahrnahm, noch immer beobachteten, und es lag auch daran, dass sein Selbstbewusstsein als Tänzer nach ihrer Lästerei von vorhin argen Schaden genommen hatte.
»Dann verabschiede ich mich jetzt besser, oder?« Marisa hatte

die Erfahrung gemacht, dass die Ratschläge ihrer Großmutter meistens gut waren. Und die hätte jetzt sicher gesagt: *Man soll immer gehen, wenn es am besten ist.* Nicht, dass es jetzt wirklich gut gewesen wäre – aber besser wurde es ganz sicher nicht mehr.
»Willst du etwa schon nach Hause?« Ricardo frohlockte. Wenn sie sich rar machen wollte, dann hatte sie sich aber geschnitten.
»Ja.«
»Soll ich dich fahren?«
»Auf deinem Roller? Lieber nicht – ich bin dafür nicht richtig angezogen.«
»Ich bin mit meinem Auto hier.«
»Ach?«
Er nickte und hoffte, dass er dabei nicht zu wichtigtuerisch aussah.
»Darfst du denn schon fahren?«
»Wen kümmert's?« Er lächelte sie schief an, blinzelte ihr zu und wusste im selben Moment, dass er gewonnen hatte.

Eine halbe Stunde später wurde Ricardo von der Polizei angehalten. Einer der Polizisten fuhr mit ihnen beiden zur Wache, von wo aus er Marisas Verwandte anrief, damit sie das Mädchen abholen konnten. Ricardo behielt man noch etwas länger dort, rief aber schließlich seine Mutter an, die mit verquollenen Augen aufs Revier kam, eine Kaution hinterlegte, die Gebühren für das Abschleppen des Pick-ups berappte und Ricardo eine Ohrfeige verpasste. Erst da wachte Ricardo wirklich auf – bislang waren die Ereignisse ihm merkwürdig irreal erschienen. Das laute Klatschen der Ohrfeige jedoch sowie seine brennende Wange brachten ihm deutlich zu Bewusstsein, dass er es grandios verbockt hatte. Aus der Traum.

38

Wer Frühwerke von Laura Lisboa besaß, durfte sich über einen enormen Wertzuwachs dieser Kunstwerke freuen. Heute waren Originale von LL nur noch für ein Vermögen zu haben. Ihre Gemälde hingen in den namhaftesten Museen Europas, und die meisten Liebhaber ihrer Kunst mussten sich mit signierten Drucken begnügen.
Das Erstaunlichste daran, dachte Laura, war, dass keiner der wenigen Eingeweihten ihre wahre Identität je hatte durchsickern lassen. Sie arbeitete nach wie vor mit dem Galeristen Oliveira zusammen. Die Frage war nur, wie lange noch. Der Mann war alt und wurde immer gebrechlicher. Bald würde er die Geschäfte einem Jüngeren übergeben müssen, und wer wusste schon, ob dieser Nachfolger ebenso verschwiegen war wie Oliveira. Ähnlich verblüffend fand es Laura, dass es nicht einmal beim Finanzamt eine undichte Stelle zu geben schien, doch auch da gab sie sich keinen Illusionen hin. Irgendwann würde der diskrete und ihr unbekannte Beamte durch einen jüngeren ersetzt werden, und auf dessen Korrektheit war vermutlich nicht so viel Verlass.
Über die Menschen in ihrer unmittelbaren Umgebung hingegen zerbrach Laura sich nicht den Kopf. Es war wirklich verrückt, wie blind die Leute waren. Sie sahen nicht einmal, was sich direkt vor ihrer Nase abspielte. Seit sie in den Alentejo zu Tante Mariana gezogen war, hatte niemand auch nur den geringsten Verdacht geschöpft. Dabei hatte sie in dem Trakt, den sie und Ricardo auf Belo Horizonte bewohnten und in dem sich auch ihr Atelier befand, überall Gemälde herumstehen oder an den Wänden hängen, die neben dem Datum der Fertigstellung das unverkennbare, zackige »LL« trugen. »Wenn du wenigstens so erfolgreich

wärst wie diese Laura Lisboa, die du andauernd kopierst, dann wäre dein Sohn bestimmt nicht so missraten«, hatte ihr kürzlich ihr Bruder vorgeworfen. Und er war, so schien es, der Einzige, der überhaupt in die Nähe der Wahrheit kam. Die anderen hatten noch nie von LL gehört. Niemand aus der Familie ihrer Cousine Octávia las je das Feuilleton einer Zeitung, und ihr Sohn lebte ohnehin auf einem eigenen Planeten.

Die einzigen Menschen, die außer ihr und Oliveira noch Bescheid wussten, waren Jakob beziehungsweise *Jack* sowie Felipe. Beide Männer hatte sie zum Schweigen verpflichtet, und offenbar hatten sie Wort gehalten. Beide Männer zeigten sich allerdings auch zunehmend verständnislos gegenüber ihrem Wunsch, dem Jungen nichts zu sagen. Als Ricardo noch klein war, ja, da war es klar, dass er diese Art von Information besser nicht hatte, um sie nicht unfreiwillig herauszuposaunen. Aber heute? Er war gerade siebzehn geworden – und damit ohne Zweifel alt genug, um zu erfahren, dass seine Mutter eine international anerkannte Künstlerin war. Felipe drängte sie fortwährend, es Ricardo doch endlich zu sagen, und Jack, mit dem sie nur in äußerst unregelmäßigem Briefverkehr stand, drohte gar damit, es seinem Sohn selber mitzuteilen.

Vielleicht hatten sie recht. Laura befürchtete zwar, dass dieses Wissen ihrem Jungen mehr schadete, als dass es ihm guttat, aber warum nicht? Es war auf lange Sicht immer besser, mit der Wahrheit herauszurücken, auch auf die Gefahr hin, wie in diesem Fall, dass es eine verheerende Wirkung auf die labile Psyche Ricardos hatte. Sie lieferte ihm ja praktisch einen Vorwand, sich noch weniger um eine Lehre oder eine richtige Arbeit zu bemühen, wenn er erst um ihren Reichtum wusste. Sie hatte nie gewollt, dass er aufwuchs wie sie: in Internaten, umgeben von arroganten Kindern reicher Leute und in dem Bewusstsein, dass er sich nie wirklich anzustrengen brauchte, um es zu etwas zu bringen. Mit der richtigen Herkunft und nach dem Besuch der

einschlägigen Schulen ergab sich das von ganz allein. Noch viel weniger hatte sie allerdings gewollt, dass er zum sozialen Außenseiter wurde. Also gut. Viel schlimmer konnte es mit ihm ja nicht werden. Sie gab sich einen Ruck und ging zu ihm.
Sie klopfte zaghaft an der Tür. Keine Reaktion. Sie wusste, dass er da war, also klopfte sie etwas entschlossener und rief durch die geschlossene Tür: »Ich bin's. Mach mir auf, bitte.« Er hatte die schlechte Angewohnheit, sich von innen einzuschließen. Wenig später hörte sie, wie der Schlüssel sich drehte. Er öffnete die Tür einen Spaltbreit und sah sie mit entnervter Miene an.
»Was gibt es denn?«
»Ich möchte mit dir reden. Aber nicht hier, zwischen Tür und Angel.«
Unwillig ließ er sie hinein. Laura sah sich staunend in dem Zimmer um, das sie seit beinahe einem Jahr nicht mehr betreten hatte. Nur die Putzfrau ließ Ricardo gelegentlich in sein Reich – alle anderen waren nicht willkommen. Laura hatte dies immer respektiert. Auch Jugendliche hatten ein Recht auf Privatsphäre. Dass sein Zimmer so ordentlich war, hatte sie nicht vermutet. Und ebenso wenig, dass es darin aussah wie in der Schaltzentrale eines wissenschaftlichen Instituts. An den Wänden hingen Schautafeln vom Sonnensystem und Abbildungen von Raketen. Von der Decke baumelten mehrere Modellflugzeuge, Jagdbomber zumeist. Im Regal standen unzählige Bücher, die auf dem Rücken eine Signatur trugen, anscheinend Werke aus der Leihbibliothek, die fast ausschließlich von Naturwissenschaften oder Technik handelten. Auf dem Schreibtisch und auf der Kommode war so gut wie jeder Quadratzentimeter vollgestellt mit merkwürdigen Apparaturen, von denen Laura nur eine einzige als etwas identifizieren konnte, das einmal ein Radio gewesen sein mochte.
Ricardo sah sie herausfordernd an, er rechnete wohl mit einer Standpauke.

Laura wusste nicht, wie sie einen eleganten Einstieg in das heikle Thema finden konnte. Also fragte sie gleich: »Sagt dir der Name ›Laura Lisboa‹ etwas?«
»Ja. So eine Künstlerin. Total scheiße. Warum?«
»Ach, nur so.« Sie wandte sich von ihm ab und verließ den Raum, zitternd vor Wut auf sich selber, weil es ihr im entscheidenden Moment an Courage gemangelt hatte, und mit den Tränen kämpfend, weil der einzige Mensch, dessen Urteil ihr wirklich etwas bedeutete, ihre Kunst nicht zu schätzen wusste.
Ricardo schloss die Tür hinter ihr ab und wunderte sich, warum sie ihn nicht wegen des Gebrauchs des Wortes »Scheiße« zurechtgewiesen hatte. Dass er zu gemein gewesen wäre, fand er nicht: Er musste sich schließlich auch andauernd anhören, wie unmöglich er war.

Geschäftlich war das erste Halbjahr 1958 sehr gut für Laura gelaufen. Von ihrem Privatleben konnte man das nicht behaupten. Ihr hübscher, kluger Sohn glitt immer weiter ab, und sie musste das Ganze hilflos mit ansehen. Er ließ sich von niemandem etwas sagen, am allerwenigsten von ihr. Mit Felipe stritt sie sich in letzter Zeit häufig, meist über Lappalien, was dazu geführt hatte, dass sich auch im Bett nicht mehr sonderlich viel tat. Das heißt: Es tat sich gar nichts mehr – bei ihm. Dennoch suchte Laura die Gründe für sein sexuelles Versagen bei sich. Denn *können* konnte er offensichtlich noch, seine zahlreichen Seitensprünge bewiesen das ja deutlich genug. Und genügend willige Studentinnen, die mit ihrem Professor aus Berechnung ins Bett gingen, schien es zu geben. Laura fand sich mit 41 Jahren entschieden zu jung dafür, keusch zu leben, und wenn das so weiterginge, würde sie sich vielleicht ebenfalls nach einem Liebhaber umsehen. Was sie und Felipe noch einte, war allein der gemeinsame Kampf gegen die Willkür und die Zensur des Salazar-Regimes.

Mit ihrer Familie dagegen verband sie so gut wie nichts mehr. Ihre Mutter lebte in Lissabon ihr behagliches kleines Leben als reiche Strohwitwe, ihr Vater gab in Pinhão den Lokalmatador, ihr Bruder war innerhalb der Geheimpolizei PIDE zu einem hohen Tier aufgestiegen, als welches er endlich nach Belieben in anderer Leute Angelegenheiten herumschnüffeln und seinen sadistischen Neigungen nachgeben konnte. Laura sah alle drei nur noch bei größeren Familienfeiern. Die wiederum waren selten geworden. Ricardo wollte seine Geburtstage nicht mehr mit der Familie feiern, Hochzeiten hatten länger keine mehr stattgefunden, und die letzte Beerdigung – die von Isabel, einer Schwester ihrer Mutter, mit der sie kaum je etwas zu tun gehabt hatten – lag drei Jahre zurück.

Die einzige Person, der Laura je wirklich nahe gewesen war, von der sie sich geliebt gefühlt hatte, war Tante Mariana gewesen. Aber die war nur noch ein Schatten ihrer selbst. Sie kümmerte vor sich hin, verloren in einer Welt, in der die Toten ebenso präsent waren wie die Lebenden, in der die Grenzen zwischen den Generationen nicht mehr vorhanden waren und in der die herkömmlichen Zeitmaßstäbe nicht mehr griffen. Zu ihr, Laura, sagte Tante Mariana immer öfter »Jujú«, was insofern verzeihlich war, als die Ähnlichkeit zwischen Laura und ihrer Mutter immer stärker wurde. Hatten sie sich noch vor einigen Jahren durch vollkommen verschiedene Frisuren und Kleidungsstile voneinander unterschieden, so hatten sich diese allmählich einander angeglichen. Hinzu kam, dass Laura älter wirkte, als sie war, während ihre Mutter für ihre 66 Jahre sensationell jung aussah. Sie hätten als Schwestern durchgehen können.

Wie schön das hätte sein können – wenn sie zu ihrer Mutter ein schwesterliches Verhältnis gehabt hätte. Ach, es hätte ja schon gereicht, wenn sie nur ein normales Mutter-Tochter-Verhältnis hätten haben können! Aber dafür war es jetzt zu spät. Sie konnten nach drei Jahrzehnten höflicher Distanziertheit nicht plötzlich zu inniger Freundschaft übergehen, selbst wenn beide es gewollt hätten. Manchmal blitzte eine Szene vor Lauras geistigem Auge auf, in der ihre noch sehr junge und schöne Mutter ihr, Laura, die Haare bürstete. Sie hatte dabei einen populären Schlager jener Zeit vor sich hin gesummt, hatte mit Lauras Haaren gespielt und ihr dann verschiedene Frisuren gemacht, bis Laura endlich mit einer einverstanden war. Ihre Mutter hatte sie geherzt und geküsst und ihrer »kleinen Prinzessin« lauter alberne kleine Komplimente gemacht. Hatte diese Szene sich wirklich so zugetragen? Oder spielte ihre Phantasie ihr einen Streich?

Wie hatte es passieren können, dass sie einander so fremd geworden waren? Und überhaupt: Was waren sie nur für eine merkwürdige Familie? Warum konnten sie nicht, wie ein Großteil aller Portugiesen, im engen Familienverbund leben und einander ehren oder sogar lieben? Wie hatten sie es zulassen können, dass eine solche Gleichgültigkeit gegeneinander eingekehrt war? Da waren sie nun mit allem gesegnet, von dem andere Menschen nur träumen konnten – mit Gesundheit, gutem Aussehen, Wohlstand, Erfolg – und waren nicht in der Lage, es zu genießen. Sie alle verschlossen sich beinahe mutwillig ihrem Glück. Vor lauter Angst, es könne ihnen eines Tages entfleuchen, ließen sie es erst gar nicht in ihre Seelen vordringen. Als hätten sie es nicht verdient und als würde man das Unglück geradezu heraufbeschwören, wenn man allzu frohen Herzens durchs Leben ging.

Dabei war es ja keineswegs so, dass sie zu tiefen Gefühlen nicht imstande gewesen wären. Laura konnte sich nicht vorstellen, dass irgendein Mensch auf der Welt irgendeinem anderen Menschen mehr Liebe entgegenbrachte als sie ihrem Sohn Ricardo. Aber mit Glück hatte das wenig zu tun. Es war vielmehr eine große Bürde. Die ständige Sorge um ein geliebtes Kind führte geradewegs in eine persönliche Hölle, deren Ende nicht abzusehen war und die nur dadurch erträglich wurde, dass man die Hoffnung nicht aufgab. Kinderlose Menschen wie etwa Felipe würden das nie nachvollziehen können.

Zur selben Zeit, zu der Laura auf Belo Horizonte darüber sinnierte, wann, wie und warum ihr Leben diese traurige Wendung zur seelischen Vereinsamung hin genommen hatte, sah der junge Tenente Alberto Morais angewidert einen Häftling an. Er wollte nicht sprechen? Bitte, dann würden sie sein Wissen eben aus ihm herausprügeln. Es gab kaum jemanden, der dieser Art der Befragung standhielt. Auch die störrischsten Alentejanos – und von dort kamen nun einmal die meisten Kommunisten, Aufwiegler und Atheisten – waren nicht bereit, mit ihrem Leben für den Schutz ihrer Genossen oder das Fortbestehen ihrer Sache zu bezahlen. Früher oder später redeten sie alle.
Der Tenente betrachtete den zusammengekrümmten Leib auf dem rohen Betonfußboden. Beleuchtet wurde der Kellerraum nur durch eine nackte Glühbirne, die von der Decke baumelte. Tageslicht gab es in der Zelle keines. Wenn sie lange genug hier drin gehockt hatten und ihr Schlaf-wach-Rhythmus total durcheinander war, spurten die Gefangenen besser. Der Tenente holte zu einem neuerlichen Schlag aus, doch diesmal wurde er zurückgehalten.
»Das reicht jetzt. Er soll bei Bewusstsein bleiben.« Der Vorgesetzte von Alberto Morais trat etwas näher an den Häftling heran. Er rümpfte die Nase – diese Befragungen waren wirklich sehr unappetitlich.
»Heb ihn auf. Fessle ihn wieder an den Stuhl.«
»Jawohl, *comissário*.«
»Und dann lass mich eine halbe Stunde mit ihm allein.«
Der Tenente folgte gewissenhaft den Anweisungen seines Chefs und verließ die Zelle. Seiner Meinung nach hätte der Spaß ruhig

noch ein wenig länger dauern können. Diese alentejanischen Gotteslästerer waren zäh.

Als er mit ihm allein war, hob Paulo da Costa das Gesicht des Sträflings an, um ihm in die Augen sehen zu können. Der Mann war übel zugerichtet. Paulo begegnete einem hasserfüllten Blick, den er lächelnd erwiderte. Dieser Mann stellte keine Gefahr mehr dar. Seine Nase war gebrochen, zwei Schneidezähne ausgeschlagen, die Augen zugequollen.

»So, mein lieber Felipe. Wir sind *en famille*, sozusagen. Möchtest du vielleicht jetzt meiner freundlichen Bitte, endlich deine Aussage zu machen, Folge leisten?«

»Bastard!« Felipe spuckte Paulo an. Der bräunliche Klumpen landete direkt auf Paulos cremefarbenen Wildlederslippern, was diesen mehr zu ärgern schien als die verbale Beleidigung.

»Diese Schuhe haben fast 50 Pfund Sterling gekostet. Ich werde die Summe mit auf deine Rechnung setzen. Zusammen mit den Kosten, die wir wegen deiner Widerspenstigkeit haben.«

Felipe konnte kaum noch einen klaren Gedanken fassen. Er wünschte sich, in Ohnmacht zu fallen, damit er vorübergehend von seinen Schmerzen und von der Folter befreit wäre. Aber er blieb wach.

»Also, dann noch einmal von vorne: Wir wissen, dass eure konspirativen Treffen jeden Mittwochabend stattfinden, in der Universität und getarnt als literaturwissenschaftliches Seminar. Wirst du mir jetzt die Namen deiner Mitverschwörer nennen, oder soll ich sie alle einzeln verhören? Die hübsche Rothaarige zum Beispiel, die würde ich mir sogar persönlich vornehmen ...«

Felipe schloss die Augen und versuchte nachzudenken. Aber er war zu logischem Denken nicht mehr in der Lage. Der Schmerz hatte seinen Geist besiegt.

»Und deine Schwester, willst du dir die auch persönlich vornehmen?«, brachte er mühsam hervor. Seine Aussprache war undeutlich.

»Bitte strapaziere deine Kräfte nicht unnötig, indem du so törichte Fragen stellst. Der Einzige, der hier fragt, bin ich. Du antwortest nur.« Paulo ging näher an den Gefangenen heran, der erbarmungswürdig aussah – und überaus abstoßend. Dann trat er mit dem metallverstärkten Absatz eines cremefarbenen handgearbeiteten Schuhs auf die Zehen des Häftlings, so lang und so fest, bis Felipe endlich in die erhoffte Bewusstlosigkeit sank.

Laura war außer sich vor Zorn. Am Abend hatte eine Teilnehmerin des »Seminars« sich bei ihr gemeldet und berichtet, dass man Felipe verhaftet und zum Verhör nach Lissabon gebracht hatte. Die junge Frau hatte ihr die beiden PIDE-Polizisten genau beschrieben, und obwohl keine der Beschreibungen auf ihren Bruder zutraf, war sich Laura ganz sicher, dass Paulo dahintersteckte. Dieser Widerling! Dieser Verbrecher! Dieses Schwein! Irgendjemand musste ihn doch aufhalten können! Und während sie unter normalen Umständen niemals ihre Eltern um Hilfe gebeten hätte, war es genau das, was sie jetzt tat. Vielleicht hatten sie noch ein winziges bisschen Einfluss auf diese Ausgeburt des Bösen.
»*Mãe*, diesmal ist er zu weit gegangen«, empörte sie sich gegenüber ihrer Mutter. »Er hat Felipe verhaften lassen, und allein bei der Vorstellung, was er ihm alles antun kann, wird mir übel. Bitte tu etwas! Enterbe ihn, belege ihn mit einem Fluch, was auch immer, aber bitte tu etwas!«
Jujú war ebenfalls schockiert, konnte aber beim besten Willen nicht glauben, dass Paulo körperliche Gewalt anwenden würde, schon gar nicht bei dem Lebenspartner seiner Schwester.
»Hör mal, Schatz. Du bist aufgeregt, das ist verständlich. Aber glaubst du wirklich, dass Paulinho deinem Felipe etwas zuleide tun könnte? Und außerdem: Wenn Felipe sich nichts hat zuschulden kommen lassen, dann passiert ihm doch auch nichts, oder? Du wirst sehen, sie entlassen ihn sofort, sobald sie seine

Aussage zu Protokoll genommen haben. Bestimmt hast du ihn spätestens morgen wohlbehalten wieder.«
Oh Gott! Ihre Mutter war wirklich die naivste Person auf dem Erdball. Laura hielt es für aussichtslos, sie über die Heimtücke der Geheimpolizei aufzuklären oder über das Demokratieverständnis eines Diktators wie Salazar. Ihre Mutter würde ohnehin nicht begreifen können, wieso andere Leute das Bedürfnis verspürten, ihre Meinung frei zu äußern – sie selber war ja eine ausgemachte Expertin in Sachen Geheimniskrämerei.
»Leg dich wieder hin und träume süß!« Wutentbrannt knallte Laura den Hörer aufs Telefon. Also schön, vielleicht war ihr Vater ihr eine größere Hilfe.
»*Pai*, Paulo hat Felipe verhaftet! Kannst du diese Missgeburt irgendwie stoppen?«
»Immer schön der Reihe nach: Wann ist das passiert? Bist du sicher, dass Paulo dafür verantwortlich ist? Weißt du, wohin sie Felipe gebracht haben? Und gibt es irgendeinen Grund zu der Annahme, dass sie etwas gegen ihn in der Hand haben?«
Laura holte tief Luft und resümierte die Eckdaten des Vorgangs, so wie man ihn ihr geschildert hatte. Mit größter Vorsicht gab sie ihrem Vater außerdem zu verstehen, dass es sehr gut möglich wäre, dass Felipe nicht immer ganz regimetreu gehandelt, sich dabei aber ihres Wissens keines nennenswerten Verbrechens schuldig gemacht hätte. »Es sei denn, du betrachtest es als Straftat, dass er für die Pressefreiheit eingetreten ist.«
»Ich werde mich mit Paulo in Verbindung setzen und erst einmal hören, was er dazu zu sagen hat.«
»Ja, ja, und dann lässt du ihm wieder alles durchgehen und glättest mit deinem Geld die Wogen.« Ihre Stimme zitterte. »*Pai*, wenn er Felipe auch nur ein Haar krümmt, wird alles Geld der Welt das nicht wiedergutmachen können.« Erneut legte sie auf, ohne sich zu verabschieden. Dann schlug sie die Hände vors Gesicht und weinte.

Es war, als wäre ein Damm gebrochen. Kaum hatte sie damit angefangen, waren ihre Tränen nicht mehr aufzuhalten. All die ungeweinten Tränen über ihr eigenes Versagen als Mutter, über die Untreue Felipes und über die Missstände in Portugal brachen plötzlich mit einer Gewalt hervor, die Laura nicht für möglich gehalten hätte. Wann hatte sie je so geheult? Sich regelrecht geschüttelt in einem Weinkrampf? Sich derartig hineingesteigert in ihre Wut und ihre Trauer, dass sie kaum noch Luft bekam?

Längst war die Sorge um Felipe in den Hintergrund getreten. Sie war nur der Auslöser gewesen. Jetzt weinte sie um sich, um ihr ganzes verpfuschtes Leben. Sonst würde es ja keiner tun. Auf dem Höhepunkt ihres Selbstmitleids stellte Laura sich ihre eigene triste Beerdigung vor, zu der kaum jemand kommen, geschweige denn eine Träne vergießen würde. Wer würde ihren Tod schon betrauern? Sie würden den teuersten Sarg kaufen und die größten Kränze niederlegen und das am schönsten gelegene Grab aussuchen und den redegewandtesten Pfarrer engagieren. Aber weinen würde niemand um sie.

Ein paar Leute würden sich sogar ausgesprochen freuen, wenn sie das Zeitliche segnete: Ihr größter Sammler, ein Bankier aus Genf, würde sich jedenfalls die Hände reiben, wenn ihre Gemälde plötzlich das Dreifache wert wären.

39

Es würde nicht mehr lange dauern. Sie waren schon fast so weit. Und jetzt würden sich die Amerikaner noch mehr beeilen. Nach dem Sputnikschock im vergangenen Jahr konnte es der Westen nicht auf sich sitzen lassen, dass die Sowjets ihm im Wettlauf um die Eroberung des Alls eine Nasenlänge voraus waren. Sie würden zum Mond fliegen, und sie würden Menschen dort landen lassen. Vor wenigen Tagen, am 29. Juli 1958, hatte der amerikanische Präsident Eisenhower ein Papier unterzeichnet, das dieses ehrgeizige Vorhaben noch beschleunigen würde. Der »National Aeronautics and Space Act« sah die Schaffung einer US-amerikanischen Raumfahrtbehörde vor und hatte als erklärtes Ziel, bemannte Raumfähren auf den Mond zu schicken, bevor es die Sowjets taten.
Fernando hoffte, dass er diesen Tag noch erlebte. Er sah auf seine Hände, die knotig waren und voller Altersflecken. Wäre er nur fünfzig Jahre später zur Welt gekommen! Es wären ihm nicht nur zwei furchtbare Weltkriege erspart geblieben, sondern er hätte vielleicht sogar an der Eroberung und Erforschung des Weltalls teilhaben können. Ja, wenn er heute noch einmal jung sein könnte, würde er alles dransetzen, in die USA zu gehen und dort zu studieren. Er würde sich von dieser noch zu gründenden Raumfahrtbehörde anwerben und sich zum Piloten einer Mondrakete ausbilden lassen. Er würde zu den ersten Männern gehören, die den Mond betraten. Und ganz gleich, welche Ödnis ihn dort erwarten würde, eines wäre gewiss: Von dort hätte er garantiert die Distanz zur Erde und zu all den unerfreulichen Vorkommnissen der Gegenwart, die ihm jetzt fehlte. Er seufzte stumm. Nur fünfzig Jahre trennten ihn von diesem Traum! Erdgeschichtlich betrachtet war das eine verschwindend kleine

Zeitspanne – aber für ihn bedeutete es eine unüberwindbare Ewigkeit.

Schluss damit! Er hatte sich nie mit Bedauern und Jammern aufgehalten und würde es auch jetzt nicht tun. Es ließ sich ja doch nicht ändern. Und wenn der Himmel für ihn wegen seines Alters nicht mehr erreichbar war, dann würde er sich eben auf die Erde besinnen. Zum Rasenmähen und Umgraben der Beete war er durchaus noch geeignet – Fernando erfreute sich bester Gesundheit. Er legte die Wissenschaftsseite der Zeitung beiseite, stand auf und ging zu dem Flur hinter der Küche. Dort befanden sich seine Arbeitsstiefel, Handschuhe und ein Hut, der ihn vor der brennenden Sonne schützen würde. Durch den Hinterausgang seines gemieteten Häuschens ging er in den kleinen Garten.

Das Gärtnern entsprach zwar nicht unbedingt den Vorstellungen, die Fernando von körperlicher Arbeit hatte, aber es war die beste Alternative gewesen. Er besaß kein eigenes Land, das er hätte bewirtschaften können, und er konnte auch schlecht auf anderer Leute Grund und Boden wirken. Sollte er etwa einen der Landbesitzer darum bitten, eine Korkeiche schälen zu dürfen? Oder ein Weizenfeld mit der Sense zu mähen? Die würden ihn ja für einen völlig senilen Greis halten und aus dem Verkehr ziehen! Aber der Garten war gar nicht so schlecht, und Fernando hatte dem Vermieter die Erlaubnis abgerungen, darin nach Belieben schalten und walten zu dürfen, solange er nicht gerade die Bäume fällte. Wahrscheinlich hatte der Vermieter sich ins Fäustchen gelacht und sich diebisch darüber gefreut, dass er zusätzlich zu den Mieteinnahmen nun auch noch einen Dummen hatte, der sich gratis um den verwahrlosten Garten kümmerte.

Fernando stemmte die Arme in die Taille, sah sich um, griff nach einer Hacke und machte sich an die Arbeit. Er grub, schaufelte, hackte, mähte, schleppte und rackerte den ganzen Tag lang, ohne zu bemerken, wie die Sonne immer tiefer sank – und ohne auch nur einen Augenblick lang die Hitze als unangenehm zu empfinden. Nur die Fliegen störten ihn. Er hatte in all den Jahren in der Stadt vergessen, welche Plage die Biester sein konnten, wenn sie ständig um einen herumschwirrten und sich in großer Zahl auf einem niederließen, anscheinend immun gegen jede Art von Wedeln und Fortscheuchen.

Am Abend holte Fernando sich einen Stuhl nach draußen, begutachtete stolz sein Tagewerk und sah dem Mond beim Aufgehen zu. Es war schon lange her, dass er so zufrieden mit sich und der Welt gewesen war. Er nahm einen Schluck von dem Bier, das er zur Feier des Tages geöffnet hatte. Eine riesige, weißliche Scheibe kam allmählich hinter den sanft geschwungenen Hügeln hervor und flutete das Land mit einem gespenstisch hellen Licht – ein großartiges Schauspiel. Sogar der Mond, dachte Fernando, sah im Alentejo schöner aus als in Lissabon. Jeder, der sich über die trockenen Sommer im Landesinnern beschwerte, sollte sich einmal an diesem Mond ergötzen, und er würde nie wieder an dem Klima herumkritteln. Wie es wohl wäre, da oben zu stehen und einen Blick auf die Erde zu werfen? Ah, verflucht! Nun war er doch wieder in Gedanken bei der Mondlandung, die ihm auf immer verwehrt bleiben würde!

Aldora Freitas war eine Frau mit Prinzipien. Zu diesen zählte etwa die strikte Einhaltung der Zehn Gebote, genau wie Pünktlichkeit, Gesetzestreue, wöchentliches Beichten sowie die penible Instandhaltung der Bibliothek. Sie ließ es nicht zu, dass das Reinigungspersonal schluderte oder dass Nutzer der Bücherei andere Schreibgeräte als Bleistifte mit in den Lesesaal nahmen. Sie hatte es zu ihrer persönlichen Mission erklärt, den Buchbestand der Stadtbücherei zu hegen und zu pflegen, als handele es sich um ihre Kinder. Und in gewisser Weise war es ja auch so. Da ihr das Glück einer eigenen Familie von Gott nie gewährt

worden war, brachte sie nun den Büchern mütterliche Gefühle entgegen. Es war der gleiche Prozess, wie man ihn sich auch vom Zölibat der Padres versprach: Wer keine eigenen Kinder hatte, dessen elterliche Hingabe würde sich ein Ventil suchen, würde sich auf andere Menschen oder Dinge konzentrieren, an denen er diese naturgegebene Regung, die jedem Christen innewohnte, zum Einsatz bringen konnte.
Die Wege des Herrn waren vielleicht unergründlich, aber Dona Aldora zweifelte nicht daran, dass ihr Schöpfer sie zur Hüterin der Kommunalen Leihbücherei vorbestimmt hatte. Ihr graute bereits vor dem Tag, an dem sie pensioniert werden würde. Die Jugend war so nachlässig! Die junge Fernanda zum Beispiel. Hatte studiert, nannte sich diplomierte Bibliothekarin, machte kein Hehl daraus, dass sie ihre Vorgesetzte so schnell wie möglich ablösen wollte – und war dabei nicht einmal in der Lage, die Basisregeln eines jeden gewissenhaften Bibliothekars zu beherzigen. Sie ließ sogar Fristen verstreichen, ohne den Ausleihern Mahnungen zu schicken!
Aber ein paar Jahre blieben Dona Aldora noch, und wenn der Allmächtige es wollte, würde er ihre Erziehung der schusseligen Fernanda vielleicht mit einem Erfolg belohnen. Sie sah auf die Wanduhr und schüttelte empört den Kopf. Zwei Minuten nach neun, und das Mädchen war immer noch nicht da. Unerhört. In diesem Augenblick hörte Dona Aldora das charakteristische Quietschen der ersten Glastür. Durch diese Tür kam jeder Besucher und auch jeder Angestellte der Bibliothek. Dahinter lag ein kurzer Flur, und erst an dessen Ende lag die zweite Glastür, die direkt in das Allerheiligste führte. Nun ja, vielleicht war noch nicht Hopfen und Malz verloren. Zwei Minuten Verspätung waren eben noch zu tolerieren, befand Dona Aldora in einer seltenen Anwandlung von Großzügigkeit. Sie schob ihre Lesebrille vorn auf die Nase, um der Sünderin darüber hinweg einen strengen Blick zuzuwerfen. Doch durch die zweite Tür

kam gar nicht Fernanda, und es kostete Dona Aldora all ihre Selbstbeherrschung, um nicht erschrocken dreinzublicken.
»*Bom dia*«, sagte ein älterer Herr, den sie hier nie zuvor gesehen hatte.
Sie erwiderte den Gruß und sah ihn fragend an. Irgendetwas an ihm kam ihr bekannt vor.
»Mir wurde gesagt, ich würde hier ein paar internationale Zeitungen lesen können.«
»Das ist richtig.« Dona Aldora war stolz auf ihr gepflegtes Zeitungsarchiv. »Wir haben hier Zeitungen und Zeitschriften aus Angola, Mosambik, Goa, Macau und anderen portugiesischen Kolonien. Auch ausgewählte englische, französische, deutsche und spanische Periodika werden Sie hier finden. Allerdings nicht die aktuellsten Ausgaben – es dauert immer ein wenig, bis sie bei uns ankommen, wenn Sie verstehen, was ich meine.«
»Nur zu gut, Senhora …«
»Aldora Freitas.«
»Sehr angenehm. Ich bin Fernando Abrantes.« Er lächelte ihr zu, sie lächelte huldvoll zurück.
Er gefiel ihr, dieser offensichtlich wohlsituierte Mann mit den gepflegten Umgangsformen.
»Verzeihen Sie meine Neugier, aber Sie sind nicht von hier, oder? Ich habe Sie noch nie in der Stadt gesehen.«
»Oh, das liegt an Ihrer Jugend«, antwortete Fernando. »Ich bin ursprünglich schon von hier – nur habe ich meine Heimat vor einem halben Jahrhundert verlassen.«
Dona Aldora war leicht errötet. Ein so nettes Kompliment hatte sie zuletzt vor fünfzehn Jahren gehört, als der Lehrer António Cabral ihr den Hof gemacht hatte – allerdings ein wenig zu zurückhaltend, so dass sie seinem Werben nicht nachgegeben hatte. Etwas Hartnäckigkeit war in ihren Augen eine der Grundvoraussetzungen für einen Verehrer. Eine anständige Frau konnte schließlich nicht schon dem ersten Versuch eines

Mannes nachgeben. Hätte Cabral auch nur einen Bruchteil des Eroberungsgeistes seines historischen Namensvetters besessen, wäre sie jetzt höchstwahrscheinlich Senhora Aldora Cabral – und Witwe. Der Lehrer war vor zwei Jahren einem Schlaganfall erlegen. Gerade noch rechtzeitig zwang sich Dona Aldora, sich nicht zu bekreuzigen. Sie war schließlich nicht allein.

Sie erklärte dem freundlichen Besucher ihrer Bibliothek – denn dass es die ihre war, daran gab es nichts zu rütteln, das sahen sogar die Stadtväter so, die sich hier bedenklich selten sehen ließen –, wo er die gewünschten Publikationen einsehen konnte. Sie führte ihn in den großen Lesesaal und erklärte ihm in einem Ton, der deutlich weniger eindringlich war als der, den sie Schülern gegenüber anwandte, die Bibliotheksregeln. Der nette Herr Abrantes machte einen durchaus verständigen Eindruck auf sie. »Um Gottes willen, selbstverständlich werde ich keine Notizen mit Tinte machen!«, hatte er ausgerufen. Dona Aldora hatte es ihm ausnahmsweise durchgehen lassen. In dieser Bibliothek duldete sie sonst nur Flüstern.

Nach etwa einer Stunde verließ Fernando die Bücherei, nicht ohne sich zuvor überschwänglich bei Dona Aldora für deren kompetente und freundliche Hilfe bedankt zu haben.

Danach schlenderte er ziellos durch Beja. Es hatte sich, abgesehen von ein paar neuen Lokalen und Geschäften, nicht sehr viel verändert. Nur auf der Praça lungerten ein paar Halbstarke herum, um die er einen großen Bogen machte. Zwar traute Fernando sich zu, mit diesen armseligen Jüngelchen fertig zu werden – dreißig Jahre Übung mit nichtsnutzigen Kadetten waren sicher nicht umsonst gewesen –, doch er zog seine Ruhe vor. Er wollte sich den Urlaub nicht durch diese Wichte verderben lassen, die, wie ihresgleichen es auch in Lissabon gern taten, ein perverses Vergnügen daran zu finden schienen, die in ihren Augen schwächsten Mitglieder der Gesellschaft zu drangsalieren: Frauen, Kinder, Alte und Behinderte.

Sein Weg führte Fernando, ohne dass er es recht bemerkt hatte, zu der alten Festung. Er umrundete das Bauwerk, bis er an der Stelle angelangt war, an der er und Jujú sich als Kinder versteckt hatten. Er legte eine Hand auf die Mauer, die im Schatten lag. Sie fühlte sich kühl und feucht an. Wie hatten sie sich hier damals so ängstigen können? Es war doch nur ein altes Gemäuer. Er musste schmunzeln angesichts der kindlichen Phantasie, die ohne Frage beflügelt worden war von all den Geistergeschichten, die früher erzählt wurden. Heute waren so abergläubische Menschen wie seine Mutter nicht mehr sehr zahlreich. Heute flößte allerdings die Festung anscheinend auch niemandem mehr Angst ein: In dem Unkraut am Fuße der Mauer lagen leere Zigarettenschachteln und Scherben von Bierflaschen. Fernando kniff missmutig die Brauen zusammen und wanderte zurück ins Stadtzentrum, wo er seinen Wagen geparkt hatte. Allerhöchste Zeit, sich den Aprikosen zu widmen, die trotz des erbärmlichen Zustands des Baumes in schönster Pracht und enormer Zahl daran hingen und dringend geerntet werden mussten. Vielleicht würde er der staubtrockenen Dona Aldora einen Korb voll vorbeibringen. Irgendetwas musste er mit den Früchten anstellen – einkochen konnte er sie ja schlecht. Und Jujú hätte es ebenfalls nicht gekonnt, wenn sie ihn denn begleitet hätte.

Die Luft flimmerte. Die Hitze schnürte einem die Luft ab. Schwer und beklemmend wie der Röntgenschutzumhang, den er voriges Jahr bei der Durchleuchtung seines gebrochenen Beines hatte anlegen müssen, lag sie auf Ricardos Brustkorb. In den Straßen war kaum noch ein Mensch. Alle hatten sich über die Mittagszeit ins Innere der Häuser oder wenigstens in den Schatten gerettet. Es wehte ein leichter Wind, der jedoch keine Erfrischung brachte, sondern mehr an den heißen Hauch aus einem Auspuffrohr erinnerte, wenn der Motor gerade abgestellt worden war. Der Wind hatte kaum genügend Kraft, um ein paar Papierschnipsel, die vorher beisammengelegen hatten, zu zerstreuen. Danach schien er wieder Luft holen zu müssen, um dann, immer im Abstand von etwa einer Minute, irgendetwas anderes zu berühren und geringfügig zu bewegen. Erst war es die Haarsträhne, die Ricardo mit erheblichem Aufwand genau so und nicht anders drapiert hatte, die der Wind ihm aus der Stirn pustete. Dann wirbelte die heiße Brise einige verdorrte Blätter auf. Nur den Haufen, den Dona Joanas Hund stolz in der Mitte des Platzes deponiert hatte, beeindruckten die Bestrebungen des Windes kein bisschen. Blöder Köter. Und verfluchtes Kaff, in der einem kaum etwas anderes übrigblieb, als missmutig auf die Hinterlassenschaften unerzogener Hunde zu glotzen, weil man amtlich verordnet bekam, mittags nicht zu lesen.

Was war das nur für eine verquere Logik, wonach die Bibliothek ihre Öffnungszeiten festlegte? Wann, wenn nicht in den Mittagsstunden, sollte man denn sonst dorthin gehen? Aber genau zwischen 12.00 Uhr und 15.30 Uhr schloss die Bücherei, und man konnte sich auf peinlichst genaue Einhaltung dieser Zeiten verlassen: Die alte Schachtel war so pünktlich, dass halb Beja die Uhren nach ihr stellte.

Ricardo trat gegen den Reifen seines Motorrollers. In der Gegend herumfahren, das wäre jetzt schön. Schön erfrischend. Aber der Tank war fast leer, und Ricardo war so pleite, dass er auch nicht tanken konnte. Jetzt jedenfalls noch nicht. Um zwei Uhr hatte er einen Termin mit Senhor Pedro von der Eisdiele vereinbart, um sich eine defekte Eismaschine anzusehen. Er würde auf Vorkasse bestehen, und eine große Waffel mit Schokoladen- und Erdbeereis würde er als Trinkgeld dankend annehmen. Bis dahin musste er hier schmoren und darauf hoffen, dass Joaquim weiterhin den Laufburschen für ihn spielte und ihm klaglos einen Becher Wasser nach dem anderen vom Trinkbrunnen holte. Es gab nur eine Sache, nach der ihn noch mehr dürstete als nach Wasser.

Seit der Episode mit Marisa, die ein so klägliches Ende genommen hatte, war Ricardo in sich gegangen. Er hatte feststellen müssen, dass Marisa wahrscheinlich recht hatte. Ohne Schulabschluss und Berufsausbildung würde er in hundert Jahren noch am Brunnen herumhängen und sich Hundehaufen ansehen müssen. Also hatte er beschlossen, etwas zu unternehmen. Er war jetzt siebzehn Jahre alt. Die Schulbank konnte und wollte er nicht mehr drücken – er hatte ja mit zehn schon mehr auf dem Kasten gehabt als seine Lehrer. Für ein Universitätsstudium hatte er, mangels eines abgeschlossenen Besuchs des *liceu*, keine Zugangsberechtigung. Konnte man die vielleicht auf andere Art und Weise erwerben? Womöglich gab es Eignungstests? Ricardo war sich hundertprozentig sicher, dass er alle Prüfungen in Mathematik und Physik mit Bravour bestanden hätte. Andererseits: Sollte er wirklich kostbare Zeit vertrödeln, indem er an der Uni herumhing und sich mit den Theorien antiker Gelehrter beschäftigte? Ihm waren die praktischen Aspekte wichtiger. Also doch eine Lehre. Aber allein beim Gedanken an die Autowerkstatt von José Pinto schauderte es ihn. Niemals! Die Demütigungen, die ihn dort von Seiten des Meisters erwarteten, würde er ohnehin nicht länger als drei Tage ertragen.

Solange Ricardo zu keinem vernünftigen Entschluss gelangte, hatte er sich wenigstens seiner Bildung angenommen. Man wusste nie, wofür es gut war. Und Spaß machte es ihm obendrein. Während er die Nächte schon immer gern mit seinen Tüfteleien verbracht hatte, beschäftigte er sich neuerdings tagsüber mit Büchern. Zumindest, wenn er nicht gerade irgendwelche Aufträge erledigte. Joaquim und Manuel, die Trottel, lachten ihn aus, doch das war Ricardo egal. Die Hauptsache war, dass Marisa ihn nicht länger als dummen Jungen belächelte. Nächstes Jahr, wenn sie vielleicht wieder ihre Ferien bei ihrer

Tante verbringen durfte – in diesem Jahr hatten die Eltern sie den Sommer über nach England geschickt, wie sie ihm geschrieben hatte –, wollte er sie mit einem Wissen beeindrucken, über das in Beja kein Zweiter verfügte.

Fast jeden Tag ging er in die Stadtbücherei und sog wie ein trockener Schwamm alles an Informationen auf, was er in die Finger bekam. Er verschmähte schöngeistige Literatur, aber kein Mathematiklehrbuch, kein ingenieurwissenschaftliches Lexikon, kein Technikratgeber und kein Biologiehandbuch war vor ihm sicher. Dona Aldora kannte Ricardo gut und legte ihm neue Bücher, die ihn interessieren mochten, gleich beiseite. Sie fand es außerordentlich bedauerlich, dass ein Junge mit seinem Wissensdurst und mit seinen Fähigkeiten auf die vergleichsweise spärliche Auswahl an Publikationen angewiesen war, die ihm in dieser Bücherei zur Verfügung stand.

Auch den Umstand, dass der Junge sich ganz ohne pädagogische Anleitung Wissen aneignete, betrachtete sie kritisch. Er konnte doch keine englischen Sprachkenntnisse erwerben, indem er Wörterbücher auswendig lernte! Aber genau das schien er zu tun, und soweit Dona Aldora das beurteilen konnte, war er bereits bei dem Buchstaben P angelangt. Einmal hatte sie ihn gefragt, warum er denn immer das Wörterbuch aufgeschlagen neben sich liegen hatte, wenn er doch portugiesische Bücher las. Obwohl der Junge extrem verschlossen war, hatte er sie angegrinst und gesagt: »Damit ich genau das bald nicht mehr tun muss.« Woraus Dona Aldora geschlossen hatte, dass er die amerikanischen Fachpublikationen lesen wollte, von denen sie leider nur eine äußerst überschaubare Zahl führten.

Um genau 15.30 Uhr trafen Ricardo und Dona Aldora in der Bücherei ein. Die Bibliothekarin unterzog Ricardo einer genauen Musterung und befand schließlich aufgebracht: »Mit diesen schwarzen Händen lasse ich dich nicht an meine Bücher!«

Beschämt betrachtete Ricardo seine Hände. Die Alte hatte recht. Gottverdammte Eismaschine! Die Reparatur hatte viel länger gedauert als vorgesehen, eine nachträgliche Erhöhung seines Lohns hatte der Eismann kategorisch abgelehnt, und jetzt bekam Ricardo auch noch Probleme wegen seiner ölverschmierten Finger. »Schon gut, ich gehe sie schrubben. Aber toll werden sie hinterher auch nicht aussehen.«

Als Ricardo wenig später zurückkam, nahm ihn Dona Aldora noch strenger unter die Lupe als zuvor. Es irritierte ihn ungeheuer. »Was ist denn jetzt wieder? Muss man ein feiner Pinkel sein, um ein Scheißbuch zu lesen?« Er wusste, dass er sich mit solchen Reden keinen Gefallen tat. Und eigentlich hatte die alte Jungfer einen solchen Ton auch nicht verdient – sie war ganz okay, obwohl sie nicht danach aussah.

»Mäßige dich, Ricardo da Costa!« Dona Aldora sah ihn aus zusammengekniffenen schlauen Augen an. »Und nimm dir ein Beispiel an deinem Großvater. Der ist ein echter Kavalier.«

Während Ricardo im Waschraum gewesen war, war Dona Aldora plötzlich ein Licht aufgegangen. Auf einmal hatte sie gewusst, weshalb der nette Senhor Abrantes einen so vertrauten Eindruck auf sie gemacht hatte. Der Junge war ihm wie aus dem Gesicht geschnitten, wenngleich es selbstverständlich einer geschulten Beobachtungsgabe wie der ihren bedurfte, um diese Ähnlichkeit zu entdecken. Die großen Unterschiede in Alter und Kleidung, die Brille des einen und die Pickel des anderen, da musste man schon sehr genau hinsehen, um die Verwandtschaft zu erkennen. Aber war man in der Lage zu abstrahieren, dann war sie unübersehbar.

»Sie kennen meinen Großvater doch gar nicht!«

»Und ob ich das tue. Er war heute Morgen hier in meiner Bibliothek.«

»So ein *bullshit!*«, entfuhr es Ricardo.

Die arme Dona Aldora sah ihn entgeistert an. Sie verstand das

Wort zwar nicht, war aber davon überzeugt, dass es sich nur um einen weiteren Kraftausdruck handeln konnte.
»Wenn du weitere ungehörige Wörter in den Mund nimmst, werde ich dich nicht einlassen.«
»Verzeihen Sie, Dona Aldora«, sagte Ricardo mit aufgesetzter Zerknirschtheit, »aber es kann nicht mein Großvater gewesen sein. Der lebt im Norden, am Douro, und zufällig weiß ich genau, dass er sich auch heute dort aufhält.«
»Na, du wirst ja wie jeder Mensch zwei Großväter haben. Vielleicht war es der andere.«
»Der ist vergast worden.«
»Himmel, steh mir bei!« Dona Aldora bekreuzigte sich. Dann schaute sie Ricardo scharf an. Das nahm sie ihm nicht ab. Er hatte ihr absichtlich eine so schändliche Lüge erzählt, um sie damit zu schockieren. Aber da hörte der Spaß nun wirklich auf. Mit solchen Dingen machte man keine Scherze. »Ich schlage vor, du gehst jetzt nach Hause und denkst darüber nach …«
»In Auschwitz«, unterbrach er sie.
Dona Aldora schloss die Augen und hob das Gesicht gen Himmel. *Senhor, schenke mir Geduld mit diesem Jungen!* »Ich schlage also vor, du beschäftigst dich einmal im stillen Kämmerlein mit dem, was von deiner Wahrheitsliebe übriggeblieben ist. Wenn du dich morgen in aller Form bei mir entschuldigst, werde ich ein Auge zudrücken und dich die Bibliothek weiterhin nutzen lassen.«
»Und wenn nicht?«
»Wenn nicht? Aber das steht gar nicht zur Debatte!«
»Doch. Ich habe die Wahrheit gesagt und sehe nicht ein, mich dafür zu entschuldigen. Wenn überhaupt, dann könnte ich darüber nachdenken, mich für die Verletzung Ihres Zartgefühls zu entschuldigen.«
»Wie du meinst. Aber wenn du mir das nächste Mal unter die Augen trittst, dann bringe bitte die Bücher mit, die du hier ge-

stohlen hast. Wenn nicht, werde ich dich der Polizei melden. Was ich eigentlich schon längst hätte tun sollen.«

Diesmal war es an Ricardo, Dona Aldora entgeistert anzublicken. Hatte die alte Schnepfe die ganze Zeit gewusst, dass er Bücher entwendete? War sie gar nicht so blöd, wie er immer geglaubt hatte? Und wenn sie so blöd nicht war – was hatte es dann mit diesem ominösen »Großvater« auf sich?

Wortlos wandte er sich von der Theke ab und verließ die Bücherei. Sein Stolz verbot es ihm, in dieser verfahrenen Lage auch noch nachzufragen.

40

Marisa ließ sich in den Cocktailsessel fallen, den sie von ihren Eltern zu ihrem neunzehnten Geburtstag geschenkt bekommen hatte. Die Füße legte sie auf den gelb-grau schraffierten Nierentisch, den sie ihnen im Jahr zuvor abgeschwatzt hatte. Allmählich sah ihr Zimmer wirklich schick aus. Nur den uralten Schreibtisch, aus braunschwarzem Jacaranda-Holz und mit alptraumhaften Schnörkeln in neomanuelinischem Stil, musste sie noch ausrangieren, dann wäre ihre Bude wirklich klasse. Aber da ließ ihr Vater einfach nicht mit sich reden. »Er ist eine Kostbarkeit, Marisa! 19. Jahrhundert, Brasilien. Was hast du gegen diesen Tisch?« Dass sie das Möbelstück altmodisch fand und ihm eine unheilvolle Ausstrahlung zuschrieb, ließ er nicht gelten. »Wahrscheinlich hast du zu viele finstere Inquisitions-Romane gelesen.«
Also saß Marisa nun in ihrem nagelneuen Cocktailsessel und nicht an diesem Monstrum von Schreibtisch, das sie mit einer großen Tischdecke verhüllt und auf dem sie ihre Schätze aufgestellt hatte: asymmetrische Blumenvasen, einen futuristischen Kugelaschenbecher, ein Frisierset sowie Bilderrahmen mit Fotos von Freunden, Angehörigen und vor allem von ihr selber. Das Schreiben war nicht so einfach, mit dem Briefblock auf dem Schoß und ohne die direkte Beleuchtung einer Schreibtischlampe. Ja, eine von diesen flotten Tütenlampen könnte sie noch gebrauchen. Die würde sie neben den Sessel stellen, einen Arm auf den Sitzplatz gerichtet, damit sie besser lesen und, wie jetzt, schreiben konnte.
Hi, Rick, begann sie. Dann fiel ihr nichts mehr ein. Sie ließ den Blick durch ihr Zimmer schweifen und richtete es im Geiste modisch ein. Neue Gardinen wären auch mal fällig. Vielleicht

hatte ihre Mutter ein Erbarmen. Sie versuchte sich wieder auf das fast jungfräuliche Blatt zu konzentrieren. Es hatte ja keinen Zweck, sich so intensiv mit der Dekoration eines Zimmers zu beschäftigen, das sie vielleicht schon bald gar nicht mehr bewohnte. Wenn es nach Sérgio ginge, wären sie längst verheiratet. Allerdings hatte der es für ihren Geschmack gar zu eilig – sie kannten sich ja erst seit ein paar Monaten.

Es war schön, mal wieder von dir zu hören. Verflucht, es war unmöglich, eine geschwungene, damenhafte Handschrift hinzubekommen, wenn man sich so in den Sessel lümmelte wie sie. Marisa richtete sich auf, nahm die Füße von dem flachen Tisch und schrieb weiter. *Ich hoffe, es geht dir gut.* Ach du liebes bisschen! Das war ihrer nicht würdig. Andererseits war es auch irgendwie egal, was dieser Junge von ihr denken mochte, oder? Eine Urlaubsbekanntschaft, die aus unerfindlichen Gründen in eine dreijährige Brieffreundschaft übergegangen war. Marisa hatte Ricardo seit dem Sommer 1957 nicht mehr gesehen. Sie konnte sich gar nicht mehr so recht an ihn erinnern. Das Einzige, was ihr unvergesslich bleiben würde, war ihr nächtlicher Besuch auf dem Polizeirevier sowie die anschließenden Wutausbrüche ihrer Tante. Heute konnte Marisa darüber lachen. Damals hatte sie sich fast in die Hose gemacht vor Angst. Der Reiz von verbotenen Handlungen verflog äußerst rasch, wenn man sich dabei erwischen ließ.

Bei mir läuft so weit alles ganz gut. Im Herbst werde ich zum Studieren nach Paris gehen, und danach – mal schauen. Vielleicht zieht es mich dann nach Coimbra. Vor allem hatte sie Lust, endlich von zu Hause auszuziehen. Ob sie ein Studium zum Vorwand dafür nahm oder eine Hochzeit, das war ihr eigentlich egal. Von Sérgio hatte sie Ricardo bisher noch nichts erzählt, warum auch immer. Tja, wenn sie ehrlich war, wusste sie natürlich, warum. Weil er dann aufhören würde, ihr weiterhin zu schreiben, darum. Und das würde ihr nicht gefallen. Verehrer konnte man nie genug haben.

Ob sie mal wieder in den Alentejo käme, wollte er wissen. Unwahrscheinlich. Oder sollte sie? Ihr hübscher neuer Fiat brauchte mal ein bisschen Auslauf – eine Fahrt von rund 200 Kilometern wäre genau das Richtige. Aber was sollte sie in dieser verschlafenen Gegend? Im Sommer hatte sie einen Urlaub gemeinsam mit ihren Eltern, ihrem Bruder und dessen Verlobter sowie mit ihrer Freundin Inés geplant, die ihrerseits wahrscheinlich ihren Bruder mitbrächte. Eine kunterbunte, fröhliche Mischung, die sich bereits im vergangenen Jahr bewährt hatte, auch wenn Inés einfach die Hoffnung nicht aufgab, Hélder, Marisas Bruder, könne sich doch noch für sie begeistern.

In diesem Jahr würde wahrscheinlich auch Sérgio mitkommen wollen. Das Haus, das sie in Nazaré gemietet hatten, war groß genug für alle. Natürlich schliefen die jungen Leute nach Geschlechtern getrennt, solange sie nicht verheiratet waren. Und natürlich hatten ihre Eltern immer ein wachsames Auge auf sie alle. Dennoch hatten sich jede Menge Gelegenheiten zum Flirten ergeben. Und zum Küssen. Und zu mehr, aber da hatte Marisa strikt nein gesagt. Sie war zwar sehr erpicht darauf, endlich ihre Unschuld zu verlieren – aber doch nicht an einen dahergelaufenen Fischerburschen! Obwohl er ziemlich süß gewesen war, dieser Vitor.

Na ja, das war Ricardo auch gewesen, wenn sie sich recht entsann. Was er wohl jetzt so trieb? Nie schrieb er etwas über seinen Alltag, seine Arbeit oder seine Ziele im Leben. In seinem letzten Brief hatte er an den Beispielen von Buddy Holly und Eddie Cochran ausschweifend darüber philosophiert, warum die Besten immer jung starben – also ehrlich! Im Jahr zuvor – oder war es vor zwei Jahren gewesen – hatte er ihr die Funktionsweise des Sputnik 1 erklärt, dieser Spinner. Aber niemals hatte er viel Persönliches preisgegeben, obwohl sie sich oft genug danach erkundigt hatte. Vielleicht wäre es doch ganz lustig, der lieben Tante Joana und dem lieben Onkel António

mal wieder einen Besuch abzustatten. Sie konnte ja, wenn es zu langweilig wurde, mit Ricardo ans Meer fahren. Von Beja aus waren es so um die hundert Kilometer bis zum Atlantik. Und sie musste ja nicht gleich wochenlang bleiben. Ein paar Tage, länger nicht.
Mit einer kurzen Reise in den Alentejo liebäugele ich tatsächlich, schrieb sie. *Eventuell über Pfingsten. Bist du dann da? Es wäre nett, dich mal wiederzusehen.* Obwohl wir uns wahrscheinlich gar nichts zu sagen haben, fügte sie im Geiste hinzu. Und obwohl ich gar nicht weiß, wieso ich mich überhaupt noch mit dir abgebe, einem verkorksten Burschen aus niedrigsten Verhältnissen. *Und auch all die anderen. Was macht denn Tiago noch so? Und deine merkwürdigen Freunde Joaquim und Manuel? Hast du eigentlich eine Freundin?* Die letzte Frage hätte Marisa am liebsten wieder durchgestrichen. Aber Briefe mit durchgestrichenen Stellen verschickte sie keine, und noch einmal von vorne anzufangen erschien ihr zu viel Aufwand für einen alten Brieffreund. Egal, sollte er doch glauben, was er wollte. *Ich würde mich sehr über deine Antwort freuen und hoffe, dass wir uns bald wiedersehen. Bis dahin, schöne Grüße aus dem nasskalten Lissabon – Marisa.*
Sie überflog das Geschriebene noch einmal. Das war in Ordnung. Nicht gerade ein Glanzlicht der Briefprosa, aber gut genug für diesen Bauernjungen. Bevor sie es sich anders überlegen konnte, stand sie auf, kramte Umschlag und Briefmarke aus der Schreibtischschublade, wobei sie fast die Decke von dem Tisch gerissen und dabei das hübsche Arrangement darauf zerstört hätte, und machte den Brief fertig zum Abschicken. Sie warf einen Blick auf den Reisewecker in dem lederbezogenen Klappkästchen. Fast vier, sie musste ohnehin los. Sie strich ihren Rock glatt, überprüfte den Sitz der Strümpfe, schlüpfte in ihre Pumps, zog den Lippenstift nach und machte sich auf den Weg zu ihrer Verabredung.

Ricardo bekam nur selten Post. In den letzten drei Monaten war genau ein Brief für ihn angekommen, nämlich die Aufforderung, sich zur Musterung zu melden. Was für ein Schlamassel. Er wollte sich weder von irgendwelchen Perversen zwischen die Hinterbacken glotzen lassen, noch wollte er überhaupt zum Militär. Alt genug zum Töten war er mit achtzehn, aber einen Führerschein durfte er noch keinen machen, wenn nicht der Vater ausdrücklich eine Sondergenehmigung beantragte? Was war das nur für eine bescheuerte Denkweise? Warum galt man erst mit 21 als volljährig, aber auf dem Land schon mit vierzehn als volle Arbeitskraft? Mannomann. Aber sie würden ihn kriegen, notfalls mit Gewalt. Der Einziehung entkam nur, wer Haushaltsvorstand war – mit anderen Worten, der einzige Mann im Haus – oder wer total untauglich war, sei es aus körperlichen Gründen, sei es aufgrund geistiger Zurückgebliebenheit. Das konnte er natürlich mal versuchen, sich als Schwachkopf auszugeben. Allerdings müsste er dann schon einen auf total bekloppt machen, denn Joaquim hatten sie auch genommen, und der war erwiesenermaßen strohdumm.

Ricardo fielen nur zwei Lösungen ein, wie er diesem Horror entkommen konnte, und beide hatten entscheidende Mängel. Nummer eins: Er tauchte einfach unter. Nahm sich ein Gemälde von Laura Lisboa, verscherbelte es und machte sich ein schönes Leben fernab von Portugal. Aber dann würde er nie wieder zurückkommen können, ohne vom Militär zur Rechenschaft gezogen zu werden. Nein, kam nicht in Frage. Also Nummer zwei: Er nahm sich ein Gemälde von Laura Lisboa oder auch zwei, verscherbelte sie und setzte sich in die USA ab. Dank seines Vaters würde auch er die amerikanische Staatsbürgerschaft erhalten. Oder etwa nicht? Das größte Problem hierbei war, dass es ihm widerstrebte, kleinlaut vor Jack angekrochen zu kommen. Er, Ricardo da Costa, bat *nie* jemanden um einen Gefallen. Am allerwenigsten sei-

nen Vater, dem er seit Jahren schriftlich mitteilte, dass er ihn nicht persönlich kennenzulernen wünschte. Das hatte er nun davon.
Und überhaupt waren beide Alternativen undenkbar. Seine Oma Mariana würde verhungern oder vor Kummer sterben, wenn er sie nicht weiterhin mit Schokolade fütterte.
Als Ricardo den Umschlag sah, den irgendjemand unter seiner Tür durchgeschoben hatte und der mit der Anschriftseite nach unten auf dem Boden lag, wurde ihm im ersten Augenblick klamm ums Herz. Bestimmt eine nachdrücklichere Aufforderung, zur Musterung zu kommen. Mit Androhung eines Bußgeldes womöglich. Doch dann hob er den Umschlag auf und nahm aufatmend zur Kenntnis, dass er von Marisa war. Ihre Schrift kannte er inzwischen gut, er hatte im Laufe der Jahre sicher an die zehn Briefe von ihr bekommen. Nicht viel, zugegeben, aber genug, um seine Hoffnung auf ein Wiedersehen aufrechtzuerhalten.
Er riss das Kuvert auf und entnahm ihm einen kleinen Bogen, der nur halb beschrieben war. Ihre Briefe wurden immer kürzer, bald würde ihr Briefwechsel völlig einschlafen. Ach, es gab ja noch andere hübsche Mädchen. Amália zum Beispiel, deren Brüste sich zu *Mördertitten* entwickelt hatten und die passenderweise in der *leitaria* arbeitete, dem Milchgeschäft ihrer Eltern. Seit seine Haut wieder halbwegs okay war, machte sie ihm deutliche Avancen. Wenn es stimmte, was behauptet wurde, dass nämlich die dümmsten Mädchen am besten im Bett waren, dann musste Amália die reinste Granate sein. Ricardo bezweifelte allerdings, dass da etwas dran war. Wenn ein Mädchen den Mund aufmachte und es kam nur ein blödes Blöken heraus, verlor er jedes Interesse an ihr. Er fand Schlauheit sexy. Das einzige Mädchen, mit dem er je etwas gehabt hatte, war ebenso tumb wie verklemmt gewesen, wobei Letzteres auch auf ihn selber zugetroffen hatte. Es war nicht die Art von Erfahrung, die er unbe-

dingt wiederholen musste. Die Nächste wäre eine Oberschlaue, am besten noch mit Brille.
Doch aus dem Brief von Marisa sprach bedauerlicherweise auch kein großer Grips. Meine Güte, wie konnte sie nur einen so kindischen Brief abschicken? Es war schade um das Porto. Gut, sie hatte sich eindeutig keine besondere Mühe gegeben, das sah er schon an der Schrift. Wenn sie wirklich käme, würde er ihr gerne Gelegenheit geben, zu beweisen, dass sie nicht die verwöhnte Pute war, als die sie sich, vielleicht unfreiwillig, darstellte. Pfingsten, wann war das überhaupt? Ricardo taperte in die Küche, wo ein zwölfseitiger Kalender hing, mit dem Aufdruck eines Abschleppunternehmens und mit Bildmotiven von exotischen Rallyes. Er selber hatte ihn dort aufgehängt, und niemand hatte sich die Mühe gemacht, ihn wieder abzuhängen. So wie sich hier ja sowieso keiner mehr Mühe mit irgendetwas gab. Sílvia und Xavier waren zum Studieren fortgezogen, Inácio war die meiste Zeit außer Haus, Octávia trank heimlich, und Oma Mariana war ans Bett gefesselt. Sie verlotterten allesamt. Ohne das Geld seiner Mutter säßen sie alle längst auf der Straße.
Ricardo nahm den Kalender von der Wand und blätterte ein paar Monate vor. Da, im Juni. Prima, dann konnten sie gleich seinen Geburtstag gemeinsam feiern. Wenn er dann nicht schon in den Fängen des Militärs war. Ein ironisches Lächeln umspielte seine Lippen: Na, dieser Besuch war doch wenigstens *ein* Grund, im Land zu bleiben und sich der Einziehung nicht zu widersetzen. Wenn er denn wirklich zustande kommen sollte.

Marisa kam. Sie legte dabei einen Auftritt hin, von dem die Gegend noch tagelang sprach. Als Marisa am 4. Juni 1960, dem Samstag vor Pfingsten, mit ihrem kleinen Flitzer in die Ortschaft düste, war sie so schnell, dass sie auf einen Eselskarren – die sie wohl aus der Stadt nicht gewohnt war und deren Tempo sie wahrscheinlich überschätzte – auffuhr. Der Karren kippte um, und zwar genau auf einen Marktstand am Straßenrand, an dem eine Familie aus dem Umland Töpferwaren feilbot. Alle Gefäße, die vom Karren selber nicht zerschlagen worden waren, fielen den herabkullernden Melonen zum Opfer. Es war eine Riesensauerei und ein noch größeres Gezeter. Der Melonen-Bauer, sein Esel, die Töpferfamilie – alle schrien durcheinander. Die Leute beschuldigten sich gegenseitig und waren kurz davor, sich zu prügeln, bis sie dann endlich die wahre Schuldige ausmachten.

Marisa stand stocksteif neben ihrem demolierten Auto und verfolgte die Szene wie die eines Films. Als wäre sie selber eine Unbeteiligte, fassungslos angesichts des Tohuwabohus, das sich vor ihren Augen abspielte, sich jedoch keiner Schuld bewusst. Erst die Sirenen des Polizeiwagens holten sie in die Realität zurück.

»Haben Sie sich verletzt, junge Frau? Geht es Ihnen gut?« Der junge Wachtmeister beäugte Marisa von Kopf bis Fuß. Er hatte ein mulmiges Gefühl. Das war eine Touristin, und, nach dem Sportwagen zu urteilen, eine reiche noch dazu. Wenn sie unter Schock stand und er nicht die nötigen Maßnahmen ergriff, würde er Ärger bekommen. »Ich rufe am besten einen Krankenwagen.«

»Nein, nein, vielen Dank. Mir geht es gut. Ich habe nur einen Moment lang … Sie wissen schon, der Schreck. Er ist mir ganz schön in die Glieder gefahren.«

Der Polizist war äußerst angetan von der Reaktion der jungen Frau. Weder heulte sie noch jammerte sie noch schrie sie jemanden hysterisch an.

»Also gut, dann erzählen Sie mir doch jetzt freundlicherweise, was sich hier zugetragen hat.«

»Ich fürchte, ich bin in den Karren gefahren, der daraufhin umgekippt ist.«

Knapp, präzise, sachlich. So lobte der Polizist sich eine Aussage.

Wenige Sekunden später musste er sein erstes Urteil revidieren. Die junge Frau hatte angefangen zu lachen, leise glucksend erst, dann immer offener, bis sie gar nicht mehr zu halten war. Ihr standen Tränen in den Augen, und sie hielt sich den Bauch vor Lachen. Klarer Fall von weiblicher Hysterie. Er folgte ihrem Blick, um die Ursache ihres inadäquaten Heiterkeitsausbruchs festzustellen, doch er sah nur zermatschte Melonen und tönerne Scherben. So witzig war das nun auch wieder nicht.
Marisa leistete keinen Widerstand, als eine Ambulanz kam und die Sanitäter sie vorsichtig an den Ellbogen nahmen und in den Wagen begleiteten. Inzwischen hatte sie sich zwar wieder abgeregt, doch erschien es ihr sinnvoll, vom Unfallort weggebracht zu werden: Die Geschädigten waren derartig aufgebracht, dass sie mit mordlustigen Blicken auf Marisa eingeredet und sie wüst beschimpft hatten. Na, sollten sie ihre Aggressionen doch an ihrem schnittigen Fiat auslassen – der hatte sowieso schon schlimme Beulen.
Am selben Abend rief Ricardo im Haus ihrer Verwandten an und verlangte nach ihr. Dona Joana konnte es sich nicht verkneifen, Ricardo durchs Telefon zuzuzischeln: »Du, du Mistkerl, du bringst allen Leuten nur Unglück!« Dennoch rief sie Marisa an den Apparat.
»Olá! Deine Anreise war ja ganz schön unauffällig …«
»Oh, hallo, Ricardo! Tja, die Polizeiwache von Beja gehört zu den aufregendsten Sehenswürdigkeiten der Region. Ich musste sie mir einfach noch einmal ansehen.«
Ricardo lachte leise. »Haben sie dir deinen Führerschein gelassen?«
»Ja, Gott sei Dank.«
»Dann ist ja alles geritzt. Den Wagen stelle ich. Aber bitte behandle ihn wie ein rohes Ei. Oder wie einen Wagen, der Melonen geladen hat …«
»Hahaha.« Nach einer kurzen Pause fügte sie hinzu: »Wovon

redest du eigentlich? Haben wir eine Verabredung oder so? Ich kann mich an nichts dergleichen erinnern.«
»Ja, haben wir. Wahrscheinlich hat der Unfall dein Gedächtnis leicht beschädigt. Um acht. Im ›Café Simões‹. Bis dann.« Er legte auf, bevor sie noch weitere dumme Spielchen mit ihm treiben konnte.
Das Herz schlug ihm bis zum Hals. Würde sie kommen? Wie sah sie jetzt aus? Würden sie einander wiedererkennen? Was sollte er anziehen? Sollte er ihr in seiner nagelneuen Uniform gegenübertreten, in der er wie ein Blödmann aussah, von der aber alle, ausnahmslos, behaupteten, dass sie ihm ausgezeichnet stand? Oder wären nicht Bluejeans, T-Shirt und Lederjacke *cooler?* War das »Café Simões« passend? Stand sie auf Läden mit Jukebox und Flipperautomaten? Hätte er sie besser in ein schickeres Lokal bestellen sollen? Nicht dass es deren allzu viele gegeben hätte. Ricardo brauchte ein paar Minuten, um sich wieder zu beruhigen. Er sah auf die Uhr. Er hatte gerade noch eine halbe Stunde Zeit, um sich fertig zu machen und in die Stadt zu fahren. Das war okay für ihn – aber war die Zeit nicht zu knapp bemessen für sie? Die Weiber machten ja immer so ein Theater um ihr Aussehen.
Er entschied sich gegen die Uniform – sein Haarschnitt war schon militärisch genug – und zog seine Lieblingskluft an. Unter dem weißen T-Shirt zeichneten sich seine Muskeln ab, und Ricardo wusste, dass die Frauen sich einen gutgebauten Männerkörper gern ansahen, auch wenn sie es nur verstohlen taten. Aus alter Gewohnheit fuhr er sich mit den Fingern durchs Haar, aber da war nicht mehr viel, was er hätte verstrubbeln können. Er ging ganz nahe an den Spiegel im Flur heran, um noch einmal den Zustand seiner Haut zu überprüfen. Ja, das würde wohl so gehen. Die meisten Pickel waren abgeheilt und hatten hässliche Narben hinterlassen, aber dank seiner Sonnenbräune sah es nicht allzu schlimm aus. Dann schnappte er sich die Autoschlüs-

sel und fuhr los, wohl wissend, dass die beiden Verkehrspolizisten, die ihn am unnachgiebigsten schikanierten, in der morgigen Pfingstprozession mitwirkten und daher heute Nacht wohl keinen Dienst hatten.

Das Café war brechend voll. Ricardo grüßte nach rechts und nach links, während er sich den Weg zu dem letzten freien Tischchen bahnte. Er kannte fast alle anwesenden Gäste, hatte jetzt aber keine Lust, sich auf ein Gespräch einzulassen. Er setzte sich, bestellte ein Bier und behielt so gut wie möglich die Tür im Auge. Ihm war klar, dass Marisa ihn schmoren lassen würde. Weniger als eine halbe Stunde Verspätung hielten Mädchen wie sie für ehrenrührig. Als könnte der Mann dann denken, sie würden sich ihm an den Hals werfen.

Als sie ziemlich genau dreißig Minuten nach dem verabredeten Zeitpunkt kam, gelang es ihr dennoch, Ricardo zu überraschen. Er war vertieft in eine alte Zeitschrift und schreckte hoch, als sie neben ihm stand.

»Du hast mir nicht gerade viel Zeit gelassen«, sagte sie. Immer die Schuld anderen in die Schuhe schieben, bevor die auf dieselbe Idee kamen – das war zweifellos ein kluger Zug. Besonders im Umgang mit Männern.

Ricardo lächelte. Sie sah hinreißend aus. »Du hättest auch ohne größeren Aufwand toll ausgesehen«, sagte er, während er aufstand und sie mit zwei Wangenküsschen begrüßte. Er überragte sie um einen halben Kopf. Damals waren sie fast gleich groß gewesen.

»Danke. Du hast dich übrigens auch nicht schlecht gemacht.« Sie setzte sich neben ihn, schlug die Beine anmutig übereinander und betrachtete ihn ungeniert von Kopf bis Fuß. In dem gebräunten Gesicht sahen seine Augen grüner aus, als sie sie in Erinnerung hatte, und die Zähne weißer. Die kurzen Haare standen ihm gut, und das T-Shirt, unter dem man deutlich die eckige Brust sah, erst recht. Sie fand ihn atemberaubend, und

nicht einmal die Aknenarben konnten seinem guten Aussehen etwas anhaben. Im Gegenteil: Ohne sie wäre er vielleicht zu hübsch, zu glatt gewesen. Sie verliehen ihm einen Hauch von Gemeinheit, von Härte. Nur eine Spur, aber genug, um ihn wie einen Mann wirken zu lassen und nicht wie einen Jungen.
Ricardo beobachtete Marisa bei ihrer Musterung mit hochgezogener Augenbraue. »Soll ich aufstehen und mich herumdrehen?«, fragte er schließlich. Ihre Verlegenheit war so offensichtlich, dass es ihm sofort leidtat.
»Scheint dir gut ergangen zu sein, in den drei Jahren«, wich sie ihm aus.
»Man tut, was man kann.« Teufel auch!, rief er sich zur Ordnung. Er konnte doch nicht mit ihr reden wie mit Joaquim, in abgedroschenen Phrasen und nichtssagenden Satzfetzen. »Ehrlich gesagt, so besonders läuft es derzeit nicht. Ich bin jetzt beim Militär.«
»Ach so.«
»Und du?«
»Ich bin nicht beim Militär.«
Sie sahen einander an und lachten aus vollem Hals. Das Eis war gebrochen.
Die nächsten zwei Stunden vergingen wie im Flug. Sie erzählten einander von ihren Familien, von ihren Plänen, von ihren Ängsten und von ihren Träumen. Sie sprachen über Musikbands mit demselben Ernst, den sie auch für die Ewigkeit und Gott und die Religion aufbrachten, und sie diskutierten mit der gleichen Hingabe über neue Kinofilme, mit der sie über die Kolonialpolitik Portugals redeten. Nie zuvor hatte Ricardo sich in der Gegenwart eines Mädchens so wohl gefühlt, nie hatte er sich von einem anderen Menschen so verstanden gewusst. Ausgerechnet, dachte er. Ausgerechnet eine verwöhnte Tussi aus der Stadt erwies sich als die Person, die geradewegs in seine Seele zu blicken schien.

Marisa erging es ebenso. Er war kein gewöhnlicher Dorfjunge, schoss es ihr durch den Kopf. Er sah besser aus als die meisten und hatte eindeutig mehr in der Birne, Schulausbildung hin oder her. Er war der erste Gleichaltrige, für den sie sich interessierte. Er war sogar ein paar Monate jünger als sie. Das war ihr noch nie passiert. Sonst verguckte sie sich immer in Männer, die mindestens vier bis fünf Jahre älter waren als sie selbst, weil sie ihre Altersgenossen infantil und unmännlich fand.
»Sag mal«, fiel ihr plötzlich ein, »was ich dich nie gefragt habe: Woher hattest du eigentlich meine Adresse? Ich meine, Tante Joana wird sie dir wohl kaum gegeben haben, oder?«
Ricardo sah Marisa an, als wäre sie von allen guten Geistern verlassen. »Wieso? Du hast sie doch selbst gesagt, damals, auf der Wache.«
»Und das hast du dir gemerkt?«
»Ja.«
»Das ist … irre.«
Ricardo mochte es nicht, wenn sein Gedächtnis in irgendeiner Form als absonderlich betrachtet wurde. Er war ja kein Zirkustier. Noch weniger aber gefiel es ihm, dass Marisa ihm anscheinend nicht glaubte. Ihr Blick drückte große Zweifel aus. Bei anderen Leuten war es ihm egal, was sie dachten. Aber bei ihr wollte er nicht als Hochstapler dastehen. Abgesehen davon war es wirklich keine große Sache, sich eine Adresse zu merken, selbst wenn sie kompliziert war.
»Du willst mir also ernsthaft weismachen, dass du dir zum Beispiel eine ausländische Telefonnummer wie 4597220 so ohne weiteres merken kannst, ohne sie je gelesen oder notiert zu haben?«
Er sah sie schief an und grinste. »Blödsinn.« Wenn er etwas noch bescheuerter fand, als sich zum Affen machen zu lassen, dann waren es solche Prüffragen. Na schön, er würde noch mal

darüber hinwegsehen – aber nur wegen ihrer süßen Sommersprossen.
»Hast du Lust, mit mir zum Stausee zu fahren?«, wechselte er abrupt das Thema.
»Mitten in der Nacht?«
»Dann ist er am schönsten. Wenn der Mond sich in der Oberfläche spiegelt.«
Marisa war das alles nicht ganz geheuer. Es ging zu schnell. Andererseits waren draufgängerische Typen eindeutig den lahmen vom Schlag eines Sérgio vorzuziehen. Sie nickte. Wenig später nahm Ricardo sie an der Hand und schleuste sie durch das dicht besetzte Café in Richtung Tür. Marisa war sich der Blicke all der anderen Gäste durchaus bewusst. Ricardo ebenfalls. Es erfüllte ihn mit Stolz und einem Gefühl des Triumphs, dass er händchenhaltend mit dem schönsten Mädchen gesehen wurde. Er setzte seine gleichmütigste Miene auf, hörte aber sein Herz laut schlagen. Es hörte auch nicht auf, unnatürlich laut in seinen Schläfen zu pochen, als sie schließlich schweigend durch die einsame Landschaft fuhren.
Marisa, die froh war, dass sie nicht selber am Steuer saß, blickte starr geradeaus. Das Fahrzeug machte ein paar heftige Sätze, als sie über einen Feldweg rumpelten. Dann lag auf einmal der See vor ihnen. Ricardo hatte nicht zu viel versprochen. Es war eine Szenerie von übernatürlichem Zauber. Marisa vergaß ihre ganze Anspannung, stieg aus und bestaunte den Mond in der spiegelglatten Oberfläche.
Ricardo stellte sich neben sie und warf ein Steinchen ins Wasser. In den winzigen Wellen brach sich der Mond. Es war ebenso faszinierend anzusehen wie ein flackerndes Kaminfeuer. Doch der Augenblick, in dem nur das glitzernde Wasser und die würzige, nach Erde und Wald riechende Luft ihre Sinne betörten – der Moment, in dem sie sich ihrer selbst nicht bewusst waren –, ging viel zu schnell vorüber. Dann waren sie plötzlich wieder da,

die Nervosität und die Unsicherheit, das Herzklopfen und die feuchten Hände.

Als Marisa spürte, dass sich Ricardos Arm um ihre Taille legte, hielt sie kurz die Luft an. Er zog sie zu sich heran, und sie wandte ihm erwartungsvoll ihr Gesicht zu. Sie sahen einander aus so großer Nähe in die Augen, dass sie jede Wimper und jeden Tupfen in seiner Iris wie durch ein Vergrößerungsglas wahrnahm. Er duftete gut, eine herbe Mischung aus Motoröl und Rasierwasser. Sie schloss die Augen.

Kaum eine Sekunde später lagen seine Lippen auf ihren und seine Hände auf ihrem Rücken. Sie schoben sich sachte unter ihre Bluse, während ihr Kuss immer inniger wurde. Marisas Atem beschleunigte sich. Sie hatte Mühe, durch die Nase zu atmen. Ihre Münder lösten sich voneinander, schnappten nach Luft, fanden einander wieder und verschmolzen zu einem Spiel, in dem Lippen, Zunge und Zähne von allein zu wissen schienen, was sie zu tun hatten. Zu einem feuchten und erregenden Spiel. Beide keuchten. Ricardos Hände wanderten hinab zu Marisas Po und hoben sie sacht an. Marisa umklammerte Ricardos Schultern und stellte sich auf die Zehenspitzen. Er presste sie so fest an sich, dass sie seine Erektion deutlich zwischen ihren Schenkeln spürte. Hätten sie nicht noch ihre Kleider angehabt, wäre es jetzt so weit gewesen.

Doch die Leidenschaft des Augenblicks wurde jäh zerstört: Die Scheinwerfer eines herannahenden Wagens erfassten sie. Ricardo und Marisa lösten sich voneinander und blinzelten in das Licht. Es war nicht zu erkennen, wer da kam.

»Es ist Joaquim, dieser Volltrottel«, sagte Ricardo schließlich mit rauher Stimme. Er räusperte sich. »Das Knattern des Motors ist unverkennbar.«

Joaquim stieg nicht aus seinem Wagen aus. Er fuhr so dicht an das Paar heran, wie er nur konnte, und kurbelte das Fenster herunter. »Ricardo, schnell! Deine Oma kratzt ab!«

Auf der Fahrt nach Belo Horizonte sprachen Marisa und Ricardo kein Wort miteinander. Ricardos Gedanken kreisten um verpasste Gelegenheiten und falsche Zeitpunkte. Worüber er sich nicht den Kopf zerbrach, war Joaquims schonungslose Wortwahl. Sie passte zu ihm, und es hätte Ricardo viel mehr erschüttert, wenn sein Freund etwa gesagt hätte, »deine Großmutter liegt im Sterben« oder »sie ringt mit dem Tod«. Manche Dinge veränderten sich eben nie, und dazu gehörte auch Joaquims Mangel an Sensibilität. Es war der einzige tröstliche Gedanke, den Ricardo während dieser nicht enden wollenden Fahrt hatte.

41

Sie kamen durch ein verrostetes Gittertor. Die Türen hingen schief in den Angeln an zwei gemauerten Pfosten, die einmal sehr imposant ausgesehen haben mussten. Jetzt aber blätterte die Farbe von diesen halbrunden Torbögen ab, und einige der Azulejos, auf denen der Name des Anwesens stand, waren abgefallen. »B_lo Ho__z__te«, las Marisa. Sie hatte keine Schwierigkeiten, die fehlenden Buchstaben im Geiste zu ersetzen. Belo Horizonte. Hier also wohnte Ricardo.
Sie fuhren eine Kiesauffahrt hinauf, die mehr aus Schotter und unregelmäßig festgefahrenem Lehm bestand. An ihrem Ende erhob sich ein riesiges, wunderschönes Herrenhaus. Eine Quinta aus dem vorigen Jahrhundert, die jetzt, im Mondschein, von einer entrückten Schönheit war, die Marisa schaudern ließ. Je näher sie dem Haus kamen, desto mehr jedoch erkannte sie, dass es sich in einem erschreckenden Zustand der Verwahrlosung befand. Hier hatte seit Jahrzehnten niemand mehr irgendetwas repariert. An den Türen und Fensterläden bröckelte der Lack, durch die Mauern zogen sich tiefe Risse, und etwas, das einmal ein Gemüsegarten gewesen sein mochte, war zur Unkenntlichkeit verdorrt. Nur ein wenig Unkraut wuchs noch unter den durchgetretenen Stufen hervor, die zum Hintereingang führten.
Sie lief hinter Ricardo her, der sie gar nicht mehr zur Kenntnis nahm. Die Nachricht hatte ihn furchtbar aufgewühlt, und Marisa hatte nicht gewagt, ihn an ihre Gegenwart zu erinnern oder daran, dass sie irgendwann nach Hause musste. Also heftete sie sich einfach an seine Fersen, in der Hoffnung, dass es vielleicht doch nicht so schlimm um seine Großmutter stünde. Sie betraten das Haus durch den rückwärtigen Flur, der zur Küche führte.

Es standen verkrustete Stiefel herum, an den Haken hingen Regenmäntel und Hundeleinen, die schönen alten Bodenfliesen waren abgesplittert und in den größeren Lücken grau zugespachtelt worden. Dann kamen sie in die Küche, und hier endlich bemerkte man Marisas Anwesenheit.

»Gehört deine todkranke Großmutter neuerdings zu den Touristenattraktionen?«, blaffte Octávia Ricardo an.

Der drehte sich herum und merkte erst jetzt, dass Marisa ihm die ganze Zeit gefolgt war. Er erwiderte nichts auf Octávias verletzende Bemerkung.

»Wo ist sie?«

»Im Wohnzimmer.« Octávia runzelte die Brauen. »Ich weiß nicht, wieso, aber sie fragt andauernd nach dir.« Es widerstrebte ihr offenbar, dies zuzugeben. Ihre eigene Mutter lag im Sterben, und nach wem verlangte es sie in der Stunde ihres Todes? Nach dem Enkel ihrer Schwester!

Ricardo lief ins Wohnzimmer. Mariana saß in ihrem Rollstuhl und bot ein Bild des Grauens. Auf der Stirn hatte sie eine nur notdürftig versorgte Wunde. Sie röchelte.

»Was habt ihr mit ihr gemacht?«, fragte er Octávia, die mit einer Kanne Tee hinter ihm den Raum betreten hatte.

»Nichts. Sie ist die Treppe hinuntergefallen. Ich habe keine Ahnung, wie sie es aus ihrem Zimmer überhaupt ohne Hilfe bis zum Treppenabsatz geschafft hat, aber es ist ihr ja anscheinend gelungen.«

»Habt ihr einen Arzt verständigt?«

Octávia nickte. »Er hat gesagt, man könne nichts weiter tun, dann ist er sofort weitergefahren, zur Paulinha, die ihr Baby bekommt. Er hatte nicht einmal genügend Zeit, sie mit mir nach oben zu tragen.«

»Habt ihr den Padre gerufen?« Ricardo sah an ihrem Blick, dass Mariana nicht mehr lange leben würde.

Ricardo mochte keine Pfaffen. Aber er wusste, dass Oma Maria-

na wahrscheinlich friedlicher starb, wenn sie eine Beichte abgelegt und die Letzte Ölung erhalten hatte.
Wieder nickte Octávia. »Er wollte kommen, sobald es ihm seine Zeit erlaubte.«
Ricardo verfluchte den Pfarrer, der, so wie er ihn kannte, höchstwahrscheinlich zu betrunken war, um seiner Pflicht nachzukommen. Den würde er sich später vornehmen. Jetzt musste er sich erst einmal um Oma Mariana kümmern.
»*Vovó?* Können Sie mich verstehen?« Er nahm ihre Hand und tätschelte sie. »Sie waren ein bisschen unternehmungslustig heute Abend, nicht wahr?«
Ein kaum merkliches Lächeln huschte über das faltige Gesicht.
»Sagen Sie, hatten Sie Hunger?«
Sie reagierte nicht.
»Ich weiß schon, was Sie hier unten gesucht haben.« Ricardo wandte sich an Octávia. »Hol Schokolade«, forderte er sie barsch auf. »Oder Pralinen. Oder wenn ihr gar nichts anderes da habt, hol eben die Schokomandeln aus deiner Nachttischschublade.«
Octávia glotzte Ricardo entgeistert an. »Du warst das also?! Das ist doch wirklich das Allerletzte! Ich finde, dafür …«
»Nun mach schon. Beschimpfen kannst du mich nachher.«
Wenige Minuten später kam Octávia zurück. Sie hatte eine Tafel Schokolade dabei. Ricardo riss die Packung auf, brach ein Stück ab und hielt es Mariana vor den Mund. Sie öffnete die Lippen, und er legte die Schokolade auf ihre Zunge, als wäre es eine Hostie. Und nach Marianas seligem Gesichtsausdruck zu urteilen, empfand sie die Schokolade wohl auch als eine Art von christlicher Offenbarung.
Brauner Speichel lief ihr aus dem Mundwinkel. Ricardo nahm sein Taschentuch und wischte ihn ihr sanft ab.
»Sie wollten mir etwas sagen, *avózinha?*«
Mariana gab nur durch das Flattern ihrer Lider zu erkennen, dass sie ihn verstanden hatte.

»Vielleicht, dass Sie, wenn Sie erst die ganze Tafel Schokolade gegessen haben, ins Bett gehen möchten?« Er zwinkerte ihr verschwörerisch zu. »Damit Sie morgen den Rest der Süßigkeitenvorräte in Angriff nehmen können?«
Wieder war nur durch ein winziges Zucken um ihre Augen zu erkennen, dass sie verstand, was um sie herum vorging. Dann richtete sie sich plötzlich ein wenig in ihrem Rollstuhl auf. »Nando ... Ju...«, lallte sie unter größter Anstrengung.
»Aber ja. Ich bin ja hier, und Dona Juliana wird sicher auch jeden Moment eintreffen.« Ricardo fragte sich, ob Octávia wohl daran gedacht hatte, Marianas Schwester in Lissabon zu verständigen. Dass mit ›Nando‹ Fernando und damit er selber gemeint war, bezweifelte er nicht. So hatte sie ihn ja früher schon genannt. »Die anderen kommen bestimmt auch bald. Ihre Kinder, Ihre Enkel – sie sind alle sehr in Sorge um Sie.« Ricardo wusste, dass dem nicht so war. Die anderen Kinder Marianas hatten sich seit Ewigkeiten nicht mehr auf Belo Horizonte gezeigt, und deren Kinder schon gar nicht. Höchstens Xavier und Sílvia lag vielleicht noch genug an der alten Frau, um jetzt zu ihr zu eilen. Doch sie lebten weit weg, und es war fraglich, ob Mariana bis zu ihrer Ankunft noch durchhalten würde.
Er schob ihr ein weiteres Stück Schokolade in den Mund. »Sprechen Sie jetzt lieber nicht so viel, das strengt Sie nur unnötig an.«
Aber sie hörte nicht auf ihn. Sie beugte sich noch ein Stück vor und holte Luft. Es klang, als würde sie ersticken. Mühsam brachte sie etwas hervor, das wie »ei Oa« klang.
»Ja, meine Oma kommt gleich.«
Während er sie mit einem weiteren Stück Schokolade versorgte, wagte Marisa es erstmals, etwas zu sagen. »Ich glaube, sie meint ›dein Opa‹.« Ricardo wandte sich ihr erschrocken zu. Er hatte ganz vergessen, dass sie auch hier war.

»Blödsinn, sie hatte nie etwas mit meinem Opa zu schaffen.«
Doch Mariana wirkte auf einmal sehr erregt. Aus ihrem Mund drangen gurgelnde Geräusche, ihre Augen waren weit aufgerissen.
»Wollen Sie mir etwas über meinen Opa erzählen? Opa Rui?«
Sie bekam ein Kopfschütteln zustande, bevor sie schlaff in den Rollstuhl zurückfiel.
»Siehst du«, sagte Ricardo zu Marisa, »das war es nicht.«
»Macht ihr beiden das unter euch aus«, meldete sich nun Octávia zu Wort, »und lasst mich ein bisschen allein mit meiner Mutter.«
Ricardo wollte ihr widersprechen, doch dann begriff er, dass es ja tatsächlich Octávias Mutter war, aber nur seine Großtante, die hier, mit nunmehr geschlossenen Augen und völlig ermattet, vor ihnen saß. Das gab Octávia wohl das Recht, ein wenig Zeit für sich und Mariana allein einzufordern – auch wenn ihr Verhalten es ihr nicht gab. Wäre Oma Mariana die Treppe herabgestürzt, wenn Octávia sich um sie gekümmert hätte? Also bitte.
Dennoch verließ er das Wohnzimmer. Er ging hinter Marisa her in die Küche. Es sah darin aus, als wäre eine Bombe eingeschlagen. Ricardo schämte sich, dass Marisa dieses Durcheinander und diesen Schmutz sah. In der Spüle türmten sich Teller und Tassen, auf der Arbeitsfläche klebten nicht identifizierbare Bröckchen, und auf dem Boden sah man eingetrocknete Flecken von irgendeiner vergossenen Flüssigkeit.
»Ich haue jetzt besser ab«, sagte Marisa, ohne ihm in die Augen zu sehen.
»Ja. Hier, nimm meinen Pick-up.« Er reichte ihr die Schlüssel. »Ich kann ihn mir morgen abholen.«
»Ich …«, Marisa suchte nach den richtigen Worten, doch ihr kamen nur Plattitüden in den Sinn. »Also … es tut mir leid, was mit deiner Großmutter passiert ist. Ich schätze, wir sehen uns

dann nicht mehr, bevor ich zurück nach Lissabon fahre und du wieder in der Kaserne sein musst, oder?«
Ricardo hob ratlos die Schultern. »Eher nicht.«
»Na dann – mach's gut.« Sie stellte sich auf die Zehenspitzen und gab ihm einen flüchtigen Kuss auf den Mund. »Schade.« Damit drehte sie sich um und ging.
Ricardo blieb wie angewurzelt in der Küche stehen. Erst als er hörte, wie der Wagen angelassen wurde und wie gleichzeitig Octávia nach ihm rief, rührte er sich wieder. Er lief ins Wohnzimmer. Octávia kauerte neben dem Rollstuhl ihrer Mutter und schluchzte laut. Ihr Kopf lag auf Marianas Schoß. Er ging zu den beiden, tastete nach Marianas Puls und streichelte zart Octávias Kopf, etwas, was er, wäre er bei Verstand gewesen, niemals getan hätte. Dann floh er, rannte in sein Zimmer und heulte, wie er es nicht einmal als Kind getan hatte.

Die Feindseligkeit, die zwischen Ricardo und seiner leiblichen Großmutter herrschte, war beinahe mit Händen greifbar. Ricardo hatte Dona Juliana angeblich angebetet, als er ein Kleinkind war – doch soweit er selber sich erinnern konnte, hatte er sie nie besonders gemocht. Sie war seiner Mutter viel zu ähnlich. Jetzt kam noch hinzu, dass er ihr ihre schöneren Lebensumstände missgönnte. Dass sie blendend aussah und sich offensichtlich einer robusten Gesundheit erfreute, war einfach nicht gerecht. Warum hatte nicht sie so siech sein können und dafür Oma Mariana quicklebendig und elegant und gepflegt? Warum hatte nicht sie an Marianas Stelle sterben können? Dona Juliana würde sowieso niemandem besonders fehlen. Nur ihrer Schwester – die heute beerdigt werden sollte.
Ricardo hatte mit sich gerungen, ob er Juliana sagen sollte, dass Marianas letzte Gedanken bei ihr gewesen waren. Oma Juliana verdiente es gar nicht, dass eine so herzensgute, liebe und mitfühlende Frau sich derartige Gedanken um sie machte. Den-

noch entschied er sich schließlich dafür, mit der Wahrheit herauszurücken. Vielleicht tat er es nur, um Octávia damit eins auszuwischen, die anscheinend ebenso wenig Lust gehabt hatte wie er, Juliana die letzten Worte Marianas mitzuteilen.
Ricardo ging ins Wohnzimmer, wo ein Großteil der Familie sich versammelt hatte. Seine Großmutter beäugte ihn schon wieder so merkwürdig. Er wusste nicht, warum sie ihn hasste, aber dass sie es tat, war klar. Vermutlich sah sie bis heute in ihm den Bastard, das uneheliche Kind, das Schande über die Familie gebracht hatte. Ja, so würde es sein. Diese konservativen, reichen Alten waren unverbesserlich. Und diese Frau war die schlimmste von allen. So weit er sich zurückerinnern konnte, hatte sie ihn nie gehätschelt, wie Großmütter es mit ihren Enkeln zu tun pflegten. Immer bedachte sie ihn mit diesem lauernden Blick.
»Dona Juliana, können Sie einen Moment mit mir auf die Veranda gehen, bitte? Ich möchte Ihnen etwas sagen.« Er sprach seine Großmutter nie anders als mit Dona Juliana an – alles andere hätte er als verlogen empfunden.
Jujú erblasste. Auch seine Mutter sowie sein Großvater Rui sahen Ricardo neugierig an. Es war sehr ungewöhnlich, dass der Junge von sich aus auf jemanden zuging, am allerwenigsten auf seine Großmutter.
»Natürlich, mein Lieber.«
Sie erhob sich leichtfüßig aus ihrem Sessel und folgte Ricardo nach draußen.
»Ich wollte das nicht vor all den andern da drin sagen. Es ist so, äh, also, Sie sollten wissen, dass Oma Mariana ganz zum Schluss von Ihnen gesprochen hat.«
Jujú hielt sich an der Lehne eines morschen Korbsessels fest. Sie hatte das Gefühl, ihre Knie würden einknicken. Sie ahnte, was jetzt kam. Doch sie bewahrte Haltung. In scheinbar gelassenem Ton fragte sie nach: »Ach ja? Konnte sie denn noch sprechen?«

»Nein, nicht mehr richtig. Aber sie hat etwas von Nando und Ju gebrabbelt.«

Jujú stockte der Atem.

»Na ja, mit Nando meinte sie wahrscheinlich mich. Sie hat mich öfter Fernando genannt. Keine Ahnung, warum. Und Ju kann ja wohl nur Jujú bedeutet haben. So hat sie Sie doch immer genannt, oder?«

»Und? Weiter?«

»Nichts weiter. Mehr hat sie nicht sagen können. Ich dachte, es ist Ihnen ein Trost, dass Oma Mariana in Gedanken bei Ihnen war, kurz bevor sie starb.«

Tränen traten in Jujús Augen. Sie zog sich einen der Korbstühle heran und ließ sich darauf fallen.

»Setz dich, Ricardo.« Beinahe wäre ihr ebenfalls »Fernando« herausgerutscht. Die Ähnlichkeit zwischen dem Jungen und seinem Großvater wurde von Jahr zu Jahr größer. Und immer unheimlicher. Es fiel ihr schwer, ihn wie ihr Enkelkind zu betrachten und zu behandeln.

»Hat dir Mariana je erzählt, wer Fernando war?«, fragte sie, nachdem auch er sich auf einem der unansehnlichen Stühle niedergelassen hatte.

»Nein, und ich habe auch nie danach gefragt. Ich dachte, es täte ihr vielleicht weh, darüber zu sprechen. Ich habe angenommen, dass es ein Verflossener oder so war.«

Jujú war hin- und hergerissen. Die Gelegenheit, Ricardo jetzt die Wahrheit zu enthüllen, war ideal. Wer wusste schon, wann sie jemals wieder unter vier Augen miteinander sprechen würden? Es wäre leicht gewesen, jetzt an den Faden anzuknüpfen und einfach nur zu sagen: *Nein, es war nicht ihr Verflossener. Es war mein Verehrer. Er ist Lauras Vater – und dein Großvater.* Zugleich war die Versuchung groß, jetzt und für immer Stillschweigen zu bewahren. Mariana hatte Wort gehalten. Sie hatte Ricardo nie die ganze Wahrheit erzählt. Nur aufgrund ihrer zuneh-

menden geistigen Verwirrung hatte sie begonnen, den Jungen mit Fernando zu verwechseln, hatte damit aber nicht einmal einen Verdacht ausgelöst.
Ricardo beobachtete das Mienenspiel seiner Großmutter. Irgendetwas brannte ihr auf den Nägeln, das sah er. »Wer war er denn nun?«, platzte er ungeduldig heraus.
»Ach, ein alter Freund«, erwiderte Jujú spontan. »Du siehst ihm ein bisschen ähnlich.« Sie atmete hörbar aus. Die Entscheidung war gefallen. Sie würde es ihm nicht hier und heute sagen. Wie hatte sie je auf diesen abwegigen Gedanken verfallen können? Schließlich musste sie es, wenn überhaupt, erst ihrer Tochter sagen. Und die konnte dann entscheiden, was sie mit ihrem Wissen tat, ob sie es an Ricardo weiterreichte oder nicht. Das wäre dann nicht mehr ihr, Jujús, Problem. Sie lächelte den Jungen an. »Alte-Leute-Sachen. Wir werden im Alter alle ein bisschen verrückt. Wehmütig. Wir denken an Menschen von früher zurück. Mach dir darüber keine Gedanken.«
»Na schön. Dann … gehen wir am besten wieder rein.«
»Ja. Aber danke, dass du es mir gesagt hast. Ich habe Mariana sehr geliebt.«
Ricardo hob verächtlich die Brauen und wandte sich ab. Sie log. Diese Frau war die personifizierte Selbstverliebtheit, und es ging weit über sein Vorstellungsvermögen hinaus, dass sie jemals einen anderen Menschen als sich selbst hätte lieben können.

Die Beisetzung fand im engsten Familienkreis statt, der immerhin aus fünfzehn Personen bestand. Es war der Freitag nach Pfingsten, und für Anfang Juni war es ein sehr heißer Tag. Der strahlend blaue Himmel passte nicht zu dem Anlass. Die Sonne brannte auf den Schultern der schwarz gekleideten Trauernden, und manch einer wischte sich den Schweiß aus der Stirn. Ricardo machte die Hitze wenig aus. Umso mehr litt er darunter, dass er nicht in der ersten Reihe stehen durfte. Auf einmal zählte der

Verwandtschaftsgrad mehr als alle Zuneigung, war die Zusammensetzung des Blutes wichtiger als der empfundene Schmerz. Was hatten die anderen Kinder Marianas, lauter ihm halb fremde Menschen um die fünfzig, schon geleistet, um ganz vorn ihre falsche Trauer zur Schau zu stellen und als Erste ihre Blumen auf den Sarg werfen zu dürfen? Nichts. Sie kannten ja noch nicht mal die Lieblingsblumen von Oma Mariana. Er kannte sie. Und er würde sie ihr auf ihrem letzten Weg mitgeben. Nougatpralinés in Rosenform.
Als Ricardo endlich an der Reihe war, trat er nach vorn, warf seine »Blumen« in das Grab, wo sie mit einem unanständig lauten Geräusch auf den Sargdeckel prallten, und verließ unmittelbar danach die kleine Trauergemeinde. Sie starrten ihm nach. Bestimmt dachten sie, er hätte irgendetwas Ungehöriges in das Grab geworfen und es deshalb so eilig gehabt, hier fortzukommen. In Wahrheit wollte Ricardo nur nicht, dass jemandem seine feuchten Augen auffielen. Er sprang in den Pick-up und machte, dass er wegkam.
Auf dem schmalen Weg, der vom Friedhof fortführte, wäre er fast mit einem anderen Wagen zusammengestoßen. Beide Autos waren zu schnell, und anscheinend war auch der andere Fahrer nicht sehr konzentriert gewesen. Ricardo holperte durch das Gestrüpp am Straßenrand und sah aus dem Augenwinkel nur noch, dass der andere Fahrer ein alter Mann war. Gemeingefährlich waren sie, diese alten Knacker. Ab sechzig dürfte man keinen mehr hinters Lenkrad lassen.

Fernando erreichte den Friedhof zu früh. Sie waren alle noch da. Fast alle – ein junger Rowdy hatte vorzeitig das Weite gesucht. Er hatte ihn wegen der Spiegelung in der Windschutzscheibe nicht gut erkennen können, aber er schätzte, dass es sich um Ricardo handelte, Jujús missratenen Enkelsohn. Fernando hatte vermeiden wollen, hier den Angehörigen über den Weg zu laufen. In der Traueranzeige war ausdrücklich vom engsten Familienkreis die Rede gewesen, und solange er Mariana auch gekannt hatte, ein Verwandter war er nun einmal nicht.

Er blieb in seinem Auto sitzen und beobachtete die Gruppe, die sich nun allmählich auflöste und Richtung Ausgang ging. Da war Jujú, unverkennbar in ihrem feinen Kostüm, dem großen Hut und der Sonnenbrille. Gleich neben ihr ging Laura, ihre Tochter, ebenfalls eindeutig für Fernando zu erkennen: Ihre Ähnlichkeit mit Jujú war frappierend. Allerdings fehlte Laura die glamouröse Ausstrahlung ihrer Mutter. Der Mann neben Laura musste Felipe sein. Jujú hatte ihm erzählt, was dem armen Kerl widerfahren war, doch auch ohne dieses Wissen erkannte Fernando auf den ersten Blick, dass es sich um einen gebrochenen Mann handelte. Felipe musste klar gewesen sein, dass er auf dieser Beerdigung Paulo wiedersehen würde, und Fernando fragte sich, was jetzt wohl in den Köpfen eines PIDE-Opfers und dessen Folterknecht vorgehen mochte.

Paulinho, dieser Verbrecher, war mit seiner Familie da. Hübsche Frau, ansehnliche Kinder. Sie hielten deutlichen Abstand zu seiner Schwester und ihrem Verlobten. Die anderen Leute kannte Fernando nicht. Das waren sicher Marianas Kinder mit ihren jeweiligen Familien. Gramgebeugt wirkte keiner von ihnen. Hinter ihnen kam Rui den Weg entlanggeschlendert, als handelte es sich um einen netten Feiertagsausflug. Er sah gut aus, lächelte versonnen vor sich hin und brachte Fernando damit zur Weißglut. Weder Rui noch ein anderer Trauergast gönnte ihm, Fernando, der sich hinter einer Zeitung in seinem Wagen verschanzt hatte, auch nur einen Blick. Gut so.

Fernando wartete noch ein paar Minuten, bevor er seine Sonnenbrille aufsetzte und ausstieg. Er hatte Jujú und ihre Tochter nicht wegfahren sehen, aber da sie weder an dem frischen Grab standen noch irgendwo sonst zu entdecken waren, hielt er es für wahrscheinlich, dass sie sich nicht mehr hier aufhielten. Doch auf dem Weg zu Marianas Grab sah er sie plötzlich – Jujú stand mit traurigem Gesicht am Grab ihrer Eltern, ihre Tochter und deren Verlobter befanden sich ein paar Schritte hinter ihr, wie es schien, um Jujú in diesem Moment mit sich und ihren Gedanken allein zu lassen. Ja, dachte Fernando, nun erfuhr auch sie, wie es war, wenn die Eltern und alle Geschwister tot waren, wenn man der einzige Überlebende einer Generation war, die von den Jüngeren nur noch als Last empfunden wurde.

Er schlich über den Kiesweg und hoffte, dass niemand seine Gegenwart bemerkte. Doch Jujú sah ihn und zuckte zusammen. Er nickte ihr zu, sie nickte zurück. Mehr nicht.

»Wer war das?«, fragte Laura ihre Mutter. »Kennst du den Mann?«

»Ach, ein uralter Bekannter von früher.« Jujú beglückwünschte sich im Stillen für ihre Verstellungskünste, die sie im Laufe der Jahrzehnte perfektioniert hatte. Es gelang ihr fast immer, nach außen teilnahmslos oder wenigstens gefasst zu wirken, auch wenn es in ihrer Seele tobte. So wie jetzt. Was fiel Fernando nur ein, hier unaufgefordert aufzukreuzen? Was, wenn er Ricardo gesehen hätte? Sie selber hatte den Abgang Ricardos als ausgesprochen unhöflich und unzivilisiert empfunden, aber im Nachhinein war sie froh darüber. Gar nicht auszudenken, was passiert wäre, wenn die beiden sich gegenübergestanden hätten!

»Aha«, stellte Laura lakonisch fest. »Scheint ja kein besonders guter Bekannter gewesen zu sein, wenn er nicht mal stehen bleibt, um zu kondolieren.«

»Nein.« *Nur dein Vater*, dachte Jujú.

42

Carolina Cardoso stopfte die Kissen in ihrem Rücken zurecht und lehnte sich zurück. Die Couch war ein guter Kauf gewesen, sie war gemütlich. Carolina war stolz auf sich. Sie arbeitete nun seit fünf Jahren als Stenotypistin und war bereits in der Lage, sich eine eigene kleine Wohnung so komfortabel einzurichten. Von ihren Kolleginnen hatte das noch keine geschafft. Die Raten für das Fernsehgerät musste sie zwar noch abstottern, aber sie war fleißig und sparsam, so dass diese Schulden ihr keine Sorgen bereiteten. Die Anschaffung hatte sich wirklich gelohnt. Gab es etwas Besseres, als nach getaner Arbeit auf dem Sofa zu sitzen, vor sich ein Glas Wein sowie die Aussicht auf mehrere Stunden angenehmer Unterhaltung?
Natürlich kamen auch viele Sendungen, die Carolina nicht die Bohne interessierten. Doch sogar die sah sie sich an oder ließ sie nebenher laufen, wenn sie sich in ihrer winzigen Kochnische das Abendessen zubereitete oder wenn sie bügelte. Es war schön, dass der Fernseher ihr Gesellschaft vorgaukelte, wo vorher nur Einsamkeit und Leere gewesen waren. Und weil sie jeden Abend fernsah, brauchte sie nicht einmal mehr die Zeitung zu kaufen. Alles, was sie an Informationen benötigte, um im Büro nicht als vollkommen unwissende, dumme Kuh dazustehen, lieferte ihr das TV-Gerät, ohne dass es ihr die geringste Anstrengung abverlangt hätte.
Was hatte sie allein in diesem Jahr, 1961, alles erfahren, was ihr früher entgangen wäre! Im April hatten die Russen einen Kosmonauten namens Juri Gagarin in einer Rakete um die Erde gejagt; etwa um die gleiche Zeit war den glücklosen Amerikanern, die bislang im Wettlauf um die Eroberung des Weltalls immer hinter den Russen zurückgelegen hatten, auch noch

eine Invasion auf Kuba missglückt – Carolina hatte sich nur den blöden Namen »Schweinebucht« gemerkt, jedoch keine weiteren Details. Sie hatte vor allem Mitleid mit dem neuen amerikanischen Präsidenten John F. Kennedy, den sie überaus attraktiv fand. Allerdings zeigte man den Mann nicht immer von einer vorteilhaften Seite, seit er, zusammen mit de Gaulle, gegen Portugals Kolonialpolitik stänkerte. Das ging ihn ja auch wirklich nichts an, was Salazar für Pläne mit Angola hatte, oder?

In Deutschland hatte man mit dem Bau einer Mauer mitten durch Berlin begonnen, was Carolina mehr als befremdlich fand. Sie brauchte sich nur vorzustellen, man würde eine Mauer durch Lissabon ziehen, die zum Beispiel die Baixa vom Chiado trennte, um das ganze Unterfangen als kompletten Unfug abzutun. Bestimmt würde diese Mauer nicht lange stehen. Es war außerdem der Schriftsteller Hemingway gestorben, den sie nicht kannte, sowie der Schauspieler Gary Cooper, den sie verehrte. Sie hatte geweint, als sie von seinem Tod erfuhr. Das Thema, das derzeit die Nachrichten beherrschte, war die Invasion indischer Truppen in der portugiesischen Kolonie Goa. Diese Unmenschen – konnten sie nicht einmal in der Adventszeit Ruhe geben? Man musste doch nicht gerade im Dezember ein katholisches Land überfallen! Doch Carolina Cardoso zerbrach sich auch darüber nicht lange den Kopf. Was gingen sie schon die fernen Kolonien an? Viel schöner waren doch die romantischen Komödien, die im Fernsehen liefen. Und heute Abend kam ein Film, den sie auf keinen Fall verpassen wollte. Ihr Lieblingsschauspieler trat darin auf: Ronaldo Silva.

Ah, was für ein Bild von einem Mann! Zugegeben, seine Hautfarbe war ein bisschen zu dunkel, um ihn als Bräutigam in Betracht zu ziehen, dennoch gab Carolina sich manchmal diesem Tagtraum hin. Er war ledig, so viel wusste sie. Und wäre sie nicht die ideale Frau für ihn? Jung, gesund, tüchtig, ehrlich und ganz gewiss nicht auf sein Geld aus oder gar darauf, sich in seinem Ruhm zu sonnen. Nein, sie würde ihm seine Lieblingsgerichte kochen, würde ihn jeden Tag mit einem anderen Kuchen überraschen und ihm all die Wärme und Geborgenheit geben, die er in diesem leichtlebigen Filmgeschäft bestimmt nie kennengelernt hatte. Oh, herrlich wäre das, einen Mann wie Ronaldo Silva verwöhnen zu dürfen!

Ein Blick in den Spiegel reichte, um Carolinas schöne Trugbilder mit einem Schlag zu zerstören. Hässlich war sie eigentlich nicht. Aber mit den atemberaubenden Blondinen, die Ronaldo immer am Arm hatte, wenn er sich in der Öffentlichkeit zeigte, konnte sie nicht konkurrieren. Sie sah aus wie der Inbegriff einer Matrone, trotz ihrer Jugend. Und ihr war klar, dass sie bei einem Mann wie Ronaldo Silva absolut chancenlos war. Sie war schließlich Realistin. Meistens jedenfalls.

Einmal hatte sie der Versuchung nachgegeben, ihrem Schwarm zu schreiben. Sie hatte in einer Zeitschrift seine Autogrammadresse gefunden, und aus einem verrückten Impuls heraus hatte sie sogleich einen Brief aufgesetzt, in dem sie ihm ihre Verehrung kundtat. Sie war bewusst höflich und sachlich geblieben – man wusste ja, dass die Berühmtheiten von ihren Fans mit allen möglichen Obszönitäten belästigt wurden, und als so jemand wollte sie sich keinesfalls darstellen. Und obwohl Carolinas Verstand ihr sagte, dass sie niemals eine Antwort erhalten würde, schlug ihr Herz sie mit der Blindheit der Hoffnung. Vielleicht würde er ja doch, eines Tages …?

Ein lautes Rumpeln aus der Nachbarwohnung ließ Carolina zusammenzucken. Die alte Dame von nebenan war sehr krank, ob sie gestürzt war? Carolina riss sich von ihrem Fernseher los, klingelte bei der Nachbarin und schloss, nachdem von drinnen nichts mehr zu hören war, mit ihrem Ersatzschlüssel auf. Sie fand Dona Maria da Conceição röchelnd auf dem Fußboden. Sie drückte die dürre Hand der alten Dame und blieb, da ihr das

Rufen einer Ambulanz sinnlos erschien, bei ihr, bis sie, keine fünf Minuten später, ihren letzten Atemzug getan hatte.

Ronaldo erhielt von der Familie Abrantes weder eine Benachrichtigung noch eine Einladung zur Beisetzung, und er war darüber mehr als erleichtert. Er erfuhr vom Tod der »Tante« aus der Zeitung, in der die Familie eine kleine, aber hübsche Anzeige platziert hatte. Was er nicht erfuhr, war, dass Maria da Conceição Abrantes ihren Nichten und Neffen jeweils einen Geldbetrag vermachte, der für jeden der fünf reichte, um sich davon ein kleineres Auto zuzulegen. Vielleicht wäre Ronaldo, wenn er nur ein besserer »Neffe« gewesen wäre, allein in den Besitz dieser unglaublichen Barschaft gelangt, die Maria da Conceição, so rekonstruierte man später, den jahrzehntelangen Zuwendungen ihrer einstigen Dienstherrin Dona Mariana sowie der Wertsteigerung von Aktien der Coca-Cola Company verdankte, in die sie investiert hatte. Und vielleicht war es besser, dass Ronaldo dieses Wissen erspart blieb. Es hätte ihn aufgefressen – trotz der Hoffnung, dass sein alter und ihm immer lästiger werdender Gönner ihm ein Vermögen vererbte.

Rui da Costa fragte sich häufig, wie es hatte passieren können, dass zwei kultivierte Menschen wie Jujú und er ein solches Monstrum hatten in die Welt setzen können. Paulo hatte sich zu einem Wesen entwickelt, das Rui – Vaterliebe hin oder her – zu den niedrigsten Lebensformen dieses Planeten zählte: Er war ein hoher Funktionär der PIDE. Und als wäre das allein nicht abstoßend genug gewesen, missbrauchte Paulo darüber hinaus all seine Machtbefugnisse. Ungeniert.
Er hatte nicht einen Funken Ehre, glaubte aber, seinem Vater dessen vermeintlich lasterhaftes Leben vorhalten zu dürfen. Sooft Rui über das Gespräch nachgrübelte, das er am Vortag mit seinem Sohn geführt hatte, so wenig erschloss sich ihm Paulos

eigentliche Absicht. Warum hatte er ihm gedroht? Was bezweckte er damit? Wollte er mehr Geld aus ihm herauspressen? Hatte er ihn nicht äußerst großzügig bedacht? Was sollte das alles? Noch einmal ging er im Kopf den Dialog durch, der in einer solchen Form zwischen Vater und Sohn niemals hätte stattfinden dürfen. Das war es, was wirklich widerwärtig war, nicht die Vergehen, deren Paulo ihn bezichtigte.
»Du solltest darüber nachdenken, diese häufigen Zusammenkünfte mit deinem ›Neffen‹ aufzugeben. Es ist ekelerregend. Und es wirft ein schlechtes Licht auf die ganze Familie«, hatte Paulo naserümpfend gesagt.
»Es ist mir neu, dass du über so viel Phantasie verfügst. Ich weiß nicht genau, was du dir da alles ausmalst, aber ich schätze, das meiste davon entspricht nicht den Tatsachen.«
»Ich will die Details lieber nicht so genau kennen, Pai. Jeder weiß, was ihr treibt, auch wenn Ronaldo noch so viele Blondinen flachlegt.«
»Deine Ausdrucksweise lässt zu wünschen übrig.«
»So wie deine Lebensweise. Und im Gegensatz zu meinem Wortschatz ist das, was du tust, strafbar.«
»Zeig mich an, Paulinho.« Er nannte seinen Sohn absichtlich bei dessen Kindernamen – er wusste, dass Paulo sich wahnsinnig darüber aufregte. »Tu es. Mir macht das nicht mehr viel aus. Aber ich glaube, dass es dir selber schaden wird. Es dürfte deiner unaufhaltsamen Karriere als Sadist einen irreparablen Schaden zufügen, wenn bekannt wird, dass dein Vater möglicherweise *widernatürliche Unzucht* treibt.« Wenn es denn so wäre, dachte Rui bei sich. Nach einer kleinen Pause hatte Rui dann mit müder Stimme nachgefragt: »Was willst du eigentlich von mir?«
»Ich will, dass du diesen Erbschleicher von Ronaldo zum Teufel schickst. Und dir auch keine weiteren Lustknaben hältst.«
»Was versprichst du dir davon? Mehr Geld? Das wirst du ohne-

hin nicht bekommen: Ich werde alles, was ich nicht selbst noch verjubele, für gemeinnützige Zwecke spenden. Und jetzt, mein lieber Sohn, ist es an der Zeit, dass du diese Wohnung verlässt.«
»Liebend gern. Aber glaube nicht, dass ich meinen Kindern erlaube, weiterhin Kontakt mit dir zu pflegen. Du magst ihr Großvater sein – aber du bist kein guter Umgang für sie.« Dann war Paulo, ohne einen Abschiedsgruß, gegangen.
Hätte Rui gewusst, wie man weint, wäre dies ein Moment gewesen, in dem er es getan hätte. Ihm die Enkel vorzuenthalten krönte Paulos lange Liste von Grausamkeiten.
Doch das alles hatte sich gestern ereignet. Heute sah die Welt bedeutend freundlicher aus. Es würde Paulo nicht gelingen, die Enkel von ihm fernzuhalten. Sie waren groß genug, um selber zu entscheiden, wen sie sehen wollten und wen nicht. Rui war sich hundertprozentig sicher, dass sie ihn gern trafen, und das nicht nur, um gegen ihren Vater zu rebellieren. Sie mochten ihn. Seit er in Lissabon lebte, hatte er sie verwöhnt, wie nur ein Großvater Kinder verwöhnen durfte. Es hatte ihm viel Spaß gemacht. Und tat es noch. Die beiden, ein Junge und ein Mädchen, waren jetzt zwölf und elf Jahre alt, und Rui lud sie oft ins Kino oder ins Theater ein. Sie machten nicht den Eindruck, als begleiteten sie ihn aus Pflichtbewusstsein. Sie genossen seine Gesellschaft, so wie er die ihre genoss.
Die Enkel hatten sogar ihn und Jujú einander wieder näher gebracht. Manchmal kam sie ihn gemeinsam mit den Enkeln besuchen, manchmal war er bei ihr zu Gast, um dort mit den Kindern Karten zu spielen. Dass ihre Großeltern getrennt lebten, schien die beiden nicht sonderlich zu irritieren. Sie hatten ein paarmal nachgefragt, und immer war die Antwort gewesen: »Nein, wir sind nicht geschieden. Aber ein richtiges Ehepaar sind wir auch keines mehr. Eher gute Freunde.« Hatte es sich anfangs noch um eine Notlüge gehandelt, um die Kinder nicht

zu verunsichern, so war ihre Beziehung mittlerweile wirklich zu einer Freundschaft gereift, wie sie sie in 45 Ehejahren nicht erlebt hatten.

Jujú, fand Rui, entsprach äußerlich in rein gar nichts dem Klischee der lieben Oma. Sie war weder dick, noch trug sie ihr Haar zu einem Dutt aufgesteckt. Sie färbte sich sogar die Haare, und ihre Frisur war modisch auftoupiert. Auch ihre Garderobe war jugendlicher, als man es von Damen ihres Alters kannte, und sie trug sie mit der Grandezza einer Frau, die ihre Schönheit nie in Frage gestellt hatte. Für ihn galt wahrscheinlich dasselbe – er jedenfalls fand, dass er deutlich frischer aussah als seine Altergenossen. Ob ihre Enkelkinder sie ebenfalls so wahrnahmen? Oder waren sie in deren Augen nur geschlechtsneutrale, asexuelle, alte Menschen, die sich komisch anzogen, komisch sprachen, einen komischen Musikgeschmack hatten und überhaupt nichts vom Leben und der Liebe verstanden? Rui fand die Vorstellung amüsant. Putzig waren sie, die jungen Leute, deren Gedanken ausschließlich um sich und ihre Liebesdramen kreisten, von denen die meisten bereits nach zwei Wochen von der nächsten, der ultimativen Tragödie abgelöst wurden.

Warum eigentlich nicht?, dachte er plötzlich. Rui legte eine Beethoven-Platte auf und ging zu dem Sekretär, an dem er seit Jahren Ronaldos Fanpost beantwortete, eine Beschäftigung, die seine Tage immerhin mit einem Minimum an Sinn füllte. Der Brief dieses Mädchens lag obenauf. Er nahm ihn und las ihn ganz durch. Wie anrührend er war, so rein und unschuldig. Wenn das arme Kind wüsste, was für ein charakterloser Mensch Ronaldo war! Und er selber ebenfalls. Hatte er nicht genauso herzhaft gelacht über die linkischen Formulierungen und die kleinbürgerliche Rechtschaffenheit, die einen aus jeder Zeile ansprang? Jetzt tat es Rui leid. Er setzte sich an den Schreibtisch, nahm einen Bogen hellblauen Büttenpapiers und begann mit seinem feinen Füllfederhalter zu schreiben.

Meine liebe Carolina,
haben Sie vielen Dank für Ihre freundlichen Zeilen. Es ist schön zu wissen, dass unter den vielen Fernsehzuschauern auch eine so tugendhafte junge Dame wie Sie ist. Leider kann ich aufgrund meiner zahlreichen Verpflichtungen Ihre Einladung nicht annehmen. Doch seien Sie versichert, dass ich künftig bei jeder Rolle, die ich spiele, auch an Sie denken werde – und bei jeder Drehpause an Ihre zweifelsohne fabelhafte açorda de mariscos.
Mit herzlichen Grüßen, Ihr Ronaldo Silva.

Rui hatte ein schlechtes Gewissen, als er den Brief in einen Umschlag steckte, adressierte, frankierte und dann auf die Konsole im Flur legte, damit er ihn bei seinem nächsten Spaziergang nicht vergaß. Wer wusste schon, was er bei dem armen Mädchen anrichtete, wenn er es glauben ließ, dass es Ronaldo mit seinem Brief eine Freude bereitet hatte? Nachher würde es ihn mit weiteren Episteln bombardieren, ihm womöglich auflauern. Er würde diese Carolina Cardoso in tiefste Seelenpein stürzen, wenn keine weiteren Briefe folgten. Nein, er würde ihn besser nicht abschicken.

Einige Stunden später machte Rui sich zu seinem gewohnten Abendspaziergang auf. Der Umschlag lag auf der Konsole und schien ihn zu verspotten. Ein seniler und sentimentaler Opi war er – also wirklich, Ronaldos Fanpost zu beantworten! Gleichzeitig dachte er an den kurzen Moment perfekten Glücks, den er diesem Mädchen verschaffen konnte. Er steckte das Kuvert ein und warf es in den ersten Briefkasten, an dem er vorbeikam, bevor er es sich anders überlegen konnte.

Die Freude der Empfängerin hätte überbordender nicht sein können. Doch Carolina war bodenständig genug, um zwischen den Zeilen den Wunsch ihres Helden zu lesen, nicht weiter behelligt zu werden. Herr bewahre! Noch einmal würde sie einer so kindischen Laune gewiss nicht nachgeben. Sie las den Brief unzählige Male, schnupperte an ihm, hielt ihn sich an die Wange, als könne sie damit ihrem geliebten Ronaldo näher sein. Eines Tages aber schloss sie ihn, zusammen mit der Perlenkette ihrer Großmutter sowie anderen, weniger wertvollen Schmuckstücken in ihre Schatulle, auf deren Boden er lange unbeachtet liegen blieb.

Erst viele Jahre später, als man für die Krankheit, zu deren ersten Opfern Carolina Cardoso gehört hatte, die Bezeichnung »Fernsehsucht« erfinden sollte, würde sie an dieses Antwortschreiben zurückdenken. Sie würde sich im Nachhinein für ihren eigenen Brief schämen, den sie in mädchenhaftem Überschwang verfasst hatte, und würde hoffen, dass ihr damaliges Idol ihn vernichtet hatte und er nicht noch im Nachlass auftauchte. Sie würde den Kopf über die Dummheit der Jugend schütteln. Sie würde ihrer eigenen Tochter sagen, dass man wildfremden Leuten keine Liebesbriefe schrieb, und diese würde patzig antworten: »Ach, was verstehst du schon davon? Du stehst ja auf Tattergreise wie Ronaldo Silva!« Carolina würde in sich hineinlächeln – und dann den nagelneuen Farbfernseher einschalten, den ihr kleiner, dicker Ehemann ihr nur deshalb bewilligt hatte, damit er selber die Benfica-Spiele in Farbe sehen konnte.

43

Die Luft war heiß und schwül. Es juckte ihn überall. Schweiß und Schmutz und die Angst, sich durch eine unvorsichtige Bewegung zu verraten, ließen ihn jede Faser seines Körpers spüren. Unzählige Moskitos fanden ihren Weg durch das tropische Dickicht. Es kostete ihn seine ganze Selbstbeherrschung, nicht nach ihnen zu schlagen. Seine Kopfhaut machte ihn wahnsinnig – unter dem Helm war es kochend heiß. In seinem Gedärm rumorte es schon wieder. War er nicht lange genug von Durchfall geplagt gewesen? Doch er wusste, dass es diesmal nicht an vergammeltem Essen und verdorbenem Wasser lag. Es waren die Leichen. Oder besser: die abgetrennten Köpfe, die überall herumlagen.
Die Brutalität der angolanischen Untergrundkämpfer war unbeschreiblich. Selbst ihn, der den Unabhängigkeitsbestrebungen der Kolonie anfangs viel Sympathie entgegengebracht hatte, begannen nun Zweifel zu überfallen. Diese Barbaren waren roh und grausam. Sie waren eindeutig nicht reif, sich selber zu regieren. Sie massakrierten ja nicht nur die verhassten weißen Kolonialherren, sondern sogar ihre eigenen Landsleute. Die Provinz Uíge, insbesondere der Nordosten mit den Ortschaften Maquela do Zombo, Damba und Quimbele, war die Keimzelle des Terrorismus. Die Bacongos erhielten Unterstützung von jenseits der Grenze zu Belgisch-Kongo, und sie schlachteten alles ab, was ihnen in die Quere kam – auch die Bailundus, die den Fehler begingen, gemeinsam mit ihren weißen Herrschaften aus den abgelegenen Siedlungen fliehen zu wollen.
Ricardo versuchte durch den Mund zu atmen. Der Verwesungsgeruch, der über allem hing, machte ihm schwer zu schaffen. Wann und wie sollten sie die Leichen und die abgetrennten

Köpfe wegschaffen, solange die Rebellen überall lauerten? Wann würde es endlich regnen, wann würden die Rinnsale aus Blut weggewaschen werden? Hier bei Quibocolo gab es kaum einen Weg, auf dem nicht die grausigen Spuren der Mordlust der UPA, der União das Populações de Angola, zu sehen und zu riechen waren.

Ricardo blickte nach links. Etwa dreißig Meter von ihm entfernt lag Jacinto Assis im Unterholz, das Gewehr bereit, den Blick starr auf den Feldweg gerichtet. Die UPA-Kämpfer konnten nicht weit sein. Und Ricardo, Jacinto sowie die anderen acht aus ihrem Trupp würden sie niedermähen. Vielleicht sollte man ihnen, dachte Ricardo, ebenfalls die Köpfe abschlagen. Sie glaubten erst, dass jemand tot war, wenn er enthauptet war. Leichen, die einzig ein paar Einschusslöcher aufwiesen, nahmen sie nicht ernst.

In diesem Augenblick hörte er sie. »Ulalá, UPA, UPA …«, riefen sie im Chor, als wäre es eine Formel zur Beschwichtigung der Götter. Es ging Ricardo durch Mark und Bein, diese Schlachtrufe in der eigenen und doch beängstigend fremd klingenden Sprache. Schöne »Union der Völker Angolas«. Sie waren Wilde. Sollten sie sich doch alle gegenseitig umbringen. Was wollte Portugal eigentlich mit einem Land wie diesem? Außer Kaffee, Bohnen und Erdnüssen brachte es nicht viel hervor. Warum mussten sich junge Männer wie er in diesen Dschungel begeben, um sie von ihrem Ziel, unabhängig zu werden, abzuhalten? Sollten sie doch. Sie würden schon sehen, was sie davon hatten. All das ging Ricardo im Bruchteil einer Sekunde durch den Kopf. Er konnte es sich nicht leisten, jetzt an Politik zu denken. Er konzentrierte sich nur noch auf die Männer, die er in diesem Augenblick als seine Feinde betrachten musste. Um das Leben der letzten Weißen in diesem Gebiet zu retten, musste er zunächst sein eigenes schützen. Dann feuerte er.

Nie zuvor war ihm Luanda schöner erschienen. Die Entbehrungen der vergangenen Wochen, die Angst, der Gestank, die Gräuel schienen eine Ewigkeit entfernt zu sein. Zum ersten Mal seit langem konnte er wieder ruhig schlafen, obwohl er auch jetzt kaum mehr als vier Stunden Schlaf brauchte. Aber das war immer schon so gewesen. In der Hauptstadt gab es sauberes Wasser und halbwegs schmackhaftes Essen. Die eingeborene Bevölkerung war den portugiesischen Soldaten, die zunehmend das Stadtbild prägten, freundlich gesonnen. Die Haut wie die Stimmen der afrikanischen Frauen waren weich und schmeichelnd, genau wie die Luft, die über den Strand wehte. Sie duftete nach Salz und *saudades*. In wenigen Tagen würde Ricardo zurück nach Portugal beordert werden. Andere, unverbrauchte junge Soldaten würden kommen und den sinnlosen Kampf fortführen.

Noch immer fragte Ricardo sich, welcher Teufel ihn geritten hatte, als er sich freiwillig zur Ausbildung als Fallschirmjäger gemeldet hatte. Hatte er allen Ernstes geglaubt, dass es mit dem Schweben in der Luft getan war? Leider, musste er sich eingestehen, war es so gewesen. Er hatte nur den Moment vor Augen gehabt, da er allein zwischen Himmel und Erde und sein Leben an ein paar Nylonfäden hing. Über alles andere hatte er sich gar keine Gedanken gemacht: dass er in unwegsamem Gelände eingesetzt werden würde, in dem es vor Feinden nur so wimmelte; dass er seine gesamte Ausrüstung, die mehr wog als er selber, am Leib tragen musste; dass er nicht auf Nachschub und Unterstützung von Bodentruppen rechnen konnte; dass er bei aller relativen Selbständigkeit doch immer auf das Kommando seines Vorgesetzten zu hören hatte, ganz gleich, wie unlogisch ihm die Befehle erscheinen mochten.

Die Zeit beim Militär und besonders der Einsatz in Angola hatten ihn jedoch mehr gelehrt als die erfolgreiche Infiltration eines gegnerischen Gebiets und die Durchführung von Nadelstichoperationen. Er war aus einer Art Dämmerzustand gerissen worden, schnell und brutal. Er hatte plötzlich erkennen müssen, dass er seine Jugend vergeudet hatte. Wenn man bei vierzig Grad im Schatten mit schmerzenden Gliedern, hämmernden Kopfschmerzen und lähmender Angst in einem Bohnenfeld liegt und sich einem erbarmungslosen Feind gegenübersieht, sehnt man sich auf einmal nach den früheren Sorgen. Nach all den belanglosen Problemchen.

Wie hatte er, wunderte Ricardo sich, jemals so dumm sein können, auf die Möglichkeiten zu verzichten, die seine Eltern ihm angeboten hatten? Warum war er nicht weiter zur Schule gegangen? Warum hatte er seine Mutter verhöhnt, als sie ihm ein Jahr im Ausland spendieren wollte? Warum hatte er Jack und seine Bitten, ihn in Amerika zu besuchen, immer wieder abgewimmelt? War er noch ganz bei Trost gewesen? Was in aller Welt hatte ihn im Alentejo gehalten? Warum war es ihm bedeutsamer erschienen, vor seinen Kumpeln lässig zu wirken, als etwas wirklich Lässiges zu tun, zum Beispiel seinen Verstand einzusetzen?

Erst der Ortswechsel hatte ihn aufgeschreckt aus seiner Lethargie. Es hatte offenbar einer Luftveränderung bedurft, um seine Gehirnzellen in Schwung zu bringen. Er hatte Distanz gebraucht, um sich von dem Teufelskreis, in dem er zu Hause gefangen gewesen war, zu befreien. Aus der Entfernung sah er alles viel klarer, als er es daheim jemals vermocht hätte. Obwohl Ricardo dem Militär und der Kolonialpolitik Salazars nicht viel Gutes abgewinnen konnte, war es doch genau ihnen zu verdanken, dass er aus seinem lustlosen, monotonen, visionsfreien Alltag herausgerissen worden war. Er war endlich aufgewacht. Von jetzt an würde alles anders werden. Er würde seine Gaben nicht brachliegen lassen, und er würde sein Leben nicht wegwerfen.

»Da Costa blufft wieder«, sagte sein Freund Jacinto.

»Ach komm, Assis, du Hosenscheißer. Warum steigst du dann schon aus?«

»Weil ich keinen Royal Flush habe, deshalb.«

»Tja ...« Ricardo hatte natürlich auch kein nennenswertes Blatt auf der Hand, aber diese Tölpel ließen sich immer wieder von ihm täuschen.

»Glück im Spiel, Pech in der Liebe«, frotzelte Assis. »Ich spare mein Geld lieber und kaufe Rosinha dafür einen Verlobungsring.«

»Wenn sie in der Zwischenzeit nicht mit einem anderen angebändelt hat.«

»Hör auf damit, da Costa. Noch ein gemeines Wort über mein Mädchen, und ich polier dir die Fresse.«

»Ich erhöhe um zehn. Wer geht mit?« Ricardo tat so, als hätte er Jacinto gar nicht gehört. Er war ein bisschen jähzornig, der gute Assis. Und Ricardo hatte nicht die geringste Lust, sich mit ihm anzulegen. Aber sein Kamerad gab keine Ruhe. Wahrscheinlich hatte er schon ein bisschen zu viel intus.

»Und wer erwartet dich, wenn du heimkommst? Hä? Keine. So sieht es nämlich aus. Weil du ein Fiesling vor dem Herrn bist.« Ricardo hätte allerlei zu erwidern gewusst, tat es aber nicht. Er wollte den armen Kerl, der heute Abend schon seinen halben Sold verspielt hatte, nicht noch mehr reizen, indem er ihn etwa mit dem Aussehen seiner Verlobten aufzog. Jacinto hatte ein Foto von ihr, das er andauernd herumzeigte. Sie hatte Glubschaugen und eine niedrige Stirn.

»Ja«, fuhr Jacinto Assis wütend fort, durch Ricardos Schweigen erst recht aufgestachelt, »in der Heimat will dich keine. Nur so ein Negerliebchen in Luanda konntest du ergattern.«

»Sag mal, Saldanha, hörst du da auch Neid heraus?«, wandte Ricardo sich an den Soldaten zu seiner Linken.

»Hört doch auf damit.« José Saldanha rutschte unbehaglich auf seinem Stuhl herum. Er war ein friedfertiger Mensch.

»Also, ich höre ganz klar Neid in Assis' Stimme. Weil er nämlich kein Negerliebchen haben kann, ohne seiner Rosinha untreu zu werden. Ich dagegen kann zehn haben. Oder noch mehr. Mit dem Geld, das ich euch heute Abend abknöpfe, kann ich die reinste Orgie mit ihnen feiern.« Er fiel in ein künstliches Gelächter, wurde aber sofort wieder ernst. Der Blick von Assis verhieß nichts Gutes. Er war in der Laune, sich zu schlagen.
»So, noch mal zehn, und ich will sehen.« Ricardo hatte plötzlich das dringende Bedürfnis, sich aus dieser Pokerrunde zurückzuziehen. Nicht, weil er eine Prügelei mit Jacinto gefürchtet hätte – er selber würde mit ziemlicher Sicherheit als Sieger daraus hervorgehen –, sondern weil er schlicht keine Lust mehr auf schmerzende Knochen und Platzwunden hatte. Er legte seine zwei mickrigen Paare auf den Tisch und stand schon auf, bevor er Diogos Karten gesehen hatte.
»He, willst du deinen Gewinn nicht mitnehmen?«, rief Diogo ihm nach.
Was, mit diesem Dreck hatte er gewonnen? Unfassbar. »Nein, den darf Assis einstreichen. Damit er sich auf seine letzten Tage in Angola mal etwas Nettes, Weiches gönnen kann.«
»Feigling!«, hörte er Assis noch rufen, bevor die Tür hinter ihm zufiel.
Ricardo schaute auf die Uhr. Schon nach neun. In Portugal war es eine Stunde früher. Ja, da konnte er noch telefonieren. Der Anruf war längst überfällig. Wenigstens seiner Mutter sollte er Bescheid sagen, dass er in wenigen Tagen wieder zurückkäme. Er hoffte, dass die Verbindung zustande kam. Meistens musste man sehr viel Geduld aufbringen, wenn man ein internationales Gespräch führen wollte. Aber schon nach einer halben Stunde klingelte es, und das Fräulein vom Amt verband ihn mit seiner Mutter. Es rauschte und kratzte zwar in der Leitung, doch die Störungen waren nicht so schlimm wie gewohnt.
»*Mãe*, ich bin es.«

»Ricardo! Geht es dir gut? Wo steckst du? Warum hast du dich so lange nicht gemeldet? Wir sorgen uns hier wie verrückt!«
Wir?, fragte Ricardo sich. Wer sollte das sein? Sprach sie schon von sich im Pluralis Majestatis?
»Ich muss es kurz machen, *mãe*. Ich bin jetzt in Luanda, am Montag geht es zurück nach Portugal. Mir geht es gut. Ich melde mich dann, wenn ich angekommen bin, ja?«
»Ja. Pass auf dich auf, Schatz!«
»Ist gut. *Adeus, mãe*.« Er legte auf und schüttelte den Kopf. Es musste Jahre her sein, dass sie ihn »Schatz« genannt hatte. Tja, was eine längere Abwesenheit alles bewirken konnte.
Anders als üblich standen keine anderen Soldaten Schlange vor dem Telefon. Wahrscheinlich hatten die ihre obligatorischen Anrufe zu Hause alle schon getätigt. Ricardo hätte Lust gehabt, die Stimme eines seiner alten Freunde zu hören, einfach so. Aber die hatten alle kein Telefon zu Hause. Seine Großmutter hatte einen Anschluss, aber er wusste die Nummer nicht.
Ricardo hatte große Lust, mit jemandem zu sprechen, der nicht Soldat war. Nach all dieser Zeit war er seiner Kameraden überdrüssig. Er bat um die Genehmigung, den Apparat ein weiteres Mal zu benutzen, und gab der Telefonistin eine Nummer, die sich ihm unauslöschlich ins Gehirn gebrannt hatte. »In Paris, Frankreich«, sagte er der Dame. Es war nichts weiter als eine Vermutung. Vielleicht hatte Marisa sich die Zahlenfolge – 4597220 – nur ausgedacht, und vielleicht hatte sie mit »internationaler Nummer« gar keinen speziellen Anschluss in Frankreich gemeint.
Ricardo druckste auf dem Flur vor dem Büro herum und machte sich auf eine längere Wartezeit gefasst. Doch bereits nach etwa einer Stunde rief man ihn hinein – die Verbindung stand.
»Allô?«
Ricardo spürte sein Herz in seinem Hals schlagen.

»Allô? Marisa?«
»Qui est-ce?«, kam es ein wenig ungehalten.
Es war ihre Stimme, kein Zweifel. Das war ja unglaublich! Sie war tatsächlich unter dieser Nummer zu erreichen, und sie war da. Was sollte er ihr bloß sagen? Was für eine total idiotische Idee war das schon wieder gewesen?
»Hier ist Ricardo, *olá*. Ich dachte, ich melde mich mal von der Front.« Himmel, etwas Blöderes konnte ihm wohl nicht einfallen?
»Ricardo! Wo bist du? Ist alles in Ordnung?«
Das hatte er jetzt davon. Sie dachte, er wäre dem Wahnsinn anheimgefallen. Sie musste ihn ja für total durchgedreht halten, wenn er abends um halb elf eine französische Telefonnummer wählte und mit einer Frau sprechen wollte, die er seit einer Ewigkeit nicht gesehen hatte. Es grenzte schon an ein Wunder, dass sie sich überhaupt an ihn erinnerte.
»Oh, äh, ja, mir geht's gut. Ich bin in Angola. Aber in ein paar Tagen geht es heimwärts. Und du? Wo bist du? Was treibst du so?«
Sie beantwortete seine Fragen zunächst nicht, sondern fragte selber nach: »Woher hast du diese Nummer?«
»Hast du das schon vergessen? Du hast sie mir mal genannt.« Trotz des Knisterns in der Leitung hörte er sie am anderen Ende scharf einatmen.
»Das ist nicht dein Ernst, oder?«
»Doch. Hör mal, ich habe nicht mehr so viel Zeit. Ich wollte dir nur sagen, dass ich an dich gedacht habe. Bist du demnächst mal wieder in Portugal? Sehen wir uns?« Ricardo wusste, dass das in ihren Ohren verzweifelt klingen musste – er hörte sich bestimmt an wie einer, der sich innerhalb der nächsten halben Stunde umbringen will.
»Zufällig ja. Ich fahre im September nach Hause, zu einem großen Familienfest. Aber dann werde ich …«

»Ich hab nur noch ein paar Sekunden«, unterbrach er sie. »Sag mir schnell deine Telefonnummer in Lissabon.«
»270 451.«
»Danke. Bis bald.« Er legte auf.

Marisa blieb ein paar Minuten reglos neben dem Telefon sitzen. Merkwürdige Zufälle gab es. Gerade gestern erst hatte sie an Ricardo gedacht, an diesen Urlaubsflirt, aus dem sich nie mehr entwickelt hatte und aus dem auch in Zukunft nie mehr werden würde. Sie waren vom Pech verfolgt gewesen. Erst die peinliche Polizeiaktion, dann der Tod seiner Großmutter. Marisa wusste, dass Ricardo sie auf immer mit diesem Unglückstag in Verbindung bringen würde. So wie sie nie an ihren Onkel Afonso denken konnte, ohne sich zugleich auch an den qualvollen Tod ihres Pudels zu erinnern, mit dem ihr Onkel als Letzter spazieren gegangen war. So war das nun einmal. Es traf sie ebenso wenig Schuld am Tod der Oma wie Onkel Afonso am Tod des Hundes, und doch wären die anwesenden Personen im Gedächtnis der Trauernden für immer verknüpft mit dem traurigen Ereignis.
Zu schade. Der Kuss war sehr verheißungsvoll gewesen – und sinnlicher als alle Küsse, die sie je mit Sérgio ausgetauscht hatte. Ricardos Hände waren zärtlich und zupackend zugleich gewesen, auch das etwas, was man von Sérgios Patschehändchen nicht behaupten konnte.
»Wer war das?«, wollte der nun wissen.
»Ach, ein alter Bekannter.«
»Aus Lissabon? Wieso kenne ich ihn nicht? Du hast mir nie etwas von einem Ricardo erzählt.«
»Nein, aus Beja. Ich habe ihn kennengelernt, als ich bei Tante Joana zu Besuch war.«
»Und wieso ruft er dich hier an, noch dazu mitten in der Nacht?«

»Sérgio, bitte. Du führst dich auf wie ein eifersüchtiger Ehemann. Es ist nicht mitten in der Nacht.«
»Und wieso ruft er an?«, wiederholte er seine Frage.
»Keine Ahnung.«
»Ach?«
»Du solltest dich sehen, Sérgio. Was willst du mir eigentlich unterstellen?«
»Nichts. Ich möchte nur, dass wir keine Geheimnisse voreinander haben. Ich will deine Freunde kennen.«
Marisa zuckte mit den Schultern. So verwunderlich war das nicht, schließlich waren sie verlobt. Und außerdem hatte sie ja gar nichts zu verbergen, oder?
»Ich habe ein bisschen mit ihm geflirtet.«
»Aha, da kommen wir der Sache schon näher. Und weiter?«
»Weiter nichts.«
»Sicher ist er ein ungehobelter Lümmel, so wie dieser Fischer in Nazaré.«
»Werde jetzt bitte nicht ausfallend«, fuhr sie ihn an. Mit solchen Floskeln demonstrierte man seine moralische Überlegenheit immer am besten. Dennoch versetzte es ihr einen kleinen Stich, dass Sérgio anscheinend mehr über sie wusste, als ihr lieb war. »Ein alter Freund ruft mich an, aus Angola. Wahrscheinlich ist er dort Soldat. Ich weiß nicht, welche Probleme er hat, dass er sich jetzt meldet, nachdem ich ewig nichts von ihm gehört habe. Du aber hast nichts anderes zu tun, als mich gleich mit deinen schmutzigen Phantasien zu überfallen.«
»Jetzt ist er also schon ein alter Freund und kein alter Bekannter mehr.«
»Hör auf damit. Am besten gehst du jetzt. Es ist eh an der Zeit. Die Concierge verpetzt mich sofort, wenn ich *mitten in der Nacht* Herrenbesuch habe.« Sie grinste ihn hämisch an.
Sérgio stand auf, nahm sein Jackett von der Stuhllehne, schlüpf-

te hinein und machte einen angedeuteten Diener. »Wie Mademoiselle belieben. Adieu.«
Als er fort war, goss Marisa sich ein Glas Ricard ein. Es war kein Eis da, aber egal. Ihr erster Ehekrach, dachte sie, und das noch vor der Hochzeit. Diese war für September anberaumt, und ihre Mutter machte einen Riesenwirbel darum. Es sollten mehr als hundert Gäste kommen – mehr als hundert Zeugen dafür, wie sie einem Mann das Jawort gab, den sie nicht wirklich liebte. Vielleicht hatte der Anis ihren Kopf erfrischt. Jedenfalls erkannte Marisa mit nie da gewesener Klarheit, was für eine Dummheit sie zu begehen im Begriff war.
Sérgio passte zu ihr. Er war intelligent, gebildet, kam aus gutem Haus, hatte eine glänzende Karriere als Anwalt vor sich und sah sogar ganz passabel aus. Er war nett. Seine Eltern waren nett. Ihre Eltern mochten ihn und hatten ihr gut zugeredet, seinen Antrag anzunehmen. Ihr Bruder kam gut mit ihm klar. Ihre und Sérgios Eltern hatten sich inzwischen angefreundet und trafen sich gelegentlich zum Kaffee in Lissabon. Es war eine absolut eindeutige Sache. Oder?
Sérgio war ihr nach Paris gefolgt, was alle außer ihr selber sehr romantisch fanden. Sie hätte hier lieber mehr Kontakt zu Franzosen gehabt, denn darum ging es ja letztlich. Wie sollte sie jemals ihr Französisch aufpolieren, wenn sie andauernd Portugiesisch sprach? Andererseits war es natürlich nicht schlecht, jemanden zu haben, der ihr Heimweh linderte, jemanden, der sie zum Essen ausführte oder ins Theater. Marisa war schon einige Monate in der Stadt gewesen, bevor Sérgio ihr unaufgefordert Gesellschaft leistete. Sie wusste, wie einsam man unter Millionen fremder Menschen sein konnte. Und trotzdem.
Nach außen hin hatte sie ihre Unabhängigkeit. Sie wohnte allein in einer *chambre de bonne*, einem ehemaligen Dienstmädchenzimmer im sechsten Stockwerk eines Gebäudes ohne Fahrstuhl.

Eine Dachkammer nur, aber ihr erstes eigenes Reich. Das Haus gehörte entfernten Verwandten von ihr, und es war ein unglaublicher Zufall, dass sie ausgerechnet heute deren Wohnung im ersten Stockwerk hatte hüten müssen – andernfalls hätte niemand Ricardos Anruf entgegengenommen.

Obwohl Sérgio sich gern wie der Hausherr aufführte, war es natürlich ausgeschlossen, dass er zu ihr zog. Sie waren noch nicht verheiratet, und bei aller Freizügigkeit, mit der die Franzosen sich gern brüsteten, waren sie doch kaum weniger konservativ und katholisch als ihre eigenen Landsleute. Sérgio hatte für die Dauer seines Paris-Besuchs ein Hotelzimmer genommen. Das passte zu ihm. Er musste immerzu seinen ererbten Wohlstand herzeigen.

Marisa goss sich ein weiteres Glas lauwarmen Pastis ein. Sie betrachtete die Flasche. Ricard. Fehlte nur noch ein »o« hintendran. Was ihm wohl auf der Seele gelegen hatte? Angola, der arme Kerl. Man hörte nur Furchtbares über die Dinge, die sich dort ereigneten. Wahrscheinlich war er angesichts seiner grässlichen Erlebnisse einfach nur wehmütig geworden, hatte Sehnsucht verspürt nach einer netten Stimme und einem belanglosen Gespräch. Bestimmt war er einsam. Und vielleicht hatte er gehofft, dass er im Gespräch mit einer Person, die ihm nicht allzu nahe stand, in diesem Fall also mit ihr, mehr Ablenkung finden würde, als wenn er mit seinen Nächsten sprach. Die würden ihn ausquetschen, würden ihn ihre Ängste spüren lassen und ihn ganz gewiss nicht aus diesem Alptraum entführen. Ja, so musste es gewesen sein. Es war die einzige sinnvolle Erklärung.

Marisa schloss die Augen. Ihr war ein bisschen schwindelig. Sie hatte nichts gegessen, fiel ihr jetzt ein. Da wirkte der Alkohol doppelt so schnell. Es war kein unangenehmes Gefühl. Es fühlte sich so ähnlich an wie der Schwindel, den sie nach dem Tanz mit Ricardo auf diesem schrecklichen Dorffest verspürt hatte.

War das wirklich schon vor fünf Jahren gewesen? Meine Güte, sie war wirklich nicht mehr zu retten! In ihrem Kopf wirbelten Erinnerungsfetzen durcheinander. Ah, nur eine Sekunde die Beine hochlegen. Marisa streckte sich auf dem Sofa aus, ließ die Augen geschlossen und gab sich den schönen Wahrnehmungen hin, die der Pastis ihr eingegeben hatte. Eine tiefe Stimme. Ein Paar männlicher, kräftiger Hände. Volle, feste Lippen. Ein dunkler Schatten auf den Wangen und am Kinn. Und diese grünen Funken ... Seine Augen waren das letzte Bild, das sie sah, bevor sie auf dem Sofa ihrer Verwandten in tiefen Schlaf sank.

44

Die Kamelien blühten. Ihr Duft lag schwer und süß über dem Park, in dem Jujú und Fernando auf einer Bank saßen. Jujú beobachtete die Kinder, die am Teich standen und die Enten ärgerten. Fernando sah immer wieder hinüber zu dem steinernen schwarz-weiß karierten Spielfeld. Zwei Männer, die etwa in seinem Alter waren, spielten Schach. Weiß war am Zug, und Fernando fragte sich, warum der Mann noch zögerte. Da gab es doch gar kein Vertun. Kindergekreische riss ihn aus seinen Überlegungen, wie er in drei Zügen Schwarz mattgesetzt hätte. Die Gören hatten einen Schwan gereizt, der schnatternd auf sie losging. Na, das würde ihnen eine Lehre sein. Er sah blinzelnd zu Jujú hinüber. Hinter ihr stand die Sonne schon sehr tief und blendete ihn. Sie leuchtete ein paar Haare, die sich aus der vornehmen Hochsteckfrisur gelöst hatten, von hinten an. Es sah aus, als hätte Jujú einen Heiligenschein.

Nachdem die Kinder fortgerannt waren, hatte Jujú die Augen geschlossen. Sie genoss die Wärme auf ihren Schultern, an ihrem Hals, auf ihrer Kopfhaut. Der Duft war betörend, und wäre nicht der entfernte Lärm des Autoverkehrs gewesen – Hupen, das Bimmeln der Eléctricos, gedämpftes Motorenbrummen –, hätte sie fast glauben können, im Alentejo zu sein.

»Weißt du noch, wie wir damals immer unter der Korkeiche gesessen haben?«, fragte sie Fernando und öffnete die Augen.

Und ob er das wusste! »Gesessen?« Er zwinkerte sie an, und einen Wimpernschlag lang waren sie wieder jung und verliebt. Sie lächelte und schloss dann erneut die Lider. Es war so schön, hier mit ihm zu sitzen. Sie wollte diese friedliche, beschauliche Stimmung nicht zerstören. Nicht jetzt. Jujú gab sich noch ein wenig Zeit. Wenn die Sonne so tief stand, dass sie nur noch die

Krone der Kastanie auf der anderen Seite des Weges anstrahlte, dann würde sie es ihm sagen.

Fernando griff nach ihrer Hand, und schweigend saßen sie nebeneinander, gleichermaßen berauscht von dem Zauber dieses Sommertages wie von der Erinnerung an Zeiten, da sie nicht auf einer Bank hatten sitzen müssen.

Der Schatten am Stamm der Kastanie kletterte unaufhaltsam nach oben. Jujú gab sich einen Ruck.

»Weißt du noch, damals, an dem Tag, bevor du zurück in die Kaserne musstest ...«

»Ja?«

»Da haben wir uns geliebt.«

»Ja.«

»Kannst du dich noch daran erinnern? Es ist über vierzig Jahre her.«

»Sechsundvierzig Jahre. Fast auf den Tag genau.«

Sie starrte ihn ungläubig an. »Mein Gott, Fernando, du kannst einem wirklich manchmal Angst einjagen mit deinem Elefantengedächtnis.« Eine Biene umschwirrte sie, und sie wedelte sie unwirsch fort. »Herrgott noch mal, dieses blöde Viech hat einen Narren an mir gefressen.«

»Früher haben dir die Bienen nichts ausgemacht.«

»Heute tun sie es aber.« Erneut versuchte sie das Insekt zu verscheuchen, doch die Biene wurde davon nur noch wilder.

»Gleich sticht sie dich.«

»Nicht, wenn du sie vorher totschlägst.«

Fernando gab Jujú durch eine Geste zu verstehen, dass sie einen Moment lang stillsitzen sollte. Als die Biene sich auf ihrem Unterarm niederließ, schlug er mit der zusammengerollten Zeitung zu. Aber es war schon zu spät: Die Biene hatte ihren Stachel tief in Jujús Haut gejagt.

»Na bravo«, sagte sie. »Den Schlag hättest du dir in diesem Fall auch sparen können.« Sie rieb ihren Arm, als hätte die Zeitung einen Abdruck darauf hinterlassen. Doch zu sehen war nur die Einstichstelle, um die herum sich in kürzester Zeit ein hässlicher roter Fleck bildete.

»Da musste ich siebzig Jahre alt werden, um zum ersten Mal von einer Biene gestochen zu werden.«

»Schön, dass man auch in unserem Alter noch solche Premieren erlebt«, sagte Fernando.

Er würde gleich noch eine ganz andere Premiere erleben, dachte Jujú bitter. Mit zweiundsiebzig auf einen Schlag noch einmal Vater und Großvater werden, das konnten nicht viele von sich behaupten. Sie rieb sich die Handflächen. Sie juckten bestialisch. Auch unter ihren Fußsohlen verspürte sie einen unangenehmen Juckreiz. Hektisch kratzte sie mit den Fingernägeln an den Innenflächen ihrer Hände herum, doch das kribbelige Gefühl wollte nicht schwinden. Ihr Herz pochte immer heftiger, ihr Atem ging stoßweise. Meine Güte, nur weil sie ihr jahrzehntelanges Schweigen endlich brechen wollte, musste sie doch nicht so pubertäre Symptome von Prüfungsangst zeigen. Ihr brach plötzlich der kalte Schweiß aus. »Fernando, ich … mir ist nicht …« Weiter kam sie nicht mehr. Bewusstlos sackte sie in Fernandos Arme.

»Das ist ein herrliches Fleckchen Land.« Marisa saß auf der staubtrockenen Erde, den Rücken an den Baumstamm gelehnt, die Beine angezogen, und bewunderte das Hügelpanorama. Im Westen verglühte die Sonne. Sie war riesig und leuchtete in einem Orangeton, wie ihn Marisa so intensiv noch nicht gesehen hatte. Die Luft flirrte noch immer von der Hitze des Tages. Vor der langsam sinkenden Sonne zeichneten sich die vereinzelt stehenden, knorrigen Bäume als schwarze Silhouetten auf den Weizenfeldern ab. Olivenbäume und Korkeichen. Es war ein Bild von magischer Schönheit, und Marisa konnte den Blick nicht davon abwenden. Der Himmel verfärbte sich da, wo der

rötliche Glanz der Sonne nicht mehr hinreichte, zu einem Blau, das zwischen Lila und Grün oszillierte. Die Wolken wurden von unten angestrahlt und reflektierten das glühende Licht. Man hörte das Zirpen der Grillen – und ein leichtes Donnergrollen, das aus weiter Entfernung zu ihnen drang.
»Klingt nach Gewitter«, sagte Ricardo. »Merkwürdig. Bekäme dem Land aber nicht schlecht, wenn es mal wieder regnen würde.« Er sah in den Himmel, als wäre er ein Bauer mit langjähriger Erfahrung in Wetterbeobachtung. Na ja, mit dem Wetter kannte er sich schon aus. Wer in so vielen Flugzeugen gesessen hatte wie er und so oft aus ihnen abgesprungen war, der musste über ein Minimum an meteorologischen Kenntnissen verfügen. Dennoch kam ihm seine Bemerkung vollkommen bescheuert vor. Hätte ihm nicht etwas Romantischeres einfallen können? Musste er ein vornehmes Stadtmädchen mit seinen Beobachtungen zum aktuellen Stand der Dürre belästigen?
»Ja«, erwiderte sie. »Unser Garten ist auch ziemlich verdorrt.« Das beruhigte Ricardo ein wenig. Marisas Bemerkungen waren kaum geistreicher als seine.
Der Wind frischte auf. Er wehte eine Haarsträhne in Marisas Gesicht, die sie sofort wieder nach hinten strich. Ihr Gesicht war der Sonne zugewandt. In dem roten Licht wirkte es sehr jung und verletzlich. Marisas Blick war melancholisch in die Ferne gerichtet, aber Ricardo vermutete, dass sie ihm etwas vorspielte und nicht halb so in Gedanken versunken war, wie sie tat. Er hoffte es. Er hoffte, dass sie ebenso nervös war wie er, dass auch ihr Herz bis zum Hals schlug und dass sie genau solche Lust auf einen Kuss hatte wie er. Ricardo fand sie zum Anbeißen. Er rupfte einen Grashalm ab und kitzelte sie damit im Nacken, ohne dass sie ihn dabei sehen konnte. Sie schlug nach der Stelle – wahrscheinlich dachte sie, dass ein Insekt sich an ihr gütlich tat. Er wiederholte das Ganze. Diesmal rieb sie ihre Haut, als hätte tatsächlich ein Tier zugebissen. Ricardo lächelte.

Bevor sie ärgerlich wurde, strich er mit dem Grashalm über ihre Ohren und ihre Wangen, diesmal so, dass sie es sah. Sie drehte ihm ihr Gesicht zu und erwiderte sein Lächeln.
In dem weichen Licht der letzten Sonnenstrahlen tanzten die grünen Sprenkel in seinen Augen. Sie fand Ricardo unwiderstehlich. Er sah ein bisschen aus wie ihr Lieblingsschauspieler, Alain Delon. Etwas dunkler vom Typ und durch die pockennarbige Haut ein wenig derber. Aber es haftete ihm eine ähnliche Aura von Gefahr an, von Leidenschaftlichkeit. Aus seinem Blick sprach die Fähigkeit, tief zu empfinden, in jeder Hinsicht. Sie sah ihm an, dass er ebenso abgrundtief hassen wie stürmisch lieben konnte. Marisa dachte kurz an Sérgio und dessen begrenztes Spektrum an Gefühlsregungen, das kaum je von der Mitte abwich – verhaltener Ärger, gebremstes Liebesvermögen, gedrosselter Ehrgeiz. Ricardo dagegen war eindeutig jemand, der sie um den Verstand bringen konnte. Und sich selber wahrscheinlich auch.
Er beugte sich näher zu ihr. Als sein Gesicht dem ihren ganz nah war, hielt er kurz inne, als wartete er auf ein Signal von ihr. Die letzten Zentimeter, die zwischen ihnen lagen, überbrückte sie. Sie reckte sich ihm entgegen, und als ihre Lippen sich trafen, war es wie ein kleiner elektrischer Schlag. Der Kuss war wundervoll. Er begann mit zaghaften Berührungen ihrer Münder, in einer Folge kleiner, keuscher Küsschen. Dann wurde er inniger, fester, bis ihre Lippen und Zungen in atemloser Gier miteinander verschmolzen.
Ricardos eine Hand lag auf Marisas Hinterkopf, wühlte sich unter ihr Haar und drückte sie immer fordernder an sich, während er mit der anderen ihren Körper erforschte. Ungeschickt fummelte er am Verschluss ihres Büstenhalters herum, und Marisa hätte ihm bereitwillig geholfen, wäre nicht in diesem Augenblick ein dicker Regentropfen genau auf ihrer Stirn gelandet. Sie zog sich aus seiner Umarmung zurück und schaute in den Himmel.

Sie waren so sehr miteinander beschäftigt gewesen, dass sie dem Wetter nicht die geringste Aufmerksamkeit geschenkt hatten. Dunkle Wolkentürme zogen über die Landschaft. Ein weiterer Tropfen fiel auf Marisas Gesicht, dann noch einer.

»Komm, lass uns lieber zum Wagen gehen.« Sie stand auf, klopfte sich den Staub von der Rückseite ihres Kleides und reichte Ricardo die Hand, um ihn hochzuziehen.

»Bestimmt bleibt es bei ein paar Tropfen. Das ist hier oft so. Es sieht immer ganz düster aus, und dann passiert nichts.«

»Egal. Ich will es nicht drauf ankommen lassen.« Sie schnappte sich den Picknickkorb, den sie bislang völlig ignoriert hatten, und lief zum Wagen.

Bereits auf dem Weg zu dem Pick-up, der auf dem Feldweg etwa hundert Meter entfernt von »ihrem« Baum stand, erwies sich Ricardos Prognose als falsch. Die Regentropfen wurden immer zahlreicher – dicke Tropfen, die mit einem satten Platsch auf ihre Haut und auf die Landschaft fielen.

Marisa lief zur Beifahrertür, doch Ricardo ging hinter den Wagen und sprang geschmeidig auf die Ladefläche. »Wenn wir die Plane schnell aufziehen, können wir es uns hier hinten gemütlich machen«, rief er ihr zu. Sie nickte und kam zu ihm. Er nahm ihr den Korb ab, reichte ihr eine Hand und half ihr hinauf. Sie hatten Glück. Es kamen weiterhin nur vereinzelte dicke Tropfen vom Himmel – richtiger Regen setzte erst ein, als die Plane an Ort und Stelle war.

Das Prasseln auf dem beschichteten Stoff war sehr anheimelnd. Und der Ausblick aus dem Heck, wo sie die Plane ein Stück weit nach oben gerollt hatten, war großartig. Es war ein Wolkenbruch biblischen Ausmaßes. Wahre Sturzfluten ergossen sich aus dem Himmel, tauchten die Landschaft in Dunkelheit, wuschen den Staub von den Bäumen und kanalisierten sich auf dem Lehmweg in Rinnsalen, die immer stärker anschwollen. Jedes Mal, wenn ein Blitz den Himmel zerschnitt, sah man in dem

gespenstisch grellen Licht das Spektakel, das minütlich an Intensität zu gewinnen schien.
»Wow!«, staunte Marisa. Sie saß Ricardo gegenüber, mit dem Rücken an die Seitenwand des Pick-ups gelehnt. Sie hielt einen Arm über die Ladeklappe nach draußen, als könne sie erst durch den direkten Kontakt mit dem lang ersehnten Regen glauben, dass es wirklich passierte. Der Wind war böig, ab und zu drückte er Regentropfen oder Sprühnebel in ihren gemütlichen Schutzraum.
»Du wirst ganz nass. Lass uns ein bisschen weiter nach innen rutschen.«
Sitzend robbten beide ein Stück fort von der Öffnung. Ricardo konnte einen Blick unter Marisas Kleid erhaschen – dasselbe Kleid, dessen Reißverschluss, wie er eben gesehen hatte, am Rücken nicht wieder ganz geschlossen war. Er dachte an die blöden Zufälle, die ihnen immer genau dann in die Quere kamen, wenn es spannend wurde. Jetzt also das Gewitter. Andererseits konnte ein solches Unwetter ja gewisse stimulierende Qualitäten haben.
»Was hast du denn Schönes in dem Picknickkorb?«, fragte er.
»Hm, also da sind belegte Brote, Kuchen, Aprikosen. Und eine Flasche Wein. Die ist aber inzwischen bestimmt warm.«
»Macht mir nichts aus. Dir?«
»Nein.« Marisa zog die Flasche aus dem Korb und legte sie Ricardo in die ausgestreckte Hand. Sie kramte weiter in dem Korb, fand aber nicht, wonach sie suchte. »Ich glaube, ich habe den Korkenzieher vergessen.«
Ricardo zog ein Taschenmesser aus der Hosentasche, an dem sich auch ein Korkenzieher befand, und hielt es stolz hoch.
»Wir ergänzen uns großartig, findest du nicht?«
»Ja«, antwortete sie, und es klang nicht danach, als bezöge sich das auf das Öffnen von Weinflaschen.
Während er die Flasche entkorkte, holte sie zwei schlichte Was-

sergläser aus dem Picknickkorb. Sie hielt sie ihm hin, und er goss sie randvoll.
»Also dann: Auf uns.«
»Ja, auf uns.«
Es fehlten nur noch Kerzen, dachte Ricardo. Es war sehr dunkel. Ohne das Gewitter hätte der Tag sich jetzt mit einem samtigen, dunkelblauen Himmel verabschiedet. So aber sah man kaum noch etwas. Das Trommeln des Regens auf der Plane ließ nicht nach. Der Wind hatte zugenommen. Er peitschte dicke Tropfen in ihren Ausguck, so dass der hintere Teil der Ladefläche schon ganz nass war. Einzelne Rinnsale bahnten sich ihren Weg ins Innere.
»Ich denke, ich lasse auch hinten die Plane jetzt lieber runter. Sonst sitzen wir beide gleich in einer Pfütze.« Ricardo krabbelte zu der Klappe, nestelte an den Riemen herum, die die Plane oben hielten, und ließ sie schließlich ächzend herab. Er selber wurde pitschenass dabei.
»Äh!« Er zog sein T-Shirt aus und warf es achtlos wie einen Putzlumpen in eine Ecke.
»Hast du Zigaretten dabei?«, fragte Marisa.
»Ja. Warte.« Er kramte die Schachtel aus seiner Gesäßtasche. »Hm, ich glaube, sie sind nass geworden. Hier.« Er hielt ihr die geöffnete Packung hin. Sie zog sich eine Zigarette heraus. Er gab ihr Feuer und zündete sich im Anschluss selber eine an. Im flackernden Licht der Flamme sah er, wie sie seinen nackten Oberkörper musterte, bevor ihr Blick nach oben wanderte und seinen traf. Er hatte den Eindruck, als wollte sie gar nicht rauchen, sondern wäre von vornherein nur auf die Lichtquelle aus gewesen. Das Streichholz erlosch. Es war jetzt so düster, dass man nur noch die beiden glühenden Spitzen der Zigaretten sah. Marisa drückte die seitliche Plane etwas ab, um außerhalb des Wagens die Asche abzuschnippen. Sie drehte sich dabei so, dass sie Ricardo wie zufällig streifte.

Augenblicklich bekam er eine Gänsehaut, trotz der feuchten Hitze, die in ihrem Unterschlupf herrschte. Er zog Marisa ganz nah zu sich heran, umschloss sie mit beiden Armen und küsste sie.

Diese Umarmung und der Kuss waren von einer Intensität, die Marisa den Atem raubte. Es war, als täte sich unter ihr ein Abgrund auf, als blickte sie nach einem langen Leben im Flachland zum ersten Mal in eine grandiose, gefährliche Schlucht, durch die sich ein tosender Strom windet. Als schmeckte sie nach Jahren fader Kost erstmals ein reich gewürztes Gericht. Oder als lauschte sie einer großartigen Oper, nachdem sie zuvor nie etwas anderes als Tonleitern gehört hatte.

Ricardos Atem beschleunigte sich in demselben Maße wie ihrer. Während er den Reißverschluss ihres Kleides langsam nach unten zog, streichelte sie seine nackte Brust, glitt mit den Fingern durch das dichte Haar darauf, ließ ihre Fingerspitzen um seine Brustwarzen kreisen, die sich sofort aufrichteten. Dann ließ sie ihre Hand weiter hinunterwandern, bis zum Hosenbund. Dort verharrte sie einen Augenblick, dann fuhr sie weiter nach unten und strich sanft über die pralle Wölbung in seiner Hose.

Ricardo hielt die Luft an. Er wollte nichts tun, was sie beide nachher bereuten. Doch aufhalten mochte er Marisa auch nicht. Er begehrte sie so sehr, dass es wehtat, und er befürchtete, dass seine ganze Willenskraft nicht ausreichte, sie beide noch zu bremsen.

»Bist du noch ...«

»Nein.«

»Nimmst du die Pille?«

»Witzbold. Die bekommt man nur, wenn man verheiratet ist. Hast du denn was dabei?«

»Nein.« Ricardo wunderte sich, warum ausgerechnet ledige Frauen, bei denen die Verhinderung einer Schwangerschaft ja mehr Sinn machte als bei verheirateten, nicht dieses sensatio-

nelle neue Mittel verschrieben bekamen. Aber jetzt war nicht der geeignete Zeitpunkt, genauer nachzufragen. Streng genommen war jetzt auch nicht der geeignete Zeitpunkt, um mit Zärtlichkeiten fortzufahren. Er wollte sie ja nicht schwängern.
Marisa nahm, obwohl sie den Grund seiner plötzlichen Passivität kennen musste, seine Hand und führte sie unter ihr Kleid.
»Marisa, nicht«, stöhnte er. »Sonst vergesse ich mich.«
»Ja, vergiss dich, vergiss alles um uns herum – und schenke uns eine unvergessliche Nacht.«
Wenig später hatten sie einander entkleidet, aufgrund der Dunkelheit und wegen ihrer Hast mit ungeschickten Handgriffen, dafür jedoch mit umso größerer Leidenschaft. Sie knieten voreinander, ertasteten ihre Körper, gaben sich dem Spiel ihrer Münder hin, bis sie beide meinten, vor Lust zerspringen zu müssen. Ricardo schob blind ihre Kleidungsstücke zu einem Kissen zusammen, setzte sich darauf und zog Marisa zu sich. Marisa kletterte mit gespreizten Beinen auf ihn, schob die Textilien ein wenig zurecht, so dass auch ihre Knie weich auflagen, und verharrte einen Augenblick in dieser Position. Ricardo hätte sie zu gern gesehen. Doch er musste sich allein auf seine anderen Sinne verlassen. Er roch ihr betörendes Parfüm, das sich mit dem Duft von Schweiß und von Weiblichkeit mischte. Er kostete ihre Küsse, die nach Wein und Zigarette schmeckten. Er hörte ihren Atem, der schneller ging als sein eigener. Er fühlte ihre Haut, die zart und glatt war. Er spürte, wie ihre Brüste seine Schultern berührten und wie sich ihr Schoß nur Millimeter über seinem aufgerichteten Geschlecht befand. Ricardo umfasste ihre Pobacken, übte einen sanften Druck darauf aus, damit sie, endlich!, ihren Leib auf den seinen herabsenken möge.
Das tat sie, und zwar in einer so atemberaubenden, zermürbenden, köstlichen Langsamkeit, dass Ricardo sich beherrschen musste, damit er sie nicht einfach grob an sich presste und stür-

mischer in sie drang. Doch allmählich erhöhte sie ihr Tempo, hob und senkte ihren Körper schneller, verlieh ihren Bewegungen mehr Kraft und dem Rhythmus mehr Feuer. Ricardo umklammerte ihre Taille, griff fest in ihr Fleisch und gab einen schnelleren Takt vor, dem sie sich bereitwillig anpasste. Sie drückte ihr Kreuz durch und ließ den Kopf nach hinten fallen. Er vergrub seinen Kopf an ihrem Hals, küsste sie und biss an ihr und spürte die Vibrationen in ihrer Kehle, als sie stöhnte, leise erst, dann immer lauter und klagender. Er schwitzte. Er keuchte. Dann kam er – mit einem Ruck und mit einem Röcheln, das in seinen eigenen Ohren fremd geklungen hätte, wenn es nicht von Marisas Lustschrei übertönt worden wäre.
Sie blieb noch eine Weile an ihn geschmiegt. Als sie sich endlich voneinander lösten, setzte Marisa sich neben Ricardo. Sie tastete nach ihren Kleidern, raffte irgendetwas auf und schob es sich unter den Hintern.
»Besonders komfortabel ist dein Pick-up nicht gerade.«
»Aber besonders geräumig.«
Sie kicherten.
»Und besonders dunkel.«
»Und besonders nass.« Einige der Kleidungsstücke, die sie als Polster benutzten, waren von dem hereindringenden Regenwasser durchtränkt worden.
»Vorn im Wagen habe ich eine Taschenlampe. Ich hole sie mal. Noch nasser kann ich ja kaum werden.« Ricardo fummelte ungeduldig an der Plane herum, sprang dann splitternackt von der Ladefläche herunter und kam kurz darauf mit der Taschenlampe zurück.
Das Bild, das sich ihnen bot, war nicht sehr romantisch, und beide waren froh, dass sie kurz zuvor noch kein Licht gehabt hatten. Regenbäche liefen über den Boden, ihre Kleider lagen herum wie Lumpen, sie selber waren zerzaust und sich ihrer Nacktheit plötzlich überdeutlich bewusst. Ricardo stellte die

Taschenlampe in eine Ecke, und der Strahl, der an die Deckenplane geworfen wurde, kam ihnen kaum eine Minute später gar nicht mehr so grell und schonungslos vor.
Ricardo goss Wein in die beiden Gläser und reichte Marisa eines davon. Dann zündete er zwei Zigaretten an und reichte ihr wiederum eine davon. Stumm rauchten und tranken sie und sahen einander an, als könnten sie kaum glauben, welches Erlebnis sie gerade miteinander geteilt hatten.
»Was ist das eigentlich für eine wichtige Familienfeier, dass du dafür extra aus Paris zurückkommst?«, fragte Ricardo, dem die Stille zuerst unbehaglich war.
»Meine Hochzeit.«
Ricardo richtete sich abrupt auf. Er starrte sie ungläubig an. Was sollte das sein, ein Witz? Er fand ihn nicht zum Lachen. Marisa sah ihn ernst an, und allmählich dämmerte es Ricardo, dass sie durchaus nicht scherzte. Sie würde heiraten, wen auch immer. Er war für sie nichts weiter als ein netter Zeitvertreib. Ein echter Alentejano, so einer würde sich gut in ihrer Kollektion machen. Etwas Rustikales, Derbes. Damit man das Feine nachher besser zu schätzen wusste. Ein kleines Abenteuer, schnell noch eben, bevor man im Würgegriff von Ehe und Wohlanständigkeit langsam erstickte.
»Hier.« Er warf ihr das total ramponierte Kleid zu. »Ich setze dich in der Stadt ab.«
Marisa hätte ihm tausend Erklärungen geben können. Und jede einzelne davon hätte dumm, hohl und falsch geklungen. Sollte sie ihm etwa sagen, dass sie tatsächlich mit dem Gedanken gespielt hatte, die Hochzeit abzublasen, und das sogar noch vor ihrer heutigen Begegnung? Das würde er ihr niemals abnehmen, ganz gleich, wie wahr es sein mochte. Sollte sie ihm auseinandersetzen, welche Wirkung sein kurzer Anruf auf sie gehabt hatte? Sie konnte es ja selber kaum glauben, wie würde er es dann tun können?

Sie hatte die Wahl, sich entweder eine Blöße als unrealistische Traumtänzerin zu geben, die aus einer verliebten Laune heraus ihr ganzes bisheriges Leben und ihre Zukunftsplanung über Bord warf – oder ihn glauben zu lassen, was er wollte. Sie wusste, dass es nicht zu ihrem Vorteil war. Es war ihr zwar alles andere als gleichgültig, aber so viel Stolz musste sein. Bevor sie ihn mit abenteuerlich klingenden Rechtfertigungen noch mehr in Rage brachte, schwieg sie lieber. Und überhaupt: Welcher Sünde hatte sie sich schon schuldig gemacht? Der, die Wahrheit gesagt zu haben? Der, sich zu spät in Ricardo verliebt zu haben? Oder der, eine Hochzeit geplant zu haben, bevor sie in seinen Armen zum ersten Mal echte Leidenschaft und Hingabe erfahren hatte? Er war gekränkt? Sie war es doch, die zu bedauern war!

Als das Gewitter über Lissabon hereinbrach, fiel Jujú, die man im Krankenhaus vorübergehend reanimiert hatte, ins Koma.
Als das Unwetter sich ausgetobt hatte, stand fest, dass sie nie wieder erwachen würde.
Obwohl Fernando sie nach ihrem Zusammenbruch auf der Parkbank rasch auf beiden Armen in ein Taxi gehoben hatte und sofort mit ihr in das nächstgelegene Krankenhaus gefahren war, konnten die Ärzte Jujú nicht mehr retten. Schwere allergische Reaktion auf Insektengift, lautete die Diagnose. Wie gelähmt saß Fernando neben dem Krankenbett und betrachtete die Frau, die er sein Leben lang geliebt hatte. Sie sah aus, als hielte sie nur ein Nickerchen. Ihre weiße Haut hob sich kaum von den Laken ab. Ihr Haar war noch immer makellos frisiert, sogar ihr Lippenstift sah aus, als hätte sie ihn frisch aufgetragen. Wie lange würden sie ihm noch gönnen? Wann würde eine übereifrige Schwester hereinplatzen, um ihn für immer von Jujú zu trennen? Er nahm ihre perfekt manikürte Hand und streichelte sie, als könne er ihr damit die Furcht vor dem nehmen, was sie nun

erwartete. Jujú hatte immer Angst vor dem Tod gehabt. Und jetzt war er einfach so gekommen, unerwartet und schnell, war einfach in ihren Alltag geplatzt wie ein ungebetener Gast und hatte sie mit sich genommen.
»Sie müssen Ihre Frau jetzt loslassen«, sagte eine Krankenschwester mit überraschend viel Mitgefühl in der Stimme. Immerhin sprach sie nicht von *dem Leichnam*. »Sie sollten auch den Rest der Familie verständigen. Gibt es ein bestimmtes Bestattungsinstitut, das Sie, äh, damit betrauen wollen?«
Fernando schrak auf. Seine Frau? Der Rest der Familie? Oh Gott! Er kritzelte zwei Namen und Orte auf einen Zettel – Laura da Costa in Beja, Paulo da Costa in Lissabon. »Hier, das sind ihre Kinder. Machen Sie sie ausfindig.« Damit rannte er fluchtartig aus dem Zimmer und hinterließ nicht nur eine wunderschöne Tote, sondern auch eine äußerst pikiert dreinblickende Schwester.
Die Luft, die ihn nach dem reinigenden Gewitter draußen empfing, schien ihn zu verhöhnen. Alles atmete Leben, Frische, Klarheit. Nur Jujú atmete nicht mehr. Und er selber wollte es auch nicht mehr. Dennoch blähten sich seine Nasenflügel, als er, wider Willen und eher reflexartig, tief die Luft einsog, die ihm nach den Dünsten im Hospital reiner erschien als alles, was er in den letzten Jahren eingeatmet hatte. Der Überlebensinstinkt ist stärker als jede Trauer, dachte er unglücklich.
Er ging zu Fuß nach Hause. Unterwegs quälte er sich mit den Gedanken daran, was nun mit ihr passieren würde. Die Vorstellung, wie man ein Leichentuch über sie legte, machte ihn wahnsinnig. Das Bild von ihr in einem engen, dunklen Kühlfach zerriss ihm das Herz – sie, die immer ihre kalten Füße an seinen Beinen gewärmt hatte! Er malte sich aus, wie später, wenn sie nach alter Sitte zu Hause aufgebahrt werden würde, die Zersetzung ihres Körpers voranschritt, wie man haufenweise Lilien heranschaffte, um den Geruch zu übertünchen, und es ließ ihn

vor ohnmächtigem Hass auf die Vergänglichkeit schier verzweifeln. Und schließlich sah er vor seinem geistigen Auge die Beisetzung, sah die Erdklumpen, die auf die Holzdecke des Sarges herabfielen, unter der ihr einst so herrliches Gesicht lag, aus dem nun bald die Würmer kriechen würden.
Oh Gott! Das war zu viel! Er verschränkte die Arme vor seinem Unterleib, als plagten ihn schreckliche Krämpfe, beugte sich nach vorn, ließ seinen Tränen freien Lauf und stieß ein markerschütterndes Schluchzen aus.
Weit und breit war keine Menschenseele auf der Straße, und so ging der historische Moment ohne die Gegenwart von Zeugen vorbei. General Fernando Abrantes hatte zum ersten Mal in seinem Leben die Haltung verloren.

1969 – 1974

45

Lissabon war gewachsen. Aus der Luft sah Ricardo die Neubausiedlungen, die sich am nördlichen Tejo-Ufer um den Stadtkern herum ausdehnten. Und auf der anderen Seite, der outra banda, würde es sicher bald genauso aussehen. Seit die neue Tejo-Brücke eröffnet worden war – die er ebenfalls aus dem Flugzeug gut sehen konnte, als es nun in den Landeanflug ging –, konnte man den Süden problemlos erreichen, ohne auf den Fährverkehr angewiesen zu sein. Die Ponte Salazar war eine rote Stahlkonstruktion, zwei Kilometer lang und eindeutig der Golden Gate Bridge nachempfunden. Ricardo fand das Original beeindruckender, auch wenn an dessen südlichem Ende kein Cristo Rei schützend seine Arme ausbreitete. Auch Letzterer übrigens eine Kopie des Cristo Redentor in Rio de Janeiro. Eigene Ideen hatte man anscheinend keine in Portugal.
Er presste seine Stirn an das kleine Flugzeugfenster. Die Sicht war hervorragend. Es war ein trockener und wolkenloser Sommertag. In der Ferne sah er den Atlantik und die weißen Strände, die jetzt bestimmt rappelvoll waren. Vielleicht sollte er sich mal an den Stränden im Süden nach geeigneten Grundstücken umsehen. Die Costa da Caparica würde dank der Brücke boomen. Er klappte das Tischchen vor sich sowie die Sessellehne hoch. Er hielt sich die Nase zu. Beim Druckausgleich knackte es laut in seinen Ohren. Dann hörte er schon, wie das Fahrwerk ausgefahren wurde. In Kürze würden sie landen. Und er wäre nach drei Jahren erstmals wieder auf portugiesischem Boden.
Ricardo wurde von einer Woge verschiedenartiger Empfindungen überspült, als er durch das Ankunftsterminal ging, sein Gepäck abholte und den Zoll passierte. Die Menschen sahen anders aus, kleiner und dunkler. Überall hingen Schilder, die in

seiner Muttersprache auf die diversen Einrichtungen am Flughafen hinwiesen. In der Wartehalle duftete es nach frischem Espresso – oh, wie hatte er richtigen Kaffee vermisst! Er blieb an der kleinen Bar stehen und bestellte sich eine *bica*. Es kam ihm fremd vor, wieder Portugiesisch zu sprechen und verstanden zu werden. Er kramte einen Dollar aus seiner Hosentasche und legte ihn auf den Tresen. Der Mann an der Bar sagte, er könne nur Escudos herausgeben, worauf Ricardo erwiderte, dass es so stimmte. Der Mann bedankte sich überschwänglich.

Der Espresso war sehr stark. Oder kam es ihm nur so vor, nach der langen Zeit in den USA? Dort war der Kaffee so dünn, dass er mehr aussah wie Tee. Sie hatten sowieso ganz merkwürdige Ernährungsgewohnheiten, die Amerikaner. Er hatte sich an das Essen nie richtig gewöhnen können. An alles andere dafür umso schneller. Er liebte ihren Fortschrittsglauben und ihre Technologiebegeisterung, er bewunderte ihren Tatendrang und ihren Willen, Unmögliches wahr zu machen. Er mochte ihre Wolkenkratzer und ihre großen Autos, die Drive-Thrus und die Shopping-Malls und unzählige andere Dinge, die es in Europa nicht gab. Nicht gegeben hatte, korrigierte Ricardo sich im Geiste. In drei Jahren konnte sich viel geändert haben.

Als er das Flughafengebäude verließ, fielen ihm als Erstes die vertrockneten Rasenflächen auf, die welk herabhängenden Blätter der Blumen und Bäume. Obwohl auch in Kalifornien das Klima trocken war, in einigen Regionen deutlich trockener noch als hier und sogar als im Alentejo, sah man dort allenthalben grellgrünen Rasen und Pflanzen, die so saftig und prall aussahen, als wären sie aus Plastik. Der verschwenderische Umgang mit Wasser war auch etwas, was ihn fasziniert hatte. Er hieß ihn nicht gut, aber er liebte die Sorglosigkeit, von der er zeugte.

Er stieg in ein Taxi, das seltsam altmodisch anmutete. »In die Rua Ivens, *faz favor*.«

Der Fahrer, der ihn offensichtlich für einen Amerikaner hielt, was vielleicht an Ricardos Kleidung lag, versuchte mit seinen paar Brocken Englisch ein Gespräch in Gang zu bringen. Ricardo grinste, erklärte dem Mann, dass er durchaus die Grundzüge der portugiesischen Sprache beherrsche, und beantwortete lustlos, aber nicht unfreundlich einige der Fragen, mit denen der Fahrer ihn bestürmte. Als sie die Innenstadt erreichten, wurde Ricardo immer wortkarger. Er sah aus dem Fenster und wunderte sich über die allgegenwärtigen Anzeichen von Armut und Verwahrlosung. War auch das immer schon so gewesen, oder hatte er es damals nur nicht wahrgenommen?

Rostige Autos, die locker dreißig Jahre auf dem Buckel hatten; Fassaden, deren Azulejos gerissen waren und an denen außen ein Wirrwarr von Stromkabeln herablief; bucklige Frauen mit schwarzen Kopftüchern; verhutzelte alte Männer, die in Pulks unter den Bäumen im Schatten saßen und allesamt rauchten; verstaubte Schaufenster; vor den *mercearias* ein paar armselige Kisten mit Knoblauch und welken Salatköpfen; Löcher im Asphalt und riesige Krater in den gepflasterten Gehwegen, aus denen vertrocknetes Unkraut ragte; junge Burschen auf ratternden Vespas, die beim Überholen lachten und Zahnlücken zeigten, sowie Mädchen in züchtigen, unmodernen Kleidern, unter denen behaarte Beine herausschauten – all das nahm Ricardo im Vorbeifahren wahr, als sähe er es zum ersten Mal.

Es erschien ihm so unwirklich. Wie ein Film. Und der Eindruck verstärkte sich noch, als das Taxi über die Straßenbahnschienen zum Chiado hinaufholperte. Hollywood hätte sich die Finger geleckt nach einer derartigen Kulisse. Der morbide Charme des rückständigen Südens Europas. Die bröckelnde Fassade einer alternden Schönheit. Die stumpf gewordene Oberfläche einer kostbaren Perle, aus der nur noch hier und da und nur bei extrem günstiger Lichteinstrahlung der alte Glanz aufschimmerte.

Hier, im mondänsten Viertel Lissabons, beherrschten zwar weder arme Leute noch dürftige Auslagen vor den Läden das

Straßenbild, doch die Zeit schien hier genauso stehen geblieben zu sein wie in den Gegenden, durch die er gerade chauffiert worden war. Ricardo sah Vitrinen, die anscheinend seit den zwanziger Jahren keinerlei Renovierung erfahren hatten. In verschnörkelten Goldlettern auf abgerundeten Scheiben in Holzrahmen las man da, um welche Art von Geschäft es sich handelte. Ricardo fühlte sich in Zeiten zurückversetzt, die er aus eigener Anschauung gar nicht kannte: eine *luvaria* Barroso & Filhos gab es da, einen Handschuhladen; die *chapelaria* der Hutmacherin Joana Soares; außerdem eine *retrosaria*, einen Kurzwarenladen, sowie Vergolder, Geigenbauer, Buchbinder, Stukkateure und jede Menge andere Professionen, die woanders längst vom Aussterben bedroht waren.

Die Passanten waren hier gut gekleidet. Sie schlenderten in gemächlichem Tempo durch die Straßen, saßen gemütlich unter den Sonnenschirmen im Freien und verbreiteten keinerlei Hektik. Einzig das Gebimmel der Straßenbahnen und das aufdringliche Gehupe der Autos vermittelten einem das Gefühl, dass man sich in einer Stadt befand und nicht etwa in einem Urlaubsort außerhalb der Saison. Die gekachelten Fassaden waren etwas besser in Schuss als die, an denen er vorhin vorbeigefahren war, doch auch hier wirkten sie alt, ein wenig schmuddelig, die Farben gedeckter, als sie es ursprünglich gewesen waren. Wo einst vielleicht Weiß und Königsblau um die Wette geleuchtet hatten, da strahlten jetzt Beige und Taubenblau eine diffuse Traurigkeit aus. Ja, alles wirkte traurig, dachte Ricardo plötzlich. Getränkt von jahrhundertealten *saudades*, von Wehmut und dem Wissen, dass die Größe der einstigen Weltmacht Portugal unwiederbringlich verloren war.

Jetzt rangen andere um die Weltmacht, wobei es für einen Westeuropäer keinen Zweifel daran geben konnte, wer letztlich den Kalten Krieg für sich entscheiden würde: die USA – ein Land, das es zu den Zeiten der großen portugiesischen Eroberer noch gar nicht gegeben hatte. Und er, Ricardo da Costa, verstand genau, warum das so war. Weil Amerika jung war, weil es sich nicht lange damit aufhielt, über Vergangenes zu grübeln, sondern immerzu nach vorn sah. Weil es keine Zeit mit Bedauern verschwendete und weil es unbeirrt an sich und seine Überlegenheit glaubte. Das hatten die Portugiesen im späten 15. und frühen 16. Jahrhundert auch getan, genau wie die Engländer später. Wer ängstlich war, zweifelte, nachdachte, Skrupel hatte, sich zu eigenen Schwächen bekannte oder etwa anderen Völkern Gleichberechtigung zugestand, der würde überhaupt nichts erobern, geschweige denn sich zu einer Weltmacht aufschwingen können. Frechheit siegte. Und frech, dreist, unverschämt sowie durch und durch von sich und ihrer Unsterblichkeit überzeugt waren immer nur die Jungen.

Er war jung. Na ja, immerhin schon 28. Aber jung genug, um ab sofort ein wenig frischen amerikanischen Wind in sein verschlafenes Heimatland zu bringen, das einen ja schon beim Ansehen ganz müde und träge machte! Er unterdrückte ein Gähnen und sah auf die Uhr. Er hatte sie noch nicht umgestellt. In Los Angeles war es jetzt genau 3.12 Uhr. Kein Wunder, dass er fast einschlief. In Lissabon musste es demnach 11.12 Uhr sein – kein schlechtes Timing. Er würde das Wiedersehen mit seiner Mutter schön kurz halten können, um sich dann, nach einem frühen Lunch, aufs Ohr zu legen.

Wenn sie überhaupt zu Hause war. Er hatte zwar angekündigt, dass er im Juli nach Portugal zurückkommen würde, sie jedoch über den genauen Termin im Unklaren gelassen. Er hatte nicht gewollt, dass sie sich am Flughafen gehemmt gegenüberstehen. Am liebsten wollte er auch nicht bei ihr wohnen, aber wenn er sich ein Hotel genommen hätte, wäre das einer Kriegserklärung gleichgekommen. Und Ricardo war entschlossen, die friedliche Distanziertheit, die ihre Beziehung auszeichnete, nicht mutwillig aufs Spiel zu setzen.

Er hätte sie vom Flughafen aus anrufen sollen. Es war unhöflich, einfach so hereinzuplatzen. Er bat den Taxifahrer, anzuhalten.
»Aber die Rua Ivens liegt noch zwei Straßen entfernt.«
»Ja, ich weiß. Ich möchte trotzdem gern hier schon aussteigen.«
Er bezahlte in Dollar. Umgerechnet erschien ihm der Fahrpreis lächerlich niedrig, weshalb er dem Mann fünf Dollar gab und sagte, der Rest sei für ihn. Ricardo wunderte sich über seine eigene Schusseligkeit. Auch etwas Geld hätte er schon am Flughafen wechseln sollen. Ging ihm die Heimkehr doch näher, als er es sich selber zugestand?
Er nahm seinen kleinen Koffer und setzte sich in ein Straßencafé. Er bestellte ein *pastel* und einen *carioca*, einen etwas schwächeren Kaffee. Selbst der wäre für seinen entwöhnten Gaumen noch stark genug. Dann bat er eine vertrauenswürdig aussehende Dame am Nebentisch, einen Augenblick auf seinen Koffer aufzupassen, er müsse kurz telefonieren. Die Senhora sah ihn an, als hätte er ihr einen unsittlichen Antrag gemacht, nickte dann aber. Merkwürdig, dachte Ricardo, während er an den Tresen ging und nach einem Telefon fragte, waren die Lisboetas immer schon so misstrauisch gewesen? In Kalifornien hätte man auf seine Bitte mit großer Herzlichkeit und einem breiten Lächeln reagiert.
Aus dem Kopf wählte er die Nummer. Es klingelte sechs oder sieben Mal, dann hörte er die Stimme seiner Mutter.
»Alô?«
»Mãe, ich bin es, Ricardo.«
»Ricardo, wo steckst du? Wann kommst du endlich heim?«
»Ich bin praktisch vor deiner Haustür. Ich wollte dich nur nicht ... aufwecken oder was weiß ich.«
»Na, dann beeil dich!«
»Ich bin in etwa einer halben Stunde da, okay?«
»Ja, *okay*«, antwortete sie in belustigtem Ton, als sei ihr der Gebrauch des englischen Wortes nicht ganz geheuer.
Ricardo setzte sich wieder an seinen Tisch, bedankte sich über-

trieben höflich bei der Senhora und dachte an das bevorstehende Wiedersehen. Seine Müdigkeit war wie weggeblasen. Nachdem er, wiederum mit Dollar, bezahlt hatte, was einen mittleren Aufstand in dem Café verursachte, schnappte er sich den Koffer und ging in die Rua Ivens, die er problemlos wiederfand. Er hatte zwar nie längere Zeit in Lissabon gelebt, doch die gelegentlichen Besuche bei seiner Großmutter waren ihm noch deutlich im Gedächtnis. Nach deren Tod war seine Mutter in Dona Julianas Wohnung gezogen. Er war gespannt, was sie daraus gemacht hatte.

Das Gebäude sah von außen kaum anders aus als früher. Es war relativ frisch gestrichen, in einem zarten Rosé, was ihm eine freundliche Ausstrahlung verlieh. Durch eine hochherrschaftliche Eingangshalle, die über und über mit antiken Azulejos bedeckt war, erreichte er einen Fahrstuhl mit Ziehharmonikatür, der nicht minder betagt wirkte. Ricardo entschied sich für die Treppe, zumal die Wohnung im ersten Stock lag. *First floor* bezeichnete in den USA das Parterre, dachte er, während er hinaufstieg. Er musste so viele Stufen erklimmen, wie in L.A. zum Erreichen eines *third floor* nötig gewesen wären – dank der extrem hohen Eingangshalle und eines Zwischengeschosses lag die Bel Etage außergewöhnlich hoch. Sein Koffer kam ihm auf einmal sehr schwer vor.

Als er auf dem Treppenabsatz ankam, sah er seine Mutter schon in der Tür stehen. Sie strahlte über das ganze Gesicht und kam mit ausgebreiteten Armen auf ihn zu. Dieser Empfang machte es ihm leicht, seine Verlegenheit ihr gegenüber abzulegen. Sie umarmten sich und gaben sich Küsschen und lächelten einander an. Ach, eigentlich war es gar nicht so schlecht, wieder »daheim« zu sein, wobei hier in Lissabon von Heimat ja kaum die Rede sein konnte.

»Wie amerikanisch du aussiehst!« Sie musterte ihn von Kopf bis Fuß, und sie schien Gefallen an dem zu finden, was sie sah.

»Und du siehst herrlich unamerikanisch aus, *mãe*. Du siehst super aus.« Das stimmte. Sie war mit ihren zweiundfünfzig Jahren eine atemberaubend schöne Frau. Sie war zierlich und schmal und wirkte zerbrechlich – *petite* würden die Amerikaner sagen und damit eines der wenigen Fremdwörter bemühen, die sie kannten. Sie sah überhaupt nicht danach aus, als hätte sie sich je im Leben mit der Pflege ihres Vorgartens, mit neuen Backrezepten oder der Hypothek für ihr Häuschen im Grünen beschäftigt. Was ja auch zutraf. Sie sah allerdings auch nicht aus wie eine typische reifere portugiesische Senhora, die ihm vorhin, auf der Straße und im Café, alle gedrungen und in ihren dunklen Kleidern freudlos und unattraktiv vorgekommen waren. Sie sah ziemlich genauso aus, wie er seine Großmutter Juliana in Erinnerung hatte, mit ihrer milchweißen Haut und dem kirschrot geschminkten Mund und dem lockigen dunklen Haar, in dem sie allerdings das Grau mit Henna abgetönt zu haben schien. Nur ihre Kleidung war vollkommen anders. Sie trug einen Kaftan und ein paar schwere Halsketten, die ebenfalls orientalischer Provenienz waren. Eine hinreißende Mischung aus vornehmer Dame und Sechziger-Jahre-Bohémienne stand ihm gegenüber.

Mit der Wohnung hatte sich ein ähnlicher Wandel vollzogen. Während der Parkettboden, die Stuckdecken, der marmorverkleidete Kamin und einige kostbare Möbel von zeitloser Eleganz und Wohlstand zeugten, bildeten die moderneren beziehungsweise exotischeren Einrichtungsgegenstände einen interessanten Kontrast dazu. Im Wohnzimmer stand ein weißer Fernsehapparat. Eine riesige dunkelbraune Cord-Couch sowie nordafrikanische Poufs, Sitzhocker aus geprägtem Leder, waren um einen flachen Tisch herum angeordnet, der aussah wie ein überdimensionaler Esseller aus Messing. Auf einem modernen Sideboard stand eine Wasserpfeife, an den Wänden hingen Bilder verschiedener zeitgenössischer Künstler – aber keines von Laura Lisboa. Auf dem Marmorsims über dem Kamin stand die

Steinskulptur einer nackten Frau. Ein Arraiolos-Teppich, der noch aus Dona Julianas Zeiten stammen musste, lag unter der Sitzgruppe, und im Erker befand sich unter dem Fenster ein sehr filigraner Sekretär aus dem 17. Jahrhundert, der ebenfalls schon früher dort gestanden hatte. Dieses Zusammentreffen von Großbürgertum und Hippiekultur hatte etwas, keine Frage.

Laura waren die erstaunten Blicke ihres Sohnes nicht entgangen.

»Es hat sich ganz schön was geändert hier, nicht wahr?«

»Kann man wohl sagen.« Nach einer kleinen Pause fragte er: »Was ist mit Belo Horizonte passiert? Warum bist du dort weggegangen?«

»Es war mir zu einsam da. Nachdem Inácio gestorben war, ist Octávia in eine dieser scheußlichen Neubausiedungen gezogen, die sie am Ortsrand von Beja gebaut haben. Ihr war es auf der Quinta auch zu einsam. Sílvia und Xavier sind schon vor Jahren fortgegangen, aber das hast du ja, glaube, ich noch selber mitbekommen.«

»Ja. Habt ihr Belo Horizonte verkauft?«

»Nein, das habe ich nicht übers Herz gebracht. Es war meine Heimat über viele Jahre hinweg. Deine ja auch. Ich habe alle Erben ausbezahlt. Es gehört mir jetzt ganz allein. Aber ich weiß noch nicht so recht, was ich damit anstellen soll. Es verfällt zusehends.«

»Es war schon ganz schön verrottet, als ich zum letzten Mal dort war.«

»Ja. Aber egal, lass uns über die Zukunft reden.«

In diesem Moment huschte ein Mann über den Flur, den Ricardo noch nie gesehen hatte. Er hatte verstrubbeltes Haar und war, bis auf ein Handtuch, das er um die Hüften geschlungen hatte, nackt.

»Oh, äh … störe ich?«

Laura sah ihm fest in die Augen, als sei er ein Kind, dem sie nun

eine unangenehme Nachricht überbringen musste. »Nein, du störst nicht. Und ich hoffe, er stört dich auch nicht. Das ist João Carlos, mein ... Verlobter.«
Ricardo beglückwünschte sich zu seiner Voraussicht. Wenn er nicht vorher angerufen hätte, wäre er wahrscheinlich mitten in etwas hineingeplatzt, das er sich zwischen seiner Mutter und diesem Kerl nicht so genau vorstellen mochte. Dennoch amüsierte er sich über die verschämte Ausdrucksweise seiner Mutter. Warum machte sie so ein Theater? Sie war wahrhaftig alt genug, um einen Freund oder einen Liebhaber oder auch mehrere davon zu haben.
»Was ist mit Felipe passiert?«
»Ach, das tut doch jetzt nichts zur Sache. Ich erzähle es dir ein anderes Mal. Und du, hast du ein Mädchen? Wirst du mir demnächst eine patente amerikanische Braut präsentieren?«
»Nein.«
»Schade. Und du willst mir auch keine dicken, blonden Enkelchen schenken? Ts, ts.«
Er erwiderte ihr Lächeln und zog dabei eine Augenbraue hoch. Laura erinnerte diese Miene fatal an einen jungen Mann, den sie sehr geliebt hatte. Als er noch Jakob hieß.
»Und was macht Jack so? Wie sieht er aus? Wie geht's ihm?«
»Ich habe einen Haufen Fotos mitgebracht. Aber – ich habe dir doch auch welche geschickt, oder?«
»Ja, hast du. Aber die ersetzen natürlich keinen Live-Bericht.«
»Ich weiß gar nicht, wo ich anfangen soll. Das meiste habe ich dir ja geschrieben oder am Telefon erzählt.« Das war stark übertrieben, wie Ricardo nur zu genau wusste. Seine Briefe waren kurz und unpersönlich gewesen, seine Anrufe nicht minder. Er hatte sich nur aus Pflichtbewusstsein gemeldet, nicht aus einem echten Mitteilungsbedürfnis heraus.
»Tja, es geht ihm so weit ganz gut, denke ich. Er hat vier Oscars gewonnen und ist eine ziemliche Berühmtheit in der Branche.

Geld hat er trotzdem keines. Ich glaube, es geht alles für Elsas Pflege drauf. Sie sitzt im Rollstuhl. Multiple Sklerose. Aber sie hält sich wacker. Sie ist wirklich eine tolle Frau.«

Den letzten Satz hatte Laura gewiss nicht hören wollen. Zum Glück lenkte ihr *Verlobter* João Carlos von dem Thema ab. Er war frisch geduscht, duftete nach Unmengen von Rasierwasser und trug über seiner schlabbrigen weißen Leinenhose eine Art Tunika. Man sah in dem kragenlosen Ausschnitt eine dicht behaarte Brust und ein Kettchen mit Haifisch-Anhänger.

Ricardo dachte an einige seiner Bekanntschaften in den Staaten, die ähnlich herumliefen – die allerdings auch zwanzig Jahre jünger waren als dieser Mann, den er auf etwa vierzig schätzte. João Carlos machte den Eindruck eines *dirty old man* auf ihn, eines versauten, alten Knackers. Wahrscheinlich gab er ein Interesse an Indien nur vor, um die Stellungen aus dem Kamasutra ausprobieren zu können. Er war Ricardo auf Anhieb unsympathisch, was, wie es schien, auf Gegenseitigkeit beruhte. Sie gaben sich die Hand, wurden einander von Laura vorgestellt und verharrten dann schweigend voreinander, den anderen mit geringschätzigen Blicken abtastend.

João Carlos war, wie sich in einem ebenso kurzen wie stockenden Gespräch herausstellte, Geschäftsmann in der Kolonie Goa gewesen, bevor diese von Indien annektiert wurde – na schön, in diesem Punkt hatte Ricardo sich also getäuscht. Seit acht Jahren lebte er wieder in Portugal, wo er sich, wie es schien, von seinem beziehungsweise von geerbtem Geld ein schönes Leben machte und die freie Liebe postulierte – wenn er diese nicht gerade auf seiner Yacht ausübte, mit der er oft und gern durchs Mittelmeer pflügte. Ricardo hatte nie besonders viel für die Hippies übrig gehabt, aber dass ihre Sache von Kerlen wie diesem João Carlos so gnadenlos zum eigenen Vergnügen ausgeschlachtet wurde, passte ihm gar nicht.

»Und du, Ricky? Warum bist du nicht wenigstens noch bis Woodstock drüben geblieben? Man hört, es sollen sich ein paar ziemlich gute Bands angekündigt haben.«
Was zum Teufel sollte er auf so einem Provinz-Festival? Bob Dylan würde nicht kommen, und Joan Baez wollte er weder sehen noch hören. »Ach, Johnny«, antwortete er, »da hätte ich mich fehl am Platz gefühlt. Da kommen sicher lauter solche Leute wie Sie hin.«
Seine Mutter sah ihn konsterniert an. Um die peinliche Stille zu überbrücken, legte sie eine Schallplatte auf. Janis Joplin. Ricardo verdrehte im Geiste die Augen. Wo zum Teufel war er hier gelandet? Würden sie ihm gleich LSD anbieten oder einen Haschkeks? Was fiel ihnen ein, sich wie Jugendliche aufzuführen? Organisierten sie womöglich Protestmärsche gegen den Vietnamkrieg? Und wie hatte es passieren können, dass sich hier, mitten im verschlafenen, rückständigen Lissabon, eine solche Subkultur entwickelt hatte? Er kam sich vor wie in einer Kommune. Plötzlich fiel Ricardo ein, dass sich durchaus noch mehr dieser Leute hier aufhalten konnten.
»Sag mal«, wandte er sich an seine Mutter, »es lagern nicht zufällig noch andere Jünger Hare Krishnas hier?«
»Was soll das?«, versetzte sie. »Hast du irgendetwas gegen unseren Lebensstil einzuwenden? Ich dachte, in Kalifornien hättest du dich ein bisschen in Toleranz üben können …«
»Schon gut. Tut mir leid, *sorry*.« Er meinte es so. Er bedauerte es aufrichtig, dass er sich von seinen Vorurteilen zu dieser Bemerkung hatte hinreißen lassen. Sollten sie doch ihr Leben leben, wie sie es für richtig hielten. Sollte seine Mutter doch bei jedem neuen Mann, den sie hatte, dessen *lifestyle*, dessen Interessen, dessen Geschmack und dessen politische Überzeugungen zu ihren eigenen machen. Denn so kam es ihm vor: Dank ihres deutlich jüngeren Liebhabers gab sie sich nun als Beatnik. Ihre Anpassungsfähigkeit – und den *Willen*, sich ihren Männern an-

zupassen – fand Ricardo ärgerlich. Schöne Freiheitskämpferin, dachte er, die nicht einmal genügend Selbstvertrauen hat, mit ihrem eigenen Namen zu ihrer Kunst zu stehen.
»Und du, Ricky, was treibt dich so um im Leben, wenn du nicht gerade über Andersgläubige herziehst?«, fragte João Carlos.
»Das Streben nach Profit selbstverständlich. Was sonst?« Er hatte es so gesagt, als wolle er den Kerl nur vor den Kopf stoßen, doch es kam der Wahrheit ziemlich nahe.
Der Mann lachte schallend und parierte mit einer Gegenfrage, die Ricardo noch lange begleiten sollte.
Sowohl auf der Taxifahrt ins Hotel – die Umstände hatten es ihm leicht gemacht, schließlich doch seinen Wunsch nach Unabhängigkeit zu äußern, ohne seine Mutter allzu sehr zu verletzen – als auch während des Hinabgleitens in seinen lang ersehnten Mittagsschlaf ließ er sich diese Frage immer und immer wieder durch den Kopf gehen, ohne eine befriedigende Antwort zu finden.
»Ha, und da kommst du ausgerechnet nach Portugal zurück?«, hatte João Carlos ungläubig gefragt, und Ricardos Gedanken kreisten sogar noch Wochen später um genau diese Worte.
Ja, warum ausgerechnet Portugal?

46

Portugal war nach der dreiunddreißig Jahre andauernden Diktatur von António Oliveira Salazar international isoliert. Es gehörte wirtschaftlich zu den Schlusslichtern Europas. In ländlichen Regionen betrug der Anteil der Analphabeten an der Bevölkerung bis zu 75 Prozent. Wie in jedem Entwicklungsland ging es der Oberschicht blendend, während die Arbeiter und Bauern unter der Armut und dem niedrigen Lebensstandard litten. In den vergangenen zehn Jahren hatten fast eine Million Portugiesen ihr Land verlassen. Einzig die Industriestandorte Lissabon und Porto waren von diesem Massenexodus nicht ernsthaft betroffen. Die Provinz hingegen blutete aus. Und wer sich jetzt, im Jahr 1969, eine Verbesserung der Verhältnisse erhoffte, wurde enttäuscht. Zwar war Salazar nach einem Schlaganfall im vergangenen Jahr nicht mehr der Regierungschef, doch sein totalitärer Estado Novo, sein »Neuer Staat«, lebte in seinem Sinne fort.
Es war zwar ungewöhnlich, dass Leute vom Schlag einer Laura da Costa und eines João Carlos Carneiro, beide aus begüterten Verhältnissen und beide gebildet, weit gereist sowie kultiviert, einen Lebensstil pflegten, wie er moderner und freizügiger kaum sein konnte – aber solange sie nicht offen gegen das Regime rebellierten, war es durchaus möglich. Es war, als existierten in Portugal zwei parallele Welten nebeneinander, die einander fremder nicht hätten sein können. Auf der einen Seite stand die Masse der Bevölkerung, die bewusst dumm und stumm und katholisch gehalten wurde und die zum Teil in Verhältnissen lebte, wie sie auch im Mittelalter kaum besser gewesen sein konnten. Auf der anderen Seite gab es eine kleine Schicht von Leuten, denen das Regime zu zahlreichen Privilegien verholfen

hatte und die ein entsprechendes Interesse daran hatten, dass alles so blieb, wie es war. Diese Leute waren dieselben, die sich selber am wenigsten an die von oben diktierten Werte hielten.

Marisa fand diese Zweiklassengesellschaft empörend. Sie fand es noch empörender, dass weiterhin jede Opposition unterdrückt wurde, dass Presse- und Meinungsfreiheit Fremdwörter im Sprachschatz der Regierung waren und dass den Menschen der Zugang zu fortschrittlichem Gedankengut verwehrt wurde. Verdammt, sie lebten im Jahr 1969! Es gab Mondraketen, immer raffiniertere TV-Übertragungswege und immer leistungsfähigere Computer – und Portugal hielt stur an seiner Kolonialpolitik fest, die dem Denken der Frührenaissance entsprach! Es war unfassbar, was hier passierte! Die wenigen jungen Männer, die sich noch keine Arbeit im Ausland gesucht hatten, wurden nach Angola, Mosambik und Guinea geschickt, um einen aussichtslosen, wahnwitzigen Krieg zu führen, an den sie selber nicht glaubten. Es blieb ja praktisch kaum mehr einer im Land, der sich gegen das Regime auflehnen konnte.
Aber war es, fragte sie sich in Momenten, da sie nicht von gerechter Empörung beseelt war, tatsächlich ihr politisches Engagement, das sie zurück nach Portugal geführt hatte? War es nicht vielmehr eine Verbundenheit mit ihrer Heimat, wie sie sie weder in Frankreich noch in England je gespürt hatte? War sie in Wirklichkeit eine hoffnungslose Romantikerin? Eine *reaktionäre Aktivistin*, wie ihr Freund Cristiano es ausdrückte? Ach, was verstand der schon von den komplizierten Abläufen im Kopf einer Frau? Cristiano hielt jeden für reaktionär, der sich ein schickes Möbelstück kaufte – wahrscheinlich, weil er sich ein solches nicht leisten konnte. Dafür, dachte Marisa, lungerte er ausgesprochen gern in ihrem *reaktionären* Lieblingssessel »Elda« herum, einem futuristischen Entwurf von Joe Colombo, bestehend aus einer weißen, drehbaren Kunststoffschale und

dicken, schwarzen Lederpolstern. Ein Möbel, das feine Ironie mit hohem Komfort verband, eine Art Ohrensessel für ein modernes Ambiente. Cristiano wusste gar nicht, worin er sich da lümmelte.

Seit zwei Jahren lebte sie mit Cristiano in »wilder Ehe«, wobei von »wild« eigentlich keine Rede mehr sein konnte. Von »Ehe« dafür umso mehr, obwohl sich Marisa nach dem Desaster mit der abgesagten Hochzeit geschworen hatte, es nie wieder so weit mit einem Mann kommen zu lassen. Aber nun war es doch passiert, wenn auch ohne Trauschein. Ihre Beziehung begann langweilig zu werden. Cristiano fing an, sich wie ein alter Ehemann aufzuführen. Er erwartete allen Ernstes von ihr, dass sie ihn bekochte! Schöner Freiheitskämpfer, der sich bei höheren Töchtern einnistete und sich den Allerwertesten herumheben ließ – wenn der nicht gerade in »Elda« versank. Marisa hatte eigentlich genug davon.

Doch nachdem sie sich gegen so viele Widerstände durchgesetzt hatte, nachdem sie endlich ihre Eltern und ihren Bruder dazu gebracht hatte, sie, die verlorene Tochter, wieder in ihr Herz zu schließen und ihr ihre Fehltritte zu verzeihen, fiel es ihr außerordentlich schwer, ihr Versagen öffentlich einzugestehen. *Ihr hattet alle recht, der Mann taugt nichts*. So würde sie niemals angekrochen kommen. Wenn überhaupt, dann würde sie hocherhobenen Hauptes sagen: »Seht ihr, wie gut, dass ich ihn nicht geheiratet habe!« Das wiederum war nicht allein ihr Verdienst gewesen. Cristiano hatte sie auch nie gefragt, ob sie seine Frau werden wolle – noch so etwas, was sie ihm übel nahm. Obwohl sie natürlich nein gesagt hätte.

Marisa fand, dass sie eindeutig zu jung dafür war, frustriert zu sein. Dennoch verhielt es sich so. Ihr Stolz hielt sie in einer Partnerschaft gefangen, die keine mehr war. In ihrem Beruf – sie war Dolmetscherin für Französisch – hatte sie kaum Perspektiven. Es begann sie bereits anzuöden, ständig nur Gespräche und Texte zu übersetzen, die von Importzöllen und Ausfuhrgenehmigungen, von Stückgut und Bruttoregistertonnen handelten. Und an ihrem Land, sosehr sie es auch liebte, begann sie zu verzweifeln. Es musste dringend etwas passieren in ihrem Leben, wenn sie nicht schon bald zur verhärmten alten Frau degenerieren wollte. In zwei Jahren wurde sie dreißig. Es graute ihr davor.

»Dieser Joaquim Agostinho ist unglaublich. Sieh dir das an!«, rief Cristiano ihr aus dem Wohnzimmer zu. Marisa stand in der Küche und experimentierte mit unaussprechlichen Zutaten an einem afrikanischen Rezept herum.

»Seit wann interessierst du dich für Radsport?«, rief sie zurück und schob sich eine Haarsträhne aus dem Gesicht. Sie musste mit ihren chiliverseuchten Fingern zu nah an ihr linkes Auge gekommen sein, denn das fing auf einmal höllisch zu brennen und zu tränen an. Sie drehte den Wasserhahn auf, spülte so viel Wasser wie nur möglich in ihr schmerzendes Auge und hörte bei dem lauten Rauschen Cristianos Antwort nicht. Eigentlich spielte es auch keine Rolle, was er gesagt hatte. Es war sowieso gelogen. Er interessierte sich erst für Joaquim Agostinho, seit der andauernd im Fernsehen gezeigt wurde. Fernsehen gehörte zu Cristianos bevorzugten Freizeitbeschäftigungen.

Als das Tränen etwas nachließ, putzte Marisa sich die Nase und fuhr mit den Kochvorbereitungen fort. Es ärgerte sie maßlos, dass ihr Freund sich nicht nützlich machte. Er verfügte über mehr freie Zeit als sie, aber er hatte immer eine Ausrede parat. Einmal hatte er mit jungenhaft zerknirschter Miene gesagt: »Ach, du weißt doch, wie scheußlich das schmeckt, wenn ich koche. Du tust dir selber einen Gefallen, wenn du das übernimmst.« Das entsprach leider der Wahrheit. Er hatte ein einziges Mal ein Essen zubereitet, noch dazu, als sie Freunde zu Besuch hatten. Es war keinem von ihnen bekommen. Dann wieder hatte er seine politischen Verpflichtungen vorgeschoben, dann seine nervenaufreibende Doktorarbeit. Immer hatte Marisa klein beigegeben. Aber jetzt hatte sie genug davon!

»Cristiano? Kommst du bitte in die Küche und hilfst mir ein bisschen? Dieses Rezept ist ziemlich aufwendig, du könntest zum Beispiel die Zwiebeln und den Knoblauch schälen.«

»Psst! Nicht jetzt!« Cristiano drehte sich nicht einmal zu ihr um. Er saß wie ein hypnotisiertes Kaninchen vor dem Fernseher.

Na schön, dann eben nicht. Nicht jetzt und auch sonst nie wieder. Marisa warf die gehackten Chilis in den Mülleimer, verstaute die anderen Sachen im Kühlschrank und machte sich ein Brot. Sie bestrich es dick mit Butter und legte reichlich Käse und Schinken darauf. Dann goss sie sich ein Glas Wein ein und machte es sich am Küchentisch bequem. Ihr frugales Mahl schmeckte ihr ausgezeichnet. Als sie es beendet hatte, ging sie ins Schlafzimmer, zog sich um und ging, ohne ein Sterbenswörtchen zu sagen, durchs Wohnzimmer Richtung Haustür. Wenn sie ihm nicht durchs Bild gelaufen wäre, hätte er wahrscheinlich gar nicht mitbekommen, dass sie ausging.

»Was ist mit dem Essen?«, fragte er.

»Meines hat geschmeckt. Was mit deinem ist, weiß ich nicht.«

Jetzt endlich erwachte er aus seiner Trance.

»Was ist los? Hast du geheult?«

»Nichts weiter. Ich gehe aus. Ich kann den Anblick eines fernsehbesessenen Faulenzers nicht länger ertragen. Und nein, ich habe nicht geheult, sondern mir wegen deiner kulinarischen Vorlieben Chili ins Auge gerieben.«

»Na dann ...« Sie hörte Trotz aus seiner Stimme.

»Da dies hier meine Wohnung ist, möchte ich mich allerdings ab und zu auch darin aufhalten können. Mir fällt da spontan nur eine Lösung ein.« Damit trat sie auf den Hausflur und ließ Cristiano mit erschrockener Miene zurück.

Allein blieb Marisa jedoch auch nach Cristianos Auszug nicht, der noch in der Nacht des 17. Juli stattgefunden hatte – jenes Tages also, an dem Joaquim Agostinho Sieger der 14. Etappe der Tour de France geworden war, die ihm später den 8. Platz in der Gesamtwertung einbringen sollte.

Zunächst hatte sie alle ihre Freundinnen zusammengetrommelt, um gemeinsam über die Männer herziehen zu können, um sich bei ihnen auszuweinen und sich mit ihnen zu betrinken. Doch nach ein paar Tagen ging ihr dieses Übermaß an weiblicher Gesellschaft auf die Nerven. Cristiano fehlte ihr. So schlecht war er eigentlich nicht gewesen – vielleicht hätte sie ihn nur besser erziehen sollen. Aber sie musste ja gleich von einem Extrem ins andere fallen! Vom Heimchen am Herd zur Kampfemanze innerhalb von fünf Minuten, das sollte ihr erst mal jemand nachmachen. Dann wieder gratulierte sie sich zu der weisen Entscheidung, Cristiano hinausgeworfen zu haben – wenigstens konnte sie jetzt so lange mit angezogenen Knien in »Elda« hocken, wie es ihr passte. Und das tat sie, während ihre Freunde beiderlei Geschlechts sich auf ihrem kleinen Sofa sowie auf dem Flokati davor tummelten: In den Tagen um den 20. Juli 1969 war Marisas Wohnung dank eines Farbfernsehers der neuesten Generation zum beliebtesten Treffpunkt ihrer Clique geworden. Niemand, nicht einmal der größte Technikfeind, wollte sich die Bilder von der Mondlandung entgehen lassen.

Auf dem ganzen Erdball verfolgten rund 500 Millionen Menschen gebannt den Höhepunkt der Mission von Apollo 11 auf den Fernsehbildschirmen. Am 21. Juli 1969 war es so weit: Neil Armstrong betrat als erster Mensch den Mond. Dreizehn Minuten später folgte ihm der Pilot der Mondfähre »Eagle«, Edwin »Buzz« Aldrin. Die beiden Astronauten hissten die US-Flagge und hielten sich etwa zweieinhalb Stunden auf dem Mond auf, um diverse wissenschaftliche Messgeräte aufzustellen und Bodenproben zu entnehmen. Die Welt hielt den Atem an.

Ungläubiges Staunen war die am weitesten verbreitete Reaktion, doch das spektakuläre Ereignis löste auch Hass, Neid und andere Gefühlsregungen aus. Jede – außer Gleichgültigkeit.

Fernando und Elisabete Abrantes saßen vor ihrem Fernsehgerät und waren angesichts dieser Bilder genauso aufgewühlt und erregt wie der Rest der Welt. Allerdings gehörte Fernando vermutlich zu der kleinen Zahl von Leuten, die in diesem großen Moment auch einen Gedanken an Michael Collins verschwendeten, den Piloten der Kommandokapsel, der dort die Stellung halten musste und darum den Mond nicht betreten konnte. Ach, dachte Fernando, immer noch besser, von der »Columbia« aus die Erde betrachten zu können, als gar nicht erst an dieser historischen Mission teilnehmen zu können.
Fernando beging nicht den Fehler, seine Frau an seinen Empfindungen teilhaben zu lassen – was umgekehrt leider nicht zutraf. »Mein Gott, stell dir nur vor, was die armen Frauen dieser Männer jetzt durchmachen müssen!«, rief sie, und Fernando fand, dass aus dieser Äußerung sämtliches Unverständnis sprach, das sie ihm in über vierzigjähriger Ehe so entfremdet hatte. Die Frauen würden stolz sein. Ihre Männer waren Helden, sie würden zu nationalen Denkmälern, wenn nicht gar Heiligtümern werden. Was, bitte schön, konnte eine Frau mehr von ihrem Mann verlangen?
Doch er schwieg. Nachdem Elisabete ihm bereits vor Monaten klipp und klar gesagt hatte, dass sie nicht mit Details über die Mission »belämmert« werden wollte, behielt er sein Wissen für sich. Die technischen Merkmale der Saturn-V-Rakete AS-506 und des Raumschiffes CSM-107, die Probleme beim Abkoppeln der Mondlandefähre LM-5 und das daraufhin ohne die Hilfe des Bordcomputers durchgeführte, gewagte Landemanöver – über all das konnte er sich mit keiner Menschenseele austauschen. Eine gewisse Erleichterung verschafften ihm allein die Medi-

en. Er kaufte sämtliche Zeitungen, portugiesische wie internationale, sowie jede erhältliche wissenschaftliche Zeitschrift und saugte begierig jede Information auf, deren er habhaft werden konnte. Es tat gut, zu wissen, dass nicht er allein der Faszination der technischen Aspekte der Raumfahrt erlegen war.

Laura da Costa und ihr Freund João Carlos saßen auf dem Fußboden vor dem TV-Gerät. João Carlos war mit dem Rücken gegen das Sofa gelehnt, sie saß zwischen seinen Beinen. Er hatte von hinten seine Arme um ihre Taille geschlungen. Neben ihnen auf dem wertvollen Arraiolos-Teppich standen zwei Rotweingläser. Marihuana machte den Mund immer so trocken. Beide verfolgten das Geschehen auf dem Bildschirm mit offenem Mund und gelegentlichem Grunzen. Sie waren sich nicht ganz sicher, ob dieses ganze Spektakel wirklich stattfand oder ob es eine Vision war, die sie ihrem Joint zu verdanken hatten. Als der erste der Astronauten die »Eagle« verließ und sich in seinem unförmigen weißen Anzug schwerelos an der Treppe herabhangelte, lachten sie sich kaputt. Später, als die beiden dick gepolsterten Figuren, die aussahen wie Michelin-Männchen, die amerikanische Flagge hissten, gelangten sie jedoch zunehmend zu der Überzeugung, dass es sich bei der ganzen Sendung um eine Art Werbefilm handeln musste.

Rui da Costa befand sich zum Zeitpunkt des bewegenden Ereignisses in einem Grand Hotel an der Amalfi-Küste. Er bereute seinen voreiligen Entschluss, um diese Jahreszeit nach Positano zu reisen. Es war hier genauso heiß wie in Portugal, das altersschwache Hotel verfügte über keine Klimaanlage, und das Publikum bestand überwiegend aus lärmenden, dicken Nordeuropäern oder nicht weniger lärmenden italienischen Großfamilien. So hatte er sich das nicht vorgestellt.
Nächstes Jahr um diese Zeit, wenn er seinen achtzigsten Ge-

burtstag feierte, würde er nach Skandinavien fahren. Obwohl es von da ja hieß, dass die Sommer ebenfalls heiß und vor allem mückenreich werden konnten. Dann vielleicht doch lieber eine Kreuzfahrt? Ja, das wäre nicht schlecht. Immerzu eine schöne frische Brise, keine Insekten, kein vulgäres Volk. Und jede Menge attraktiver Stewards. Beim Gedanken an die adretten weißen Uniformen wandte er sich wieder dem Fernsehgerät zu, das anscheinend den horrenden Zimmerpreis rechtfertigen sollte. Er mochte kaum glauben, was er da sah. Eierten diese Astronauten in ihren weißen Uniformen wirklich auf dem Mond herum? Unglaublich, ganz und gar unvorstellbar! Rui da Costa erinnerte sich an einige der Tricks, zu denen die Filmregisseure heutzutage griffen und die Ronaldo ihm, als sie noch zusammen waren, einmal erklärt hatte. Nun ja, nicht eigentlich erklärt. Aber er hatte ihm beim Ansehen eines Films die Augen dafür geöffnet, wie wenig von dem, was man sah, echt war. Und was Rui gerade sah, konnte nicht echt sein. Oder doch? Und wenn ja: Wie lange würde es noch dauern, bis man den Mond touristisch ausbeutete? Ob er das noch erleben durfte? Bei der herrlichen Vorstellung, wie er, Rui da Costa, eines Tages seine Sommerfrische auf dem Mond verbringen würde, schwerelos und garantiert insektenfrei, schlief er ein.

Auch der junge Mann, der sich selber für Rui da Costas Enkel hielt, verbrachte den denkwürdigen Tag in einem Hotel. Allerdings in einem, das nicht halb so viel an Bequemlichkeit und Luxus bot wie das Haus in Positano. Ricardo hatte sich in Lissabon in einem Hotel der Mittelklasse einquartiert. Sein Zimmer war mit scheußlichen, nussbaumfurnierten Möbeln eingerichtet und mit einem moosgrünen Teppich ausgelegt, der seiner Farbe wahrscheinlich alle Ehre machte. Einen Fernsehapparat gab es nur in der Lobby des Hotels. In der saß Ricardo also und sah sich, zusammen mit dem Nachtportier, dessen Frau, die ihrem

Mann sogar einen Imbiss mitgebracht hatte, einem Taxifahrer, der seinen Wagen draußen im Halteverbot abgestellt hatte, dem Kioskbesitzer sowie einer Hand voll anderer Gäste die Mondlandung an. Die Zuschauer um ihn herum starrten fassungslos auf die Bilder, die, das war noch dem einfachsten und ungebildetsten Trottel klar, eine neue Ära der Menschheitsgeschichte einläuteten.

Ricardo empfand das Ereignis ebenfalls als hochgradig prickelnd und anregend. »Unvorstellbar« oder »unglaublich« – so die Kommentare der anderen Gäste – fand er es jedoch nicht. Das war doch abzusehen gewesen. Die vorherigen Raumfahrtmissionen waren äußerst zufriedenstellend verlaufen. Collins hatte bei Gemini 10 bereits einen Weltraumspaziergang unternommen, Aldrin hatte nach Gemini 12 ebenfalls Erfahrung im Verlassen einer Raumkapsel, und auch Kommandant Armstrong war schon im All gewesen. Alle drei Astronauten hatten bei dem sensationellen Erfolg von Apollo 8 der Ersatzmannschaft angehört. Dies hier war nur die konsequente Fortführung und der bisherige Höhepunkt der US-amerikanischen Raumfahrtpolitik, deren oberstes Ziel es war, die Russen zu schlagen. Jetzt hatten sie es geschafft.

Ricardo dachte an seine Freunde in den USA. Deren patriotische Herzen würden jetzt Kapriolen schlagen. Viele Leute hatte er nicht dort kennengelernt, aber die Gesellschaft einiger weniger hatte ihm gereicht. Er dachte an seine beiden Ex-Freundinnen, Helen und Joyce, sowie an seine Mitschüler: Rob aus Missouri, hinter dessen teigigem Gesicht sich ein unerhört scharfer Verstand verbarg; Harold aus Vermont, dessen schmächtige Gestalt nicht erwarten ließ, mit wie viel Mut, manchmal auch Übermut, er seine Maschine flog; und Stella aus Florida, der einzigen Frau unter den insgesamt zwölf angehenden Fluglehrern, die sie alle unter den Tisch trinken und sogar ihn, Ricardo, beim Pokern überlisten konnte. Sie alle säßen jetzt in ihren wei-

chen Fernsehsesseln, würden Kartoffelchips knabbern, atemlos das Geschehen auf dem Bildschirm verfolgen und davon träumen, selber einmal ins All zu fliegen. Tat das nicht jeder Pilot? Zumindest jeder amerikanische und russische Pilot. Dass er als Portugiese jemals die Chance haben würde, den größten aller Flüge zu absolvieren, hielt er für höchst unrealistisch. Aber er hatte es ja selber so gewollt.
Ein kollektives Stöhnen ging durch die Hotellobby. Das Fernsehgerät gab nur noch knisternde Geräusche von sich, das Bild bestand fast ausschließlich aus grau-schwarz flimmernden Streifen. Der Nachtportier ging nach vorn und schlug ein paarmal mit der flachen Hand auf den Fernseher. »Das hat er manchmal. Geht gleich vorbei.« Aber es ging nicht vorbei. Die Zuversicht des Portiers schwand dahin. Hektisch drehte er die Antenne in alle Himmelsrichtungen, doch es trat keine Verbesserung ein. Den Taxifahrer schien sein Vertrauen in die technischen Fähigkeiten des Portiers als Ersten zu verlassen. »Mann, ausgerechnet jetzt. Ich hau ab. Drüben im ›Palácio‹ haben sie auch eine Flimmerkiste.« Zwei weitere Personen schlossen sich ihm an.
»Darf ich mal?« Ricardo war zu dem Portier getreten und betrachtete das defekte Gerät mit der Miene eines Fachmanns. Der Hotelangestellte hatte offenbar nicht viel übrig für den Einmischungsversuch, der seine eigene Autorität auf diesem Gebiet in Frage stellte. Er musterte Ricardo argwöhnisch. Der junge Mann sah in seinen Augen nicht eben vertrauenerweckend aus. Die Aknenarben, die nur unzureichend von den Koteletten verdeckt wurden, der kühle Blick aus hellen, grünlichbraunen Augen, die selbstbewusste Körperhaltung, der anmaßende Tonfall und diese merkwürdig fremdländische Kleidung – das schien ihm alles überhaupt nicht zu behagen. Aber hatte er eine Wahl?
»Von mir aus. Aber wenn er hinterher ganz hinüber ist, ersetzen Sie den Schaden.«

Ricardo zuckte mit den Schultern, legte sein großkariertes Jackett ab und machte sich an die Arbeit. Er benötigte etwa eine Viertelstunde, wovon zehn Minuten mit der Suche des Portiers nach einem Schraubenzieher verstrichen. Dann endlich lief das Gerät wieder störungsfrei. Die verbleibenden Zuschauer applaudierten ihm. Erst zu spät begriffen sie, dass sie alle den entscheidenden Moment verpasst hatten, in dem Neil Armstrong die berühmten Worte sagte, die am nächsten Tag auf allen Zeitungen die Schlagzeilen stellten: »Ein kleiner Schritt für einen Mann, ein großer Schritt für die Menschheit.«

47

Ana Maria Delgado war die zuverlässigste Postbotin im Kreis Beja. In den vergangenen vierundzwanzig Jahren war sie kein einziges Mal zu spät zum Dienst erschienen oder auch nur einen Tag krank gewesen. Davor, in ihrem zweiten Jahr bei der Post, hatte sie insgesamt drei Wochen gefehlt, war aber kurz nach der Geburt ihres einzigen Kindes sofort wieder zu ihrer Arbeit zurückgeeilt. Um den Jungen hatte sich eine ganze Batterie von weiblichen Verwandten gekümmert, allen voran die beiden Großmütter, unter denen in dieser Zeit ein erbitterter Streit darüber entbrannte, wer sich wann und wie lange der Pflege und Betreuung des Kindes annehmen durfte. Eine Weile sah es ganz danach aus, als würde dieser Streit die beiden Familien, Ana Marias und die ihres Mannes, entzweien. Doch irgendwie hatten sich die beiden Damen zusammengerauft – in der geteilten Entrüstung über das unmütterliche Verhalten Ana Marias.
Sie selber fand ihre Entscheidung, ihren Beruf weiterhin auszuüben, heute noch genauso richtig wie damals. Ihr Sohn war zu einem prächtigen jungen Mann gereift, und das bewies ja, dass sie so unmütterlich nicht gewesen sein konnte. Inzwischen waren sowohl die beiden Großmütter als auch Ana Marias Mann verstorben, so dass Ana Maria erst recht froh war, in ihrem Beruf geblieben zu sein. Die Witwenrente hätte vorne und hinten nicht gereicht. Es war so schon knapp genug. Aber sie wollte sich nicht beschweren. Sie mochte ihre Arbeit. Sie kannte praktisch jeden in ihrem Zustellungsbezirk, hatte oft Gelegenheit zu einem Plausch und ließ sich sogar ab und zu, wenn die Zeit es zuließ und keinerlei Gefahr bestand, dass der Oberpostmeister davon erfuhr, zu einem *aguardente de medronho* überreden. Selbstverständlich nur zu besonderen Anlässen

und nur kurz vor Feierabend. Wie hätte sie zum Beispiel den Castros, die diese Woche ihre goldene Hochzeit feierten, die Einladung abschlagen können, ein Gläschen auf ihr Wohl zu trinken?

Natürlich gab es auch ärgerliche Vorkommnisse in Senhora Delgados Arbeitsalltag. Das Postauto war eines davon. Es sprang, besonders im Winter, nur nach qualvoll langem Orgeln an, weshalb Ana Maria es sich zur Gewohnheit gemacht hatte, den Motor tagsüber immer laufen zu lassen. Auch wenn sie auf ein Viertelstündchen bei Bekannten weilte, blieb der Wagen an. Dass jemand auf die Idee kommen könnte, ihn zu entwenden, erschien ihr vollkommen abwegig. Weit wäre er damit nicht gekommen, ohne sich verdächtig zu machen, schließlich war der Anblick des alten Fords untrennbar mit dem von Ana Marias schmalem, strengem Gesicht verbunden.

Ein weiteres Ärgernis, aber bei weitem nicht das schlimmste, waren Haustiere. Ana Maria zog die bissigen den freundlichen Hunden eindeutig vor. Die aggressiven Tiere wurden von ihren Besitzern meist an die Leine genommen, wenn die Postbotin sich mit Hupen oder Klingeln ankündigte. Die zutraulichen Hunde jedoch hatten die unerfreuliche Eigenschaft, Ana Maria überschwänglich zu begrüßen, an ihr hochzuspringen und ihre Uniform, die sie picobello in Schuss hielt, zu verschmutzen. Und ihre Besitzer schienen auf das heitere Temperament ihrer Tiere sogar noch stolz zu sein, so dass sie nicht daran dachten, sie von ihrem Tun abzubringen. Auch Katzen, die sich an ihrem Bein rieben, fand Ana Maria lästig.

Aber lange nicht so lästig wie falsch adressierte Sendungen. Fehlende Hausnummern und unvollständige Postleitzahlen waren nicht so tragisch. Wenn die Namen der Empfänger sowie die Straße stimmten, wusste Ana Maria ohnehin, wo genau die Leute wohnten. Wenn jedoch sowohl die Namen der Leute als auch die der Straße und des Ortsteils falsch geschrieben waren,

dann brauchte es allerhand Phantasie, um den richtigen Adressaten ausfindig zu machen. Und so etwas passierte öfter, als es ein normal intelligenter Mensch für möglich gehalten hätte.
Ana Maria konnte nur immer wieder den Kopf über so viel mangelnde Sorgfalt schütteln. Wie in Gottes Namen konnte jemand erwarten, dass sie einen Brief an »Dona Angélica, Rua do Creio« zustellte, wenn der Nachname der betreffenden Dame fehlte und die Straße eigentlich »Rua do Correio« hieß? Allein ihrem Spürsinn war es zu verdanken, dass auch solche Post zugestellt wurde, und zwar so gut wie ausnahmslos. In ihrer gesamten sechsundzwanzigjährigen Laufbahn hatte sie genau zwei Briefe und ein Päckchen auch nach detektivischer Feinarbeit nicht abliefern können, und die waren aus dem Ausland gekommen, wie sowieso fast die meisten der unleserlichen oder fehlerhaft adressierten Sendungen. Ana Maria hatte gelernt, Post aus dem Ausland mit äußerstem Misstrauen zu behandeln, und einzig die schönen exotischen Briefmarken hatten ihr noch nicht gänzlich den Spaß daran genommen, sie auszutragen.
Auch heute waren mehrere ausländische Briefe dabei. Wie immer kamen die meisten aus den portugiesischen Kolonien in Afrika. Post von der Front. Ana Maria gab sie persönlich bei den Müttern der Soldaten ab, die sie alle kannte, und sagte ein paar mitfühlende Worte. Ihr eigener Sohn war, dem Herrgott sei Dank, vorletztes Jahr wohlbehalten zurückgekehrt, und sie konnte die Nöte der Angehörigen sehr gut nachvollziehen. Dann waren da noch diverse Postkarten, eine aus der Schweiz, eine von der italienischen Adria und eine aus London. Ana Maria las sie alle und wunderte sich erneut über die Texte, die einander so stark ähnelten, als hätte einer vom anderen abgeschrieben. Des Weiteren war ein Päckchen aus Lyon in Frankreich dabei, das Cláudia Soares, die dort als Hausangestellte arbeitete, ihren Eltern geschickt hatte, sowie ein dicker Luftpolsterumschlag aus Deutschland, den Hinkebein Eduardo, der dort in

einer Automobilfabrik untergekommen war, seiner Schwester schickte. Ana Maria betastete den Umschlag. Es schienen Dokumente darin zu sein. Ob Hinkebein Eduardo seiner Schwester Unterlagen zukommen ließ, damit sie ihm bald folgen konnte? Im Norden Europas suchten sie offenbar so händeringend nach Arbeitskräften, dass sie sogar für einen Krüppel wie Eduardo oder ein dümmliches Trampeltier wie seine Schwester Verwendung zu haben schienen.

Zwei Sendungen jedoch erregten Ana Marias Interesse mehr als alle zuvor genannten, obwohl sie weder aus dem Ausland kamen noch in irgendeiner Weise bemerkenswert aussahen. Zwei Briefe aus Lissabon, Behördenpost, wie es schien, überkorrekt adressiert an Senhor Ricardo da Costa.

Ricardo da Costa? Auf Belo Horizonte? Das war ja hoch spannend. Ana Maria beschloss, ihre übliche Route ein wenig abzuändern. Sie würde zuerst nach Belo Horizonte fahren und erst im Anschluss durch die Dörfer zuckeln, was jeglicher Vernunft und kluger Zeiteinteilung widersprach.

Sie war die Strecke seit einer Ewigkeit nicht mehr gefahren. Und offenbar auch sonst niemand. Auf dem Feldweg, der zu der Quinta führte, stand das Gras kniehoch, und es kratzte und schabte verdächtig unter dem Postwagen, während das arme Auto von oben von herabhängenden Zweigen malträtiert wurde. Doch Ana Maria bewältigte die Strecke ohne größere Zwischenfälle, was sie ihrer umsichtigen Fahrweise sowie ihrer langjährigen Erfahrung mit unwegsamem Gelände, steinigen Sträßchen, überfluteten Niederungen und in der Hitze aufweichenden Teerdecken zuschrieb. Außer Schnee und Glatteis gab es wenig an Straßen- oder Verkehrsverhältnissen, was Ana Maria geschreckt hätte. Und ganz gewiss hatte es in den vergangenen Jahren nichts gegeben, was sie mit einer so unbezwingbaren Neugier erfüllte wie das Zustellen der Post auf diesem verwaisten, furchteinflößenden Anwesen.

Ricardo war der erste Anblick von Belo Horizonte kaum weniger furchteinflößend erschienen, als er vor einer Woche angekommen war. Das Herrenhaus war bereits in desolatem Zustand gewesen, als er noch hier gelebt hatte, doch dass es in so kurzer Zeit – er war nach seinem Einsatz in Angola schließlich nur fünf Jahre fort gewesen, zwei in der Militärakademie bei Leiria, drei in den Staaten – derartig heruntergekommen war, fand er deprimierend. Wenn seine Mutter es schon in ihren Besitz gebracht hatte, hätte sie eigentlich auch die Pflicht gehabt, für seinen Erhalt zu sorgen. Wofür zahlte man Erben aus und erwarb ein Haus, wenn man es verrotten lassen wollte?

Im Innern roch es abgestanden und staubig. Ricardo stieß eine knarrende Tür nach der anderen auf, beging systematisch alle Räume und fand in jedem davon dieselbe Tristesse und denselben muffigen Geruch vor. Alle verwertbaren Möbel waren mitgenommen oder verkauft worden. Keine Gardinen, Teppiche, Bilder – nichts, was diesem schonungslosen, nackten Elend noch einen Hauch von Würde verliehen hätte. Die Wände waren vergilbt und mit großen bräunlichen Rechtecken verunstaltet, wo einst die Rahmen gehangen hatten. Zwischen den Holzdielen auf dem Fußboden waren zentimeterbreite Spalten, in denen sich Schmutz angesammelt hatte. Wahrscheinlich waren diese Fugen auch vorher schon so breit gewesen, nur hatten Teppiche sie verdeckt. Im Nutztrakt, wo die Böden ganz und die Wände bis in Schulterhöhe gefliest waren, entstellten abgesplitterte Ecken die antiken Azulejos.

Ricardo stieg die Stufen zum Obergeschoss hinauf, wobei er sehr bedächtig einen Fuß vor den anderen setzte. Die Treppe machte nicht den Eindruck auf ihn, als hielte sie starker Belastung stand. Die Schlafzimmer sahen ähnlich aus wie die Räume unten. Er öffnete nacheinander die Türen, warf einen kurzen Blick in die verwahrlosten Räume und hielt sich nur in seinem einstigen Schlafzimmer ein paar Sekunden länger auf. Es hing noch ein Poster vom Sonnensystem an der Wand, außerdem baumelte ein primitives Modellflugzeug von der Decke. Ricardo musste lächeln. Dieses plumpe, hässliche Flugzeug war einst sein ganzer Stolz gewesen.

Er ging bis zum Ende des Flurs und zog mit einer Stange die Deckenluke auf, in der eine Schiebeleiter befestigt war. Er stieg bis etwa zur Mitte hinauf, warf einen Blick in das staubige Chaos und stieg kopfschüttelnd wieder hinab. Der Boden musste entrümpelt werden. Aber das hatte Zeit.

Anschließend ging Ricardo in die umgebaute Scheune, in der seine Mutter früher ihr Atelier gehabt hatte. Hier sah es noch einigermaßen zivil aus. Im Gegensatz zu dem Haupthaus waren in dieser Scheune ja auch vor nicht allzu vielen Jahren umfangreiche Reparaturen und Umbauten durchgeführt worden. Er ging zu der kleinen Kochnische, die seine Mutter nie benutzt hatte, weil sie, wenn sie denn einmal zu Hause gewesen war, im Haupthaus mit der Familie gegessen hatte. Er drehte den Wasserhahn auf. Nach längerem Gurgeln und Zischen kam eine braune Brühe heraus. Er ließ das Wasser laufen, während er sich im Badezimmer umsah und dort ebenfalls den Hahn aufdrehte. Neben dem großen Arbeitsraum gab es noch eine davon abgetrennte Schlafkammer. Diese bedurfte, wie der Rest der Scheune, einer intensiven Aufräum- und Reinigungsaktion, war ansonsten aber durchaus bewohnbar. Ricardo drehte alle Wasserhähne wieder zu, nachdem das Wasser klar geworden war. Ja, hier würde er sich fürs Erste einrichten. Es war Wasser da, Strom würde er mit einem Generator selber erzeugen können, bis er wieder ans Netz angeschlossen war, und Möbel sowie ein paar Eimer weißer Farbe waren schnell beschafft.

Zufrieden mit sich und der Aussicht auf die körperliche Arbeit, die er in den kommenden Tagen und Wochen durchführen würde, schritt er anschließend das Gelände rund um das Haus ab. Er würde einen Schrotthändler damit beauftragen müssen, das Gerümpel zu entfernen. Da standen ausrangierte Pflüge herum, wie man sie vielleicht vor fünfzig Jahren benutzt hatte, außerdem eine Rolle verrosteten Zaundrahts, das verbogene Rad eines Kinderfahrrads. Dazwischen lagen einzelne zerbrochene Dachziegel, halb leere und versteinerte Zementsäcke sowie diverse andere Gegenstände, die weder der Witterung noch dem technischen Fortschritt standgehalten hatten. Ricardo bog um die Ecke, um sich ein Gesamtbild über die Verwüstung zu verschaffen. Und was er da plötzlich sah, ließ sein Herz einen Hüpfer machen. Aufgebockt auf ein paar große Bausteine, der Reifen, der Spiegel und der Sitze entledigt, stand da sein heiß geliebter Peugeot Pick-up Baujahr 1943. Zum ersten Mal, seit er auf Belo Horizonte eingetroffen war, überkam Ricardo ein Gefühl von Heimat.

Das alles hatte sich vor einer Woche zugetragen, und noch immer sah es auf der Quinta keinen Deut besser aus, obwohl Ricardo Tag und Nacht geschuftet hatte. Es war die reinste Sisyphusarbeit. Auf jeden Brocken, den er aufhob und auf einen großen Haufen warf, der irgendwann abtransportiert werden sollte, kamen zwei neue, die er zuvor nicht gesehen hatte. Jeder Mangel, den er entdeckte und zu beheben versuchte, zog weitere Reparaturen nach sich. Dennoch war er guter Dinge. Bei näherer Betrachtung hatten sich Belo Horizonte und insbesondere die dazugehörigen Ländereien als ideal für seine Pläne erwiesen – besser noch, als er es erwartet hatte.
Die einstige Größe des Gutes hatte sich im Laufe der vergangenen sechzig Jahre drastisch verringert. Waren es, wie Ricardo den alten Unterlagen vom Katasteramt entnahm, anno 1910 noch 12 000 Hektar gewesen, die sich im Besitz der Familie Carvalho befunden hatten, so waren die Liegenschaften, die heute Laura da Costa gehörten, »nur« noch rund 2000 Hektar groß. Immer noch ein großer Besitz, und für Ricardos Zwecke

absolut ausreichend – trotzdem fragte er sich kopfschüttelnd, wie es diese Familie geschafft hatte, ihren Reichtum so gründlich zu vernichten. Die angrenzende Quinta, die »Herdade do Bom Sucesso«, hatte unter vergleichbaren Bedingungen ihren Besitz jedenfalls bewahren und sogar mehren können – ein großer Teil der einstigen Ländereien der Carvalhos gehörte jetzt Alberto Baião, der damit zum unangefochten größten Grundbesitzer weit und breit geworden war.

Der Niedergang von Belo Horizonte war nur zum Teil auf die Tatsache zurückzuführen, dass Ricardos Urgroßeltern, José und Clementina Carvalho, fünf Töchter gehabt hatten – Mariana, die auf der Quinta geblieben war, hatte ihre Schwestern, zusätzlich zu dem relativ kleinen Stück Land, das diese erhalten hatten, auszahlen müssen. Dennoch wäre das allein noch nicht ausreichend gewesen für einen derart stetigen Verfall. Es war schlicht und ergreifend Misswirtschaft gewesen, die das einst feudale Gut in den Ruin getrieben hatte. Erst hatte der gutmütige Octávio, Marianas Mann, eine Reihe von Fehlentscheidungen getroffen, dann hatte Inácio, ihr Schwiegersohn, mit seinen Großmaul-Allüren und mangelnder ökonomischer Weitsicht der Quinta den Rest gegeben.

Dona Julianas Mann, Rui da Costa, hatte, anders als die Männer der anderen Schwestern, immer darauf beharrt, das Stück Land aus der Mitgift seiner Frau zu behalten und zu bewirtschaften. Es war bis zu ihrem Tod auf Dona Juliana eingetragen geblieben. Es handelte sich um den etwa 500 Hektar großen Korkeichenwald am östlichen Ufer des Stausees, an dem Ricardo als Junge seine aerodynamischen Experimente durchgeführt hatte – und an dem er sich mit Marisa getroffen hatte. Als Dona Juliana starb, hinterließ sie den Großteil dieses gewinnträchtigen Grundstücks zu gleichen Teilen ihren Kindern, Paulo und Laura, wobei Paulo seines gar nicht schnell genug an Laura verkaufen konnte. Ein kleines, unbewirtschaftetes und daher wertloses Stück davon vermachte sie jedoch einer anderen Person, was bei der Testamentseröffnung vor gut fünf Jahren für sehr viel Unruhe gesorgt hatte. Damals hatte Ricardo sich nicht für die Details interessiert – alles, was mit seiner Großmutter Juliana zu tun gehabt hatte, also auch ihr Nachlass, waren ihm herzlich egal gewesen. Er wollte nicht auf irgendein Erbe warten, auf den Tod anderer Menschen spekulieren. Er hatte nie etwas anderes gewollt, als es selber zu etwas zu bringen. Dennoch irritierte ihn dieser unerwartete Erbe, und zwar heute viel mehr als damals.

Ein gewisser Fernando Abrantes, hatte Dona Juliana verfügt, solle 50 Hektar ihres Landes bekommen, nämlich genau jenes Flurstück, das im Norden an die Straße zum Dorf grenzte und im Osten bis zur Grenzmarkierung der Gemeinde reichte. Im Westen endete es bei dem alten Brunnen und im Süden an dem Waldweg. Es handelte sich um ein unscheinbares Stück Land, das weder besonders fruchtbar noch von ertragreichen Bäumen bestanden oder von herausragender landschaftlicher Schönheit war. Das einzig Interessante daran war eine enorme alte Korkeiche, die viel zu groß und knorrig geworden war, als dass sie noch eine nennenswerte Ausbeute an Kork hergegeben hätte, und die mittlerweile zu einer Art Wahrzeichen geworden war.

Warum in Dreiteufelsnamen, fragte Ricardo sich, hatte seine Großmutter diesem Mann, der sich als greiser Ex-General entpuppte, dieses Land vererbt? Handelte es sich bei ihm um denselben mysteriösen Fernando, mit dem Oma Mariana ihn, Ricardo, immer verwechselt hatte? Aber wenn er ein Verflossener von Mariana war, was hatte dann ihre Schwester mit ihm zu schaffen? Dona Juliana würde ihm das nicht mehr erklären können, und seine Mutter, Laura, hatte keine Antwort auf diese Fragen gewusst. »Ist doch egal«, hatte sie gesagt, als er sie kürzlich darauf angesprochen hatte. »Es ist ja noch genug Land übrig. Gönn dem armen alten Kerl doch dieses Fitzelchen Erde.

Wahrscheinlich hängen irgendwelche Erinnerungen von vor hundert Jahren dran.«
Ricardo hätte ihren Rat gern beherzigt. Doch ausgerechnet das Land, das nun diesem Abrantes gehörte, befand sich auf einer strategisch ausgesprochen gut gelegenen Anhöhe, die Ricardo zur Umsetzung seiner Pläne wichtig war. Na ja, dachte er, dann kaufe ich ihm das Land eben ab. Es ist alles nur eine Frage des Preises.

Ana Maria Delgado war eine patente Frau, die sich so schnell nicht ins Bockshorn jagen ließ. Doch das ehemals prachtvolle Haus, das zur Ruine zu verkommen drohte, sowie die gespenstische Ruhe, die über dem Gelände lag, empfand sogar sie als bedrückend. Wenn nicht das Röhren ihres Fords gewesen wäre, den sie, wie immer mit laufendem Motor, vor dem Haupteingang abgestellt hatte, hätte sie sich gefühlt wie in einem gruseligen Traum.
Sie stapfte die Stufen zur Haustür hinauf und zog an der Glocke. Sie klang rostig und scheppernd. Nichts tat sich. Ana Maria ging vorsichtig eine Stufe rückwärts, um einen besseren Blick auf die Vorderfront des Hauses zu haben. Kein Fenster war geöffnet, in keinem sah sie Bewegung. Als sich unvermittelt die Tür vor ihr öffnete, wäre sie beinahe die anderen beiden Stufen herabgefallen. Doch sie fing sich schnell wieder.
»Ricardo da Costa!«, rief die Postbotin, erschrocken, dass er sich tatsächlich hier aufhielt. »Ist denn das die Möglichkeit? Wie geht's, wie steht's?« Ana Maria vermied eine direkte Anrede. Es kam ihr merkwürdig vor, ihn siezen zu müssen, aber ihn zu duzen kam genauso wenig in Frage. Vor ihr stand ein erwachsener Mann, der durchaus nicht danach aussah, als sei mit ihm zu scherzen.
»Dona Ana Maria!« Der junge Mann wirkte erfreut. »Immer noch die Seele und die Stütze der hiesigen Post, was?« Eine

solche Leutseligkeit war sie von ihm nicht gewohnt. Früher, als der heranwachsende Junge das Vorbild aller Schulschwänzer im ganzen Landkreis gewesen war, hatte er viel verschlossener gewirkt. Und irgendwie aggressiver. Wobei sein Aussehen noch immer nicht gerade brav war. Er sah sie durchdringend an, wie eine Raubkatze, die ihr nächstes Opfer belauert und kurz davor ist, zum Sprung anzusetzen. Dieser Blick jagte Ana Maria einen kleinen Schrecken ein, den sie jedoch mit einem bewusst fröhlichen Plauderton überspielte.
»Ja, so könnte man wohl sagen. Und selber? In Ferien? Ist ein bisschen still hier geworden, was?«
»Ja, ist ziemlich einsam. Aber das wird sich bestimmt bald ändern. Ich habe vor, mich für länger hier einzurichten.«
»Ach was?« In der Folge löcherte Ana Maria den alten neuen Bewohner der verfallenen Quinta mit unzähligen Fragen. Sie erkundigte sich nach dem Verbleib all der anderen Leute, die hier gewohnt hatten – außer dem von Octávia, die, wie sie selber wusste, in einer Neubausiedlung am Stadtrand wohnte –, wollte Genaueres über Ricardos eigene Familienverhältnisse wissen und wirkte sehr enttäuscht, als er ihr antwortete, dass er weder mit Frau noch mit Kindern hier einzog.
»Aber – wie soll es denn dann hier jemals wieder etwas quirliger zugehen?«
Ricardo hatte eigentlich nicht vorgehabt, sein Vorhaben vorschnell herauszuposaunen. Andererseits würde es sich ohnehin in rasender Geschwindigkeit herumsprechen, wenn er erst mit den entsprechenden Arbeiten loslegte. Und das sollte schon sehr bald der Fall sein. Da konnte er der freundlichen Briefträgerin auch jetzt schon verraten, was er vorhatte.
»Ich gründe eine Flugschule.«
Ihm entging nicht der entgeisterte Ausdruck auf dem länglichen Gesicht der älteren Frau. Ihrer Miene war deutlich anzusehen, was in ihr vorging: Ricardo da Costa, Schulabbrecher und Her-

umtreiber, musste auf wundersame Art und Weise die Kurve gekriegt haben. Er erkannte ebenfalls deutlich, dass sie vor Neugier schier zu vergehen schien und sich wohl erhoffte, von ihm auf einen Kaffee hereingebeten zu werden.
Aber den Gefallen tat er ihr nicht.

48

Prazeres – Vergnügen, Freuden, Genüsse. Wie konnte man einen Friedhof nur *Cemitério dos Prazeres* nennen? War es vielleicht ein Genuss, einen geliebten Menschen hier zu begraben? War es den Toten eine Freude, hier zu liegen und gar nicht mehr friedlich zu ruhen, seit immer mehr und immer größere Flugzeuge den Friedhof in geringer Höhe überflogen, weil er genau in der Einflugschneise zum Flughafen lag? Hielt man es für ein Vergnügen, von den alten und vielfach verfallenen Grabsteinen oder Mausoleen an die eigene Vergänglichkeit erinnert zu werden?
Fernando schritt den Kiesweg zu Jujús Grab ab, ohne sich nach rechts oder links umzusehen. Die steinernen Denkmäler für die Toten, viele davon umgestürzt oder mit Moos überwuchert, erfüllten ihn mit Hoffnungslosigkeit. War es das, was von einem übrigblieb? Ein Grab, um das sich niemand kümmerte? Ein Name, der auf einer schwarz angelaufenen Metallplakette verewigt war? Fernando glaubte weder an Gott noch an den Himmel oder die Unsterblichkeit der Seele. Wenn es überhaupt ein Leben nach dem Tod geben sollte, dann bestand es seiner Meinung nach darin, dass die Materie, aus der der menschliche Körper bestand, überging in den ewigen Kreislauf der Natur. Ein Leichnam wurde von den Würmern gefressen, die ihrerseits von den Vögeln gefressen wurden, die ihrerseits größeren Tieren zum Opfer fielen. In irgendeiner Form landete man früher oder später wieder bei den Menschen, und sei es nur, weil der Vogelkot die Felder düngte. Die Vorstellung, dass Jujús in diesen Kreislauf übergegangener Körper das Wachstum einer Kartoffel begünstigt haben mochte, fand er grauenhaft. Er litt zunehmend unter Appetitlosigkeit.

Zielstrebig ging Fernando zu dem Grab. Es war in seiner Einfachheit schön und ergreifend. Insgeheim dankte er dem Ehemann Jujús dafür, dass er sich für einen so schlichten Grabstein entschieden hatte. Wenn Jujú in einem der Gräber gelandet wäre, in denen die versiegelten Särge oberhalb der Erdoberfläche blieben, eingesperrt in eine Grabkammer, die man von außen einsehen konnte, hätte ihn der Anblick in den Wahnsinn getrieben. Wahrscheinlich wäre er dann ähnlich durchgedreht wie einst der König Dom Pedro I., der seine ermordete Geliebte, Inês de Castro, exhumieren und posthum krönen ließ und anschließend den Hof zwang, vor ihr niederzuknien und ihre verweste Hand zu küssen. Fernando war einmal mit Jujú in Alcobaça gewesen, und gemeinsam hatten sie sich beim Anblick der beiden Sarkophage dieses tragischen Liebespaares vor schauriger Faszination geschüttelt.

Immerhin waren Pedro und Inês im Tod vereint. Ihm und Jujú war nicht einmal das vergönnt. Eines Tages würde Rui da Costa an ihrer Seite bestattet werden, der für ihrer beider letzte Ruhestätte offenbar Lissabon seiner einstigen Heimat im Norden vorzog. Natürlich, hier lebten ihre Kinder und Enkel.

Fernando würde seine letzte Ruhestätte neben Elisabete haben. Sie hatte bereits einen Platz für ein pompöses Familiengrab reserviert – gleich neben dem ihrer Eltern. Ach, zwang Fernando sich zur Räson, eigentlich konnte es ihm doch gleichgültig sein. Er glaubte schließlich nicht an ein Leben nach dem Tod, sondern nur an dessen biologische und ökologische Bedeutung. Oder nicht? Vielleicht wäre er eines Tages mit Jujú vereint, im Verdauungstrakt eines Wurms, der später als Köder beim Angeln ein vorzeitiges Ende finden würde. *Reiß dich zusammen, Fernando Abrantes!*

Er legte eine Blume nieder und fand einen gewissen Trost darin, dass mindestens eine andere Person offenbar ebenfalls um Jujú trauerte. Es standen, anders als auf vielen benachbarten Gräbern, keine Plastikblumen auf dem Stein, sondern eine Vase mit einem frischen Strauß. Von wem der wohl war? Fernando glaubte nicht, dass Rui da Costa zu einer solchen Geste fähig war. Vielleicht die Tochter, Laura? Hatte sie ihre Mutter mehr geliebt, als sie zu deren Lebzeiten hatte erkennen lassen?

Eine riesige Boeing 747 donnerte über ihn hinweg. Er sah nach oben, betrachtete den Bauch des Ungetüms und fragte sich, ob er jemals in einen solchen Apparat einsteigen würde. Vielleicht als Pilot. Als Passagier auf keinen Fall. Es war irgendwie pervers, was aus der Fliegerei geworden war. Hunderte von Menschen, die auf Gedeih und Verderb dem Können eines Mannes sowie den Unvorhersehbarkeiten des Wetters ausgeliefert waren. Genauso wenig würde er sich je an Bord eines großen Schiffes begeben, wenn er es nicht selber steuern konnte. In der Luft hatten die Menschen ja nicht einmal die trügerische Hoffnung, dass sie sich im Falle eines Unglücks retten konnten. Und wie schnell konnte es zu einem solchen kommen! Er selber hatte erlebt, wie es war, in Luftlöcher zu sacken, der unberechenbaren Thermik über Bergen ausgesetzt zu sein, wegen Blitzeinschlags den Funkkontakt zu verlieren, bei extrem starken Seitenwinden zu landen oder sich gleichzeitig mit weniger souveränen Piloten im Anflug auf einen Platz zu befinden. Es gab unzählige Unwägbarkeiten, und seiner Meinung nach waren Passagierflüge in dieser Größenordnung unverantwortlich.

Fernando merkte, dass ihm der stumme Dialog mit Jujú heute nicht gelingen wollte, und wandte sich ab. Auf dem Weg zum Ausgang verhielt er sich genau wie viele der anderen Spaziergänger. Manchmal blieb er vor einem besonders hübschen Grabstein stehen, um die Arbeit des Steinmetzen zu bewundern, ein Stück weiter genoss er die Aussicht über den Westen der Stadt und die Brücke, die sich über den Tejo spannte. Im Schatten einer großen Zypresse blieb er einen Augenblick stehen. Es war viel zu heiß für die Jahreszeit. Sein Blick fiel auf das Grab einer Luiza Mendes. Hatte so nicht die fürchterliche Hausangestellte von Jujú geheißen? Aber, dachte er im Weitergehen, ein so gewöhnlicher Name mochte in einer Stadt wie Lissabon sicher häufiger vorkommen. Er schüttelte jeden Gedanken an diese Person ab und ging, nunmehr forschen Schrittes, zum Ausgang. Er musste die nächste 34er Tram bekommen, wenn er noch rechtzeitig zu seinem Anwaltstermin erscheinen wollte.

Auch diese Sache war etwas, was er sich in seinem Alter gern erspart hätte. Blödsinn, »in seinem Alter« – auch als junger Mann hätte er sich nicht mit solchen Dingen herumschlagen wollen! Er wollte nicht mit Kaufangeboten drangsaliert werden. Er hatte nein gesagt, und dabei blieb es. Er würde das Stück Land, das Jujú ihm vermacht hatte, nicht verkaufen, basta! Wieso alle ihn bedrängten, es doch zu tun, entzog sich seinem Verständnis. Hatte er, nur weil er alt war, nicht mehr das Recht auf eine eigene Meinung? Wenn Elisabete, seine Kinder und seine Enkel es mit aller Gewalt loswerden wollten, weil die angebotene Verkaufssumme weit über dem lag, was er normalerweise damit erzielt hätte, dann mussten sie eben warten, bis er tot war. Vorher würde er es nicht weggeben, und wenn ihm dieser Fuzzi eine Million dafür böte! Fernando merkte, wie ihm allein beim Gedanken an Ricardo da Costa, den missratenen Enkel von Jujú, den er nie persönlich kennengelernt hatte, das Herz in der Brust heftig pochte. Der Knabe würde ihn noch ins Grab bringen mit seiner Aufdringlichkeit. Aber damit wäre bald Schluss: Heute wollte er seinen Anwalt anweisen, eine Verfügung durchzusetzen, wonach es Ricardo da Costa nicht mehr erlaubt wäre, sich mit seinem idiotischen Kaufangebot in irgendeiner Form an ihn, Fernando Abrantes, zu wenden. Nicht schriftlich, nicht mündlich, nicht im direkten Gespräch und auch nicht über Kontaktpersonen. Nie wieder!

Zu demselben Zeitpunkt, zu dem Fernando bei seinem Anwalt saß und diesen als Agent der Gegenseite entlarvte, weil er ihm ebenfalls zum Verkauf riet, befand Ricardo sich keine drei Blocks davon entfernt in einem Straßencafé und dachte, wie fast immer in letzter Zeit, über die verfahrene Situation nach. Warum, verflucht noch mal, wollte der Tattergreis nicht verkaufen? Einen so hohen Preis würde er mit dem nutzlosen Land nie wieder erzielen. Und wenn er aus sentimentalen Gründen daran hing, warum sah man ihn dann nie dort? Ricardo passierte das fragliche Stück Land mehrmals täglich, denn es lag gleich neben dem einzigen befahrbaren Feldweg nach Belo Horizonte, doch er hatte dort nie jemanden entdeckt. Weder hatte je irgendein Opi in stiller Andacht unter dem Baum gehockt noch ein Wagen oder ein anderes Vehikel am Wegesrand gestanden.
Ricardo hatte seine Mutter mit weiteren Fragen zu dem Mann gelöchert, aber sie war ihm keine Hilfe. »Nein, ich habe ihn nie persönlich kennengelernt, zur Testamentseröffnung hat er einen Bevollmächtigten geschickt«, »Nein, ich habe keine Ahnung, warum deine Großmutter ihm das Land vermacht hat, und ich finde, es geht uns auch nichts an«, »Nein, ich bezweifle, dass Paulo mehr darüber weiß«.
Darin täuschte sie sich gewaltig. Doch selbst wenn es anders gewesen wäre, hätte Ricardo sich kaum auf den Weg zu seinem Onkel gemacht, um diesen nach Abrantes auszuquetschen: Der Kontakt zwischen ihnen war vor vielen Jahren abgerissen. Und es hätte ihm auch nichts gebracht. Paulo behielt das Geheimnis für sich und würde es, solange er sich keinen persönlichen Gewinn davon versprach, niemals preisgeben. In diesem Fall verhielt es sich ja sogar so, dass das geheime Wissen um die wahren Verstrickungen ihm einen ungeheuren Lustgewinn verschaffte. Paulo da Costa hätte sich totlachen können über diese Ironie des Schicksals, die Enkel und Großvater zu Feinden machte.

Die einzige Chance, die er noch hatte, überlegte Ricardo nun, war, den alten Sack bei seiner Pilotenehre zu packen. Ricardo hatte ein wenig recherchiert und herausgefunden, dass Abrantes im Ersten Weltkrieg als einer der ersten Portugiesen an militärischen Flugeinsätzen teilgenommen hatte. Er war später zu einem hochdekorierten Helden der militärischen Luftfahrt Portugals aufgestiegen, war General geworden und hatte sich überhaupt nur positiv hervorgetan. Tolle Karriere, tolle Familie, toller Typ – er war Ricardo von A bis Z unsympathisch. Wieder einer von diesen Kerlen, die sich unter Salazar hochgeschleimt hatten. Aber was nützte es?

Ricardo riss ein Stück von der Papiertischdecke ab, holte einen Kugelschreiber aus seiner Brusttasche und machte sich an den Entwurf eines Briefes, den er dem Kerl schreiben würde. Er würde kein Pilotenklischee auslassen, würde mit pathetischem Kriegs- und Helden- und Ruhmesvokabular nur so um sich werfen, würde den Greis zu Tränen rühren mit seinem Plan, eine Flugschule zu eröffnen und so den tapfersten, klügsten und stärksten Männern des Landes einen Lebensinhalt zu geben, für den es sich zu sterben lohnte. Oder so ähnlich. Das mit dem Sterben sollte er vielleicht weglassen, auf so etwas standen alte Leute nicht sonderlich. Auch musste er nicht ausdrücklich darauf hinweisen, dass es sich bei seiner Flugschule um eine zivile Einrichtung handeln würde, in der praktisch jeder das Fliegen erlernen konnte, sofern er die nötigen körperlichen Voraussetzungen mitbrachte, die nicht schwer zu erfüllen waren. Vielleicht hätte er sogar weibliche Flugschüler. Nein, das konnte er diesem Abrantes alles nicht sagen – der gehörte bestimmt zu der alten Garde von Piloten, die eine Frau im Cockpit für eine Sünde gegen die gottgewollte Ordnung hielten.

Ricardo hatte so lange über verschiedene Formulierungen nachgegrübelt, dass sein Kaffee kalt geworden war. Er hob den Kopf von seinem vollgekritzelten Stück Papier, um die Bedienung zu

rufen. Auf dem schmalen Stück Bürgersteig, das noch nicht mit Tischen zugestellt war, drängten sich die Leute. Eine Frau schob sich so nah an Ricardos Stuhl vorbei, dass ihre Handtasche ihm gegen die Schulter schlug. Er drehte sich erbost nach ihr um. Sie war schon vorbeigelaufen, doch auch von hinten kam ihm etwas an ihr bekannt vor. War sie es wirklich? Sein Puls beschleunigte sich. »Marisa!«, rief er so laut, dass die anderen Gäste des Cafés zu ihm hinschauten. Die Frau blieb stehen und sah sich suchend um. Sie war es. Ricardo winkte. »Marisa! Hier!« Sie sah ihn an, als müsse sie erst nachdenken, wer er war. Wie in Zeitlupe verzog sie ihre Lippen zu einem offenen Lächeln und kam schließlich zu seinem Tisch.
»Ricardo da Costa!«
»Das ist ja ein Zufall!«, sagte er. Er kam sich vollkommen bescheuert vor.
»Ja.« Sie stand noch immer neben seinem Tisch und wippte ungeduldig mit dem Fuß.
»Hast du es eilig?«, fragte er.
»Nein.«
»Komm, setz dich doch. Ich wollte gerade noch etwas bestellen. Was nimmst du?«
»Auf diesen Schreck? Einen Cognac.«
Ricardo bestellte einen Cognac und einen Kaffee. Als die Kellnerin fort war, überfiel ihn plötzlich große Befangenheit. Was hatte er schon mit dieser Frau zu besprechen, die wahrscheinlich inzwischen einen furchtbar tüchtigen Ehemann sowie einen Stall voll Kinder hatte und sich darüber hinaus nur mit den neuesten Modemagazinen beschäftigte? Er schwieg und betrachtete sie eingehend, was sie umgekehrt ebenfalls tat.
Sie trug keinen Ehering. Sie hatte eine klasse Figur und kleine Brüste – dass sie ohne BH mit einer dünnen Bluse herumspazierte, irritierte Ricardo. Aber demnach hatte sie wohl keine Kinder. Sie trug ihr Haar offen, mit Mittelscheitel und

hinter die Ohren geklemmt, wie eine Studentin und nicht wie die respektable Gattin eines angesehenen Anwalts oder Arztes. Sie war modisch gekleidet, mit einer engen Bluejeans, die auf den Beckenknochen aufsaß und vom Knie abwärts überweiten Schlag hatte. Darunter schauten Clogs hervor, mit Plateausohlen aus Kork. An ihren Armen klimperten massenhaft Armreifen, in ihrem Dekolleté hingen unzählige Ketten. Ziemlich hippiemäßig, ging es Ricardo durch den Kopf, aber das war jetzt schließlich modern, oder nicht? Wenn schon seine eigene Mutter mit merkwürdigen Stirntüchern herumlief …
Marisas Gesicht hatte sich nur unwesentlich verändert. Es wirkte etwas strenger als früher, was daran liegen mochte, dass sie keinen Pony mehr trug. Sie benutzte kaum Make-up, was ihm gefiel. Sie hatte das auch gar nicht nötig, mit ihren hübschen Sommersprossen auf ihrer kleinen Nase und der Stirn. Sie hatte einen Hauch von Sommerbräune, die von ihren hell geschminkten Lippen – das Einzige an künstlicher Farbe, was sie anscheinend benutzte – betont wurde. Ihr Haar wirkte heller, als er es in Erinnerung hatte. Hellbraun, mit einzelnen blonden Strähnen darin.
Die Kellnerin kam, stellte die Getränke vor sie – wobei sie ihm den Cognac und Marisa den Kaffee gab – und beendete damit die gegenseitige Musterung. Ricardo nahm das Cognacglas, um es vor Marisa zu stellen. Sie tat dasselbe mit seiner Kaffeetasse. Ihre Hände streiften sich kaum merklich über dem Tisch. Sie lächelten einander zu. Die erste Beklommenheit verflog.
»Du siehst gut aus«, stellte sie fest. »Was machst du so?«
»Ich bin jetzt Pilot.«
»Wow! Fliegst du diese ganz großen Maschinen, diese Jumbo-Jets?«
Er lächelte, vielleicht ein wenig herablassend. »Wer will schon Pilot bei einer der großen Airlines sein? Geschweige denn bei

unserer portugiesischen TAP? Nein, ich fliege kleinere Apparate. Privatjets und so.«
»Und so ...« Marisa sah ihn mit unverhohlener Neugier an. Das war nicht mehr derselbe mit Minderwertigkeitskomplexen beladene Ricardo, mit dem sie vor Jahren eine kleine Urlaubsgeschichte hatte. Vor ihr saß ein Mann, der selbstsicher war, der etwas aus sich gemacht hatte und offensichtlich stolz darauf war. Pilot, wer hätte das gedacht? Dafür, dass er vor zehn Jahren noch fremder Leute Bügeleisen repariert hatte und nicht einmal angemessen dafür bezahlt worden war, war das kein schlechter Werdegang. Dieses neue Selbstbewusstsein stand ihm ausgezeichnet zu Gesicht. Er kam ihr jetzt noch attraktiver vor als früher.
»Na ja, in den Staaten bin ich Privatjets geflogen. Hier in Portugal ist die Nachfrage danach nicht so groß – weniger Millionäre, du weißt schon.«
»Aha. Und was tust du dann hier?«
»Ich bin ausgebildeter Fluglehrer. Ich gründe eine Flugschule.«
Marisa starrte ihn verunsichert an. War das ein Witz? Sollte sie jetzt lachen? Oder eher heulen? Wer kam denn auf solche haarsträubenden Ideen?
Er schien zu bemerken, was in ihr vorging, denn er beugte sich vor und sagte in eindringlichem Ton: »Die Bedingungen sind absolut ideal. Eine Landschaft ohne größere topographische Besonderheiten, die das Fliegen erschweren könnten, hohe Berge oder Ähnliches; nahezu ganzjährig gutes Wetter ohne extreme klimatische Erscheinungen wie Hurrikans, Blizzards und so weiter; eine dünn besiedelte Region, in der mit nennenswerten Beschwerden nicht zu rechnen ist; und schließlich ein Land, in dem es durchaus wohlhabende Flugbegeisterte gibt, aber viel zu wenig Möglichkeiten, das Fliegen zu erlernen. Ich habe in den USA jede Menge reiche Portugiesen kennengelernt, die dort ihren Flugschein gemacht haben. Nun, ab sofort können sie ihn bei mir machen.«

»Ist ja irre!«, war alles, was Marisa hervorbrachte.
»Ja, ein bisschen schon«, erwiderte Ricardo, als habe es sich um eine neutrale Analyse gehandelt.
»Und wo ist diese Flugschule? Im Alentejo?«
»Genau. Belo Horizonte und das umliegende Land gehören meiner Mutter, und die verpachtet es mir.«
»Deine Mutter bereichert sich an dir?!«
»Natürlich nicht. Sie wollte es mir so überlassen, aber das wäre doch dumm. Ich kann die Pacht von der Steuer absetzen, und …«
»… letztlich bleibt es ja eh in der Familie«, ergänzte Marisa.
»Ganz recht.« Ricardo war es egal, was seine Mutter mit dem Geld anstellte. Bis sie starb und er als ihr einziges Kind ihr Erbe antreten würde, vergingen hoffentlich noch viele Jahre – in denen er selber reich zu werden gedachte. Aus eigener Kraft und eigenem Können. Aber so genau wollte er es Marisa jetzt nicht auseinandersetzen.
»Und – hast du denn Flugzeuge? Die kosten doch sicher ein Vermögen?«
»Ich habe eine einmotorige Cessna gekauft, gebraucht, versteht sich. Diese Maschinen kosten nicht so viel, wie die meisten Leute denken. Neu an die 80 000 Dollar. Meine habe ich für ein Drittel bekommen, aber ich musste auch noch ganz schön viel Arbeit investieren.«
»Irre!«, bemerkte Marisa erneut, und allmählich ärgerte Ricardo sich über so viel Staunen und mangelndes Einfühlungsvermögen.
»Und du?«, fragte er. Sie hatten lange genug über seine »irren« Pläne geredet.
»Tja, ich. Ich bin Dolmetscherin.«
Aus ihrer Stimme hörte er Frust heraus, weshalb Ricardo nicht weiter auf ihren Beruf einging. »Und Ehefrau, nehme ich an?«, fragte er stattdessen.

»Nein. Und du, hast du geheiratet, hast du Kinder?«

»Nein.« Ricardo fühlte sich unter ihrem Blick ein wenig unbehaglich. Er griff nach seiner Tasse. Der Kaffee war schon wieder kalt geworden. Er sah Marisa ernst an. »Das ist auch irre, oder?«

»Irgendwie schon.«

»Ich meine, dass wir uns getroffen haben. Dass wir jetzt hier sitzen.«

»Das meinte ich auch«, sagte sie und senkte den Blick. Sie griff nach ihrem Cognacschwenker und trank die letzten Tropfen daraus, indem sie das Glas beinahe senkrecht über ihren nach hinten geneigten Kopf stürzte.

»Möchtest du noch einen?«

»Ja bitte. Und eine Zigarette, wenn du eine hast.«

»Nein. Ich habe aufgehört zu rauchen. Aber die Kellnerin bringt uns sicher ein Päckchen. Welche Marke?«

»Schon gut. Muss nicht sein. So, und nun, Ricardo da Costa, will ich die ganze Geschichte hören. Von Anfang bis Ende. Wie bist du nach Amerika gekommen? Was hast du dort gemacht? Wie hast du diese Pilotenausbildung bezahlt? Und vor allem: Warum bist du nach Portugal zurückgekommen?«

Und Ricardo erzählte. Es tat ihm gut, endlich reden zu können, einfach jemanden zu haben, der seine abenteuerliche Story unvoreingenommen anhörte, ohne immerzu eigene Befindlichkeiten in den Vordergrund zu stellen, so wie seine Mutter, die mehr über Jack hatte wissen wollen als über die Erlebnisse ihres Sohnes. Marisa unterbrach ihn nur ein einziges Mal, und zwar gleich zu Anfang.

»Ach ja, dein Vater. Der Amerikaner. Weißt du, ich habe dir das damals nicht geglaubt.«

»Ich hätte es mir damals auch nicht geglaubt.«

Sie lachten, er fuhr in seiner Berichterstattung fort, und nach etwa einer Stunde und zwei weiteren Tassen Kaffee schloss er seine Geschichte mit der Feststellung: »Und jetzt bin ich hier.«

»Ja«, sagte Marisa. »Ich dagegen kann jetzt nicht mehr lange hierbleiben. Ich war auf dem Weg zu … einer Freundin. Die habe ich schon viel zu lange warten lassen.« Sie stand auf, kramte aus ihrer Tasche einen Schein hervor und legte ihn auf den Tisch. Ricardo bedeutete ihr, ihn wieder einzustecken. »Die Rechnung übernehme ich.«

»Danke. Also dann …«

»Deine Telefonnummer.« Er formulierte es nicht als Frage oder Bitte, sondern so, als sei das längst geklärt und er wolle sie nur daran erinnern. »Du hast doch morgen Abend noch nichts vor?«

Sie nannte ihm die Nummer und verabschiedete sich mit zwei Wangenküsschen. Ricardo sah ihr nach und machte sich im Stillen Vorwürfe für seinen Redefluss. Es war einfach so aus ihm herausgesprudelt, wahrscheinlich, weil er sich schon viel zu lange mit niemandem mehr ausgetauscht hatte. Aber konnte von Austausch überhaupt die Rede sein? Sie hatte so gut wie nichts von sich erzählt. Und er hatte auch nicht danach gefragt. Er war sich ziemlich sicher, dass sie ihn für einen unsensiblen Mistkerl hielt. Er selber hielt sich jedenfalls dafür.

Einige Tage nach dem Termin bei seinem Anwalt erreichte Fernando Abrantes ein Brief, der ihn derartig aufregte, dass man einen Arzt rufen musste.

»Halt mir diesen Quacksalber vom Hals!«, fuhr er seine Frau an. »Schick lieber einen Irrenarzt nach Belo Horizonte, um diesen Hanswurst zu bremsen! Der will tatsächlich jedem Tölpel das Fliegen beibringen und den Himmel mit unfähigen Dummköpfen füllen, die sich Pilot nennen dürfen! Aber nur über meine Leiche, das sage ich dir, nur über meine Leiche …«

Elisabete ließ ihn weiter krakeelen. Sie zog den Arzt am Ärmel

vor die Tür und bat ihn, flüsternd und in verschwörerischem Ton, er möge ihrem Mann doch freundlicherweise eine Beruhigungsspritze geben. Sie wolle den Kranken kurz ablenken, damit er, der Senhor Doutor, das Überraschungsmoment nutzen könne, um ihrem Mann diese Spritze zu setzen. Genauso geschah es. Die Dosis war vielleicht etwas zu hoch, denn Fernando erschlaffte augenblicklich und ließ den Brief, der ihn so wütend gemacht hatte, zu Boden fallen. Elisabete hob ihn auf, streichelte ihrem Mann die Wange und verließ den Raum, um in Ruhe zu lesen, was wohl so Schlimmes in dem Brief stand. Sie fand ihn sehr freundlich und ehrerbietig und konnte sich beim besten Willen nicht erklären, was Fernando dagegen haben konnte, dass auf dem fraglichen Gelände eine Flugschule ihren Betrieb aufnehmen würde. Ausgerechnet er, mit seiner Begeisterung fürs Fliegen.
Was war nur in ihn gefahren?

49

Cristiano schloss seine Wohnungstür so leise auf, wie es irgend ging. Er wollte nicht, dass die Nachbarn mitbekamen, zu welchen Zeiten er das Haus betrat oder verließ. Insbesondere seine direkten Nachbarn, die Familie Nogueira, brauchte nicht über jeden seiner Schritte informiert zu sein. Ihre halbwüchsige Tochter würde ihm nachher noch viel öfter auflauern, als sie es jetzt schon tat. Das Mädchen war vielleicht dreizehn. Es schwärmte für Paul McCartney von den Beatles. Von den Ex-Beatles, besser gesagt: Die Gruppe hatte sich gerade getrennt. Und Paul McCartney hatte sich seinen Bart wieder abrasiert. Dennoch war Cristiano mit seinen traurigen Bernhardineraugen, seinem schulterlangen, seidig-braunen Haar und dem wilden Vollbart ein ziemlich guter Ersatz als Anbetungsobjekt. So realistisch war die Kleine immerhin, dass sie wusste, dass Paul McCartney definitiv außerhalb ihrer Reichweite lag.

Cristiano drückte die Tür auf, griff hinein zum Lichtschalter im Flur und wollte gerade von innen schließen, als er das Mädchen sah. Es tat so, als sei es zufällig auf dem Weg nach unten. In einer Hand hielt es einen nicht ganz vollen Müllbeutel. Wahrscheinlich hatte es den halben Abend hinter dem Türspion verbracht und genau auf diesen Moment gewartet.

»Olá, Cristiano.«

»Olá, Vanessa."

»Ich bringe gerade den Müll runter«, sagte Vanessa törichterweise.

»Ach was? Na dann, schönen Abend noch. Und meine besten Grüße an Dona Carolina.« Er zog die Tür zu, drehte den Schlüssel doppelt um, und zwar so vehement, dass das Mädchen es hören musste, und atmete erleichtert auf. Er horchte auf Geräusche aus dem Treppenhaus, hörte jedoch nichts. Bestimmt stand seine Verehrerin noch immer vor der Tür und lauschte. Cristiano konnte es sich einfach nicht verkneifen: Er ging in das winzige Duschbad, das gleich neben der Wohnungstür lag, hob den Toilettendeckel so schwungvoll hoch, dass er gegen die Wand polterte, und entleerte dann seine Blase mit absichtlich lautem Plätschern. Er betätigte die Spülung, bevor er wieder in den Flur trat, vorsichtig durch den Spion lugte, Vanessa genau dort sah, wo er sie zu sehen erwartet hatte, und unvermittelt einige Takte aus »Let it be« zu trällern begann.

Dann ging er in den Wohn-Ess-Schlafraum seiner kleinen Behausung, legte eine Platte von den Grateful Dead auf und drehte die Lautstärke hoch. Das tat er nicht etwa, weil er so gern laute Musik gehört hätte, und auch nicht, um seine Nachbarn zu ärgern. Er tat es ausschließlich deshalb, weil er die Fernsehgeräusche von nebenan übertönen musste. Vanessas Mutter, Dona Carolina, sah sich von morgens bis abends Schund an. Und damit ihr, wenn sie etwa im Bad oder in der Küche war, auch ja keine Sekunde von »Die Sklavin Isaura« oder einer der anderen brasilianischen Telenovelas entging, die Portugal so emsig importierte, hatte sie es sich angewöhnt, das TV-Gerät konstant auf Brüllniveau eingestellt zu lassen.

Cristiano warf sich auf sein Sofa, das er nachts zum Bett umfunktionieren konnte. Er erschrak, als er hart landete. Tja, das war eben nicht »Elda«. Überhaupt war hier nichts wie bei Marisa. Seine Einzimmerwohnung war dunkel und muffig, mit Ramsch möbliert und noch dazu vollkommen verdreckt. In der Kochnische stapelten sich gebrauchte Tassen. Teller standen nur deswegen keine in dem altmodischen, steinernen Spülbecken, weil er es seit Wochen vermieden hatte, daheim zu essen. Wofür hatte man Freunde? Von seinem Platz auf dem unbequemen Sofa fiel sein Blick auf seinen Schreibtisch. Auch er quoll über vor unerledigter Arbeit. Die Bücher, die er sich im ersten

Moment der Euphorie ausgeliehen hatte, lagen ungelesen herum. Als er mit seinem Professor das Thema der Doktorarbeit besprochen hatte, war Cristiano noch voller Tatendrang gewesen. Jetzt erschien es ihm absurd, sich mit der »Applikabilität der Kybernetik in der Soziologie« beschäftigen zu sollen. Viel mehr interessierte ihn die Erfindung und Anwendbarkeit einer unfehlbaren Methode, Marisa zurückzugewinnen.

Vielleicht war er zu weit gegangen. Er als Soziologe – mit Psychologie im Nebenfach – hätte die Macht ihrer Bedürfnisse besser einschätzen können sollen. Er hätte erkennen müssen, dass sie sich nicht ohne weiteres von ihrem großbürgerlichen Gehabe lösen würde, dass ihr sozialer Hintergrund zu charakterbildend gewesen war. Aber, sagte er sich zu seiner eigenen Rechtfertigung, sie war es doch gewesen, die hatte wissen wollen, wie es bei normalen Leuten zugeht! Die ihre Herkunft verleugnet hatte, um sich in einem studentischen Milieu, das zunehmend von kommunistischen Tendenzen geprägt war, Anerkennung zu verschaffen. Nun, jetzt wusste sie es. Und er, Cristiano, wusste, dass diese Frau niemals Bescheidenheit erlernen würde. Sie würde ihre individuellen Wünsche immer über die Erfordernisse kollektiven Strebens stellen. Sie war schlicht und ergreifend eine verwöhnte Bürgerstochter.

Und er liebte sie dafür. Er fand es herrlich, mit welcher Inbrunst sie sich für flotte Autos und mondäne Skigebiete interessierte. Es gefiel ihm, dass sie ihren Geschmack – beim Essen, bei Klamotten, in der Kunst oder in der Musik – mit Überzeugung und Arroganz vertrat, als wäre es ihr niemals in den Sinn gekommen, andere Leute hätten ein Recht auf einen anderen Geschmack. Insgeheim beneidete Cristiano sie um diese Selbstsicherheit, wie sie nur Kinder reicher Leute entwickeln können. Und irgendwie hatte es ihm auch leidgetan, dass sie genau diese Überheblichkeit verborgen hatte, um sich ihm, einem armen Maurersohn, anzupassen. Tja, aber ihre Natur hatte sich schließ-

lich durchgesetzt. Cristiano wusste nicht, ob er Marisa dafür noch mehr lieben oder sie verabscheuen sollte – denn diese neue Selbstbehauptung beinhaltete leider, dass er an ihrem Leben nicht mehr würde teilhaben können.
Von nebenan hörte er in ohrenbetäubender Lautstärke die Beatles. »Abbey Road« war das derzeitige Lieblingsalbum der nervtötenden Vanessa. Dann brüllte ihr Vater etwas, daraufhin mischte Dona Carolina sich lautstark ein, der Fernseher wurde aufgedreht, und dann klopfte noch von oben jemand mit dem Besenstiel auf den Boden, als sei er, Cristiano, der Verursacher des ganzen Theaters. Es war nicht auszuhalten. Cristiano beschloss, doch noch auszugehen. Bei José könnte er um diese Zeit aufkreuzen, ohne sich unbequemen Fragen auszusetzen – und bei dem würde er auch was zu trinken kriegen. Lieber hörte er sich Josés klassenkämpferisches Geschwafel an als das Gezeter seiner Nachbarn.
Cristiano betrachtete sich kurz in dem halb blinden Spiegel über dem Waschbecken und stellte deprimiert fest, dass seine Augen aussahen wie die von Paul McCartney, auf den nur naive kleine Mädchen standen, während alle vernünftigen Frauen, wenn schon auf einen Beatle, dann auf John Lennon flogen. Er entschied, heute seine runde Nickelbrille aufzusetzen. Nicht unbedingt, um Lennon ähnlicher zu sehen, sondern vielmehr, um José davon zu überzeugen, heute Nacht seine Biervorräte mit ihm zu teilen. Beinahe lautlos schloss er die Wohnungstür hinter sich. Diesmal war die Vorsicht überflüssig – die Familie Nogueira schrie sich noch immer an.

»Zum Wohl.«
»Auf unser Wiedersehen.«
»Das dritte.«
Sie stießen feierlich an und erzeugten mit den langstieligen Gläsern einen hellen Klang. Der Chablis schmeckte Marisa ausge-

zeichnet, viel besser als der billige, saure Landwein, den sie in den letzten beiden Jahren hatte trinken müssen. Ricardo dagegen war der Geschmack des Weines egal. Es hätte in diesem Moment auch Spiritus in den Gläsern sein können. Hauptsache, sie sassen hier zusammen in der samtigen Luft der Sommernacht, sahen einander über die flackernde Kerze hinweg in die Augen und genossen das romantische Rendezvous. Nachdem sie sich bereits zweimal in einfachen Lokalen getroffen hatten, war dies nun ihr erstes Treffen in eleganterem Rahmen. Und ihr vorerst letztes: Morgen musste Ricardo zurück nach Belo Horizonte.
Es war lange her, dass er sich in Gesellschaft einer Frau so wohl gefühlt hatte. Zuletzt war das bei Helen der Fall gewesen, in die er sich Hals über Kopf verliebt hatte, weil sie so unamerikanisch ausgesehen hatte. Sie stammte von mexikanischen Einwanderern ab, sah wunderhübsch aus mit ihrem Schmollmund sowie den riesigen dunklen Augen und war sehr temperamentvoll. So sehr, dass sie ihm eine Platzwunde an der Stirn zugefügt hatte, als sie in ihrer rasenden Eifersucht eine Nachttischlampe nach ihm geworfen hatte. Dabei war er ihr gar nicht untreu gewesen. Sie hatte ihm das nie geglaubt, und als er sich wenig später von ihr trennte, sah sie all ihre Verdächtigungen bestätigt.
Davor hatte er eine kurze Liaison mit einem Mädchen afroamerikanischer Abstammung gehabt, Joyce. Sie hatte ihn mit ihrer weichen Haut und der warmen Stimme an die Frauen in Angola erinnert, obwohl sie viel hellhäutiger als diese war und ihre Lippen und ihre Nase deutlich schmaler waren als bei den Afrikanerinnen. Sie war ausnehmend schön gewesen, mit ihren knapp 1,80 Metern ungefähr so gross wie er und obendrein klug. Sie hatte Medizin studiert, und ihr einziger Makel, der letztlich auch zur Trennung geführt hatte, war gewesen, dass sie in jeder unbedachten Geste, in jeder kritischen Bemerkung und in jedem fragenden Blick rassistische Gründe vermutet hatte. Irgendwann war es Ricardo zu aufreibend geworden, Joyce zu

erklären, dass er durchaus kein Rassist sei, nur weil seine Hautfarbe heller war als ihre, sondern dass er im Gegenteil die Vermutung hege, sie sei in Wahrheit die Rassistin.
Jetzt also saß er hier mit Marisa, mit der ihn allein aufgrund der Nationalität einiges verband – und von der ihn so unendlich viel mehr trennte. Seine lange Abwesenheit war noch das Geringste davon. Gegensätzlicher, dachte er, hätten sie beide kaum sein können: ihre offensichtlich linksliberale Gesinnung und seine grundkapitalistischen Erfolgsziele; ihr behütetes Aufwachsen in einem harmonischen Elternhaus und seine verkorkste Kindheit und Jugend; ihre schöngeistigen Interessen und seine Vorliebe für Technik und Naturwissenschaften – das alles passte nicht zusammen. Dennoch wurde Ricardo das Gefühl nicht los, dass alles sehr wohl zusammenpasste, sich perfekt zusammenfügen würde, sie sich ideal ergänzten. Wäre ihm nicht alles Übersinnliche und jede Schicksalsgläubigkeit fremd gewesen, hätte er wohl gedacht, dass Marisa für ihn vorherbestimmt war. So jedoch wusste er nur, dass er sich erneut in sie verliebt hatte.
Marisa betrachtete Ricardos Mienenspiel aufmerksam. Am liebsten hätte sie ihn gefragt: »Was denkst du gerade?« Aber sie wusste, dass es auf diese Frage keine ehrliche Antwort geben konnte, weil kein Mensch die unzähligen Gedankensplitter, die zu jedem Zeitpunkt in seinem Kopf herumschwirrten, beim Namen nennen konnte. Und das, was sie gern gehört hätte, würde Ricardo vermutlich ohnehin nicht so schnell über die Lippen kommen: dass er sie hinreißend fand, dass er seine Empfindungen für sie wiederentdeckt hatte, dass er damals lange gebraucht hatte, um über seine verletzten Gefühle hinwegzukommen, dass er ihr längst verziehen hatte und dass er sich wünschte, noch einmal von vorn anfangen zu können.
»Weißt du schon, was du nimmst?«, fragte er stattdessen.
»Ja, den gegrillten Wolfsbarsch. Und du?«
»Den nehme ich auch.« Es war eines der teuersten Gerichte auf

der Karte. Auf keinen Fall wollte Ricardo sich anmerken lassen, dass er aufs Geld achten musste. Arm war er zwar nicht, aber von seinem angestrebten Reichtum war er noch weit entfernt. Sein Projekt, das gut vorankam, verschlang astronomische Summen. Er hatte immer von einer schönen, asphaltierten Landebahn geträumt, aber deren Realisierung musste erst einmal warten. Die Rasenpiste tat es ja auch – und die allein war schon aufwendig gewesen.
»Du wirkst ein bisschen … bedrückt«, bemerkte Marisa.
»Es ist nichts. Ich habe nur ziemlichen Ärger mit einem verbohrten alten Mann, der meine Pläne sabotiert, aus schierer Starrsinnigkeit, wie es mir scheint.« Er hob sein Glas, sah sie darüber hinweg an und sagte: »Lass uns über etwas Schöneres reden. Über dich zum Beispiel.«
Marisa lächelte ihn schweigend an. Wie lange war es her, dass sie ein Kompliment gehört hatte? Es verlangte sie nach mehr, sie lechzte förmlich danach, mit Nettigkeiten überhäuft zu werden – aber *fishing for compliments* war ihrer nicht würdig. Das, hätte ihre Großmutter gesagt – die zwar des Englischen nicht mächtig war, aber sehr wohl das damit bezeichnete Verhalten kannte –, taten nur Mädchen, die es nötig hatten. Marisa vermisste ihre Großmutter plötzlich, ihre weisen Ratschläge. Was hätte die alte Dame ihr in einer Situation wie dieser empfohlen? Sich abwartend zu verhalten? Sich kühl zu geben? Durch Unnahbarkeit die Jagdinstinkte des Mannes zu wecken? Vielleicht wäre das gar nicht so dumm. Andererseits, fand Marisa, musste sie Ricardo schon von sich aus ein Stück entgegenkommen – ohne ein Signal ihrerseits, dass ihr Interesse an ihm keineswegs erloschen war, würde er nie aus sich herausgehen, würde sie nie mehr von ihm bekommen als ein Kompliment über ihr Aussehen.
»Ach, ich bin nicht gerade ein ergiebiges Thema«, antwortete sie nun. »Ich habe dir ja das meiste aus meinem unaufregenden Leben schon erzählt.«

»Das Spannendste hast du ausgelassen.«
»Als da wäre?« Sie ahnte, worauf er hinauswollte.
Und er wusste, dass sie es ahnte. Er nahm einen Schluck von seinem Wein und sah sie durchdringend an, ohne ein Wort zu sagen.
Marisa fühlte sich unter diesem Blick unbehaglich. Der Mann hatte die beunruhigende Fähigkeit, ihr den Eindruck zu vermitteln, er durchschaue sie genau. Sie hatte nicht vor, ihn glauben zu lassen, dass dem auch wirklich so sei.
»Ich fürchte, ich muss dich enttäuschen. Mit einem so abenteuerlichen Werdegang wie du kann ich nicht aufwarten. Aber erzähl, wie ist das mit diesem Alten, mit dem du dich herumschlägst? Eine alte Familienfehde? Ah, ich liebe solche Geschichten!« *Obrigada, avó – danke, Oma*. Das, so hatte ihre Großmutter sie gelehrt, war auch so etwas, womit die Männer sich in null Komma nichts um den Finger wickeln ließen: Man brauchte ihnen nur ein paar alberne Fragen über ihre persönlichen Belange zu stellen. Es gab keinen Mann, der nicht gern über sich selbst redete.
»Warum lenkst du ab?«
»Tue ich doch gar nicht.«
Ricardo gab sich einen Ruck. Es brachte ja nichts, andauernd um den heißen Brei herumzureden. »Ich hatte gehofft, von dir zu erfahren, was aus dieser Hochzeit geworden ist, vor der du noch schnell einen Jungen vom Land vernaschen musstest.«
Oh! Marisa erschrak. So direkt hätte er nicht werden müssen, nicht jetzt, wo sie so schön zusammensaßen und gerade ein vielversprechender Flirt aufkeimte. So ein zartes Pflänzchen musste man mit großem Fingerspitzengefühl behandeln. Er aber trampelte rücksichtslos darauf herum. Na schön, er wollte es ja nicht anders. »Hältst du dich dafür? Für einen armen, willenlosen, dummen Jungen vom Land? Wenn meine Erinnerung mich nicht sehr täuscht, warst du das schon damals nicht. Außerdem

finde ich die Frage berechtigt, wer denn da wen vernascht hat? Man könnte es ja auch so sehen, dass ein verwilderter Wüstling die romantisch verklärte Laune eines naiven Mädchens schamlos ausgenutzt hat, oder nicht? Um sie dann, nachdem er hatte, was er wollte, mit verschmutzten Kleidern wie einen Sack Müll vor ihrer Bleibe abzuladen.«
Ricardo versuchte sie nicht spüren zu lassen, wie sehr ihn diese bewusst verzerrte Interpretation verletzte. »Nun hast du mir aber noch immer nicht gesagt, was aus der Hochzeit geworden ist.«
»Was wohl? Nachdem das arme geschändete Mädchen zurück in die Stadt kam, wollte ihr Bräutigam nichts mehr von ihr wissen.« Sie sah ihn herausfordernd an.
Ricardo hob eine Augenbraue und erwiderte ihren Blick mit Spott. »Siehst du dich denn so? Als armes geschändetes Mädchen?«
»Nein.«
»Und dein Verlobter hat es auch nicht getan, nicht wahr? Du hast ihn zum Teufel geschickt.«
»Ja.«
Ricardo fand das sehr ermutigend. Und ziemlich komisch. Er grinste, zurückhaltend erst, dann immer breiter. »Du hast die Hochzeit platzen lassen?«, fragte er.
»Drei Wochen vorher. Die Einladungen waren alle schon verschickt.« Marisa kicherte.
»Mein Kleid war praktisch fertig.« Sie lachte etwas beherzter.
»Das Menü war bereits zusammengestellt.«
Jetzt konnte sie sich kaum noch halten vor Lachen.
»Die Flitterwochen schon geplant?«
Sie nickte. Tränen traten ihr in die Augen, und sie schniefte. Plötzlich wusste Ricardo nicht mehr, ob sie vor Lachen oder aus Hysterie oder aus Verzweiflung weinen musste. Es machte ihn fertig, Frauen weinen zu sehen.

»Nun sieh mich nicht so mitleidig an. Ich heule nicht, ich lache.«
»War es denn zum Lachen?«
»Eigentlich nicht. Für Sérgio bestimmt nicht – so hieß mein Verlobter. Aber ich bin froh, dass ich die Hochzeit abgeblasen habe. Es wäre nicht gut gegangen mit uns.« Nach einer kurzen Pause und einem Blick in sein nachdenkliches Gesicht fügte sie hinzu: »Du brauchst Sérgio nicht zu bedauern. Er scheint es nicht sehr tragisch genommen zu haben. Ein halbes Jahr später hat er eine andere geehelicht, weitere sechs Monate später kam ihr erstes Kind zur Welt. Inzwischen haben sie drei.«
»Und du? Hast du danach niemanden mehr getroffen, den du heiraten wolltest?«
»Nein. Ich halte nichts von der Ehe. Institutionalisierte Liebe – das ist doch was für Spießer.«
Ricardo sah das inzwischen anders. Er hatte eine unverheiratete Mutter und eine Großmutter, die den größten Teil ihres Lebens getrennt von ihrem Mann verbracht hatte. Er war aufgewachsen bei seiner anderen Großmutter, die früh Witwe geworden war, und bei Octávia und Inácio, deren Beziehung genau jenem Lebensmodell entsprach, das Marisa anscheinend vor Augen hatte, wenn sie die Ehe so verdammte. Aber bei Jack und Elsa hatte er erlebt, wie eine intakte Ehe auch aussehen konnte. Die beiden waren alles andere als Spießer. Er hatte sie um ihre Freundschaft, Liebe, Vertrautheit und gleichberechtigte Partnerschaft beneidet.
»Würdest du nein sagen, wenn ich dich jetzt, hier und auf Knien bitten würde, meine Frau zu werden?«
Marisa verschluckte sich fast an ihrem Wein. »Bitte?!«
»Du hast mich schon verstanden.«
»Und du hast schon einen sitzen.«
Gut möglich, dachte Ricardo. Er trank selten Alkohol. Er war in einer merkwürdig gehobenen, aber auch aufsässigen Stimmung.

Eigentlich hatte er Marisa nur provozieren wollen. Frauen wie sie sagten so ein feministisches Zeug daher, aber in Wahrheit wollten sie doch nichts anderes, als dass ein siegreicher Held sie mit großem Brimborium eroberte und zum Altar führte. »Also was ist: Würdest du?«
»Nein sagen?« Sie zuckte mit den Schultern. »Probier es doch aus.«
Ach du liebe Güte, wo hatte er sich da nun wieder hineinmanövriert? Und das, noch bevor der Hauptgang aufgetragen und die erste Flasche Wein geleert war.
»Ach Quatsch, Heiraten ist schließlich was für Spießer.« Er nahm einen weiteren Schluck aus seinem Glas, obwohl er genau wusste, dass das seinem klaren Denkvermögen in diesem Augenblick nicht gerade zuträglich war. »Im Übrigen pflege ich mich nie für aussichtslose Unternehmungen ins Zeug zu legen.«
Bildete er sich das ein oder sah Marisa wirklich ein wenig enttäuscht aus? Ha, es war genau so, wie er es sich gedacht hatte: Sie hatte insgeheim darauf gehofft, dass er sie fragte.
»Feigling«, sagte sie nun mit einem arroganten Lächeln. Doch in ihrer Stimme lag Zärtlichkeit.
»Das nennt man Klugheit. Von Mutproben halte ich nichts. Meine letzte habe ich im Alter von sieben hinter mich gebracht – erfolgreich, versteht sich.«
»Klar. Da musstest du wahrscheinlich auch nur Messwein aus der Sakristei klauen.«
Er lachte laut heraus, denn genau darin hatte die dämliche Mutprobe bestanden. Hinterher hatten er, Joaquim und Manuel noch stundenlang gekotzt, weil ihnen der süße Wein überhaupt nicht bekommen war.
»Ich war sechs, als ich Messwein klauen sollte. Und Hostien habe ich auch noch mitgebracht.«
»Na ja, Mädchen haben es leichter, unartig zu sein, weil man es von ihnen weniger erwartet.«

»Du willst mich doch nicht allen Ernstes als unartig bezeichnen?«, fragte sie ihn mit kokettem Augenaufschlag.
Ricardo wurde es bei dem Gedanken an einen ziemlich unartigen Abend auf der Ladefläche eines Pick-ups vor fast sechs Jahren ganz anders. Ihm war auf einmal sehr heiß. Er lockerte seine Krawatte und knöpfte den obersten Hemdknopf auf. »Nehmen wir noch eine Flasche von dem Chablis?«

Es war keine gute Entscheidung gewesen, zu José zu gehen. Anstatt bei dem Freund, wie erhofft, Ablenkung von seinem Liebeskummer zu finden, hatte Cristiano dort das genaue Gegenteil erlebt. José hatte ihm erzählt, dass er Marisa mit einem Unbekannten auf der Terrasse eines Restaurants gesehen hatte, eines Lokals, das für die Qualität seines Essens ebenso berühmt war wie für die hohen Preise.
»Sie hat sich nicht einmal die Mühe gegeben, so zu tun, als schäme sie sich für diesen Verrat. Sie hat mir sogar zugewinkt aus diesem Bonzenschuppen! Wie findest du das?«
Cristiano fand das gar nicht mal schlecht, bewies es doch, dass Marisa zu ihrem alten Ich zurückgefunden hatte. Er würde sich allerdings hüten, dies zu äußern. Viel mehr brannte er außerdem darauf, Näheres über diesen Kerl zu erfahren. »Wie sah er aus? Was hattest du für einen Eindruck? Ist er nur ... ein x-beliebiger Freund? Oder wirkten sie mehr wie ...«
»Ein Liebespaar? Weiß nicht. Ja, kann sein. Der Typ hat ihre Hand gehalten. Und ihre Köpfe steckten ziemlich nah beieinander.«
Cristiano hatte das Gefühl, seine Eingeweide würden alle ein Stück nach unten rutschen. Er hatte nicht gewusst, dass Eifersucht sich auf so physische Weise manifestieren konnte. Und das bei ihm, der sich gern für offene Beziehungen und Sex ohne Besitzansprüche starkmachte. Trotzdem konnte er gar nicht genug über den Rivalen erfahren.

»Wie sieht er denn nun aus? Alt, jung, groß, klein, dick, dünn?«
»Keine Ahnung, Mann. Sie saßen ja. Jung, würde ich sagen, also so in unserem Alter etwa. Dunkelhaarig. Nicht besonders gut aussehend. Aber reich. Reich sah er aus. Wie so ein scheißamerikanischer Tourist.«
Cristiano stöhnte innerlich auf. Ein Portugiese als Widersacher wäre ihm lieber gewesen. Und ein Mann aus seinen Verhältnissen ebenfalls. Aber ein reicher Ami? Das war so ziemlich das Einzige, womit er seiner Meinung nach nicht konkurrieren konnte. Cristiano stand auf und holte sich eine Flasche Bier aus Josés Kühlschrank, ohne dem Freund eine mitzubringen.
Um halb vier Uhr morgens kam er nach Hause, sturzbetrunken und noch unglücklicher als zuvor. Im Treppenhaus roch es nach Dona Carolinas *açorda de marisco*. Cristiano glaubte, sich übergeben zu müssen. In seiner Wohnung verflog die Übelkeit schnell wieder. Er machte sich nicht die Mühe, sein Sofa zum Bett umzubauen. Er warf sich in voller Montur darauf und fiel kurz danach in einen tiefen, traumlosen Schlummer. In den wenigen Sekunden, die er zwischen Wach- und Schlafzustand verbrachte, glaubte er noch von nebenan die Beatles zu hören, die leise den Verlust von »Yesterday« beklagten.

50

Einunddreißig Jahre. Würde sie ihn überhaupt noch wiedererkennen? Und er sie? Worüber sollten sie reden? Wie sollte sie seiner Frau gegenübertreten? Wie würde João Carlos mit der Situation umgehen? Würde ihm dieses Treffen, bei dem alle außer ihm über fünfzig waren, nicht den Altersunterschied allzu deutlich spüren lassen? Was sollte sie anziehen? Herrje, es war eine Schnapsidee! Es hatte sich zu viel geändert in einunddreißig Jahren. Sie waren nicht mehr dieselben. Und es gab nichts, was sie noch verband. Außer einem Sohn.

Als Laura den Brief von Jack erhalten hatte, in dem er seinen und Elsas Besuch in Lissabon ankündigte, war sie im ersten Moment froh und aufgeregt und überwältigt gewesen von der Aussicht, den Mann wiederzusehen, den sie jahrelang – bevor sie João Carlos begegnet war – für die große Liebe ihres Lebens gehalten hatte. Das war ein paar Wochen her. Jetzt war Laura sich gar nicht mehr sicher, ob dieser Besuch klug war. *Wir machen eine große Europa-Reise: Portugal, Spanien, Frankreich, Italien, Schweiz, Deutschland. Von da fliegen wir nach Israel, dort besuchen wir meine Schwester und Verwandte von Elsa.* Nur einige Tage würden sie in Lissabon bleiben können, schrieb er, dann Ricardo im Alentejo besuchen. Er hoffe, sie sei in der fraglichen Zeit in der Stadt und habe Lust, etwas mit ihm und Elsa zu unternehmen. Er freue sich sehr darauf, sie nach so langer Zeit wiedersehen zu können.

Das, dachte Laura, hätte er auch jeder entfernten Bekannten schreiben können. Aber gut, mehr waren sie ja eigentlich nicht mehr. Seit zwanzig Jahren bekam sie jedes Jahr eine Postkarte von ihm – wie praktisch, dass ihr Geburtstag auf Weihnachten fiel, da brauchte er nicht zweimal im Jahr einen Gruß zu schicken. Ebenso lange hatte sie ihm nichtssagende Karten geschrieben. Sie kannte Jack gar nicht mehr. Und was er über sie wusste, konnte nur das sein, was ihm Ricardo erzählt hatte. Angesichts der unterentwickelten Auskunftsfreude ihres Sohnes gab das Laura Anlass zu der Hoffnung, dass Jack überhaupt nichts über sie wusste.

João Carlos hingegen schien sich vorbehaltlos auf den anstehenden Besuch zu freuen. »Jack Waizman! Phantastisch! Und diese Geschichte, du und er, anno 1940 in Lissabon – einfach unglaublich. Dann das große Wiedersehen, mehr als dreißig Jahre später. Wenn ich Schriftsteller wäre, würde ich diesen Stoff zu einem Roman verarbeiten.«

Laura reagierte darauf äußerst ungehalten. »Weißt du, ich habe nicht die geringste Lust, dass du diesen Besuch mit dem Blick eines Forschers betrachtest, der unter der Lupe kopulierende Ameisen studiert oder so. Es ist kein Film. Und kein Roman. Und wir sind nicht irgendwelche alten Leute, die aberwitzige Geschichten erlebt haben, die dir und deiner Generation eine Ewigkeit entfernt scheinen. Das ist echt, João Carlos Carneiro. Und ich will es mir nicht von deiner hollywoodverdorbenen Sichtweise kaputtmachen lassen. Ich glaube deshalb, dass es besser ist, wenn Jack und ich uns erst einmal unter vier Augen sehen.«

»Natürlich, Schatz. Das glaube ich auch.«

So etwas tat er andauernd. Ihr den Wind aus den Segeln nehmen. Dafür liebte sie ihn – auch wenn sie es ihn in diesem Moment auf keinen Fall spüren lassen wollte.

»Wenn du wenigstens den Anstand hättest, so zu tun, als wärst du nur ein klitzekleines bisschen eifersüchtig auf diesen Verflossenen, der da plötzlich wie aus dem Nichts auftaucht, der noch dazu der Vater meines ...«

»Ich vergehe vor Eifersucht, *amor*. Und jetzt komm wieder ins Bett.« João Carlos packte Lauras Hand und zog sie zu sich hinab auf die weißen Laken, die zerwühlt waren und die nur seine Schienbeine bedeckten.

Auch das gefiel ihr an ihm. Er war vollkommen frei von falscher Scham und Prüderie, er kannte die Frauen, und er war jung genug, um weder Erektionsstörungen noch auch nur die Angst davor, die beinahe noch lähmender war, zu kennen. Er hatte einen wunderbaren Körper und wusste ihn gut einzusetzen. Und er hatte einen schönen Geist, den er ebenfalls gut und gezielt zu gebrauchen wusste. Manchmal brachte er sie allein durch die Dinge, die er sagte, in Wallung. Er war der beste Liebhaber, den sie je gehabt hatte.

Was er umgekehrt an ihr finden mochte, die dreizehn Jahre älter war als er, wusste sie nicht so genau. Sie wurde aber den Verdacht nicht los, dass, wenn sie erst mit Jack über alte Zeiten sprach, João Carlos sie mit anderen Augen sehen würde. Sie wäre dann nicht mehr die gut aussehende, moderne, aufgeschlossene, unabhängige *junge* Frau für ihn, sofern sie das je gewesen war – sondern er würde sie plötzlich als jemanden sehen, der Ähnliches erlebt hatte wie seine Eltern. Jesus Christus! Das fehlte gerade noch, dass er in ihr mütterliche Qualitäten entdeckte. Es war schon schlimm genug gewesen, dass er ihrem allzu erwachsenen Sohn begegnet war.

Laura schmiegte sich an João Carlos und malte sich aus, wie es wäre, dreißig Jahre später zur Welt gekommen zu sein. Dann wäre sie jetzt Mitte zwanzig, hätte ihr ganzes Leben noch vor sich und wäre in jeder Hinsicht, insbesondere in sexueller, freier, als es die Frauen ihrer Generation je hatten sein dürfen. Die Pille hatte den Frauen Freiheit geschenkt. Ein Medikament, ein blödes Hormonpräparat, dachte Laura, hatte mit der jahrtausendealten Unterwerfung aufgeräumt. Kurz fragte sie sich, was das langfristig für Auswirkungen auf die fragilen Seelen der Männer haben mochte. Es würde ihnen nicht gefallen, dass die Frauen ab sofort schon vor der Ehe reichlich Erfahrungen sammeln und Vergleiche anstellen konnten, ohne dass jedes Mal das Damoklesschwert einer unerwünschten Schwangerschaft über ihnen hing.

Eines Tages wären die Frauen so gleichberechtigt, dass sie sich jüngere Liebhaber nehmen durften, ohne dafür schief angesehen zu werden – oder sogar solche, die einen niedrigeren sozialen Status hatten als sie selber. Bislang war es doch so, dass sich an einem erfolgreichen Mann, der sich mit seiner Sekretärin paarte, kein Mensch störte, während man bei einer erfolgreichen Frau, die etwas mit dem Gärtner hatte, gleich unkte, sie würde sich an einen Habenichts »wegwerfen«. Was für eine himmelschreiende Ungerechtigkeit! Aber eines Tages, eines fernen Tages vermutlich, wären auch die Frauen frei. Es würde schätzungsweise länger dauern, als die Diktatur in Portugal noch Bestand hatte.

Immerhin durfte man heute schon mehr oder minder ungestraft in der Öffentlichkeit auf die Freiheit anstoßen. Vor genau zehn Jahren, 1961, waren zwei portugiesische Studenten, die genau das in einem Lissabonner Restaurant getan hatten, zu einer siebenjährigen Gefängnisstrafe verurteilt worden. Aus diesem furchtbaren Vorfall, der in Europa für Aufsehen gesorgt hatte, war »Amnesty International« entstanden. Ein Engländer hatte sich mehr für die demokratischen Rechte der inhaftierten Studenten eingesetzt als irgendein Portugiese. Bald, davon war Laura überzeugt, wäre auch der Estado Novo, ihr seit nunmehr fast vierzig Jahren bestehendes totalitäres Regime, Geschichte. Die Zeichen für ein Umdenken in weiten Teilen der Bevölkerung mehrten sich. Sie würden alle gemeinsam auf die Freiheit anstoßen und wie aus einer Kehle »Liberdade já!« rufen – das ganze Land konnte man ja schlecht verhaften.

»Was ist mit dir?«, hörte sie João Carlos flüstern.

»Ich wäre gern dreißig Jahre jünger«, platzte sie heraus, ohne nachzudenken.

»Du gefällst mir so, wie du bist. Wer will schon ein dummes, unerfahrenes Mädchen, das sich ziert und geniert?«
Ah, er verstand gar nichts! Ihre paar Falten waren ihr relativ gleichgültig, und eigentlich war es auch ein Segen, dass die monatliche Erinnerung an die reproduktive Funktion ihres Körpers endlich aufgehört hatte. Ihr Haar färbte sie, ihre Figur war dank täglicher Gymnastik schlank und geschmeidig, und sie war wesentlich ausgeglichener als in jüngeren Jahren. Das mochte natürlich auch an den Zärtlichkeiten liegen, die João Carlos ihr genau in diesem Augenblick wieder schenkte. Laura schloss die Augen und gab sich seinen Liebkosungen mit Wonne hin.

Hinterher war man immer schlauer.
Hätte sie vorher gewusst, wie das Wiedersehen mit Jakob, mit *Jack*, korrigierte sie sich, verlaufen würde, hätte Laura es wahrscheinlich gar nicht erst stattfinden lassen. Sie hätte sich dann wenigstens noch die Erinnerung an einen jungen, frechen, furchtlosen, klugen und sinnlichen Mann bewahren können, der sich anschickte, die Welt zu erobern. So aber überdeckte die Gegenwart dieses schöne Bild, das sie sich bewahrt hatte. Ein alter Mann stand ihr gegenüber. Ein unansehnlicher Kauz mit Halbglatze, einem zu großen falschen Gebiss und einem zu breiten falschen Lächeln. Begleitet wurde er von Elsa, einer alten Frau im Rollstuhl, die verbittert aussah und sich nicht einmal die Mühe machte, ihr Haar zu färben. Sie konnte nicht viel älter sein als sie selber, aber man hätte sie für ihre Mutter halten können. Nein, nicht einmal das, dachte Laura, dafür war sie viel zu hässlich.
Die Begrüßungszeremonie auf dem Flughafen verlief äußerst angespannt, und diese merkwürdige Stimmung legte sich auch nicht im weiteren Verlauf des Tages. Sie standen alle unter Schock. Laura tat es, weil Jack in den »freien« USA offensichtlich nicht all das gefunden hatte, was er dort zu finden gehofft

hatte – er hatte sich, wie sich einige Tage später herausstellte, von der McCarthy-Hatz auf Kommunisten und Leute, die sich vermeintlich »unamerikanischen Umtrieben« verschrieben hatten, nie wieder erholt, wenngleich sein beruflicher Erfolg nach dieser schlimmen Ära wieder einsetzte. Elsa war schockiert, weil Laura eine so attraktive Frau war – sie hatte Fotos von ihr als junger Frau gesehen, aber dass sie auch im reiferen Alter noch eine solche Schönheit war, verstörte sie regelrecht. Und Jack traf es wie ein elektrischer Schlag, als sie mit dem Taxi durch die Stadt fuhren und er sah, dass sich Lissabon, zumindest in der Innenstadt, kaum verändert hatte. Die Erinnerungen brachen mit einer derartigen Wucht über ihn herein, dass seine Augen feucht wurden.

Mit dem Gespräch unter vier Augen wurde es nichts. Elsa war immer dabei. Und es machte Laura auch nicht viel aus – den Jakob, mit dem sie vielleicht in alten Zeiten hätte schwelgen können, gab es ohnehin nicht mehr. Es war Laura vor João Carlos ein bisschen peinlich, dass dieser Fremde einmal ihr Geliebter gewesen war.

Doch João Carlos fand die Gesellschaft anscheinend vergnüglich. Beim Essen, zu dem sie die Eheleute Waizman eingeladen hatten, fiel er mit Fragen über sie her, die dank ihrer vorgeblichen Naivität die angespannte Situation entschärften. Laura wusste, dass João Carlos sich dümmer stellte, als er war, und sie wusste auch, dass er es ihr zuliebe tat: Er wollte keine bedrückende Stille aufkommen lassen, und er war der einzige Anwesende, den die Vergangenheit so wenig belastete, dass er Fragen stellen konnte, die bei jedem anderen als ungehörig empfunden worden wären. In welcher Sprache sie sich zu Hause unterhielten, begehrte João Carlos etwa von den Gästen zu wissen. Eine berechtigte Frage – Jacks Portugiesisch hatte einen amerikanischen und sein Englisch einen deutschen Akzent. Und das Deutsche, seine Muttersprache, hatte er wahrscheinlich kom-

plett vergessen. »Ein Mischmasch aus Englisch und Deutsch«, antwortete Jack, woraufhin João Carlos weiterbohrte, wie es denn sei, nicht einmal mehr in der Sprache eine echte Heimat zu haben.
»Wir haben in uns eine Heimat«, sagte Elsa.
Laura hätte sie für ihren salbungsvollen Ton erschießen können. Sie stand auf, um in der Küche nach dem Essen zu sehen, obwohl es da nicht viel zu überprüfen gab. Als sie sich gesammelt hatte und sich wieder an den Tisch setzte, drehte sich das Gespräch um die Reiseroute der Waizmans.
»Am Mittwoch wollen wir dann zu Jacks Sohn fahren«, hörte sie Elsa gerade sagen. Lauras Mordlust wuchs. Wollte diese vertrocknete, unfruchtbare Person sie, die Mutter von *Jacks Sohn*, zu einer Legehenne herabwürdigen?
»Welchen seiner Söhne meinen Sie denn?«, fragte sie und fand eine ungeheure Befriedigung darin, dass Elsa für einen Augenblick blass wurde.
»Rick hat uns von seiner Flugschule erzählt«, mischte sich nun Jack ein, und Laura fand es abscheulich, dass er Ricardo »Rick« nannte. Das war ja noch schlimmer als »Jack«. »Scheint ja ganz gut zu laufen«, fuhr er fort. »Sind Sie«, fragte er João Carlos, »schon einmal mit ihm geflogen? Er ist ein echtes Ass.«
»Nein, das Vergnügen hatte ich leider noch nicht.«
»Und du, Laura? Bist du mal mit ihm geflogen? Hat er auch diesen schrecklichen *stall* mit dir durchgeführt? Also, ich sage dir, ich bin tausend Tode gestorben! Rick hat mich hinterher dafür ausgelacht, und ich war so froh, dass ich es überlebt hatte, dass ich ebenfalls laut gelacht habe.«
»*Ricardo*«, sagte Laura mit überdeutlicher Betonung, »würde sich mit seiner Mutter solche makabren Späße nicht erlauben.« Das entsprach zwar der Wahrheit, doch es sagte nichts darüber aus, *warum* er es nicht tat. Laura war insgeheim beleidigt, dass

Ricardo mit Jack geflogen war, sie aber nie dazu eingeladen hatte. Nun ja, vermutlich wäre sie eh nicht in so eine klapprige Maschine eingestiegen – sie hatte auch in größeren Flugzeugen Angst vor dem Fliegen.
»Ich finde es jedenfalls großartig«, sagte Jack in seinem aufgesetzt munteren Ton, »dass du ihm damals die Reise in die USA ermöglicht hast.«
»Oh, aber ... das habe ich nicht. Obwohl ich es ihm weiß Gott oft genug angeboten habe. Ich dachte immer, du hättest ihn eingeladen und wärst für die Reisekosten und die Ausbildung aufgekommen.«
Ein paar Sekunden starrten sie einander ratlos an.
Dann polterte Jack in seiner pseudo-optimistischen Art weiter: »Na, vielleicht hat er noch einen alten Laura Lisboa gehabt und verkauft.«
»Einen *alten Lisboa*? Solche Schätze lässt man ja üblicherweise nicht auf dem Dachboden verstauben.« João Carlos wirkte leicht indigniert.
Jack sah Laura traurig an. Er begriff, dass sie auch ihrem derzeitigen Partner nicht verraten hatte, wer hinter Laura Lisboa steckte.
»Was ist mit ihr passiert?«, fragte Jack.
»Sie ist gestorben.«
»Oh, das tut mir leid. Wann war das?«
»Ach, schon vor Jahren. Bald nach Felipes Verhaftung. Es war, als wären keine Farben mehr in ihr.«
»Und, äh, hat die Öffentlichkeit nach ihrem Tod die wahre Identität der Künstlerin erfahren?«
»Nein, sie wurde in aller Stille beigesetzt. Es waren nur der Galerist und ich dabei.«
»Du hast mir nie erzählt, dass du Laura Lisboa kanntest«, beschwerte sich João Carlos. »Sehr gut kanntest, wie es scheint. Du musst mir bei Gelegenheit unbedingt mehr von ihr erzäh-

len – ich bewundere ihre Werke. Hast du noch alte Arbeiten von ihr? Sie müssen ein Vermögen wert sein.«

Elsa, die die ganze Zeit über geschwiegen hatte, sah João Carlos aus ihrem Rollstuhl heraus mitleidig an.

»Ja«, erwiderte Laura, »sie war eine alte Freundin. Deshalb kann es in der Tat gut möglich sein, dass Ricardo die eine oder andere Arbeit von ihr hatte oder hat. Sie hat ihn früher oft gezeichnet.«

»Jacks Sohn«, richtete sich nun Elsa an João Carlos, »war ein entzückendes Kind. Ich habe Fotos gesehen. Er war sicher ein sehr gutes Modell.«

»Ich habe ihn *in natura* gesehen, und ich darf Ihnen ausnahmsweise recht geben – Ricardo war ein bezauberndes Kind.« Laura war fassungslos über die Dreistigkeit dieser Frau. Glaubte sie etwa, dass Ricardo irgendwie weniger Lauras und mehr zu ihrem eigenen Spross würde, wenn sie ihn so impertinent »Jacks Sohn« nannte? Laura war heilfroh, dass sie eine Zusammenführung von Vater und Sohn in Ricardos Kindheit immer hatte verhindern können. Er hatte schon zur falschen Frau »Oma« gesagt. Die Vorstellung, dass er auch noch die falsche Frau »mãe« genannt hätte, ließ sie vor Wut zittern.

João Carlos legte den Arm um Lauras Schultern. »Also ich finde«, sagte er, mehr in ihr Ohr als in die Runde, »dass dein Sohn auch als Erwachsener ziemlich gut aussieht.« Instinktiv hatte er die feindseligen Schwingungen zwischen den beiden Frauen erfasst. Laura liebte ihn in diesem Moment mehr als je zuvor. Welcher Mann war schon in der Lage, sich in solches Gezicke hineinzuversetzen?

»Muss er von mir haben«, grinste Jack, und ganz kurz blitzte da ein wenig von dem alten Jakob durch.

»Klar«, dabei zwinkerte Laura ihm zu, »von wem sonst?«

Damit war das Eis gebrochen, und der weitere Verlauf des Abends blieb frei von solchen atmosphärischen Störungen. Jack

und Elsa erzählten, wie schwierig es war, mit Rollstuhl zu reisen, und dass gerade Lissabon trotz der vielen steilen Gassen vergleichsweise einfach zu bewältigen sei, dank seiner Aufzüge, die einen von der Unter- in die Oberstadt beförderten. Sie berichteten aufgeregt von ihren Plänen, was sie alles besichtigen und wen sie alles besuchen wollten. Sie freuten sich wie Kinder auf die Aussicht, bald in Rom zu sein, das sie beide nicht kannten, und sie löcherten Laura mit Fragen zu der Stadt, ihren Bewohnern sowie guten Adressen. Leider, antwortete diese, sei sie keine große Hilfe – es war eine Ewigkeit her, dass sie zuletzt nach Rom gereist sei. João Carlos konnte etwas mehr zu Italien und auch zu Spanien beitragen, und es entspann sich ein anregendes Gespräch über die Entwicklung Europas, die Wirtschaftsgemeinschaft und die kulturelle Vielfalt auf so begrenztem Raum.
Es wurde noch ein schöner Abend. Dennoch hörten Laura und Elsa nie auf, einander misstrauisch zu beäugen, auch nicht, als João Carlos und Jack längst Brüderschaft getrunken hatten. Als die Gäste gingen, nachts um eins, legte sich auf Lauras und João Carlos' feuchtfröhliche Gemütsverfassung eine sonderbare Katerstimmung, wie ein feuchter Nebel, der das Licht verschwimmen lässt. Mit den Waizmans war auch der Anlass für das Besäufnis verschwunden, und zurück blieb nur die Frage, wieso man mit diesen Leuten Vertrautheit gespielt hatte. Die große Ernüchterung.
João Carlos wirkte wie jemand, der gerade aus dem Kino kam, wo er die Verfilmung seines Lieblingsbuchs gesehen hatte – in der die Figuren, die er während der Lektüre ins Herz geschlossen hatte, miserabel besetzt worden waren.
Und genau wie jemand, der sich über einen Film und seine Darsteller aufregt, hatte auch Laura das Bedürfnis, den Abend auseinanderzupflücken. Aber sie kam nicht weit.
»Diese Elsa hatte ich mir anders vorgestellt«, begann sie. Sie

hätte in ihrer aktuellen Laune stundenlang über diese Person herziehen können. João Carlos war der ideale Lästerpartner, und sie hoffte, dass er den nächsten Schritt in diese Richtung tat. Das Gegenteil traf ein.
»Sei ein bisschen großzügiger. Sie stirbt. Sie will noch einmal alle ihre Verwandten und Beinahe-Verwandten sehen, bevor sie sich in Frieden – und in dem Wissen, dass alles Leben weitergeht – verabschieden kann.«
Laura sah ihn ungläubig an. Himmel noch mal, wie konnte ein junger Mensch von einundvierzig Jahren so weise sein? So verdammt gütig? Und dazu so sexy? Ihr war ein wenig schwindelig. Sie war ziemlich betrunken. Und sie hatte auf einmal nicht mehr die geringste Lust, über eine todkranke Frau zu reden.
»Komm her, du Heiliger – und mach ein paar ganz unheilige Sachen mit mir.«

51

Marisa saß mit angezogenen Beinen in ihrem »Elda«-Sessel und sah fern. Es lief eine uralte Folge von *Flammen der Leidenschaft*, einer Miniserie, die sie schon bei ihrer Erstausstrahlung als unzumutbar empfunden hatte – und da war sie gerade zwanzig und nicht eben kritisch gewesen. Jetzt kam ihr die Sendung noch idiotischer vor, und nur der wirklich sensationell hübsche, mittlerweile in Vergessenheit geratene Schauspieler Ronaldo Silva machte das Ganze erträglich. Marisa meinte sich vage entsinnen zu können, dass es um diesen Schönling vor ein paar Jahren einen Skandal gegeben hatte, woraufhin er unter mysteriösen Umständen aus Portugal verschwunden war. Ach, war ja auch schnuppe, ob der Typ schwul war oder nicht – solange er in *Flammen der Leidenschaft* gut aussah.
Auf einem Tischchen standen Ritz-Cracker, Schokobohnen und Coca-Cola. Marisa griff blind in die Schachtel mit den Crackern und schob sich mehrere auf einmal in den Mund, ohne den Blick von dem Fernsehgerät abzuwenden. Gleich musste die Szene kommen, in der der Held – der schmucke Ronaldo – seine Angebetete vom Altar weg aus den Klauen eines widerwärtigen Lustmolchs raubte. Herrlich! Warum passierte so etwas nie im wahren Leben? Weil, rief sie sich zur Vernunft, keine normale Frau in die Verlegenheit kam, von ihrem Vater um der Politik willen an einen widerwärtigen Lustmolch verschachert zu werden. So etwas kam nur in Königshäusern vor, oder besser: war vorgekommen. Marisa bezweifelte, dass die Prinzessinnen von heute das mit sich machen ließen.
Und wo kein Unhold war, bedurfte es auch keiner Rettung, so einfach war das. Die potenziellen Helden hatten heutzutage keine Gelegenheit mehr, ihre Kühnheit mannhaft unter Beweis

zu stellen. Marisa griff zu den Schokobohnen und kaute gedankenverloren darauf herum, als das Telefon klingelte.

Mitten in der dramatischsten Szene! Pah, sollte es doch weiter klingeln. Marisa mochte nicht abnehmen. Erstens stand der Apparat zu weit weg, sie hätte sich also aus ihrem gemütlichen Sessel hochrappeln müssen, und zweitens war sowieso bestimmt nur wieder Cristiano dran. Wie konnte man bloß so wenig Stolz haben? Er terrorisierte sie seit Monaten mit Anrufen, lauerte ihr vor dem Haus auf, verfolgte sie und spionierte ihr nach. Es war ekelhaft. Er benahm sich genau so wie das Nachbarsmädchen, über dessen Annäherungsversuche er sich immer lustig gemacht hatte. Und anders als bei dem Mädchen konnte man bei Cristiano noch nicht einmal sein Alter als Entschuldigung heranziehen – er war schließlich kein Teenager mehr.

Nun ja, ganz unschuldig an der Situation war sie selber auch nicht. Nach dem ersten Bruch, der jetzt schon gut anderthalb Jahre zurücklag, war sie zu inkonsequent gewesen. Sie hatte sich immer wieder mit Cristiano getroffen – und war jedes Mal mit ihm im Bett gelandet. Aber verdammt noch mal, war sie eine Nonne oder was? Man konnte doch nicht ernsthaft von einer Frau von nunmehr fast dreißig Jahren verlangen, dass sie, nur weil sie keinen festen Freund hatte, keusch blieb. Und der einzige andere Mann, mit dem sie sich Sex hätte vorstellen können, machte sich rar.

Dem Abend, an dem er sie so schick ausgeführt hatte, waren keine weiteren dieser Art gefolgt. Schade, schade, schade. Es hatte so vielversprechend angefangen. Sie waren nach einem ausgezeichneten Essen und einem extrem prickelnden Gespräch, das weit über reines Flirten hinausging, in einen Nachtclub weitergezogen, beschwingt, beschwipst, lachend und Arm in Arm. Später hatten sie sich geküsst, im Eingang des Hauses, in dem Marisas Wohnung lag. Er hatte sich an sie gepresst und sie dabei fest gegen die Wand gedrückt. Es war ein atemberaubender Kuss gewesen, und Marisa hatte gewusst, dass sie ihn nicht mehr extra heraufbitten musste. Es wäre eh passiert – wenn nicht in diesem Moment ein anderer Hausbewohner im Eingang aufgetaucht wäre, der, ebenfalls ein bisschen alkoholisiert, fluchend nach seinen Schlüsseln suchte. Unvermittelt hatte Ricardo von ihr abgelassen, sich schroff verabschiedet und war davongegangen. Damals hätte sie heulen können vor Enttäuschung und vor unerfüllter Lust. Vielleicht hatte sie es sogar getan, aber sie erinnerte sich nicht mehr daran, wie sie in ihre Wohnung und ins Bett gekommen war.

Jetzt, ein halbes Jahr nach diesem Abend, fand Marisa, dass Ricardo wahrscheinlich die richtige Entscheidung getroffen hatte. Sie passten überhaupt nicht zusammen. Was nützte es, wenn sie sich im Bett gut vertrugen, im Alltag aber waren wie Feuer und Wasser? Selbst der beste Sex litt irgendwann unter solchen erschwerten Bedingungen. Außerdem glaubte sie nicht, dass Ricardo der Typ Mann war, der sich auf eine reine Bettgeschichte einließ. Der wollte alles oder nichts – und da blieb in ihrem Fall wohl nur Letzteres. Sie konnte sich beim besten Willen nicht vorstellen, mit einem Mann wie Ricardo liiert zu sein. Nach dem unschönen Ausklang jenes Abends hatte Marisa das Gefühl gehabt, diese Erinnerung könne man nicht einfach so im Raum stehen lassen. Ihm schien es genauso ergangen zu sein, denn ein paar Wochen später hatte er sie angerufen und eine »alte Freundschaft« heraufbeschworen, die in dieser Form nie existiert hatte. Er wollte ihrer letzten Begegnung den Stachel nehmen – und sie war ihm dankbar dafür. Also hatte sie seine Einladung zu einem Rundflug angenommen und war in den Alentejo gefahren. Das war im vergangenen Herbst gewesen. Er hatte mit ihr den Rundflug gemacht, der wunderschön war, ihr dann aber mit seinen Kunststückchen eine Heidenangst eingejagt. Er hatte sie stolz über den Flugplatz geführt, hatte ihr die Funktionsweise eines Flugzeugs erklärt und ihr von seinen

Plänen und Zukunftsvisionen erzählt. Und sie hatte sich zu Tode gelangweilt.
Nichts von seinen Träumen deckte sich mit dem, was Marisa für spannend oder schön oder erstrebenswert hielt. Ricardo lebte in einer Männerwelt, die Marisa für immer verschlossen bleiben würde. Stahl und Maschinen und Schmieröl und Motorenlärm – das schien ihn zu begeistern. Da gab es nichts Weiches, Warmes, Buntes, Schmeichelndes. Seine »Flugschule«, die anscheinend trotz diverser Anlaufschwierigkeiten ganz gut lief, bestand aus nichts weiter als einer schäbigen Baracke, die am Rand der Piste stand und von wo aus er auch den Funkkontakt zu jenen Flugschülern hielt, die bereits allein fliegen durften. Einen Tower gab es ebenso wenig wie einen Hangar. Die kleine Cessna blieb im Freien stehen und wurde über Nacht oder bei aufziehenden Unwettern einfach festgezurrt. Es war alles reichlich primitiv, doch Ricardo schien das nicht zu stören.
Marisa hatte ihn gefragt, ob er unter den gegebenen Umständen überhaupt vollwertigen Unterricht geben könne, und er hatte verständnislos dreingeschaut. »Warum sollte er nicht vollwertig sein? Die Leute lernen die Theorie, hier, in der Baracke, sie müssen ein Funksprechzeugnis haben, die Prüfung dafür legen sie bei der entsprechenden Behörde in Lissabon ab. Ansonsten wird geflogen. Und das lernen sie bei mir besser als irgendwo sonst. Zum Tanken fliegen wir nach Évora oder Lissabon, was ohnehin im Übungsplan vorgesehen ist. Bisher haben alle meine Schüler ihre Lizenz erhalten.« Dass das bislang nur drei Männer waren, hatte er nicht erwähnt.
Trotzdem erschien dieses ganze Unterfangen Marisa nicht sehr vertrauenerweckend. Es wirkte laienhaft. Wenn wenigstens die Baracke ordentlicher ausgesehen oder wenn es eine Sekretärin oder sonst irgendwelche Mitarbeiter gegeben hätte. Aber nein: Ricardo betrieb seine Flugschule mehr oder minder im Alleingang, und so sah es denn auch dort aus. In dem Schulungsraum

befanden sich eine Tafel, fünf Stühle sowie zwei große Tische, auf denen halb ausgetrunkene Kaffeetassen Schimmel ansetzten. Die Wände waren plakatiert mit Navigationskarten, mit Übungslisten – etwa zu dem Fliegeralphabet –, mit meteorologischen Schautafeln sowie mit Bildern von schönen Flugzeugen, die er sich nicht leisten konnte. Wenn Ricardo in der Luft war, hing eine Pappe in der Tür: »Bin gleich zurück«. Einmal in der Woche kam eine Frau aus dem Dorf und putzte.

Noch trister wirkte das alte Herrenhaus auf Marisa. Es verfiel, und Ricardo machte keine Anstalten, irgendetwas dagegen zu unternehmen. Er hatte sich in einer umgebauten Scheune eingerichtet, wo es ähnlich schlimm aussah wie in der Baracke. »Meine Güte, Ricardo, warum renovierst du denn nicht?«, hatte sie sich ereifert, und er hatte sie mit der lapidaren Antwort abgespeist: »Alles zu seiner Zeit.« Aber Geldmangel allein war an dieser Ödnis nicht schuld, denn Marisa wären auf Anhieb unzählige Verschönerungsideen eingefallen, die praktisch keinen Escudo kosteten. Saubermachen hätte schon viel geholfen.

Bevor sie wieder zurück nach Lissabon gefahren war, hatte er sie zum Essen in ein einfaches Lokal eingeladen, in dem er jeden Abend aß. Wahrscheinlich aß er dort auch immer dasselbe, denn die Wirtin hatte ihm, ohne dass er es bestellt hätte, einen Teller mit Schweinekotelett und Kartoffeln und Gemüse vor die Nase gestellt. Marisa hatte an diesem Tag mehr über Ricardo erfahren als in all den Jahren zuvor. Und es hatte ihr nicht besonders gefallen. Ein Mann, der so ausschließlich auf sein Ziel fixiert war, dass er alles um sich herum vergaß, war ihr suspekt. Jemand, der keinen Sinn für die schönen Dinge des Lebens hatte, musste irgendeine Macke haben. Und ein Typ, der sich anscheinend in der Gesellschaft eines Flugzeuges wohler fühlte als in der von Menschen, war sowieso gestört. Marisa war überzeugt davon gewesen, dass sie und Ricardo auf Dauer keine Chance hatten. Sie war mit dem ebenso beklemmenden wie sicheren Gefühl nach Lissabon zurückgefahren, dass sie Ricardo nie wiedersehen würde.

Andererseits hatte sie es überaus faszinierend gefunden, zu beobachten, wie jemand aus dem Nichts und aus eigener Kraft etwas schuf. Die Idee, mitten in der Einsamkeit eine Flugschule zu gründen, entbehrte nicht eines gewissen Charmes – und zeugte von Mut. Das gefiel Marisa. Auch die Tatsache, dass er unbeirrt für seine Idee kämpfte, dass er sich nicht um das Gerede der Leute scherte und dass er ohne großes Tamtam sein Ding durchzog, imponierte ihr. Diese andere Sphäre, in der er sich bewegte, diese Welt aus Technik und Zahlen, die ihr so völlig fremd war, die sie ja sogar als abstoßend empfand, hatte zugleich etwas Reizvolles. Es verlieh Ricardo etwas so Unergründliches, Unnahbares. Männer, die sich schöngeistigen Zeitvertreiben hingaben, waren ihr verwandter – und damit zugleich unglaublich durchschaubar.

Ihr gefiel ebenfalls, wie Ricardo aussah. Einzig sein Haarschnitt war ihr zu kurz und zu militärisch. Ach, eigentlich fand sie noch nicht einmal das so schlecht. Es stand ihm gut und passte zu seinem Wesen. Außerdem hätte er mit längerem Haar wahrscheinlich wie ein Verbrecher ausgesehen. Er hatte ohnehin schon etwas Skrupelloses, Kaltes an sich, das Marisa ziemlich anziehend fand. Er hatte ein kantiges, maskulines Gesicht und darin diese bernsteinfarbenen Augen mit den grünen Sprenkeln, aus denen mal Kälte, mal Verletzlichkeit sprach. Wenn er sich ein bisschen mehr Mühe mit seiner Kleidung gäbe, wäre er eine umwerfende Erscheinung. Wobei, fiel es Marisa bei der noch sehr lebhaften Erinnerung an eine Episode von vor nunmehr sieben Jahren ein, er ganz ohne Kleider auch umwerfend war.

All das schoss Marisa in Sekundenbruchteilen durch den Kopf, während Ronaldo Silva über den Bildschirm jagte und sich mit

den bösen Buben herumschlug. Komisch, grübelte sie, wieso dachte sie ausgerechnet jetzt wieder daran? Sie hatte das Thema abgehakt geglaubt. Aber aus unerfindlicher Ursache spukte ihr dieser Kerl noch immer im Kopf herum. *Marisa Monteiro Cruz, du brauchst dringend einen Mann!* So tief war sie schon gesunken, dass sie sich erotischen Tagträumen hingab, in denen abgelegte Urlaubs-Lover die Hauptrolle spielten. Das ging so nicht weiter. Vielleicht sollte sie doch Cristianos Drängen nachgeben? Als der schöne Held im Fernsehen gerade seine Maid auf die Arme nahm, deren Kleider an strategisch günstigen Stellen zerfetzt waren, obwohl sie natürlich gar nicht in das Kampfgeschehen verwickelt gewesen war, klingelte das Telefon erneut. Okay, dachte Marisa. Das Beste hatte sie gesehen. Und es konnte nicht schaden, mal den Hintern aus dem Sessel herauszubewegen. Es bestand immerhin die Möglichkeit, dass es gar nicht Cristiano war. Wenn nun Ricardo sie anrief? Vielleicht steckte er gerade in Lissabon, womöglich schon seit Tagen – und sie hatte sich der Gelegenheit beraubt, ein paar nette Stunden mit ihm zu verbringen, weil sie träge und sich selbst bemitleidend vor der Flimmerkiste gehockt und sich mit ungesunden Sachen vollgestopft hatte. Urplötzlich überkam sie eine Energie, wie Marisa sie seit Wochen nicht gespürt hatte. Sie lief ans Telefon und rief freudig erregt: »Ja?«
»Marisa, Schatz, ich vermisse dich so sehr. Ich stehe unten, in der Telefonzelle an der Ecke – lässt du mich rein?«, hörte sie Cristianos quengelige Stimme und stöhnte leise auf.

Wann, bitte schön, er ihnen denn Enkelkinder präsentieren wolle, hatte Elsa gefragt, und Ricardo war um eine Antwort verlegen gewesen. Er hatte herumgedruckst und sich nicht so recht äußern wollen zu einer »Braut«, die keine sein wollte. Erst hinterher war ihm aufgefallen, dass er Elsa nie zu Enkeln würde verhelfen können.

Ob sie denn, bitte schön, die Glückliche einmal kennenlernen dürften, hatte Elsa gefragt und Ricardo damit wiederum in eine blöde Lage gebracht. Er hatte den beiden aufgetischt, er ziehe demnächst mit der Frau seiner Träume zusammen. Doch die Annahme, dass sie während ihres kurzen Portugalaufenthalts schon nicht so genau nachforschen würden, erwies sich als falsch. Elsa quetschte ihn nach Marisa aus, als müsse sie sicherstellen, dass der Thronfolger die richtige Frau wählte. Ricardo erzählte wahrheitsgemäß, was Marisa machte, wie sie aussah, aus welchem »Stall« sie kam. Er beantwortete noch die pingeligste Frage Elsas, und er bemühte sich um größtmögliche Geduld und Höflichkeit. Wenn sie nicht wie ein Häufchen Elend im Rollstuhl gesessen hätte, wäre Ricardos Reaktion anders ausgefallen.
Das Einzige, womit er nicht aufwarten konnte, war eine Marisa in Fleisch und Blut. Wenn er sie seinem Vater und dessen Frau vorstellte, dann musste ihr das ja vorkommen wie der erste Besuch bei den Schwiegereltern in spe – und wie der Gipfel an Spießigkeit. Außerdem hätte Elsa mit ihrer direkten Art in Sekundenschnelle herausgefunden, dass es sich ganz und gar nicht so verhielt, wie Ricardo es geschildert hatte.
Er war sehr erleichtert, als die beiden endlich abreisten.
Dass all seine Ausflüchte und Märchen sie nicht hatten täuschen können, merkte er erst, als er zusammen mit Jack Elsas Rollstuhl in den Zug hievte, mit dem sie nach Madrid fuhren. »Hör zu, Rick«, raunte Elsa ihm zu, »sie scheint eine gute Wahl zu sein. Du musst sie dir schnappen, sonst tut es ein anderer. Du wirst demnächst dreißig – worauf, bitte schön, wartest du?«
Tja, fragte er sich jetzt, worauf eigentlich? Dass sie »Ja!« rief, bevor er sie gefragt hatte? Dass sie seine Gedanken las? Dass sie ihn mal wieder auf Belo Horizonte besuchen kam, ohne dass er sie ausdrücklich dazu einlud? Dass sie so lange auf ihn wartete, bis er endlich Zeit und Geld genug hatte, sich ihr als geeigneter Bräutigam zu präsentieren? Das konnte noch dauern.

Wahrscheinlich hatte er sowieso schon alles vermasselt. Sie hatten sich zuletzt vor einem halben Jahr gesehen, im Herbst. Da war sie hierhergekommen, hatte sich enttäuscht umgeschaut und ihn, das hatte Ricardo deutlich in ihren Augen gesehen, zum Versager abgestempelt. Seitdem hatte er ein paarmal bei ihr angerufen. Die Gespräche waren frustrierend kurz gewesen. Sie hatten sich nichts zu sagen. In den letzten Wochen hatte er es noch einige Male probiert, aber sie war nie ans Telefon gegangen.

Manchmal beneidete er sie um das Leben in der Stadt, ihren großen Freundeskreis, ihr geselliges Wesen, ihre Ausgehfreude. In solchen Augenblicken verspürte er enorme Lust, alles hinzuschmeißen. Sich nach Lissabon aufzumachen, sich einen ganz normalen Job zu suchen, sich mit ganz normalen Leuten herumzutreiben, in einer normalen Wohnung zu leben und vor allem wie ein ganz normaler Mann eine Freundin zu haben. Die allerdings sollte nicht ganz normal sein.

Sie sollte so sein wie Marisa, außergewöhnlich intelligent und hübsch und anspruchsvoll wie eine Prinzessin. Denn das gefiel ihm an ihr am besten: dass sie trotz ihrer aufgeschlossenen, liberalen Haltung der Auffassung zu sein schien, man habe ihr zu Diensten zu sein, sie rund um die Uhr zu hofieren und sie zu unterhalten, vorzugsweise mit gefälligen Komplimenten über ihren schönen Charakter und ihr hinreißendes Aussehen. Diesen Zug an ihr empfand er als durch und durch feminin, und er fesselte Ricardo mehr als alles andere. Mehr als ihre Grübchen, mehr als ihre nach oben gezogenen Mundwinkel, mehr als die Sommersprossen auf ihren Lidern und mehr sogar als ihre knackigen, BH-befreiten Brüste.

Außerdem war sie so herrlich gnadenlos in ihren Urteilen, ob das nun die Musik betraf, das Essen oder seine Flugschule. Es hatte ihm nicht gefallen, das Opfer ihres Spotts zu sein, aber der Spott an sich gefiel ihm. Eines Tages hätte sie keine Veranlassung mehr, sich über seine Klamotten lustig zu machen oder über seine Kaugummi-Manie, die er sich in den USA angewöhnt hatte. Bis dahin war sie vermutlich über alle Berge.

Aber was blieb ihm anderes übrig, als alle Zeit und alles Geld in sein Vorhaben zu investieren? Jetzt oder nie. Er konnte es sich nicht leisten, das Herrenhaus instand zu setzen, wenn er einen privaten Flugplatz betreiben musste. Auch die neue Garderobe musste warten, bis alles nach Plan lief. Und ausgiebig schlemmen würde er auch erst dann können, wenn das Gröbste hinter ihm lag. Er arbeitete achtzehn Stunden täglich, wie hätte er da noch an ausgedehnte Mittagessen, nette Einkaufsbummel oder entspannende Angelausflüge denken können? Er war es selber gründlich satt, nie eine freie Sekunde zu haben, aber es half ja nichts. Da musste er jetzt durch.

Die Einsamkeit auf Belo Horizonte machte ihm ebenfalls zu schaffen. Jetzt, da der Frühling kam und man demnächst abends draußen sitzen und bei einem Glas Wein den Mondaufgang bewundern konnte, ging es wieder. Aber der Winter war hart gewesen. Zum Herumwerkeln an dem alten Pick-up war es an vielen Tagen zu kalt gewesen, ihm waren die Hände fast an der Zange festgefroren. Also hatte er mutterseelenallein in der scheußlichen Baracke gesessen, hatte nächtelang rechnend und kalkulierend und kopfschüttelnd über den Büchern gehangen. Sogar ihm, der zäh war und kaum Schlaf benötigte, dem seine eigene Gesellschaft meistens angenehmer war als die anderer Leute, war das als trostlos erschienen.

Die Alternativen waren allerdings kaum weniger trist. Ricardo hatte versucht, seine alten Freunde zu kontaktieren, und dabei feststellen müssen, dass Joaquim in Afrika gefallen war. Manuel hatte die dicke Sónia geheiratet und ihr vier Kinder gemacht. Einen Abend hatte er mit der Familie verbracht, hatte mit Manuel Erinnerungen über den gemeinsamen Freund ausgetauscht, hatte sich unterdessen von Sónia mästen und sich von den entsetzlich dummen und hässlichen Kinder piesacken lassen. Er war nie wieder zu ihnen gegangen. Dann hatte er Octávia in ihrer Neubausiedlung besucht, ebenfalls eine Erfahrung, die er nicht zu wiederholen wünschte. Sie hauste zusammen mit fünf Katzen in einer 35-Quadratmeter-Wohnung, und Ricardo hatte den ganzen Abend die Luft anhalten müssen, weil es durchdringend nach Katzenpisse stank. Er hatte sich nicht getraut, sie zu fragen, warum ihre Kinder sie nicht unterstützten, aber sie hatte ihm die Antwort auch so gegeben: Sílvia lebte mit einem kleinen Beamten und zwei Kindern in Bragança und hatte selber sehr zu knapsen, Xavier war nach verschiedenen Fehlinvestitionen total pleite. Na bravo, dachte Ricardo – wahrscheinlich frohlockte sie schon, dass nun der »reiche Neffe aus Amerika« zu ihrer Rettung herbeigeeilt war.

Ansonsten gab es in der Umgebung nur noch eine weitere Person, die Ricardo gerne sehen wollte, doch diesen Besuch hatte er hinausgezögert. Er kostete ihn einiges an Überwindung. Vielleicht wäre es jetzt, da die Tage länger wurden und seine Laune sich merklich hob, an der Zeit: Denn bei Dona Aldora, der Bibliothekarin, musste er sich unbedingt noch entschuldigen, wenn er sich auf Dauer hier wohl fühlen wollte. Wie blind er damals gewesen war! Die ältere Dame hatte ihn, das wusste er heute, gemocht. Sie hatte ihn auf die einzig mögliche Weise gefördert, nämlich indem sie ihn unter ihre Fittiche genommen hatte, ohne es ihn spüren zu lassen. Sie hatte Bücher für ihn reserviert und bestimmte Sachen eigens für ihn bestellt, hatte ihn behandelt wie einen mündigen Menschen und hatte sogar seinen Diebstahl gedeckt – und anstatt ihr zu danken, hatte er ihr einfach die geklauten Bücher zurückgebracht und war beleidigt von dannen gezogen.

Ricardo sah auf die Uhr. Kurz nach vier. Er könnte eigentlich jetzt gleich in die Stadt fahren. Er musste ohnehin noch ein paar Dinge einkaufen, Büroartikel insbesondere. Auch das hatte er

vor sich hergeschoben. Er zog sich eines seiner amerikanischen Jacketts, die hier allenthalben für belustigte Blicke sorgten, über den schwarzen Rollkragenpulli und setzte seine Pilotensonnenbrille auf. So würde es gehen. So würde er sich Dona Aldoras zweifellos scharfer Musterung aussetzen können. Er schrubbte sich die Finger und schmunzelte bei der Erinnerung an die strengen Kontrollen der Bibliothekarin. Ja, jetzt freute er sich sogar richtig darauf, die alte Dame wiederzusehen.
In der Bücherei arbeitete sie nicht mehr, hieß es dort. Wo er sie denn finden könne? Achselzucken. Ricardo hätte die gelangweilte Person am Ausgabetresen am liebsten geohrfeigt, aber auch das hätte vermutlich nichts gebracht. Er verließ die Bibliothek und ging von dort schnurstracks zur Polizeiwache. »Oho, der da Costa! Sieh an, sieh an – haben wir doch noch einen rechtschaffenen Bürger aus dir gemacht.« Der Wachtmeister war alt geworden. Ricardo ließ sich sein gönnerhaftes Benehmen sowie das Duzen nur deshalb kommentarlos bieten, weil er sich nicht auf einen Schwatz einlassen, sondern möglichst schnell in Erfahrung bringen wollte, wo Dona Aldora zu finden war. Er hoffte, dass sie nicht gestorben war. »Ich bin nicht befugt, Unbefugten Adressen unserer Bürger herauszugeben«, antwortete der Polizist in unfreiwillig komischem Bürokratenjargon. »Und wenn ich nun ein Geschenk für Dona Aldora hätte? Oder ihr Mitteilung über eine große Erbschaft machen wollte? Wenn sie in der Lotterie gewonnen hätte?« Der Polizist kannte kein Erbarmen und äußerte erstmals einen Satz, aus dem hervorging, dass er über so etwas wie ein Gehirn verfügte: »Als ob unsere vernünftige Dona Aldora jemals bei der Lotterie mitspielen würde!« Ricardo lachte. »Ach, kommen sie, Tenente, jetzt rücken Sie schon raus mit der Adresse. Ich will sie ja nicht meucheln. Vielleicht hätten Sie einmal Lust, mit mir einen kleinen Rundflug über Ihr Haus zu machen?«
Eine Viertelstunde später stand Ricardo vor dem Eingang eines

winzigen Häuschens in der Nähe des Bahnhofs. Er klopfte mehrmals. Dann hörte er, wie von innen eine Sicherheitskette vorgelegt wurde. Die Tür öffnete sich einen Spalt weit.
»Ja, bitte?«
»Dona Aldora, erkennen Sie mich nicht? Ich bin Ricardo da Costa.«
Die Tür schloss sich kurz, die Kette wurde wieder abgenommen, dann standen sie einander gegenüber. Wie erwartet musterte die rüstige Bibliothekarin, die so furchtbar alt gar nicht aussah, ihren Besucher von Kopf bis Fuß.
»Ricardo da Costa – was hast du denn hier verloren? Ich hatte gehofft, einer wie du bringt es weiter.«
Ricardo war sprachlos. Das war mal eine Begrüßung, wie er sie noch nie gehört hatte. Sie gefiel ihm.
Er strahlte sie an, und endlich ließ auch sie sich zu einem Lächeln herab. »Nun ja, zumindest hast du dann anscheinend doch noch gelernt, dass man sich die Hände wäscht, bevor man älteren Damen einen solchen Schrecken einjagt. Komm rein.«
Sie bot ihm einen Platz an, setzte einen Kaffee auf und gesellte sich dann zu ihm in die blitzeblank geschrubbte Stube. Erst jetzt schien sie zu bemerken, dass sie es nicht mehr mit einem Jungen zu tun hatte, denn ein wenig verlegen sagte sie: »Mir ist das Du vorhin aus alter Gewohnheit herausgerutscht. Bitte entschuldigen Sie. Sie sind ja jetzt ein gestandener Mann.«
Bevor Ricardo ihr antworten konnte, dass ihm die Anrede völlig egal sei, fuhr sie fort: »Allerdings finde ich, dass Sie diesen Kaugummi aus dem Mund nehmen sollten. So etwas hätte ich in meiner Bibliothek niemals geduldet, und ehrlich gesagt, behagt mir der Anblick eines malmenden Kiefers auch zu Hause nicht.«
Ricardo sah sie erstaunt an, hörte auf zu kauen, verzog dann die Lippen zu einem Grinsen, das immer breiter wurde, bis er schließlich laut herauslachte. »Sie sind wunderbar, Dona Aldora!«

»War es das, was Sie mir sagen wollten und weshalb Sie die Mühe auf sich genommen haben, mich hier aufzusuchen?«, fragte sie in empörtem Ton. Sie fühlte sich offenbar veralbert.
»Ja. Genau das wollte ich Ihnen sagen.«
Sie schüttelte fassungslos den Kopf und ging in die Küche, um den Kaffee zu holen. Während sie mit dem Geschirr klapperte, kam Ricardo eine Idee. Eine grandiose Idee, um genau zu sein. Als Dona Aldora mit einem Tablett wieder ins Wohnzimmer trat, den Tisch mit dem guten Porzellan deckte und das Fliegenschutzgitter von einem halben Sandkuchen abnahm, um ihm ein Stück davon abzuschneiden, stand der Plan bereits in allen Einzelheiten in Ricardos Kopf fest.
Sie musste nur noch ja sagen.

52

Paulo da Costa bereute seine Entscheidung bereits. Er hätte sich niemals von seiner Frau dazu breitschlagen lassen sollen, gemeinsam mit ihrem Sohn und dessen junger Familie in Urlaub zu fahren. Nun war er dazu verdammt, sich in den nächsten zwei Wochen das Geplärre seines ersten Enkelkindes sowie das wichtigtuerische Gehabe der Frauen anzuhören, die sich gegenseitig in Kinderkunde zu übertrumpfen versuchten.
»Du musst ihn so halten, dass er dir über die Schulter sieht, und ihm dann auf den Rücken schlagen.«
»Aber dann spuckt er ja auf mich!«
»Leg dir halt ein Handtuch um.«
Das waren die Themen, die seine Frau Fátima und seine Schwiegertochter Cláudia tagaus, tagein beschäftigten. Das Schlimmste war, dass er selber ebenfalls schon zum Babyfreund mutierte und mit seinem ersten Enkelkind mehr Zeit verbrachte, als es für einen Mann von fünfzig Jahren gut sein konnte. Erst vorhin hatte Paulo sich dabei erwischt, dass er zu dem Kind »gagaga« gesagt und es dabei am Kinn gekitzelt hatte. Das Lächeln des Babys war wirklich herzerweichend. Sein nichtsnutziger Sohn, António, schnarchte derweil in der Sonne. Mein Gott, er war erst zweiundzwanzig Jahre alt und führte sich schon auf wie ein Rentner. Warum hatte sein Sohn es so eilig gehabt mit dem Heiraten und der Familiengründung? Heutzutage *musste* man ja nicht einmal mehr heiraten – wobei es in seiner eigenen Jugend natürlich auch Wege gegeben hatte, dies zu vermeiden.
Ihr Söhnchen hatten António und seine Frau nach Cláudias früh verstorbenem Vater, Ricardo, benannt. Ausgerechnet. Es war ihnen nicht auszureden gewesen, und irgendwann, nachdem sogar Fátima über seine vehemente Einmischung wütend gewor-

den war, hatte Paulo es aufgegeben. So kam es also, dass er jetzt, an einem herrlichen Julitag 1971, am Strand auf allen vieren hinter Klein-Ricardo herkrabbelte, ihn mit Sandförmchen zurückzulocken versuchte und sich zum Affen machte.
Das Baby robbte zielstrebig aufs Meer zu. Zum Glück war Ebbe. Wo dank des zurückweichenden Wassers der Sand schön nass und schwer war, blieb der Junge vor der Sandburg einer deutschen Familie hocken und sah dem Fortschreiten des Baus gebannt zu. Paulo war selber fasziniert von dem teutonischen Schaffensdrang, der sich anscheinend nicht einmal im Urlaub legte. Großvater und Enkel blieben eine Weile neben der Baustelle sitzen. Dann fand Paulo, dass Zusehen noch peinlicher war, als selber zur Tat zu schreiten. Was diese Touristen konnten, konnte er schon lange. Ein paar Meter neben der deutschen Burg begann er, das Fundament für ein portugiesisches Kastell auszuheben. Ricardo jauchzte vor Begeisterung und warf mit nassen Sandklumpen um sich.
Nach einer Stunde in der prallen Sonne nahm ihr Bauwerk Gestalt an – und zwar nicht die einer mittelalterlichen Trutzburg, sondern eindeutig die der »Quinta das Laranjeiras«, Paulos einstigem Zuhause in Pinhão. Jeder Psychiater, dachte Paulo, würde sich die Hände reiben über die verräterische Kraft seines Unterbewusstseins. Aber es war ja kein Psychofuzzi in der Nähe und auch niemand, der die »Quinta das Laranjeiras« gut genug kannte, um ihr plumpes Sandgebilde als solche zu identifizieren. Seine Frau war vor Jahren, ganz zu Beginn ihrer Ehe, vielleicht ein- oder zweimal dort gewesen. Jetzt gehörte der wunderschöne Landsitz Engländern.
Und der Rest ihres ehemaligen Familienvermögens befand sich ebenfalls in anderer Hand. Daran war er, Paulo da Costa, nicht ganz unschuldig, gestand er sich ein. Das mit Ronaldo hätte er sich wirklich sparen sollen. Sein Vater gab sich unversöhnlich und schien wild entschlossen, all sein Geld hemmungslos zu

verjubeln. So wie es aussah, hatte er noch reichlich Zeit dazu: Mit seinen einundachtzig Jahren war Rui da Costa noch lange nicht bereit, abzutreten. Paulo war sich nicht ganz sicher, ob er das lange Leben, das den da Costas anscheinend im Blut lag, verdammen oder begrüßen sollte. Gut daran war immerhin, dass er selber diese Veranlagung geerbt hatte – er fand sich sehr attraktiv und jugendlich für sein Alter.

Paulo machte eine kleine Pause von seiner schweißtreibenden und sinnlosen Arbeit, die sowieso der nächsten Flut anheimfallen würde. Er sah zu ihrem Platz hinüber. Aus der Ferne sah Fátima in ihrem unmodischen, viel zu geschlossenen Badeanzug aus wie eine alte Oma. Seine Schwiegertochter machte ebenfalls nicht viel her, mit den Dellen an ihren Oberschenkeln. Und António war auch nicht gerade ein Adonis. Dass seine Familie, die ihrerseits ihn aus der Ferne beobachtete, dasselbe von ihm denken musste, kam ihm nicht in den Sinn. Abgesehen von einem stattlichen Bauch war er doch noch sehr ansehnlich.

Und er war entschieden zu jung, um Großvater zu sein. Paulo hob das Baby hoch, hielt das kreischende Bündel auf Armeslänge von sich und brachte es zurück an ihren Platz. »Hier, ich glaube, er hat ein bisschen zu viel Sonne abgekriegt.« Damit wandte er sich wieder von seinen Leuten ab und stolzierte in der Hoffnung am Strand herum, dass ihn niemand mit der hässlichen und lärmenden Familie in Verbindung bringen würde, die da mit Sonnenschirmen und Picknickkorb und Spielsachen ihr Revier großräumig abgesteckt hatte.

Er entdeckte eine Frau, die von hinten äußerst appetitlich aussah, mit einem prallen, dellenlosen Hinterteil, das in einem dieser modernen, superknappen Bikinihöschen steckte. Die Frau hatte die Hände in die Taille gestemmt und sah zum Himmel hinauf. Neuerdings flogen ab und zu Flugzeuge vorbei, die Werbebanner hinter sich herzogen. Paulo näherte sich der Frau, stellte sich neben sie und schaute ebenfalls hinauf. Das wäre der perfekte Einstieg in ein Gespräch. Doch was er dann sah, verschlug ihm schier den Atem. »Erweitern Sie Ihren Horizont. *Escola de Aviação Belo Horizonte*. Auch Rundflüge. Tel. 04/9 75 34«.

»Ach, das müsste schön sein, wenn man selber fliegen könnte«, hörte er die Frau neben sich sagen. Paulo drehte sich zu ihr herum und sah ihr erstmals direkt ins Gesicht. Es war verlebt und mit einer riesigen Hakennase verunstaltet. Kommentarlos wandte er sich ab.

Er war zu aufgewühlt, um an seinen Platz zurückgehen und sich das Weibergewäsch anhören zu können. Er stapfte zügig durch den Sand und war dabei so in Gedanken, dass er weder seine glühenden Fußsohlen noch die Schweißbäche spürte, die an seinem Rücken herabliefen. Das war die Höhe! Wie konnte Ricardo – diese missratene Brut, diese *Promenadenmischung!* – sich erdreisten, so eine Show abzuziehen? Jemand würde dem Knaben einmal Demut beibringen müssen. Es konnte ja wohl nicht angehen, dass der uneheliche Sohn eines jüdischen Vaters und einer ebenfalls unehelich gezeugten Mutter sich hier aufspielte wie ein Großkotz, während es den anständigen Leuten, braven Katholiken und gesetzestreuen Bürgern, immer schlechter ging. Rundflüge! Wer, bitte, konnte sich in diesen schwierigen Zeiten so etwas leisten?

Ärger noch als die Erkenntnis, dass sein Neffe – sein *Halbneffe* – offenbar etwas aus sich gemacht hatte, traf Paulo die Einsicht über sein eigenes Versagen. Er hatte nichts davon mitbekommen, nicht das Geringste. Er war nachlässig geworden. Weder hatte er erfahren, dass Ricardo aus den Staaten zurückgekehrt war, was, wenn man ihn fragte, von grenzenloser Beschränktheit zeugte, noch hatte er weiterverfolgt, was mit Belo Horizonte geschehen war. Er hatte geglaubt, es verfiele, nachdem Laura nach Lissabon gegangen und Octávia und ihre Kinder ausgezogen waren. Was für ein Narr er gewesen war! Und er hatte Laura noch seinen Teil des mütterlichen Erbes für einen Apfel und ein Ei verkauft – jenes Land, über dem jetzt vermutlich Ricardo seine Runden drehte. *Merda!*

Paulo hatte mittlerweile den von Felsen begrenzten Strand mehrmals abgewandert. Er hatte einen hochroten Kopf, was sowohl auf seine Wut als auch auf die Hitze zurückzuführen war. Er kühlte sich kurz im Wasser ab, japste nach Luft und lief an den Platz der Familie zurück. Der kleine Ricardo kam sofort auf ihn zugekrabbelt, doch Paulo schubste seinen Enkel unwirsch beiseite. »Bestimmt ist die Windel voll«, sagte er zu Cláudia. »Er riecht.« Seine Schwiegertochter nahm das Kind und schnupperte an seinem Hinterteil. Paulo hoffte, dass es keiner der anderen Strandbesucher gesehen hatte. Himmelherrgott, hatten junge Mütter denn überhaupt kein Schamgefühl?

Doch es sollte noch schlimmer kommen. Nachdem Cláudia festgestellt hatte, dass die Diagnose ihres Schwiegervaters stimmte, begann sie, auf einem ausgebreiteten Handtuch dem Kind die Windel abzunehmen. Dann trug sie das Baby zum Wasser und wusch ihm darin den Popo ab. Die volle Windel, eines von diesen neumodischen Wegwerfdingern, entsorgte sie in einem Mülleimer. Paulo sah diesem unsäglichen Geschehen sprachlos zu.

Er schwor sich, nie wieder an einem öffentlichen Strand zu baden.

Seit Dona Aldora halbtags in seiner Flugschule arbeitete, war Ricardos anfängliche Euphorie zurückgekehrt. Endlich hatte er wieder Zeit, sich mehr um die Dinge zu kümmern, die ihm am Herzen lagen. Mit Behördenkram, Steuererklärungen, Buchhaltung sowie der Instandhaltung der Räumlichkeiten schlug Dona Aldora sich nun herum – und das mit Feuereifer. Diese Frau war ein echter Glücksgriff gewesen. Sie war intelligent, fleißig und penibel. Sie hatte sich, obwohl sie keine ausgebildete

Sekretärin war und nur über Grundkenntnisse im Maschinenschreiben und in der Buchführung verfügte, in Windeseile eingearbeitet und erledigte alle ihr übertragenen Aufgaben mit der ihr eigenen Gründlichkeit. Sie benötigte vielleicht zwei Minuten länger als eine qualifiziertere Kraft, um einen Brief zu tippen, dafür brauchte sie ihn aber auch nicht neu zu schreiben, weil er fehlerhaft gewesen wäre. Dona Aldora machte keine Fehler. Schon nach kurzer Zeit hatte Ricardo nicht mehr jedes Schriftstück genauestens durchgelesen, sondern es nach kurzem Überfliegen unterschrieben. Er vertraute ihr bedingungslos. Nicht nur in Sachen Rechtschreibung.

Dona Aldora hatte vor niemandem Angst, sie ließ sich von niemandem täuschen, und sie war absolut unbestechlich. Es machte ihr Freude, sich mit Behörden anzulegen, und viele Beamte, die sie noch von früher kannten und von ihr in der Bibliothek geschurigelt worden waren, kuschten vor ihr. Die resolute Dame blühte auf bei ihrer neuen Arbeit. Sie war siebenundsechzig Jahre alt, war aber, geistig wie körperlich, flink wie eine Vierzigjährige. Sie hatte sogar begonnen, sich selber ein wenig in die Grundlagen der Fliegerei einzuarbeiten – um zu verstehen, was um sie herum vorging. Sie wollte etwa die sinnvollen Auflagen seitens der Flugaufsicht von unnötigen Schikanen unterscheiden können, und sie wollte außerdem nicht unwissender sein als die draufgängerischen Tölpel, die bei Ricardo da Costa Flugstunden nahmen. Die meisten davon kannte sie. Wenn die in der Lage waren, die Gesetze der Aerodynamik zu verstehen, dann wollte sie einen Besen fressen, wenn sie es nicht war.

In ein Flugzeug dagegen würde sie sich nie wieder im Leben setzen. Der Junge – so nannte sie ihren Arbeitgeber bei sich – hatte sie einmal mitgenommen, das reichte ihr. Die Propeller hatten laut gedröhnt und das Flugzeug zum Vibrieren gebracht, und in der Luft waren sie dann zwischen dicken Wolken herumgeholpert, dass es einem ganz anders davon werden konnte.

»Thermik«, hatte der Junge ihr erklärt, der, so vermutete Dona Aldora, insgeheim froh über die Turbulenzen war. Er hatte ein glückliches Gesicht gemacht. Nein – sosehr sie sich auch darüber freute, dass Ricardo da Costa seine Berufung gefunden hatte, so wenig würde sie jemals die Begeisterung für das Fliegen teilen.
Dabei wusste Dona Aldora nicht einmal, was Ricardo ihr alles erspart hatte. Er war mit niemandem je so sanft geflogen. Bei der Erinnerung an das versteinerte Gesicht der ältlichen Dame musste Ricardo noch immer in sich hineinlachen. Sie hatte Mumm bewiesen, das musste man ihr lassen. Sie hatte nicht geschrien, nicht gezittert, sich nicht am Sitz festgeklammert oder sonst irgendwie zu erkennen gegeben, dass sie sich fürchtete. Sie hatte es sogar fertig gebracht, mit fester Stimme nach den Instrumenten und ihrer Bedeutung zu fragen. Sie hatte seinen Erklärungen aufmerksam gelauscht, und Ricardo war überzeugt, dass sie wesentlich genauer zuhörte als seine Schüler, die fast alle nur riskante Manöver fliegen wollten.
Das Erscheinungsbild seiner Flugschule war nun insgesamt viel seriöser, auch das ein Verdienst von Dona Aldora, die es zu ihren ersten Aufgaben gemacht hatte, die Putzfrau für ihre Schlamperei zu beschimpfen und sich selber einen improvisierten Empfangstresen zu bauen, hinter dem sie nun saß wie einst an der Theke der Bibliothek. Jeder, der zum ersten Mal hierherkam und Dona Aldora sah, erstarb augenblicklich vor Respekt. Am Telefon war es nicht viel anders. Leute, die sich für Rundflüge interessierten, hörten es rascheln, als müsse Dona Aldora den ganzen Kalender nach einem freien Termin absuchen. Die Kunden waren immer sehr zufrieden, wenn sie kurzfristig noch den Termin ihrer Wahl ergattern konnten.
Das Einzige, was Ricardo an seiner wunderbaren Assistentin nicht gefiel, war, dass sie glaubte, ihre Autorität erstrecke sich auch auf seine persönlichen Angelegenheiten. Sein Privatleben

ging sie nun wirklich überhaupt nichts an. Begonnen hatte es mit Bemerkungen wie: »Ricardo, Sie müssen regelmäßiger essen.« Inzwischen ging sie schon so weit, dass sie ihn zur Brautschau aufforderte. »Ricardo, Sie können nicht als einzige weibliche Gesellschaft eine alte Schachtel wie mich haben. Das bekommt Ihnen nicht.«
»Aber im Gegenteil, es bekommt mir ganz wunderbar!«, hatte er gelacht. »Seit Sie hier sind, läuft alles wie am Schnürchen.«
»Ja. Außer Ihr Liebesleben.«
Ricardo hatte sich fast verschluckt, sich jedoch zu der sachlichen Erwiderung gezwungen: »Bitte, Dona Aldora, das soll nun beileibe nicht Ihre Sorge sein.«
»Ist es aber. Sie fliegen so oft nach Lissabon, kommen aber immer am selben Tag mit traurigem Gesichtsausdruck wieder zurück. Warum führen Sie Ihre Freundin nicht mal abends aus? Sie könnten ja über Nacht dableiben. Ich meine natürlich, bei Ihrer Mutter.«
Ricardo hatte sich gewundert, woher sie nun wieder über »seine Freundin« Bescheid wusste, hatte die Diskussion aber brüsk beendet. Das waren Dinge, die er mit niemandem besprechen wollte, schon gar nicht mit einer alten Jungfer wie Dona Aldora. Was wusste die schon über die Liebe?

Es wäre wahrscheinlich klüger gewesen, den Kontakt zu Marisa ganz abzubrechen, als sie nur gelegentlich auf eine Tasse Kaffee zu treffen. Wenn Ricardo in Lissabon war, rief er sie immer im Büro an, und wenn ihre Zeit es erlaubte, verabredeten sie sich in der Nähe ihrer Firma. Ein halbes Stündchen hier, eine Viertelstunde da – das war alles an Begegnungen, was sie in den vergangenen Monaten gehabt hatten. Die erotischen Untertöne wichen immer mehr einem kumpelhaften Umgang miteinander. Sie benahmen sich zunehmend wie gute alte Bekannte. Es trieb Ricardo in den Wahnsinn. Aber Dona

Aldoras glorreiche Idee, Marisa abends auszuführen, war schlicht und ergreifend nicht umsetzbar: Marisa war mit einem Mann zusammengezogen. Einem Scheißintellektuellen namens Cristiano.

Ricardo hasste den unbekannten Kerl inbrünstiger, als er je einen Feind im Krieg gehasst hatte, ja sogar mehr, als er den starrsinnigen Greis hasste, der noch immer Besitzer des Landes war, das zur Errichtung eines Towers prädestiniert war. Doch Marisa gegenüber ließ er sich nichts anmerken. Er gab sich locker und fröhlich, und erst auf dem Heimflug ließ er seinen Emotionen freien Lauf, indem er gefährliche Loopings drehte oder viel zu nah an Gewitterwolken heranflog.

Wofür strampelte er sich eigentlich so ab, wenn die einzige Frau, die er wollte, ihn verschmähte? Wenn seine Flugschule sich so prächtig fortentwickelte, wäre er in ein paar Jahren reich. Und was sollte er dann mit seinem Geld machen? Es weiterhin zu Clarice tragen, die er gelegentlich aufsuchte und die wenigstens dafür sorgte, dass seine Körpersäfte sich im Gleichgewicht befanden? Sich im Dorf nach einer Braut umsehen, unter all den jungen Frauen, die zu dumm oder zu feige waren, um ihr Glück im Ausland zu suchen? Sich auch in fortgeschrittenem Alter noch mit Marisa auf einen Kaffee treffen, um sich mit unbewegter Miene nach ihrer Kinderschar zu erkundigen, die dieser Scheiß-Cristiano ihr ohne Zweifel andrehen würde? Alles, nur das nicht!

Nein, beschloss Ricardo, es war Zeit, allen Anstand über Bord zu werfen. Unter normalen Umständen würde er niemals einem anderen Mann die Frau ausspannen wollen, aber was waren schon »normale Umstände«? Eigentlich hatte ja er die älteren Rechte. Er würde Marisa, Cristiano hin oder her, zum Essen einladen. Oder am besten direkt zu einem größeren Ausflug. Was konnte ihm schon passieren, außer dass sie ablehnte? Was sie, wenn sie es mit diesem Kerl ernst meinte, natürlich tun würde. Und wenn sie wider Erwarten annahm, dann wäre schließlich sie diejenige, die gegen die guten Sitten verstieß.

Sein Vorsatz bröckelte bereits am nächsten Morgen. Eigentlich hatte er gleich losfliegen wollen, doch die Wettervorhersage kündigte schwere Sommergewitter an.

»Und das heute, wo ich gerade Ihren guten Rat in die Tat umsetzen wollte«, sagte er zu Dona Aldora.

»Welchen davon?«

»Den mit der Übernachtung bei ... meiner Mutter.«

»Ah.« Sie schlug den Aktenordner zu, stand auf und betrachtete mit Expertenmiene den düsteren Himmel.

»Ricardo, Sie wollen mir doch nicht weismachen, dass so ein paar lachhafte Kumulonimbusse Sie schrecken?«

Sie sah ihn streng an. Ihr humorloser Blick verlor auch dann nichts von seiner Schärfe, als er in lautes Gelächter ausbrach und sich den Zündschlüssel schnappte.

53

Er flog wie um sein Leben. In der Luft wurde er wild durchgeschüttelt, seine kleine Cessna nur mehr ein Spielball der gewaltigen, aufeinanderprallenden Luftströmungen. Er landete hart – und fühlte sich danach lebendig und aufgekratzt wie selten. Noch vom Flughafen rief er bei Marisa an, doch es war besetzt. Na schön, immerhin schien sie zu Hause zu sein. Klar, wann sonst, wenn nicht samstagvormittags? Er nahm ein Taxi bis zu ihrem Haus, zahlte, stieg aus und klingelte. Klingelte erneut. Das Taxi fuhr davon und wirbelte schmutziges Wasser aus einer Pfütze auf, das auf Ricardos Hose landete. Im zweiten Stockwerk öffnete sich ein Fenster. »Wer ist da?« Sprechanlagen, wie sie in den Staaten gang und gäbe waren, hatten nicht viele Gebäude. Ricardo trat ein paar Schritte zurück, aus dem Schutz des Hauseingangs heraus. Im strömenden Regen sah er nach oben. Es war Marisa. »Wir waren heute verabredet«, überschrie er den Donner und das laute Rauschen des Regens. Zwei Minuten später kam sie herunter und entriegelte die Haustür.

»Sag bloß, du hast unser Rendezvous vergessen?«, begrüßte er sie und fuhr sich mit den Händen durch das triefnasse Haar.

»Es ist unverzeihlich, ich weiß.« Marisa setzte ein ironisches Lächeln auf und sah ihn durchdringend an. »Sag bloß, du bist bei diesem Wetter geflogen?«

»Ich musste. Du warst telefonisch nicht zu erreichen.«

»Manche Leute müssen schlafen. Ich gehöre dazu.« Sie fand es unglaublich dreist, dass er hier unangekündigt auftauchte, noch dazu zu einer Zeit, da jeder normale Mensch noch nicht bereit war, Gäste zu empfangen, und dann noch diese vorwurfsvolle Miene aufsetzte, weil sie nicht ans Telefon gegangen war. Marisa war eben erst aufgestanden. Sie war noch nicht geduscht, hatte noch keinen Kaffee getrunken und hatte sich nur schnell einen Fummel übergeworfen, um ihn hereinzulassen. Aus reiner Höflichkeit fragte sie ihn: »Willst du mit raufkommen? Du kannst dir oben die Haare trocknen. Vielleicht finde ich auch noch ein Hemd, das dir passt.«

Ricardo nickte, dachte aber bei sich, dass er auf das trockene Hemd liebend gern verzichtete, wenn sich herausstellte, dass es diesem Kerl gehörte. Er stieg hinter Marisa die steile Treppe hinauf und bewunderte ihre Beine und ihr hübsches Hinterteil. »Bist du ... allein?«, fragte er, als sie vor ihrer Tür standen. Er hatte nie vorgehabt, mit in ihre Wohnung zu gehen. Was, wenn nun dieser Mann hier herumlümmelte?

»Wäre dir das lieber?«

»Ja.«

Endlich schenkte Marisa ihm ein echtes, ein freundliches Lächeln. Seine Ehrlichkeit gefiel ihr. Sie war entwaffnend. »Cristiano ist übers Wochenende mit ein paar Freunden weggefahren.«

Erleichtert folgte Ricardo ihr in den Flur. Er sah das Telefon dort. Der Hörer lag neben dem Apparat. Sie gingen ins Wohnzimmer, in dem es ausgesehen hätte wie in der Kommandozentrale der Enterprise, wären da nicht die alten Stuckelemente an der Decke gewesen. Merkwürdig geformte Kunststoffmöbel in Weiß und Orange standen da, dazu futuristisch anmutende Kugellampen, ein hochmodernes Fernsehgerät, das mit einem Kabel versehen war, an dem eine Fernbedienung hing. Weiterhin gab es einen Plattenspieler und ein Tonbandgerät, ebenfalls weiß und in modernem Design, dazu jede Menge kleiner Accessoires in schrillen Farben. Während Ricardo sich staunend in diesem Tempel zeitgenössischer Inneneinrichtung umsah, der direkt einer Wohnzeitschrift entsprungen sein könnte, machte Marisa sich in der Küche zu schaffen.

Wenig später stellte sie einen Becher Kaffee vor ihm ab. »Erklärst du mir nun, was es mit diesem Überfall auf sich hat?«
»Ich hatte Lust, dich zu sehen.«
»Hast du dir nicht die Frage gestellt, ob auch ich Lust haben könnte, dich zu sehen?«
»Doch. Ich habe sie mir mit Ja beantwortet.«
»Ein solches Ego ist beneidenswert. Ja, wirklich. Für den, der es hat. Für andere ist es ganz und gar inakzeptabel.«
Himmel, sah sie süß aus, wie sie da mit ungekämmten Haaren und in einem Hängekleidchen vor ihm stand und sich aufregte!
»Soll das heißen, du hattest keine Lust, mich zu sehen?«
»Das spielt doch gar keine Rolle. In keinem Fall hattest du das Recht, mich so zu überrumpeln und davon auszugehen, dass du schon richtig liegen würdest.«
Natürlich hatte er dieses Recht – wenn sie sich ebenfalls freute, ihn zu sehen, dann hatte er ja wohl das einzig Wahre getan. Ihre Logik war äußerst verworren. Er hob ratlos die Achseln.
»Und wenn mein Freund hier gewesen wäre? Was hättest du dann gemacht?« Sie klang ein bisschen wütend.
»Ihn erschossen?«
Marisa musste gegen ihren Willen kichern.
»Also schön, Ricardo da Costa. Wozu, sagtest du gleich, hatten wir uns verabredet?«

Dem verregneten Samstag im Kino folgte ein sonniger Sonntag am Strand, diesem ein Mittwochabend bei Kerzenschein in einem Fado-Lokal in der Alfama. Sie sahen sich in den folgenden Wochen häufig, und Ricardo fragte sich, was dieser Cristiano für ein Schlappschwanz war. Er an dessen Stelle hätte längst den Widersacher zur Rede gestellt, wenn nicht gar verprügelt. Oder war er vielleicht gar nicht mit Marisa zusammen? Handelte es sich nur um eine Art Wohngemeinschaft? Nein, denn dann hätte Marisa sich ihm, Ricardo, gegenüber doch sicher entgegenkommender gezeigt, oder? Mehr als ein paar flirtende Blicke, als ein paar knisternde Augenblicke hatte es nicht gegeben. Vielleicht sollte er schwerere Geschütze auffahren? Ihr mit glühenden Liebesbriefen zu Leibe rücken? Ach was, das hätte sie nur wieder spießig gefunden.

Er konnte sich diese Distanziertheit nicht erklären. An ihm lag es sicher nicht; deutlicher konnte er schließlich kaum werden. Doch dann, als es bereits auf Oktober zuging, war es wiederum Dona Aldora, die ihm zu dem entscheidenden Durchbruch verhalf. »Ricardo, ich weiß, dass es mich nichts angeht. Trotzdem: Ganz gleich, was die jungen Dinger heutzutage behaupten – gegen rote Rosen hat noch nie eine Frau etwas gehabt.« Oje, dachte er, Marisa wird mich strangulieren, wenn ich ihr mit einer so konservativen, abgeschmackten Geste komme. Die gute Dona Aldora war vielleicht nicht mehr ganz *up to date*. »Tun Sie es einfach, sie wird Sie schon nicht erwürgen«, sagte Dona Aldora, als hätte sie seine Gedanken gelesen. Also gut. Mehr als auslachen konnte sie ihn ja nicht.

Doch sie lachte ihn nicht aus. Sie war sogar sehr erfreut, geradezu gerührt, und Ricardos Verwunderung war ebenso groß wie sein neu gewonnenes Vertrauen in seine Romeo-Qualitäten. Es war, als wäre ein Damm gebrochen. Der Entschluss, Marisa mit so altmodischen Methoden zu umwerben, setzte eine ungeheure Energie in Ricardo frei. Er würde sie nach allen Regeln der Kunst erobern – und er würde nicht eher ruhen, bis sie seine Frau war. Das heißt, danach würde er auch nicht ruhen. Ob andere Leute die Mittel, die er zur Erreichung seines Ziels ergriff, für übertrieben, peinlich oder lächerlich hielten, war ihm vollkommen gleichgültig. Das Einzige, was zählte, war Marisa. Was hatte er schon zu verlieren? Freundschaftliches Geplänkel hatte ihn keinen Schritt weitergebracht. Jetzt halfen nur noch extreme – und zur Not eben auch extrem kitschige – Maßnahmen. Der Zweck heiligte schließlich die Mittel.

Kein Geschenk konnte zu romantisch, keine Geste zu gefühlsduselig, kein Wort zu blumig sein. Entgegen Dona Aldoras Empfehlung jedoch, die all ihren geplatzten Mädchenträumen auf diese Weise Ausdruck zu verleihen schien, schrieb er Marisa keine Gedichte. Dafür machte er mit seiner neuen Polaroidkamera Fotos, auf die er zweideutige Sprüche schrieb und die er Marisa per Post schickte – er konnte ja nicht andauernd nach Lissabon fliegen. Eines dieser Fotos zeigte seine Hand, die über zwei Äpfeln schwebte, unentschlossen, welchen sie zuerst greifen sollte, den knackigen roten oder den schrumpeligen. Dazu hatte er geschrieben: »Die Qual der Wahl ...« Ein anderes bildete seinen nackten Fuß in einem Bach ab, darunter stand: »Wer wird denn kalte Füße bekommen?« Auf einem anderen war die Tragfläche seines Flugzeugs zu sehen, dazu der Satz: »Jetzt nur nicht abheben.« Das war alles an künstlerischem Ausdruck, wozu er fähig war, aber es schien anzukommen.
Und tatsächlich: Nachdem er eines Tages mehrmals mit einem Banner über ihre Firma geflogen war, auf dem die wie in eine Baumrinde eingekratzte Botschaft » R ♥ L« stand, schaffte er es am Abend desselben Tages, sie zu küssen. Hätte er nur früher gewusst, dass sie auf solche Torheiten stand – liebend gern hätte er sich tagtäglich zum Blödmann gemacht! Dann wäre er seinem eigentlichen Ziel jetzt schon ein gutes Stück näher.

Marisa betrachtete immer und immer wieder die Polaroids. Er hatte schöne Hände und Füße. Schlank, aber kräftig und maskulin. Auf dem Foto mit dem Fuß war auch der Unterschenkel zu sehen, braun gebrannt, muskulös, wohlgeformt und von dunklen Haaren bedeckt, die nass und glatt an der Haut klebten. Wie sexy sie das fand! Wie toll sie den ganzen Mann fand! Er sah klasse aus, war intelligent und erfolgreich, hatte Phantasie und machte ihr den Hof, wie sie und mit ihr wahrscheinlich ein Großteil aller Frauen es sich erträumten. Er war hartnäckig, und wenn ihre Erinnerung sie nicht täuschte, war er auch ein guter Liebhaber. Er erfüllte eigentlich sämtliche Anforderungen, die man an einen Traumprinzen stellte. Nur zwei Dinge gefielen ihr gar nicht, und die waren es auch, weshalb sie sich so zierte, ihm mehr von sich zu geben – obwohl sie insgeheim nichts lieber getan hätte, als mit ihm in die Federn zu hüpfen. Erstens: Er würde nicht eher Ruhe geben, bis sie verheiratet wären. Zweitens: Sein Werben nahm allmählich leicht manische Züge an. Sie war sich ziemlich sicher, dass er sie heimlich beobachtete beziehungsweise beobachten ließ, und die Vorstellung behagte ihr überhaupt nicht.

Gestern erst hatte sie wieder diesen Mann bemerkt, der Zeitung lesend am Steuer eines Autos saß, das vor ihrem Haus abgestellt war. War das ein Privatdetektiv? Schreckte Ricardo nicht einmal vor solchen Mitteln zurück, nur um in Erfahrung zu bringen, was es nun mit Cristiano auf sich hatte? Den sie übrigens tatsächlich nur bei sich wohnen ließ und mit dem, von ein paar Entgleisungen nach übermäßigem Weingenuss abgesehen, nichts mehr lief. Und den sie demnächst, mal wieder, ganz vor die Tür setzen würde: Sein weinerliches Gehabe fiel ihr auf den Wecker. Da konnte er für sie kochen, so viel er wollte.

Sie ging in den Flur und suchte in ihrem Adressbuch nach der Nummer von Belo Horizonte. Dann wählte sie.

»Flugschule Belo Horizonte, *bom dia*. Was darf ich für Sie tun?«, hörte sie die Stimme einer älteren Dame, die in schönster amerikanischer Manier diese freundliche Begrüßungsformel aufsagte. Das hatte ihr sicher Ricardo beigebracht – von sich aus hätte die Frau bestimmt nur, wie im Alentejo üblich, mit einem schroffen »Ja?« abgenommen. Es musste sich um die sagenhafte Dona Aldora handeln, von ihr hatte Ricardo ihr erzählt.

»*Bom dia*. Ich würde gerne mit Ricardo da Costa sprechen.«
»In welcher Angelegenheit?«
»Privat.«

»Und wie war bitte Ihr Name?«
»Mein Name war und ist Marisa Monteiro Cruz.«
»Oh – einen Augenblick bitte.« Nach einer halben Ewigkeit kam sie zurück an den Apparat. »Menina Marisa? Der Senhor Ricardo ist gerade mit einem Schüler unterwegs. Möchten Sie eine Nachricht hinterlassen?«
Marisa fragte sich, wie viel Ricardo seiner kostbaren Assistentin von ihr erzählt hatte, dass diese sich schon erdreistete, sie mit »Menina Marisa«, Fräulein Marisa, anzusprechen. Aber das stand auf einem anderen Blatt. Jetzt wollte sie etwas anderes loswerden. »Ja. Bitte richten Sie ihm doch aus, er möge augenblicklich seine Schnüffler zurückpfeifen. Wenn ich diesen Wagen noch einmal hier entdecke, will ich nie wieder etwas von ihm hören.« Damit legte sie auf und ließ am anderen Ende eine erschütterte Dona Aldora zurück, die sich fragte, ob sie dem Jungen in dieser Angelegenheit nicht einen Bärendienst erwiesen hatte. Diese Marisa war ja unmöglich!
Eine Stunde später rief Ricardo zurück. »Was sollte das? Du hast Dona Aldora mit dieser ominösen Nachricht einen Schrecken eingejagt.«
»Schön, dass du dich um deine Mitarbeiterin mehr sorgst als um mich. Also, mein Lieber, hör mir mal genau zu: Wenn ich noch einmal diesen Privatdetektiv oder was immer er ist vor meiner Tür sehe, brauchst du mir nie mehr im Leben unter die Augen zu treten!« Ihr Herz schlug schneller, jetzt, da sie endlich ihrer Wut freien Lauf ließ.
»Was redest du für einen Scheiß?«, fragte Ricardo und nahm aus dem Augenwinkel die empörte Miene Dona Aldoras wahr. »Wieso sollte ich dich beschatten lassen?«
»Wieso? Weil … weil du irgendwie besessen bist. Weil du wahrscheinlich rasend bist vor Eifersucht auf Cristiano. Weil du nicht aufgibst, bis du mich weichgekocht hast. Weil du …«
»Weil ich dich liebe?«

Marisa hielt die Luft an.
Dona Aldora verließ die Baracke.
Und Ricardo spürte, wie seine Ohren ganz heiß und rot wurden. Hatte er das wirklich gerade gesagt?
»Du gibst es also zu? Du meinst, Liebe würde solche Spitzeleien rechtfertigen?«
»Nein.« *Bitte, lieber Gott, mach, dass mir etwas Geistreiches einfällt!*
»Ich meine: Ja, ich gebe zu, dass ich dich liebe.« Da, nun hatte er es wieder gesagt. Es war schon viel leichter. »Und nein: Ich habe niemanden zu deiner Beobachtung oder Bewachung angeheuert. Ich finde es sogar ziemlich beleidigend, dass du so etwas von mir glauben kannst.«
»Ach, dann bist jetzt du derjenige, den man bemitleiden muss? Okay, Ricardo da Costa. Dann bemitleide dich mal. Ich werde nichts dergleichen tun.« Sie knallte den Hörer auf.
Ricardo saß wie betäubt am Telefon. Durch das Fenster sah er, wie Dona Aldora sich draußen mit einem Schüler unterhielt. Er war ihr sehr dankbar für ihre Rücksichtnahme. Und er war froh, dass gerade jetzt sein abenteuerlustigster Schüler da war. Diesmal würde er dessen Wunsch nach ein paar richtig aufregenden Stunts nachgeben.
Marisa dagegen hatte nichts, was sie abgelenkt hätte. Sie war aufs Äußerste erregt. Sie spürte ihren Puls im Hals. Sie heulte, ob vor Wut oder vor Freude über seine Liebeserklärung, wusste sie selber nicht so genau. Sie ging ans Fenster, sah nach unten und entdeckte dort wieder den Wagen. Und wenn es nun wirklich ein Zufall war? Wenn es ein Nachbar war, der im Auto heimlich eine Zigarette rauchte, weil er das zu Hause nicht durfte? Wenn jemand anders aus ihrem Haus beschattet wurde, vielleicht der Studienrat aus der vierten Etage? Nein, so war es nicht. Sie hatte auch bei anderen Gelegenheiten deutlich gespürt, dass ihr jemand folgte. Sogar in ihrer Mittagspause hatte sie sich schon beobachtet gefühlt. Dieser Typ da unten war auf

sie und sonst niemanden angesetzt, so viel stand fest. Sie öffnete das Fenster, nahm die Messinggießkanne, die sie schon lange hatte loswerden wollen, und warf sie aufs Wagendach, wo sie mit großem Geschepper landete. Schnell schloss sie wieder das Fenster. Das hatte gut getan. Schade nur, dass sie die Delle im Auto und das Gesicht des Mannes nicht hatte sehen können.

Alberto Baião merkte sofort, dass sein Fluglehrer heute in einer außergewöhnlichen Stimmung war. Der Sohn seiner alten Flamme, wer hätte gedacht, dass der ihm mal das Fliegen beibringen würde? Und wer hätte gedacht, dass in seiner unmittelbaren Nachbarschaft einmal ein Flugplatz entstehen würde? Alberto fand diese Entwicklung überaus erfreulich. Seine Frau beschwerte sich zwar über gelegentlichen Fluglärm, doch er selber fand diesen nicht halb so schlimm wie etwa den Güllegeruch oder andere Belästigungen, denen man auf dem Land ausgesetzt war. Alberto würde fliegen lernen, und dann würde er sich selber ein kleines Flugzeug kaufen. Ausflüge nach Lissabon oder an die See wären dann nicht mehr mit einer mehrstündigen Autofahrt verbunden. Die Fliegerei machte ihn freier. Sie rückte ihr abgelegenes Landgut in die Nähe von Orten, an denen das wahre Leben stattfand.
Alberto stieg links in die einmotorige Cessna ein, Ricardo nahm rechts von ihm Platz. Den Außencheck hatten sie hinter sich, nun musste vom Cockpit aus die Checkliste abgearbeitet werden. Vor dem Anlassen: Alle Türen geschlossen. Radio und elektrische Schalter auf Aus. Kraftstoffhahn auf. Trimmung auf Start. Gemischregler: voll reich. Vergaservorwärmung: kalt. Hauptschalter ein. Zündung: Start. Das war einer der schönsten Momente, wenn der Propeller sich in Bewegung setzte und das kleine Flugzeug erzitterte und bebte.
Anschließend wurden, während sie noch an Ort und Stelle standen, weitere Punkte der Checkliste abgehakt. Alberto Baião

hätte gar nicht mehr auf das Handbuch schauen müssen – er kannte die Liste auswendig. Aber sein pingeliger Lehrer bestand darauf, dass sie Schritt für Schritt die Liste durchgingen. Öldruck überprüfen, Drehzahl bei 1000 rpm, Funkgeräte ein, Überwachungsinstrumente kontrollieren. Dann, während des Rollens zur Piste, Bugradlenkung, Bremsen, Kreiselinstrumente sowie die Landeklappen überprüfen. Schließlich, vor dem Start, bei einer Motordrehzahl von 1700 rpm die Triebwerksüberwachungsinstrumente, das Amperemeter, die Soganzeige sowie die Vergaservorwärmung überprüfen und Magnetcheck durchführen. Dann noch Rudergängigkeit gecheckt, Klappen gesetzt, und auf ging es. Vollgas, heftiges Ruckeln über die Piste, und bei 50 Knoten das Bugrad sanft angehoben. Und schwups – schon waren sie in der Luft. Die Klappen auf 10 Grad einfahren, eine sofortige Zunahme an Tempo spüren und die Häuser und Bäume immer kleiner werden lassen.
Es war einfach göttlich! Alberto Baião fühlte sich in diesem kleinen Flugzeug schon nach den ersten Flugstunden so wohl und so sicher, dass er vollkommen unverkrampft mit Ricardo, mit dem er sich längst duzte, über belanglose Vorkommnisse aus dem Dorf plauderte. Jetzt, als sie ihre Flughöhe von dreitausend Fuß erreicht hatten, zündete er sich eine Zigarette an. Er rauchte schweigend. Danach öffnete er das Fenster und ließ ein bisschen von der frischen Luft herein, die hier oben schon deutlich kühler war. Ricardo sagte keinen Ton. Das war merkwürdig. Sonst war er immer ganz heiß auf Klatsch. Wahrscheinlich weil er so einsam war auf Belo Horizonte und nichts erlebte. Nicht einmal eine Frau hatte er. Schräger Vogel.
Plötzlich wurde es ganz leise. Ricardo hatte das Triebwerk abgestellt. »So, dann zeig mal, ob du die Notlandeübung noch hinbekommst.«
Alberto fühlte sich leicht beklommen. Aber er griff nach dem Handbuch, ging genauestens nach Liste vor und nahm schließ-

lich ein langes Stoppelfeld ins Visier, das ihm perfekt geeignet erschien. Keine Bäume, keine Strommasten, keine Menschen oder Tiere. Für eine echte Notlandung ohne Motorleistung, bei der man sich ausschließlich auf die Gleiteigenschaften des Flugzeugs verlassen musste und nicht im letzten Moment noch Gas geben und durchstarten konnte, wie sie es bei der Übung tun würden, wäre ein solches Feld ideal. Er konzentrierte sich voll auf das Manöver. Er begann zu schwitzen. Aber alles lief glatt. Als sie beinahe den Boden erreicht hatten, starteten sie durch. Ah, besser als Achterbahn! Im Anschluss führten sie einen *stall* durch, eine Notfallübung mit Strömungsabriss, dann forderte Ricardo ihn zum Tiefflug auf, danach zu verschiedenen Steilkurven. Schließlich, als Albertos Hemd schon völlig durchgeschwitzt war, übernahm Ricardo das Steuer und vollführte einen Salto. »Das wolltest du doch immer, oder nicht?«, fragte Ricardo. »Ist denn das Flugzeug dafür überhaupt ausgelegt?«, gelang es Alberto zu fragen. »Klar. Ist doch eine 150er Aerobat.« Alberto nickte wissend und hoffte, dass man ihm nicht ansah, wie er gegen den Brechreiz ankämpfte.

Im Garten seines neu errichteten Häuschens stand Fernando Abrantes und beobachtete das kleine Flugzeug. Er war ein wenig neidisch – am liebsten hätte er mit in dem Apparat gesessen und wäre in waghalsigen Manövern über seinen geliebten Alentejo gekurvt. Mehr als Neid jedoch verspürte er einen unbändigen Zorn. Dieser *Cowboy!* Der ließ seine Schüler doch extra Notlandeübungen in unmittelbarer Nähe seines, Fernandos, Grundstücks durchführen, um ihn zu ärgern. Vielleicht sollte er mitten auf dem Feld, das zu dieser Jahreszeit natürlich optimal für diese Übung geeignet war, einen Obelisken aufstellen. Oder ein tiefes Loch graben. Irgendetwas, was dem Feld seine Landebahneigenschaften nahm. Aber nein, das war ja Blödsinn. Er würde den korrekten Weg gehen und bei der zuständigen Behörde Beschwerde einlegen. Es konnte ja nicht angehen, dass ein aggressiver Pilot die Anwohner ungehindert drangsalieren durfte.

Fernando wandte sich wieder seinem Gemüsebeet zu. Er erntete eine Handvoll Karotten, rieb die Erde von ihnen ab und ging damit ins Haus. Nun ja, von Haus konnte nicht wirklich die Rede sein. Es war mehr eine Hütte, eine Gartenlaube. Das Häuschen bestand aus nur einem einzigen Raum. Es gab darin keinen elektrischen Strom und kein fließendes Wasser. Aber er hatte eine Wasserpumpe gebaut, hatte es dank eines Kamins warm und konnte mit Gas, von dem er mehrere Flaschen beschafft hatte, kochen. Er hatte ein Plumpsklo angelegt und sich große Vorräte an Kerzen sowie zwei Spirituslampen besorgt. Was brauchte man mehr? Es war das reinste Paradies, und Fernando verbrachte inzwischen viel mehr Zeit hier, als es Elisabete gefiel. Etwas lästig war nur die Fahrerei. Er sah und hörte nicht mehr so gut, daher fuhr er äußerst bedächtig und langsam. Vier Stunden für die einfache Strecke musste er schon einkalkulieren. Aber das lohnte sich, denn trotz seines verhassten Nachbarn fand er auf diesem Fleckchen Land mehr Frieden als irgendwo sonst auf der Welt. Es war wunderbar, am Abend die selbstgezogenen Früchte der Erde zu essen, dazu ein Glas Rotwein zu trinken und die Stille, die Weite, die Reinheit der Luft zu genießen.

Zu seinem schrecklichen Nachbarn hatte er seit diesem ersten Rechtsstreit nie Kontakt gesucht. Und der nicht zu ihm. Sie kommunizierten ausschließlich über Anwälte miteinander, etwa, als Fernando es diesem Cowboy hatte untersagen lassen, sein Grundstück zu überfliegen. Sein neuer Anwalt taugte wesentlich mehr als der alte, wer hätte das gedacht? War doch noch was aus seinem Sohn Marcos geworden. Zurzeit stritt er mit dem Vertreter der anderen Seite darüber, ob er ohne Baugenehmigung ein Häuschen hätte errichten dürfen. Marcos hatte ihn

beruhigt und gesagt, dass ein »Geräteschuppen« nicht baugenehmigungspflichtig war. Aber wenn Ricardo da Costa ihm nun einen Prüfer auf den Hals jagte, der dann feststellen würde, dass der Schuppen durchaus nicht nur zur Beherbergung von Geräten, sondern auch zu der von Menschen geeignet war? Dieser Teufel von nebenan war wirklich zu jeder Gemeinheit fähig. Sein jüngster Coup war gewesen, dass er auf dem Amt angefragt hatte, seit wann Geräteschuppen nicht mehr überflogen werden durften und seit wann Geräte Post bekamen. Da hatte wohl die Dona Ana Maria ein bisschen geplaudert, die ihm ganze zwei Schreiben zugestellt hatte. Tja, zugegeben, wäre er anstelle des Cowboys gewesen, hätte er diese Unbedachtheit ebenfalls zu seinem Vorteil ausgeschlachtet. Früher wäre ihm so etwas nicht passiert. Er hatte sich mit seinem »Geräteschuppen« in eine Zwickmühle gebracht. Nein, Marcos hatte es getan. Nichtsnutziger Bengel.
Fernando wusch die Möhren und überlegte, ob er noch ins Dorf fahren sollte, um ein Stück Fleisch zu kaufen. Brot und Käse hatte er noch da, ebenso Kartoffeln und einen halben Schinken. Ohne Kühlschrank war die Vorratshaltung ein wenig eingeschränkt, und frische Sachen konnte er immer nur in geringen Mengen kaufen. Doch, heute würde er sich ein Kotelett in die Pfanne hauen, das würde sogar er mit seinen dürftigen Kochkenntnissen noch hinbekommen. Er nahm die Autoschlüssel, ging zu dem Wagen, den er am Wegesrand abgestellt hatte, und fuhr los.
Im Rückspiegel sah er, dass sich ihm ein anderes Auto näherte. Als es weiter aufrückte, erkannte Fernando, dass es sich um den VW des Cowboys handelte. Ha, das war gut. Der Knabe würde überholen wollen – und er, Fernando Abrantes, würde ihn nicht lassen! Er würde noch langsamer schleichen als sonst und genau wissen, was in dem Kopf dieses Draufgängers vor sich ging. Er hatte es in jüngeren Jahren auch immer so eilig gehabt.

Der VW war nun dicht hinter ihm. Fernando fuhr Schlangenlinien. Der andere hupte. Blendete auf. Hupte erneut. Er hätte Fernando damit keinen größeren Gefallen tun können: Je wütender die Hupe erklang, desto mehr lachte Fernando sich ins Fäustchen.

Auf dem Beifahrersitz des VWs saß Dona Aldora und schüttelte den Kopf über so viel Starrsinn von beiden Seiten. Sie hatte es aufgegeben, mit dem Jungen über dieses Thema reden zu wollen. Einmal nur hatte sie damit angefangen, und er hatte sie sehr unhöflich unterbrochen: »Ich will den Namen Fernando Abrantes nie wieder hören!« Nachzufragen wagte sie nicht mehr. Dennoch interessierte es sie brennend, warum Großvater und Enkel so verfeindet waren. Denn dass Fernando Abrantes der Großvater des Jungen war, das hatte sie schon vor Jahren, als sie noch in der Bibliothek arbeitete, gewusst.

54

Als er schon gar nicht mehr damit gerechnet hatte, tat sich endlich etwas. Geduld musste man eben haben. Hartnäckigkeit, Geduld und Zähigkeit zahlten sich immer aus, insbesondere, wenn sie mit der Androhung oder der tatsächlichen Ausübung von Gewalt einhergingen. Diesmal hatten die Zielobjekte es ihnen besonders leicht gemacht: Sie hatten das Beobachtungsfahrzeug angegriffen, wenn auch nur mit einer Gießkanne. Im Bericht würde er daraus ein »metallenes Geschoss für die zivile Nutzung« machen, das klang besser. Schließlich konnte auch eine Gießkanne tödlich sein, wenn sie aus großer Höhe abgeworfen wurde und einen Menschen direkt auf dem Kopf traf. Das Werfen der Gießkanne hatte einen sofortigen Zugriff gerechtfertigt. Sein Mann, der Neuling Raúl Figueiredo, hatte da ganz richtig gehandelt.
Allerdings hatte er den Hauptverdächtigen, Cristiano Nunes, nicht in der Wohnung angetroffen. Nur die »Verlobte« war anwesend gewesen – und die musste demnach auch die Gießkanne aus dem Fenster geworfen haben. Paulo da Costa bedachte seinen Schützling Figueiredo mit einem strafenden Blick, als habe der im entscheidenden Moment versagt. In Wahrheit war es ihm nur auf diese junge Frau angekommen, aber das brauchte ja niemand zu wissen.
»Name?«, blaffte er die verängstigte Frau an.
»Marisa Monteiro Cruz.«
»Geboren?«
»Ja.«
»Wo?«
»In Lissabon.«
»Wann?«

»1941.«
»Tag, Monat?«
»23. April.«
»Wohnhaft?«
»In Lissabon.«
»Straße?«
Marisa ärgerte sich maßlos. Dieses Arschloch fragte sie nun schon zum fünften Mal, und immer wieder zog er diese ganze Prozedur durch. Immer wieder gab sie die gleichen Antworten. Sie wusste genau, wie es weitergehen würde. Und so war es auch. Eine geschlagene Viertelstunde zog er ihr Einzelheiten aus der Nase, die er mit einem Blick in ihren Ausweis hätte feststellen können. Reine Zermürbungstaktik. Sie würde nicht klein beigeben. Allerdings musste sie mal. Irgendwann würde sie darum bitten müssen, die Toilette aufzusuchen.
»Warum haben Sie einen Beamten der Staatspolizei attackiert?«
»Das habe ich nicht.«
»Möchten Sie, dass ich Ihnen erneut die Zeugenaussagen vortrage? Die Dame aus dem Zeitungsladen, der Müllmann sowie ein Passant haben gesehen, wie Sie Ihre kleine ›Bombe‹ abgeworfen haben.«
»Aber ich habe nicht den Beamten attackiert.«
»Wen sonst?«
»Niemanden im Besonderen. Ich war wütend.«
»Weil der Beamte vor Ihrem Haus stand.«
Diese Frage beantwortete Marisa nicht. Ja, natürlich weil der Beamte vor dem Haus stand. Aber wie hätte sie ahnen sollen, dass es einer von der berüchtigten DGS – der Direção-Geral de Segurança, wie die Nachfolgebehörde der PIDE jetzt hieß – war? Wenn sie das gewusst hätte, hätte sie schon lange vorher das Weite gesucht. Es gingen die schlimmsten Gerüchte über die Geheimpolizei, deren Macht auch nach dem Tod des Dikta-

tors ungebrochen war. Wenn nur die Hälfte davon stimmte, dann konnte sie froh sein, wenn man sie nicht für Jahre in eine Einzelzelle sperrte. Wegen einer Gießkanne. Wegen eines Missverständnisses. Wegen ihrer kindischen Wut auf Ricardo.
»Weil der Beamte vor Ihrem Haus stand«, wiederholte der Mann seine Frage, die er nicht als solche formulierte.
»Nein!«
»Sondern?«
»Weil ich wütend auf ... meinen Freund war.«
»Ihren Verlobten.«
»Nein. Ja.«
»Etwas genauer, wenn ich bitten darf.«
Was sollte sie jetzt sagen? Wenn sie behauptete, sauer auf Cristiano gewesen zu sein, würden die Mistkerle sie bei Cristianos erster Vernehmung sofort widerlegen können. Aber Ricardo wollte sie hier nicht ins Spiel bringen. Herrje, er hatte ihr sein Herz zu Füßen gelegt, und sie war darauf herumgetrampelt!
»Ja. Auf meinen Verlobten.«
»Cristiano Virgílio José Maria da Silva Nunes.«
»Ich kenne ihn nur als Cristiano Nunes.«
»Warum?«
»Wie, warum? Weil er sich mir nie anders vorgestellt hat.«
»Warum waren Sie wütend auf ihn?«
»Ach, nur so.«
»Pflegen Sie öfter ›nur so‹ Gießkannen aus dem Fenster zu werfen?«
»Nein.«
»Also: Warum?«
»Weil ich die Vermutung habe, dass er mir untreu ist.«
»Und diese Erkenntnis kam Ihnen just in dem Moment, als Sie Ihr Geschoss abwarfen.«
»Ja. Genauer gesagt: Minuten vorher.«
»Warum? Haben Sie mit ihm telefoniert?«

»Nein.«
»Also eine spontane Erleuchtung?«
»So könnte man sagen.«
»Und mit wem haben Sie telefoniert, wenn nicht mit Ihrem Verlobten?«
Das war neu. Alle vorherigen Fragen hatte sie bereits x-mal gehört. Diese letzte hatte der Kommissar bisher noch nicht gestellt. Endlich begriff Marisa. Die Leute wurden träge im Kopf, bei all der monotonen Fragerei – und wenn dann eine wichtige Frage kam, schalteten sie nicht rechtzeitig.
»Mit niemandem.«
»Doch. Wir haben eine Aufstellung Ihrer Verbindungen.«
»So? Na, dann wissen Sie ja, mit wem ich gesprochen habe.«
»Nein, wir wissen nur, welche Nummer Sie gewählt haben.«
»Ich wollte einen Rundflug buchen.«
»Aha.«
Paulo sah die Verdächtige hohntriefend an. Gleich hatte er sie.
»Kurz bevor Sie einen Beamten der Staatspolizei attackierten und nachdem Sie sich gerade furchtbar über Ihren Verlobten aufgeregt hatten, haben Sie noch schnell einen Anruf getätigt, weil Sie spontan Lust auf einen kleinen Rundflug bekamen.«
»Ja.« Marisa wusste, dass dieser Unmensch so lange weiterbohren würde, bis sie ihm sagte, mit wem sie gesprochen hatte. Sie brauchte eine kleine Denkpause. »Dürfte ich bitte einmal austreten?«
»Selbstverständlich.« Paulo lächelte sie an. »Nur noch nicht jetzt sofort.«

Paulo hatte nicht vor, der jungen Frau körperlichen Schaden zuzufügen. Genauso wenig beabsichtigte er, sie für längere Zeit in Gewahrsam zu nehmen. Sie kam aus einer sehr vermögenden und einflussreichen Familie, da täte er sich selber keinen Gefallen. Das Einzige, was er wollte, war, dass sein Neffe litt. So-

bald Ricardo erführe, dass Marisa verhaftet worden war, würde das Gift zu wirken beginnen. Ricardo würde sich verrückt machen. Er würde nicht mehr ruhig schlafen können. Er würde die Wände hochgehen. Er würde ihn, den Onkel bei der DGS, anrufen, um ihn anzuflehen, er möge sich für die junge Frau einsetzen. Und er, Paulo, würde das Spiel mitspielen. Ricardo hatte nicht den geringsten Anlass zu der Vermutung, dass sein Onkel ihm oder seiner teuren Freundin etwas Böses antun wollte.
Drei Tage reichten. Dann wäre das Mädchen mit den Nerven am Ende und Ricardo dem Wahnsinn nahe. Die Phantasie der Leute war immer noch der grausamste Folterknecht. Seinen Untergebenen würde Paulo nach drei Tagen mitteilen, dass er zu der Überzeugung gelangt sei, Marisa Monteiro Cruz stecke nicht unter einer Decke mit diesem Soziologen- und Politologenpack, diesen verfilzten, drogensüchtigen, landesverräterischen Hunden namens Cristiano Nunes und José Sampaio. Mit denen konnten seine Mitarbeiter dann gerne nach Belieben verfahren, sobald sie sie der Verstrickung in verfassungswidrige, umstürzlerische Aktivitäten überführt hätten, was nicht allzu schwer sein dürfte. Die Frau sollten sie auf freien Fuß setzen.
Einen Augenblick überlegte Paulo, ob diesmal wirklich drei Tage reichen würden. Es bestand die Möglichkeit, dass, aufgrund des unregelmäßigen Kontaktes zwischen seinem Neffen und dieser Marisa, Ricardo nicht so schnell von ihrer Verhaftung erfuhr. Ach was. Er schüttelte den Kopf über seine Bedenken. Er war seit mehr als fünfundzwanzig Jahren dabei. Es hatte immer funktioniert. Drei Tage waren kurz genug, um ihn unangreifbar zu machen – falls die Angehörigen Einfluss hatten und ihn womöglich der Pflichtverletzung beschuldigen wollten, kamen sie damit nicht weit –, aber lang genug, damit das Gift sich schön ausbreiten konnte. Drei Tage hatten noch jeden zermürbt.

Ricardo hatte sich die Finger wund gewählt. Er hatte praktische Stunden sowie den wöchentlichen Theorieunterricht ausfallen lassen, um sich direkt in Lissabon mit Marisa auszusprechen. Aber nichts. Sie stellte sich tot. Hoffte er. Wenn ihr nur nichts passiert war! Als sie den Wagen erwähnt hatte und die Beschattung, die er angeblich durchführen ließ, hatte er sich vor lauter Ärger über diese Unterstellung gar nicht weiter mit dem Umstand beschäftigt, dass da wirklich jemand war, der sie beobachtete. Aber dieses Schweigen war doch sehr beunruhigend. War sie mit ihrem liberalen Demokratieverständnis womöglich der Polizei aufgefallen?

Er beschloss, in ihrer Firma zu fragen, ob sie da war. Nein, Menina Marisa sei seit zwei Tagen nicht zur Arbeit erschienen, hieß es, und falls er wüsste, wo sie sich aufhielte, könne er ihr gerne mitteilen, dass man die Stelle mit einer zuverlässigeren Kraft besetzen würde. Verflucht. Irgendetwas war ihr zugestoßen. Ricardo brachte die Telefonnummer ihrer Familie in Erfahrung – sie hatte ihm einmal erzählt, dass ihr Vater mit Vornamen Hermenegildo hieß, und gemeinsam hatten sie sich gekugelt vor Lachen. Jetzt war Ricardo froh, dass der Mann einen so ungewöhnlichen Namen und er selber ein so ausgezeichnetes Gedächtnis hatte. Er rief die Leute an, erfuhr dort jedoch ebenfalls nur, dass sie seit Tagen nichts von Marisa gehört hatten. Er hatte ihre Mutter an der Strippe, und die schien sich keine besonderen Gedanken zu machen. Wahrscheinlich hatte Marisa ihren Eltern mit ihren Eskapaden schon zu oft Kummer bereitet.

Im Anschluss an dieses unbefriedigende Telefonat stöberte er Cristiano auf, von dem er nur den Vornamen kannte und wusste, dass er eine Doktorarbeit in Soziologie schrieb. Aber diese Eckdaten reichten, um ihn in der Universität ausfindig zu machen. Der Doktorvater Cristianos war jedoch auch keine Hilfe: Nein, seit zwei Tagen habe er von Herrn Nunes nichts gehört und nichts gesehen, und das, obwohl sie für gestern die Abgabe

eines Exposés vereinbart hatten, das der Professor dringend benötigte.
Schließlich fiel Ricardo nur noch eine einzige Person ein, die ihm vielleicht weiterhelfen konnte.
Genau siebzig Stunden nach der Festnahme von Marisa Monteiro Cruz rief er bei seinem Onkel an.

Marisa saß in ihrer schmucklosen Zelle und brütete vor sich hin. Was hatte sie sich zuschulden kommen lassen, dass die Geheimpolizei sie dafür verhaftete? Für den Gebrauch des Wortes »Freiheit« wurde man heutzutage doch nicht mehr bestraft. Oder doch? War es vielleicht schon ein Verbrechen, mit einem promovierenden Sozialwissenschaftler zusammenzuwohnen? Und warum holte sie niemand hier heraus? Wo blieb ihr Vater mit all seinen wichtigen Verbindungen, wenn sie ihn mal brauchte?
Am schlimmsten war diese Ungewissheit. Nicht zu wissen, wessen man beschuldigt wurde. Nicht zu wissen, wann man freigelassen wurde. Nicht zu wissen, ob Freunde oder Verwandte ebenfalls verhaftet worden waren. Und nicht zu wissen, ob man nur vorübergehend in Frieden gelassen wurde und die Wärter sich nicht später doch noch an ihr vergreifen würden. Marisa dachte an all die üblen Geschichten, die sie gehört hatte, von Vergewaltigungen, von brutalen Verhören mit Elektroschocks, von verdreckten Zellen und gedemütigten Gefangenen. Ricardo hatte ihr mal von dem Lebensgefährten seiner Mutter erzählt, der nach einer Woche in den Fängen der PIDE nie wieder der Alte geworden war. Sie hatten seinen Willen gebrochen – nachdem sie dasselbe mit seinen Fingern, seinen Rippen und seiner Nase getan hatten.
Ihre Zelle entsprach nicht den Gerüchten, die über die »Kerker« im Umlauf waren. Es handelte sich nicht um ein feuchtes, verschimmeltes Verlies, in dem man sich in seinen eigenen Ex-

krementen wälzte. Es waren keine Ketten an den Wänden befestigt, es gab keine Ratten, die den geschwächten Gefangenen die Zehen anknabberten, und es gab auch kein verfaultes Essen, das einem im Blechnapf unter der Tür durchgeschoben wurde. Vielmehr sah ihre Zelle genauso aus, wie es in irgendeiner Verordnung über die angemessene Unterbringung von Untersuchungshäftlingen vorgeschrieben sein mochte. Behördenmäßig. Fast schon enttäuschend korrekt. Es hätte sich um einen Abstellraum in einem Amt handeln können. Fensterlos und klein, aber sauber und keineswegs beängstigend. Blauer Linoleumboden, zweckmäßiges Metallbett. Das Essen war schlecht, aber nicht schlechter als das, was man auch in Krankenhäusern oder Kantinen bekam.

Drei Tage hatte Marisa nun bereits in dieser schlichten Zelle geschmort. Von Stunde zu Stunde waren ihre Selbstvorwürfe bohrender und quälender geworden. Inzwischen war sie so weit, dass sie sich selbst mehr hasste als die Polizisten, die sie verhört und weggesperrt hatten. Was war sie nur für eine dumme Kuh gewesen! Wie hatte sie jemals auf die schwachsinnige Idee kommen können, Ricardo ließe sie beobachten? Meine Güte, wie Unrecht sie ihm getan hatte! Das würde sie niemals wiedergutmachen können, und wenn sie sich für den Rest ihrer Tage vor ihm auf die Knie warf und um Verzeihung winselte.

Da tauchte endlich einer auf, der alles besaß, was sie sich von einem Mann erträumte, und sie stieß ihn von sich weg wie einen leprösen Bettler. Da warb mal einer um sie, wie es sich gehörte, und sie ließ ihn eiskalt auflaufen, als wäre er ein aufdringlicher Staubsaugervertreter. Was war nur mit ihr los? Warum konnte sie mit Typen, die ihr wenig bis gar nichts bedeuteten, fröhlich und ohne Hemmungen ins Bett gehen und sich ausgerechnet bei Ricardo, der aufregender war als alle Männer, die sie bisher gehabt hatte, so unnahbar geben? So spröde? Wie verdreht konnte man noch sein? Damals, im Alentejo, als sie sich »ge-

liebt« hatten, war sie nicht sehr verliebt in ihn gewesen. Und in jüngerer Zeit, da ihre Gefühle gewachsen waren, hatte sie nicht mehr so locker-flockig mit ihm Liebe machen können. Herrje, das war doch schizophren!
Mehr als alles in der Welt sehnte sie sich jetzt nach seinen Zärtlichkeiten – und wenn sie ihn dafür heiraten musste. Warum auch nicht? Sie war doch kein junges Mädchen mehr, das seine Eltern, die es schon einmal mit einer geplatzten Hochzeit herb enttäuscht hatte, zufriedenstellen musste. Und es musste ja keine Zeremonie in Weiß sein, in einer barocken Kirche, mit Kutschfahrt und hundert geladenen Gästen. Sie konnten sich standesamtlich trauen lassen. Sie konnten nach Las Vegas fliegen. Sie konnten eine noch exotischere Reise unternehmen und sich nach hawaiianischem, tahitianischem oder nepalesischem Ritual trauen lassen, barfuß am Strand. Es würde wunderschön werden. Warum hatte sie sich immer so vehement gegen die Ehe ausgesprochen? Und warum, durchzuckte Marisa noch der Gedanke, bevor sie in einen unruhigen Schlaf fiel, hatte Ricardo eigentlich nie um ihre Hand angehalten?

Nach drei Tagen wurde sie aus der Haft entlassen. Nachdem sie den Zellentrakt hinter sich gelassen hatte, wurde sie in das Büro des Mannes geführt, der sie verhört hatte und der Zeuge ihrer peinlichen Blasenschwäche geworden war. Dafür hasste sie ihn mehr als für das nervenaufreibende Verhör. Neben ihm stand Ricardo. Marisa warf sich ihm heulend in die Arme.
Ricardo bedankte sich bei seinem Onkel dafür, dass er seinen Einfluss geltend gemacht und dafür gesorgt hatte, dass Marisa freikam. Er brachte Marisa nach Hause. Sie konnte während der Fahrt und auch in ihrer Wohnung gar nicht mehr aufhören zu weinen. Ricardo glaubte, dass seine schlimmsten Befürchtungen noch übertroffen worden waren, mochte sie aber nicht fragen. Irgendwann würde sie schon von alleine reden. Er setzte einen

Kaffee auf, stöberte in allen Küchenschränken, bis er ein bisschen Knabberzeug gefunden hatte, brachte alles ins Wohnzimmer und goss ihnen dort einen Cognac ein, nachdem er von der Anrichte Gläser sowie eine angestaubte Karaffe geholt hatte. Er behandelte Marisa mit einer beinahe mütterlichen Fürsorglichkeit, und sie heulte daraufhin nur noch mehr. Sie war einem Schluckauf nahe.
Marisa trank drei Gläser Cognac hintereinander. Dann gähnte sie und fragte, schon ein wenig lallend, nach der Uhrzeit.
»Es ist jetzt kurz vor 18 Uhr.«
»Höchste Zeit, ins Bett zu gehen, was?« Ihr Ton machte ihm Angst. Sie klang hysterisch.
»Ja, geh ins Bett und ruh dich aus. Morgen sieht die Welt schon wieder ganz anders aus.« Er nahm einen Notizzettel, kritzelte darauf die Telefonnummer seiner Mutter und reichte ihn ihr. »Hier. Ich bleibe heute Nacht in der Stadt. Falls irgendetwas ist, erreichst du mich dort, okay?«
»Nein!«
»Aber – wolltest du nicht schlafen?«
»Geh nicht. Ich will nicht allein sein. Ich war drei Tage in Isolationshaft.«
»Schon gut. Dann bleibe ich hier.« Ricardo fühlte sich vollkommen hilflos. Wie ging man mit einer Frau um, die gerade aus dem Gefängnis kam, wo man ihr vermutlich Gewalt angetan hatte? Sollte er nicht besser einen Arzt rufen? Ihre Eltern hierherbitten? Die würde er ohnehin anrufen müssen, und zwar sofort. »Leg dich ins Bett, ich komme gleich und singe dich in den Schlaf, ja?« Er lächelte sie aufmunternd an, als sei sie ein verstörtes Kind, dessen Alptraum man mit einem Wiegenlied vertreiben konnte.
Sie rieb sich die letzte Träne aus den Augenwinkeln, schniefte laut und lächelte zurück. »Wenn du so gut singst, wie du tanzt, dann nimm von diesem Plan lieber Abstand.«

»Na also, willkommen zurück, Marisa Monteiro Cruz. Du wirst schon wieder unverschämt – ein gutes Zeichen. So, und jetzt husch, husch ins Körbchen.«

Marisa ging in ihr Schlafzimmer, zog sich nackt aus und legte sich ins Bett. Sie hörte, dass Ricardo telefonierte, konnte jedoch nicht verstehen, mit wem oder was er sagte. Kurz darauf kam er zu ihr, zog die Vorhänge zu und setzte sich auf den Bettrand.

»Du darfst es dir aussuchen: ›Schlaf, Kindlein, schlaf‹ oder lieber ›Der Mond ist aufgegangen‹?«

»Legst du dich zu mir?«

»Ich ... äh ... sollte es mir besser auf dem Sofa bequem machen.«

»Nein. Bitte komm ins Bett.«

Na, jetzt war sicher nicht der richtige Zeitpunkt, sich mit Marisa auf Diskussionen einzulassen, sagte Ricardo sich. Schön, dann würde er sich zu ihr legen. Ganz brüderlich. Er würde sie festhalten, wenn sie sich dann besser fühlte, und würde sie in den Schlaf wiegen. Aber sonst würde er nichts machen, gar nichts. Wie grausam das war, was sie von ihm verlangte! Wie sollte er eine ganze Nacht im Bett der Frau verbringen, nach der er sich derartig verzehrte, ohne sie auch nur durch eine einzige etwas weniger brüderliche Berührung noch mehr zu verschrecken? Er zog sich Schuhe, Socken und Hose aus. Unterwäsche und T-Shirt behielt er an. Dann krabbelte er unter die Decke, verfluchte Marisa dafür, dass sie nackt war, und nahm sie in die Arme. Wenige Minuten später war sie eingeschlafen, während er noch stundenlang wach lag und sich in allen Details die furchtbaren Dinge ausmalte, die man ihr angetan hatte.

Er musste ihr Zeit geben. Irgendwann wäre sie wieder bereit, sich auf intime Berührungen und Zärtlichkeiten einzulassen. Er konnte warten. Wie lange es auch dauern mochte.

55

Einige Wochen später, an einem klaren Frühlingsmorgen des Jahres 1973, erwachte Marisa ungewöhnlich früh. Die Sonne war noch nicht aufgegangen, würde es aber, nach der violetten Färbung des Himmels zu urteilen, demnächst tun. Sie duschte schnell, zog den Rock vom Vortag sowie ein leichtes T-Shirt an, schlüpfte in ihre Jesussandalen, warf sich einen Pulli lose um die Schultern, schnappte sich ihre neue Nikon und verließ die Wohnung. Diese Tageszeit war zu schön, um sie ungenutzt verstreichen zu lassen. Sie hatte so etwas Unschuldiges, Sauberes. Und sie war ideal zum Fotografieren. Das war ihr neuestes Hobby. Schwarzweiß natürlich. In dem Abstellkabuff hatte sie eine Dunkelkammer eingerichtet, in der sie selber ihre Filme entwickeln und die Abzüge machen konnte. Besonders gern belichtete sie derzeit das harte Fotopapier, ihr gefielen die scharfen Kontraste.

Ihr Spaziergang durch das erwachende Lissabon war herrlich. Sie sollte öfter so früh aufstehen. Außer ihr waren noch nicht viele Menschen unterwegs. Ein Zeitungsauto deponierte die frisch gedruckten Stapel vor einem Kiosk. Der Duft frischer Brötchen drang aus einer Bäckerei. Sie lief Richtung Tejo und kam an einem Café vorbei, das schon geöffnet hatte. Anscheinend war es ein Treffpunkt von berufsmäßigen Frühaufstehern wie Busfahrern und Hafenarbeitern. Kaum eine Minute später hatte sie eine stark gezuckerte *bica* hinuntergestürzt und befand sich wieder auf ihrem Weg, der aufgehenden Sonne entgegen.

Am Cais do Sodré verschoss sie drei Filme. Die ersten Sonnenstrahlen verliehen den Hafenfähren einen magischen Glanz, den sie im hellen Tageslicht nicht hatten. Über die gekräuselte Wasseroberfläche tanzten orangefarbene Funken. Über alldem lag der Duft des frühen Morgens, vermischt mit den Hafengerüchen. Ein paar Möwen kreisten über dem Anleger und stießen ihre traurigen Schreie aus. Es war ein zauberhaftes Spektakel, eines, das Marisa in Erinnerung rief, dass sie viel zu selten im Freien war, dass sie in ihrem Alltag zu wenig Himmel und zu viele Mauern sah.

Es überkam sie plötzlich eine große Lust, auf der Stelle in den Alentejo zu fahren. Da gab es mehr als genug Himmel. Es war Samstag, sie musste nicht zur Arbeit. Es war so früh am Tag, dass die Straßen leer sein würden. Und verpassen würde sie hier in Lissabon auch wenig. Sie hatte sich nichts Nennenswertes vorgenommen, keine Verabredungen getroffen, die sie nicht auch absagen konnte. Und in Ruhe die Zeitung lesen, das konnte sie auch auf Belo Horizonte. Ricardo wollte sie allerdings um diese Uhrzeit noch nicht anrufen. Sollte sie ihn überraschen? Oft genug um einen Besuch gebeten hatte er sie ja – aber nach dieser merkwürdigen Nacht an seiner Seite, in der er so keusch und sie zu erschöpft gewesen war, um ihn zu ermutigen, hatte sie das für keine gute Idee gehalten. Irgendwie waren sie beide nicht kompatibel.

Auf ihrem Weg zurück zu ihrer Wohnung wägte Marisa alle Vor- und Nachteile gegeneinander ab. Es wäre schön, ihn wiederzusehen. Ein Ausflug aufs Land würde ihr guttun. Aber Ricardo würde arbeiten müssen – an Samstagen und bei schönem Wetter wäre er andauernd in der Luft. Und was sollte sie allein auf diesem gruseligen Landsitz? Schön, spazieren gehen. Fotos machen. Zeitung lesen. Sie kam zu keinem vernünftigen Entschluss und fand schließlich, sie könne es auch dem Zufall überlassen: Wenn die Autoschlüssel in ihrer Handtasche waren, würde sie direkt losfahren, ohne erst noch einmal hinauf in ihre Wohnung zu gehen, sich umzuziehen und sich von vermeintlichen Pflichten ablenken zu lassen. Hatte sie die Schlüssel nicht dabei, würde sie es bleiben lassen.

Je näher sie ihrer Wohnung kam, desto mehr hoffte sie, dass die Schlüssel sich in ihrer Tasche befanden. Als sie endlich ihren Wagen erreichte, der in einer Seitenstraße geparkt war, zitterten ihre Hände, als sie in dem voluminösen Beutel herumkramte. Wie kindisch das war! Wenn sie die Schlüssel nicht dabeihatte, würde sie sie eben holen gehen. Doch dann ertastete sie das vertraute Ledermäppchen. Ihr fiel ein Stein vom Herzen. Sie lächelte, als sie in ihr Auto stieg, und während der ganzen Fahrt gelang es ihr nicht, dieses blödsinnige Grinsen loszuwerden, nicht einmal, als sie aus vollem Hals »Morning has broken« von Cat Stevens mitsang.
Erst als sie einer griesgrämigen Dame gegenüberstand, die sich als Chefin aufspielte, blickte Marisa wieder ernst drein.
»Nein, ich habe keinen Termin. Ich will ja auch keine Flugstunde nehmen.«
»Der Senhor Ricardo wird den ganzen Tag in der Luft sein.«
»Irgendwann muss er ja auch einmal landen und den nächsten Schüler an Bord nehmen, oder?«
»Ja, schon, aber ...«
Marisa dachte nicht daran, sich von diesem Drachen abwimmeln zu lassen. Sie spazierte zu der Piste, setzte sich im Schneidersitz ins Gras und hielt am Himmel Ausschau nach einem kleinen Flugzeug. Als sie es schließlich entdeckte, war ihr Hintern schon ganz kalt und feucht.
Die Maschine setzte mit allen drei Rädern gleichzeitig auf, hob wieder ein Stück ab, berührte erneut die Erde und setzte bis zum Ende der Piste dieses Gehüpfe fort. Jesus, dieser Flugschüler war eindeutig noch ein Anfänger! Erst jetzt kam es Marisa in den Sinn, dass Ricardos Beruf ziemlich viele Gefahren barg. Was, wenn er wegen eines unfähigen Trottels abstürzte? Zum Glück konnte sie diesen Gedanken nicht zu Ende führen, denn in diesem Augenblick kamen auch schon Ricardo und ein Mann in mittleren Jahren aus dem Flugzeug geklettert. Ricardo klopf-

te seinem Schüler auf den Rücken. Für Marisa sah es aus, als würde er ihn loben. Der Mann schritt mit stolzgeschwellter Brust neben Ricardo her, und es sah aus, als sei der Ältere der Lehrer des Jüngeren. Ricardo trug eine Pilotenbrille, hatte die Hemdsärmel hochgekrempelt und wirkte wie ein Junge, dem gerade ein ziemlich fieser Streich gelungen ist, ohne erwischt zu werden.
Marisa stand auf, und da entdeckte er sie. Er winkte. Dann wechselte er ein paar Worte mit dem anderen Mann und kam zu ihr. Sie umarmten sich.
»Hey! Schön, dass du da bist.«
»Ja.«
»Warum hast du nicht angerufen, dann hätte ich mir den Tag nicht so mit Terminen vollgeknallt?«
»Es war eine eher spontane Eingebung.«
»Ah. Also, ich weiß nicht – ich kann dir die Schlüssel zum Haus geben, da kannst du Kaffee trinken und so. Ich habe erst über Mittag eine Stunde frei.«
»Macht nichts. Ich hatte Lust auf ein bisschen Natur. Ich werde mir mal die Gegend genauer ansehen. Vielleicht fahre ich auch meine Tante besuchen. Aber die Schlüssel kannst du mir trotzdem geben – wenn es dir nichts ausmacht, dass ich mich mal in dem alten Kasten umsehe.«
Inzwischen waren sie an der Baracke angelangt, die seit Marisas letztem und bisher einzigem Besuch viel einladender geworden war. Vielleicht war diese Dona Aldora doch nicht so furchtbar, wie sie auf den ersten Blick wirkte.
»Tut mir wirklich leid, dass ich nicht mehr Zeit für dich habe. Vielleicht kann ich ein oder zwei Stunden heute Nachmittag absagen.«
»Nein, bloß nicht! Nachher bin ich schuld, wenn dein Laden nicht brummt. Also dann: Bis später.« Marisa nahm ihm die Schlüssel ab und wandte sich um, bevor sie ihn hier und vor

Zeugen – in der Baracke saßen Dona Aldora, der Mann von vorhin sowie anscheinend der nächste Schüler und glotzten nach draußen – mit Küssen oder vertraulichen Gesten in Verlegenheit brachte.

Das alte Herrenhaus war der Traum jedes Menschen, der sich gern mit Renovierungen und Einrichtungen beschäftigte – und der Alptraum aller Pragmatiker. Es instand zu setzen hätte Unsummen verschlungen, wäre aber sicher auch mit einem grandiosen Ergebnis belohnt worden. Hatte sie sich zu Beginn ihrer einsamen Begehung noch wie ein Dieb gefühlt, so verlor Marisa im Laufe ihres Rundgangs zusehends ihre Hemmungen. Es war ohnehin nichts Persönliches von Ricardo in diesem Haus, nichts, was ihr das Gefühl gegeben hätte, ein Eindringling zu sein. Sie fühlte sich vielmehr wie eine Maklerin, die ein Objekt begutachtet. Sie rüttelte am Treppengeländer, um dessen Funktionstüchtigkeit zu überprüfen. Sie klopfte gegen Holzverkleidungen, kratzte an feuchten Mauerstellen, betrachtete mit Ehrfurcht die kunstvollen Azulejos in den Bädern und in der Küche, die mit einigem Aufwand vielleicht noch zu retten wären.
Die Küche war offensichtlich längere Zeit nicht mehr in Gebrauch gewesen. Marisa hätte gern einen Happen gegessen, bevor sie sich zu einem Spaziergang aufmachte. Irgendwo musste es doch etwas Essbares geben, einen Kühlschrank, ein paar Grundlebensmittel? Wo zum Teufel aß Ricardo? Wo lebte er? In diesem Gemäuer ganz sicher nicht. Sie verschob die weitere Besichtigung des Herrenhauses auf später. Jetzt hatte sie Hunger und Lust auf frische Luft. Sie schloss sorgfältig die Haustür wieder ab, obwohl sie sich beim besten Willen nicht vorstellen konnte, was ein Dieb hier holen wollte.
Sie ging um das Haus herum und entdeckte vor einer Scheune den alten Pick-up. Ricardo hatte offenbar daran herumgewer-

kelt, der alte Wagen sah ganz manierlich aus. Vor der Scheune sah sie ein paar Gummistiefel neben der Tür stehen. Ob er da drin wohnte? Einen Versuch war es wert. Und die anderen Schlüssel an dem Bund mussten ja zu irgendeiner Tür passen. Sie probierte vier Schlüssel aus, und natürlich klappte es erst beim letzten. Sie stieß die Tür auf, trat vorsichtig ein und rief: »Hallo? Ist hier jemand?« Im Flur hingen verschiedene Mäntel und Jacken an einer Hakenleiste. Aha, hier hauste Ricardo also wirklich. Es war ihr sehr unheimlich, ohne seine Begleitung in seine Privatsphäre einzudringen. Doch inzwischen knurrte ihr Magen so laut, dass sie darauf keine Rücksicht mehr nehmen konnte.

Sie kam in einen riesigen, hellen Raum. Auf dem Holzfußboden waren Farbkleckse – hier war einmal ein Atelier gewesen. Dann entdeckte sie in der Ecke eine Kochnische und vergaß augenblicklich jeden anderen Gedanken an diese Scheune, ihre alte oder neue Verwendung und ihre Bewohner. Sie riss die Kühlschranktür auf, fand Butter und getrocknete Blutwurst, deren schrecklicher Anblick ihr das Wasser im Mund zusammenlaufen ließ. Oben auf dem Kühlschrank stand ein Brotkasten, und das halbe Brot, das darin lag, sah sogar einigermaßen essbar aus. Sie schnitt sich eine dicke Scheibe ab, machte sich ihr Butterbrot und vertilgte es mit einer Hingabe, die sie von sich selber nicht kannte. Hm – warum hatte sie sich eigentlich immer so vor Blutwurst geekelt? Sie war köstlich!

Während des Kauens wanderte ihr Blick über die Wände der umgebauten Scheune. Es hingen zahlreiche Bilder von Laura Lisboa daran, Kopien offenbar. Komisch, das hätte sie gar nicht gedacht, dass Ricardo sich für Kunst interessierte, und schon gar nicht für diese Malerin. Da sah man mal wieder, wie viel Wohnungen über ihre Bewohner verrieten. Sie schlang den letzten Bissen ihres Brotes halb gekaut herunter, trank etwas Orangensaft direkt aus der Flasche und verließ die Scheune wieder. Es musste schon auf Mittag zugehen. Sie würde ein bisschen laufen und dann auf Ricardo warten.

Seine Mittagspause war kurz, die Stimmung gut, aber enttäuschend unerotisch. Es war vielleicht doch keine so gute Idee gewesen, ihn an einem für ihn arbeitsreichen Tag zu überfallen. Wenn er dasselbe getan und sie in Lissabon in ihrer Mittagspause vom Büro abgeholt hatte, war sie auch nie in besonderer Flirtlaune gewesen. Na ja, irgendwann hatte er ja auch mal Feierabend.

Marisa stromerte ziellos über die Wiesen und durch die Wälder. Sie kam an dem Ufer des Sees vorbei, an dem sie vor Jahren mit Ricardo gewesen war und wo sein tumber Freund sie mit der Schreckensnachricht vom nahenden Tod seiner Großmutter aufgeschreckt hatte. Sie passierte ein winziges Häuschen, vor dem ein alter Mann ein Beet angelegt hatte, auf dem er jetzt die Frühjahrssaat ausbrachte. Sie nickte dem Mann zu, er erwiderte ihren Gruß. Er erinnerte sie vage an jemanden, aber er war zu weit weg, als dass sie ihn genauer hätte erkennen können.

Sie atmete tief durch und genoss die saubere Luft. Sie bewunderte die Sanftheit der Landschaft. Sie betastete die Stämme von Korkeichen. Diejenigen, die mit einer 4 markiert waren, waren zuletzt 1964 geschält worden und wären nun bald wieder an der Reihe. Ihre Rinde war dick und buckelig. Diejenigen, die erst im Vorjahr, also 1972, abgeerntet worden waren, hatten noch ganz glatte, rötliche Stämme. Verrückt war das, nur alle neun Jahre den wertvollen Kork ernten zu können – nicht gerade ein Geschäft für ungeduldige Naturen.

Sie kam an einem Herrenhaus vorbei, das sehr gepflegt aussah und in jeder Hinsicht dem Besitz eines typischen *latifundiários* von vor hundert Jahren glich. Es gab sie also noch, die berühmten *montes*, die sie nur aus dem Schulunterricht kannte. Belo Horizonte hatte auch einmal dazugehört. Immer wieder verrenkte sie während ihres Spaziergangs den Kopf, um oben die

Cessna vorbeifliegen zu sehen. Einmal hatte sie auf einem Weg inmitten von noch niedrigen Weizenfeldern gestanden, weithin sichtbar, und gewinkt. Das Flugzeug hatte zurückgewinkt. Als sie endlich wieder Belo Horizonte erreichte, waren ihr die Beine von der ungewohnten Anstrengung weich. Und ihr Magen knurrte schon wieder.
Diesmal schnitt sie sich ein dickes Stück von der schweinischen Wurst ab und verzehrte es pur aus der Hand. Dann stapfte sie kauend hinüber zum Haupthaus. Solange es noch hell war, wollte sie sich dort genauer umsehen. Sie hatte das Gefühl, es müsse dort irgendetwas zu entdecken geben. Sie wünschte es sich. Wer träumte nicht davon, ein geheimes Versteck zu finden, in dem eine Schatzkarte lag oder etwas in der Art? Wenn es irgendwo solche Dinge aufzustöbern gab, dann in diesem Spukhaus, dessen war sich Marisa gewiss. Ein großes Meisterwerk der Renaissance, verborgen unter hundertjährigem Gerümpel auf dem Dachboden. Eine Originalausgabe der *Lusíadas* von Camões. Eine verschollen geglaubte Partitur von Haydn.
Ihr Verstand sagte ihr, dass die Wahrscheinlichkeit eines solchen Fundes gleich null war. Ihr Bauch aber kribbelte vor Entdeckerlust. Am liebsten hätte sie sich gleich den Dachboden vorgenommen, der am ergiebigsten zu sein versprach. Aber das wäre wie Sex ohne Vorspiel gewesen. Sie würde sich der Spannung berauben, die sich langsam aufbaute. Also zwang sie sich, zunächst in jedem Raum genauestens nachzusehen. Gab es geheime Mauernischen? Lose Bodendielen? Hohlräume, die als Versteck geeignet waren? Nein. Nichts. Sie war im Obergeschoss angelangt, hatte alle Zimmer inspiziert und bisher nur einen einzigen skurrilen Fund gemacht, nämlich ein selbst gebautes Modellflugzeug. Ricardo musste noch ein Kind gewesen sein, als er es gebastelt hatte. Die Vorstellung, wie ein kleiner Junge konzentriert an diesem Monstrum gefeilt hatte, rührte sie fast zu Tränen.

Sie brauchte eine Weile, bis sie den Zugang zum Dachboden gefunden und geöffnet hatte. Doch was sie dann sah, entschädigte sie für die Mühe. Es war himmlisch! Das reinste Paradies für Hobby-Archäologen! Mit Kisten, Truhen, Schränken und losen Brocken zugestellt bis unter die roten Dachziegel, voll mit Spinnweben, die von den mächtigen Dachträgern hingen, und getränkt mit dem Duft von uraltem Staub entsprach dieser Speicher exakt dem Bild, das sie sich erhofft hatte. Er war sogar schon ein bisschen zu vollgestopft mit alten Sachen, denn man kam durch dieses Chaos kaum hindurch. Immerhin fiel durch die verdreckten Dachfensterchen genug Licht.
Marisa erschrak beim Anblick eines Schädels, den irgendein Witzbold wohl genau zu diesem Zweck gleich in der Nähe der Luke aufgestellt hatte. Ach, wahrscheinlich nur von einem Affen, sagte sie sich und bahnte sich weiter ihren Weg durch die Berge von Schrott und Staub. Sie hob hier einen Deckel an und blickte da hinter eine Klappe, zog hier eine Schublade auf und lugte da in einen Karton. Manche Dinge sahen so aus, als lohnte sich ihre genauere Inspektion: eine Wäschetruhe etwa, in der vergilbte Nachthemden mit Spitzenkragen obenauf lagen, die noch aus monarchistischen Zeiten zu stammen schienen; eine Weinkiste, in der ein Bündel Briefe, ein verblasstes Foto mit gezackten Rändern und kleine Andenken lagen, wie sie nur junge Mädchen aufbewahren konnten; oder ein Schrank, in dem sich haufenweise Bücher befanden, die auseinanderzufallen drohten, wenn man sie in die Hand nahm. Von alten Meistern oder verschollenen Partituren allerdings keine Spur.
»Marisa? Bist du da oben?«, hörte sie plötzlich Ricardos Stimme.
»Ja.« Sie krabbelte aus der Ecke hervor, in der sie gerade gestöbert hatte. Durch die Bodenluke sah sie nach unten. »Das ist ja irre hier oben!«
Ricardo sah sie entgeistert an. Dann prustete er laut los. »Du siehst auch ziemlich irre aus! Du solltest dich sehen – wie die

böse Hexe in einem Gruselfilm. Deine Haare hängen voll mit Spinnweben.«
Marisa fuhr sich mit ihren vor Staub geschwärzten Fingern durchs Haar und fing ein paar Fäden auf. »Bäh!« Sie wedelte mit ihren Händen, um die klebrigen, rauhen Fäden abzuschütteln. Vor lauter Begeisterung über diesen verwunschenen Dachboden hatte sie gar nicht gespürt, wie eklig es dort eigentlich war.
»Warte mal kurz.« Sie holte ihr einzig transportables Fundstück, die Weinkiste, und reichte sie Ricardo nach unten. »Die will ich mir später mal genauer ansehen.« Und fügte nach einer Sekunde mit dem Balkan-Akzent einer wahrsagenden Zigeunerin hinzu: »Große Tragödien und dramatische Schicksale werden sich uns enthüllen.«
Dann kletterte sie die Treppe hinab – bis sie einige Stufen vor dem Erreichen des Fußbodens spürte, dass Ricardo seine Hände um ihre Taille legte und sie das letzte Stück herunterhob.
Sie drehte sich herum, sah ihm in die Augen und wusste, dass er sie jetzt am liebsten geküsst hätte. Doch sie trat ein Stück zurück, sah an sich herab und meinte idiotischerweise: »Vor dem Essen Händewaschen nicht vergessen.«
Sie gingen in die Scheune, in der er wohnte. Sie duschte ausgiebig, wusch sich die Haare, wickelte sich in ein großes Handtuch und trat, zusammen mit einem Schwall von Wasserdampf, aus dem kleinen Badezimmer heraus. Mit spitzen Fingern trug sie ihre Kleider vor sich her. »Das mag ich jetzt nicht mehr anziehen. Kannst du mir was leihen?«
Ricardo räusperte sich. »Ja, klar.« Er holte ein weißes Hemd, reichte es ihr und wollte sich schon abwenden, um aus dem Kühlschrank den Wein zu holen, als er sie leise sagen hörte: »Du brauchst nicht wegzusehen.«
Er blieb wie angewurzelt vor ihr stehen. Langsam löste sie das Handtuch und ließ es einfach auf den Boden fallen. Er ließ sei-

nen Blick über ihren Körper wandern, über die sommersprossigen knackigen Brüste, über ihren hübschen geschlitzten Bauchnabel, über ihr Schamdreieck, dessen Haare wie die auf ihrem Kopf hellbraun waren, über ihre straffen Schenkel hinab zu den Schienbeinen bis zu den kleinen Füßen mit den knallrot lackierten Nägeln. Sie war wunderschön, und sie wusste es. Sie drehte sich herum. Sie hatte noch einen Rest von Sommerbräune vom letzten Jahr – ganz schwach waren die weißen Ränder des Bikinis auszumachen. Sie hielt einen Arm nach hinten, und er begriff, dass er ihr in das Hemd helfen sollte wie in einen Mantel. Er legte ihr das Hemd um, löste aber danach seine Hände nicht gleich von ihr. Er ließ sie einen Augenblick dort ruhen, wo er das Hemd gehalten hatte, unterhalb des Kragens. Dann ließ er sie nach unten gleiten. Durch den dünnen Stoff fühlte er, wie sich ihre Brustwarzen aufrichteten. Er spürte, wie er selber hart wurde. Er streichelte ihre Brüste, fuhr dann mit den Händen weiter nach unten und umfasste ihre schlanke Taille. Er zog sie fester an sich und schmiegte sein Gesicht von hinten an ihren Hals.

Ihre Haare dufteten nach seinem Shampoo. Sie klebten an ihrem Rücken, unter dem Hemd, auf dem sie einen nassen Fleck hinterließen. Ricardo bedeckte ihren Hals, ihre Ohren und ihre Wange mit Küssen. Ihm war heiß, und er atmete schwer. Sie wandte ihm ihr Gesicht zu und rieb es an seinem Stoppelbart. Dann legte sie den Kopf nach hinten, schloss die Augen und bot ihm ihren weißen Hals dar.

Marisa gab sich ganz den Empfindungen hin, die seine Küsse, sein Saugen und die kleinen Bisse in ihr auslösten. Mit der Zungenspitze fuhr er durch ihre Ohrmuschel, und allein davon liefen ihr köstliche Schauer über die Haut. Gleichzeitig hatte er seine Hände unter das Hemd gleiten lassen, wo sie sich nun zu ihrer Scham vortasteten. Seine Finger waren kundig, seine Berührungen sanft. Er fand auf Anhieb den empfindlichsten Punkt,

den er nun mit genau dem richtigen Druck, dem perfekten Tempo und einem Höchstmaß an Sensibilität massierte. Marisa spannte die Pobacken an. Sie stellte sich auf die Zehenspitzen, jeder Muskel ihres Körpers in höchster Erregung angespannt. Und dann spürte sie, wie eine Welle von den Zehen aufwärts über sie hinwegrollte, Kontraktionen in ihrem Unterleib auslöste, die sie schwindeln ließen, und die Anspannung mit sich fortspülte und nichts als ein tiefes Gefühl der Erfüllung hinterließ. Sie stöhnte leise.
Die ganze Zeit über stand er hinter ihr, dicht an sie gepresst. Sie spürte, wie erregt er war. Sie hörte seinen beschleunigten Atem. Dann drehte er sie plötzlich zu sich herum, sah sie aus verschleierten Augen an, hob sie hoch und trug sie zum Bett. Er streifte in Sekundenschnelle seine Kleidung ab und legte sich zu ihr. Ihre Münder fanden in einem Spiel zueinander, das ihnen die Luft raubte. Er knabberte an ihren Lippen, saugte daran und ließ seine Zunge um ihre kreisen, das Ganze eine sinnliche Vorwegnahme der Vereinigung ihrer Körper, die Marisa nun mehr herbeisehnte als alles andere.
Während dieses intensiven Kusses fuhr Marisa mit der Hand über seine Brust, ließ sie herabwandern zu den Leisten, um schließlich mit zärtlicher Hingabe sein steil aufragendes Glied zu umfassen und die samtige Haut zu streicheln, sie in einem rhythmischen Auf und Ab zu bewegen und darunter die Härte zu fühlen. Seine Größe erregte sie zutiefst. Doch Ricardo ließ sie nicht lange gewähren.
Er rollte sie auf den Rücken und rutschte nach unten, um sich nun seinerseits an die Erkundung ihrer geheimsten, sensibelsten Stellen zu machen. Mit der Zunge schenkte er ihr erneut das Erlebnis, das sie erst Minuten zuvor gehabt hatte. Marisa drückte das Kreuz durch und stöhnte. Sie griff unter seine Arme und gab ihm durch leichtes Ziehen zu verstehen, dass er nun endlich, bitte!, ganz mit ihr verschmelzen möge. Küssend rückte

sein Kopf immer höher, verharrte einen Moment bei ihrem Nabel, dann umschlossen seine Lippen ihre Brustwarzen. Als er sein kratziges Kinn in ihre Halsbeuge legte, spreizte er mit seinem Unterleib ihre Beine. Es bedurfte keiner Führung durch die Finger mehr. Marisa war so bereit, so feucht, dass ihre Leiber allein zueinanderfanden. Mit einem stummen Seufzen drang er in sie ein.

All die Einfühlsamkeit, mit der Ricardo zuvor seine eigenen Bedürfnisse zurückgestellt hatte, um zunächst ihre Begierde zu steigern und ihr Lust zu verschaffen, war verflogen. Jetzt kannte er kein Halten mehr. Eine atemlose Leidenschaft brach plötzlich durch, eine rohe, animalische Kraft, die Marisa mit sich riss. Sie hatte es jetzt genauso eilig wie er, wollte mit derselben Dringlichkeit, dass er in sie stieß, härter, schneller und tiefer. Ihre Finger verkrallten sich in den Kuhlen seines Pos. Sie fühlte das Spiel seiner Muskeln und den Schweißfilm, der auf seiner Haut lag, hörte ihn keuchen und trieb ihn mit dem festen Druck ihrer Hände sowie den Bewegungen ihres Unterleibs zu immer heftigeren Stößen. Ihrer beider Gier schienen keine Grenzen gesetzt zu sein. In der Sucht nach noch intensiverer Vereinigung hob er ihre Beine an, legte sie über seine Schultern und drang nun mit gewaltigen Stößen in sie ein. Marisa spürte einen Schmerz, der ihr köstlicher erschien als alles zuvor Gewesene. Ihre Leiber bebten in vollkommener Raserei.

Die Woge, die diesmal über Marisa hinwegflutete, die all ihr Denken mit sich riss und nichts als Fühlen hinterließ, war noch mächtiger als vorhin – wie eine riesenhafte Welle, die sich überschlug und krachend alles unter sich begrub. Marisa hörte Ricardo stöhnen und sich selber schluchzen.

Er lag auf ihr, und sie fühlte seinen schweißnassen Körper in ihren Armen erschlaffen.

Eine Weile lagen sie noch so da. Ihre Herzen pochten hart. Als sich ihr Pulsschlag langsam beruhigte, glitt er aus ihr und dreh-

te sich auf den Rücken. Mit geschlossenen Augen lag er da, erschöpft und mit einem glücklichen Lächeln auf den Lippen. Sie stützte ihren Kopf auf ihre Hand und betrachtete ihn verzückt. Ihren abgekämpften Krieger nach der siegreichen Schlacht. Sie fühlte seinen Samen warm an ihren Schenkeln herunterlaufen, und plötzlich fiel ihr ein, dass sie ihre Pillenpackung nicht dabeihatte. Egal. Um nichts auf der Welt würde sie diese Erfahrung missen wollen. Sie war noch nie so stürmisch geliebt worden, noch nie von einer derartigen Ekstase mitgerissen worden. Der beste Sex ihres Lebens, dachte sie und schloss die Augen. Sekunden später war sie eingenickt.
Als sie die Augen wieder aufschlug, lag Ricardo nicht mehr neben ihr.
»Hey«, sagte sie zu ihm. Er stand vor dem geöffneten Kühlschrank.
»Hey.« Er lächelte sie an. »Hast du Durst?«, fragte er. Er wartete keine Antwort ab, sondern brachte ihr eine Flasche Wasser. Erst beim Trinken merkte sie, wie durstig sie war. Sie trank die halbe Flasche in einem Zug aus. Dann richtete sie sich im Bett auf, stopfte sich das Kopfkissen in den Rücken und sah sich in dem Raum um. Sie hatte Lust auf eine Zigarette, aber die lagen in ihrer Tasche.
»Warum hast du eigentlich so viele Bilder von Laura Lisboa hier hängen? Bist ja ein richtiger Fan von ihr.«
»Fan ist vielleicht das falsche Wort. Sie ist meine Mutter.«
»Ja klar. Und ich bin die Kaiserin von China.«
Marisa verstand nicht, warum Ricardo unvermittelt von einem heftigen Lachkrampf geschüttelt wurde. Besonders witzig fand sie seinen Veräppelungsversuch nicht.
»Es stimmt aber«, sagte er, als er sich wieder abgeregt hatte. »Niemand kennt die wahre Identität der Künstlerin oder des Künstlers.«
»Doch, ich. Und du jetzt auch. Laura da Costa steckt dahinter.

Beziehungsweise steckte. Vor ein paar Jahren, nach dieser Sache mit Felipe, hat sie die LL sterben lassen.«
Marisa schüttelte fassungslos den Kopf. »Dann sind diese Gemälde alle echt?«
»Ja.«
»Sie müssen ein Vermögen wert sein! Du brauchtest nur ein einziges davon zu verkaufen und müsstest dir nicht mehr so den Arsch aufreißen! Du könntest Belo Horizonte sanieren. Du könntest dir ein schöneres Flugzeug kaufen. Du könntest ...«
»Ich verkaufe keines davon. Eines Tages vielleicht. Das da, mit dem Kind, oben links, das finde ich ziemlich scheußlich. Das soll ich sein, kannst du dir das vorstellen? Irgendwann verkaufe ich es. Aber erst will ich selber zu Geld kommen. Ich will nicht das Gefühl haben, dass ich meinen Erfolg dem Geld meiner Mutter verdanke.«
»Warum hast du mir das nie erzählt, dass sie deine Mutter ist?«
»Ach, das ist eine lange Geschichte.«
»Ich habe Zeit. Die ganze Nacht.«
»Hast du nicht.« Damit warf er sich aufs Bett, zog ihr das Laken vom Körper und fiel über sie her, als hätte er seit Jahren keine Frau gehabt.

Am nächsten Morgen erwachte Ricardo vom Duft frisch aufgebrühten Kaffees. Er staunte nicht schlecht, als er den gedeckten Tisch sah, mit allem, was seine Küche hergegeben hatte, mit geröstetem Brot, gekochten Eiern, Saft und Cornflakes.
»Wie lange bist du schon wach?«
»Seit Stunden. Ich war schon im Dorf, als mir einfiel, dass ja Sonntag ist. Alle Läden hatten geschlossen, sonst hätten wir jetzt Croissants und alle möglichen anderen Frühstücksleckereien.«
»Ich finde, es sieht auch so ganz lecker aus.«

»Leider ist es zur Pfirsich- und Kirschernte noch zu früh, sonst hätte ich aus dem Gärtchen deines Großvaters ein bisschen Obst geklaut.«
»Wovon redest du?«
»Na, diese Hütte da unten am Weg. Das ist doch die von Fernando Abrantes, oder? Dem *Tattergreis*, wie du ihn nennst.«
»Ja, und?«
»Ich finde es nicht sehr nett, dass du so despektierlich über deinen eigenen Großvater redest. Und ihn da hausen lässt, kaum besser als einen Hund.«
»Abrantes ist nicht mein Großvater.«
»Natürlich ist er das.«
»Wie kommst du darauf?«
»Hier«, damit klopfte sie auf die Weinkiste vom Dachboden, die, nunmehr gesäubert, auf ihrem Schoß stand. »Hier habe ich ein paar höchst romantische Briefe gefunden, die dein Opa deiner Oma vor fast sechzig Jahren geschrieben hat. Und ein Foto von ihm. Wirklich irre, wie sehr du ihm ähnelst.«
Mit einem Satz war Ricardo aus dem Bett. Er machte sich nicht die Mühe, sich etwas überzuziehen, sondern lief nackt an den Tisch. »Zeig her!«
Er riss ihr das Foto förmlich aus den Händen und betrachtete es eingehend. Es war uralt und hatte an einigen Stellen Flecken. Deutlich zu erkennen jedoch war ein junger Pilot, der mit frechem Grinsen an einem Doppeldecker stand. Ricardo konnte es nicht fassen. Abgesehen von dem Oldtimer-Flugzeug, den Klamotten und der vorsintflutlichen Fliegerkappe hätte er selber der Mann auf dem Bild sein können.

56

Eine ältliche Hausangestellte öffnete die Tür. Marisa wurde in den Salon geführt, in dem es überheizt war und nach alten Leuten roch. Sie möge sich einen Moment gedulden, die Senhora käme gleich. Marisa sah sich neugierig um. Bei ihren Großeltern hatte es so ähnlich ausgesehen wie hier. Schwere Möbel mit Samtbezügen; Gemälde von Viermastern inmitten aufgepeitschter Wellen; ledergebundene Bücherrücken in massiven Eichenregalen; jede Menge abscheulicher Kristallvasen, Porzellanfiguren und Fotos von pausbäckigen Kindern in Silberrähmchen.

Was sollte sie jetzt tun? Sie hatte nie vorgehabt, mit Dona Elisabete zu reden. Wenn Ricardo schon nicht gewusst hatte, dass Fernando Abrantes sein Großvater war, ahnte auch die Senhora sicher nicht, dass ihr Mann von einer anderen Frau eine Tochter und einen Enkel hatte. Wenn es denn Fernando Abrantes selber wusste. Genau das wollte sie heute in Erfahrung bringen. Ricardo würde sie erwürgen, wenn er das herausfände.

Marisa hatte sich absichtlich nicht vorher angekündigt. Sie wollte nicht abgewimmelt werden, weder am Telefon noch an der Tür. Sie hatte sich ihre konservativsten Kleider angezogen, eine Brille aufgesetzt und ihr Haar sorgfältig aufgesteckt. Sie sah aus wie eine Gerichtsvollzieherin, was natürlich auch nicht eben ideale Voraussetzungen waren, um nicht abgewimmelt zu werden.

Elisabete Abrantes kam lautlos in das Wohnzimmer. Sie war eine feine alte Dame mit blauen Haaren. Bestimmt war sie einmal sehr hübsch gewesen, dachte Marisa.

»Womit kann ich Ihnen behilflich sein?«, fragte sie in herablassendem Ton, der ihre lebenslange Befehlsgewohnheit verriet.

»Ich wollte eigentlich mit Ihrem Mann sprechen. Es handelt sich um eine ... persönliche Angelegenheit.«
»Hören Sie, mein Kind, ich bin seit über fünfzig Jahren mit dem General verheiratet. Er hat keine ›persönlichen Angelegenheiten‹, die nicht auch meine wären.«
Marisa wand sich vor Unbehagen. Damit hätte sie rechnen müssen. Warum hatte sie sich nicht einen guten Vorwand ausgedacht? Die alte Dame würde sie wahrscheinlich in Kürze hinauswerfen, wenn ihr nicht bald etwas Sinnvolles einfiel.
Doch Elisabete Abrantes tat nichts dergleichen. Stattdessen fragte sie mit hochgezogener Augenbraue: »Hat es irgendetwas mit dieser Juliana da Costa zu tun?«
Marisa nickte. Was hatte das zu bedeuten? Wusste die Frau mehr als ihr Mann und Ricardo zusammen?
»Na, dann gehen Sie zu ihm, meine Liebe. Vielleicht heitert ihn das auf. Er ist sehr krank.« Sie schritt kerzengerade vor Marisa einher, und Marisa konnte nicht anders, als die Dame für ihre Haltung zu bewundern – nicht nur die körperliche.
Elisabete klopfte an die Tür des Arbeitszimmers, wartete aber kein »Herein« ab, sondern öffnete die Tür einen Spaltbreit. »Du hast Besuch, Fernando.« Dann gab sie Marisa durch einen Wink zu verstehen, dass sie eintreten dürfe. Hinter ihr schloss sie die Tür. Marisa war nun allein mit dem alten Mann, der mit geschlossenen Augen in einem Sessel saß.
Sie räusperte sich vernehmlich. Schlief der Mann etwa? Nein, jetzt schlug er die Augen auf. Sofort veränderte sich sein ganzer Ausdruck. Hatte er soeben noch gewirkt wie ein hinfälliger Greis, farblos, faltig, kraftlos, so sah er plötzlich sehr unternehmungslustig aus. Das Grün seiner Augen verschlug Marisa den Atem. Sie leuchteten mit ungebrochener Brillanz, und bei einem Blick in diese Augen vergaß man auf der Stelle alles darum herum. Es war kein Wunder, dass Ricardo nie erkannt hatte, wer dieser Mann in Wahrheit war. Von weitem wirkte er wie ein x-

beliebiger alter Mann, mit schlohweißem Haar und einem so verwitterten Gesicht, dass die einstigen Merkmale nicht mehr klar zu erkennen waren. Aus der Nähe jedoch erkannte man, was für ein agiler Geist sich hinter der zerfurchten Stirn befand. Ricardo war an diesen Mann, der ganz ohne Zweifel sein Großvater war, nie nah genug herangekommen, um die Wahrheit zu sehen.

»Verzeihen Sie meinen Überfall, General. Mein Name ist Marisa Monteiro Cruz. Ich bin die Verlobte von Ricardo da Costa, und ich würde Sie gern in einer Sache sprechen, die ...«

»Hat der Knabe nicht den Mumm, selbst vorbeizukommen?«, unterbrach er sie. Seine Augen funkelten sie wütend an.

»Er weiß nicht, dass ich hier bin.«

»Und was wollen Sie dann hier?«

Marisa überlegte nicht lange. Angriff war die beste Verteidigung. »Ich finde es sehr traurig, dass Sie und Ihr Enkel sich so bekriegen.«

»Sind Sie von Sinnen? Wovon reden Sie?«

Marisa öffnete ihre Handtasche – ein unmögliches Spießerteil, das sie von ihrer Mutter geschenkt bekommen und nie zuvor benutzt hatte – und zog das Foto daraus hervor, das sie in der Kiste gefunden hatte.

»Das sind Sie, nicht wahr?«

Fernando nahm ihr das Foto ab und betrachtete es mit versonnener Miene.

»Kaum zu glauben, was?« Er zwinkerte ihr zu.

Marisa fischte nun ein zweites Foto aus ihrer Tasche, eines, das sie selber noch vor wenigen Tagen von Ricardo geschossen hatte. Er stand neben seiner Cessna und grinste eroberungslustig.

»Und das«, damit reichte sie dem alten Herrn das Bild, »ist Ihr Enkel. Ricardo da Costa.«

Er betrachtete das Foto eingehend. Seine Hand zitterte leicht. Davon abgesehen ließ er sich seine Gefühle nicht anmerken. Er sagte nichts. »Ich finde es nur erstaunlich, dass Sie nicht schon selber die Ähnlichkeit bemerkt haben«, sagte Marisa, der die Stille sehr unangenehm war. Aber sie drang nicht mehr zu ihm durch. Er schien auf einmal völlig weggetreten zu sein.

Fernando war geschockt. Das konnte nicht sein. Das *durfte* nicht sein! Wie hätte ihm Jujú so etwas verschweigen können? Wie hätte sie fast ein halbes Jahrhundert lang dieses Geheimnis mit sich herumtragen und es schließlich sogar mit ins Grab nehmen können? Er hätte doch etwas spüren müssen. Ihre Verwandten hätten es merken können. Es gab jede Menge Leute, die Jujú und ihn sowie diesen Cowboy kannten – warum hatte niemand diese frappierende Ähnlichkeit zwischen ihnen gesehen? Weil, beantwortete er sich selber die letzte Frage, er nicht mehr dem jungen Fernando glich. Das Alter machte alle Menschen gleich – gleich grau, gleich unsichtbar für die Jungen.

Marisa rutschte unruhig auf ihrem Stuhl herum. War er eingeschlafen? Sollte sie jetzt lieber gehen? Doch gerade als sie im Begriff war aufzustehen, schaute der alte Mann hoch.

»Ich habe den Knaben nie von nahem gesehen. Und er mich nicht.« Er schüttelte es ab wie einen üblen Traum. »Ach, Mumpitz, es ist bestimmt nur ein verrückter Zufall. Es gibt ja auch Doppelgänger von bekannten Persönlichkeiten, die nicht im Entferntesten verwandt sind mit den berühmten Vorbildern.«

Marisa hatte Mitleid mit dem Mann. Dennoch insistierte sie: »Ja, aber in diesem Fall wäre das eine sehr ungewöhnliche Häufung von Zufällen. Ricardos Mutter, Laura da Costa, kam neun Monate nach Ihrem, ähm, letzten Tête-à-Tête mit Dona Juliana zur Welt. Vielleicht weiß sie ebenfalls nichts von diesen, äh, Verwicklungen. Und Ricardo sieht Ihnen nicht nur sehr ähnlich, er scheint Ihnen auch vom Wesen her zu ähneln. Er ist ebenfalls Pilot, wie Sie wissen.«

»Ein ziemlich schlechter, wenn Sie mich fragen. Das kann er von mir nicht haben.«

Marisa lächelte. Sein Widerstreben, an diese irre Geschichte zu glauben, erinnerte sie so sehr an Ricardo. Meine Güte, die beiden waren sich noch viel ähnlicher, als sie es für möglich gehalten hätte! Ricardo hatte sich ebenfalls gesträubt, ihren Theorien Glauben zu schenken. Erneut griff Marisa in die Handtasche. Sie reichte dem alten Mann die Prägemünze, die sie in der Kiste gefunden hat. Und da, plötzlich, zuckten seine Augen, seine ablehnende Haltung wich einem sentimentalen Ausdruck, der Marisa das Herz zerriss. Was für eine tragische Geschichte! Was für ein Schicksal – die geliebte Frau an einen anderen zu verlieren und erst lange nach ihrem Tod festzustellen, wie viel mehr sie in Wahrheit geteilt hatten. Sie würden sich nie mehr gemeinsam über die Fortschritte ihrer Tochter unterhalten, über die Erziehung des Enkels streiten oder über dessen selbst gebastelte Flugzeuge freuen können.

Marisa fand, dass es an der Zeit war, den armen Mann mit seinen Erinnerungen allein zu lassen. Eines jedoch musste sie noch loswerden. Mit sanfter Stimme sagte sie: »Damals ließ sich eine Vaterschaft nicht genau klären. Wahrscheinlich hat Dona Juliana erst bei Ricardo gemerkt, wer der Vater ihrer Tochter war – und bestimmt hat sie ihre falsche Entscheidung ihr Lebtag bitter bereut. Heute aber gibt es entsprechende Tests. Wenn Sie sich Gewissheit verschaffen wollen, meine ich.«

Doch Fernando brauchte sich keine Gewissheit mehr zu verschaffen. Alles passte. Jujús eilige Hochzeit mit dem anderen Mann, der ihr damals als Ehekandidat vielleicht geeigneter erschienen war; ihre raffinierten Manöver, um ihn nicht in die Nähe des Enkels zu lassen, wozu auch ihre Weigerung gehört hatte, ihm im Alentejo Gesellschaft zu leisten; und nicht zuletzt ihr sonderbares Testament, das vermutlich als ihre letzte Hoffnung in das Aufdecken der Wahrheit zu interpretieren war, einer Wahrheit, die sie ihm nicht hatte offenbaren können, weil

sie Angst gehabt hatte, ihn dadurch zu verlieren. Das Puzzle Jujú, das er zu lösen nie imstande gewesen war – da lag es nun als Ganzes vor ihm, ein vollständiges Bild, bei dem kein Teil mehr fehlte und in dem sich jedes Stück perfekt ins andere fügte. Zu spät, dachte Fernando.
Er schluckte seine Trauer herunter und fixierte nun wieder die junge Frau, die sich geräuschvoll an ihrer altmodischen Tasche zu schaffen machte und damit ihren nahenden Aufbruch signalisierte.
»Und Sie sind wirklich die Verlobte von Ricardo da Costa? Sie scheinen mir in einem Alter zu sein, da man längst verheiratet sein und Kinder haben sollte.«
Jetzt war es an Marisa, schockiert zu sein. »Ich bin einunddreißig. Ricardo auch.« Dass sie in einigen Wochen zweiunddreißig wurde, musste sie ja nicht erwähnen.
»Eben.«
»Vielleicht sind einige der jüngeren Entwicklungen an Ihnen vorbeigegangen, aber heute muss man nicht mehr heiraten. Anders als etwa Dona Juliana.« Oje. Den letzten Satz hätte sie nicht sagen dürfen. Sie war hergekommen, um eine Versöhnung zwischen Großvater und Enkel herbeizuführen – und jetzt hatte sie sich den Alten wahrscheinlich ebenfalls zum Feind gemacht.
Doch er lächelte sie an. »Heiraten *müssen* ist ja auch kein Grund zum Heiraten, oder?«
»Nein. Aber nicht heiraten zu müssen ist auch keiner.«
»Ich halte den Jungen trotzdem für einen Schwachkopf. Er hätte Sie längst zu seiner Frau machen sollen. Etwas Besseres kann ihm gar nicht passieren.«
»Vielleicht … möchten Sie ihm das persönlich sagen?«
»Ja, aber nur unter einer Bedingung.«
»Ja?«
»Ich will, dass er mich in seinem Flugzeug mitnimmt.«

Es sollte noch mehrere Wochen dauern, bis Fernando Abrantes' Wunsch in Erfüllung ging. Er genas sehr schnell von seiner »Krankheit«, die ausschließlich seine Seele befallen hatte. Seine Angehörigen, allen voran Dona Elisabete, waren darüber hocherfreut. Sie, die als Einzige den Grund der raschen Gesundung kannte, hatte nur eine einzige Sorge, die ihr Mann ihr jedoch schnell nahm: »Warum sollte ich dem *Cowboy* das Land oder sonst irgendetwas vermachen? Erstens würde zunächst einmal seine Mutter, Laura, mich beerben.« Es fiel Fernando schwer, die fremde Frau als seine Tochter zu betrachten, trotz oder vielleicht gerade wegen ihrer unfassbaren Ähnlichkeit mit Jujú.
»Zweitens werde ich auch Laura nichts vererben. Sie ist steinreich, wusstest du das?«
Elisabeth nickte. Natürlich wusste sie das. Jeder halbwegs kulturinteressierte Mensch hatte atemlos mitverfolgt, wie kürzlich erst die wahre Identität der LL gelüftet worden war.
»Drittens weiß ich ja, dass ihr, du und die Kinder, nach meinem Tod das fragliche Stück Land gar nicht schnell genug verkaufen könnt. Der Cowboy soll schön löhnen für all die Scherereien, die er mir gemacht hat.«

Marisa war hellauf begeistert über den Erfolg ihrer Familienzusammenführung. Sie beobachtete die beiden Männer, als wären sie und ihr Verhalten nicht selbstbestimmt, sondern ausschließlich davon abhängig, welche Strippen sie im Hintergrund zog. Sie hätte es als persönliches Versagen betrachtet, wenn die beiden sich nicht zusammengerauft hätten. Diesem Ziel allerdings schienen die beiden nach ihrem gemeinsamen Flug wieder ferner zu sein als davor.
Ricardo war noch nie mit einem so nervigen Passagier geflogen. Der *Tattergreis*, den er nie als seinen Großvater würde betrachten können, sosehr die Tatsachen auch dafür sprachen, kritisierte ohne Unterlass sein fliegerisches Können, prahlte mit seinen

eigenen Heldentaten aus grauen Vorzeiten und wagte es sogar, ihm ins Steuer zu greifen – als Schulungsflugzeug hatte die Cessna 150 Aerobat zwei Flugzeugführerplätze. Ricardo war kurz davor, ihn aus der Maschine zu stoßen, und er nahm nur Abstand von dieser verlockenden Idee, weil er dem Alten damit wahrscheinlich sogar noch einen Gefallen getan hätte. Das Schlimmste aber war, dass Abrantes sich, wenn er ihn nicht gerade zur Trimmung des Seitenruders aufforderte, in seine persönlichen Angelegenheiten einmischte. Als wäre er sein Großvater oder so.
»Hast du sie jemals gefragt, ob sie deine Frau werden will?«
Ricardo schwieg. Das ging den Mann nichts an.
»Ich glaube nicht, dass wir verwandt sind. Ich kann mir nicht vorstellen, dass so ein Hasenfuß von mir abstammen soll.«
Ricardo schwieg noch immer. Er gab Gas und nahm Anlauf zu einem Looping. Das würde den Kerl schon zum Schweigen bringen.
»Ist das alles, was du kannst?« Abrantes saß nach der Kunstfigur, bei der sich anderen Leuten der Magen umdrehte, ungerührt auf seinem Platz und nervte weiter wie zuvor. »Willst du ein Mann sein? Ein ganzer Kerl, hä? Dann benimm dich auch so. Das Mädchen wartet doch nur drauf.«
»Sie hält nichts von der Ehe.«
»Es spricht!«, rief Fernando in gespielter Begeisterung aus. »Ganze sechs Wörter hat es schon gesagt!«
Ricardo sah den Alten hasserfüllt an. Jeden Augenblick drohte er vor Wut zu platzen. Er würde ihn über dem See abwerfen. Nein, direkt über seinem armseligen Häuschen.
»Na, dann wirst du auch noch diese fünf einfachen Wörter schaffen, oder? Willst – du – meine – Frau – werden?«
Vielleicht doch eher über dem Dorf? Mit etwas Glück wurde er von der Kirchturmspitze aufgespießt.
»Sollen wir es gemeinsam üben? Willst …«

»Willst du jetzt endlich Ruhe geben?!« Ricardo ging in den Sinkflug über. Er fuhr die Klappen aus, überhörte geflissentlich die boshaften Kommentare des Tattergreises und landete punktgenau, aber extrem unsanft auf der Rasenpiste. Er stieg aus und scherte sich nicht darum, wie der Alte aus dem Flugzeug herauskommen würde. Sollte halt die Feuerwehr anrücken, um ihn zu befreien, ihm war es egal. Dass Fernando Abrantes sehr behende aus der Maschine kletterte und um Jahre jünger wirkte, sah er nicht mehr. Dona Aldora hingegen sah es, denn sie beobachtete von ihrem Arbeitsplatz in der Baracke ganz genau, was da draußen vor sich ging. Sie seufzte und rief sich in Erinnerung, dass dieser sehr feine ältere Herr, der ihr schon vor Jahren so positiv aufgefallen war, verheiratet war.

57

Laura wusste nicht, ob sie ihre Entscheidung bereuen oder sich darüber freuen sollte. Während ihr ein großer Stein vom Herzen fiel, dass sie endlich auch vor João Carlos und ihrem Sohn keine nennenswerten Geheimnisse mehr hatte, empfand sie zunehmend Enttäuschung über die Reaktionen der meisten anderen Leute. Ganz so, wie sie es immer befürchtet hatte: Die Nachbarn beäugten sie wie ein artfremdes Wesen. Die Presse lauerte ihr auf. Ihr Bruder und vor allem seine scheinheilige Frau behandelten sie plötzlich nicht mehr wie eine Frau mit verwerflichem Lebenswandel, sondern wie die reiche Verwandte, von deren Vermögen eines Tages auch etwas an sie abfallen würde. Alte Bekannte, von denen sie seit Jahren nichts gehört hatte, brüsteten sich nun in aller Öffentlichkeit ihrer vermeintlichen Freundschaft mit der berühmten LL. Und die nachlässigsten Kritzeleien, die Laura vor Ewigkeiten auf einem Notizzettel oder auf dem Rand einer Buchseite hinterlassen hatte, gewannen auf einmal an Wert – sofern sie als genuin eingeschätzt wurden. Es war ziemlich abstoßend.

Dass der ganze Prozess ungefähr zur gleichen Zeit eingesetzt hatte wie die Annäherung an ihren leiblichen Vater, machte die Dinge keineswegs einfacher. Es war ein echter Schock für Laura gewesen, zu erfahren, dass nicht Rui da Costa ihr biologischer Vater war, sondern Fernando Abrantes. Sie hatte es nicht glauben wollen, hatte die Freundin ihres Sohnes, die all diese Veränderungen in ihrem Leben ausgelöst hatte, einer zu lebhaften Phantasie bezichtigt – nur um schließlich vor den allzu klaren Indizien, die Marisa beibrachte, zu kapitulieren. Das Schlimmste war nicht einmal die Tatsache, dass der fremde Mann ihr Erzeuger war. Viel empörender fand Laura es, dass ihre Mutter

diesen grandiosen Betrug an all jenen, die ihr nahestanden, ein Leben lang hatte durchziehen können. Wie war es ihr gelungen, ihren Ehemann, ihren Geliebten, ihre Kinder und auch Ricardo so zu täuschen?
Marisa war es schließlich gewesen, die Lauras Wut einen Dämpfer versetzte. »Dona Laura, Ihre Empörung in allen Ehren – aber haben Sie nicht genau dasselbe getan, indem sie sogar Ihrem Sohn und Ihrem Verlobten Ihre Künstleridentität nie preisgegeben haben?«
Ja, gestand Laura sich ein, unwissentlich hatte sie sich einmal mehr als die Tochter ihrer Mutter erwiesen.
»Wie sind Sie überhaupt darauf gekommen?«, hatte Laura von Marisa wissen wollen. Die Antwort war ebenso beschämend wie naheliegend gewesen: »Ihr Sohn wusste es schon seit Jahren.«

Lauras erste Begegnung mit ihrem »Vater«, den sie nie als solchen würde betrachten können, war gekennzeichnet von großer beiderseitiger Gehemmtheit. Fernando Abrantes war ebenso irritiert von Lauras Ähnlichkeit mit Jujú, wie sie es über seine Ähnlichkeit mit Ricardo war. Sie hatten einander ein paar Minuten schweigend gemustert, bevor beide gleichzeitig anfingen zu reden.
»Du bist ...«
»Sie haben ...«
Sie lachten beklommen.
»Sie zuerst, General.«
»Du bist das genaue Abbild deiner Mutter.«
Laura nickte. »Und mein Sohn Ricardo ist Ihnen wie aus dem Gesicht geschnitten.«
Fernando hatte eine Braue gehoben und nichts gesagt. Ihm hatte bereits eine beleidigende Antwort auf den Lippen gelegen – »ich hatte nie Akne« oder etwas Vergleichbares –, bevor ihm

einfiel, dass er zu der Mutter des Cowboys sprach. Zu seiner Tochter. Der Mutter seines Enkels. Es war schwer, diesen neuen Sachverhalt zu verinnerlichen.

In den darauf folgenden Monaten hatten Fernando und Laura einander besser kennengelernt. Ihre Gespräche waren freundschaftlicher geworden, gewannen jedoch nie die Intensität, wie sie sowohl Vater als auch Tochter erstrebenswert gefunden hätten. Das Höchste an Vertraulichkeit erreichten sie bei einem Treffen, bei dem Fernando Laura nach dem Grund ihrer selbst gewählten Anonymität fragte.

»Ich stehe nicht gern im Mittelpunkt der öffentlichen Aufmerksamkeit. Nicht als Person.«

»Das tatest du doch nie. Warum hast du trotzdem aufgehört zu malen?«

Laura zuckte mit den Schultern. »Ich war irgendwie … leer.«

»Ist das noch immer so?«

»Nein.« Sie zwinkerte Fernando zu. »Ich habe neuerdings sogar wieder richtig Lust aufs Malen bekommen. Es gibt da jemanden, den ich als Modell sehr reizvoll fände.«

»Darf ich mich geschmeichelt fühlen?«

»Hm – ja. Aber es wird natürlich kein echter LL werden. Laura Lisboa gibt es nicht mehr. Je mehr ich von Galerien, Museen oder Sammlern dazu gedrängt werde, doch bitte weitere LL-Arbeiten zu produzieren, desto weniger Lust habe ich darauf. Die sind alle nur am Profit interessiert, nicht an meinem Können.«

»Und du? Bist du nicht am Profit interessiert?«

»Nein. Ich habe mehr Geld, als ich ausgeben kann. Und mehr, als Ricardo braucht.«

»Du willst dir also ein neues Pseudonym zulegen?«

»Vielleicht. Vermutlich aber male ich nur für mich. Die Arbeiten müssen nicht unbedingt ausgestellt oder gar verkauft werden.«

»Ich schätze, mit einem todkranken Mann wie mir als Modell wären sie auch unverkäuflich.«
Das sah Laura ganz anders, doch sie äußerte ihre Meinung nicht. Stattdessen fragte sie: »Können wir gleich morgen anfangen? Hätten Sie Lust, zu mir in die Rua Ivens zu kommen? Sie sollten etwa zwei bis drei Stunden Zeit mitbringen.«
Fernando sah sie nachdenklich an. Die Versuchung, nach Jahren wieder einmal Jujús alte Wohnung zu betreten, war groß – genau wie die Gefahr, dort von Erinnerungen und Trauer übermannt zu werden. »Nein, ich halte es für besser, wenn Sie zu mir kommen.«
Laura fertigte in den darauf folgenden Wochen etwa zehn Arbeiten an. Ihre schöpferische Energie war zurückgekehrt, und das Wissen, dass Fernando Abrantes nicht mehr lange leben würde, trieb sie zu ungeahnter Schnelligkeit an. Die Porträts des schönen, verwitterten Gesichtes mit seinen unglaublich strahlenden Augen wurden zu den besten Bildern, die Laura jemals gemalt hatte. Wären sie je auf den Markt gelangt, hätten sie als Spätwerke Laura Lisboas sicher astronomische Preise erzielt.
Im Dezember 1973 starb Fernando Abrantes. Was weder der Rede des Padres bei der Beisetzung noch dem Nachruf in der Zeitung gelang, das schafften Lauras Bilder: Fernando ein würdiges Andenken zu verschaffen. Dona Elisabete und ihre Kinder, Ricardo, Marisa und Laura selber sollten jedoch für Jahre die Einzigen bleiben, die die grandiosen Porträts des großen alten Mannes bewundern konnten.

Wenige Monate später, am 25. April 1974, rückten die politischen Ereignisse, die Portugal schlagartig aus seiner mehr als vierzigjährigen Lethargie rissen, alle privaten Belange vorübergehend in den Hintergrund. Ein Militärputsch beendete die Diktatur der Salazar-Nachfolger und setzte dem Estado Novo

ein ebenso schnelles wie unblutiges Ende. Die Soldaten wurden auf den Straßen vom Volk als Befreier gefeiert. Die Menschen waren so ausgelassen, dass sie den Militärs rote Nelken in die Gewehrläufe steckten – die »Nelkenrevolution« einte alle sozialen Schichten, Alte und Junge, Männer und Frauen, Intellektuelle und Arbeiter.
Einzig diejenigen, die unter dem alten Regime als die Stützen der Gesellschaft gegolten hatten, sahen keinen Grund zum Jubeln. Hohe Funktionäre mussten sich ebenso ins Ausland absetzen wie zahlreiche wohlhabende Leute. Grundbesitzer, Politiker, Kleriker – jeder, der von dem alten System profitiert hatte, fürchtete plötzlich um seine Macht oder sein Vermögen und flüchtete mit Sack und Pack.

Paulo da Costa war einer der Ersten. Er hätte es sowieso nicht länger in Portugal ausgehalten, nachdem die Presse sogar ihm, dem Bruder von Laura Lisboa, aufgelauert und ihn zu frenetischen Kommentaren über seine Halbschwester genötigt hatte. Wie Laura all die Jahre selbst ihn hatte überlisten können, stellte ihn vor ein Rätsel – und verlangte ihm einen gewissen Respekt ab. Nicht unbedingt der Hauptgrund für Paulos überstürzte Abreise, aber ein weiterer Anlass, seinem Land und seinen Verwandten den Rücken zu kehren, war der Umstand, dass die Verlobte seines Neffen, Marisa, die Familienzusammenführung zu einem Happy End gebracht hatte, wie es einer Telenovela würdig gewesen wäre. Nur ihm selber und seiner Familie war in dieser Geschichte die Schurkenrolle zugedacht. Aber gut, in England würde er von den widerwärtigen Details weitgehend verschont bleiben.

Rui da Costa, nunmehr vierundachtzigjährig, betrat nach Jahren erstmals wieder portugiesischen Boden. Er würde Urgroßvater werden, unvorstellbar! Noch mehr jedoch freute er sich über die

Anerkennung, die Laura endlich zuteilwurde. Warum nur hatte sie all die Jahre nichts gesagt? Wen hatte sie damit bestrafen wollen, dass sie ihren Ruhm für sich behielt? Und wer hatte den Sinneswandel bewirkt? War es wirklich die Braut ihres Sohnes gewesen, diese ihm unbekannte Marisa? Sehr merkwürdig. Rui schob den Gedanken daran, dass eine Außenstehende mehr Einfluss auf seine Tochter hatte als irgendein Familienmitglied, beiseite. Im Augenblick widmete er sich lieber den gesellschaftlichen Umwälzungen, die zu erwarten waren. Ein bisschen weniger Katholizismus und mehr liberales Denken brauchte sein Land.

Laura und ihr »Verlobter« João Carlos dachten ganz ähnlich. Trotz der starken kommunistischen Tendenzen, die plötzlich von Portugal Besitz ergriffen, machten sie sich um ihren Reichtum keine Gedanken – wohl nicht zuletzt deshalb, weil das meiste davon sicher in der Schweiz angelegt war. Ihnen würden die gesellschaftlichen Veränderungen nur Vorteile bringen. Laura vergaß sogar vorübergehend die Trauer um ihren leiblichen Vater: Rui da Costa würde immer ihr richtiger Vater bleiben, und sie war sehr glücklich, ihn nach seiner langen Abwesenheit wiederzusehen.

Marisa und Ricardo konnten den Sturz des Regimes nicht mit der Menge auf der Straße mitfeiern. Doch auch im Krankenhaus war die Stimmung ausgelassen – Schwestern tanzten mit Ärzten über die Flure, die etwas beweglicheren Patienten fanden sich zu einer improvisierten Party zusammen. Marisa und Ricardo hörten das Lachen und die Musik in dem kleinen Privatzimmer, in dem Marisa untergebracht war.
»Schade, dass der General das nicht mehr miterleben kann.«
»Ja. Aber mach dir über ihn jetzt keine Gedanken. Ich glaube, er ist als glücklicher Mann gestorben.«

»Das glaube ich auch. Ich bin froh, dass er wenigstens noch zu unserer Hochzeit kommen konnte.« Marisa verzog plötzlich das Gesicht. »Oh Gott, sie werden immer schlimmer.«
Ricardo traten Schweißperlen auf die Oberlippe. Er starrte seine Frau hilflos an und zerquetschte ihr in seiner Sorge beinahe die Hand. »Ich hole besser den Arzt.«
»Nein, lass nur.« Sie stöhnte leise, kurz darauf entspannte sich ihr Gesicht wieder. »Ich fürchte, das kann sich noch hinziehen.«
Ricardo stand auf und betrachtete aus dem Fenster das Treiben auf der Straße, das ihn deutlich weniger berührte als das Geschehen im Zimmer. »Möchtest du ein Glas Wasser?«
»Nein, danke.«
»Oder etwas zum Naschen? Eine Nougatpraline?«
Marisa lachte gequält auf. »Ich bin doch nicht deine Oma Mariana.«
Ricardo zuckte mit den Schultern. Dann stutzte er.
»Kannst du dich noch an den Tag erinnern, an dem sie starb?«
Marisa nickte.
»Sie hat versucht, mir etwas mitzuteilen. Sie wusste, dass ich der Enkel von Dona Juliana und dem General bin.«
»Natürlich.«
Ricardo sah seine Frau stirnrunzelnd an. »Ja, natürlich.«
Er setzte sich wieder zu ihr auf die Bettkante und nahm ihre Hand. Er beugte sich zu ihr herab, küsste ihre feuchte Stirn, strich über die gekräuselten Haare an ihren Schläfen. Sein Blick war ebenso sorgenvoll wie verliebt.
»Ehrlich, Ricardo, du benimmst dich, als würde ich sterben. Geh vielleicht mal um den Block. Oder tanz mit der hübschen Schwester Iacinta über den Korridor.« Kaum hatte sie den Satz beendet, überfielen Marisa wieder derartige Schmerzen, dass sie kaum noch Luft bekam. Ricardo wurde bleich vor Schreck. Er sprang auf, rannte aus dem Zimmer und veranstaltete draußen

einen solchen Aufstand, dass Marisa sich kaputtgelacht hätte – wenn sie nicht ebenfalls das dringende Bedürfnis verspürt hätte, einen Arzt zu sehen. Sie hatte Angst, auch wenn sie es Ricardo nicht spüren lassen wollte. Und sie war froh, als wenig später Schwester Iacinta ins Zimmer kam, um nach ihr zu schauen.
»Kein Grund zur Sorge, meine Liebe. Das dauert noch. Ich komme in einer halben Stunde wieder, in Ordnung?«
»Nein, nicht in Ordnung!«, ereiferte Ricardo sich an Marisas Stelle. »Meine Frau bekommt ein Baby, und Sie haben nichts Besseres zu tun, als dem Oberarzt schöne Augen zu machen!«
»Beruhigen Sie sich bitte. Ihrer Frau geht es gut. Alles verläuft bisher ganz normal. Was Sie beide jetzt brauchen, ist kein Arzt, sondern Geduld.« Damit verließ sie den Raum.
Nach mehr als fünfzehnstündigen Wehen wurde Marisa von einem überaus hässlichen, gesunden, dicken Jungen entbunden. Schwester Iacinta musste sich unterdessen dem jungen Vater widmen, der, einem Nervenzusammenbruch nahe, im Wartezimmer tausend Tode starb. Als Ricardo endlich zu seiner Frau vorgelassen wurde, sah er abgekämpfter aus als sie.
Marisa betrachtete das Bündel in ihren Armen mit großer Zärtlichkeit. Nur widerwillig reichte sie es ihrem Mann.
»Na ja, vielleicht hat er innere Werte«, sagte Ricardo. Er bemerkte nicht den verletzten Ausdruck auf Marisas Gesicht, die ihr Baby für das schönste der Welt hielt.
»Zum Fliegen muss man ja nicht schön sein, wie du wohl am besten wissen dürftest.«
Ihm entging der Hohn in ihrer Stimme. »Nein. Dafür muss man geboren sein.«
»Das ist er ja schon mal. Geboren meine ich. Danke auch für deine guten Wünsche und deine Sorge um das Wohlergehen der Mutter.«
Ricardo sah Marisa ratlos an. Was hatte sie nur? Heute war ein

Glückstag, oder nicht? Er stand auf, ging zum Fenster und öffnete es. Von draußen drang frische Luft herein – und der Jubel der Menschen.

»Dieses Datum wird bestimmt in die Geschichte eingehen«, sagte er staunend.

Marisa verdrehte die Augen. Natürlich würde es das. Der 25. April 1974 war schließlich der Geburtstag ihres kleinen Fernando.

Ana Veloso

Der Duft der Kaffeeblüte

Roman

Brasilien 1884: Auf der elterlichen Kaffeeplantage führt die 17-jährige Vita ein unbeschwertes Leben. Um die Hand der schönen Erbin bewerben sich die vornehmsten Verehrer. Doch Vita hat ihren eigenen Kopf und verliebt sich ausgerechnet in den Journalisten León. Dieser aber ist ein Rebell, der nur ein Ziel vor Augen hat: die Abschaffung der Sklaverei – und damit der Grundlage des Wohlstands von Vitas Familie. Doch für Vita ist dies nur ein Grund mehr, den Kampf um den Mann ihrer Träume aufzunehmen. Aber dann verschwindet León spurlos – und Vita entdeckt, dass sie schwanger ist ...

»›Vom Winde verweht‹ mit brasilianischem Feuer.«
Celebrity

Knaur Taschenbuch Verlag